W0217560

KNAUR

THOMAS FINN

BERMUDA

HORRORTHRILLER

KNAUR

Besuchen Sie uns im Internet:
www.knaur.de

Aus Verantwortung für die Umwelt hat sich die Verlagsgruppe Droemer Knaur zu einer nachhaltigen Buchproduktion verpflichtet. Der bewusste Umgang mit unseren Ressourcen, der Schutz unseres Klimas und der Natur gehören zu unseren obersten Unternehmenszielen.
Gemeinsam mit unseren Partnern und Lieferanten setzen wir uns für eine klimaneutrale Buchproduktion ein, die den Erwerb von Klimazertifikaten zur Kompensation des CO_2-Ausstoßes einschließt.
Weitere Informationen finden Sie unter:
www.klimaneutralerverlag.de

MIX
Papier aus verantwortungsvollen Quellen
FSC® C083411

Originalausgabe Juni 2020
Knaur Verlag
© 2020 Knaur Verlag
Ein Imprint der Verlagsgruppe
Droemer Knaur GmbH & Co. KG, München
Alle Rechte vorbehalten. Das Werk darf – auch teilweise – nur mit Genehmigung des Verlags wiedergegeben werden.
Lektorat: Momo Evers, Haus der Sprache
Covergestaltung: Stefan Hilden, hildendesign.de
Coverabbildung: HildenDesign unter Verwendung mehrerer Motive von Shutterstock.com
Satz: Adobe InDesign im Verlag
Druck und Bindung: CPI books GmbH, Leck
ISBN 978-3-426-22719-0

2 4 5 3

Für Sophia, Michi und Alex.
Ich vermisse euch.

Mit Dank an:
Tanja, Wiebke, Flow und Kayla für akribisches Testlesen, dramaturgische Hinweise, technische Beratung und Übersetzungen ins Philippinische, als ich selbst im Bermudadreieck zu verschwinden drohte.

Inhalt

»Das Bermuda- oder Teufelsdreieck ist ein imaginäres Gebiet in der Nähe der südöstlichen Atlantikküste der Vereinigten Staaten, das wegen der hohen Zahl ungeklärter Verluste von Schiffen, kleinen Booten und Flugzeugen bekannt ist. Die Eckpunkte des Dreiecks sollen, wie allgemein angenommen wird, die Bermudainseln, Miami in Florida und San Juan in Puerto Rico sein.«
Küstenwache der Vereinigten Staaten, Formularbrief (Akte 5720) des Siebenten Küstenwachendistrikts

»… allwo du einst um Mitternacht mich aufriefst,
Tau zu holen vor den beängstigenden Bermudas …«
Shakespeare, Der Sturm

»Wir hatten mit Gegenströmung zu kämpfen. Zu Beginn dieser Nacht wichen die Kompassnadeln nach Nordwesten ab, morgens zeigten sie mehr nach Nordosten.«
Logbuch des Christoph Kolumbus, 1492, nordöstliches Bermudadreieck

»Gefahr wie ein Dolch … Kommt schnell! … Wir können nicht fliehen …«
Hilferuf des verschollenen japanischen Frachters *Raifuku Maru*, 1921, nördliches Bermudadreieck

»Die Nadel des Erdanzeigers flatterte hin und her. Das Ziffernblatt des Flüssigkompasses rotierte, ohne innezuhalten. Konnte keine Sterne durch den dichten Dunst erkennen …«
Bordbuch von Charles Lindbergh, Flug der *Spirit of St. Louis*, 1928, westliches Bermudadreieck

»Wir können nicht sagen, wo wir sind. … Wir denken, wir sind 225 nordöstlich der Basis … Es scheint, als ob wir in weißes Wasser kommen … Wir sind komplett verloren …«
Letzter Funkspruch des verschollenen Flugs 19, 1945, Bermudadreieck

»Den Nebel, den wir durchfuhren, konnte anfangs nicht einmal das grelle Licht der Karbonlampen durchdringen. Im Maschinenraum begann der Dampfdruck zu sinken, als steuerbords schemenhaft die Küstenlinie einer Insel auszumachen war. Die Männer vom Wachdienst überprüften sofort die Instrumente. Sie schienen zu funktionieren. Nur gibt es in diesen Breiten keine Inseln … Gerade als der Kapitän den Befehl gab beizudrehen, durchbrach das Schiff die Nebelwand, und zwar wenige Hundert Meter von der Stelle entfernt, an der wir in diesen hineingefahren waren. Als es hell wurde, war der seltsame Dunst verschwunden …«
Matrose des Kabelverlegungsschiffes *Yamacraw*, 1956, Bermudadreieck

»Die Passagiermaschine der National Airline, eine Boeing 727, verschwand für gut zehn Minuten spurlos vom Radarschirm – tauchte dann aber wieder auf. Auch der Funkkontakt riss in dieser Zeit ab. Zum Glück landete sie dann aber ohne weitere Zwischenfälle. Die Flugbesatzung verglich später alle Uhren und Zeitmesser an Bord und fand heraus, dass sie alle um genau zehn Minuten nachgingen. Es war, als hätten sie in dieser Zeit einfach nicht existiert …«
Mitglied der Kontrollstation in Miami, 1969, westliches Bermudadreieck

»Mit dem schnell näher kommenden Nebel, dem wir gerade noch ausweichen konnten, drang aus dem Funkgerät ein undefinierbares Surren und Flüstern. Wie ich inzwischen erfahren habe, gibt es zahlreiche Aufnahmen dieser ›Stimmen‹, bei denen es sich nicht etwa um atmosphärische Störungen handelt. Immer, wenn diese Laute hörbar werden, fällt der komplette Erdfunkverkehr aus. Keine Verständigung mit anderen Schiffen oder Flugzeugen, einem Heimat- oder Seehafen oder Flugplatz-Tower ist möglich …«

Pilot eines Sportflugzeugs, Mitte der 80er-Jahre, Bermudadreieck

Anno 1533

Westliche Sargassosee, östlich Floridas

Ein auf- und abschwellendes Dröhnen drang an Miguels Bewusstsein, dem ein Prasseln wie von knackenden Feuerscheiten folgte. Aufgeregte Stimmen mischten sich in den unheimlichen Laut, und der Untergrund senkte sich unentwegt auf und nieder. War das Seewind, der über seine klamme Kleidung strich? Es roch nach Salz und Tang. Ihn fröstelte.

Nur ... konnte er sich kaum bewegen.

Er war gefesselt.

Miguels Kopf ruckte endgültig hoch, und er spürte mit der Bewegung einen pochenden Schmerz an seinem rechten Bein. Stöhnend öffnete er die Augen. Seine wollene Kniehose war auf Höhe des rechten Oberschenkels aufgerissen und gab den Blick auf blutverkrustete Wickel frei, unter denen grüne Blätter hervorlugten. Mehr als die Wunde selbst erschreckte ihn jedoch das mehr als ein Dutzend halb nackter Männer in Lendenschurzen, die in einer langen Reihe quer vor ihm hockten und auf unbestimmte Art aufgeregt wirkten. Ihr Hautton glich dem der Menschen auf den Kanarischen Inseln. Allerdings war ihr schwarzes Haar dicht und struppig, wobei sie es über der Stirn kurz trugen, während es zum Rücken hin Pferdeschweifen ähnelte.

Indios. Eindeutig.

Ihre Oberkörper waren mit grauer Farbe bemalt, die Augenpartien hingegen auf gefährlich wirkende Weise weiß und rot markiert. Keiner von ihnen schien älter als dreißig Jahre zu sein, und das Sonnenlicht, das hin und wieder den Himmel durchbrach, enthüllte das Schattenspiel ihrer kräftigen Muskeln. Stark mussten sie auch sein, denn sie stachen in einem rhythmischen Takt mit Rudern, die ihn an Ofenschaufeln erinnerten, in die Wellen. Jenseits der Schiffsbegrenzungen erkannte er nichts als Wasser. Viel Wasser. Sie befanden sich irgendwo auf dem Meer.

Miguel war nur ein einfacher Matrose, hatte jedoch bereits die Hälfte seines jungen Lebens auf See verbracht und war mit seinen vierundzwanzig Lebensjahren weit herumgekommen. Auf den zurückliegenden Fahrten in die Neue Welt hatte er genug mit den hiesigen Bewohnern zu tun gehabt, um Händler von Kriegern unterscheiden zu können. Die Indios vor ihm waren Krieger – und das war alles andere als ein gutes Omen.

Die Zeiten, in denen seine Landsleute bei den Einheimischen ein paar Glasperlen gegen Schmuck, Perlen, Gewürze und seltene Vögel hatten eintauschen können, waren lange vorbei. Die Indios hatten längst verstanden, dass Spanier und Portugiesen sich ein brutales Wettrennen um die kostbaren Goldschätze ihrer Heimat lieferten. Auch der Dschungel, die tödlichen Tiere oder das mörderische Klima der Neuen Welt konnten die Konquistadoren nicht davon abhalten, das neu entdeckte Land für die jeweilige Krone in Besitz zu nehmen. Viele der Indios setzten sich daher längst gegen die brutale Landnahme zur Wehr, nur hatten sie gegen die Feuerwaffen der Abenteurer kaum eine Chance. Gerüchten zufolge war inzwischen sogar ein ehemaliger Schweinehirt namens Pizarro mit einigen Söldnern ausgerückt, um ein Reich südlich Neuspaniens zu erobern. Wenn das stimmte, dachte Miguel, dann konnte jeder in der Neuen Welt zu Ruhm und Wohlstand gelangen.

Jeder … bis auf ihn.

Denn beim Anblick der vielen Ruderer beschlich Miguel das unangenehme Gefühl, dass ihn sein Glück verlassen hatte, noch ehe er es überhaupt in die Waagschale hatte werfen können.

»Na, ist unser Bürschchen aufgewacht?«, erklang hinter ihm eine dunkle Stimme in vertrautem Spanisch.

Miguel drehte mühsam den Kopf, und seine Vermutung bewahrheitete sich. Er saß mit klammer Kleidung auf der Mitte eines überraschend großen Floßes, das sich auffallend von den aus Baumstämmen gefertigten Kanus unterschied, mit denen die Einheimischen üblicherweise zwischen den Inseln unterwegs waren. Auch auf der gegenüberliegenden Floßseite hockten in einer langen Reihe Indios, die mit ihren Rudern in gleichförmigem Takt ins Wasser stachen. Was ihn jedoch am meisten beunruhigte, war, dass feste Stricke seinen Körper umschlangen. Außerdem waren ihm die Hände auf den Rücken gefesselt worden. Man hatte ihn Rücken an Rücken mit zwei Unbekannten zusammengebunden, von denen er gerade so viel erkennen konnte, dass der Sprecher deutlich älter als er war, einen struppigen grauen Vollbart trug und in einem verschmutzten braungelben Wams steckte. Ein Konquistador.

»Wo bin ich hier?«, presste Miguel hervor, während dicht an seinem rechten Ohr ein Summen ertönte. Eine Biene. Eine *Biene?* Verärgert schüttelte er den Kopf, um sie zu vertreiben.

»Na, wo wohl? Weit draußen auf dem Meer.« Der zweite Kerl hinter ihm schnaubte freudlos. Miguel warf einen Blick über seine andere Schulter und sah, dass auch der zweite Mann nicht mehr der Jüngste war. Im Gegensatz zu dem des Konquistadors war sein Haar allerdings noch immer schwarz, und das Gesicht zierte ein mächtiger Schnauzbart. Auch die Wangen schienen schon längere Zeit nicht mehr geschabt worden zu sein. Dem Hemd und der knielangen Wollhose nach war er ebenso ein Seemann wie Miguel selbst. Vermutlich ein Segelmacher, dachte er, als er nach einem Blick über die Schulter den leeren Schultergurt seines Mitgefangenen erspähte, in dem üblicherweise Werkzeuge wie Pricker, Splisshorn oder Markpfriem steckten.

»Ich bin Miguel Fernandez«, stellte er sich vor und versuchte zugleich, seine unbequeme Sitzposition etwas zu verlagern, was sofort Schmerzen in seinem Bein verursachte. »Wer seid ihr?«

»Antonio de Ovando, Ritter vom Calatrava-Orden.« Der Konquistador beäugte misstrauisch die Indios um sie herum, die das Floß weiterhin kraftvoll durch die Wellen steuerten. »Unser Kamerad hinter uns hört auf den Namen Diego Vazquez.«

»Und wie bin ich hierhergelangt?«

»Das solltest du eigentlich selbst am besten wissen«, knurrte Diego Vazquez. Der Segelmacher ruckte heftig an den Seilen, mit denen sie zusammengebunden waren, da die Biene nun ihn umschwirrte. Wo kam das lästige Insekt überhaupt her? »Die verdammten Heiden haben dich vor einigen Stunden samt einem Treibstück aus dem Meer gefischt. Ich schätze, die haben dich zunächst für tot gehalten. Und nicht nur die … Der Don und ich hingegen sind ihnen vor drei Wochen bei einer, na ja, sagen wir mal missglückten Bestrafungsexpedition in die Falle getappt. In La Florida.«

Miguel, der von diesem La Florida noch nie gehört hatte, runzelte die Stirn. »Ist das weit weg?«

Der Konquistador lachte abfällig. »Inzwischen schon. Die Heiden haben uns anfangs zwar unter Drogen gesetzt, aber wenn ich richtig mitgezählt habe, sind wir jetzt schon drei Tagen unterwegs. Und es geht seitdem immer weiter gen Osten.«

Miguel musterte erst die Rudernden und dann sein schmerzendes Bein. »Haben die Indios meine Wunde versorgt?«

»Ja, der Kazike da vorn.« Antonio de Ovando bedeutete ihm mit dem Kopf, zum Bug des Floßes zu schauen, wo neben einem Berg aus Kalebassen, die wohl Wasser und Nahrungsmittel enthielten, auch die erbeuteten Besitztümer seiner Leidensgenossen aufgehäuft waren. Darunter Stiefel, Umhängetaschen, ein abgetragener Mantel sowie de Ovandos ausgebeulter Halbharnisch, sein Glockenhelm und das Waffengehänge samt Rapier. Daneben war hochkant ein Baumstamm verzurrt, um den zu Miguels Verwunderung ein halbes Dutzend Bienen schwirrte. Unweit von ihm stand ein auffallend groß gewachsener und prächtig gekleideter Indio mit buntem Federschmuck im Haar, der – von den Insekten scheinbar unbeeindruckt – auf das Meer hinausblickte. Über seinen Schultern lag ein braun gefleckter Umhang aus dem Fell eines Pumas, links trug er ein goldenes Ohrgehänge. Außerdem konnte Miguel Ketten am Hals des Indios ausmachen, an denen vermutlich Perlen und Muscheln aufgefädelt waren.

»Ist das nicht im Zweifel ein gutes Zeichen?«, wandte sich Miguel hoffnungsfroh an seine Schicksalsgenossen. »Also, dass sie sich um mich gekümmert haben?«

»Darauf würde ich besser nicht wetten.« Antonio de Ovandos Stimme klang resigniert. »Das sind Taíno. Die gelten zwar als friedfertiger als die Menschenfresser weiter unten im Süden, aber es erklärt nicht, warum sie uns mit auf See genommen haben.«

»Sag schon, Junge«, machte der Segelmacher wieder auf sich aufmerksam. »Woher kommst du? Offensichtlich bist du ein Schiffbrüchiger.«

Miguel versuchte verzweifelt, sich zu erinnern. Sein Kopf war zwar noch immer wie in Bausch gepackt, doch vor seinem geistigen Auge stiegen allmählich Bilder empor. Unangenehme Bilder.

»Wir befanden uns auf dem Rückweg nach Spanien«, stöhnte er, während er mit den Erinnerungen kämpfte. »Am fünften Tag sind wir in einen Sturm mit vielen Gewitterschlägen geraten, der unseren ohnedies bereits angeschlagenen Segeln schwer zugesetzt hat. Irgendwann war der Wind so stürmisch, dass unsere Karavelle derart tief tauchte, dass wir schon glaubten, sie wolle in Grund und Boden versinken. Wir haben wegen der schweren Ladung vor Top und Takel gelenzt. So ging es zwei Tage, danach erst flaute der Wind wieder ab. Nur ... hatte das Ruder bereits drei Fingerlinge verloren. Und dann hieß es, dass der Kompass verrücktspiele. Wir gerieten ... in ein seltsames Meeresgebiet. Da war plötzlich dieses weiße Wasser. Überall auf den Wellenbergen. Bevor ich über Bord gespült wurde, befahl Kapitän de Padilla noch …«

»Wer bitte?«, unterbrach ihn der Konquistador brüsk.

»Kapitän Alonso de Padilla.«

»Du sprichst vom Kapitän der *Isabella?*«

»Ihr kennt die Karavelle? Ich befürchte …«

»Willst du uns verarschen?«

Miguel sah eingeschüchtert zu einem der Ruderer auf, der angesichts ihrer Unterhaltung missbilligend mit der Zunge schnalzte.

»Ich verstehe nicht«, entgegnete er leise.

»Wann soll das gewesen sein?«, zischte der Konquistador.

»Na ja … ich wurde von einer Welle über Bord gespült. Wie lange ich dann im Wasser trieb, kann ich nicht sagen. Da sich mein Durst in Grenzen hält, würde ich schätzen … vor ein, höchstens zwei Tagen.«

»Die *Isabella* gilt als verschollen. Und zwar seit ihrem Auslaufen im Oktober.«

»Als verschollen? Jetzt schon?« Miguel runzelte die Stirn. »Wir sind doch erst am Neunundzwanzigsten des Monats in Santiago de Cuba ausgelaufen. Unterwegs waren wir eine knappe Woche, seit …«

»Letztes Jahr, du Idiot. Ihr seid letztes Jahr ausgelaufen! Wir haben inzwischen Mitte August!«

Miguel ruckte zu dem Adligen herum, und sein Bein schmerzte wieder. »Aber … das ist unmöglich. Das wäre dann ja acht Monate her!? Ich schwöre: Wir sind erst vor gut einer Woche ausgelaufen.«

»Mein verschissener Stiefbruder hat als Offizier unter Kapitän Alonso de Padilla gedient«, knurrte Antonio de Ovando. »Die Karavelle ist nie in Spanien angekommen. Also erzähl mir keinen Mist. Woher stammst du wirklich?«

»Ich schwöre es Euch, Don. Ich …«

Der Seewind trug einen hallenden, unangenehm reißenden Laut heran, wie Miguel ihn vorhin bereits vernommen hatte.

Seine Nackenhaare stellten sich bei dem undefinierbaren Geräusch auf, und er spürte, dass sich auch seine beiden Mitgefangenen versteiften. Der Kazike rief einige Kommandos, und der Taktschlag der Ruderblätter um sie herum erhöhte sich.

»Was zum Teufel ist das?«, ächzte Diego Vazquez hinter ihnen.

Miguel und Antonio blieben ihm die Antwort schuldig. Stattdessen versuchten sie einen Blick voraus zu erhaschen, dorthin, wo der Kazike stand. Dieser erhob seine Stimme nun zu einem melodischen Singsang. Er löste an dem Baumstamm eine Art Klappe, und Miguel begriff, dass der Stamm ausgehöhlt war, denn unvermittelt brach aus diesem ein großer, brummender Bienenschwarm hervor, der sich in einer dichten Traube über dem Bug des Floßes sammelte. Dann bewegte er sich – einer schwirrenden und summenden Rauchfahne gleich – weiter über das Meer.

Unter den Ruderern ertönten Rufe, und die Indios erweckten nun den Eindruck, als würden sie den Kurs des Floßes korrigieren. Miguel sah den Tieren ratlos nach, versuchte, an den Kalebassen vorbei einen Blick in Fahrtrichtung zu erhaschen – und schluckte. Am Horizont waren unbemerkt von ihnen dunkle Sturmwolken aufgestiegen, die in kurzen Abständen von gelblichen und grünlichen Blitzen entflammt wurden. Das unheimliche Geschehen spielte sich in seltsamer Lautlosigkeit ab – nicht ein Grollen begleitete das bizarre Wetterleuchten. Über den Wellen jedoch … wogte ein gespenstischer Nebel, der rasch näher rückte.

Und das auf breiter Front.

Im Gegensatz zu vielen seiner Kameraden war Miguel in der imposanten Bergwelt der Sierra Nevada aufgewachsen, deren Steilhänge teils bis ans Mittelmeer heranreichten. Die gewaltige graue Wand, die über das Meer hinweg auf sie zurollte, erinnerte ihn daher fatal an eine abgehende Schneelawine, die sie unter sich zu begraben drohte.

»Scheiße, was ist das?«, zischte der Konquistador beunruhigt.

Miguel folgte dem Blick des Adligen, der statt auf den Horizont auf seine aufgehäuften Besitztümer gerichtet war – und sah es nun ebenfalls. An de Ovandos Mantel, der quer über dem Brustharnisch lag, hing eine schlichte Halskette mit eisernem Kruzifix. Während die unheimliche Nebelwand mit hoher Geschwindigkeit auf sie zurollte, ruckte das Glaubenssymbol Stück für Stück über den Stoff, straffte die lederne Kette und hing plötzlich wie von Geisterhänden getragen quer in der Luft.

Teufelswerk!

Miguel japste erschrocken und hätte sich am liebsten bekreuzigt. Doch die Fesseln hinderten ihn daran.

Unvermittelt beugten sich zwei der Indios über sie und legten ihnen Augenbinden an. Diego Vazquez versuchte sich zu wehren, doch mit kräftigen Schlägen brachen ihre Peiniger seinen Widerstand. Er und Antonio de Ovando fügten sich daher in ihr Schicksal, und auch Miguel ließ zu, dass die Welt um sie her in Dunkelheit versank.

Mit schmerzendem Bein saß er da und lauschte verzweifelt auf seine übrigen Sinne. Was hatten die Taíno nur mit ihnen vor? Erstmals fragte er sich, was die Indios überhaupt hier draußen auf dem Meer zu suchen hatten.

Schlagartig wurde es kühler, und er fröstelte – in seiner klammen Kleidung, aber auch wegen der aufsteigenden Furcht, die ihm die Kehle eng werden ließ. Die Stimmen ihrer Entführer klangen nun gedämpfter. Offenbar hatte sie der eigentümliche Nebel erreicht. Unvermittelt hob ein größerer Wellenberg das Floß an, energische Rufe hallten über das Deck, Spritzwasser schlug ihm ins Gesicht – und all das, obwohl der beständige Seewind Miguels Eindruck nach um keinen Deut stärker geworden war. Diego Vazquez griff nach seiner Hand, und noch immer war weiter vorn das leise Summen der Bienen zu hören, während die Indios auf beiden Seiten des

Floßes hörbar schwer daran arbeiteten, das schwankende Gefährt über die bewegte See voranzutreiben. Der Konquistador wollte etwas sagen, doch einer der Indios fiel ihm wütend ins Wort, und ein kräftiger Schlag ließ den Adligen verstummen.

Miguel betete still, während ihm erneut die verstörenden Umstände seiner Rettung durch den Kopf gingen. Was hatten Vazquez und Ovando ihm gerade erzählt? Die *Isabelle* galt bereits seit acht Monaten als verschollen? Aber er konnte doch unmöglich all die Zeit auf See getrieben sein!

Miguel wusste nicht, wie viel Zeit er mit Grübeln verbracht hatte, als unvermittelt Sonnenlicht seinen Körper traf und ihn wärmte. Auch die Luft roch jetzt anders. Nach … Blüten.

Hilflos versuchte er, trotz der Augenbinde etwas zu erkennen, doch das Mistding machte ihn noch immer blind. Die Rufe der Indios um sie herum hatten sich verändert. In seinen Ohren klangen sie … aufgeregt. Und aus der Ferne mischten sich weitere Geräusche unter die Stimmen: Brandungsrauschen, über dem ein dumpfes Grollen lag. Fast wie ein Gewitter und doch mit nichts vergleichbar, das Miguel je zuvor vernommen hatte. Als schließlich ein Ruck durch das Floß ging, hörte und spürte er, wie die Indios rings um sie herum ins Wasser sprangen, um … ja … um ihr Gefährt unter lauten Kommandos irgendwo … an Land zu ziehen.

Land.

Ohne Zweifel.

Schritte näherten sich ihm und seinen zwei Schicksalsgenossen, und die Indios befreiten sie von den Stricken, mit denen Ovando, Vazquez und er selbst zusammengebunden waren. Kräftige Hände packten ihn, richteten ihn mitleidlos auf und zwangen ihn so dazu, sein verletztes Bein zu belasten. Gequält stöhnte er, und es tröstete ihn wenig, dass seine Gefährten nicht weniger grob behandelt wurden. Jemand stieß ihn brüsk vorwärts. Er stolperte unter Schmerzen voran, trat kurz darauf ins Leere und kippte schreiend vornüber. Doch statt im Wasser landete er … auf einem weichen und warmen Untergrund.

Die Indios lachten spöttisch, wurden jedoch von einer befehlsgewohnten Stimme zur Ordnung gerufen. Der Kazike.

Zwischen Miguels Zähnen knirschte es, sein Bein brannte inzwischen wie Feuer, und mit auf dem Rücken zusammengebundenen Händen wälzte er sich herum, wobei seine Binde etwas verrutschte und kurz den Blick auf einen weißgelben Sandstrand mit hohen schwarzen Felsen freigab, die von rotem Abendlicht beschienen wurden.

Abendlicht?

Vorhin war es doch noch mitten am Tag gewesen. Miguel vermochte es nicht, dem Gedanken weiter zu folgen, denn schon schoben sich die nackten Beine ihrer Häscher in sein Sichtfeld, gefolgt von der grünen Wand eines Dschungels mit Palmen und anderem Grünzeug.

Abermals erfüllte ein dumpfes Grollen die Luft, wie von einem nahenden Gewitter.

Gleichzeitig richtete einer der Indios ihn wieder auf und drängte ihn dazu, weiter voranzuhumpeln. Miguel ächzte schmerzerfüllt, während Antonio de Ovando und Diego Vazquez sich schräg hinter ihm laut und empört über die unsanfte Behandlung durch die Indios beschwerten. Diese jedoch schien das nicht weiter zu kümmern, denn sie trieben ihre Gefangenen unerbittlich den Strand hinauf, bis sie die Ausläufer des Dschungels erreichten. Die Meeresbrandung wurde hier allmählich leiser; Miguels Kopfschmerzen hingegen schwollen an, während er weiter vorangestoßen wurde. Mittlerweile fiel der Schatten tropischer Bäume und Gewächse auf sie, die Luft roch jetzt schwer nach Hibiskus und Orchideen, und aus dem Wald drangen exotische Rufe, hinter denen Miguel Vögel vermutete. Die Indios hielten kurz inne und senkten ihre Stimmen. Ehrfürchtig. Fast ängstlich.

Unsanft zogen seine Häscher ihn und die anderen einige minutenlang durch die stickige Blätterwelt, dann gebot der Kazike dem Trupp, innezuhalten.

Schwer atmend blieb Miguel stehen und versuchte, die

Schmerzen in seinem Bein zu ignorieren. Es gelang ihm nicht. Stattdessen vernahm er hinter sich den gedämpften Fluch Antonio de Ovandos. Offenbar hatte sich sein Landsmann während des Marsches den Knöchel verstaucht.

Abermals packten die Indios sie, und diesmal wurden sie auf eine verschattete Lichtung geführt, auf der sich – soweit Miguel das unter der Binde erkennen konnte – vier schlanke Holzpfähle befanden, in die Indiomuster eingeschnitzt waren. Die Einheimischen führten sie jeweils zu einem von ihnen und banden sie dort abermals mit Stricken. Miguel, der auf seinem verletzten Bein kaum mehr stehen konnte, war fast froh um die kräftige Wickelung.

»Was habt ihr mit uns vor, ihr dreckigen Heiden?« Diegos Stimme bebte vor Wut, und Miguel konnte hören, wie der Segelmacher, den die Indios rechts von ihm an einen der Pfähle gebunden hatten, erfolglos an seinen Fesseln zerrte, während Antonio de Ovando links von ihm sich mit nur mühsam bewahrter Beherrschung an den Kaziken wandte. »Komm schon – sag, was du willst. Meine Familie ist reich. Wenn ihr mich verschont, wird sie mich auslösen.«

Der Kazike antwortete nicht, und die übrigen Indios, die Miguel hinter den Pfählen im Rücken ihrer drei Gefangenen wähnte, verstummten. Stille fiel wie ein schweres Tuch über die Lichtung und ließ nur das leichte Rauschen des Windes in den Zweigen und Blättern und das Stöhnen Antonio de Ovandos zurück, der seine Versuche, die Indios zur Zusammenarbeit zu bewegen, aufgegeben zu haben schien. Vorsichtig hob Miguel den Kopf, um mehr zu erkennen, und entdeckte im Licht der untergehenden Sonne den Kaziken einige Schritte voraus. Dieser kniete mit erhobenen Händen vor einem imposanten Felsen mit fremdartigen Steinritzungen, der düster vor der ihnen gegenüberliegenden Dschungelwand aufragte. Dabei murmelte er feierliche Worte in der Sprache seines Volkes. Dann legte er sich vor dem Koloss auf den Bauch, demütig und mit weit abgespreizten Armen, und die Indios hinter ihnen stimmten ein mehrkehliges Summen an.

Miguels Gedanken rasten. Was auch immer ihre Peiniger da trieben, es gefiel ihm nicht. Ganz und gar nicht. Er hatte von Völkern in der Neuen Welt gehört, die ihren Gefangenen in grässlichen heidnischen Ritualen und bei lebendigem Leib das Herz aus der Brust rissen. Angstschweiß trat ihm auf die Stirn, während er verzweifelt und erfolglos zu erfassen versuchte, was ihre Entführer für sie vorgesehen hatten.

Plötzlich kehrte wieder jenes lang gezogene Grollen zurück, das er noch immer nicht zuordnen konnte, und diesmal glaubte er sogar, den Laut körperlich spüren zu können. So, als würden kleine Wellen durch den Boden laufen.

Als habe der Kazike nur darauf gewartet, erhob er sich, und einige der Indios traten hervor, um die Habseligkeiten von Miguels Begleitern auf die Lichtung zu werfen. Es schepperte, als Antonio de Ovandos Konquistadoren-Helm auf den Brustharnisch traf. Dann zogen sich ihre Peiniger zurück, und selbst der Kazike verschwand, soweit Miguel das anhand der Geräusche beurteilen konnte, ohne ein weiteres Wort hinter ihnen im Dickicht. Gehölz knackte, und Blattwerk raschelte, als der Trupp sich einen Weg durch das Unterholz bahnte. Dann waren die Taíno verschwunden.

»Sind sie weg?«, fragte Diego leise.

»Ja, ich glaube schon«, wisperte Miguel, den das Verschwinden ihrer Häscher alles andere als beruhigte. Ganz im Gegenteil. Hinzu kam, dass es allmählich dunkel wurde.

»Könnt ihr euch irgendwie losmachen?«, wollte Antonio de Ovando wissen.

»Könnte ich es, würde ich hier garantiert nicht mehr herumhängen«, blaffte Diego zurück. »Außerdem wäre ich schon froh, wenn ich wüsste, wo zum Teufel diese Heiden uns überhaupt hingeschleppt haben.«

Miguel, der offenbar als Einziger durch seine verrutschte Augenbinde hatte sehen können, erklärte den beiden, was er wusste.

»Die haben sogar mein Rapier zurückgelassen?«, fragte der Konquistador ungläubig.

»Ja, soweit ich das erkennen kann, schon«, antwortete Miguel. »Keine Ahnung, warum. Ich meine, die haben uns doch nicht …«

Unvermittelt hielt er inne und brauchte einige Augenblicke, bis er verstand, was sich verändert hatte: Das schwere Tuch schien sich erneut über die Lichtung gelegt zu haben. Der Dschungel war verstummt. Selbst die Vögel schwiegen. Miguel spürte seinen Herzschlag, dann drang aus dem Blätterdickicht vor ihnen ein Rascheln.

»Habt ihr das auch gehört?«, zischte Diego.

Angespannt lauschten sie, dann vernahmen sie das Rascheln abermals. Diesmal deutlich weiter rechts, gefolgt von einer Art … Zirpen.

Miguels Nackenhaare stellten sich bei dem befremdlichen Laut auf, während er sich verzweifelt damit abmühte, unter seiner Binde etwas zu erkennen.

Doch sein Sichtfeld war noch immer deutlich eingeschränkt, die Schatten wurden immer länger, und wohin er auch zu blicken vermochte, entdeckte er um sie herum nur Bäume, Blätter und Farne.

Da vernahm er unvermittelt ein metallisches Kratzen. Er ruckte herum und versuchte den Platz genauer einzusehen, an dem die Indios die Besitztümer des Konquistadors zurückgelassen hatten. Helm und Harnisch waren fort! Stattdessen bewegten sich im nahen Dschungel einige Pflanzen, und Miguel hielt unwillkürlich die Luft an, als ihm bewusst wurde, dass jemand … oder etwas sie beobachtete.

»Eure Rüstung ist weg«, keuchte er mit zittriger Stimme. »Da ist irgendetwas im Dschungel … das … hat sie geholt.« Miguel hörte selbst, wie panisch seine Stimme klang.

Antonio de Ovando bewegte sich am Pfahl neben ihm, als das unheimliche Zirpen oder Schnattern abermals die Lichtung erfüllte. Plötzlich brach etwas schräg hinter ihnen aus dem Urwald. Miguel hörte dort, wo Diego Vazquez angebunden war, das Reißen und Platzen von Fasern, dann dessen erschrockene Stimme. »Was, zum Teufel …?!«

Miguel sah unter der Augenbinde, wie der Körper des Segelmachers, befreit von den Stricken, auf die Lichtung kippte. Der Mann versuchte sich noch zu wehren, doch etwas schien ihn am Bein zu packen, denn kurz darauf wurde Vazquez mit einem Ruck aus Miguels Blickfeld gerissen. Das Zirpen, das über die Lichtung gellte, klang nun triumphierend.

»Nein! Neiiiiiiiinnn …« Im Dschungel hinter sich hörte Miguel das brutale Geräusch brechender Knochen und rücksichtslose Schleiflaute, die sich rasch entfernten. Mit ihnen entfernten sich auch die panischen Schreie des Segelmachers, wurden leiser – und verstummten schließlich endgültig.

»Scheiße. Was ist das?«, keuchte Antonio de Ovando.

Ein weiteres Mal kreischte das grauenvolle Zirpen über die Lichtung, und diesmal schien es sich von links zu nähern.

Schon gellte der Schrei des Konquistadors an Miguels Ohren, und er konnte hören, wie etwas den Mann packte und diesen ebenfalls mit rasender Geschwindigkeit ins Unterholz riss. Das panische Brüllen de Ovandos hallte noch in Miguels Ohren, als der Mann schon längst verstummt war.

Den Schmerz an seinem eigenen Bein spürte Miguel längst nicht mehr. Zitternd vor Angst, hing er am Pfahl, lauschte in den Dschungel und nahm nur am Rande wahr, wie er sich unkontrolliert in seine Beinkleider erleichterte.

Und dann spürte er es: Die Aufmerksamkeit der fremdartigen Präsenz war nun auf ihn gerichtet. Irgendetwas baute sich unmittelbar vor ihm auf und stieß einen Laut aus, der ihn an ein lauerndes Schnattern erinnerte.

»Bitte!«, schluchzte Miguel verzweifelt und schloss die Augen, als könne er damit sein Schicksal abwenden. Aber die Würfel waren längst gefallen, und er wusste es.

Er hob nun doch den Kopf, starrte in riesige schwarze Augen – und begann unkontrolliert zu schreien.

Atlantischer Ozean

Ca. 1000 Seemeilen südsüdwestlich der Bermudainseln

Heute

Der Hurrikan

»Dieser Trip war die beschissenste Idee, die wir je hatten!«

Draußen heulte der Sturm, die *Sea Quest* sackte ab, und Alex drohte abermals, den Halt zu verlieren. Aber diesmal war er darauf vorbereitet und schaffte es gerade noch rechtzeitig, sich am Bett festzuhalten, als die nächste Welle gegen das verstärkte Glas ihrer Kabine brandete. Und das auf Deck 6! Für einen Moment erschien es ihm, als blicke er auf ein Aquarium. Nur dass dort draußen die Fische fehlten. Dann richtete sich das Kreuzfahrtschiff wieder auf, und die Scheibe war übersät von ablaufenden Schlieren und Wasserrinnen, die ihm gnädigerweise den Blick auf die wild bewegte See unmöglich machten.

»Ich hoffe, du gibst jetzt nicht mir die Schuld für den Sturm!«, kommentierte Jochen seinen Balanceakt. Alex' Kumpel saß trotz des schwankenden Untergrunds lässig auf dem Nachbarbett ihrer geräumigen Zwei-Personen-Kabine, zückte entspannt sein Smartphone und richtete es auf die Scheibe, die abermals unter einer blaugrauen Woge versank. Jochen grinste, während er das Spektakel filmte. »Immerhin haben wir jetzt etwas zu erzählen, wenn wir wieder zurück in Deutschland sind.«

»Wir haben auch so genug zu erzählen.« Alex, der gegen den Freiheitsdrang seiner Vormittagsbouillon ankämpfte, verfluchte sich längst dafür, ausgerechnet auf einem Schiff wie diesem eingecheckt zu haben. Die MS *Sea Quest* zählte mit ihren knapp zweihundert Metern Länge zu den eher kleinen Kreuzfahrtschiffen und hatte auf ihren sechs Passagierdecks gerade mal Platz für etwas mehr als dreihundertfünfzig Gäste. In puncto Komfort hielt die *Sea Quest* zwar, was der Reiseprospekt versprochen hatte, aber die echten Kreuzfahrtriesen lagen bei Sturm bestimmt stabiler im Wasser. Ganz davon abgesehen, dass Alex jede andere Reisemethode deutlich bevorzugt hätte.

»Wir könnten auf den Bahamas längst gemütlich einen Cocktail schlürfen«, murrte er, »wenn du nicht so eine verdammte Flugangst hättest.«

»Ach, komm schon.« Jochen strich sich das halblange dunkle Haar aus der Stirn, musste sich jedoch ebenfalls festhalten, da das Schiff erneut in ein Wellental geriet. »Schließlich haben wir extra einen Termin außerhalb der Hurrikan-Saison gebucht. Wir haben einfach Pech.« Er steckte das Smartphone zurück in seine Tasche. »Dass wir schon wieder in so einen Orkan wie damals auf der *Polarstern* geraten würden, war ja nun wirklich nicht abzusehen.«

Alex erinnerte sich nur zu gut an die stürmische Arktisexpedition, auf der Jochen und er sich vor einigen Jahren kennengelernt hatten. Als angehende Biologen hatten sie auf dem deutschen Forschungsschiff *Polarstern* Praxiserfahrung gesammelt. Doch während Jochen sich durch die Expedition in seiner Spezialisierung auf Meeresbiologie bestätigt gefühlt hatte, war Alex die halbe Expedition über seekrank gewesen. Dieser Ausblick auf seine zukünftigen Arbeitsbedingungen hatte ihn von Hamburg nach Berlin und anschließend nach Rostock umziehen lassen, wo er seinen Studienschwerpunkt neu ausgerichtet hatte. Inzwischen stand er kurz vor seiner Promotion in Zoologie, während Jochen all die Jahre über in Hamburg geblieben war, wo er sich mehr recht als schlecht mit Hiwi-Jobs durchschlug.

Offiziell arbeitete sein Freund ebenfalls an einer Doktorarbeit, aber dass ihn die häufig wechselnden Studentinnen in seinem Bett mehr interessierten als das Näherrücken seines akademischen Grades, war ein offenes Geheimnis. Jochen war eben das, was man für gewöhnlich als einen Hingucker bezeichnete: Groß, athletisch und mit halblangem dunklem Haar ähnelte er den Surfer-Typen, denen sie vor zwei Wochen in Kalifornien begegnet waren. Dass er da einen Schlag bei Frauen hatte, war nicht weiter verwunderlich.

Auch Alex selbst war nicht unsportlich, aber ihm fehlte die

Leichtigkeit, mit der es Jochen gelang, das andere Geschlecht für sich einzunehmen. Außerdem hatte er bis vor einem halben Jahr in einer festen Beziehung gelebt – und täte das sicherlich noch immer, wenn Svenja ihn nicht ausgerechnet an seinem dreißigsten Geburtstag und nach fünf gemeinsamen Jahren für einen ehemaligen Schulfreund verlassen hätte. Wie sich herausgestellt hatte, war der Kerl ihre heimliche Jugendliebe gewesen und war, wie Alex leicht durch einen Check seiner Social-Media-Accounts hatte feststellen können, ebenso blond und sportlich wie er selbst, teilte seine Leidenschaft fürs Bergsteigen und schätzte sogar die gleichen Bücher und Filme. Der Unterschied zwischen ihnen war, dass der Typ eine kleine Fullservice-IT-Agentur besaß, die so viel abwarf, dass er sich mühelos einen Sportwagen leisten konnte. Die Erkenntnis, dass er all die Jahre über bloß als billige Kopie eines anderen hatte herhalten dürfen, schmerzte Alex noch immer.

Unabhängig von seiner Übelkeit war er Jochen deshalb mehr als dankbar, dass dieser ihn zu dem mehrwöchigen USA-Trip überredet hatte. Die Reise hatte ihm tatsächlich gutgetan und ihn auf andere Gedanken gebracht. Von New York aus hatten sie schließlich ihre zehntägige Karibikrundfahrt angetreten, die sie über Bermuda, die Bahamas und von dort über Orlando und Norfolk zurück nach NYC führen würde und den grandiosen Abschluss ihrer Reise bilden sollte. Bermuda hatten sie bereits hinter sich gelassen, und trotz seiner Abneigung gegen Schiffsreisen hatte sich Alex auf den Tag auf See sogar gefreut – wäre da nicht dieser sonderbare Sturm gewesen. Der Orkan, der das Kreuzfahrtschiff gerade erneut in ein tiefes Wellental jagen ließ, hatte sich kurz nach Mittag völlig ohne Vorwarnung und – Alex warf einen Blick auf seine Funkarmbanduhr, die ihm Svenja zu ihrem letzten gemeinsam verbrachten Weihnachtsfest geschenkt hatte – in nicht einmal vierzig Minuten über dem Meer zusammengebraut. Grelle Blitze zuckten nun über den östlichen Horizont und offenbarten über den Wellenbergen einen Himmel in beängstigendem Schwarzgrün.

Draußen war es inzwischen so dunkel, als sei die Sonne bereits untergegangen. Selbst damals auf der *Polarstern* hatte er einen solchen Sturm nicht erlebt.

Eine weitere hohe Welle traf das Schiff, die *Sea Quest* begann, schwer zu rollen, und die Kabinenlichter flackerten. Im gleichen Moment schwang die Tür zum Bad auf, und Deo, Zahnpasta und Tabletten kollerten in den Schlafbereich.

Diesmal richtete sich auch Jochen auf.

»Alter Schwede!« Er lachte. »Vielleicht hätten wir vor unserer Abfahrt doch ein Opfer an Poseidon bringen müssen.«

»Ja, dich …«, murrte Alex.

Sein Freund grinste.

Alex hob seufzend ein Röhrchen mit Tabletten gegen Seekrankheit auf, als über einen Lautsprecher in der Raumdecke die Stimme des Kapitäns der *Sea Quest* zu hören war. Er forderte die Passagiere auf, in ihren Kabinen zu bleiben. Doch dann brach die Stimme unvermittelt ab, und die Kabinenlichter flackerten wieder.

Alex entnahm seiner Jacke sein Handy und deaktivierte den Flugmodus, den er aus Kostengründen eingeschaltet hatte. Zu seinem Befremden gelang es dem Gerät nicht, sich in das Bord-Mobilfunknetz einzuwählen. Es wurde nicht einmal angezeigt.

»Findest du es nicht auch komisch, dass es heute keinerlei Unwetterwarnung gab?« Beunruhigt blickte Alex im fernen Wetterleuchten auf das aufgewühlte Meer. Sogleich nahm ihm eine weitere Welle die Sicht auf die sturmgepeitschte See, brandete bis hoch gegen das Fenster und schnitt sie erneut von dem Zwielicht der Außenwelt ab.

»Jetzt mach dir nicht ins Hemd«, versuchte Jochen ihn zu beruhigen und erhob sich trotz des schwankenden Untergrunds. »Bei einem Sturm wie diesem ist es draußen auf dem Meer sogar am sichersten. Immerhin können wir hier nirgendwo auflaufen. Außerdem sind die modernen Kreuzfahrtschiffe so gebaut, dass ihnen selbst ein Hurrikan nichts anhaben kann.«

»Ja, verdammt, ich weiß«, knurrte Alex. »Aber sag das mal meinem Magen.«

Ein heftiger Stoß ließ das Schiff erzittern, und die Welt hinter dem Kabinenfenster versank abermals in blaugrauer Dunkelheit. Das Deckenlicht im Raum erlosch, während auf dem Gang vor der Kabine heftiges Gepolter zu hören war, dem ein Schrei folgte.

Alex und Jochen warfen einander besorgte Blicke zu. Obwohl das Schiff noch immer schwer auf der Seite lag, mühte sich Alex zur Tür, öffnete diese und spähte nach draußen. Der lange Gang, von dem zahlreiche weitere Kabinen abzweigten, empfing ihn im düsteren Schein der Notbeleuchtung, und die einzige natürliche Lichtquelle war eine Glastür etwas weiter den Gang hinunter zu seiner Rechten. Dort ging es zum Heck des Schiffes mit der Rezeption, dem Fahrstuhl und den Miniboutiquen. Linker Hand jedoch, keine drei Schritte von ihrer Kabine entfernt, war ein herrenloser Servierwagen mit großer Kraft gegen eine Kabinentür auf der gegenüberliegenden Gangseite gedonnert und hatte in diese eine faustgroße Delle geschlagen. Neben dem Wagen lag eine junge Frau mit sommerlich weißer Wickelhose und am Bauch zusammengeknotetem Top am Boden. Eine amerikanische Touristin, soweit sich Alex erinnerte, da ihn Jochen bereits bei der Abreise in New York auf die Blondine aufmerksam gemacht hatte. Die junge Frau blutete an der Stirn, hielt sich den rechten Oberarm und versuchte soeben, sich aufzurappeln.

»Oh, Shit!« Das Schiff richtete sich wieder auf, und Alex setzte sich in Bewegung, um der blonden Amerikanerin zu Hilfe zu eilen. Doch er kam nicht weit, denn schon zog Jochen an ihm vorbei und half ihr auf die Beine.

»Alles in Ordnung?«, sprach sein Kumpel sie besorgt auf Englisch an.

Die Gestürzte verzog das Gesicht und lächelte zaghaft, als sie sah, wer ihr aufhalf. »Danke. Geht so ... Eigentlich wollte ich bloß zurück auf mein Quartier – und dann krachte mir plötzlich dieser Wagen in die Seite.«

»Warten Sie, ich hole rasch ein Pflaster«, bot sich Alex an und lief zurück in die Kabine. Dabei fiel ihm auf, wie kühl es mit einem Mal geworden war. Als wäre mit dem Licht auch die Wärme aus dem Schiffsleib gewichen. Schnell griff er nach seiner Sommerjacke und suchte dann im Bad erfolglos nach Verbandsmaterial. Also lief er zurück in den Flur, doch da sackte das Schiff bereits wieder ab, und sie alle rangen abermals mit dem Gleichgewicht. Jochen stützte die Amerikanerin – natürlich tat er das –, während Alex den Servierwagen zu packen versuchte, der im Gang herrenlos in Richtung Schiffsheck sauste. Erfolg hatte er erst vor einer der Türen kurz vor der Rezeption. Eine Stewardkabine. Sie stand eine Handbreit auf, und jemand hielt sie von innen fest. Während Jochen weiter hinten im Korridor den Frauenflüsterer mimte, drangen auch aus dem Türspalt der Kabine Stimmen.

»... hatten auf der Brücke schon Ärger mit dem Kompass«, erklärte eine verärgerte Männerstimme auf Englisch. »Und jetzt scheint die Elektrik ausgefallen zu sein.«

»Und was bedeutet das?«, fragte eine aufgeregte Frauenstimme mit lateinamerikanischem Akzent. »Jetzt, bei diesem seltsamen Sturm?«

»Was weiß ich? Ich erreiche oben niemanden«, knurrte der Mann. »Die arbeiten sicher schon daran.«

Alex klopfte, und im Türspalt erschien eine hübsche Frau mit dunkelbraunen Augen, dunklem Teint und schulterlangen schwarzen Haaren, deren ausgeprägte Wangenknochen ihn unwillkürlich an alte Maya-Abbildungen erinnerten. Die Südamerikanerin war einen halben Kopf kleiner als er und dem Äußeren nach Ende zwanzig. Ihr uniformierter Dress – blau-weißes Hemd, Schulterklappen, knielanger weißer Rock – offenbarte, dass sie dem Servicepersonal der *Sea Quest* angehörte. Itzil Pérez, las Alex auf ihrem Namensschild. Kaum dass sie sah, dass sie einen Passagier vor sich hatte, knipste sie ein unverbindliches Lächeln an. »Was kann ich für Sie tun?«

»Entschuldigen Sie, aber wir benötigen Verbandsmaterial«, erklärte Alex, der sich nun seine Jacke überstreifte. »Der Wagen hier hat gerade eben jemanden umgerissen.«

»Oh.« Die Kreuzfahrtmitarbeiterin reagierte sichtlich bestürzt. »Das ist meine Schuld. Ich habe ihn ... einen Moment.«

Unter dem Protest eines etwa vierzigjährigen Mannes in ebenfalls blau-weißer Stewarduniform zog sie den Servierwagen kurzerhand in die Kabine, trat anschließend an Alex' Seite und warf einen Blick hinüber zu der Amerikanerin, der Jochen längst mit einem Taschentuch aushalf.

Die Südamerikanerin seufzte. »Warten Sie bitte.«

Abermals gerieten sie wegen der Schlingerbewegungen des Schiffes aus dem Tritt, doch da Jochen stumm signalisierte, die Sache im Griff zu haben – was genau genommen sehr wörtlich zu verstehen war –, folgte Alex ihr durch die Glastür in den Rezeptionsbereich. Auch dort hatte der Sturm seine Spuren hinterlassen: Werbezettel, Stifte und sogar eine Vase mit Blumen lagen am Boden, und hinter den Scheiben der Miniboutique war ein Kleiderständer umgestürzt. Unglücklicherweise war mit dem Licht auch der Fahrstuhl zu den übrigen Decks der *Sea Quest* ausgefallen. Weiter unten lag seines Wissens das Hospital des Schiffes. Und war damit vermutlich derzeit unerreichbar für sie. Sicherlich gab es irgendwo einen Treppenbereich, aber der war vermutlich nur dem Personal zugängig.

Alex' Begleiterin kämpfte sich über den schwankenden Untergrund zur Rezeption vor, sodass Alex Zeit fand für einen Blick auf die große Fensterfront auf der Backbordseite. Erneut setzten grelle Blitze den Himmel über der bewegten See in Flammen. Ihr Lichtschein beleuchtete heftig flatternde, rot-weiße Absperrbänder nahe der Außenreling, die den Weg zu den Außentreppen versperrten. Aber wer sich jetzt noch dort draußen aufhielt, musste ohnedies verrückt sein.

Die Südamerikanerin sprach derweil auf Spanisch mit der Rezeptionistin, an deren Tresen sich ein Italiener festklammerte, den Jochen und er gestern beim Abendessen kennengelernt hatten. Der Mann nickte ihm unglücklich zu. Die Rezeptionistin kramte in einem Schrank und schüttelte bedauernd den Kopf.

Der komplette Bereich wurde wieder kurz in grelles Licht getaucht, dann rollte vom Meer her ein dumpfes Krachen an ihre Ohren. Alex konnte sich nicht helfen, aber der Sturm da draußen wurde ihm zunehmend unheimlich.

Er wollte sich gerade abwenden, da glaubte er, etwas auf den Wellenbergen auszumachen.

Was war das?

Alex trat näher an die Scheiben heran. Auf den gewaltigen Wasserbergen ... tanzte ein Schiff. Eine schnittige, überaus modern wirkende rot-weiße Jacht mit eigenwilligen ... technisch anmutenden Aufbauten.

Spritzwasser prasselte von außen gegen die Glasfront des Kreuzfahrtschiffs, und er trat respektvoll zurück. Als das Wasser abgeflossen war, war von der Jacht nichts mehr zu sehen. Alex kniff die Augen zusammen, dann schüttelte er den Kopf. Er hatte sich das Schiff garantiert nicht bloß eingebildet.

Itzil Pérez trat an seine Seite.

»Tut mir leid«, erklärte sie, und er hörte ehrliche Enttäuschung in ihrer Stimme, »aber es sieht so aus, als müssten wir rüber ins Restaurant. Dort sollten wir in jedem Fall einen Erste-Hilfe-Kasten für Ihre Freundin finden.«

»Ich kenne die junge Frau gar nicht persönlich.« Alex schloss die Knöpfe seiner Jacke. »Mein Freund und ich sind ihr ...«

Eine riesige Welle donnerte gegen die Außenscheiben und ließ das Schiff erzittern. Er geriet aus dem Gleichgewicht, ruderte mit den Armen und spürte plötzlich Hände, die ihn stützten. Die Südamerikanerin lächelte schief, und er richtete sich wieder auf.

»Danke.«

»Gern geschehen. Möchten Sie mir folgen?«

Trotz des beständigen Aufs und Abs der *Sea Quest* kämpften sie sich an Miniboutique und Internetcenter vorbei Richtung Heck und auf die dort gelegene Restauranttür zu. Dabei bemerkte Alex, dass seine Begleitung seine Besorgnis bezüglich des Sturmes zu teilen schien.

»Habe ich das richtig verstanden, dass wir gerade größere Probleme haben?«, sprach er sie an.

»Sie haben das Gespräch vorhin in der Kabine mitangehört?« Die Südamerikanerin sah unglücklich auf. »Tut mir leid, ich wollte Sie nicht beunruhigen. Die werden das schon bald in den Griff bekommen. Aber wenn ich ehrlich bin … es gab nicht einmal eine Unwetterwarnung. Außerdem …« Sie sah nach vorn und wirkte mit einem Mal verärgert. »Das darf doch nicht wahr sein«, schimpfte sie. »Hier sollte eigentlich längst niemand mehr sein!«

Durch die Glastür zum Restaurant sah nun auch Alex das halbe Dutzend Passagiere, das dort trotz der Anweisung des Kapitäns, die Kabinen nicht zu verlassen, noch immer ausharrte. Das Schiff begann abermals zu krängen. Alarmiert beobachtete Alex, wie im Saal Tische und weitere Servierwagen verrutschten, während ein gewaltiger Brecher gegen die gläserne Panoramafront des Restaurants schlug. Das Schiff sackte ab, weitere Möbelstücke kippten um, und diesmal lösten sich unter der Wucht des Aufpralls sogar zwei Deckenpaneele und stürzten zu Boden. Verängstigte Schreie gellten ihnen entgegen.

»Meine Fresse!«, entfuhr es Alex auf Deutsch.

Hastig zogen sie die Türen auf, und mit den mittäglichen Essensdüften drang nun auch ein unangenehmer Geruch nach Erbrochenem an ihre Nasen. Grelle Blitze über dem Meer erhellten das Bordrestaurant, und Alex entdeckte in dem Licht einen Mann, der sich krampfhaft an einer Sitzgruppe festhielt und sich übergab, während unweit von ihm eine Frau verzweifelt den Inhalt ihrer zu Boden gefallenen Handtasche aufzusammeln versuchte. Im hinteren Teil des Restaurants gelang es einem dicken Asiaten trotz der Unterstützung der Mitarbeiter des Restaurants nur mit Mühe, das Gleichgewicht zu wahren.

Alex folgte der Südamerikanerin hinüber zum Tresenbereich samt Grill und Bordküchen-Durchreiche. Dort sperrte sie eine Tür zu einem schmalen Raum mit Regalen auf, auf denen mindestens drei Dutzend roter Rettungswesten aufgestapelt waren. Während sie einen Erste-Hilfe-Koffer von der Wand löste, zwängte Alex sich, ohne weiter nachzudenken, an ihr vorbei, griff nach einer der Rettungswesten und legte sie sich gemäß der Notfallübung zu Beginn der Reise an. Dann drückte er seiner Begleiterin kurz entschlossen ebenfalls eine der Westen in die Hand. »Besser, Sie tragen auch eine. Und vielleicht nehmen wir auch gleich ein paar von denen mit nach hinten?«

Die Kreuzfahrtmitarbeiterin wirkte unschlüssig. »Eigentlich bedarf es dafür einer Weisung von der Brücke.«

»Wie denn, bei ausgefallener Bordkommunikation?«

Die junge Frau nickte und schlüpfte ihrerseits in die Weste – als sie beide ein befremdlicher Laut innehalten ließ. Ein dumpfes Dröhnen, dem ein eigentümliches Prasseln folgte.

Nein … es klang mehr wie reißendes Papier … oder das durchdringende Knattern einer Plane. Der Laut drang ihm bis ins Mark.

Was war das?

Alex lauschte angestrengt und war sich mit einem Mal sicher, dass das unangenehme Geräusch nicht vom Schiff selbst, sondern von irgendwoher weit draußen auf dem Meer stammte.

Um sich zu orientieren, eilte er aus dem Kabuff, als jäh die

Türen und Schubladen des Küchenbereichs aufsprangen. Teller, Tassen, Gläser und Geschirr krachten lawinenartig auf den Boden. Messer, Gabeln und Löffel hingegen hingen für einen irrwitzigen Augenblick in der Luft, nur um dann quer durch den Saal auf das Panoramafenster des Restaurants zuzujagen. Ihnen folgten der Rost des großen Grills, einige Fleischermesser und Suppenlöffel aus der Bordküche sowie ein riesiger Kochtopf, der lautstark mit den Türen der Durchreiche kollidierte, bevor auch er wie eine Kanonenkugel an Alex vorbeischoss, um auf der gegenüberliegenden Seite des Raums gegen die Fensterfronten zu krachen.

Alex starrte das Phänomen ungläubig an. Eines der Messer steckte sogar im Glas, während die übrigen Besteckteile wie wütend ruckelnde Rieseninsekten an den Fenstern klebten.

Nur am Rande nahm Alex die Schmerzensschreie jener im Raum wahr, die von dem metallenen Geschosshagel getroffen worden waren, denn das Bild, das sich ihm draußen auf See bot, war ungleich entsetzlicher: Die beschädigte Fensterfront gewährte ihm einen Blick auf die Querachse des Schiffes. Und dort war jetzt ein tiefes Wellental auszumachen, hinter dem sich eine gewaltige schwarze Wasserwand aufgetürmt hatte. Rasend und schäumend näherte sie sich der *Sea Quest*. Eine Freak-Wave. Eine Monsterwelle!

Sicher dreißig Meter hoch.

Alex fuhr zu seiner Begleiterin herum, die soeben aus dem Kabuff trat und erschrocken auf die heranrollende Riesenwelle starrte. Hektisch schloss er die Verschlüsse ihrer Rettungsweste. »Beeilen Sie sich. Wenn uns das Ding trifft, dann …«

Das Kreuzfahrtschiff kippte auf die Backbordseite, sie beide stürzten, dann brach die riesige Wasserwand über die *Sea Quest* herein. Die Fensterfront knackste lautstark, das Glas überzog sich mit Rissen, und unter ohrenbetäubendem Getöse barsten die Scheiben.

Meerwasser flutete den Saal.

Alex spürte, wie ihn eine titanische Kraft emporriss, anhob und herumwirbelte.

Dann wurde es schwarz um ihn.

Gestrandet

Sonnenstrahlen kitzelten Itzils Augenlider, und Wellen schwappten über ihre Beine.

Sie lag unbequem auf der Seite, während die Rettungsweste ihr gegen die Rippen drückte. Aus der Ferne drang das Geräusch von Brandung an ihre Ohren, ihr Mund schmeckte nach Salzwasser, und es roch nach Strand, Muscheln und … Öl.

Verzweifelt kämpfte sie um ihr Bewusstsein, öffnete die Augen – und starrte in die glanzlosen Augäpfel eines korpulenten Mannes um die vierzig, der ein buntes Hawaiihemd trug und dessen rotes Haar mit Tang bedeckt war.

Der Mann war tot!

Itzil keuchte entsetzt auf und kämpfte sich mühsam in die Höhe. Sie war auf einem warmen Sandstrand mit hohen schwarzen Basaltfelsen zu sich gekommen. Hinter dem Toten war Treibgut angespült worden, darunter ein Koffer und Kleidungsstücke, herrenlose Rettungswesten und sogar ein kompletter Sonnenschirm samt Teilen einer Liege. Und doch hatte sie nur Augen für den Toten, der keine zwei Schritte von ihr entfernt lag und sie vorwurfsvoll anstarrte.

Itzil wich panisch vor der Leiche zurück, kippte, weil der Anblick Übelkeit in ihr aufsteigen ließ, zurück auf alle viere, übergab sich krampfhaft und glaubte, dem Geschmack nach vor allem Meerwasser auszuspeien. Dann, endlich, schaffte sie es wieder hoch und taumelte auf einen grünen Dschungel zu, der sich in fünfzehn oder zwanzig Schritten Entfernung abzeichnete: eine üppige grüne Wand aus Mangroven, Kletterpflanzen und prächtigen Palmen. Bereits auf halber Strecke ließ sie sich erschöpft erneut auf die Knie fallen und sah sich abermals entsetzt um.

Sie hatte keine Ahnung, *wo* sie hier gelandet war, aber zumindest das *Warum* war offensichtlich. Allerdings hatte sie an das Schiffsunglück selbst nur noch wenige Erinnerungen und konnte sich lediglich an diese Monsterwelle erinnern, die auf das Kreuzfahrtschiff zugerollt war. Alles danach war in dunkle Schleier gehüllt.

Um einen erneuten Blick auf den Toten zu vermeiden, starrte sie krampfhaft an Basaltfelsen und Treibgut über eine Bucht hinweg aufs Meer hinaus, wo am fernen Horizont noch immer auf ganzer Breite schwarze Sturmwolken den Himmel verfinsterten, in denen hin und wieder grelle Blitze zuckten. Irritiert schüttelte sie den Kopf, denn hier auf der Insel schien die Sonne warm auf sie herab und brachte das türkisfarbene Wasser über weite Strecken zum Glitzern. Nur dass der Sonnenball jenseits der treibenden Schäfchenwolken von einer Korona aus eigenartigen Lichtreflexen umgeben war, die sich in weißlichen Kreisen und Bogen manifestierten. Solche Haloeffekte kannte sie nur von Fotos.

Während sie stirnrunzelnd die Sturmwolken in der Ferne betrachtete, wehte ihr ein angenehm warmer Seewind ins Gesicht, über ihr kreisten Möwen am Himmel, und die Wellen brandeten in gleichmäßigem Takt gegen den Strand. Ganz so, wie an einem lauschigen Urlaubstag in der Südsee – wären da nicht überall die schrecklichen Zeugnisse der Schiffskatastrophe gewesen.

Ein Grummeln wie bei einem Gewitter drang an ihre Ohren, doch sie war sich nicht sicher, ob das Geräusch wirklich von dem fernen Unwetter herrührte.

Itzil atmete tief ein und sah sich aufmerksam um. Die Flut hatte sie am Küstenstreifen einer halbmondförmig geschwungenen Bucht an Land geschwemmt. Neben den dunklen Basaltfelsen, die unregelmäßig über den sandigen Küstenabschnitt verteilt waren, konnte sie linker Hand, in etwa zweihundert Metern Sichtlinie, eine vielleicht vier oder fünf Meter hohe Anhöhe aus dunklem Felsgestein ausmachen, die den Strand wie ein zerklüfteter Wall begrenzte. Rechter Hand hingegen zog sich der breite Sandstreifen weitere sechshundert oder siebenhundert Meter in die Länge, um schließlich an einer dicht von Mangroven bewachsenen Halbinsel auszulaufen, die ein gutes Stück weit auf das Meer hinausragte. Itzil folgte der Landzunge mit ihren Blicken bis zur Spitze – und verlor schlagartig auch den letzten Rest an Hoffnung.

Da draußen auf dem Meer konnte sie die *Sea Quest* ausmachen, auf der sie gute zwei Monate gearbeitet hatte.

Zumindest das, was von ihr übrig war.

Denn das Bild, das das havarierte Kreuzfahrtschiff bot, war niederschmetternd.

Ähnlich wie beim Unglück des italienischen Kreuzfahrtschiffes *Costa Concordia* vor acht Jahren, das die gesamte Kreuzfahrtbranche aufgerüttelt hatte, lag das einstmals so stolze Schiff schwer auf der Seite und wurde quer über zahlreiche Decks hinweg vom Meer umspült. Ein gutes Drittel des Schiffes lag unterhalb der Wasserlinie. Wie eine Speersitze ragten der Schornstein und die Aufbauten der Bugsektionen schräg aus dem Wasser.

Die komplette Szenerie erschien ihr so unwirklich.

Aufgewühlt kramte sie nach ihrem Handy, doch es war fort. Alles, was sie fand, war ihr Bund mit Schlüsseln für Schränke, Spinde und Schiffskabinen, eine durchnässte Packung Taschentücher, einige Münzen und ein Lippenstift.

Ihr Blick glitt kurz hinüber zu der Leiche, dann suchte sie auch den Rest des Strandes mit Blicken ab. Sie entdeckte einen weiteren Toten in einer Stewarduniform. Die See hatte ihn mit den Füßen voran angespült, während sein Oberkörper im Wasser lag und gelegentlich auf und ab schwappte. Itzil erhob sich mit zusammengepressten Lippen und ging im Geiste die Namen ihrer Kollegen und Freunde durch, die ihr etwas bedeuteten: Joziah, Livi, Roman, Tom und natürlich Valery, die sich damals gemeinsam mit ihr beworben hatte.

Wieder schaute sie zu der halb versunkenen *Sea Quest* – und jäh beschlich sie ein schlimmer Verdacht.

Waren *sie* und ihre Freunde vielleicht für die Havarie verantwortlich?

Nein. Unmöglich. Oder doch?

Verzweifelt biss sie sich auf die Lippen und ging den Plan noch einmal durch. Nein. Es sei denn, Roman hatte Mist gebaut. Oder Livi. Doch ehrlich gesagt, kannte sie niemanden, der verlässlicher war als Livi. Andererseits war niemand gegen Fehler gefeit …

Die Hand vor den Mund gepresst, stand sie da und konnte sich nicht aufraffen, um nachzusehen, wer der Tote in der Stewarduniform war. Ihre Hand zitterte leicht, und am liebsten wäre sie auf der Stelle in Tränen ausgebrochen. Doch Itzil widerstand dem Impuls, sich gehen zu lassen. Natürlich, sie stand unter Schock, aber im Moment war allein entscheidend, ob auch andere das Unglück überlebt hatten. Die *Sea Quest* hatte diesmal 321 Passagiere befördert. Hinzu kamen noch einmal fast 210 Crewmitglieder. Sie *konnte* nicht die einzige Überlebende sein.

Sie *durfte* nicht die Einzige sein.

Unschlüssig machte sie einige Schritte auf das Meer zu – als sie rechter Hand, hinter einem der hohen Basaltfelsen, eine menschliche Regung bemerkte. Gute vierzig Meter von ihr entfernt.

»Hey!« Sie winkte aufgeregt, schnallte sich endlich die Rettungsweste ab, nahm sie in die Hand und lief, so schnell es ging, über den Strand auf die Gestalt zu. Es handelte sich um eine Frau um die siebzig mit durchfeuchtetem, beigefarbenem Sommerkleid und aufgelösten graubraunen Haaren.

»Hier ist ja doch jemand!«, rief ihr die alte Dame entgegen. Offenkundig eine US-amerikanische Passagierin. Etwa hundert Meter hinter ihr konnte sie eine rote, in sich zusammengefallene Rettungsinsel im Wasser ausmachen, deren Reste träge auf den Fluten schwappten.

Erst jetzt sah Itzil, dass hinter einem der wuchtigen Basaltfelsen – nur wenige Meter von der Frau entfernt – ein ebenfalls etwa Siebzigjähriger mit lichtem Haarkranz, braunen Shorts und verschmutztem Kakihemd im Sand kniete und einem blonden jungen Mann mit Jeans und Rettungsweste mit Mund-zu-Mund-Beatmung zu helfen versuchte. Itzil riss überrascht die Augen auf, denn sie erkannte den Beatmeten sofort wieder. Das war der Deutsche, der im Restaurant dafür gesorgt hatte, dass auch sie die rettende Schwimmweste angelegt hatte.

Der junge Mann würgte, der Amerikaner drehte ihn auf die Seite, und sie sah mit an, wie der Deutsche einen Schwall Wasser erbrach, hustete, schließlich tief einatmete und verwirrt aufsah.

Itzil eilte an der Frau, die sie zuerst entdeckt hatte, vorbei und auf den jungen Deutschen und seinen Retter zu.

»Wo sind wir hier?«, krächzte der junge Mann irgendwann mit rauer Stimme.

»Keine Ahnung«, seufzte der Rentner. Er erhob sich mit knackenden Gliedern, schulterte eine kleine Segeltuchtasche mit wenigen Habseligkeiten, nickte Itzil erleichtert zu und wandte sich zum Mangrovendschungel um. »Das gilt es noch herauszufinden.«

Der Deutsche fasste nun sie ins Auge, und auch er erkannte sie wieder. Itzil schenkte ihm ein knappes Lächeln, wartete, bis er sich erholt hatte, und half ihm dann gemeinsam mit dem Amerikaner auf die Beine. Schockiert sah sich der junge Mann am Strand um, dann erblickte auch er die Überreste des Kreuzfahrtschiffes in weiter Ferne. »Oh, mein Gott.«

Nun wandte er sich direkt an sie. »Sie haben nicht zufällig meinen Kumpel gesehen? Der … mit der verletzten Amerikanerin?«

»Nein, tut mir leid.« Itzil schüttelte betreten den Kopf, und wieder überkam sie das schlechte Gewissen. Verzweifelt kämpfte sie es nieder. »Sie hier sind die Ersten, denen ich begegnet bin. Weiter hinten liegen zwei Tote. Aber …«, am liebsten hätte sie sich für die Unbedachtheit auf die Zunge gebissen, » … nicht Ihr Freund.«

Der Deutsche sah niedergeschlagen in die Richtung, in die sie gedeutet hatte, und dann wieder hinaus aufs Meer, an dessen Horizont sich noch immer die Nachwehen des Sturms austobten. Sie ahnte, was in ihm vor sich ging.

»Ich glaube, ich muss mich bei Ihnen bedanken.«

»Wofür?« Ihr Gegenüber sah nachdenklich zum Himmel und dann auf seine Armbanduhr, die er schüttelte, wie um sie wieder zum Leben zu erwecken.

»Für die Rettungsweste.« Müde hob sie die Linke, mit der sie das Ding noch immer umklammerte. »Ich vermute, Sie haben mir damit das Leben gerettet.«

»Bislang die einzige gute Nachricht heute.« Der Deutsche hustete, kramte dann in seiner Jacke und zog ein Handy hervor. Das Display war schwarz. »Scheiße. Hat von Ihnen jemand ein Mobiltelefon?«

»Nein. Bei den Preisen an Bord habe ich es in der Kabine gelassen.« Der Amerikaner fuhr sich niedergeschlagen über seinen Haarkranz und sah Itzil fragend an, die lediglich den Kopf schüttelte.

»Was machen wir jetzt?«, wollte der Deutsche wissen.

»Ich denke, wir sollten erst mal nach weiteren Überlebenden Ausschau halten«, schlug der Rentner vor. »Vielleicht …« Er unterbrach sich, da seine ältere Begleiterin soeben dabei war, den Strand hinauf zum Dschungel zu marschieren. »Liebling, was machst du da? Bleib hier.«

Rasch eilte er ihr nach, und trotz seines Alters wirkte er auf Itzil erstaunlich fit.

Dabei glitt ihr Blick an dem älteren Pärchen vorbei zu der grünen Wand aus Palmen, Mangroven und Schlingpflanzen – und erstmals über die Baumkronen hinweg. Ihre Augen weiteten sich in Erstaunen, denn jenseits der Dschungelgrenze hob sich das unbekannte Land zunächst sanft, dann immer steiler werdend an. Die Pflanzendecke spannte sich bis hinüber zu einem gerippten Bergrücken in einigen Kilometern Entfernung, dessen markantester Punkt eine kegelförmige Erhebung war, die inmitten des allgegenwärtigen Grüns hoch zum Himmel aufragte. Über dem Kegel lag eine leichte Rauchfahne, und es grollte wie bei einem Gewitter.

»Ein Vulkan!« Auch der Deutsche starrte den rauchenden Berg überrascht an.

»Sieh doch, Schatz!«, rief nun die alte Dame und deutete erfreut auf den Dschungel. »Das sieht aus wie im Katalog! Wenn wir suchen, finden wir vielleicht unser Appartement.«

»Nein, Liebling, ich befürchte, nicht.« Ihr Mann nahm sie behutsam am Arm, und Itzil musterte die Frau. Dass die beiden verheiratet waren, hatte sie bereits vermutet. Allerdings schien die Frau etwas neben sich zu stehen. Der Amerikaner drehte sich entschuldigend zu ihnen um, bedeutete seiner Begleiterin zu warten und kehrte wieder zu ihnen zurück.

»Alles in Ordnung mit Ihrer Frau?«, fragte Itzil.

»Ja. Und nein.« Der Rentner rückte seufzend seine Segeltuchtasche zurecht. »Meine Frau leidet unter Demenz. Das hier sollte unsere letzte große Reise sein, bevor … na ja. Tut mir leid. Sie hat hin und wieder Aussetzer. Ich wäre Ihnen daher dankbar, wenn Sie sie ebenfalls etwas im Blick behalten würden.«

»Natürlich«, antwortete der Deutsche und kam Itzil damit zuvor. Er blickte in die Runde, während er sich nun ebenfalls die Rettungsweste löste: »Vielleicht sollten wir uns einander kurz vorstellen? Alexander Kirchner. Freunde sagen Alex zu mir. Ich stamme aus Deutschland.«

»Ihr Akzent verrät es.« Der Amerikaner schürzte knapp die Lippen, ehe er ihnen steif die Hand reichte. »Oliver Scott. Und meine Frau – Sophia.«

»Itzil Pérez«, stellte sich Itzil vor, der plötzlich bewusst wurde, dass das eigentlich nicht nötig war, da sie noch immer ihr Namensschild am Revers trug. Sie löste es und steckte es weg. »Wenn ich einen Vorschlag machen dürfte«, sie sah hinauf zur Spitze des Basaltfelsens neben ihnen, der etwa drei bis vier Meter über den Strand aufragte. »Von da oben haben wir vermutlich einen besseren Überblick auf den Küstenabschnitt. Vielleicht finden wir so weitere Überlebende – und vielleicht auch ... Wasser? Die Frage ist, ob wir da raufkommen.«

»Die Idee hat etwas.« Alex Kirchner wischte sich eine Strähne seines blonden Haars aus der Stirn und taxierte den Felsen. »Ich glaube, das schaffe ich.«

»Sicher?« Oliver Scott blieb skeptisch. »Gar nicht lange her, dass Sie noch bewusstlos waren.«

Der Deutsche winkte ab. »Es geht mir gut. Außer einigen Prellungen bin ich nicht verletzt und in meiner Freizeit Sportkletterer. Zwar nicht Free Climber, aber das hier sind auch nicht gerade die Alpen.«

Er trat an den Felsen heran, überprüfte seine Schuhe und spuckte in die Hände. Sogar Sophia Scott kehrte wieder zu ihnen zurück. Gespannt sah Itzil mit den älteren Herrschaften an ihrer Seite Alex Kirchner dabei zu, wie er sich erstaunlich behände an dem schwarzen Felsbrocken in die Höhe zog. Tatsächlich besaß der Fels genügend Spalten und Risse, sodass Itzil allmählich den Eindruck gewann, ebenfalls den Aufstieg schaffen zu können. Schließlich erreichte der Deutsche die Spitze und richtete sich über ihnen auf.

»Und?«, rief ihm Itzil zu.

Ihr Schicksalsgefährte spähte in die Ferne, dann winkte er nach unten und deutete in Richtung der Klippen. »Ich glaube, dahinten ist jemand. Hey! Hallo!«

Er schwenkte beide Arme. Schließlich machte er sich wieder an den Abstieg.

»Eine Frau, soweit ich das erkennen konnte«, erklärte er, kaum dass er den Fuß wieder in den Sand setzte. »Nur reagiert sie nicht. Und ... ich glaube, dahinten sind noch weitere Tote.«

Itzil seufzte. Noch mehr Tote – natürlich. Egal, um die Sache mit dem Wasser würden sie sich später kümmern müssen.

»Gehen wir zu ihr«, schlug Oliver Scott vor.

Schweigend und vorbei an zahllosen weiteren Trümmerteilen – darunter vereinzelte Flipflops, leere Plastikflaschen und sogar Kleidungsstücke – mühten sie sich durch den Sand in Richtung des Klippmassivs, vorbei an dem Toten im Hawaiihemd und der Leiche ihres Kollegen, die sich noch immer mit der Brandung bewegte. Diesmal ahnte Itzil, wer er war. Sie kannte ihn nicht persönlich, aber soweit sie sich erinnerte, hatte er oben auf dem Sonnendeck gearbeitet. Sophia Scott schien inzwischen ebenfalls zu begreifen, in welche Lage sie geraten waren, denn sie klammerte sich am Arm ihres Mannes fest, und in ihrem Gesicht spiegelte sich das gleiche Entsetzen wie bei allen anderen.

Sie kamen an weiteren hohen Felsen vorbei und passierten in respektablem Abstand und zu aller Entsetzen zwei weitere Leichen – darunter ein dunkelhaariger Junge, der kaum älter als sechs oder sieben Jahre sein konnte. Eine große Möwe hüpfte über den Strand auf den Toten zu, und wütend rannte Itzil los, um den Vogel zu verscheuchen. »Weg mit dir!«

Rasch flatterte der Vogel wieder zum Himmel empor, und sie und ihre Schicksalsgefährten warfen einander bedrückte Blicke zu. Itzil wusste, dass sie die Toten unmöglich hier liegen lassen konnten. Doch im Augenblick war es wichtiger, sich um das Naheliegende zu kümmern – das sich in eben diesem Augenblick Gehör verschaffte. Denn von unweit eines der Basaltfelsen drang ein verzweifeltes Schluchzen. Sie folgten ihm und entdeckten im Schatten des Felsens eine schlanke, etwa vierzigjährige Frau mit Pagenschnitt und auffallend hoher Stirn, die eine der roten Rettungswesten über einer Strickjacke trug und sich kummervoll hin und her wiegte. Auf ihren Oberschenkeln ruhte der Kopf einer reglosen Teenagerin mit geschlossenen Augen und nussbraunen schulterlangen Haaren. Das Mädchen sah auf den ersten Blick aus, als würde es schlafen. Doch ihre sorgsam über der reglosen Brust gefalteten Hände waren beredt genug. Vermutlich hatte die Frau, die das Mädchen unentwegt an den Wangen streichelte und dabei weinte, ihr auf diese Art Respekt zu zollen versucht. Beim Näherkommen fiel Itzil die Ähnlichkeit der beiden Frauen auf. Sie besaßen die gleiche Haarfarbe, die gleichen Grübchen.

Itzil tippte auf Mutter und Tochter. Angesichts der Schwere der Schuld, die sie vielleicht auf sich geladen hatten, wurde ihr wieder schlecht. Wenn sie recht behielt, würde sie damit nicht leben können. Keinesfalls.

Sie zitterte.

Unschlüssig sahen sie, Alex und der Amerikaner einander an, als überraschend Sophia Scott vortrat und sich neben der Frau in den Sand kniete.

Die Unbekannte sah mit von Tränen aufgequollenem Gesicht auf. »Ich habe sie die ganze Zeit über festgehalten«, schluchzte sie. »Die ganze Zeit über. Aber es hat nicht gereicht …«

Ihre Stimme brach, und verzweifelt sackte sie erneut in sich zusammen.

Sophia Scott legte den Arm um sie und zog die Weinende behutsam an sich.

»Es tut mir so leid«, sagte sie sanft. »Ich weiß, wie das ist. Ich habe selbst eine Tochter in dem Alter verloren.«

Itzil sah betroffen zu Oliver Scott auf. Der Alte hatte seine Segeltuchtasche im Sand abgesetzt, und seine Augen schimmerten schmerzerfüllt. Auf seinem Gesicht jedoch lag ein Ausdruck von Liebe, Rührung und Stolz.

Sophia Scott tröstete die Unbekannte noch eine Weile, dann blickte sie über die Schulter. Itzil gab sich einen Ruck und trat ebenfalls neben die Frau. »Ich verspreche Ihnen, wir werden Ihre Tochter nicht zurücklassen. Aber vielleicht …«

Weiter kam sie nicht, denn kaum dass die Frau ihre Stewarduniform erblickte, schlug ihr Gesichtsausdruck in brennenden Hass um.

»Sie … *Sie* haben uns erzählt, dass diese verfluchte Kreuzfahrt sicher sei!«, schrie sie Itzil unvermittelt an, mühte sich auf die Beine und stieß ihr zornig vor die Brust. Perplex wich Itzil einen Schritt zurück. »Bitte, was reden Sie da?«

»*Sie* haben uns gesagt, es könne nichts passieren. So etwas wie damals bei der *Titanic* könne heute nicht mehr passieren. *Genau das* waren *Ihre* Worte!« Die Frau schrie sich immer weiter in Rage. »Sie haben uns angelogen! Ganz bewusst angelogen. Ihnen und Ihrem ganzen beschissenen Konzern geht es doch bloß darum, uns das Geld abzuknöpfen. Dabei habe ich ihnen gesagt, dass Giselle nicht schwimmen kann. *Sie* sind für ihren Tod verantwortlich. *Sie*. *Sie* allein!«

Mit einem schmerzerfüllten Aufschrei warf sich die Frau auf sie, fegte Itzils Arme beiseite, schlug ihr ins Gesicht und riss sie zu Boden – als plötzlich Alex Kirchner heran war und die Frau von ihr fortzerrte.

»Beruhigen Sie sich!«, fauchte er die trauernde Mutter an, drehte sie zu sich herum und hielt ihr die Hände fest, bevor sie auch ihn schlagen konnte. »*Niemand* ist schuld an diesem Unglück. Ich habe heute meinen besten Freund verloren. Und die Frau, die Sie verantwortlich machen, unzählige Kollegen und Freunde. Also kommen Sie zur Vernunft!«

Als habe jemand der Unbekannten den Stecker gezogen, brach sie wimmernd auf die Knie. Itzil, Alex Kirchner und die Scotts wechselten Blicke, dann trat Sophia Scott erneut vor und nahm die schluchzende Frau am Arm. »Kommen Sie, ich verstehe Ihren Schmerz.«

Auch Oliver Scott näherte sich der Unbekannten. Allerdings wirkte er so, als täte er das vor allem aus Sorge um seine Frau. Der Deutsche ließ die Unbekannte endgültig los und half nun Itzil dabei, aufzustehen. »Alles in Ordnung?«

»Danke. Geht schon.« Itzil erhob sich wie betäubt. Fast

war sie froh über den heftigen Schlag. »Das letzte Mal hat man mich in Tepito derart überrumpelt«, murmelte sie, um überhaupt etwas zu sagen. »Taschendiebe.«

»Tepito?« Ihr Begleiter hob eine Augenbraue. »Dieses Viertel in Mexiko-Stadt, das für seine Straßenmärkte berühmt ist?«

»Ja, und für seine hohe Kriminalitätsrate«, ergänzte Itzil niedergeschlagen. »Für einen Europäer kennen Sie sich gut aus.«

»Wie man es nimmt«, seufzte ihr Gegenüber. »Ursprünglich stand eine Reise nach Lateinamerika auf unserem Programm. Es wurden dann doch die USA.«

Itzil betrachtete erneut beklommen das tote Mädchen, das vor ihnen im Sand lag, bückte sich und öffnete unbemerkt von ihrer Mutter den Reißverschluss ihrer Gürteltasche.

»Was machen Sie da?«, flüsterte Alex Kirchner.

»Die Frau ist im Augenblick kaum ansprechbar«, antwortete Itzil ebenso leise und kramte einen Schlüsselanhänger mit kleiner Stifttaschenlampe, ein Handy, Geld, Ausweispapiere und einen Boarding-Pass hervor. Leider hatte auch dieses Handy den Kontakt mit dem Seewasser nicht überstanden. Itzil legte es zurück und seufzte. »Wenn wir wissen wollen, mit wem wir es zu tun haben, bleibt uns im Augenblick wohl kaum etwas anderes übrig, als das auf andere Weise herauszufinden.« Sie studierte Ausweis und Boarding-Pass. »Wenn das Mädchen hier auf den Namen Giselle gehört hat, dann handelte es sich bei der Dame da vorn um Lauren Clark. Ihre Mutter. Die Buchung ist über sie gelaufen. Die beiden stammen aus Waco. Texas.«

Alex wandte sich mit der Information an Oliver Scott, der die Texanerin nun mit ihrem Namen ansprach. »Kommen Sie, Lauren. Wir müssen nach weiteren Überlebenden Ausschau halten.«

Lethargisch erhob sich die Angesprochene.

Itzil zögerte. Dann steckte sie die übrigen Besitztümer des

toten Mädchens kurzerhand in ihre Rocktasche und erhob sich ebenfalls.

»Wir kümmern uns später um Ihre Tochter«, versuchte Alex die Trauernde zu beruhigen, eilte zu einer Plane, die das Meer angespült hatte, zerrte sie aus dem Sand und zog sie möglichst rücksichtsvoll über die Mädchenleiche.

Äußerlich wirkte die Frau jetzt ruhig. Doch Itzil bemerkte, dass sie ihr insgeheim noch immer vernichtende Blicke zuwarf.

»Hallo? Hallo!« Eine ferne Stimme erscholl gegen die nahe Brandung.

Überrascht wandten sie sich dem Felsenwall zu, dem sie sich inzwischen bis auf etwa hundert Schritte genähert hatten und über dem einige der Möwen kreisten. Ebenso wie die beiden Männer schirmte Itzil ihre Augen gegen die eigenartig schimmernde Sonne ab. Tatsächlich. Da vorn, gegen die Felsen, waren menschliche Silhouetten zu erkennen. Zwei Männer, von denen ihnen einer aufgeregt zuwinkte, kletterten dort gerade zu ihnen nach unten. Und da war noch ein dritter, oben auf der Spitze der Felsen, der jedoch oben stehen blieb. Dem äußeren Anschein nach einer ihrer philippinischen Kollegen, von denen zahlreiche an Bord gearbeitet hatten.

Mit Lauren Clark im Schlepptau, marschierten sie den Männern entgegen, und zu Itzils Überraschung erkannte sie den stämmigeren der beiden Neuankömmlinge: Barry Ross, der achtundvierzigjährige Store-Keeper der *Sea Quest*. Ausgerechnet.

Der bärtige Cheflagerist trug ein verdrecktes T-Shirt über einer graublauen Latzhose, deren Schulterriemen er um die Hüfte verknotet hatte. Über seiner rechten Schulter hingen die Riemen einer Jutetasche, aus der der Hals einer Plastikflasche ragte. Auch er starrte sie an, und ein überheblicher Zug kräuselte seine Lippen.

Itzil hatte bislang wenig mit ihm zu tun gehabt, aber sie mochte den Kerl nicht. In der wenigen Freizeit, die sie an Bord genossen, ließ er sich gern volllaufen, wenn er nicht gerade weiblichen Besatzungsmitgliedern nachstellte. Auch bei ihr hatte er es versucht, war aber abgeblitzt. Und wenn die Gerüchte stimmten, dann stieg er auch weiblichen Passagieren nach, wenngleich solche Kontakte offiziell verboten waren.

Den anderen der beiden Männer kannte sie nicht, und doch erweckte der blasshäutige Mann mit den Sommersprossen sogleich einen sympathischen Eindruck. Er war einen guten Kopf größer als Ross, seine roten Haare waren zerstrubbelt, und er trug ein gelbes Poloshirt zu braunen Bermudas, die viel zu dürre Beine umrahmten. Er war es, der ihnen zugewinkt hatte, und er war es auch, der seine Schritte nun beschleunigte. Itzil bemerkte, dass er nur eine Sandale trug.

»Gott sei Dank, weitere Überlebende!«, rief der Fremde erleichtert. Dem Akzent nach war er Kanadier. Ein kummervoller Ausdruck huschte über sein Gesicht. »Sind hier noch andere?«

»Nein, nicht dass wir wüssten«, antwortete Alex Kirchner, der seinerseits Lauren Clark stützte. »Sie sind die Ersten, auf die wir treffen. Wo hat es Sie an Land gespült?«

»Da drüben gibt es noch einen weiteren Strandabschnitt«, erklärte der Rothaarige und deutete hinter sich. »Jenseits der Felsen.«

Auch Barry Ross kam jetzt heran. Der Store-Keeper nickte ihnen kühl zu und suchte mit Blicken den Strand ab – bis auch er in der Ferne die *Sea Quest* entdeckte, die die Männer offenbar wegen der Felsen zwischen den Strandabschnitten bislang nicht hatten sehen können. »Ach, du Scheiße …«

»Haben außer Ihnen noch weitere überlebt?«, wollte Itzil wissen.

»Ja, wir sind ein halbes Dutzend«, erklärte der Rothaarige unglücklich. »Leute aus der Mannschaft und Passagiere. Auch drüben setzen wir die Suche gerade fort. Ach so, Entschuldigung, ich bin Jordan Reid. Sagen Sie einfach Jordan zu mir. Und das ist …«

»Barry Ross«, murrte der Store-Keeper.

Jordan Reid nickte lediglich und deutete hinauf zu dem Filipino auf dem Klippmassiv. »Das da oben ist übrigens Dodong Domingo. Und einer von uns drüben ist übrigens verletzt. Außerdem«, er presste die Lippen aufeinander, während er an ihnen vorbeiblickte, »sind auch bei uns mehrere Tote angespült worden.«

Lauren Clark begann still zu weinen.

»Jetzt müssen wir uns erst einmal um uns selbst kümmern«, knurrte Barry Ross. »Außerdem braucht der Japse Verbandsmaterial.«

»Tao ist Chinese«, korrigierte ihn der Rothaarige entrüstet.

»Ist doch egal«, murrte Ross. »Hauptsache, er hält durch, bis hier Rettung eintrifft.«

»Was für eine Verletzung?«, fragte Oliver Scott besorgt.

»Eine Schnittwunde am Bein.« Der Rothaarige seufzte. »Zum Glück ist einer von uns drüben ehemaliger Rettungssanitäter. Aber ohne vernünftiges Verbandsmaterial ist er auch aufgeschmissen. Hier wurde nicht zufällig etwas angeschwemmt, das wir zum Verbinden einer Wunde verwenden können?«

Gemeinsam sahen sie sich zwischen den angespülten Trümmerstücken um, als Itzil aus den Augenwinkeln eine Bewegung auf dem Meer wahrnahm.

»Seht doch. Dort!« Aufgeregt machte sie die Gruppe auf ihre Entdeckung aufmerksam. Denn unbemerkt von ihnen war hinter dem Felsendamm, der etwa dreißig oder vierzig Meter tief ins Meer hineinragte, ein Schlauchboot mit blau-weißer Hülle auf den Wellen erschienen – eines der Zodiacs der *Sea Quest*, vermutete sie. Allerdings machte es einen recht ramponierten Eindruck.

Die Schlauchboote mit Motorantrieb waren für bis zu zwanzig Passagiere ausgelegt und dienten weniger als Rettungsboote als vielmehr dafür, Passagiere an Küstenabschnitte mit geringer Wassertiefe auszubooten.

»Immerhin, das ist doch mal was!«, tönte Barry Ross.

Sie traten näher an die Brandung heran und beäugten das Schlauchboot, das, leicht um sich selbst drehend, weiter auf den Fluten tänzelte.

»Kommt es näher?«, fragte Itzil unsicher.

»Weiß nicht.« Oliver Scott wog zweifelnd sein Haupt. »Wenn wir Pech haben, treibt es wieder raus aufs Meer.«

»Gut. Dann müssen wir es eben holen«, erklärte Alex Kirchner. »Ist jemand dabei?«

»Sicher.« Barry Ross ließ seine Strandtasche fallen und zog sich, ebenso wie Alex, bis auf die Boxershorts aus.

»Sorry, ich kann nicht gut schwimmen«, entschuldigte sich der Kanadier. »Wenn es mir nicht gelungen wäre, mich an einem Rettungsring festzuklammern, wäre ich vermutlich nicht einmal hier.«

»Na gut.« Itzil seufzte, entledigte sich bis auf Hemd und Slip ebenfalls aller Kleidungsstücke, schnallte sich wieder die Rettungsweste um und sprang, ebenso wie der Store-Keeper und ihr deutscher Begleiter, in die Fluten. Obwohl sie eine gute Schwimmerin war, spürte sie, wie die Wellen ihr Widerstand entgegensetzten. Dennoch kraulten sie Zug und Zug näher an das treibende Zodiac heran und konnten nun auch aus der Nähe sehen, wie übel der Sturm dem Boot zugesetzt hatte. Die Außenhaut war verschmutzt, und am Motor hing Tang. Und da war noch etwas, das Itzil irritierte: eine Vorrichtung an der hinteren Steuerbordseite. War das eine improvisierte Angel?

Barry Ross erreichte das Boot als Erster und versuchte erfolglos, über die wulstige Außenhülle ins Innere zu klettern. Daher schwamm Itzil hinüber zu Alex, der sich bereits am Außenbordmotor festhielt und sie zu sich winkte. Mit seiner Hilfe gelang es ihr, sich über das Heck ins Zodiac zu ziehen. Mühsam richtete sie sich dort wieder auf – und riss entsetzt die Augen auf, als sie begriff, dass das Schlauchboot nicht leer war.

Neben Fischgräten, aufgerissenem Alupapier und einer leeren Trinkflasche lag zwischen den Sitzreihen ein Mann.

Zumindest der Kleidung nach.

Itzil ächzte. Sie hatte heute schon einige Leichen gesehen, doch diese hier unterschied sich von den anderen. Die Haut des Unbekannten war derart ausgedörrt, als sei sie Wochen oder gar Monate der blanken Sonne ausgesetzt gewesen. Gleich einer pergamentenen Schicht bedeckte sie die nahezu skelettierten Hände bis hinauf zu den gebleckten Zähnen und den tief eingesunkenen Augenhöhlen.

Das war nicht irgendein weiterer Toter.

Vor ihr lag eine Mumie.

Die Insel

Alex griff hoch an den verholzten Stamm, während über ihm der warme Seewind die ausladenden Palmwedel zum Rauschen brachte. Anschließend zog er sich mit Händen und Füßen weiter an den zähen Bastringen empor, schob das aus verdrehter Kunststoffplane gefertigte und fest unter seine Achseln gewickelte Band hinter dem Palmenstamm weiter nach oben und prüfte die Festigkeit der Klettersicherung, indem er sich leicht zurücklehnte. Auch seine Füße waren bis auf Handlänge Abstand mit einem fest verdrehten Strang aus verdrehter Kunststofffolie verbunden. Eine Konstruktion, die ihm zwar viel von seiner Beinfreiheit nahm, es ihm jedoch gestattete, sich beim Klettern besser am Stamm abzustützen. Leider besaß er keine Handschuhe, wodurch er sich beim Aufstieg auf die Palme zweimal schmerzhafte Splinte unter die Haut getrieben hatte. Und doch war er froh, sich an die Aufstiegstechnik der Kokosnusspflücker erinnert zu haben, denen er bei seinem Thailand-Aufenthalt vor drei Jahren mit Svenja begegnet war.

Die ersehnten tropischen Steinfrüchte, die in grünen Trauben unter den Palmwedeln hingen, rückten endlich in seine Nähe. Alex spähte durch das Blättergewirr der übrigen Bäume nach unten, wo, in gut zwanzig Metern Tiefe, Itzil und Jordan Reid seinem Aufstieg mit bangen Blicken folgten. Der rothaarige Kanadier hielt die Arme so, als wolle er ihn bei einem Sturz auffangen – was natürlich völlig vergebens gewesen wäre. Vielleicht galt die Geste aber auch den erhofften Kokosnüssen.

Alex wehrte fahrig eine Biene ab, die ihn unvermittelt umschwirrte. Keine gewöhnliche Honigbiene, sondern eine jener kleineren, stachellosen Arten Zentral- und Südamerikas. Allerdings konnten auch sie sich mit Bissen zur Wehr setzen. Und wie schmerzhaft das war, wollte Alex gar nicht erst herausfinden.

Er gab seinen Begleitern ein beruhigendes Zeichen und kletterte noch ein Stück weiter nach oben, bis er endgültig in den Schatten der fächerförmigen Baumkrone eingetaucht war – von wo aus er gespannt hinaus aufs Meer blickte.

Wo blieben Barry Ross und die anderen?

Zwar sollte er sich besser auf seine Aufgabe konzentrieren, doch noch immer ging ihm der grauenvolle Leichenfund im Zodiac nicht aus dem Kopf. Niemand von ihnen konnte sich den Zustand des Toten erklären. Da auch der Außenbordmotor keinen Mucks von sich gab, hatten sie das Schlauchboot zunächst bloß an Land gezogen, bevor sie den anderen über die Felsen an den benachbarten Küstenabschnitt zu den übrigen Überlebenden gefolgt waren. Und während er, Itzil und der Kanadier sich bereit erklärt hatten, für Nahrungsmittel zu sorgen, hatte sich der Store-Keeper zusammen mit dem Filipino und einem dänischen Mannschaftsmitglied wieder auf den Rückweg begeben, um das Schlauchboot mit dem Toten an diesen Strandabschnitt zu überführen. Allerdings waren die drei jetzt schon gute zwei Stunden fort, und allmählich sorgte er sich um sie. Andererseits mussten die Männer die Überführung mittels reiner Muskelkraft bewältigen. Und noch immer hoffte er, dass einer von ihnen eine Erklärung für den Zustand des Toten fand.

Alex schüttele die unangenehmen Gedanken ab und zückte das schwere Plastikrohr, das sie am Strand gefunden hatten.

»Aufpassen, da unten!«, rief er und schlug so lange auf die Kokosnüsse schräg über sich ein, bis diese eine nach der anderen in die Tiefe sausten. Zufrieden hörte er mit an, wie die Aufschläge der Nüsse von freudigen Rufen begleitet wurden.

Er mühte sich so lange ab, bis keine Kokosnuss mehr in Reichweite war. Da ihr Plan vorsah, für die bevorstehende Nacht einfache Unterkünfte zu bauen, überlegte er kurz, ob er versuchen sollte, noch ein paar Palmwedel abzuschlagen. Allerdings erschien ihm das ohne eine Machete aussichtslos, und unten am Strand lagen angesichts des zurückliegenden Sturms noch genug von ihnen herum. Derzeit wirkte es ohnedies nicht so, als würde ihnen allzu rasch ein weiterer Regenguss bevorstehen.

Der warme Seewind brach sich rauschend in der Krone der Palme, und die sonderbare, von farbigen Kreisen umgebene Sonne hing inzwischen tiefrot über dem Meer. Selbst am fernen Horizont waren kaum noch Wolken auszumachen. Und noch immer kreisten schwarz-weiße Möwen über dem Strand. Azteken-Möwen.

Ihre Flügeloberseiten waren dunkelgrau und die Schwungfedern außen schwarz. Man konnte sie kaum mit herkömmlichen Möwen verwechseln.

Erstmals wurde ihm bewusst, wie hoch die Kokosnusspalme über dem Blätterdach des umgebenden Mangrovendschungels aufragte. Sie hatten sich zwar nicht allzu weit vom Strand entfernt, aber von hier oben aus hatte man dennoch einen spektakulären Ausblick. So konnte er sehen, dass der Küstenstreifen nicht völlig eben, sondern in einiger Entfernung mit kleineren Höhenzügen, Steilgraten und hohen Felsnadeln durchsetzt war, die aus dem Blättergewirr des Dschungels ähnlich markant wie die Bäume aufragten.

Alex warf einen interessierten Blick auf das Gewirr an Blättern, Luftwurzeln und Farnen unter ihm und suchte die Insel nach den Lichtreflexionen eines Sees, eines Flusses oder Wasserfalls ab, fand jedoch nichts dergleichen. Besorgt legte er die Stirn in Falten. Für heute würde das Innere der geschlagenen Nüsse vielleicht reichen, aber schon morgen würde der Durst sie abermals heimsuchen. Was sie dringend benötigten, war eine richtige Wasserquelle. Fanden sie eine solche nicht, war es absehbar, wie lange sie hier würden durchhalten können.

Er schüttelte den unangenehmen Gedanken ab und sah sich weiter um. Die Mangroven der Küstenlinie wurden bald von anderen Bäumen und Gewächsen verdrängt, die sich weit landeinwärts aufspannten und bis hinüber zu dem zerklüfteten Bergzug samt dem rauchenden Kegel in vielen Kilometern Entfernung reichten. Skeptisch musterte er den Feuerberg, der sich beeindruckend vor dem rot-blauen Abendhimmel abhob. Bei dem Anblick musste er unwillkürlich an Jochen denken. Sein Kumpel hatte schon immer einen Vulkan aus der Nähe sehen wollen und ihm für das kommende Jahr eine gemeinsame Tour zum Ätna vorgeschlagen.

Alex lächelte traurig.

Obwohl er und Jochen in vielerlei Hinsicht unterschiedlich gewesen waren, hatte er mit ihm vermutlich seinen treuesten Freund verloren. Die Hoffnung, dass Jochen das Schiffsunglück ebenfalls überlebt hatte, hatte er längst aufgegeben. Sie hatten in den zurückliegenden Stunden beide Strandabschnitte akribisch abgesucht und auch das Wrack der *Sea Quest* im Auge behalten. Auch dort war auf die Ferne kein weiteres Lebenszeichen auszumachen gewesen. Nur zwölf Menschen hatte der Sturm lebend aus seinen Fängen entlassen. Zwölf Überlebende.

Zwölf von knapp sechshundert Menschen.

Die geringe Zahl bestürzte ihn noch immer.

Außerdem hatten sie insgesamt acht Tote gefunden. Inklusive der mumifizierten Leiche im Zodiac. Bis auf den Toten im Schlauchboot hatten sie die Leichen, so gut es ging, mit Sand zugeschaufelt, um sie eine Weile vor den Möwen zu schützen.

Alex schüttelte den Kopf, um die grausigen Bilder zu vertreiben, als er ein lang gezogenes Krächzen hörte, das anders klang, als die fernen Rufe der Azteken-Möwen. Und tatsächlich: Ganz in der Nähe, über den Baumwipfeln, stieg soeben ein farbenprächtiger, knapp sechzig Zentimeter großer Vogel auf und flog Richtung Inselmitte davon. Ein Papagei. Überrascht sah Alex ihm nach. Die blauen Federspitzen und der orangerot gefiederte Kopf samt Leib – genau solch einen Vogel hatte er erst kürzlich im Museum für Naturkunde in Berlin gesehen. Das war ein Kuba-Ara. Einer der eindrucksvollsten Vögel der Karibik. Allerdings galt diese Ara-Art seit Mitte des neunzehnten Jahrhunderts als ausgestorben. Heutzutage konnte man ihre ausgestopften Bälge nur noch in zoologischen Sammlungen bewundern. Alex sah dem Papagei staunend nach, bis er zwischen den Bäumen verschwand. Immerhin: Auch Papageien lebten nicht von Salzwasser. Irgendwo auf der Insel musste es also eine Quelle geben.

Er wartete noch einen Augenblick in der Hoffnung, weitere dieser Vögel zu erblicken, doch es blieb bei dieser einen Sichtung. Stattdessen kam er sich auf einmal selbst beobachtet vor.

Eine Empfindung, bei der sich ihm die Nackenhaare aufstellten.

Alex musterte misstrauisch das grüne Blätterdach unter sich und glaubte plötzlich, einen flinken Schatten inmitten des Blättergewirrs ausmachen zu können, der rasch fortsprang. Keine zwanzig oder dreißig Meter von der Palme entfernt.

Beunruhigt kletterte er am Stamm der Kokosnusspalme zurück nach unten. Schließlich drangen die Stimmen von Itzil und Jordan an sein Ohr, die noch immer dabei waren, die letzten Kokosnüsse aufzusammeln.

»Haben Sie jemanden verloren?«, konnte er die Mexikanerin hören.

»Ja, meine Mutter ist draußen auf See geblieben. Aber das ist schon in Ordnung, sie wollte es so.«

»Wie bitte?«

»Oh, entschuldigen Sie«, die Stimme des rothaarigen Kanadiers klang verlegen. »Ich spreche von ihrer Asche. Sie liebte Kreuzfahrten. Ich … habe ihre Urne heimlich mit an Bord geschmuggelt und wollte ihre Überreste in einem passenden Moment auf dem Meer verstreuen. Tja …«

Alex setzte seine Füße auf den Boden, legte die Kunststoffbänder ab und beäugte misstrauisch den Dschungel um sie herum. »Alles in Ordnung hier unten?«

»Ja, sicher.« Itzil warf ihm einen fragenden Blick zu.

»Und, wie viele haben wir?« Noch immer leicht beunruhigt, löste er sich vom Anblick des Dschungels um sie herum und betrachtete die Jutetasche, die sie sich von dem Store-Keeper besorgt hatten. Die Südamerikanerin strich sich eine Strähne ihres schwarzen Haares aus der Stirn, das sie im Nacken zusammengebunden hatte, und zählte nach. »Sieben.«

»Nein, acht.« Jordan Reid legte noch eine weitere Kokosnuss dazu. »Inklusive der Nüsse, die wir am Strand gefunden haben, reicht das hoffentlich für einen kleinen Abendimbiss.«

»Ja, nur ist das Kokoswasser im Augenblick wohl wichtiger«, murmelte Alex. »Wir haben sonst nichts zu trinken.«

»Von da oben aus war nirgends eine Wasserquelle zu sehen?«, fragte Itzil.

Alex konnte sich nicht helfen, aber er mochte den mexikanischen Akzent seiner Begleiterin. Der seine klang dagegen vermutlich schroff und hart.

»Nein.« Bedauernd zuckte er mit den Schultern und beäugte dann erneut den Dschungel. »Ich befürchte, wir müssen die Suche nach weiterem Trinkwasser auf morgen verschieben. Aber mit den Kokosnüssen sollten wir zumindest für heute einigermaßen versorgt sein.«

Im Unterholz entdeckte er nun doch eine Bewegung, allerdings am Boden. Vorsichtig schob er mit der Stange einen Farn beiseite und erspähte unter einer der Luftwurzeln eine schwarze Schlange, die schnell vor ihm Reißaus nahm. Welche Art war das? Die hochgiftigen Mambas gab es bloß in Afrika, und dieses Exemplar schien eher eine Natter zu sein. Etwa eine Schwarze Schlanknatter? Das war früher angeblich die häufigste Schlange Jamaikas gewesen, doch heute galt sie seines Wissens nach zumindest als akut bedroht. Giftig war sie jedenfalls nicht.

»Ich bin mir sicher, dass ich vorhin eine gefüllte Plastikflasche in Ross' Besitz gesehen habe«, merkte die Mexikanerin mit säuerlichem Gesichtsausdruck an. »Ich frage mich, was aus ihr wurde.«

»Ja, stimmt.« Der Kanadier richtete sich empört auf. »Ich war sogar dabei, als er sie am Strand aufgesammelt hat. Egal, soll dieser Egoist sie ruhig vor uns verstecken.« Jordan Reid nahm die Tasche mit den Kokosnüssen auf, bevor Itzil protestieren konnte, und zwinkerte. »Wir haben ja einen profunden Kokosnusspflücker. Das hilft uns auf längere Sicht mehr. Kommen Sie?«

Er verschwand im Dickicht aus Stelzwurzeln und Bäumen, und Alex, der noch immer grübelnd dastand, fixierte nun wieder die grüne Wand.

»Irgendwas ist doch?« Itzil trat neben ihn.

Alex bemerkte erst jetzt, dass er das schwere Plastikrohr weiterhin schlagbereit in der Rechten hielt.

»Ich weiß nicht. Vielleicht habe ich mich auch geirrt, aber …« Er deutete mit der Stange in Richtung des Dschungels. »Dahinten war vorhin etwas. Etwa dreißig Schritte von uns entfernt.«

»Und was?«

»Keine Ahnung. Aber es war größer. Und schnell. Vielleicht eine Raubkatze?«

Itzil beäugte den Dschungel nun ebenfalls. »Wer weiß?

Vielleicht ein Chupacapra. Der soll bekanntlich in der Karibik sein Unwesen treiben.«

»Wer bitte?«

Die Südamerikanerin schürzte spöttisch die Lippen. »Ein unheimliches Wesen, das es auf Ziegen und Hühner abgesehen hat und ihnen das Blut aussaugt.«

»Ach ja, stimmt.« Alex, der sich nun ebenfalls an die kryptozoologische Sagengestalt erinnerte, grinste erstmals und ließ die improvisierte Waffe sinken. »Nur sind wir hier nicht in der Karibik. Wenn schon, dann tippe ich eher auf einen Jaguar oder einen Puma …«

»Das macht es nicht viel besser.«

Alex nickte. »Dieser Ort scheint überhaupt einige Überraschungen auf Lager zu haben.« Er berichtete ihr von dem Kuba-Ara und der Schwarzen Natter.

»Du kennst dich erstaunlich gut aus«, meinte sie anerkennend.

Alex schnappte sich seine Jacke, und sie bahnten sich durch das Ranken- und Blättergewirr hindurch einen Weg zurück zum Strand. Währenddessen erklärte er Itzil, was er beruflich trieb.

»Zoologe? Sieh an.« Sie musterte ihn interessiert. »Mir liegt der Naturschutz ebenfalls am Herzen.«

Alex räusperte sich, da er ahnte, was folgen würde. »Um ehrlich zu sein, trage ich mich mit dem Gedanken, nach der Promotion für einen Zoo zu arbeiten.«

»Für einen Zoo?« Die Mexikanerin warf ihm einen missbilligenden Seitenblick zu, und Alex sah im Geiste Jochen, der ihn ungläubig ansah und resigniert die Augen verdrehte.

»Ein solches Tiergefängnis ist doch das Letzte«, fuhr seine Begleiterin fort.

»Ich weiß, dass das viele so sehen«, wich er aus. »Aber Zoo ist ja nicht gleich Zoo. Sehr viele Tiergärten tragen maßgeblich zum Erhalt mancher Arten bei. Und wenn es sie nicht gäbe, dann würden viele Menschen …«

»Ah, da seid ihr ja endlich«, unterbrach ihn die Stimme Jordans.

Sie hatten die Baumgrenze erreicht und damit jenen Strandabschnitt, an den es den Kanadier, Store-Keeper Barry Ross und die anderen angespült hatte. Tatsächlich war der Felsendamm, der sich rechter Hand abzeichnete und hinter dem es ihn und Itzil an diesen Ort verschlagen hatte, auch für die beiden Rentner gut zu bezwingen gewesen. Der hiesige Strandabschnitt ähnelte dem auf der anderen Seite, mit dem Unterschied, dass er in einiger Entfernung links von ihnen an eine hoch aufragende Steilklippe grenzte, die sie noch nicht erforscht hatten.

Dass sie sich für diesen Ort als gemeinsamen Lagerplatz entschieden hatten, lag an einem verlassenen, hölzernen Ruderboot, das sie hier gefunden hatten und dessen Herkunft sie nicht kannten. Es bot Platz für sechs Leute und besaß Vorrichtungen für Ruder; allerdings hatten Wind und Wetter dem einstmals gelben Außenanstrich stark zugesetzt. Sie hatten das Boot mit vereinten Kräften bis in den Schatten einiger vornübergebeugter Palmen gezogen, es umgekippt und schräg mittels kräftiger langer Äste aufgebockt, sodass es zur Not auch als Regenschutz dienen konnte.

Jordan hockte bereits im Schatten dieses Bootes und war dabei, mit dem Korkenzieher seines Schweizer Taschenmessers ein Loch in eine der Kokosnüsse zu bohren.

Neben ihm lag Tao Yang, der verletzte Chinese. Ein überraschend durchtrainiert wirkender Mann um die dreißig mit langem Gesicht, kurzen schwarzen Haaren und bräunlichem Teint in schwarzem Kurzarmhemd und heller Leinenhose. Umso mehr hob sich das viele Blut auf dem Stoff des linken Hosenbeins ab, das bis über das Knie aufgerissen war. Darunter lugten weiße Verbände hervor, die sicherheitshalber mit Schnürsenkeln umwickelt waren. Mit schmerzerfülltem Gesicht nahm der Chinese die Kokosnuss entgegen und trank dankbar einen Schluck Wasser.

Yang war Fotograf und im Auftrag eines Reisemagazins an Bord der *Sea Quest* gewesen. Und er war einer der wenigen unter ihnen, die keinen Angehörigen oder Freund verloren hatten.

Unweit der beiden saß Fernando Alvarez im Schneidersitz im Sand und sichtete die Ausbeute des Notfall-Kits, das sie im Zodiac gefunden hatten. Der achtundzwanzigjährige Puerto Ricaner mit den langen Dreadlocks trug ein verschmutztes weißes Hemd über einer kakifarbenen Hose, und in seinem gebräunten Gesicht strahlten weiße Zähne. Er hatte als Musiker auf der *Sea Quest* gearbeitet, und nach Itzils Aussage war er ein Virtuose auf der Gitarre. In ihrer derzeitigen Situation kam ihnen jedoch entgegen, dass er in seiner Heimat einige Jahre lang als Sanitäter gearbeitet hatte.

Fernando sah auf, als Itzil und er sich näherten, und begrüßte sie mit einem gewinnenden Lächeln – das, da machte Alex sich keinerlei Illusionen, sicherlich eher seiner hübschen Begleitung als ihm selbst galt.

»Glückwunsch zu eurer Ausbeute.« Alvarez wies zu der Tasche mit den Kokosnüssen. »Nur wäre die Mühe vielleicht gar nicht nötig gewesen.« Er zwinkerte. »Wir haben den Strand einfach mal nach herabgefallenen Nüssen abgesucht und noch vierzehn weitere gefunden.«

Alex folgte seinem Blick und entdeckte unter einer Palme einen größeren Stapel Kokosnüsse. »Gut. Wir sollten über jede einzelne von ihnen froh sein, denn bei der Wärme hier dürfte das Wasser rasch aufgebraucht sein.«

»Ach, bis dahin hat man uns sicher schon gefunden«, zwinkerte ihm der Puerto Ricaner zu. »Im Augenblick müssen wir nur noch eine Möglichkeit finden, die Dinger zu knacken.« Seufzend präsentierte er eine Verbandsschere. »Die hier wird uns dabei vermutlich nicht helfen.«

»Im Zweifel hilft rohe Gewalt«, meinte Itzil forsch, sah sich zwischen den Wurzeln der nahen Bäume um und hob einen fast kopfgroßen Stein auf. »Wenn wir suchen, werden wir sicher noch weitere finden. Allerdings brauchen wir auch noch etwas zum Auskratzen der Nüsse.«

»Ein Königreich für einen Löffel.« Jordan seufzte. »Seien wir froh, dass ich mein Taschenmesser dabeihabe. Aber ich helfe gern bei der Suche.«

»Gut, dann kommen Sie mit.« Itzil nickte den Männern zu. »Ich will ohnedies nach der Kleinen sehen.«

Der rothaarige Kanadier hob die Strandtasche mit den übrigen Kokosnüssen auf und marschierte hinter ihr her, hinüber zu einer schattigen Stelle am Waldrand, wo sie den ramponierten Sonnenschirm vom anderen Strandabschnitt aufgebaut hatten. Einige Streben waren zwar zerbrochen, doch er erfüllte noch immer seinen Zweck.

»Vergiss es, Mädchen. Ich habe die Hängematte zuerst gefunden«, ertönte dort die verärgerte Stimme Lauren Clarks. »Gib dir gefälligst selbst mehr Mühe.«

Die Texanerin zerrte soeben einer afroamerikanischen Teenagerin ein Bündel aus den Händen, das diese kurz zuvor noch selbst begutachtet hatte.

Alex betrachtete die verschreckte Teenagerin still. Ihren Kopf schmückten Cornrows, die hinten zu einem Pferdeschwanz zusammengebunden waren. Das sommerlich geschnittene Jeanskleid, das sie trug, war auf Höhe der rechten Hüfte aufgerissen, wodurch der Ansatz eines Slips sichtbar war. Sie war überaus wortkarg und litt vermutlich noch immer an einem Schock. Dank Sophia Scotts Einfühlungsvermögen, die im Hintergrund Palmenwedel zusammentrug, wussten sie jedoch, dass ihr Name Courtney Freeman lautete, sie siebzehn Jahre alt war und bei dem Schiffsunglück Mutter und Großmutter verloren hatte. Courtney tat Alex im Augenblick mehr leid als Lauren Clark, deren Augen sich bereits wieder verengten, kaum dass sie Itzil auf sich zukommen sah. Die Frau war unausstehlich, und das nicht nur deswegen, weil sie offenbar noch immer wild entschlossen war, der Mexikanerin die Schuld am Tod ihrer Tochter in die Schuhe zu schieben. Alex seufzte leise und beschloss, Lauren sicherheitshalber im Auge zu behalten.

»Und, war das Notfall-Kit aus dem Zodiac hilfreich?«, wandte er sich nun seinerseits an Fernando.

Der Puerto Ricaner schlug sich die Rastas zurück und drehte ihm den Kasten zu. »Wie man es nimmt.« Er seufzte. »Immerhin haben wir jetzt einige Verbände. Außerdem Anti-Brechmittel, Anti-Durchfallmittel, Heftpflaster, Schmerzmittel, Einweghandschuhe, Thermometer, Spritzen und sogar eine Kanüle für Mund-zu-Mund-Beatmung. Vieles andere ist aber leider weg oder unbrauchbar. Oder anders gesagt: Das Kit ist bereits geplündert worden. Das aber relativ wahllos – oder auch wieder nicht.« Er machte eine bedeutungsschwere Pause. »Selbst die Jodtinktur ist leer. Auch die Tuben mit Brand- und Wundsalbe waren ausgedrückt. Sagtet ihr nicht, dass der Leichnam im Schlauchboot ausgedörrt war?«

Alex verzog das Gesicht. »Ausgedörrt ist gar kein Begriff. Er war komplett mumifiziert.«

»Das meine ich ja«, antwortete Fernando. »Auf mich macht das fast den Eindruck, als habe der Mann in seiner Verzweiflung alles zu sich genommen, was irgendwie Feuchtigkeit enthielt. Anders ist das eigentlich nicht zu erklären.«

»Du weißt schon, wie seltsam das klingt, oder?«, mischte sich Tao Yang in die Unterhaltung ein. Der Chinese sah mit der Kokosnuss in beiden Händen zu ihnen auf. »Habt ihr nicht erzählt, dass am Schlauchboot ein Emblem der *Sea Quest* zu finden war?«

»Eher von der Betreiberfirma«, korrigierte Alex. »Die *Sea Quest* ist ja nicht deren einziges Schiff.«

»Na gut. Aber was wäre das für ein Zufall? Wenn es also doch von der *Sea Quest* stammt, kann es unmöglich Wochen auf dem Meer getrieben haben. Das ist völlig verrückt.«

»Tja …« Alex zuckte ratlos mit den Schultern. »Ich verstehe es selbst nicht. Am besten, wir sehen uns Boot und Toten noch einmal an, wenn Ross und die anderen zurück sind.«

Er sah zum Meer hinüber, doch der Store-Keeper und seine beiden Kollegen blieben überfällig. Wenn es nach den anderen gegangen wäre, hätten sie das Boot auch am kommenden Tag auf diese Strandseite überführen können. Aber die drei hatten das unbedingt heute noch erledigen wollen.

»Was macht die Wunde?«, wandte er sich wieder an den Chinesen.

Tao Yang lächelte verkniffen. »Geht so. Ich habe viel Blut verloren. Aber Fernando hat mir inzwischen einen richtigen Verband angelegt. Das Bein schmerzt leider trotzdem noch immer.«

»Na, zumindest dagegen kann ich etwas tun«, erklärte der Puerto Ricaner und reichte ihm eine Schmerztablette.

Alex stapfte hinüber zu Oliver Scott, der mit einem Gegenstand in der Hand einsam neben einem Haufen Treibgut stand, das die Gruppe inzwischen zusammengetragen hatte. Darunter befanden sich ein Klappstuhl, herrenlose Kleidungsstücke, abgerissenes Segeltuch, Segelplane sowie Holzstangen.

Standhaft vermied Alex dabei den Blick auf den hohen Sandhaufen, unter dem sie keine zwanzig Meter entfernt die Leiche einer Frau mittleren Alters provisorisch verscharrt hatten. Die Stellen mit den beiden anderen Toten dieses Küstenabschnitts waren gnädigerweise von Basaltfelsen verdeckt. Dennoch kreisten am Himmel weiterhin Azteken-Möwen, die nur auf die Gelegenheit zu warten schienen, dass Wind und Wasser die Toten wieder freilegten.

»Was machen Sie da?«, sprach Alex den Amerikaner an.

Zu seiner Überraschung präsentierte Oliver Scott ihm ein Smartphone, das angeschaltet war. Verblüfft starrte Alex das Gerät an. »Woher haben Sie das?«

Der Rentner lächelte schmal. »Von unserem freundlichen Sanitäter da drüben. Fernando ist in seiner Freizeit Taucher, daher hat er sich ein wasserdichtes Smartphone besorgt.«

»Und das erzählen Sie erst jetzt?«

»Na ja, es hat hier keinen Empfang. Seltsamerweise auch

kein GPS, obwohl das unabhängig vom Handynetz ist. Dabei sind alle notwendigen Apps vorhanden.« Scott seufzte. »Er war trotzdem so freundlich, es mir noch einmal zu überlassen. Ich bin damit oben auf den Felsen gewesen.« Der Mann deutete zu der steinigen Anhöhe, die die beiden Strände trennte. »Leider auch dort nichts.«

Fernando Alvarez kam nun ebenfalls herüber. »Und?«

»Sie hatten leider recht«, antwortete Oliver Scott resigniert und reichte ihm das Gerät. »Immerhin können wir damit Licht machen, was uns nach Sonnenuntergang noch nützlich sein dürfte.«

»Ja, aber wir sollten mit dem Akku sparsam umgehen«, wandte Alex ein.

»Wird schon reichen. Der ist noch zu knapp achtzig Prozent geladen«, erklärte der Puerto Ricaner. »Das gute Stück kann übrigens noch mehr. Also mal abgesehen davon, dass es bis dreißig Meter Wassertiefe dicht ist und man den Touchscreen sogar mit nassen Fingern und Handschuhen bedienen kann. Sehen Sie«, er präsentierte ihnen einige Funktionen. »Es hat eine echte Wärmebildkamera, einen Laser-Entfernungsmesser, ein Barometer und einen Kompass. Und das alles für knapp siebenhundert Dollar.«

»Sagen Sie mal, könnten Sie den Kompass kurz anwerfen?«, fragte ihn Scott nachdenklich.

»Klar. Warum nicht?« Fernando tippte die App an, und auf dem Display baute sich eine Kompassrose auf, deren virtuelle Nadel beständig hin und her schwankte.

Scott zückte seinerseits einen kleinen Klappkompass, dessen Nadel sich ebenfalls beständig drehte, statt gen Norden zu weisen.

»Woher haben Sie den?«, fragte Alex.

»Alte Gewohnheit«, erklärte der Amerikaner. »Aber ist das nicht merkwürdig?«

»Na ja.« Zweifelnd blickte Fernando auf sein Smartphone. »Ich schätze, mein Gerät funktioniert ohne GPS nicht.«

»Nein«, widersprach Scott. »Diese Kompass-Apps funktionieren ganz ohne GPS-Ortung. Die Sensoren in Ihrem Smartphone messen die Himmelsrichtung abhängig vom Magnetfeld. Erst auf U-Booten sind sie vollkommen nutzlos.«

»Woher wissen Sie das?«, fragte ihn Alex erstaunt.

Scotts Lächeln wirkte bitter. »Während des Vietnamkrieges war ich als Funkoffizier auf der USS *Long Beach* stationiert – dem ersten nuklear betriebenen Überwasserkriegsschiff der Welt. Nach meinem Ausscheiden habe ich dann als Erdkundelehrer gearbeitet, mir aber bis heute meine Begeisterung für Elektronik erhalten.« Er betrachtete weiterhin beide Kompasse. »Und das hier ist seltsam. Als ob hier irgendeine Störung des Magnetfeldes vorliegen würde.«

»Angeblich hat bereits der Navigationskompass der *Sea Quest* versagt«, merkte Alex nachdenklich an.

»Woher haben Sie diese Information?«

Alex dachte an den Moment zurück, als er Itzil zum ersten Mal begegnet war. »Ich konnte vor dem Unglück ein Gespräch zwischen zwei Mitarbeitern des Kreuzfahrtschiffes mitanhören.« Unwillkürlich erinnerte er sich wieder an das spukhafte Erlebnis auf der *Sea Quest,* kurz bevor die Monsterwelle das Schiff traf. »Und da war noch etwas. Unmittelbar vor dem Unglück habe ich im Restaurant etwas sehr Merkwürdiges erlebt. Da ist alles Mögliche aus Metall durch die Luft geflogen. Als wären die Sachen von einem riesigen Magneten angezogen worden.«

Scott legte irritiert die Stirn in Falten.

»Könnte das vielleicht an dem Vulkan hinter uns liegen?«, wollte Alex nun wissen.

Oliver Scott sah grübelnd zu dem rauchenden Bergkegel auf. »Von so etwas habe ich noch nie gehört. Magnetische Anomalien können in der Nähe großer Eisenlagerstätten vorkommen. Aber damit ist keinesfalls so etwas zu erklären, wie Sie es erlebt haben wollen.«

Alex präsentierte seine Funkarmbanduhr, deren Zeiger auf

drei Minuten nach ein Uhr am Nachmittag stehen geblieben waren. »Funkverbindung haben wir hier offenbar auch nicht. Die Uhr ist eigentlich wasserdicht und sollte sich bei Störungen automatisch einstellen. Ist aber nicht passiert.«

»Das könnte schlicht daran liegen, dass wir uns außerhalb der Reichweite des Funksignals befinden«, erklärte Oliver Scott. »Die Signale der Funkmasten reichen ja nur tausendfünfhundert Kilometer weit. Aber das erklärt nicht, warum Ihre Uhr stehen geblieben ist. Ist das eine Quarzuhr?«

Alex nickte.

»Nun, auch die Schrittmotoren in Ihrer Uhr könnten durch ein Magnetfeld beeinflusst worden sein.« Scott betrachtete den Chronografen stirnrunzelnd. »Allerdings finde ich etwas anderes auffälliger – was ich eigentlich erst später zur Sprache bringen wollte, wenn wir alle wieder beisammen sind. Sehen Sie mal.« Er kramte in seiner Hosentasche und zückte zwei analoge Armbanduhren. Auf beiden standen die Zeiger ebenfalls still. Ebenfalls auf kurz nach eins am Nachmittag.

»Wo haben Sie die schon wieder her?«, fragte Fernando Alvarez.

»Die stammen von den Toten hier«, antwortete der Amerikaner. »Wie heißt dieser vorlaute dänische Schiffsmechaniker noch gleich, mit dem Ross und der Filipino unterwegs sind?«

»Mikkel Petersen.«

»Richtig. Wir haben doch vorhin die Toten abgedeckt, und da habe ich Petersen dabei erwischt, wie er sie nach Wertsachen durchsucht hat.«

»Ernsthaft?«, platzte es empört aus Alex heraus.

»Keine Bange, weit ist er damit nicht gekommen.« Scott schürzte böse die Lippen. »Und doch frage ich mich, warum die Uhren alle zum gleichen Zeitpunkt stehen geblieben sind …«

Die Männer warfen einander ratlose Blicke zu.

»Trägt noch einer der anderen eine Uhr?«, wollte Fernando wissen.

»Ja, meine Frau. Und Lauren Clark. Überall dasselbe Bild: stehen geblieben um kurz nach eins am Nachmittag.«

Alex nahm die Uhren in die Hand. »Das dürfte ungefähr die Zeit sein, als diese Monsterwelle die *Sea Quest* erwischt hat.« Er blickte zur tief stehenden roten Sonne auf, die noch immer von dieser eigenartigen Korona umgeben war. »Ist Ihnen beiden eigentlich aufgefallen, wie hoch die Sonne stand, als wir zu uns gekommen sind?«

»Na ja.« Der Puerto Ricaner kratzte sich nachdenklich am Kinn. »Das müsste etwas nach Mittag gewesen sein. Wir turnen hier ja schon eine Weile herum.«

»Ja, aber wie ist das möglich?« Alex sah gespannt in die Runde. »Zwischen der Schiffshavarie und unserer Rettung müsste doch einiges an Zeit verstrichen sein. Einige Stunden, würde ich meinen ... mindestens.«

»Falls wir nicht in Wahrheit einen kompletten Tag auf dem Meer herumgetrieben sind«, korrigierte ihn Fernando. »Oder ... falls für den Stillstand der Uhren nicht etwas komplett anderes verantwortlich ist. Vielleicht beides?«

Alex nickte widerstrebend und sah die Männer an. »Wie haben Sie beide eigentlich die Katastrophe überlebt?«

»Mittels einer Rettungsinsel«, antwortete der Amerikaner. »Die Umstände an Bord waren bereits ziemlich dramatisch, als die ersten zu Wasser gelassen wurden. Ich weiß nicht, wie viele der Passagiere sich damit retten konnten. Meine Frau und ich hatten ohnedies mehr Glück als Verstand, denn kaum dass wir es auf die Rettungsinsel geschafft hatten, riss sie sich auf den hohen Wellen los. Und fragen Sie mich bitte nicht, wie lange wir darin unterwegs waren. Ich habe da ehrlich gesagt jedes Zeitempfinden verloren.«

»Müsste sich in der Rettungsinsel nicht noch eine weitere Erste-Hilfe-Ausrüstung befinden?«, fragte Fernando.

»Leider nicht. Sonst hätte ich die Ihnen schon längst ausgehändigt.« Scott zuckte bedauernd mit den Schultern. »Wer weiß, woran das Unternehmen noch gespart hat.«

»Und Sie?«, fragte Alex den Puerto Ricaner.

»Ich wurde über Bord gespült und konnte mich im Wasser an einem Tisch festklammern. Einem verfluchten *Tisch* ...« Fernando schüttelte ungläubig den Kopf. »Ich dachte schon, ich saufe ab, als mir das Teil auf den Wellen entgegentrieb. Aber wie lange ich auf See zugebracht habe ... ehrlich: keine Ahnung. Ich weiß nur noch, wie saukalt es da draußen war. Und wie sehr ich damit gekämpft habe, bei den riesigen Wellenbergen nicht unterzugehen. Gefühlt eine halbe Ewigkeit.« Mit einem schweren Seufzer blickte er hinaus zum Horizont – und gab ihnen sogleich ein aufgeregtes Zeichen. »Hey, da kommen Barry Ross und die anderen. Sieht aber irgendwie nicht gut aus.«

Alex und Oliver Scott folgten seinem Fingerzeig, und auch sie konnten jetzt sehen, wie jenseits der ins Meer hineinragenden Felsen das Zodiac auftauchte. Ihre drei Schicksalsgefährten versuchten es angesichts des Motors, der nicht lief, mit improvisierten Rudern in ihre Richtung zu lenken, doch die Brandung warf das Schlauchboot immer wieder schwer gegen die scharfkantigen Felsen. Eine der Luftkammern hatte bereits Leck geschlagen, und das Boot begann zunehmend die Gestalt eines Gummifloßes anzunehmen.

Besorgt sahen sie den Männern dabei zu, wie es ihnen dennoch gelang, die Klippen zu umrunden und ihr Gefährt auf sie zuzusteuern. Allerdings wirkte das Schlauchboot derart ramponiert, dass es eine Weile so aussah, als würden sie nicht einmal mehr den Strand erreichen. Barry Ross, der Filipino und der dänische Matrose, den Oliver Scott der Leichenfledderei beschuldigt hatte, steuerten das Boot schließlich allen Widrigkeiten zum Trotz an den Strand. Als sie ins Wasser sprangen, eilten ihnen auch Alex und Fernando entgegen, um ihnen dabei zu helfen, das Gefährt an Land zu ziehen.

»So eine verdammte Scheiße!«, fauchte Ross und schlug voller Wut auf das Leck ein. »Ich habe euch gesagt, dass wir dahinten aufpassen müssen. Wieso habt ihr nicht auf mich gehört?«

»Mann, beruhige dich!«, blaffte Mikkel Petersen zurück. Der schlaksige blonde Däne mit dem auffallenden Ohrring und der breiten Sattelnase funkelte Ross gereizt an und wischte sich das Wasser von der durchnässten Jeans. »Hauptsache, wir haben den Außenbordmotor gerettet. Mit etwas Glück müssen wir ihn bloß noch reinigen, damit er anspringt.« Eine Spur zu vertraulich boxte er dem Filipino gegen die Schulter. »Und unser Domingo hier hilft mir dabei, stimmt's? Bist ja gewissermaßen vom Fach …«

»Hör auf, mich ständig beim Nachnamen zu nennen«, schimpfte der hochgewachsene Asiate mit den schwarzen Haaren und dem blauen, inzwischen leicht ramponierten Wäschereianzug. »Ich heiße Dodong!«

»Mann, nun hab dich nicht so!« Mikkel Petersen grinste. »Kennst du nicht Plácido Domingo? Diesen Opernsänger? *Das* ist ein Name. So richtig von Welt. Dodong … das klingt wie dieser Pornodarsteller aus den Achtzigern. Weißt schon: Long Dong Silver. Der mit dem Riesenschwanz. Niemand will so heißen.«

»Hört auf und lasst uns das Ding einfach wieder zum Laufen bringen«, ging Barry Ross dazwischen. In seinen Barthaaren funkelten Wassertropfen. »Sieh dir den Motor an und tu dein Bestes.«

Alex spähte ins Innere des zusammengesackten Schlauchbootes und entdeckte dort weiteres eingesammeltes Treibgut. Darunter einen leeren Zehnliterkanister sowie Holzfragmente, die er für Teile einer Reling hielt. Sogar Reste eines alten Fischernetzes.

»Wo habt ihr den Toten gelassen?«, fragte er irritiert.

Barry Ross warf ihm einen abschätzigen Blick zu. »Willst du uns verarschen? Der ist jetzt da, wo auch die anderen sind. Wir haben ihn ins Meer geworfen. Oder hättest du Bock gehabt, zusammen mit so einer widerlichen Leiche an Bord herzuschippern?«

»Wir wollten ihn doch näher untersuchen.«

»Dann schnapp dir eine der anderen Leichen, wenn dir so was Spaß macht.« Arrogant schüttelte er den Kopf. »Und jetzt lasst uns den Kram ausladen.«

Er griff ins Innere und zerrte das Netz hervor.

Alex fixierte den Mann verärgert, half den anderen dann aber dabei, Hand anzulegen und das Boot leer zu räumen.

»Das alles hier ist doch nicht bloß von der *Sea Quest*, oder?«, fragte Fernando, der zusammen mit dem Filipino einen alten Reifen an den Strand zerrte. Alex fragte sich angesichts der Größe, von welchem Fahrzeug er stammen mochte.

»Nein«, pflichtete ihm Dodong bei und deutete in Richtung der Felsen. »Ehrlich gesagt ähnelt der Küstenabschnitt da drüben an manchen Stellen dem Strand an der Manila Bay. Wie eine Müllkippe.« Er seufzte und griff ins Boot. »Das Beste ist aber das hier.« Er präsentierte ihnen ein in Plastik eingeschweißtes Fünfkilopaket Rindfleisch.

»Wow, wo habt ihr das denn gefunden?« Alex überprüfte das Haltbarkeitsdatum, das bei entsprechender Kühlung erst in einer knappen Woche abgelaufen war.

»Unweit der Felsen«, antwortete der Filipino zufrieden. »Der Meeresgrund ist mit weiteren Fleischpackungen übersät. Ich schätze, die stammen aus einem der Laderäume der *Sea Quest*. Leider liegen die in gut vier bis fünf Metern Tiefe verstreut. Das Wasser dort ist kristallklar, und ich habe sie eher zufällig entdeckt, als wir uns bereits auf dem Rückweg befanden. Es war jedoch ziemlich schwer, danach zu tauchen. Und ich bin froh, wenigstens das eine Paket hier raufgeholt zu haben.«

Fernando zwinkerte gut gelaunt. »Lass das mal mein Problem sein. Das ist genau mein Ding. Die hole ich morgen schon irgendwie rauf. Damit wäre unser Nahrungsmittelproblem gelöst, bis man uns endlich findet.«

»Hier, Opa, mach auch mal was.« Hinter ihnen drückte der Däne Oliver Scott eine leere Bierkiste in die Hand, während er selbst einige Latten zu ihrem Lager am Dschungelrand zog.

»Nicht provozieren lassen«, raunte Alex dem älteren Herrn halblaut zu. »Typen wie er wollen genau das.«

»Habe ich nicht vor«, entgegnete Scott, blickte Mikkel Petersen aber dennoch säuerlich hinterher.

Sie schleppten die Fundstücke zum Stapel mit dem übrigen Treibgut, und während allmählich die Nacht hereinbrach, richteten sie am Dschungelrand weiter ihr Lager ein. Zum Glück waren Fernando Alvarez und Mikkel Petersen Raucher, sodass sie gleich zwei funktionierende Feuerzeuge besaßen, mit denen sie rasch ein Lagerfeuer entzünden konnten. Jordan hatte das Kokoswasser mittlerweile in ausgekratzte Schalen abgefüllt, die herumgereicht wurden, während das mühsam mit Taschenmesser und einem Stück Metall ausgekratzte Fruchtfleisch auf abgeschrubbten Steinen bereitlag. Den meisten Zuspruch erhielten jedoch die Rindfleischbrocken, die an angespitzten Stöcken über dem Lagerfeuer brieten und deren Flammen knisternd zum Nachthimmel emporschlugen. Wider allen Erwartungen wurden sie satt, und es blieb sogar noch Fleisch über, das sie vorsorglich ebenfalls im Feuer durchgarten. Allein die Trinkwassermenge war trotz der vielen Nüsse zu knapp bemessen, und es verwunderte Alex auch nicht, dass das gemeinsame Essen eher wortkarg verlief.

Er hockte neben Courtney Freeman, die noch immer nicht gesprächiger geworden war, während Itzil dafür sorgte, dass die Teenagerin überhaupt etwas zu sich nahm. Alex wühlte in seiner Jacke und präsentierte einen Erdnussriegel.

»Hier.« Er stupste Courtney freundlich an. »Magst du?«

Die Angesprochene lächelte scheu. »Danke«, sagte sie leise. »Aber ich kann das nicht essen. Ich bin Allergikerin.«

»Das tut mir leid.«

»Och, wenn du keine Verwendung dafür hast, kannst du den gern mir geben«, tönte es von der anderen Feuerseite. Mikkel Petersen spielte mit seinem Ohrring und grinste ihn dabei unverschämt an. Demonstrativ steckte Alex den Riegel zurück in seine Jackentasche.

»Wie wäre es mit anderer Nervennahrung als Nachtisch?«, bot sich Fernando überraschend an. Der Seewind trug jetzt den Geruch von Marihuana heran.

Alex sah erstaunt, dass sich der Puerto Ricaner einen Joint gebaut hatte, den er sich soeben an einem glimmenden Stängel entzündete. Er grinste breit.

»Du hast was zu rauchen?«, meinte der Däne ungläubig und nahm ebenfalls einen Zug.

»Taucher bleibt eben Taucher«, erklärte Fernando zufrieden und klopfte sich an die Hose. »Alles hübsch wasserdicht verstaut. Und morgen fische ich uns die restlichen Fleischpakete aus dem Wasser.«

»Bin ich hier eigentlich der Einzige, der nicht ans Fressen denkt?«, erboste sich Barry Ross. Gereizt sah er sich um. »Oder fragt sich hier noch jemand, warum es hier nicht bereits von Rettungskräften wimmelt?«

»Doch, ehrlich gesagt schon«, antwortete Lauren Clark. »Die müssten längst festgestellt haben, dass die *Sea Quest* vom Radar verschwunden ist. Oder …«, sie überlegte kurz, »oder warum wir nicht längst in Nassau angekommen sind.«

»Wäre das nicht erst morgen?«, gab Itzil zu bedenken.

»Ist doch egal«, fauchte die Texanerin. »Vertuschen könnt ihr das jedenfalls nicht.«

»Immer mit der Ruhe«, beschwichtigte sie Jordan Reid, während er begeistert an dem Joint zog und ihn danach an Barry Ross weiterreichte. »Vermutlich sind wir hier irgendwo auf den Bahamas. Für die Insellage spricht schließlich der Vulkan hinter uns. So, und jetzt ratet mal, wie viele Inseln das sind!«

»Etwa siebenhundert«, meinte Itzil tonlos.

»Genau.« Der Kanadier nickte. »Von denen sind aber dummerweise bloß dreißig bewohnt. Und die Inseln erstrecken sich über ein weit größeres Gebiet als das zwischen Toronto und Québec. Es wird also eine Weile dauern, bis man uns findet. Aber finden wird man uns, verlasst euch drauf.«

»Das bringt mir meine Tochter auch nicht zurück!«, brauste Lauren Clark auf. »Hieß es nicht, so ein Kreuzfahrtschiff sei unsinkbar? Wie konnte es überhaupt zu dem Unglück kommen?«

Eine Weile waren nur das Prasseln des Feuers und das Knacken der Zweige zu hören, bis sich Mikkel Petersen überraschend zu Wort meldete. »Auf der *Sea Quest* kam es zum Totalausfall. Erst die Elektrik, dann die Maschinen.« Der Schiffsmechaniker sah missmutig in die Runde. »Wir haben alles getan, um der Ursache auf den Grund zu kommen – aber wir hatten zu wenig Zeit. Könnte sein, dass bei dem Wellengang die Schmierölpumpen versagt haben. Das löst dann einen Alarm aus, der zur automatischen Abschaltung der Motoren führt. Selbst das beste Schiff ist dann bei so einem Seegang hilflos.«

Alex bemerkte, dass Barry Ross Itzil böse anstarrte, während er den Joint an Dodong Domingo weiterreichte, ohne selbst daran zu ziehen.

Der Filipino hingegen nahm einen tiefen Zug. »Daran können wir jetzt ohnehin nichts mehr ändern«, meinte er hustend. »Im Augenblick bleibt uns wohl nichts anderes übrig, als die Suche nach uns irgendwie zu unterstützen. Wir könnten zum Beispiel einige der Basaltfelsen zusammensammeln und ein großes SOS auf den Strand schreiben. Für die Suchflugzeuge.« Dodong reichte die Marihuana-Zigarette an Tao Yang weiter, der immer wieder über sein Bein strich.

»Ich habe am Himmel noch kein Flugzeug entdeckt«, erklärte der Chinese skeptisch und reichte die Kippe, ohne zu rauchen, an Oliver Scott weiter, der still seine Frau im Arm hielt und nachdenklich in die Flammen starrte. Auch er lehnte den Joint ab.

Itzil erhob sich plötzlich, nahm ihm den Glimmstängel ab, zog mehrfach daran und inhalierte tief. Alex beschlich unwillkürlich das Gefühl, dass sie etwas quälte, das über ihre derzeitige Situation hinausging.

»Davon abgesehen«, fuhr Tao Yang fort, »habe ich die See im Auge behalten. Da draußen war bislang nicht ein einziges Schiff zu sehen.«

»Das muss nichts bedeuten«, brummte der Store-Keeper. »Zwischen den Inseln herrscht viel Verkehr. Da kann jederzeit eines auftauchen. Ich würde daher vorschlagen, dass wir einen großen Stapel mit Feuerholz zusammentragen und morgen das Steilmassiv dahinten untersuchen.« Er wies in die Nacht, in Richtung der Anhöhe mit dem Steilhang, der den Strandabschnitt auf der linken Seite begrenzte. »Und zwar möglichst viel Holz. Wir bringen es da oben rauf und postieren dort einen Ausguck. Sobald wir ein Schiff ausmachen, entzünden wir den Stapel als Leuchtfeuer.«

»Ja, die Idee ist gut«, pflichtete ihm der Däne bei. »Das SOS-Zeichen am Strand kann aber auch nicht schaden.«

»Sagt ja auch keiner.«

»Warum rufen wir nicht einfach die Seenotrettung an?«, wollte Sophia Scott wissen und zog damit verwunderte Blicke auf sich.

»Schatz, das hatten wir doch schon besprochen.« Oliver Scott streichelte liebevoll ihre Hand.

»Okay«, mischte sich Alex rasch ein, um die anderen von dem Einwand abzulenken. »Wenn wir hier noch einige Tage ausharren müssen, brauchen wir unbedingt weiteres Trinkwasser. Heute haben uns die Kokosnüsse einigermaßen versorgt, doch das wird auf Dauer nicht ausreichen. Und Wasser finden wir vermutlich erst, wenn wir die Insel erkunden.«

»Ja, oder … auf der *Sea Quest!*« Barry Ross deutete mit dem Kopf in Richtung Strand. »Ich meine, so weit draußen liegt das Wrack ja nicht. Und wir haben hier nicht nur ein Schlauchboot, das wir vielleicht flicken können, sondern auch noch ein Ruderboot.« Er wies zu dem aufgebockten Boot, das sie zum Unterstand umfunktioniert hatten. »Wenn wir es geschickt genug anstellen, könnten wir von dort vermutlich alles bergen, was wir hier brauchen.«

»Ja, Mann. Natürlich …!« Mikkel Petersens Augen blitzten, und man sah dem Dänen an, wie es hinter seiner Stirn arbeitete. Dann erhob er sich, nahm einen brennenden Zweig auf und gab dem Store-Keeper ein eindringliches Zeichen. »Komm mal mit. Wir gucken uns das Zodiac gleich noch einmal an.«

Barry Ross sah fragend auf, schnappte sich selbst einen brennenden Zweig und folgte ihm in Richtung Brandung.

»Die haben doch irgendetwas vor«, sinnierte Itzil misstrauisch, während jeder am Feuer den beiden hinterherblickte. Dann nahm sie einen weiteren tiefen Zug und reichte den Joint Fernando, der mit einem anerkennenden Zwinkern zugriff.

»Mir egal.« Der Puerto Ricaner lehnte sich zurück und versuchte, Rauchkringel auszublasen. »Wenn die beiden beschäftigt sind, verbessert das jedenfalls gleich die Stimmung.« Er bot Alex die Kippe an, doch der lehnte dankend ab.

Lauren Clark erhob sich nun ebenfalls.

»Ich gehe schlafen.« Ihre Stimme bebte noch immer vor unterdrückten Gefühlen. Trauer, vermutete Alex. Schmerz. Wut. Vermutlich eine Mischung davon. »Morgen haben wir ja offenbar einiges vor. Außerdem will ich, dass wir uns um meine … um die Toten kümmern. Die können wir nicht einfach am Strand liegen lassen.«

»Nein, werden wir nicht«, versprach Itzil.

»*Sie* müssen wirklich nicht dabei helfen«, fuhr die Texanerin sie giftig an. »Das alles hat Sie vorher ja auch nicht interessiert.« Dann wandte sie sich brüsk ab und verschwand hinter den Palmen.

Mitfühlend musterte Alex Itzil, doch die reagierte kaum, starrte nur niedergeschlagen in die Flammen und schwieg.

»Und was, wenn man uns *nicht* findet?« Es war Courtney Freeman, die den Kopf gehoben hatte und jeden Einzelnen am Lagerfeuer aufmerksam musterte. Im Licht des Feuers strahlten ihre Augen und Zähne. »Das hier ist doch das Bermudadreieck, habe ich recht? Hier verschwinden doch ständig Schiffe und Flugzeuge.«

Eine Weile waren nur das sanfte Rauschen der Brandung, der Wind in den Bäumen, das Knistern des Feuers und die unverständlichen Gesprächsfetzen von Ross und Petersen am Strand zu hören.

»Was für ein Unsinn.« Fernando schnaubte.

»Fernando hat recht. Das sind bloß Gruselgeschichten«, versuchte Itzil das Mädchen zu beruhigen. »Die meisten Unglücke haben sich als Räuberpistolen entpuppt. Und jetzt komm: Wir beide suchen uns jetzt auch einen Schlafplatz.« Sie warf Alex einen knappen Blick zu, dann half sie der Teenagerin auf die Beine.

»Wartet!« Alex zog seine Jacke aus und reichte sie Courtney. »Falls es heute Nacht kühler wird.«

Courtney nahm die Jacke dankbar entgegen, lächelte scheu, und die beiden Frauen verschwanden ebenfalls in die Dunkelheit.

»Ich gebe zu, gedacht habe ich daran ebenfalls schon«, gestand der Kanadier nach einer Weile. Er lachte gezwungen. Tao Yang und Dodong Domingo schürzten abfällig die Lippen, doch die Geste wirkte aufgesetzt.

Fernando grinste, holte weltmännisch zu einer Antwort aus, richtete sich dann plötzlich kerzengerade auf – und erstarrte. Mit schreckgeweiteten Augen stierte er in die Dunkelheit jenseits des Lagerfeuers.

»Ist was?«, fragte Alex beunruhigt.

Der Puerto Ricaner blinzelte.

»Nee, alles gut.« Unwillig schüttelte Fernando den Kopf. »Einen Moment lang dachte ich bloß …« Kurzerhand drückte er die Kippe im Sand aus. »Wo waren wir stehen geblieben?«

»Bei der Sache mit dem Bermudadreieck«, half ihm Jordan auf die Sprünge.

Alex fiel auf, dass Oliver Scott im Gegensatz zu den anderen auffallend ernst wirkte. Noch immer hielt er seine Frau im Arm, der allmählich die Augen zufielen.

»Was denken Sie, Herr Scott?«, fragte er ihn geradeheraus.

Scott sah auf und wog nachdenklich das Haupt. »Na ja, die Frage ist ja tatsächlich, wohin es uns eigentlich verschlagen hat.«

»Wie ich schon sagte, das hier müssten die Bahamas sein!«, zeigte sich Jordan überzeugt.

»Tatsächlich?« Scott legte behutsam seine Frau in den Sand und schob ihr seine zusammengefaltete Segeltuchtasche unter den Kopf. »Dass wir uns hier auf einer Insel befinden, halte ich ebenfalls für unstrittig. Wäre das hier das Festland, hätten wir sicher schon Anzeichen von Zivilisation gefunden. Geschweige denn davon, dass hier vermutlich auch Handys Empfang hätten. Auch der nahe Vulkan spricht für eine Insel. Allerdings frage ich mich, ob das mit den Bahamas sein kann. Sehen Sie.« Er nahm einen Stock zur Hand und malte Linien in den Sand, die sich rasch als Teile einer Karte entpuppten. Alex, Tao, Jordan und selbst Fernando rückten näher und sahen ihm gespannt dabei zu.

»Das hier ist die Küstenlinie von New York bis runter zur Halbinsel Florida«, fuhr Scott fort. »Und hier, südöstlich von New York, wo wir unsere Kreuzfahrt begonnen haben, weit draußen im Nordatlantischen Ozean, liegen die Bermudainseln.« Er markierte die Stelle mit einem Punkt. »Und hier ungefähr, etwa einen Halbmond von Miami aus in Richtung Atlantik beschreibend, liegen die Bahamas.« Er setzte unterhalb der markanten Halbinsel Floridas mit den Fingern mehrere Punkte. »Südlich unter den Bahamas liegen Kuba, Haiti, die Dominikanische Republik und natürlich Puerto Rico.« Er blickte kurz zu Fernando auf. »Und östlich von Puerto Rico«, abermals malte er Punkte in den Sand, »liegen wiederum die Kleinen Antillen, die sich als Inselkette in einem weiteren Halbbogen bis hinunter nach Venezuela erstrecken.«

»Ja, und?«, fragte Fernando ungeduldig.

»Zunächst einmal sollten wir uns fragen, wo Vulkane überhaupt entstehen.«

»An den Subduktionszonen der Kontinentalplatten«, antwortete Alex. »Also dort, wo die Platten aufeinanderstoßen. Deswegen ja auch die Bahamas … wobei ich mich gerade frage, ob es dort überhaupt Vulkane gibt.«

»Eben«, sagte Scott mit Nachdruck, »es gibt dort keine. Vulkane finden sich lediglich auf den Kleinen Antillen – ich glaube, insgesamt sechzehn an der Zahl. Und der einzige derzeit aktive Vulkan dort befindet sich auf Montserrat. Das hat auch einen Grund, denn in diesem Gebiet stoßen gleich drei Kontinentalplatten aufeinander: die karibische Platte, die zu den kleineren Erdkrustenplatten gehört und die weitestgehend vom Karibischen Meer bedeckt ist. Außerdem die nordamerikanische Platte und die südamerikanische Platte, die ihren kleineren Bruder im Norden, Osten und Süden gewissermaßen einkesseln. Die Inselkette der Kleinen Antillen markiert nämlich die östliche Grenze der karibischen Platte, die dort auf die südamerikanische Platte stößt. Deswegen auch die vielen Vulkane dort.«

»Auch auf Costa Rica gibt es Vulkane«, merkte Fernando an.

»Sicher.« Scott nickte. »Aus dem gleichen Grund. Weiter nördlich jedoch, zwischen Kuba und Haiti, beginnt bereits die nordamerikanische Platte. Nur ist diese Zone vulkanisch nicht aktiv.« Er zeichnete mit den Fingern einen Halbbogen in den Sand, der die Kleinen Antillen nahezu wegwischte und Kuba und Haiti voneinander trennte. »Und die Bahamas liegen sogar noch weiter nördlich«, merkte Tao an.

»Richtig. Da ist aber noch etwas anderes. Denn als uns der Hurrikan erwischte, hatten wir erst die Hälfte der Strecke zwischen den Bermudas und den Bahamas zurückgelegt. Wir sind also nicht einmal annähernd in die nähere Reichweite einer tektonischen Plattengrenze gelangt. Geschweige denn, dass es zwischen den Bermudas und den Bahamas auch nur irgendeine bekannte Insel gäbe. Da draußen ist bloß Wasser.«

»Und was wollen Sie uns damit sagen?«, fragte Dodong.

»Dass wir uns besser nicht auf das baldige Eintreffen von Rettungsmannschaften verlassen sollten.« Scott sah ernst zu dem Filipino auf. »Diese Insel hier, die dürfte es eigentlich überhaupt nicht geben.«

Rätsel der Toten

»Ich weiß gar nicht, was mit mir werden soll, wenn wir wieder zu Hause sind. Außer meiner Mutter und meiner Großmutter habe ich niemanden.«

Itzil, noch immer leicht vom Joint berauscht, hielt Courtney Freemans Hand, während sie dem Mädchen zuhörte. In Gedanken jedoch war sie noch immer bei den Ausführungen des dänischen Schiffsmechanikers, die ihr keine Ruhe ließen.

»Die Kreuzfahrt war ein Geburtstagsgeschenk meiner Grandma. Hätte ich gewusst, in welche Gefahr wir uns damit begeben, dann …«

Die Teenagerin verstummte, und Itzil konnte hören, wie sie trocken schluchzte, während hinter ihnen die warme Meeresbrise in den Bäumen des Mangrovendschungels rauschte.

»Du hast keine anderen Verwandten?«

Sie sah, wie Courtney den Kopf schüttelte. »Mein Vater ist schon tot. Und mein Onkel trinkt den ganzen Tag.«

»Ich musste ebenfalls ohne Vater aufwachsen«, versuchte Itzil sie zu trösten, obwohl sie heftige Gewissensbisse plagten. »Er war Archäologe. Also, kein richtiger Archäologe – dafür hätte er studieren müssen –, aber ein begehrter Grabungshelfer. Als ich vierzehn Jahre alt war, geriet er auf dem Weg zu einer Ausgrabung zwischen die Fronten zweier Drogengangs. Aber ich hatte wenigstens noch meine Mutter. Sie hat bei den Reichen geputzt und damit mich und meine Brüder durchgebracht. Später haben mir dann Freunde geholfen. Du hast doch sicher ebenfalls Freunde, oder?«

»Ja, schon.« Courtney schniefte. »Und ... die Methodistengemeinde.«

»Siehst du. Das wird schon.« Itzil atmete tief ein, um wieder klarer im Kopf zu werden, aber ihre eigenen Worte kamen ihr dennoch verlogen vor: »Vielleicht finde ich nachher noch irgendwo eine Kokosnuss für dich, okay? Du hast sicher Durst.«

»Ja, habe ich. Aber das haben sicher alle hier.«

Itzil deckte das Mädchen mit Alex' Jacke zu, und die Teenagerin seufzte. »Glaubst du, dass man sie noch finden wird?«

»Deine Mutter und Großmutter?«

»Ja.«

»Wer weiß. Du solltest die Hoffnung jedenfalls nicht aufgeben.« Itzil schluckte, denn sie selbst teilte diese Hoffnung nicht.

Während dem Mädchen langsam die Augen zufielen und Itzil Courtneys Atemzügen und den Geräuschen des Dschungels lauschte, erschien es ihr plötzlich, als mische sich ein fremdartiges Flüstern in den Wind. Argwöhnisch erhob sie sich und musste kurz gegen einen leichten Schwindel ankämpfen. Sie blickte zu der dunklen Silhouette Lauren Clarks hinüber, die drei Meter entfernt, zwischen zwei Palmen, in ihrer Hängematte lag und sich dort – soweit Itzil das erkennen konnte – mit einigen Palmwedeln zugedeckt hatte. Lauren schien zu schlafen. Von ihr kamen die Laute also nicht.

Abermals vernahm Itzil das Wispern. Oder nein, korrigierte sie sich: Es war eher ein Raunen. Und diesmal glaubte sie sogar, ein Wort zu verstehen ...

Itzil!

Alarmiert starrte sie zwischen die Bäume und versuchte, die Finsternis mit ihren Blicken zu durchdringen. Aber da war nichts.

Meine Güte, war sie derart high, dass sie sich schon Stimmen einbildete?

Sie atmete ein paarmal tief ein, schlug sich gegen die Wange und lauschte nochmals. Doch die Laute wiederholten sich nicht.

Dennoch blieb sie eine Weile misstrauisch, wo sie war, musterte den nahen Dschungel voller Unbehagen und wartete. Erst als sie sich sicher war, sich die Geräusche bloß eingebildet zu haben, marschierte sie wieder zurück zu dem Lichtkreis des Lagerfeuers, wo die Männer die Köpfe zusammensteckten.

Wie versprochen, sah sie sich nach weiteren Kokosnüssen für Courtney um, obschon sie wusste, dass sie heute kein Trinkwasser mehr finden würde. Es sei denn – sie blieb unvermittelt stehen –, Barry Ross besaß noch welches. Allerdings schätzte sie den Store-Keeper nicht als einen Menschen ein, der seine geheimen Vorräte würde teilen wollen.

Aufgebracht warf sie einen Blick in Richtung des demolierten Zodiacs, in dessen Nähe der bullige Cheflagerist und der Mechaniker noch immer standen. Ihre Fackeln würden wohl bald erlöschen, und der Seewind trieb leise Stimmfetzen an ihre Ohren.

Was beredeten die beiden dahinten eigentlich so lange?

Itzil beschlich abermals der Verdacht, dass die zwei irgendetwas ausheckten. Typen wie sie kannte sie aus den Straßenzügen Tepitos, dem berüchtigtsten Stadtteil von Mexiko-Stadt, in dem sie ihre Jugend verbracht hatte. Diese beiden Männer jedenfalls hatten zweifellos nur ihren eigenen Vorteil im Sinn, dessen war Itzil sich sicher. Sie sah zum Nachthimmel auf, vor dem längst wieder Wolken aufgezogen waren. Hin und wieder rissen diese auf und offenbarten einen Sternenhimmel mit unvertraut flackernden Lichtpunkten. Die meiste Zeit über jedoch war es stockfinster. Grimmig entschlossen, aus dieser Finsternis zumindest irgendeinen Vorteil zu ziehen, duckte Itzil sich und schlich im Schutz eines kleineren Felsens über den Strand, bis sie die Stelle mit dem aufgehäuften Treibgut erreicht hatte. Eine der beiden Fackeln vor ihr erlosch, und trotz der beständigen Brandung waren die Stimmen der beiden Männer jetzt besser zu verstehen.

»Das lass meine Sorge sein«, verkündete Barry Ross gerade in jovialem Tonfall und schnaubte zufrieden. »Eines muss ich dir lassen, du bist ein echt abgewichster Motherfucker.«

Mikkel Petersen schien das als Kompliment aufzufassen, denn er lachte heiser. »Scheiß drauf. In jedem Fall hätten wir ausgesorgt. Und das für eine ziemliche Weile.«

»Aber wie kommen wir da rüber?« Der Store-Keeper wandte sich wieder dem Schlauchboot zu. »Du hast die Strömung doch selbst erlebt. Im Tank ist kein beschissener Tropfen Sprit mehr drin, und ich begreife nicht, woher du das Selbstbewusstsein nimmst, dass du den Motor ohne Werkzeug wieder flottkriegst.«

»Okay, das mit dem Werkzeug ist ein Punkt. Das finden wir vielleicht drüben. Aber wer sagt denn, dass ich keinen Sprit hätte?«

»Willst du mich verarschen?«

Der Däne grinste durchtrieben. »Komm mal mit. Ich habe vorhin etwas Interessantes gefunden.« Dann steckte er die Spitze des brennenden Astes in den Sand, löschte so das Feuer, erhob sich und setzte sich an der Seite seines Kumpans in Bewegung. Zu ihrem Schrecken stellte Itzil fest, dass die beiden Männer nun schnurstracks in ihre Richtung marschierten. Jetzt bereute sie es, noch immer in ihrem Stewarddress zu stecken. Doch sie hatte Glück. Beklommen presste sie sich in den Sand und atmete erleichtert auf, als die beiden in der Dunkelheit an ihr vorbeistapften, ohne sie zu bemerken.

»Was hast du gefunden?«, hörte sie noch die neugierige Stimme des Store-Keepers fragen.

»Warte es ab, du wirst überrascht sein«, feixte der Däne.

Itzils Misstrauen war geweckt. Sie wartete einige Augenblicke ab, dann erhob sie sich und folgte den Männern heimlich gute zweihundert Meter in Richtung der Steilklippe. Gelegentlich brach am Nachthimmel wieder etwas Sternenlicht hervor, doch die zwei behielten lediglich das kleiner werdende Lagerfeuer im Blick.

Mikkel Petersen orientierte sich an einem der hohen Basaltfelsen und marschierte nun geradewegs auf den Dschungel zu.

»Okay, du machst es wirklich spannend«, war die leise Stimme von Barry Ross zu hören.

Der Däne stand längst zwischen den Bäumen und Wurzeln, schnippte dort mehrfach mit seinem Feuerzeug, um sich mittels des Lichts zu orientieren, und hob dann triumphierend etwas vom Boden auf. Ein metallisches Quietschen folgte, und abermals war die Flamme seines Feuerzeugs auszumachen, der sich überraschend schnell ein ruhiger, gedämpfter Lichtschein anschloss.

»Wo hast du die denn her?«, war wieder der Store-Keeper zu hören.

»Ich sag doch, dass du überrascht sein wirst. Komm!«

Die beiden verschwanden im Unterholz, und rasch wurde es finster.

Auch Itzil huschte hinüber zum Waldrand und entdeckte inmitten der hoch aufragenden Baumstämme und Luftwurzeln das tanzende Licht ... einer Laterne? Ja, einer Laterne, da war sie sich sicher.

Warum hatte der Däne eine Laterne vor ihnen versteckt, und vor allem: Wo wollten die beiden hin?

Itzil wollte ihnen bereits nachsetzen, als ihr bewusst wurde, dass sie sich bei der Finsternis im Unterholz alle Knochen brechen würde. Das mit der Hinterherschleicherei konnte sie vergessen. Still fluchte sie – als ihr ein Gedanke kam. Sie tastete nach den Habseligkeiten von Lauren Clarks toter Tochter, die sie noch immer bei sich trug, und löste die kleine Stifttaschenlampe vom Schlüssel. Sie funktionierte, wie Itzil zufrieden feststellte. Die Lichtquelle mit der Hand abschirmend, spähte sie noch einmal zum Lagerfeuer zurück, dann drang sie ebenfalls in den Urwald vor. Vorsichtig bewegte sie sich in

Richtung der fremden Lichtquelle, stieg über Wurzeln und drückte hohe Zweige beiseite, bis die Stimmen der beiden Männer wieder lauter wurden. Zum Glück hatten die beiden sich nicht weit entfernt, vielleicht sieben oder acht Meter vom Dschungelrand. Itzil versteckte sich hinter einem Baum und linste hinter dem Stamm hervor. Verblüfft weiteten sich ihre Augen.

Barry Ross und Mikkel Petersen standen inmitten der überwucherten Überreste eines alten Lagers. Jedenfalls deutete darauf ein vermodertes Tarnnetz hin, dessen eine Spitze noch immer schräg in den Bäumen hing. Außerdem ragten an einigen Stellen verwitterte Holzpfähle aus dem Boden, deren angespitzte Enden nach außen wiesen, so, als gelte es, einen äußeren Feind abzuwehren.

»... einer ist ganz voll, der andere noch zur Hälfte«, erklärte der Däne zufrieden und klopfte gegen einen von zwei angerosteten Kanistern mit verblasstem olivgrünem Außenanstrich. Angestrengt öffnete er einen verrosteten Schraubverschluss und fächelte sich die Luft über dem Einfüllstutzen zu. »So riecht der Duft der Zivilisation!« Er lachte leise. »Dahinten habe ich auch noch eine halb volle Metallflasche mit Petroleum gefunden, außerdem zwei Büchsen mit Corned Beef. Keine Ahnung, wann das abgelaufen ist, aber wenn die gut versiegelt sind, ist das Zeug vermutlich ewig haltbar.«

»Ich fasse es nicht. Was bitte *ist* das hier?« Barry Ross hielt tatsächlich eine alte Petroleumlaterne in den Händen und sah sich auf dem verkrauteten Lagerplatz um.

»Na ja, ein altes Lager halt«, stellte Petersen desinteressiert fest. »Vielleicht von einem anderen Schiffbrüchigen.«

»Nur dass das alles hier eher militärisch wirkt.« Ross bückte sich, zerrte einen alten Feldnapf unter den Farnen hervor und kippte den Dreck, der sich darin gesammelt hatte, aus. Doch dann stutzte er, schob einige Zweige beiseite und wühlte im sandigen Untergrund. Zu Petersens und Itzils Erstaunen zerrte er nach einer Weile ein altes Maschinengewehr samt Dreibeinlafette und verbogenem Lauf unter einer Luftwurzel hervor.

»Okay, das ist interessant.« Der Däne leckte sich über die Lippen und betrachtete die schwere Waffe. »Ich hatte am Nachmittag nicht so viel Zeit. War eigentlich bloß hier, weil ich mal pinkeln musste. Außerdem hat mich Opa Scott nicht aus den Augen gelassen.«

»Das ist eine alte Browning M2«, brummte Ross ehrfürchtig. »Luftgekühlte Versionen wie diese wurden im Zweiten Weltkrieg als Standardbewaffnung auf Flugzeugen mitgeführt.«

»Sieh an.« Der Däne schürzte anerkennend die Lippen. »Und du meinst, das Lager hier ist schon so alt?«

»Keine Ahnung. Muss nicht so sein …« Ross betrachtete das Maschinengewehr eingehender. »Ich glaube, die Armee hat die erst in den Achtzigern ausgewechselt. Die Waffe ist jedenfalls völlig im Arsch. Trotzdem: Das Ganze hier wirkt wie ein ehemaliges MG-Nest.« Er sah wieder auf. »Hast du noch was gefunden?«

»Abgesehen von den Kanistern?« Der dänische Maschinist rieb sich die Nase. »Nein, nichts Besonderes. Wie gesagt, hatte auch nicht viel Zeit. Ich wollte nur erst mal kein Aufheben um den Fund machen. Denn wer weiß«, er grinste wieder, »vielleicht findet sich hier auch noch etwas Wertvolles.«

Barry Ross lehnte die Waffe gegen eine Mangrove und sah sich mit der Laterne in der Hand weiter um. »Okay. Wir suchen den Platz morgen noch einmal bei Tageslicht ab. Gut möglich, dass sich hier noch das eine oder andere findet, das uns nützlich ist. Bis dahin bringen wir die hier erst mal in Sicherheit.«

Er drückte Petersen die Laterne in die Hand und packte beide Kanister.

Die zwei stapften durch das Unterholz zurück, und Itzil duckte sich. Die Geräusche verklangen, dann war sie allein. Nur das Rauschen des Windes in den Zweigen und Blättern über ihr und hin und wieder ein seltsamer Tierlaut, sonst war es still.

Sie wartete, bis sich ihr Herzschlag beruhigt hatte, dann knipste sie die kleine Stifttaschenlampe wieder an und kämpfte sich durch die Mangroven zu dem verlassenen Lagerplatz vor. Im Schein ihrer kleinen Lampe wirkten die Überreste gespenstisch. Das alte Tarnnetz war völlig verrottet, und zu ihren Füßen lugte eine verrostete Konservendose aus dem Untergrund. Jetzt sah sie, dass sich neben den zugespitzten Pfählen, die schräg in den Dschungel ragten, noch etliche weitere befanden, die schon lange umgekippt und unter Sand begraben waren. Hier hatte sich jemand vor längerer Zeit wirklich Mühe gegeben, sich möglichst effektiv einzubunkern. Aber wer mochte das gewesen sein?

Und warum?

Itzil suchte sich einen stabilen Ast, klemmte sich die kleine Taschenlampe zwischen die Zähne und stocherte den sandigen Boden auf. Zum Vorschein kamen weitere Teile des Tarnnetzes, die sie schließlich packte und unter Mühen aus dem Boden zerrte. Einen alten Helm mit abgerissenem Kinngurt fand sie ebenfalls. Itzil kannte sich mit militärischen Dingen nicht sonderlich gut aus, aber ihrer Ansicht nach hatten die US-Soldaten früher so etwas getragen.

Sie suchte den Untergrund genauer ab und fand im Sand eine leer geschossene Patronenhülse. Vielleicht passte die ja zu dem Maschinengewehr, das weiter hinten gegen einen der Bäume gelehnt stand. Außerdem einen leeren hölzernen Munitionsbehälter mit verblasster englischer Aufschrift, Teile eines Ledergurtes, Stoffreste, etwas, das sie für eine korrodierte Batterie hielt, und schließlich, fast komplett unter Wurzeln begraben, einen rostigen Spaten. Itzil zerrte ihn hervor und grub damit an verschiedenen Stellen weiter – als sie unvermittelt auf einen alten Rucksack stieß. Sie öffnete ihn, kippte ihn aus, und zum Vorschein kamen fast bis zur Unkenntlichkeit vermoderte Kleidungsstücke, die schrecklich stanken. Aber auch eine Kladde mit Lederhülle, an der noch immer ein Bleistift klemmte. Vorsichtig öffnete sie diese und riss damit alte, zusammengepappte Lagen modrigen Papiers auf. Was auch immer auf ihnen verzeichnet war, war kaum noch leserlich. Bis auf ein braunstichiges Kalenderblatt, das am linken Einband pappte. Es datierte auf .

Die Zeit des Zweiten Weltkrieges.

Erstaunt betrachtete Itzil die Jahreszahl im Schein ihrer kleinen Lampe.

Wer auch immer sich hier verschanzt hatte, musste demnach schon lange tot sein. Die Funde ringsum erschienen ihr daher umso erstaunlicher, da Strand und Dschungelstreifen in den zurückliegenden Jahrzehnten sicher einige Male vom Meer überflutet worden waren.

Gerade wollte sie einen zweiten Versuch starten, der Kladde mehr Informationen zu entlocken, als sie aus den Augenwinkeln bemerkte, dass mit dem hervorgezerrten Tarnnetz noch etwas anderes zum Vorschein gekommen war. Vor ihr. Nahe den zugespitzten Pfählen.

Ein Knochen.

Beklommen richtete sie sich auf und trat näher heran. Der Knochen ragte schräg aus dem Untergrund und besaß die Dicke eines menschlichen Schienbeins, war am oberen Ende jedoch zersplittert. Wie durch einen Schlag oder eine Explosion.

Der Wind rauschte in den Blättern und Zweigen, und Itzil fröstelte. Dennoch klemmte sie sich die Kladde unter den Rockbund und legte den makabren Fund Stück für Stück weiter frei. Es schien sich tatsächlich um das Unterteil eines Beins zu handeln, denn jetzt kamen auch die Fersengelenke zum Vorschein.

Waren das die Reste des einstigen Bewohners dieses Lagers?

Itzil grub weiter … und zuckte schockiert zurück, als sie sah, was sie da freigelegt hatte. Nein, das war kein menschliches Bein. Konnte es nicht sein.

Denn der Fuß lief in drei langen, klauenartigen Extremitäten aus.

Hinter ihr knackste es plötzlich, und sie wirbelte erschrocken herum. Zwischen den Mangrovenbäumen standen zu ihrer Überraschung Barry Ross und Mikkel Petersen. Ross drehte den Docht seiner Laterne hoch, und die beiden Männer starrten sie verärgert an.

»Wusste ich doch, dass ich hier Licht gesehen habe!«

»Tatsächlich«, höhnte der Däne. »Unsere Latino-Queen will uns offenbar zuvorkommen.«

»Zuvorkommen?« Itzil hielt weiterhin den alten Spaten umklammert. »Wann hattet ihr denn vor, uns anderen von dem Fund hier zu erzählen?«

Barry Ross trat näher und musterte sie von oben bis unten. »Hätten wir schon noch.«

»Ach ja, auch von dem Wasser in deinem Besitz?« Itzil funkelte ihn herausfordernd an, was bei Licht betrachtet, das war ihr klar, sicher keine gute Idee war.

»Mann, gehst du mir mit deiner Selbstgerechtigkeit auf den Sack.« Ross' Augen verengten sich. »Gerade du, Süße, solltest die Klappe besser nicht so weit aufreißen. Dir und deinen sauberen Freunden haben wir es doch zu verdanken, dass wir überhaupt in dieser Scheiße stecken.«

»Was soll das?«

Der Store-Keeper schürzte überheblich die Lippen. »Ich sage bloß Crew-Party. Ist ja noch nicht so lange her. Am Abend, nachdem wir auf den Bermudas eingelaufen sind. Du erinnerst dich?«

Itzil starrte ihn regungslos an. Natürlich erinnerte sie sich an die Party. Feiern wie diese waren zwar von der Schiffsführung nicht gern gesehen, aber die langen Arbeitszeiten an Bord brachten es mit sich, dass die Crew in regelmäßigen Abständen mal so richtig Dampf abließ. Allerdings hatte sie sich bei den nächtlichen Alkoholexzessen stets zurückgehalten. So auch zuletzt. »Ich habe keine Ahnung, wovon du sprichst.«

»Ach ja?« Barry Ross grinste, während der Däne im Hintergrund interessiert lauschte. »Auch nicht daran, wie du dich mit Livi in der Damentoilette unterhalten hast?«, fuhr er fort. »Nur wart ihr beide dort nicht allein. Sandra und ich waren nämlich gerade in einer der Kabinen miteinander beschäftigt. Klingelt es jetzt?«

Itzil wurde bleich.

»Ich weiß also, warum ihr zwei auf dem Schiff angeheuert habt. Und ich weiß auch, was ihr und die anderen Stümper für die Zeit in Nassau geplant hattet. Ist mir ja eigentlich scheißegal … aber als Mikkel mir erzählte, was auf der *Sea Quest* während des Sturms passiert ist, brauchte ich bloß eins und eins zusammenzuzählen.« Er fixierte sie zornig.

»Ich … wir …« Itzil brach der kalte Schweiß aus.

»Ist dir klar, dass ihr fast sechshundert Menschen auf dem Gewissen habt?«

Itzil kamen unwillkürlich die Tränen, doch Barry Ross spuckte lediglich auf den Boden. »Also, spiel dich hier nicht so auf, als wärst du was Besseres. Mach dir lieber darüber Gedanken, was wohl passiert, wenn die anderen von deinem kleinen Geheimnis Wind bekommen.« Er lachte verächtlich. »Ich wage mir gar nicht auszumalen, was dir dann blüht …«

»Das ist … überhaupt nicht bewiesen«, stammelte Itzil, obschon sie selbst nicht von ihren Worten überzeugt war.

Der dänische Schiffsmechaniker trat vor: »Kannst du mir mal verraten, Barry, was das Miststück getan haben soll?«

Ross drehte sich bereits zu Petersen um – als ein lautes Dröhnen die Nacht erfüllte und sie herumfahren ließ. Das Geräusch ähnelte einer Schiffssirene, nur sehr viel dumpfer und tiefer, und ging zunehmend in ein auf- und abschwellendes Wummern über. Dabei war es derart durchdringend, dass Itzil die damit einhergehenden Vibrationen sogar auf ihrem Körper zu spüren glaubte. Ihre Nackenhaare stellten sich auf, und der Schreck pumpte das Adrenalin durch ihre Adern.

»Fuck, was ist das?«, keuchte Ross.

Aufgeschreckt blickten Itzil, Ross und Petersen sich um, als im Dschungel hinter ihnen die Hölle losbrach. Ein Brummen, Schwirren und Kreischen wie von Tausenden Insekten und Vögeln gellte durch die Nacht. Ganz so, als wäre die komplette Tierwelt von einem Moment zum anderen erwacht. Den Geräuschen folgte ein donnerndes Grollen. Der Vulkan? Im nächsten Augenblick setzte irgendwo in der Ferne ein grässliches Knistern, Prasseln und Knacken ein. Wie Holzscheite, die brachen oder brannten.

»Los, zurück!«, bellte der Store-Keeper.

Ohne weiter auf Itzil zu achten, stürmten die Männer durch die Mangroven hindurch zurück in Richtung Strand, und auch Itzil – der war, als würde hinter ihr, jenseits der angespitzten Pfähle, etwas Schweres durch die Zweige brechen – nahm die Beine in die Hand. Wild hieb sie mit dem Spaten überhängende Zweige und Luftwurzeln beiseite, stolperte, krallte sich krampfhaft irgendwo fest und hechtete panisch weiter, bis sich endlich wieder der helle Strandstreifen zwischen den Mangroven abzeichnete. Atemlos stürzte sie in den Sand, sah auf und erhaschte so einen Blick auf das dunkel glitzernde Meer, dessen Fluten in ein oder zwei Kilometern Entfernung wirkten, als koche dort die See. Ungläubig starrte sie das schäumende Wasser an.

Abermals erschütterte ein dumpfes Grollen die Insel, und ein flackernder roter Lichtschein brach sich zur Inselmitte hin unter der Wolkendecke.

Gott, brach etwa der Vulkan aus?

Itzil rappelte sich auf und stolperte verängstigt hinter Barry Ross und Mikkel Petersen her, die mitsamt ihrer Laterne längst in Richtung Lagerfeuer stürmten. Das seltsame Dröhnen und Wummern war mittlerweile verstummt, stattdessen erfüllte weiterhin ein ohrenbetäubendes Prasseln und Knistern die Nacht. Als Itzil abermals in Richtung des Dschungels blickte, hielt sie fassungslos inne. Denn jenseits der Baumkronen stiegen überall auf der Insel gewaltige Dunstsäulen zum

Nachthimmel auf, in denen es grell flackerte, als tobe sich dort ein irrwitziges Wetterleuchten aus. Sie gemahnten an gewaltige Himmelspfeiler, die die Wolkendecke stützten und sie gleichzeitig verwirbelten. Außerhalb dieser bizarren Zonen trieben dunkle Wolken über den Baumkronen, die am Nachthimmel beständig bizarre geometrische Muster ausformten. Quadrate, Rhomben und Sechsecke.

Panisch rannte Itzil weiter, bis sie ebenfalls das Lagerfeuer erreicht hatte, und kam erst zum Stehen, als sie Alex Kirchner und Jordan Reid erreichte. Die Gruppe war längst auf den Beinen und konnte sich offenbar nicht entscheiden, ob sie panisch zum Meer laufen oder lieber beim Feuer bleiben sollte. Alex hielt einen brennenden Ast in der Hand, und in seinen Augen stand der Schrecken.

Das unheimliche Getöse verstummte ebenso plötzlich, wie es eingesetzt hatte. Nur das Rauschen der Brandung blieb zurück, der Seewind, der in den Palmen und Mangroven säuselte, ihre heftigen Atemgeräusche und ein zunehmend leiser werdendes Grummeln, als Nachbote des unheimlichen Geschehens.

»Gott, was war das eben?«, keuchte Fernando von jenseits des Feuers. Der Puerto Ricaner stand unweit von Ross und Petersen, die Itzil im Moment kaum eines Blickes würdigten ... als das Zirpen einsetzte.

Oder war das ein Gurren?

Die durchdringenden Laute drangen ebenso wie das seltsame Knistern und Prasseln zuvor aus dem Dschungel. Itzil gemahnten sie an Lockrufe. Und sie schienen sich rasch zu nähern. Ängstlich spähte sie zwischen die Mangroven und glaubte, dort für einen Moment einen menschengroßen Schatten ausmachen zu können, der flink vorüberhuschte.

»Da!«, keuchte sie.

»Du hast was gesehen?«, fragte Jordan Reid.

»Ja! Aber ich weiß nicht, was. Es war groß. Und schnell.«

»Okay, lasst uns mehr Feuerholz aufhäufen, bevor es durch die Bäume bricht!«, kommandierte Alex.

Der Filipo schüttelte den Kopf. »Wir haben kaum noch welches!«

»Dann bewaffnet euch. Irgendwas ist da vorn. Bleibt dicht beim Feuer!« Der Deutsche drückte Jordan Reid den brennenden Ast in die Hand und zückte seinerseits das Plastikrohr, mit dem er am Nachmittag die Kokosnüsse abgeschlagen hatte. Lauren Clark und Courtney Freeman legten hektisch das restliche Feuerholz nach, während Oliver Scott seine Frau im Feuerschein eng an sich gepresst hielt. Barry Ross, der Däne und Tao Yang hielten längst ebenfalls Knüppel in den Händen, blieben jedoch im Hintergrund, während Fernando Alvarez und Dodong Domingo aus dem Lichtkreis verschwanden und in Richtung Treibgut rannten, vermutlich, um sich dort ebenfalls zu bewaffnen. Itzil hob kämpferisch den rostigen Spaten und positionierte sich zwischen Alex Kirchner und Jordan Reid, die aufmerksam die düstere Dschungelwand im Auge behielten. Noch immer drang aus dem Dickicht das befremdliche Gurren, Zirpen und Schnattern. Mal weiter von links, dann wieder von rechts. Und hin und wieder glaubte sie, im Urwald auch ein Knacken und Scharren zu hören.

»Du hast den Schatten auch gesehen, oder?«, wisperte Itzil Alex zu.

Dieser nickte stumm.

»Was glaubst du, was das ist?«

»Ich habe keine Ahnung«, flüsterte der Deutsche. »Aber da ich jetzt schon zwei Tierarten auf der Insel entdeckt habe, die eigentlich als ausgestorben oder doch zumindest als extrem selten gelten, möchte ich es ehrlich gesagt auch nicht herausfinden.«

Stumm lauschten sie weiter den eigentümlichen Zirplauten, während hinter ihnen allmählich das Feuer herunterbrannte. Itzil hatte längst jedes Zeitgefühl verloren, als sie bemerkte, dass sich die unheimlichen Geräusche allmählich entfernten und schließlich ganz verstummten. Dennoch dauerte es etwas, bis die Furcht von ihr abfiel.

Sie ließ den Spaten sinken und hockte sich erschöpft in den Sand. Aus den Augenwinkeln sah sie, dass Tao Yang ebenfalls neben der fast erstorbenen Glut in sich zusammengesunken war. Sein Gesicht war schweißbedeckt, und er betastete unruhig den Verband an seinem Bein.

Auch die anderen entspannten sich allmählich.

»Was auch immer das war – ist es weg?« Mikkel Petersen war im Halbdunkeln kaum zu sehen, aber seine Stimme klang belegt.

»Sieht so aus.« Der Kanadier warf den längst abgebrannten Ast hinter sich auf die Reste des Lagerfeuers, und Lauren Clark ließ den Stein in ihrer Hand sinken. Der Einzige, der noch immer kampfbereit dastand, war Barry Ross.

Oliver Scott trat unvermittelt neben sie.

»Sagten Sie heute Nachmittag nicht, dass Sie Biologe sind?«, wandte er sich an Alex, und dieser nickte.

»Und? Haben Sie eine Ahnung, was das eben war?«

Alex Kirchner schüttelte den Kopf. »Diese Laute sind mir vollkommen unbekannt. Aber es klang, als würden sie miteinander kommunizieren. Wie Jäger.«

»Sie sprechen von Raubkatzen?« Scott betrachtete unruhig den Dschungel.

»Vermutlich. Allerdings erinnerten mich die Geräusche fast an … Vögel.«

»Das müssten dann schon verdammt große Vögel gewesen sein«, stöhnte Itzil. »Du hast doch den Schatten gesehen.«

»Ja, habe ich.« Alex Kirchner fuhr sich durch sein Haar. »Nur sind die letzten Raubvögel solcher Größe, die einem Menschen gefährlich werden könnten, bereits im Paläozän ausgestorben. Da gab es uns noch nicht einmal …«

»Die Scheiße eben war ja nun weiß Gott nicht das einzig Seltsame hier«, knurrte Barry Ross. »Kann mir mal jemand erklären, was es mit dem restlichen Spuk auf sich hatte? Auf dieser Insel stimmt doch etwas nicht. Und zwar ganz und gar nicht.«

Niemand antwortete, stattdessen warfen sich Itzil und die anderen beklommene Blicke zu.

»Was auch immer hier vor sich geht«, meldete sich Lauren Clark zu Wort, »wir müssen so rasch wie möglich weg von hier. Egal, was ihr für Vorschläge habt, ich bin dabei.«

»Ja, scheint mir ebenfalls ratsam.« Jordan Reid nickte entschlossen. »Wir nehmen gleich morgen die Sache mit dem SOS-Zeichen am Strand in Angriff. Und ich halte auch die Sache mit dem Signalfeuer für eine gute Idee.«

Barry Ross nickte unwillig.

»Ich kümmere mich um den verflixten Motor.« Mikkel Petersen zog unruhig an seinem Ohrring. »Vielleicht kommen wir ja so von hier weg?«

Itzil musterte ihn kühl.

»Ja, aber nicht ohne ausreichende Reserven an Trinkwasser«, wandte Alex ein. »Das muss ganz vorn auf unserer Prioritätenliste stehen.«

»Und wir brauchen weitere Nahrungsmittel.« Alle wandten sich dem Strand zu, wo soeben Fernando auftauchte. Seufzend warf sich der Puerto Ricaner seine Rastalocken zurück. »Wie versprochen, tauche ich morgen nach den restlichen Fleischpaketen.«

»Ich kann dir gern dabei helfen«, meldete sich Courtney Freeman schüchtern zu Wort. »Ich bin Leistungsschwimmerin an meiner Highschool.«

»Das ist toll!« Fernando schenkte ihr ein ermutigendes Lächeln. »Hilfe könnte ich gut gebrauchen.«

Abermals lauschten sie in die Dunkelheit, doch die Nacht blieb ruhig.

»Ich schlage vor, dass wir uns jetzt ausruhen«, ächzte Tao, und der Kanadier pflichtete ihm bei: »Legt euch schlafen. Aber bleibt in der Nähe. Ich übernehme auch gern die erste Wache.«

»Bin dabei«, seufzte Alex. »Ich kann im Augenblick eh nicht schlafen.«

»Geht mir genauso«, murmelte Itzil.

Jordan Reid half dem Chinesen auf die Beine. »Komm, ich stütz dich.«

»Gut, sagt Bescheid, wenn ihr abgelöst werden wollt.« Ross warf Petersen einen knappen Blick zu, und die beiden wollten bereits in Richtung Boot verschwinden, als Fernando auf die Laterne der beiden deutete. »Sagt mal, wo habt ihr die eigentlich her?«

Itzil sah, wie ihr Barry Ross kurz einen wütenden Blick zuwarf und dann überrascht tat. »Richtig«, lächelte er, ohne dass dieses Lächeln seine Augen erreichte. »Wir haben vorhin im Dschungel einen Fund gemacht, den wir uns morgen unbedingt genauer ansehen sollten. Eine verlassene Militärstellung.«

»Offenbar eine des US-Militärs«, ergänzte Itzil zögernd.

»Ernsthaft?« Alex Kirchner sah sie erstaunt an.

»Ja, und da gibt es auch etwas, das insbesondere du dir unbedingt genauer ansehen solltest.«

Fragend hob der Deutsche eine Augenbraue. »Was soll das sein?«

Itzil wollte gerade von dem Knochenfund erzählen, als sich Sophia Scott plötzlich zu Wort meldete: »Oliver, sag mal, wo ist eigentlich der Herr Domingo?«

Überrascht sahen sie die alte Dame an und hielten dann erfolglos nach dem Gesuchten Ausschau. Keinem von ihnen war aufgefallen, dass der Filipino fehlte. Selbst Fernando sah sich überrascht um. »Ich schwöre euch, wir waren vorhin noch zusammen.«

Itzil lief rasch einige Schritte hinaus auf den Strand, und versuchte die Dunkelheit mit ihren Blicken zu durchdringen. Dann formte sie ihre Hände zur Muschel. »Dodong! Dodong!«

Alex Kirchner, Jordan Reid, Fernando Alvarez und Lauren Clark folgten ihr und riefen ebenfalls nach dem Vermissten. Auch Barry Ross und Mikkel Petersen schlossen sich ihnen an. Doch das Licht ihrer Laterne leuchtete die Finsternis gerade so weit aus, dass der Haufen mit dem Treibgut sichtbar wurde.

Itzil befürchtete schon, dass dem Filipino etwas zugestoßen war – als sich am Rande des Lichtkreises ein Schatten abzeichnete, der aufgeregt über den Strand auf sie zulief. Dodong winkte hektisch und blieb erst stehen, als er dicht bei ihnen war.

»Sie sind weg!«, keuchte er.

»Wer ist weg?«, fragte der Däne verständnislos.

»Kommt mit!« Dodong Domingo rannte zurück in die Dunkelheit, und Itzil eilte ihm gemeinsam mit den anderen hinterher. »Diese seltsamen Laute vorhin«, rief er aufgeregt. »Ich war mir sicher, dass da irgendwas zwischen den Felsen am Strand gewesen ist. Und dann habe ich das da gefunden.«

Er blieb vor einem jener Sandhaufen stehen, mit denen sie die angespülten Leichen begraben hatten. Nun aber war der Sandberg aufgescharrt worden, und im Licht ihrer Laterne war eine breite Schleifspur sichtbar, die sich über den Strand hinweg geradewegs in Richtung des düsteren Dschungels zog.

»Und das ist nicht nur hier so.« Domingo sah sie bestürzt an. »Auch die anderen beiden Leichen sind verschwunden.«

»Die sind nicht bloß verschwunden«, brummte Barry Ross finster, während er die Mangroven mit seinen Blicken zu durchlöchern schien. »Etwas hat sie mitgenommen.«

Sand & Knochen

»So was wie das hier habe ich noch nie gesehen«, murmelte Alex, während hinter ihm laute Hackgeräusche ertönten. Behutsam barg er die Beinknochen aus dem Erdreich, zu denen ihn Itzil geführt hatte, und legte sie auf ein Stück abgerissenes Segeltuch. Dabei wog er den geborstenen Unterschenkelknochen prüfend in der Hand, begutachtete die Bruchkante und tat das Gleiche auch mit den lang gezogenen Zehenknochen der drei Klauen, die jeweils in gefährlich anmutenden Krallen ausliefen.

»Ich dachte zuerst, es handelt sich um die Überreste eines Soldaten«, erklärte Itzil. »Aber als ich dann sah, was da wirklich im Sand lag …«

Die Mexikanerin verstummte.

»Nein, du hast recht: Das hier ist alles andere als ein Mensch«, pflichtete Alex ihr bei, während er eine der Krallen betrachtete, die auf besorgniserregende Weise einer scharfen Sichel ähnelte. »Wobei ich zugebe, dass die Reste des Schienbeins tatsächlich menschlich wirken. Allerdings ist das nicht das einzig Sonderbare an diesem Fund.«

Er sah zu seiner Begleiterin auf und erhaschte so auch einen Blick auf Dodong Domingo, der schräg hinter ihnen damit beschäftigt war, das alte Tarnnetz der einstigen Dschungelstellung aus dem Boden zu zerren. Manche der Stränge waren längst verrottet, außerdem waren an vielen Stellen Mangroven durch die Maschen gewachsen, die er mit dem gefundenen Spaten weghacken musste. Dennoch war nach all der langen Zeit erstaunlich viel von dem Netz erhalten geblieben. Und das konnten sie gut gebrauchen.

»Was ist sonderbar?«, hakte Itzil nach.

»Die Beschaffenheit der Knochen«, erläuterte Alex. »Sie wirken auf den ersten Blick wie die Überreste eines Reptils oder eines großen Laufvogels. Nur sind sie dafür zu schwer. Die Knochensubstanz gleicht der eines Säugers. Außerdem fehlen ihnen die entsprechenden Charakteristika. Hier«, er deutete auf die Fersenpartie, »etwa die hintere erste Zehe, wie sie für Vögel typisch wäre. Die fehlt vollständig. Ein Reptil kann es jedoch ebenfalls nicht sein, denn die haben fünf Zehen. Das Einzige, was ich mit einiger Sicherheit sagen kann, ist, dass es sich hierbei um einen Hinterlauf handelt. Der Rest ist ein einziges Rätsel.«

»Und die Bruchkante?«, hakte die Mexikanerin misstrauisch nach. »Könnte die durch einen Schuss oder eine Explosion entstanden sein?«

Alex sah zu den spitz zulaufenden Pfählen hinüber, von denen einige noch immer schräg aus dem sandigen Untergrund ragten. »Du glaubst, die Soldaten haben gegen das hier gekämpft?«

»Wäre das so undenkbar?« Itzil deutete besorgt zu den Resten des Maschinengewehrs, das zusammen mit anderen Funden an einer Mangrove lehnte. »Inzwischen haben wir vier weitere leer geschossene Patronenhülsen entdeckt. Also haben die Leute hier auf etwas geschossen. Und wir wissen noch immer nicht, was das letzte Nacht war, was die Toten in den Dschungel verschleppt hat.«

Alex atmete tief ein, während er die Knochen in eine Plane einschlug, denn er hegte längst ähnliche Befürchtungen. Wenn hier ausgebildete Soldaten mit Waffen gegen Was-auch-immer gekämpft hatten, hatten sie diesen Kampf der Spurenlage nach mit großer Wahrscheinlichkeit verloren. Was das für sie in ihrer jetzigen Lage bedeutete, falls dieses Was-auch-immer nicht nur gefährlich war, sondern auch noch lebte, wollte Alex sich lieber nicht ausmalen. Vor allem aber wollte er es nicht in die Gruppe tragen, ohne sich absolut sicher zu sein.

»Ich bin leider kein Mediziner«, wich er aus. »Aber es kann sicher nicht schaden, wenn sich Fernando die Knochen einmal ansieht.«

Wieder rollte ein dumpfes Grollen über die Insel, und beide sahen unwillkürlich zu den Baumkronen auf, die die einstige Militärstellung wie ein grünes Dach überspannten.

»Und was denkst du?«, wollte die Mexikanerin wissen.

Alex kam um eine Antwort herum, da hinter ihnen, zwischen den Mangroven, ein lautes Knacken ertönte. Barry Ross stapfte durch das Wurzelgeflecht hindurch auf sie zu.

»Immer noch nicht fertig?«, blaffte er Dodong an.

»Kannst ja gern mithelfen«, murrte der Filipino. »Das verdammte Netz ist halb mit dem Untergrund verwachsen. Wird noch ein bisschen dauern, bis ich es freikriege. Aber dafür ist das hier zum Vorschein gekommen.« Dodong marschierte zu den aufeinandergestapelten Fundstücken neben dem Maschinengewehr und hob eine lederne Tasche auf, aus der er einen Feldstecher zog. »Müsste noch gereinigt werden, aber ich glaube, der ist noch funktionstüchtig.«

»Hey, das ist doch was.« Barry Ross betrachtete das Fernglas zufrieden. »Wenn wir den Holzstapel für das Signalfeuer erst einmal aufgeschichtet haben, wird das unserem Ausguck helfen.«

Dann sah er abfällig zu ihnen herüber. »Und was ist mit euch? Beschäftigt ihr euch immer noch mit diesen beschissenen Knochen? Wir haben weiß Gott Besseres zu tun.«

»Nun, diese ›beschissenen Knochen‹ könnten uns vielleicht einen Hinweis darauf liefern, was hier vor langer Zeit vorgefallen ist«, entgegnete Alex kühl. Der Kommandoton des Amerikaners ging ihm allmählich auf die Nerven.

»Wen interessiert das?«, blaffte Ross. »Uns anderen ist es egal, ob hier nun Panther oder Alligatoren leben. Wir wollen bloß weg von hier. Wie wäre es also, wenn ihr euch ebenfalls nützlich macht? Da steht ja schließlich noch einiges auf der Liste.«

Alex schien es, als würde Ross speziell Itzil einen giftigen Blick zuwerfen. Schließlich packte der Store-Keeper das alte Maschinengewehr und marschierte zwischen den Mangroven zurück zum Strand. Dodong zuckte gleichmütig mit den Schultern und hackte mit der Spatenkante weiter den Untergrund frei.

»Der Kerl ist wirklich eine Strafe.« Alex hob das Knochenbündel auf. »Ich kann bloß hoffen, dass du mit dem nicht schon länger zusammenarbeiten musstest.«

»Wie man es nimmt«, antwortete Itzil auffallend leise. »Ich habe erst vor zwei Monaten auf der *Sea Quest* angeheuert. Aber man konnte auf dem Schiff leider nicht jedem aus dem

Weg gehen.« Mit hängenden Schultern ging sie zu den übrigen Funden und sammelte auch diese ein: einen Helm, einen leeren hölzernen Munitionskasten, einen uralten Ledergurt sowie Stoff- und Kleiderreste. Sie wussten noch nicht, wofür sie all das brauchen konnten, aber zurücklassen wollten sie es ebenfalls nicht.

Alex zögerte. »Dodong, ist es okay, wenn wir dich hier allein lassen?«

Der Filipino wischte sich den Schweiß von der Stirn und zwinkerte. »Keine Angst, ich bin vorsichtig. Und ich hab ja den hier!« Er hob den Spaten. »Besorgt lieber Wasser. Die Arbeit ist ganz schön schweißtreibend.«

»Wir kümmern uns darum.«

Alex wollte gerade losgehen, als Dodong den Spaten wieder in den Sand trieb und es knackste. Offenbar war er auf etwas Zerbrechliches gestoßen. Der Filipino ging in die Hocke, und er und Itzil sahen, wie er mit den Händen zerbrochene Tonscherben freilegte. »Seht mal.«

Itzil trat überrascht neben ihn, legte die übrigen Fundstücke in den Sand und half ihm beim Ausgraben. »Wow.«

Aufgeregt schaufelten die beiden weiteren Sand beiseite, und Alex konnte dabei zusehen, wie sie nach und nach ein fast oberschenkelgroßes Keramikgefäß mit gezacktem Zierrand freilegten, das tief im Sand steckte. Die phallisch geformte Auslaufspitze war einem Kopf mit übergroßen eingravierten Augen und Zähnen nachempfunden, und eine Seite des Kruges war zerbrochen. Das Gefäß stammte keinesfalls aus militärischem Bestand. Vielmehr schien es indianischen Ursprungs zu sein.

»Wenn ihr mich fragt, ist das eine Potiza«, meinte Itzil aufgeregt.

»Was ist das?«, fragte Alex.

»Ein Gefäß, in dem die präkolumbianischen Kulturen Wasser aufbewahrten und Wein fermentierten.« Itzil stutzte und griff in das Loch der Gefäßwand. »In diesem hier jedenfalls befinden sich … Federn?«

Sie tastete in dem vasenartigen Gegenstand herum und beförderte einstmals bunte Federn ans Tageslicht, die vermutlich von einem Papagei stammten. Nur waren sie inzwischen ausgefranst und braunstichig. Dann tastete sie weiter, zog abermals die Hand hervor und roch an einem braunen Klumpen. »Und das hier riecht wie Honig.« Sie warf den Brocken beiseite, drehte den Krug und betrachtete die Außenseiten. »Vermutlich ist das eine Arbeit der Taíno. Ähnliche Vorratsgefäße findet man auch andernorts in der Karibik.«

»Wer waren diese Taíno?«, wollte Dodong wissen.

»Ein altes indigenes Volk, das zu den Arawak gehörte. Sie waren es, auf die Christoph Kolumbus zuerst stieß, als er die Neue Welt entdeckte. Die Taíno-Indianer waren über die ganze Karibik bis hinauf nach Florida verbreitet. Leider haben es die Spanier in nur hundert Jahren geschafft, sie mittels eingeschleppter Infektionskrankheiten, Kriegen und Zwangsarbeit fast vollständig auszurotten. Wir haben den Taíno nicht bloß den Tabak zu verdanken, sondern auch die Erfindung der Hängematte.«

»Sieh an«, meinte Alex anerkennend. »Woher weißt du das alles?«

»Mein Vater hat bis zu seinem Tod als Grabungshelfer gearbeitet. Unter anderem in Yucatán. Und er war wegen seines umfangreichen Wissens sehr angesehen. Als Teenagerin wollte ich ihm nacheifern und selbst Archäologin werden. Aber daraus wurde nichts. Wir hatten einfach nicht das Geld für ein Studium. Trotzdem habe ich von ihm wohl meine Begeisterung für untergegangene Kulturen geerbt.« Itzil lächelte wehmütig. »Wenn er zu Hause war, hat er mir vor dem Schlafengehen immer von seiner Arbeit erzählt. Wir haben zusammen in Büchern geschwelgt, waren gemeinsam in Museen, und er hat mich auch einmal zu einer Ausgrabung mitgenommen. Das durfte sonst keiner. Er schon.« Sie lächelte stolz. »Außerdem habe ich vor meiner Zeit auf der *Sea Quest* als Fremdenführerin gearbeitet. Erst in Mexiko, dann auf Jamaika und zuletzt sogar in Florida. Da bekommt man auch das eine oder andere mit. Ein wenig geht es bei alledem ja auch um die Geschichte meiner Vorfahren.«

»Die da wären?«

»In mir fließt zwar auch spanisches Blut«, sie hob ihr Kinn, »aber vor allem bin ich Maya.«

Alex lächelte, wurde aber sogleich wieder ernst. »Na gut, dann wissen wir jetzt wenigstens, dass es sogar die Taíno bis auf diese Insel geschafft haben. Warum auch immer.«

»Sie waren gute Seefahrer.«

»Bestreite ich nicht.« Alex seufzte. »Ganz im Gegenteil. Das ist sogar gut. Denn das und die militärischen Funde hier lassen die Aussicht auf Rettung vielleicht doch nicht ganz so aussichtslos erscheinen.«

»Wie kommst du darauf?«

»Richtig, Oliver Scotts Ausführungen gestern hast du ja gar nicht mitbekommen.« Alex warf dem Filipino einen knappen Blick zu und berichtete ihr von dem geologischen Vortrag, den ihnen der Amerikaner gehalten hatte.

Itzil berührte nachdenklich das zusammengebundene schwarze Haar in ihrem Nacken. »Scott hat recht. Wir müssten tatsächlich mitten im Nirgendwo sein.«

»Und trotzdem sind wir hier auf einer Insel gestrandet«, meinte Alex. »Wir werden schon noch herausfinden, welche es ist.«

Er und Domingo schleppten den Tonkrug zum Rand der Fundstätte; dann endlich machten sie sich wieder auf den Rückweg zum Strand.

»Ängstigt dich unsere Lage eigentlich gar nicht?«, wollte Itzil beim Marsch durch die Mangroven wissen.

»Na ja, wir leben im Satellitenzeitalter«, wiegelte Alex ab, der es noch immer nicht für sinnvoll hielt, über seine Befürchtungen zu sprechen. »Da gibt es eigentlich keinen unentdeckten Flecken Erde mehr auf der Welt. Und das gilt auch für uns, egal, wie klein diese Insel sein mag oder wie weit draußen im Atlantischen Ozean sie vielleicht liegt. Aber ich gebe zu, dieses Eiland ist seltsam. Allein die Fauna hier ...«

»Und was, wenn diese Insel doch unbekannt ist? Oder ...«, Itzil senkte die Stimme, »wenn jemand dafür sorgt, dass sie auf keiner Seekarte auftaucht?«

Alex runzelte die Stirn. »Selbst eine Großmacht wie die USA können nicht jeden Satelliten auf der Welt kontrollieren. Das ist völlig unmöglich.«

Itzil bedeutete ihm, stehen zu bleiben. »Aber das ist es doch nicht allein. Was ist mit den gespenstischen Lauten gestern? Oder diesem unheimlichen flackernden Licht über der Insel?«

»Was bitte?« Alex warf ihr einen fragenden Blick zu, und sie berichtete ihm aufgeregt, was sie in der Nacht gesehen hatte. »Ich dachte, ihr hättet das auch bemerkt?«

»Nein. Wir waren aber vielleicht auch zu dicht am Dschungelrand.« Alex sah sie ungläubig an.

»Es war aber so«, brauste Itzil erregt auf. »Ich verstehe nicht, wie hier jeder so tun kann, als bräuchten wir bloß abzuwarten, bis irgendwann ein Schiff auftaucht. Auf dieser Insel geht doch irgendetwas Merkwürdiges vor sich. Alles hier ist seltsam. Erst der mumifizierte Tote im Schlauchboot, dann die seltsamen Geräusche und zuletzt die Sache mit den Leichen. Ich verstehe nicht, dass dich das so kaltlässt!«

»Es lässt mich nicht kalt.« Alex seufzte stumm und fasste sich in den Nacken. »Ganz im Gegenteil. Allerdings nützt es im Augenblick nichts, wenn hier eine Panik ausbricht.«

»Eine Panik?« Irritiert sah sie ihn an.

»Pass auf, ich muss eh etwas überprüfen«, sagte er ernst. »Aber versprich mir, dass das erst einmal unter uns bleibt, falls sich meine Vermutung bestätigt.«

»Welche Vermutung?«

»Komm mal mit.« Alex spähte zurück zu Domingo und änderte kurzerhand die Marschrichtung, indem er sich jetzt linker Hand und parallel zum Strand durch den Mangrovendschungel schlug.

»Wohin willst du?«, wollte die Mexikanerin wissen.

»Du warst doch vorhin auch dabei, als wir den Schleifspuren nachgingen.«

»Ja, sicher. Genauso wie die anderen.« Itzil quälte sich ebenso wie er durch die Vegetation aus Luftwurzeln und Blättern.

»Dann weißt du ja, was wir gefunden haben.«

»Ja. Wir haben gar nichts gefunden. Weder die Toten noch sonst irgendwelche Spuren. Fast so, als hätten sich diese Viecher samt ihrer Beute in Luft aufgelöst.« Itzil sah sich beunruhigt um. »Wenn hier nicht doch irgendwelche Menschen leben, die in Wahrheit irgendein widerliches Spiel mit uns treiben ...«

»Menschen?«

»Wäre doch ebenfalls möglich?«

»Sicher, aber die befremdlichen Laute letzte Nacht waren alles andere als menschlich«, widersprach Alex. »Und es ist auch nicht so, dass es hier überhaupt keine Spuren gäbe.«

»Was?«

Alex seufzte schwer und deutete voraus, während er sich weiter vorankämpfte. »Das alte MG-Nest hinter uns liegt nicht weit entfernt von einer jener Stellen, über die die Leichen in den Dschungel geschleift wurden. Ich habe es euch vorhin nicht erzählt, aber ich habe bei der Suche doch etwas gefunden.«

»Doch? Warum hast du nichts erzählt?«

»Weil ich nicht wusste, ob ich die Pferde scheu machen sollte – wie wir in Deutschland sagen. Leider befürchte ich inzwischen, dass ich doch richtiglag.« Alex ärgerte sich inzwischen darüber, nicht den bequemeren Umweg über den Strand gewählt zu haben, als er wie erhofft seine und Jordans Fußspuren vom Vormittag fand, die sich noch immer im sandigen Untergrund zwischen den Mangrovenwurzeln abzeichneten.

»Hier.« Er folgte den Spuren, sah zu dem grünen Pflanzenbewuchs auf und fand den Baum rasch wieder. »Da oben!«

»Was ist da?«, fragte Itzil hinter ihm.

Alex stellte sich auf eine Bodenwurzel und deutete auf eine ebenso frische wie tiefe Kratzspur, die sich gute zweieinhalb Meter über ihren Köpfen an der Wurzelrinde der Mangrove abzeichnete. Er nahm eine der Krallen aus dem Segeltuch und hielt sie zum Vergleich daneben.

Tiefe und Breite passten.

»Mein Gott!« Itzil sah ängstlich zu den Baumkronen auf. »Heißt das etwa, mit was auch immer wir es hier zu tun haben, kommt von oben?«

»Ja, sieht so aus. Was auch erklärt, warum wir am Boden keine Spuren gefunden haben.«

»Aber das ist doch vollkommen irre!« Sie sah ihn aufgeschreckt an. »Überleg dir mal, wie groß das Vieh sein müsste.«

»Ich weiß. Sogar ich finde das gruselig – und es waren mehrere.« Alex betrachtete beunruhigt die Kralle in seiner Rechten. »Diese Biester kommen nicht nur über die Baumkronen, sie schleppen ihre Opfer offenbar auch über unsere Köpfe hinweg fort. Ich frage mich, wie die anderen auf eine solche Bedrohungslage reagieren werden.«

»Macht das einen Unterschied? Die wissen doch, dass hier irgendetwas im Dschungel lauert.«

Alex steckte nachdenklich den Knochen weg. »Ich weiß nicht. Bislang habe ich mich damit herausgeredet, dass das vielleicht bloß Aasfresser sind. Nur sagen mir die seltsamen Laute letzte Nacht, dass dem nicht so ist. Diese Tiere haben miteinander kommuniziert. Aasfresser brauchen das nicht. Jäger hingegen schon.« Er sah wieder zu der tiefen Kratzspur an der Baumrinde auf. »Und das ist noch nicht alles. Denn mit dieser Entdeckung kommt gleich ein ganzer Rattenschwanz an Fragen auf. Unter anderem sorge ich mich um die Größe des Rudels.«

»Des *Rudels?*« Itzil wurde für ihre Verhältnisse blass.

»Ja, es muss sich um ein Rudel handeln.« Alex deutete in

Richtung Strand. »Die haben ja nicht nur auf unserer Seite zugeschlagen. Auch die Toten am Strandabschnitt drüben sind verschwunden.«

»Ja, wofür mich Lauren Clark ebenfalls verantwortlich gemacht hat.« Itzil seufzte »Also, sag schon. Mit wie vielen Viechern rechnest du? Wir sprechen hier immerhin von sieben Leichen. Reden wir von der gleichen Anzahl an Biestern? Oder sogar vierzehn, falls es zwei von denen braucht, um einen Menschen zu verschleppen?«

Alex schüttelte resigniert den Kopf. »Irgendwas dazwischen, schätze ich. Nur dürfte die Inselpopulation dieser Kreaturen noch größer ausfallen. Deutlich größer. Das muss sie, wenn sie nicht Gefahr laufen will, durch Naturkatastrophen, Inzuchtdepression oder andere Umstände auszusterben.«

Itzil behielt die Mangroven um sie herum argwöhnisch im Blick. »Wir müssen die anderen warnen. Unbedingt. Mach dir klar, dass wir den Viechern am Strand schutzlos ausgeliefert sind.«

»Ich weiß.« Alex stöhnte. »Mit was auch immer wir es hier zu tun haben, vor einer solchen Gefahr würden wir nicht einmal auf den Bäumen Schutz finden. Denn diese Biester können ganz offensichtlich klettern. Ganz zu schweigen davon, dass da ohnehin nicht alle von uns raufkämen. Wenn wir gegen so was bestehen wollen, müssen wir alle an einem Strang ziehen. Nur werden einige von uns garantiert ausscheren und ihr eigenes Süppchen kochen …«

»Du denkst an Ross und Petersen?«

»Die beiden in jedem Fall.« Er schürzte die Lippen. »Wenn es stimmt, was du gesagt hast, und die uns den Fund drüben sogar verheimlichen wollten, traue ich denen auch zu, dass die sich kurzerhand mit einem der Boote absetzen, wenn wir denen mit dieser bizarren Jurassic-Park-Nummer kommen.«

»Vielleicht ist es auf dem Wasser tatsächlich sicherer?«

»Möglich. Nur kannst du das Schlauchboot vermutlich abhaken. Und in dieses Ruderboot passen höchstens sechs oder sieben Leute rein, wenn es überhaupt noch benutzbar ist. Wir sind aber insgesamt zwölf Personen.«

»Dann müssen wir eben aufpassen, dass sie nicht ihr eigenes Ding drehen.« Itzil berührte ihre markanten Wangenknochen. »Nur eines können wir nicht: Es ihnen verheimlichen.«

»Das war nicht meine Absicht.«

»Die beiden haben übrigens irgendetwas auf der *Sea Quest* vor.«

»Sollen sie, solange sie uns andere damit nicht gefährden.« Alex zuckte gleichgültig mit den Achseln. »Hauptsache, der Rest von uns hält zusammen. Auf Scott ist Verlass. Nur dürfen wir nicht vergessen, dass er durch seine Frau gehandicapt ist. Auf Reid ebenso. Tao kann ich noch nicht einschätzen, aber Fernando sollte …«

»Lass dich von seinem lockeren Gehabe besser nicht einwickeln«, unterbrach Itzil ihn. »Der hat auf der *Sea Quest* Drogen vertickt. Jeder von der Crew wusste das. Kurz vor der Abfahrt in New York kam es zu einer Razzia. Irgendjemand muss der Polizei was gesteckt haben. Die Drogen hat man dann aber einige Kabinen weiter bei einem Stewardkollegen gefunden, der sogar verhaftet wurde. Ich bin mir sicher, dass Fernando die ihm kurzerhand untergeschoben hat, um nicht aufzufliegen. Und das, obwohl der Mann Familie hat.«

Alex schüttelte ungläubig den Kopf. »Na gut. Informieren wir sie. Auch wenn ich befürchte, dass das dazu führen wird, dass ich mich nachher allein auf den Weg machen muss.«

»Du willst wirklich noch in den Dschungel?«, fragte Itzil erstaunt.

»Ich muss«, antwortete er entschieden. »Mit den Kokosnüssen kommen wir vielleicht noch ein oder zwei Tage über die Runden, aber wir brauchen unbedingt richtiges Trinkwasser. Sonst werden wir die nächsten Tage kaum überstehen. Und im Zweifel müssen wir wohl auch jagen …« Sie lösten sich von der hohen Mangrove und folgten den Spuren zurück zum Strand. »Vor allem aber will ich herausfinden, was auf dieser Insel eigentlich vor sich geht.«

»Obwohl wir nicht wissen, was hier im Dschungel lauert?«

»Nein. Nicht obwohl, sondern *weil* wir es nicht wissen. Nenn es berufliche Neugier. Aber das Risiko gehe ich ein.« Alex grinste sie kurz an, dann wurde er wieder ernst. »Außerdem sagt mir mein Gefühl, dass wir nur verlieren können, wenn wir unser Schicksal nicht in die Hand nehmen. Und wer weiß, vielleicht hat es ja einen Grund, warum diese Biester erst in der Nacht herauskamen. Wenn sie tatsächlich Nachtjäger sind, wären wir zumindest tagsüber einigermaßen sicher vor ihnen.«

»Na gut.« Itzil gab einen gequälten Laut von sich. »Ich begleite dich. Und sei es auch nur, weil ich keine Lust habe, für Ross Feuerholz zu schleppen. Aber wir gehen erst, nachdem wir mit Oliver Scott gesprochen haben«, forderte sie. »Denn mit etwas Glück hat er diesem Notizbuch irgendeinen Hinweis entnehmen können, wo wir hier eigentlich sind. Obwohl ich angesichts des Zustandes der Seiten ehrlich gesagt nicht viel Hoffnung habe.«

»Irgendwas wird er schon herausfinden«, versuchte Alex sie aufzumuntern. »Er war während des Vietnamkrieges selbst beim Militär.«

Zwischen den Zweigen blendete sie nun wieder das Sonnenlicht, und die schwüle Hitze des Dschungels wich einer kühleren und gefühlt auch etwas kräftigeren Seebrise als noch am frühen Morgen. Dann hatten sie den Strand erreicht, auf dem alle mit irgendetwas beschäftigt waren. Alex schirmte seine Augen gegen die Sonne ab, und abermals fielen ihm die ungewöhnlichen Lichtreflexionen rund um den Sonnenball auf. Leider funktionierte seine Uhr noch immer nicht, aber er schätzte, dass die Sonne in etwa einer Stunde ihren Höchststand erreicht haben mochte.

Weiter hinten konnten sie Courtney Freeman ausmachen, die größere Basaltbrocken aus dem Sand fischte und für das

SOS-Zeichen zusammentrug. Auch Lauren Clark suchte den Strand ab. Unmittelbar neben dem Zodiac, dessen Gaszellen über Nacht noch weiter in sich zusammengesunken waren, hockte weiterhin Mikkel Petersen, der fluchend versuchte, den Außenbordmotor mit Lappen und Ästen zu reinigen. Barry Ross an seiner Seite sah mit dem neuen Fernglas auf das Meer hinaus.

Sie marschierten in Richtung des zum Unterstand umfunktionierten Ruderbootes, wo Fernando, Jordan Reid und Sophia Scott Bruchholz vom Dschungelrand zusammenklaubten, das für das geplante Signalfeuer bestimmt war. Allerdings war die Ausbeute eher mager, denn bis Domingo fertig war, mussten sie auf den Spaten als Schlagwerkzeug verzichten.

Ähnlich wie gestern, hatten ihre Schicksalsgefährten unter dem kaputten Sonnenschirm einen Haufen Kokosnüsse zusammengetragen. Allerdings waren es etwas weniger als gestern. Neben ihnen, ebenfalls im Schatten, lag Tao.

Alex hatte den Eindruck, dass es ihm schlechter ging, als noch am Tag zuvor.

»Dodong braucht dringend Wasser, denn er schwitzt sich dahinten die Seele aus dem Leib«, wandte sich Itzil statt einer Begrüßung an den Puerto Ricaner.

»Hier.« Fernando reichte ihr eine aufgebohrte Kokosnuss. »Nimm dir erst einmal selbst einen Schluck. Ich bringe ihm gleich eine.«

»Vielleicht sollten wir alle kurz eine Pause machen«, schlug Alex vor. »Wir müssen euch etwas erzählen.«

Er formte die Hände zum Trichter, rief die übrige Truppe zusammen und wartete, bis auch Oliver Scott eingetroffen war, der etwas abseits unter einer der Palmen gesessen und die Kladde studiert hatte, die Itzil in der Militärstellung gefunden hatte.

»Was gibt es so Dringendes?«, wollte der Däne wissen. »Habt ihr Werkzeug gefunden? Oder wenigstens einen Kasten Bier?«

Er lachte, nur wollte sich keine Heiterkeit einstellen.

»Nein. Etwas anderes.« Alex breitete die Segelplane mit den Knochen aus, ignorierte die genervten Blicke, die ihm der Store-Keeper zuwarf, und berichtete den Umstehenden, was sie gefunden hatten und welche Schlüsse sie daraus zogen.

Als er endete, blickte er in schweigende Gesichter, die beklommen die grüne Wand aus Mangroven anstarrten.

»Du willst uns verarschen, oder?«, durchbrach Barry Ross das Schweigen.

»Nein, dafür ist die Sache zu ernst. Aber da *ich* die Knochen schon nicht bestimmen kann, vielleicht können *Sie* uns ja erleuchten?« Verärgert deutete Alex auf die Überreste. »Pro-Tipp: Ein Hühnerschlegel ist das nicht.«

Ross verengte wütend die Augen.

»Mein Gott, wo sind wir hier bloß gelandet?« Lauren Clark schien den Tränen nah, und Courtney Freeman presste ängstlich die Lippen aufeinander, während sie ihre Hände wie zum Gebet faltete. Erstaunlicherweise blieb Sophia Scott sehr gefasst. Die alte Dame trat zu der Teenagerin und legte den Arm um sie. »Mach dir keine Sorgen, Kleine. Oliver ist Soldat!«

Alex bemerkte, wie Oliver Scott seine Frau anblickte. In seinen Augen lagen Kummer und Schmerz. Doch er sagte nichts.

»Okay, wenn das so ist, wie Alex und Itzil sagen«, gab sich Jordan pragmatisch, »lautet die Frage, wie wir uns vor diesen Kreaturen am besten schützen.«

»Ist doch wohl klar!« Mikkel Petersen schnaubte verächtlich. »Wir müssen uns bewaffnen.«

»Und wir brauchen in jedem Fall mehr Feuerholz«, ächzte Tao Yang aus dem Hintergrund. Der Chinese erhob sich schwerfällig und humpelte zu ihnen. »Wenn Raubtiere vor etwas Angst haben, dann ist es Feuer! Wer weiß, vielleicht war es genau das, was uns gestern vor Schlimmerem bewahrt hat?«

»Verfluchte Scheiße!« Barry Ross deutete mit dem Fernglas aufgebracht zum Meer. »Wir brauchen aber auch das Signalfeuer. Was, wenn da am Horizont ein Schiff aufkreuzt und wir nicht auf uns aufmerksam machen können? Das kann jederzeit passieren.«

»Das eine muss das andere ja nicht ausschließen«, meinte Scott besänftigend.

»Wie wäre es dann«, herrschte ihn der Store-Keeper bissig an, »wenn Sie endlich Ihr Kreuzfahrtprogramm einstellen würden, Ihre Lektüre weglegen und sich ebenso wie Ihre Frau nützlich machen?«

»Einige von uns sehen eben nur die Berge, andere den Horizont«, gab der Rentner eisig zurück.

»Hey, streitet nicht!«, mischte sich Fernando ein. »Wir haben noch den ganzen Nachmittag Zeit. Und da wir für heute genug Vorräte haben, verschieben wir die Tauchaktion auf morgen. Dann sind wir hier mehr.«

»Wir müssen uns neu organisieren«, warf Alex ein. »Denn ich werde nach Wasser suchen.«

»Und ich komme mit«, erklärte Itzil.

»Seid ihr vollkommen übergeschnappt?« Der Däne starrte sie fassungslos an. »Ihr habt uns doch gerade erzählt, dass da im Dschungel irgendwelche Killermonster auf uns lauern!«

»Die vielleicht bloß nachtaktiv sind«, wandte Alex ein. »Aber irgendjemand von uns muss sich auf die Suche machen. Spätestens morgen oder übermorgen werden wir mit den Kokosnüssen nicht mehr auskommen.«

»Na gut. Macht, was ihr wollt«, schnaubte Ross. »Ist ja euer Leben. Mich jedenfalls kriegen da keine sieben Pferde rein. Ich sorge lieber dafür, dass wir hier so rasch wie möglich wieder wegkommen.«

Er gab dem Dänen ein Zeichen, und die beiden marschierten zurück zum Schlauchboot. Ihnen entgegen kam Dodong Domingo, der entweder mit seiner Arbeit fertig war oder sich nicht darauf verlassen wollte, dass ihm noch jemand etwas zu trinken brachte. Kurz sah er den beiden nach und griff dann nach einer Kokosnuss, die ihm Fernando hinhielt.

»Habe ich etwas verpasst?«, fragte er, kaum dass er seinen Durst gelöscht hatte.

»Sorry, wir hatten dich nicht vergessen«, antwortete Alex und brachte ihn in kurzen Worten auf den neuesten Stand. Nun spähte auch der Filipino beunruhigt in Richtung Urwald.

»Also gut«, nahm der Kanadier den Faden wieder auf. »Ich werde euch ebenfalls bei eurer kleinen Dschungelexpedition begleiten. Sollten wir tatsächlich irgendwo Wasser finden, braucht ihr Helfer, um es herzuschaffen. Ich mache mich gleich mal daran, uns ein paar Speere zu bauen. Unbewaffnet gehen wir da jedenfalls nicht rein.«

Lauren Clark deutete müde auf einen alten Plastikkanister unter einer der Palmen. »Okay. Und ich schau mal, ob ich noch andere Gefäße finde. Aber ich bleibe ebenfalls hier.« Die Texanerin bedeutete Courtney Freeman mitzukommen, und die beiden Frauen marschierten zum Treibguthaufen, während der Kanadier das zusammengetragene Holz nach langen Ästen absuchte.

»Was ist mit dir?«, wandte Alex sich an Fernando.

Der schob sich seine Rastalocken aus dem Gesicht und schüttelte den Kopf. »Ich kann nicht. Ich werde hier gebraucht. Außerdem will ich Ross und Petersen helfen, denn wir müssen so schnell wie möglich auf die *Sea Quest*.«

»Was wollt ihr da?«, fragte Itzil argwöhnisch.

»Meine Wunde hat zu eitern begonnen.« Tao Yang, der sich längst wieder im Sand niedergelassen hatte, betastete ächzend seinen Verband. »Fernando glaubt, dass ich mir eine Blutvergiftung zugezogen haben könnte.«

»Wir brauchen unbedingt Medikamente und steriles Verbandsmaterial.« Der Puerto Ricaner hob hilflos die Hände. »Und das finden wir vermutlich nur auf dem Schiff.«

Alex sah Tao besorgt an. »Okay, wenn ich heil wieder zurückkomme, helfe ich dabei.«

»Danke.« Der Chinese stöhnte. »Tut mir leid, dass ich euch zur Last falle. Ich würde mich gern nützlicher machen.«

»Nein.« Itzil schüttelte den Kopf. »Legen Sie sich in den Schatten und ruhen Sie sich aus. Wir kommen schon klar.«

»Wir gehen zu viert«, erklärte der Filipino plötzlich. »Ich komme ebenfalls mit.«

Itzil sah überrascht auf. »Hast du dir das gut überlegt?«

»Ja. Ihr seht nämlich nicht sonderlich dschungelerfahren aus. Wenn die Fauna hier tatsächlich solche Überraschungen bereithält«, er deutete besorgt zu den Knochen, »ist es wohl besser, wenn ihr nicht allein seid. Könnt ihr kämpfen?«

Alex sah überrascht in die Runde. »In meiner Kindheit mal ein bisschen Judo, aber sonst …«

»Dann erst recht«, unterbrach ihn Dodong mit fester Stimme. »Mit Raubtieren ist das zwar völlig anders, aber meine Familie zu Hause führt eine Escrima-Kampfschule. Euch ist diese Art von Kampfsport vielleicht besser unter den Begriffen Arnis oder Kali bekannt.«

»Das ist philippinischen Ursprungs, oder? Ja, davon habe ich schon mal gehört«, meinte Alex angetan.

»Gut. Sagt Bescheid, wenn es losgeht. Bis dahin helfe ich Jordan.« Dodong nickte und marschierte hinüber zu dem Kanadier.

»Schatz, magst du den Damen vielleicht helfen?«, fragte Oliver Scott seine Frau.

Die sah ihn überrascht an. »Wobei?«

Scott schloss traurig die Augen. »Na ja, vielleicht ist es doch besser, wenn du dich etwas ausruhst. Könnten Sie anderen bitte kurz warten? Sie sollten sich unbedingt etwas ansehen, ehe Sie aufbrechen.« Er half seiner Frau, unter dem Schirm Platz zu nehmen, dann kehrte er zu Alex, Itzil, Fernando und Tao zurück.

»Meine *Urlaubslektüre*«, das Wort betonte er mit leichtem Sarkasmus, während er die ramponierte Kladde zückte, »war nämlich aufschlussreicher als ursprünglich gedacht.«

»Dann wissen Sie, was die Soldaten hier zu suchen hatten?«

»Nein, das leider nicht. Aber die Jahreszahl auf dem Kalenderblatt könnte darauf hindeuten, dass die Truppenpräsenz auf dieser Insel in Zusammenhang mit der Karibikschlacht im Zweiten Weltkrieg stand.«

»Es gab eine Karibikschlacht?«, fragte Fernando erstaunt. »Der Krieg gegen die Japaner hat doch im Pazifik stattgefunden!«

»Der ist damit auch nicht gemeint«, klärte ihn Scott auf. »Auch die Ostküste Amerikas und speziell der USA wurde damals angegriffen. Und zwar von deutschen und italienischen U-Booten, die versuchten, den amerikanischen Nachschub nach Europa zu unterbinden. Ein vorgelagerter Inselposten würde also durchaus Sinn ergeben.« Scott räusperte sich. »Die Notizen hier sind leider kaum zu entziffern. Aber … ich habe in der Kladde Hinweise darauf gefunden, dass die Präsenz des Militärs auf dieser Insel etwas mit einer geheimen Operation zu tun hatte, die wohl unter dem Codenamen ›Thunderbird‹ lief. Leider habe ich keine Ahnung, was damit gemeint sein könnte.«

»Thunderbird?«, wiederholte Alex nachdenklich. »Der Donnervogel wird mit Sturm und Wolken in Verbindung gebracht, richtig?«

»Der Mythos vom Thunderbird ist weit bedeutender«, korrigierte ihn Itzil. »Dieses Fabelwesen ist eines der wenigen Elemente der indianischen Mythologie, das bei fast allen indigenen Völkern Nordamerikas gleichermaßen anzutreffen ist. Die alten Völker haben sich ihn als riesigen Vogel vorgestellt, der als Götterbote auf dem Gipfel eines Berges lebt – oder als Sendbote des großen Geistes in Erscheinung tritt. In der Regel kämpft er gegen Riesenschlangen. Und ja, er ist für Donner, Wolken und Blitze verantwortlich. Der Thunderbird galt als intelligent, mächtig und voller Zorn. Und alle Sagen warnen davor, ihn besser nicht zu verärgern.«

»Das klingt so, als hätte das Militär hier eine unangenehme Überraschung für die Nazis vorbereitet«, meinte Alex.

»Gut möglich.« Scott nickte. »Ich bleibe jedenfalls dran.

Vielleicht finde ich ja noch mehr raus.« Er klappte das alte Notizbuch weiter hinten auf. »Was Sie sich aber mal ansehen sollten, ist das hier. Ich habe hinten nämlich eine Karte gefunden.«

»Etwa eine Karte der Insel?« Fernando riss überrascht die Augen auf.

»Ja, sehen Sie selbst.« Scott präsentierte ihnen eine fragile, von Hand angefertigte Zeichnung einer vage erdnussförmig geformten Insel mit markanten Buchten, auf der Höhenzüge, Zahlen und kaum entzifferbare Zeichen eingetragen waren. Auch der Bergzug samt Vulkan war zu erkennen. Die meisten Symbole waren bis zur Unleserlichkeit verblasst, andere ließen sich nur noch mit Mühe erkennen. »Es hat mich einige Zeit gekostet, die Karte herauszulösen, ohne das Papier zu zerstören.«

»Wow!«, entfuhr es dem Puerto Ricaner. »Hat dieses Eiland auch einen Namen?«

»Leider ist keiner verzeichnet.« Scott zuckte bedauernd mit den Schultern. »Auch die taktischen Zeichen auf der Zeichnung helfen im Augenblick nur wenig. Die dürften nämlich aus den Vierzigern stammen, und damit kenne ich mich nicht so gut aus. Heutzutage in der NATO sind die ja einheitlich geregelt. Ich werde mir das noch genauer anschauen, aber ich glaube, dass das hier auf der Insel Spezialkräfte waren.«

»Interessant.« Alex versuchte, sich die markantesten Orte der Karte einzuprägen, zu denen neben dem Vulkanberg eine größere Bucht mit verwaschenen Zeichen am Rand gehörte. »Und was haben die Soldaten hier getrieben? Geschützstellungen aufgebaut? Oder hat die Air Force hier einen vorgeschobenen Luftwaffenstützpunkt zur U-Boot-Jagd eingerichtet?«

»Das war damals das US Army Air Corps«, korrigierte ihn Scott. »Und nein, ich weiß es wirklich nicht. Soweit ich aus der Zeichnung schlau werde, sind hier jedenfalls nirgendwo auf der Insel Landebahnen verzeichnet. Ich hege sowieso den Verdacht, dass die Karte von jemandem gezeichnet wurde, der sie eher zur privaten Orientierung benutzt hat. Und in dieser Hinsicht scheinen mir einige schlichte Kreuze auf der Karte interessant.«

Er deutete auf ein halbes Dutzend x-förmige Markierungen, die über die Insel verstreut waren.

»Was glauben Sie, für was die stehen?« Itzil beugte sich vor.

»Ich weiß es nicht. Aber ich habe da so eine Vermutung.« Scott deutete auf ein X-Symbol am linken unteren Küstenabschnitt. »Sehen Sie das? Es ist die einzige Markierung wirklich unmittelbar an der Küste. Was, wenn damit unser Strandabschnitt gemeint ist? Von der Form her käme das ungefähr hin.«

Alex hob eine Augenbraue, denn er begriff, was der Rentner meinte. »Sie glauben, dass das X dieses MG-Nest im Dschungel markiert?«

»Könnte doch so sein«, meinte Scott aufgeregt. »Falls ich recht habe, deuten die anderen Kreuze mit etwas Glück auf andere Camps oder Stellungen hier auf der Insel hin. Und jetzt sehen Sie mal, was neben diesem X eingetragen ist.« Er deutete auf ein weiteres Kreuz in relativer Nähe zu dem X, auf das er zuvor gezeigt hatte. Es prangte am Rande einer Hügel- oder Bergmarkierung, und dicht daneben hoben sich drei eng nebeneinanderliegende Wellenlinien ab, die man erst bemerkte, wenn man sich näher über die Zeichnung beugte.

»Könnte das ein Zeichen für Wasser sein?«, fragte Itzil hoffnungsvoll.

»So ist es.« Der Amerikaner sah anerkennend zu ihr auf. »Ich tippe auf eine Quelle, einen Wasserfall oder Ähnliches. Wenn ich also einen Vorschlag machen dürfte: Suchen Sie dort zuerst. Wenn Sie an dem Ort kein Wasser finden, dann vielleicht weitere Hinterlassenschaften, die uns erklären, was das Militär auf der Insel zu suchen hatte.«

»Sehr gut.« Alex legte dem Mann erfreut die Hand auf die Schulter. »Jetzt haben wir immerhin ein Ziel. Die Frage ist, wie wir dort ohne funktionierenden Kompass hinkommen.«

»Das ist nicht Ihr einziges Problem«, seufzte der Rentner. »Ihnen ist klar, wie unwegsam das Gelände sein dürfte? Sie müssen die Strecke bis heute Abend nicht nur hin, sondern auch wieder zurück schaffen. Bestätigt sich Ihre Theorie, dass diese Biester Nachtjäger sind, und Sie schaffen das nicht«, er sah ihn und Itzil aufgewühlt an, »dann laufen Sie spätestens nach Sonnenuntergang Gefahr, Gesellschaft zu bekommen.«

Terra incognita

»Meiner Einschätzung nach dürfte der Vulkanberg von unserem Standpunkt aus etwa fünfzehn Kilometer entfernt liegen.«

Itzil nickte Oliver Scott zu, während sie seinen Ausführungen lauschte.

»Vielleicht auch etwas mehr. Ist nur wegen des Dunstes über dem Dschungel schwer zu sagen.«

Gemeinsam mit Alex, Jordan und dem Amerikaner stand sie am Strand nahe der Brandungsgrenze und spähte über die Baumkronen des Mangrovendschungels hinweg zu dem immergrünen Bergzug der Inselmitte. Der Vulkankegel, der in einiger Entfernung aus dem Dach der Blätterkronen hervorstach, war derzeit von einer Wolke umgeben, die den Schlot wie einen liegenden Reifen umrahmte. Hin und wieder rollte von dort ein sanftes Grollen an ihre Ohren, das im Augenblick jedoch nicht bedrohlich wirkte. Weit mehr sorgte sie die unbekannte Fauna der Insel. Und dabei dachte sie nicht nur an die rätselhaften Raubtiere, die letzte Nacht die Toten verschleppt hatten, sondern auch an das, was sie aus den Dschungeln ihrer mexikanischen Heimat kannte: giftige Schlangen und Spinnen, Zecken, Blutegel und vor allem Moskitos. Sie war froh, dass sie noch immer ihre Uniformjacke besaß, denn diese würde ihr im Urwald etwas Schutz vor Kratzern und anderen Verletzungen bieten. Doch damit allein war es nicht getan. Trotz der schwülen Hitze, die sie bei ihrem Marsch erwartete, hatten sie sich aus dem, was das angeschwemmte Treibgut zu bieten hatte, so gut als möglich Schutzkleidung zusammengestellt. Sie selbst trug jetzt eine alte Hose sowie ein angeschwemmtes Basecap, an dem sie eine Plastiktüte als Nackenschutz befestigt hatte. Auch Dodong hatte sich aus Teilen des Fischernetzes und Lumpen einen Kopfschutz gebastelt. Alex, der glücklicherweise ebenfalls noch seine Jacke besaß, hatte sich sein T-Shirt so um den Kopf gehängt, dass es rechts und links herunterhing. Am bizarrsten jedoch sah Jordan Reid mit seinem Poncho aus Segelplane aus. Er trug ebenfalls einen Kopfwickel, Arme und Beine, die unter seinen Bermudashorts hervorlugten, hatte er hingegen mit Segeltuch umwickelt. Nachdem Itzil energisch auf ihn eingeredet hatte, hatte Fernando Reid auch seine Schuhe geliehen.

»Nur ist der Berg nicht unser Ziel«, meinte Alex, der wie sie alle zum wiederholten Mal die Karte studierte. »Die markierte Stelle befindet sich vielmehr auf halbem Weg dorthin, und zwar bei einer markanten Erhebung, wenn ich das hier richtig deute.« Er sah wieder zur Inselmitte auf. »Gestern, von der Palme da vorn aus«, er deutete zu jener Kokospalme inmitten der Mangroven, die er abgeerntet hatte, »habe ich in einiger Entfernung eine recht auffällige Felsnadel inmitten der Baumkronen entdeckt. Gut möglich, dass die zu einem Bergvorsprung gehört. Von der Entfernung her könnte die passen. Zumindest fällt mir im Augenblick nichts anderes ein, was mit dem Symbol sonst gemeint sein könnte.«

»Okay. Und wo befindet sich die?«, fragte Scott.

»Na ja, von der Palme aus …«, der Deutsche veränderte seine Position, indem er sich einige Meter von ihnen entfernte und dann mit dem Arm auf den Dschungel deutete, »etwas rechts von dem Vulkan.«

Sie folgten ihm und dann seinem Fingerzeig.

»Na toll«, meinte der Kanadier unglücklich. »Und wie kommen wir da ohne Kompass hin? In dem Dickicht schaffen wir es doch niemals, die Richtung zu halten. Jedenfalls würde ich mich nicht darauf verlassen, vom Boden aus noch irgendwas erkennen zu können.«

»Das ist ohne Frage ein Problem.« Alex griff nach der improvisierten Kletterausrüstung an seiner Hüfte, die ihm gestern schon nützlich gewesen war. »Ich könnte hin und wieder versuchen, auf einen Baum zu klettern, damit wir uns neu orientieren können. Allerdings werden wir die Palmengrenze irgendwann hinter uns lassen, und die anderen Bäume im Dschungel sind garantiert nicht so leicht zu erklettern.«

»Das wäre eh nicht ungefährlich«, wandte Itzil ein. »Gerade oben, im Geäst der Bäume, finden sich viele giftige Tiere.«

Dodong Domingo trat einen Schritt vor. »In einem Urwald muss man Sichtachsen bilden, um die Richtung zu halten. Wenn wir unterwegs sind, sollten wir, je nachdem, wie weit wir sehen können, immer drei Bäume anpeilen, die möglichst in einer Linie hintereinanderstehen. Erreicht man den ersten, nutzt man die beiden anderen, um sich einen neuen dritten Baum zu suchen. Auf diese Weise laufen wir nicht Gefahr, dass wir irgendwann im Kreis gehen.«

»Okay.« Jordan Reid wischte sich über die roten Bartstoppeln, wirkte aber noch nicht überzeugt.

»Vielleicht hilft Ihnen ja auch die Vegetation«, schlug Scott vor. »Hier, in diesem Meeresgebiet, ist der Nordostpassat vorherrschend. Entsprechend der Windrichtung sollten die Bäume also eher nach Südwesten geneigt sein, während sich auf der dem Wind zugewandten Seite Moose auf den Stämmen bilden.« Er sah zum Himmel mit der seltsam irisierenden Sonne auf. »Wir dürften bald Mittag haben. Da die Sonne über der Insel aufgegangen ist, ist dort also Osten.« Er warf wieder einen Blick auf die Karte. »Auch wenn diese Landmarke eher im Nordosten zu liegen scheint.«

»Wir werden uns schon irgendwie durchschlagen«, seufzte Itzil. »Nur sollten wir uns beeilen. Bei meiner letzten Wanderung habe ich für etwa acht Kilometer gute eineinhalb Stunden gebraucht, aber hier im Urwald brauchen wir ein Vielfaches an Zeit. Und wir müssen es auch wieder zurückschaffen.«

Alex nickte ihr zu. »Wir sollten keine weitere Zeit verlieren.«

Sie marschierten zu dem bereitliegenden Gepäck, jeder griff sich einen langen, oben zugespitzten Stock, dann schulterten sie den leeren Kanister und mehrere mit den Strängen des Fischernetzes zusammengebundene Plastikflaschen, die sie am Strand gefunden hatten. Itzil sah, dass Jordan neben einer Zweiliterflasche mit Kokoswasser, ihrer einzigen Trinkreserve, noch zwei leere Glasflaschen in der Strandtasche verstaute. Unmittelbar neben einer alten Bierflasche, aus der ein Stück Stoff ragte. Sie roch … nach Benzin.

Der Kanadier folgte ihrem Blick und schürzte die Lippen. »Ich habe Ross und Petersen um etwas Treibstoff gebeten und einen Molotowcocktail gebaut. Wenn wir im Dschungel tatsächlich von diesen Viechern angegriffen werden, dann … booomm!«

Sie nickte ihm anerkennend zu, dann kamen auch schon die anderen, um sich von ihnen zu verabschieden. Neben einem skeptischen Nicken von Ross und Petersen und Sicherheitsratschlägen von Fernando und Tao trat Courtney an sie heran und löste eine silberne Kette mit einem Delfinanhänger von ihrem Hals. »Den hat mir meine Grandma geschenkt. Ich hoffe, er bringt dir Glück.«

»Dank dir.« Itzil lächelte berührt. »Aber das kann ich nicht annehmen.«

»Doch, kannst du. Jeder von uns hofft, dass ihr fündig werdet.«

»Na gut.« Itzil senkte den Kopf. »Dann verspreche ich dir, dass der erste Schluck Wasser dir gehört.«

Courtney legte ihr die Kette um, Itzil drückte sie noch einmal, anschließend führte Alex sie, Dodong und Jordan zu der Palme, an der er gestern hinaufgestiegen war. Abermals kraxelte er an dieser empor, und als er wieder unten angekommen war, nickte er, wies ihnen die Richtung, und sie folgten ihm. Kurz darauf setzte sich der Filipino, der zwischen den Mangrovenbäumen nach sichtachsenkompatiblen Gewächsen Ausschau hielt, an die Spitze. Alex und Itzil liefen in der Mitte, und den Schluss bildete Jordan.

Wie erwartet, war es im Gewirr der Luft- und Bodenwurzeln nicht so einfach, die Orientierung zu behalten. Doch Dodong schlug sich gut. Nach gefühlten zwanzig Minuten hatten sie den Mangrovensaum der Insel hinter sich gelassen, das Bodenniveau stieg merklich an, und sie gelangten in eine Mischwaldregion mit dichtem Unterholz. Statt durch Mangroven und Palmen marschierten sie nun durch ein stickiges Dickicht aus hohen Akaziengewächsen, Frangipanibäumen, Pinien, Kiefern und Farnen, zwischen denen Lianen und Würgefeigen mit ihren mächtigen Wurzeln hingen. Laut riefen die Vögel um sie herum, und die Moskitos wurden allmählich zur Plage. Immer wieder blieb Dodong stehen, um sich neu zu orientieren, während Alex argwöhnisch die Baumkronen im Auge behielt. In den grünen Stockwerken über ihnen blühten die Bromelien, und leuchtend bunte Orchideen erfüllten die Luft mit ihrem schweren Duft.

Eine Biene umschwirrte sie, und Itzil entdeckte im Gewirr der Äste über ihr ein traubenförmiges Bienennest, das von zahllosen der Insekten umkreist wurde. Schnell hastete sie weiter und schlug einmal mehr nach den Moskitos, die beständig versuchten, an freie Hautstellen zu gelangen. Ihren Begleitern ging es nicht anders als ihr selbst, weshalb auch sie die Zähne zusammenbiss und stoisch weiterstolperte. Als Alex und Dodong vor ihr innehielten, rückte sie rasch zu ihnen auf. »Was ist?«

Alex deutete auf einen kniehohen Damm aus Totholz und modrigem Laub, der beidseitig ihrer Marschrichtung den Weg querte, zwischen den Bäumen kerzengerade weiterführte und sich schließlich im Dickicht verlor. Er wirkte wie mit dem Lineal gezogen.

»Du meine Güte.« Itzil starrte das Hindernis verwundert an. »Als hätte jemand den Wald mit einem Besen durchgefegt und dann hier zusammengekehrt.«

Alex stocherte mit seinem improvisierten Speer in dem Damm herum, förderte jedoch nichts als Humus zutage.

»Ob der Wind das hier so zusammengeweht hat?« Dodong sah sie fragend an.

»Mitten im Dschungel?« Itzil schüttelte den Kopf, zuckte mit den Schultern – und kletterte kurzerhand über das Hindernis hinweg. Ein Blick über die Schulter zeigte ihr, dass die anderen ihr folgten. Sie lächelte zufrieden. Vielleicht würde Courtney heute Abend doch noch ohne Durst einschlafen können.

Auch wenn der Urwald hin und wieder lichtere Regionen aufwies, die es ihnen erlaubten, etwas schneller voranzukommen, entwickelte sich der Marsch zu einer schweißtreibenden Qual. Sie waren erst eine gefühlte Stunde unterwegs und hatten soeben einen zweiten Damm aus Totholz passiert, der quer zu ihrem Weg verlief, als Jordan hinter ihnen erschöpft nach einer Pause verlangte. Ächzend schlug er den Poncho zurück, ließ sich auf eine Baumwurzel sinken und schlug nach einem Moskito an seiner Wange. »Die Biester bringen mich noch um«, knurrte er und kramte müde nach der Flasche mit Kokoswasser.

Itzil setzte sich neben ihn und lüpfte ihr Basecap. »Sollten wir wirklich Wasser finden, wird es eine Tortur, das ständig zum Strand zu schleppen.«

»Mist. Daran habe ich noch gar nicht gedacht.« Der Rotschopf musterte erst sie und dann die Flasche in seiner Hand, ehe er sich zwang, einen kleinen Schluck zu trinken und dabei nicht allzu gierig zu wirken. Die Flasche machte die Runde, und als Itzil an der Reihe war, genoss sie jeden Tropfen. Noch nie hatte sie etwas Köstlicheres getrunken.

Alex riss sie aus ihren Gedanken: »Ich hätte erwartet, hier Spuren von größerem Wild zu finden.« Er öffnete seine Jacke ein wenig, löste das schweißnasse T-Shirt von seinem Kopf und hängte es zum Trocknen an einen Zweig. »Aber hier gibt es nur Vögel, Insekten und kleinere Reptilien. Darunter auffällig viele Tiere, die ich für endemisch halte.«

»Für was?« Der Filipino sah ihn fragend an.

»Tiere, von denen ich vermute, dass sie nur hier vorkommen. Und ein Schlitzrüssler. Dabei könnte es sogar sein, dass das eine Karibische Spitzmaus war – nur gelten die eigentlich als ausgerottet.« Er seufzte. »Allerdings wäre das ja nicht die einzige Art, die hier überlebt hätte. Diese Insel ist und bleibt sonderbar.«

»Du suchst was zum Jagen?«, hakte Dodong nach, doch Alex schüttelte ernst den Kopf: »Nein. Jedenfalls nicht primär. Aber wenn wir es hier mit einem intakten ökologischen System zu tun haben, müssten die Wesen der letzten Nacht außer Gelegenheitshappen wie uns auch noch andere Beutetiere kennen.«

Itzil sah erstaunt zu ihm auf, denn natürlich hatte er recht. Wovon lebten diese Biester?

»Ach, du Scheiße!« Jordan neben ihr sprang plötzlich auf, kippte dabei fast die Wasserflasche um und deutete hektisch nach oben. Alex und Dodong wirbelten herum, und auch Itzil umklammerte bei dem Anblick, der sich ihnen bot, erschrocken ihren improvisierten Speer.

Schräg über ihnen, gute drei Meter über dem Boden, hing eine menschliche Gestalt im Gewirr der Äste. Schockiert riss sie die Augen auf, als sie erkannte, dass die Hände des Unbekannten skelettiert waren. Der Tote steckte in einer olivgrünen Fliegerkombi samt Weste, an dem das Abzeichen der US Air Force prangte. Noch immer trug er einen weißen Pilotenhelm, dessen schwarzes Visier gnädig sein Gesicht verbarg. Soweit Itzil erkennen konnte, waren alles, was ihn dort oben hielt, die Leinen eines ramponierten Fallschirms, der sich in der Baumkrone verfangen hatte.

»Meine Güte!«, ächzte Dodong und wich, ebenso wie Alex, einige Schritte vor dem makabren Fund zurück.

Itzil war die Erste, die sich fing und vortrat. »Wir können ihn da nicht hängen lassen«, stellte sie sachlich fest.

»Du willst ihn da runterholen?« Jordan sah sie entsetzt an. »Aber wir können doch sowieso nichts mehr für ihn tun.«

»Nein, nicht ich.« Itzil wandte sich zögernd an Alex. »Schaffst du es da rauf?«

Ihr Begleiter beäugte den Baum und nickte. »Wir sollten herausfinden, wer das ist«, stimmte er ihr zu. »Allerdings brauche ich etwas zum Schneiden.«

Mit einem Seufzer überreichte ihm der Kanadier sein Taschenmesser, anschließend sahen sie Alex gespannt dabei zu, wie er vorsichtig aufstieg, über die Äste hinweg zu den Leinen des Fallschirms kraxelte und dort mit dem Messer herumsäbelte. Es dauerte eine Weile, bis plötzlich etwas über ihnen entzweiriss und die Leiche keine zwei Meter von ihnen entfernt zu Boden sauste.

Itzil wandte sich ab, als der Aufschlag erfolgte, und überließ Dodong die Inspektion der Überreste.

»Armes Schwein«, murmelte der Filipino. Er hockte sich entschlossen neben die verwesten Überreste und begutachtete sie. Itzil sah kurz zu Alex auf, der noch immer über ihnen im Baum herumturnte, und dann zu Jordan, der sich ängstlich im Hintergrund hielt. Dann überwand sie sich, um den Toten ebenfalls näher in Augenschein zu nehmen.

»Kannst du sehen, woran er gestorben ist?«, fragte Itzil leise. »Der Fallschirm ist ja aufgegangen.«

»Zuerst habe ich gedacht, dass es ihn beim Aufprall in den Baum erwischt hat«, murmelte der Filipino. »Aber schau mal.« Mit einem Stock drehte er den Helm über dem skelettierten Schädel, der hinten ein leicht ausgefranstes Loch aufwies.

»Sieht für mich wie die Austrittswunde einer Kugel aus«, stellte Dodong fest.

»Einer Kugel?« Jordan trat nun doch näher. »Er wurde erschossen?«

Der Asiate verneinte. »Dafür sitzt das Loch zu weit oben. Wirkt eher so, als habe er sich den Lauf einer Pistole in den Mund geschoben und selbst abgedrückt.«

»Selbstmord?« Der Kanadier richtete sich entsetzt auf. »Warum?«

Dodong untersuchte die Fliegerkombination behutsam und förderte aus den Taschen der Weste ein Kampfmesser, einige Knicklichter, Magnesiumstreichhölzer, einen Cutter zum Durchtrennen von Fallschirmleinen, eine Taschenlampe, ein Funkgerät, einen Kompass, eine Pfeife und ein Gerät, das Itzil vage an einen Taser erinnerte, zum Vorschein. Das Pistolenhalfter jedoch war leer.

»Warum er es getan hat, weiß ich nicht«, brummte Dodong, »aber *dass* er es getan hat, bestätigt das Fehlen der Waffe. Vermutlich ist sie ihm anschließend aus den Fingern gerutscht.« Ohne große Sorgfalt suchte er den Boden unter dem Leichnam ab und zuckte dann mit den Schultern: »Vermutlich ist sie längst überwuchert.«

»Ob er sich vielleicht erschossen hat, weil hier unten diese Kreaturen auf ihn gelauert haben?« Mit sichtbarem Unbehagen beäugte der Kandier den Dschungel.

»Nein«, widersprach Itzil. »Wir wissen doch, dass diese Viecher klettern können. Da hätte ich eher auf sie geschossen, als auf mich selbst. Vielleicht … war er so schwer verletzt, dass er keine Aussicht auf Hoffnung mehr hatte?«

»Du meinst so etwas wie eine Knochen- und Wirbelsäulenverletzung?« Ihr philippinischer Begleiter musterte die Leiche genauer, beugte sich vor und betastete durch die verwitterte Fliegerkombi hindurch Arm- und Beinknochen des Toten.

»Gott, was machst du da?«, ächzte Jordan. »Du kannst den doch nicht so einfach …«

»Stell dich nicht so an«, antwortete Dodong kühl. »Der hing hier schon so lange, dass eh kaum noch etwas von ihm übrig ist. Ich frage mich einfach, ob an Itzils These etwas dran ist. Aber soweit ich das fühlen kann, hat der keine offensichtlichen Brüche.«

»Aber …«

»Nichts aber.« Der Filipino atmete tief ein und sah dann wieder zu ihnen auf. »Auf die Wirbelsäule verzichte ich mal. Soweit ich weiß, kannst du dir da nur dann ernstere Verletzungen zuziehen, wenn du zu hart auf dem Boden aufschlägst. Der arme Kerl hier hat sich aber stattdessen mit seinem Schirm da oben im Baum verheddert. Diese Verletzungssache kommt mir daher nicht sehr schlüssig vor.«

Dodong wandte sich von dem Leichnam ab und dem Funkgerät zu, das natürlich keinen Mucks von sich gab, und untersuchte dann das Gerät, das in Itzils Augen Ähnlichkeiten mit einem Taser aufwies.

»Sieht nach einem Notsignalgerät aus«, murmelte er und entnahm dem Gegenstand mit fachkundigen Griffen ein Magazin. »Funktioniert ähnlich wie eine Signalpistole, hat aber keinen Lauf. Du hältst es einfach in die Höhe und drückst ab. Interessanterweise ist das Magazin komplett leer geschossen.«

Mittlerweile war auch Alex wieder am Boden angelangt. Sein Gesichtsausdruck wirkte maskenhaft, als er hinzutrat. »Irgendein Hinweis, wer das ist?«

»Ein gewisser J. Brown.« Dodong deutete auf ein Namensschild an der Brust des Toten, bevor er einer Beintasche zwei Karten entnahm, die er vorsichtig aufklappte.

Itzil glaubte, auf ihnen die Ostküste der USA und das nachfolgende Meeresgebiet zu erkennen.

»Schaut mal. Ich glaube, er war verheiratet«, meldete sich Jordan mit belegter Stimme zu Wort. Er deutete mit betroffener Miene auf einen abgefallenen Fingerknochen, der etwas neben ihnen im Gras lag. An dem skelettierten Körperteil prangte ein goldener Ring.

Alex hob den Knöchel mit spitzen Fingern auf, zog den Ring ab und begutachtete die Gravur auf der Innenseite: »›John & Evelyn, 1.8.1981‹. Also gehörte er nicht zu unserer

Gruppe aus dem Zweiten Weltkrieg. Sieht man ja auch an der Uniform.« Irritiert sah er zu dem Baum auf. »Weiß jemand von euch, wie lange Jetpiloten Dienst schieben?«

»Jetpilot?«, fragte Itzil.

»Der Helm und das Abzeichen verraten es. Ich tippe auf Kampfpilot. Welche Piloten führen denn sonst noch Fallschirme mit sich?«

»Ich glaube, die gehören mit vierzig Jahren schon zum alten Eisen«, beantwortete Jordan die Frage. »In der zivilen Luftfahrt ist das wohl anders. Aber da sind die Belastungen auch nicht so hoch.«

»Merkwürdig.« Alex wischte sich eine blonde Strähne aus der verschwitzten Stirn. »Wenn der 1981 geheiratet hat, war unser Mann damals vermutlich zwanzig oder Mitte zwanzig. Heute wäre er also fast sechzig Jahre alt. Vermutlich sogar älter.«

»Er könnte auch später geheiratet haben«, gab Itzil zu Bedenken.

»Ja, aber dann hätten wir es hier eventuell sogar mit einem Siebzigjährigen zu tun. Und das passt schon gar nicht, denn er muss ja irgendwann in seiner aktiven Zeit abgesprungen sein. Aber wie lange das her ist? Zehn Jahre? Zwanzig? Dreißig?«

»Ich verstehe nicht, was du meinst«, fragte Itzil irritiert. »Vielleicht hängt er hier schon länger?«

»Aber das kann nicht sein.« Alex deutete in die Baumkrone. »Das Komische ist nämlich, dass da oben zwischen den Ästen einige Aufsitzerpflanzen wachsen. Seht ihr sie? Bromelien, Orchideen, Tillandsien und noch andere.«

»Und?« Dodong sah auf. »Ist doch normal.«

»Ja, aber einige von ihnen befinden sich samt umgeknickten Blüten direkt unter den Resten des Fallschirms. Und das heißt, dass der Fallschirm erst vor Kurzem auf sie fiel. Dem Zustand der Pflanzen nach vor höchstens einem oder zwei Tagen.«

»Aber das ist doch völlig unmöglich«, platzte es aus Jordan

heraus. »Schau dir den Toten an. Du sagst doch selbst, dass der Mann schon ziemlich viele Jahre tot sein muss.«

»Eben.« Alex hob ratlos die Hände. »Auch die ramponierte Ausrüstung spricht dafür. Ich habe dafür selbst keine Erklärung.«

»Aufwinde vielleicht?«, schlug Itzil zögernd vor. »Ich habe mal gelesen, dass Paraglider auf diese Weise gestorben sind. Die sind im Sturm über Stunden immer weiter in die Höhe gerissen worden, bewusstlos geworden und schließlich erfroren – bis sie irgendwann wieder runterkamen.«

»Ja, aber doch nicht erst nach mehreren Jahrzehnten.« Alex schüttelte den Kopf. »Und wenn Dodong recht hat, ist der hier nicht erfroren. Der hat sich erschossen.«

Beunruhigt sahen sie einander an, und Itzil sah, dass jeder von ihnen sich das Hirn nach einer Erklärung für das unheimliche Rätsel zermarterte. Allein: Sie fanden keine.

Ob es solch ungewöhnliche atmosphärische Phänomene nicht vielleicht doch geben könnte? Was würde sie tun, wenn die Winde sie immer wieder in die Höhe rissen und der Absprung schier kein Ende nahm? Würde sie nicht ebenfalls versuchen, dem Schrecken irgendwann ein Ende zu setzen? Der Gedanke grauste sie.

»Gut, lasst uns weiter«, brach Alex schließlich das Schweigen, ließ die Nackenwirbel knacken, löste das T-Shirt vom Zweig und wickelte es sich wieder um den Kopf. »Wenn wir später Zeit finden, bergen wir den Mann. Okay? Aber jetzt sollten wir weiter.«

Sie sammelten die Besitztümer des Piloten ein, lösten sich widerstrebend von der Leiche und formierten sich neu. Wieder ging Dodong, überprüfte die Bäume und wies ihnen gemeinsam mit Alex den Weg, bis der Asiate schließlich begann, die Bäume immer wieder mit Jordans Taschenmesser für den Rückweg zu markieren. Das Wasser in ihrer Flasche wurde derweil immer knapper, und Itzil, die sich ebenso wie Reid fügsam durch Farne und Unterholz kämpfte, wurde allmählich bewusst, dass die Suche nach Trinkbarem allmählich dringend wurde. Ihnen stand noch der Rückmarsch bevor, und sie hatten ihr Ziel noch nicht einmal erreicht. Und wie konnte es sein, dass sich ihr deutscher Begleiter besser zu schlagen schien als sie? Schließlich erinnerte sie die hiesige Flora durchaus an die ihrer mexikanischen Heimat. Vielleicht, so dachte Itzil, lag es daran, dass sie nicht nur der Durst, sondern auch der Hunger plagte. Bei dem Gedanken stiegen vor ihrem geistigen Auge Berge an Enchiladas auf. Und zwar nicht irgendwelche, sondern jene Maispfannkuchen, wie ihre Großmutter sie zubereitete. Mit viel Käse, Hähnchenbrust und Chili …

Während Itzil in kulinarischen Tagträumen schwelgte, kämpfte sie sich schwitzend voran, bis sie unmittelbar vor einem überwucherten Abhang innehielten, der gute fünfzehn bis zwanzig Meter in die Tiefe abfiel. Unter ihnen befand sich eine überwucherte Senke, die in achtzig Metern Entfernung rasch wieder an Höhe gewann. Linker Hand hingegen, in vielleicht sechs- oder siebenhundert Metern Entfernung und am Ende der Schneise, ragte ein wuchtiges Felsmassiv aus dem Blätterdach auf, das zu einem Ausläufer des vulkanischen Bergrückens zu gehören schien, der in einiger Entfernung halb unter dunklen Nebelbänken begraben lag. Ein leichtes Grummeln ertönte, das Itzil zunächst dem Feuerberg zuordnete. Doch als sie aufsah, war sie sich dessen nicht mehr so sicher, denn am Himmel über der Insel hatten sich dunkle Wolken zusammengeballt. Überhaupt war es schwül geworden, obschon der Wind zugleich spürbar kräftiger wehte.

»Ist das dahinten unser Ziel?«, fragte sie matt, und Alex nickte. Auch er wirkte ziemlich abgekämpft, versuchte aber dennoch, die Stimmung aufzuhellen: »Erstaunlicherweise haben wir den Felsgrat nur unwesentlich verfehlt. Und das haben wir allein Dodong zu verdanken.«

Der Filipino zwinkerte ihnen zu, als hinter ihnen nun endlich auch Jordan auftauchte. Sein Gesicht ähnelte einem knallroten Ball, die Bewegungen des Kanadiers wirkten fahrig und unkoordiniert, und er schien kurz vor einem Kreislaufzusammenbruch zu stehen.

»O Mann.« Dodong bemerkte seinen Zustand ebenfalls, und gemeinsam halfen sie Jordan dabei, sich zu setzen. Dieser versuchte zunächst, die Hilfe abzuwehren, war aber zu erschöpft für eine Gegenwehr und ließ sich willenlos von Itzil und dem Filipino auf eine Wurzel bugsieren. Dodong griff nach der Trinkwasserflasche und schüttelte sie. Sie war leer.

»Hast du den Rest etwa schon getrunken?«, fragte Itzil.

Peinlich berührt sah der Rothaarige zu ihr auf. »Eigentlich nur ein, zwei Schlucke …«

Itzil fächelte ihm Luft zu, während Alex das Felsmassiv in Augenschein nahm.

»Wenn wir uns diesseits des Abhangs halten, sollten wir in einer halben Stunde da sein.«

»Und, siehst du irgendwo Wasser?« Dodong rückte sich seinen überhängenden Kopfschutz zurecht.

Alex schüttelte missmutig den Kopf.

»Hier … ich habe …« Der rothaarige Kanadier wühlte ermattet in seiner Strandtasche und präsentierte ihnen das alte Fernglas aus der Stellung am Strand.

Itzil sah es erstaunt an. »Hat dir das Ross mitgegeben?«

»Nein.« Jordan feixte. »Ich … habe es mir in einer unbeobachteten Minute von ihm ausgeborgt. Ich dachte, dass wir es vielleicht noch gebrauchen können.«

»Du Fuchs!« Alex grinste und griff danach. »Dafür bekommst du von mir meine nächste Wasserration.«

»Ich schätze, zu wenig Wasser wird bald nicht mehr das Problem sein.« Dodong blickte zum wolkenverhangenen Himmel und warf dann Itzil einen beunruhigten Blick zu. »Du spürst es auch, oder?«

Sie nickte. »Hier dürfte in Kürze ein Unwetter losbrechen.«

»Ernsthaft?«, fragte Jordan matt. »Dann hätten wir uns diese ganze Tortur sparen können?«

Niemand antwortete ihm. Stattdessen nahm Alex den markanten Steilgrat mit dem Fernglas in Augenschein und brummte zufrieden. »Scott hatte recht. Ich glaube, dahinten ist ein kleiner Wasserfall.«

Itzil nahm ihm den Feldstecher ab, sah ebenfalls hindurch und erkannte ein feines, silbrig glitzerndes Band, das von der Felsspitze aus in die Tiefe fiel. Der Anblick verlieh ihr neue Hoffnung, denn es war töricht, für ihre Trinkwasserversorgung auf Regengüsse zu setzen. Besorgt sah sie zu den Wolken auf und reichte das Fernglas an Dodong weiter: »Lasst uns versuchen, den Berg zu erreichen, bevor es losgeht. Mit etwas Glück finden wir dahinten sogar einen Unterschlupf.«

Auch der Filipino nahm den Berg in Augenschein, ließ das Fernglas dann jedoch über den umgebenden Dschungel wandern. Aufgeregt hielt er inne. »Meine Güte«, keuchte er und deutete auf etwas schräg rechts, jenseits der überwachsenen Senke. »Seht euch das da unten an!«

Itzil nahm ihm das Glas aus der Hand, suchte in der ihr gewiesenen Richtung und schnappte nach Luft: Zwischen den Bäumen entdeckte sie einen schräg aufragenden Rotor – und nicht weit entfernt die Überreste eines Hubschraubers! Das Ungetüm ähnelte mit seiner dicken Kanzel vor dem Frachtraum einer übergroßen Libelle, die mit gebrochenen Flügeln zwischen den Bäumen niedergegangen war. Bis auf die Tragstreben war kaum mehr etwas von der Außenhülle übrig, und der halbe verbliebene Schriftzug *U.S. Coast Guard* war mehr zu erahnen, als zu lesen.

Itzil reichte das Fernglas an Alex weiter, und auch Jordan raffte sich auf und warf einen Blick hindurch. »Stammt der ebenfalls von dem Militär?«, fragte er.

»Nein. Küstenwache«, erklärte Itzil.

»Das könnte eine *Sea Horse* sein«, murmelte derweil Alex. »Ein Hubschrauber, der Ende der Fünfziger gebaut wurde. Ist zwar auf die Entfernung schwer einzuschätzen, aber er ähnelt einem Plastikmodell, das ich als Kind besaß.«

»Da wollt ihr jetzt aber nicht auch noch hin, oder?« Jordan warf ihnen einen gequälten Blick zu.

»Nein. Wir sollten jetzt zu dem Klippmassiv aufbrechen«, bekräftigte Dodong. »Und zwar zügig.«

Itzil und Alex nahmen Jordan die Tasche ab, hakten ihn unter und folgten Dodong, der sich am Abhang orientierte und vorbei an hohen Baumriesen auf die Felsenspitze zumarschierte, die aus dem Blättergewirr ragte. Zwar schien der Kanadier bei der Aussicht auf frisches Wasser neue Kräfte gewonnen zu haben, aber es dauerte dennoch quälend lang, bis sie das Ende der Senke erreichten, während im gleichen Maß das verkrautete Felsmassiv vor ihnen emporwuchs. Immerhin war der kleine Wasserfall, der aus gut vierzig Metern Höhe in die Tiefe fiel, inzwischen mit bloßem Auge zu erkennen. Ebenso die Wurzeln und Laubkronen mächtiger Würgefeigen, die sich an die rauen Felswände klammerten. Itzil jedoch hatte zunehmend nur noch Augen für den Himmel und beobachtete mit Sorge, wie sich die Wolkendecke über ihnen immer stärker zuzog und der Wind immer mehr auffrischte. Abermals war ein dumpfes Grollen zu hören, und dieses Mal kam es zweifelsohne aus der Wolkendecke.

Dodong, der mit seinem Stock beständig den Weg freiräumte, blieb plötzlich stehen. »Wow, seht euch das an!«

Rasch hatten sie ihn eingeholt, und Itzil starrte verblüfft auf uralte Basaltplatten, die sich zwischen den Bäumen wie Treppenstufen zum Berg emporschlängelten.

Sie löste sich von dem Kanadier, untersuchte das verkrautete Gestein und folgte den Steinplatten mit ihren Blicken, bis diese von den Bäumen verschluckt wurden.

»Das ist doch unmöglich eine zufällig entstandene Gesteinsformation!«

»Sieht auch für mich so aus, als seien die künstlich angelegt worden.« Alex runzelte die Stirn. »Aber wozu? Und von wem?«

Itzil klopfte ihm auf die Schulter. »Finden wir es heraus.«

Mit dem Kanadier in ihrer Mitte folgten Itzil und Alex Dodong auf der Spur der Steinplatten den Berg hinauf. Viele von ihnen waren schon vor langer Zeit von Wurzeln aufgesprengt worden, andere dicht überwachsen. Und doch erleichterten sie das Vorankommen ungemein. Ebenso das leise Rauschen des Wasserfalls, das Itzil wie ein Versprechen erschien und auch den Kanadier seine letzten Kräfte mobilisieren ließ. Im selben Maße wurde es zunehmend schwüler.

»Kommt schon!«, rief der Filipino. »Ich glaube, wir sind gleich oben.«

Unvermittelt setzte ein heftiger Platzregen ein, der die umliegenden Blätter und Äste durchschüttelte, während vom Himmel her ein dumpfes Wettergrollen über die Insel rollte. Itzil und Alex versuchten zunächst, sich vor den Wassermassen zu schützen, indem sie unter Jordans Poncho Zuflucht suchten, sie konnten dennoch nicht verhindern, dass sie innerhalb nur weniger Minuten klatschnass wurden. Itzil gab es schließlich auf, reckte ihr erhitztes Gesicht dem Himmel entgegen und versuchte vielmehr, etwas von dem kostbaren Nass mit dem Mund aufzuschnappen, während sie inmitten des Sturzregens vorandrängten.

Der Bewuchs links und rechts der Basalttreppe lichtete sich, und vor ihnen im Regen zeichnete sich jetzt ein felsiges Plateau ab, das ein Dutzend Schritte entfernt von dem mächtigen Berg überragt wurde. Von dessen Spitze, links über ihnen, prasselte mit zunehmender Heftigkeit Wasser in die Tiefe, das sich schon vor geraumer Zeit eine breite Rinne ins Gestein gegraben hatte, um in weniger als sechs Metern Entfernung gurgelnd über jene Seite des Plateaus abzufließen, die sie bislang nicht hatten einsehen können.

Dodong stand inmitten der schweren Regenschleier und wies mit seinem Speer aufgeregt auf die etwas überhängende Felswand, in der sich zu ihrer Überraschung eine düstere Höhlenöffnung abzeichnete – etwa drei Meter hoch und ungefähr so breit wie der Aufhänger einer Sattelzugmaschine.

Der Einstieg wirkte auf die Entfernung so, als sei dort vor Urzeiten der Axthieb eines Riesen niedergegangen. Kurz zögerten sie in Anbetracht des düsteren Felsenlochs, schließlich siegte das Unwetter, und sie liefen gemeinsam quer durch den Regen auf die Felswand zu.

Dodong, der vor Nässe tropfte, hielt den improvisierten Speer abwehrbereit auf die Dunkelheit gerichtet. »Wagen wir es?«, fragte er. »Die Höhle könnte bewohnt sein.«

Alex suchte den Boden ab. »Ich finde hier weder Kratzspuren noch Kot. Aber das hat nicht zwingend irgendetwas zu bedeuten.«

Kurzerhand schob nun auch Itzil ihren improvisierten Speer nach vorn, Jordan folgte ihrem Beispiel zögernd, und gemeinsam rückten sie in die Dunkelheit vor.

Der Höhleneinstieg verbreiterte sich rasch. Dodong schaltete die Taschenlampe des Piloten an, die überraschenderweise noch funktionierte, und gemeinsam bestaunten sie eine imposante Höhle mit flachem Boden, in der das draußen tobende Unwetter einen unwirklichen Hall erzeugte. Weiter hinten, zu ihrer Rechten, stapelten sich ein großer Haufen Felsbrocken, zersplitterte Baumstämme und alte Äste. Die Höhlendecke war dort auf einer Breite von gut zwei Metern heruntergekommen, und dämmriges Licht sickerte durch das Loch in der Felsdecke, durch das allmählich auch Wasser auf den Schuttberg tröpfelte.

Doch es war etwas anderes, das Itzils Aufmerksamkeit fesselte: Am hinteren Ende der Höhle ragte ein imposanter, fast drei Meter hoher Steinpfeiler mit plastisch hervorgehobenen Figuren und verschlungenen Ornamenten aus dem Boden, vor dem unterschiedliche Gefäße standen und lagen. Die Motive auf der Stele waren ihr ebenso fremd wie vertraut.

»Das ist ein altes Kunstwerk der Maya!« Nach einem kurzen Rundblick – die Höhle schien keine weiteren Zu- und Ausgänge zu besitzen und auch keine unliebsamen Bewohner zu beherbergen – nahm Itzil Dodong aufgeregt die Lampe ab und setzte sich an die Spitze. Zu ihrem Erstaunen waren auch die Höhlenwände mit indianischen Petroglyphen übersät, die jedoch deutlich primitiver wirkten als die methodisch behauene Maya-Stele mit ihren Gesichtern und Figuren. Fasziniert leuchtete Itzil die Felsbilder ab und wandte sich dann den alten Tontöpfen zu, die vor der kunstvollen Stele am Boden standen und jenem Gefäß ähnelten, das sie in der alten Stellung am Strand gefunden hatten.

Hinter dem imposanten Pfeiler funkelte etwas metallisch im Licht ihrer Lampe, und Itzil sah genauer hin. Dicht vor der hinteren Felswand lagen ein metallenes Dreibeinstativ und ein Messingobjekt am Boden, das mit seinem Rohr auf den ersten Blick an eine alte Schiffskanone erinnerte. Fast wirkte es, als habe jemand beides mit roher Gewalt gegen die Wand geworfen. Auch rechter Hand des Eingangs zeigten sich überraschend Spuren der Zivilisation. Dort entdeckte sie nicht nur eine hölzerne Transportkiste, sondern auch einen alten Rucksack sowie zwei Feldbetten. Auf einem von ihnen lag sogar noch ein Schlafsack.

»Wo sind wir denn hier gelandet?«, fragte Alex staunend.

Itzil richtete den Strahl der Taschenlampe wieder auf den Steinpfeiler mit den Maya-Motiven. »Sieht man mal von dem restlichen Zeug ab, befinden wir uns hier offenbar in einer alten heiligen Stätte.«

Dodong hatte sich längst von ihnen gelöst und nahm Feldbetten, Kiste und Rucksack in Augenschein. Mit einem Pfiff entnahm er der Kiste einige Werkzeuge, darunter einen Hammer, eine Säge, eine Handaxt und Nägel. Er präsentierte sogar einige angelaufene Patronen sowie ein altes Koppelschloss samt Gürtel. Im Rucksack hingegen befand sich eine militärische Camouflage-Ausrüstung. Die Kleidungsstücke wirkten, als seien sie noch zu gebrauchen, stanken jedoch nach Schimmel. Mehr begeisterten Itzil einige andere Fundstücke, die ihr in ihrer Situation wie die Teile eines Schatzes erschienen: eine Feldflasche, ein Kompass, ein Bajonett, Kochgeschirr, Zeltleine, eine Grabungshacke ohne Stiel, Nähsachen und noch manches andere mehr. Dodong griff derweil zu zwei alten Büchsen mit amerikanischem Etikett, studierte dieses und öffnete sie dann umständlich mit einem Dosenöffner. Gespannt sahen ihm Itzil und die anderen dabei zu, wie er am Inhalt roch, sich etwas davon in den Mund schob, kaute und schließlich grinste. »Vermutlich Rindfleisch. Schmeckt scheiße, geht aber.«

Er teilte den Inhalt unter ihnen auf, und Itzil kaute dankbar. Falls sie je zuvor in ihrem Leben einen solchen Hunger wie jetzt gehabt hatte, erinnerte sie sich nicht daran.

Jordan, dem Wasser und Nahrung neue Lebenskraft eingehaucht hatten, ging nun rüber zu dem Dreibein und dem seltsamen Messinggerät.

»Sieht für mich nach einem Vermessungsgerät aus«, sinnierte er laut. »Ist vermutlich ebenfalls vom Militär.« Dann näherte er sich der Transportkiste, bat Itzil, ihm zu leuchten, und sie entdeckten auf dem Holz das eingeprägte Zeichen der ›United States Navy‹.

»Ist irgendwo erkenntlich, von wann die Sachen stammen?«, wollte Alex wissen.

Dodong verneinte. »Das Etikett der Dosen ist fast unleserlich. Ich wundere mich, dass das Zeug überhaupt noch genießbar ist.«

»Das Emblem auf der Kiste ist ebenfalls älter«, berichtete Jordan und nahm nun eines der Feldbetten näher in Augenschein. »Könnte aus den Vierzigern oder Fünfzigern des letzten Jahrhunderts stammen.«

»Die Sachen hier würden also zeitlich zu der Stellung am Strand passen?«, grübelte Alex laut.

»Ja. Nehme ich auch an.« Jordan sah zu ihm auf.

Dodong untersuchte nun seinerseits das Vermessungsgerät, während sich Itzil und Alex in der Höhle umsahen und Jordan zum Eingang zurückkehrte, wo sie den Kanister und die Flaschen abgestellt hatten. Dort stapfte er zu ihrem Befremden hinaus in den Platzregen, reckte sein erhitztes Gesicht den Wassermassen entgegen – und verschwand.

»Wo ist er hin?«, fragte Itzil verwundert.

Ehe sie ihm besorgt nacheilen konnten, tauchte Jordan wieder auf und hielt nun ein Büschel großer Blätter in Händen, stellte den Kanister und zwei der Flaschen nach draußen in den Platzregen und formte aus den Blättern Trichter, sodass sich die Behälter allmählich mit Wasser füllten.

Alex hockte sich derweil neben die gleichförmigen Tonkrüge vor der Stele, und Itzil tat es ihm gleich. Die Auslaufspitzen der Gefäße waren nach Art von Männerköpfen mit breiten Ohren, Augen und Lippen geformt, während die Behälter selbst dem Leib eines hockenden Mannes mit offen zur Schau gestelltem Geschlechtsteil glichen. Alex öffnete eines der Gefäße, neigte es, und auf den Boden ergossen sich bunte Maiskörner. Die übrigen Tonkrüge wirkten ebenfalls schwer, und Alex, der beim Schütteln der Gefäße keinerlei Erfolg zu verzeichnen hatte, schnupperte nun vorsichtig an den Krügen und blickte verblüfft zu ihr auf. »Honig! Riecht jedenfalls so. Wie bei dem, den wir am Strand gefunden haben.« Er wies auf die Ohren der Köpfe, die bei genauerer Betrachtung Bienen ähnelten.

»Ja, das sind zweifellos ebenfalls Potiza«, pflichtete sie ihm bei. »Vermutlich ebenfalls eine Arbeit der Taíno.«

»Das Indianervolk, das du schon am Strand erwähnt hast?«

»Genau. Und bei dem Inhalt der Potiza tippe ich auf Opfergaben.« Itzil ließ den Lichtstrahl über den behauenen Maya-Pfeiler wandern und schüttelte ungläubig den Kopf. »Das eigentlich Erstaunliche an dem Ort hier ist, dass er einen sicheren Beweis für den Kontakt der Taíno mit den Maya liefert.« Itzil beleuchtete wieder die Höhlenwände. »Siehst du all diese Petroglyphen?«

Ihr Lichtschein erfasste spiralförmige Symbole, aber auch Ritzungen, die Tiere darstellten, darunter Frösche, Schlangen und andere.

»Das alles sind Hinterlassenschaften der Taíno. Sie haben hier offenbar nicht nur irgendwelche Opferungen durchgeführt, sondern an den Wänden auch ihre Cemies dargestellt – also die Götter, Geister und Ahnen, die sie verehrten. Die Stele da«, sie beleuchtete den imposanten Steinpfeiler, »ist aber definitiv Maya-Arbeit. Die Forschung fragt sich bis heute, wie weit die Kontakte zwischen den beiden alten Kulturen eigentlich reichten. Sicher ist nur, dass die Taíno sehr gute Seefahrer waren, die vermutlich auch mit den kulturell höherstehenden Maya aus Mexiko und Guatemala Handelskontakte pflegten. Die Taíno und die Maya kannten zum Beispiel sehr ähnliche Ballspiele. Eine der großen Fragen jedoch lautet, wie weit die spirituellen Kontakte reichten. Offenbar weiter als bislang gedacht.«

»Wie meinst du das?« Dodong kehrte mit dem Vermessungsgerät in der Hand zu ihnen zurück und betrachtete die Stele ebenfalls.

»Na ja, bekannt sind zumindest einige sprachliche Ähnlichkeiten.« Itzil sah zu den beiden Männern auf. »Der Ausdruck Hurrikan zum Beispiel. Die Taíno verehrten einen Sturmgott namens Guabancex. Er gebar Blitze und Wind, und gemeinsam mit ihnen erschuf er Juracan, von dessen Namen sich wiederum die heutige Bezeichnung des Hurrikans ableitet. Die Spanier haben den Ausdruck von den Taíno übernommen. Juracan wiederum ähnelt vom Klang her auffallend der Maya-Gottheit Huracan. Ebenfalls ein Sturmgott. Ob die Taíno ihn jedoch wirklich von den Maya übernommen haben oder umgekehrt, weiß man nicht. Bis jetzt. Denn das hier ist zumindest ein greifbarer Beweis dafür, dass beide Völker die gleichen heiligen Stätten aufgesucht haben.«

»Mann, es ist wirklich traurig, dass du nicht studieren konntest.« Alex betrachtete sie bewundernd. »Du *lebst* all das. Dein Vater wäre bestimmt ziemlich stolz auf dich.«

»Danke«, gab Itzil verlegen zurück, doch Alex winkte ab:

»Bleibt die Frage, warum wir so eine Entdeckung ausgerechnet hier machen. Wo befand sich das Siedlungsgebiet der Taíno noch gleich?«

»Das erstreckte sich über die Karibik.«

»Nach allem, was wir wissen, sind wir hier aber nicht in der Karibik, sondern viel weiter nördlich.«

»Was ja nicht das Einzige ist, das hier ganz und gar nicht passt«, mischte sich Dodong in das Gespräch ein. »Korrigiert mich bitte, aber war das Herrschaftsgebiet der Maya nicht auf das *mittel*amerikanische Festland beschränkt? Wieso finden wir auch von denen Spuren so weit nördlich?«

»Keine Ahnung. Aber wie du siehst, waren sie hier.« Itzil zuckte die Schultern und sah sich weiter um, während außerhalb der Höhle weiter der Regen niederging.

»Wozu diente der Pfeiler?«, wollte Alex wissen.

»Könnte eine Geschichtsstele sein«, sagte Itzil, war sich ihrer Sache aber nicht hundertprozentig sicher. »Man findet sie häufiger in den alten Metropolen der Maya. Die meisten von ihnen dienten vermutlich der Verherrlichung einzelner Herrscher. Auch hier könnten also geschichtliche Daten verewigt sein, etwa Inthronisierungen, Kriegszüge oder Todeszeitpunkte. Vielleicht auch astronomische Angaben. Es wird überhaupt angenommen, dass die Maya diese Stelen nach astronomischen Gesichtspunkten aufgestellt haben.«

»Na, die hier wohl nicht unbedingt. Wir stehen hier schließlich in einer Höhle. Aber es wäre gut zu wissen, *wen* beide Völker hier eigentlich verehrten, oder?«

Itzil beleuchtete die Spitze der Stele, die eine auffallend imposant dargestellte Göttergestalt mit ausgebreiteten Armen und Beinen und zum Boden gewandtem Gesicht zeigte, über der ein dicker Insektenleib mit seitlichen Flügeln aufragte. »Das da oben ist vermutlich Ah Mucen Cab in seiner Bienengestalt. Er ist auch als ›Herabstürzender Gott‹ bekannt.«

Alex trat näher an die Stele heran und beäugte die erhaben auf dem Pfeiler thronende Göttergestalt. »Okay, wenn er die

Hauptgottheit ist, die hier verehrt wurde, dann erklärt das zumindest schon mal das Honigopfer.«

Itzil ließ den Lichtstrahl an dem behauenen Pfeiler nach unten wandern und offenbarte weitere Götterabbildungen, die jedoch deutlich kleiner ausfielen. Sie seufzte. »Die Maya hatten viele Götter. Leider kenne ich bei Weitem nicht alle von ihnen. Bei den Gestalten weiter unten könnte es sich um Kalendergötter handeln, wobei sich mir nicht erschließt, was die hier zu suchen haben. Oh – sieh an!« Aufgeregt deutete sie auf eine Gestalt mit angezogenem Bein, liegendem Kopf und abgewinkelten Armen. »Diese Abbildung hier kenne ich. Das ist definitiv der Sturmgott Huracan. Und bei der da drunter«, sie beleuchtete die Figur eines Gottes mit Schlangenunterleib, »könnte es sich um K'awii handeln, der als feuriger Blitzgott gilt.«

»Ich muss schon sagen, du hast es drauf«, meinte Dodong, der ihr ebenfalls zugehört hatte. »Ich wünschte, ich wäre in der alten Mythologie meines Volkes so bewandert. Nur habe ich fast den Eindruck, diese Indianer würden sich über uns lustig machen wollen, angesichts der Vielzahl an Sturmgöttern, die sie hier verehrt haben.«

Alex blickte zu den Petroglyphen. »Und wie steht es um die Taíno?«

Itzil leuchtete die Höhlenwände ab. »Sie scheinen die Maya-Stele als Zentrum dieser Kulthöhle akzeptiert zu haben, denn diese dürfte deutlich älter sein als die Abbildungen an den Wänden. Wenn ich das richtig deute, haben die Taíno ihre eigenen Götterbilder alle streng um sie als Mittelpunkt herumgruppiert.«

Sie schritt die Felswände ab, deutete auf die Abbildungen, die sie zuordnen konnte, und wies dann auf das Abbild eines hockenden Männchens mit Hut: »Das hier stellt wohl Cemi Boinayel dar. Seine Tränen werden zu Regen, und als Regengott kontrolliert er auch die Erntezeit. Dieses Symbol hingegen«, sie wies auf eine Spirale, »verweist auf kosmische Energien. Und hier haben wir Piktogramme, die vermutlich Schamanen darstellen.« Sie deutete auf Gesichter, deren Köpfe Federn schmückten. »Ich schätze, sie haben bei den Riten dieses Ortes eine große Rolle gespielt. Der Frosch hier drüben hingegen repräsentiert Atabey, die Mutter aller Götter und große Erschafferin. Und der Sturmgott Guabancex darf offenbar auch nicht fehlen.« Sie blieb vor einem Gesicht mit großen Augen und ebensolchem Mund stehen, das von zwei schwungvoll gebogenen Armen eingefasst wurde.

»Passt immerhin zum Wetter, aber sei's drum.« Dodong grinste. »Für meinen Geschmack haben sie hier zwar ein paar Sturmgötter zu viel verehrt, aber das ist Sache der Archäologen. Mich interessiert eigentlich mehr, was das Militär hier zu suchen hatte. Oder wie es sein kann, dass hier offenbar Vermessungsarbeiten durchgeführt wurden, aber diese Insel auf keiner Karte verzeichnet zu sein scheint.«

»Vielleicht waren die Soldaten hier, um die Höhle archäologisch zu untersuchen?«, schlug Itzil vor. »Zumindest, wenn denen klar war, was sie hier für einen wertvollen Fund gemacht haben.«

»Ausgerechnet die Navy soll sich hier wissenschaftlich betätigt haben?« Alex wischte sich das Wasser aus dem Gesicht, das noch immer aus seinem Haar rann, und schüttelte skeptisch den Kopf. »Dafür müssten die Funde schon irgendeine militärische Relevanz gehabt haben. Aber Scott könnte mit seiner Theorie recht haben, dass mit den Kreuzen auf der Karte Orte gemeint sind, an denen das Militär irgendwie aktiv war. Vermutlich haben die Höhlen ihnen bloß als Unterschlupf gedient. Wir sollten die Karte aus der Kladde in jedem Fall noch einmal genauer studieren, wenn wir wieder zurück sind.«

»Freundet euch besser mit dem Gedanken an, dass wir das heute nicht mehr schaffen«, kam es vom Eingang, wo Jordan gerade mit dem gefüllten Kanister hereinkam. Er deutete nach draußen, von wo noch immer das Prasseln des Regens und das Rauschen des Wasserfalls an ihre Ohren drangen. »Bei dem Unwetter wäre es vollkommener Wahnsinn, durch den Dschungel zurückzumarschieren. Der dürfte jetzt überall ganz schön sumpfig sein.«

Itzil seufzte innerlich. »Wie lange, glaubt ihr denn, ist es noch bis Sonnenuntergang?«

Sie spähten zum Plateau vor dem Höhlenzugang.

»Drei oder vier Stunden«, mutmaßte Alex. »In jedem Fall hat Jordan recht. Die Nacht werden wir wohl hier verbringen müssen.«

Jordan nickte bestätigend, stapfte wieder hinaus und kam nun auch mit den gefüllten Flaschen zurück. »So erfrischend das eben auch war«, der Kanadier schüttelte sich, »hier drinnen wird mir langsam kalt.«

»War vielleicht auch nicht besonders clever, dich ungeschützt da rauszustellen«, merkte Dodong an. »Nicht dass du dich noch erkältest.«

So plötzlich wie der Regen eingesetzt hatte, verebbte er nun auch wieder. Zwar rumorte es am Himmel vor der Höhle noch eine Weile, schließlich war nur noch das Lärmen des Wasserfalls zu hören. Vor dem Höhleneingang wurde es sogar wieder etwas heller.

»Immerhin, es hat aufgehört. Wir sollten das Tageslicht dazu nutzen, um uns hier für die Nacht einzurichten.« Der Filipino durchsuchte die Strandtasche und förderte das verbliebene Kokosnuss-Fruchtfleisch zum Vorschein, das sie als Wegzehrung mitgenommen hatten. »Viel ist das nicht, aber wir haben auch noch die zweite Fleischbüchse.«

Alex drehte sich zu dem Schutthaufen im hinteren Teil der Höhle um, auf das immerzu Wasser aus dem Loch an der Höhlendecke plätscherte. »Okay, lasst uns das Holz dahinten in Sicherheit bringen, bevor es endgültig so nass ist, dass wir es kaum noch entzünden können.«

»Ist es das nicht jetzt schon?«, fragte Itzil skeptisch.

»Nicht wenn wir etwas von dem Benzin aus der Flasche als

Anzünder verwenden.« Jordan deutete auf den Molotowcocktail in seiner Tasche.

Itzil staunte, woher ihr rothaariger Gefährte all seine neu erwachte Energie nahm, doch er ging mit gutem Beispiel voran, um einige schwere Äste aus dem Geröll zu ziehen. Nachdem sie ihren Durst gestillt hatten, halfen sie ihm beim Brechen von Ästen und dem Einsammeln von Bruchholz, Zweigen und alten Blättern.

Itzil sah zu dem Felsloch gute sechs Meter über ihnen auf. »Dem Zustand des Grüns nach zu urteilen, kann es eigentlich noch nicht so lange her sein, dass die Decke heruntergekommen ist.«

Die Männer blickten ebenfalls nach oben, und Alex verzog das Gesicht: »Stimmt. Wir halten uns heute Nacht also lieber im vorderen Teil der Höhle auf, nur für den Fall, dass hier noch mehr herunterkommt.«

Sie stapelten unweit des Höhlenzugangs einen mächtigen Haufen Holz, von dem vieles noch immer viel zu dick und lang für ein Lagerfeuer war. Doch darum konnten sie sich später kümmern.

Sie und Jordan traten irgendwann wieder ins Freie.

Über ihnen am Himmel lachte längst wieder die Sonne samt ihrem eigentümlichen Halo, und ihre Strahlen wärmten sie auf angenehme Weise. Und erstmals hatte Itzil die Gelegenheit, von ihrem exponierten Standpunkt aus einen Blick auf den umliegenden Dschungel zu werfen. In der Ferne erkannte sie begrünte Bergkämme, die zur Küste hin sanft abfielen, sowie einige weitere Felsnadeln, die aus dem Blättergewirr hervorstachen. Das Meer hingegen sah sie nicht, da nun überall über den Baumkronen feuchte Dunstschwaden aufstiegen. Der Anblick erinnerte Itzil an die Nebelwälder Chiapas, in denen sie vor einigen Jahren gewesen war und sich bei einem ähnlich erhabenen Anblick inmitten der urwüchsigen Natur wie ein Teil eines Gleichgewichts aus Werden und Vergehen gefühlt hatte. Hier hingegen kam sie sich wie ein Fremdkörper vor.

Jordan zog einen langen Ast aus der Höhle, lehnte ihn gegen die Felswand und nutzte ihn als Wäscheleine. Sie und die anderen folgten seinem Beispiel.

Dann traten sie nahe an den schäumenden Wasserfall heran, der über ihnen mit großer Kraft herabdonnerte und dessen Fluten seitlich des Plateaus in den Dschungel abflossen. Dodong schleppte eines der alten Feldbetten aus der Höhle, und gemeinsam genossen sie den Ausblick auf die allmählich niedersinkende Sonne.

»Hier, den haben wir uns wohl ebenfalls verdient.« Alex, der mit freiem Oberkörper neben Itzil saß, kramte den Erdnussriegel hervor, den er gestern noch Courtney angeboten hatte, und teilte ihn mit Jordans Taschenmesser in vier gleichgroße Stücke. Itzil nahm ihren Anteil dankbar entgegen, kaute bedächtig und spürte allmählich, wie ihre Kräfte zurückkehrten.

Alex erhob sich mit knackenden Gliedern. »Ich sehe mal kurz nach unserer Kleidung.«

Kaum war er fort, als auch schon das Schnippen eines Feuerzeuges ertönte. Es knisterte, Jordan paffte, vor seinem Mund stieg Rauch auf, und es roch nach Marihuana. »Hier, die hat mir Fernando mitgegeben. Gewissermaßen unsere Siegeszigarette. Ist nur blöderweise feucht geworden.«

»Du rauchst wie ein Kind.« Dodong feixte und lehnte zugleich dankend ab.

»Na und? Ist wie früher in meiner Teenagerzeit.« Demonstrativ fächelte Jordan sich den aufsteigenden Rauch zu und atmete ihn ein. »Der gibt mir das Gefühl, als säße ich wie früher mit Freunden bei einem Festival, vor uns die Bühne, und gleich beginnt eine der Bands zu spielen.«

Itzil lächelte. »Versucht Fernando sich damit von dem nächsten Marsch hierher freizukaufen?«

»Gut möglich.« Jordan zwinkerte. »Nur hat er damit natürlich keine Chance.«

Er hielt nun ihr die Kippe hin, doch Itzil winkte ab.

»Dann eben nicht.« Jordan gönnte sich einen weiteren Zug, als der Joint plötzlich unter lautem Knistern erlosch.

»Kann eben nicht jeder«, grinste Itzil.

Die Männer lachten, und auch sie musste unwillkürlich grinsen.

Die Anwesenheit der Männer tat ihr gut.

»Ob wir hier vor diesen Kreaturen sicher sind?«

»Weiß nicht. Vielleicht verrammeln wir heute besser den Höhleneingang«, schlug Dodong vor.

»Vielleicht hätten wir diesem Hubschrauber doch einen Besuch abstatten sollen?« Itzil seufzte. »Wer weiß, was wir dort gefunden hätten.«

Jordan, der vergeblich versuchte, den Joint wieder zu entzünden, ruckte plötzlich hoch und sah sich um.

»Was ist?«, fragte Dodong besorgt.

»Ich, äh …« Jordan blinzelte. »Für einen kurzen Moment dachte ich, Stimmen gehört zu haben. Sorry. Ich bin wohl etwas durch.«

Sie blickten sich misstrauisch um, doch außer dem Lärmen des Wasserfalls war nichts zu hören.

Die Männer begannen weiter darüber zu diskutierten, ob sich der Versuch noch lohnen würde, zum Hubschrauber zurückzukehren, als Alex aufgeregt hinter sie trat. »Wer hat das Fernglas?«

Dodong reichte es ihm. »Wieso?«

»Seht ihr das denn nicht?« Aufgeregt hob der Deutsche den Feldstecher vor die Augen und fixierte einen Punkt im Dschungel auf jener Seite des Plateaus, an der das Wasser abfiel. »Dahinten ist Feuer!«

»Feuer?« Itzil blickte erstaunt zum Dschungel, und er reichte ihr das Fernglas: »Bitte, sieh selbst. Zwischen den beiden hohen Bäumen dort drüben.«

Irritiert spähte sie durch den Feldstecher und entdeckte nun ebenfalls eine schmale Rauchsäule, die inmitten der Dampfschwaden über den Baumkronen aufstieg.

»Meine Güte, du hast recht.« Ungläubig reichte sie den Feldstecher an Jordan weiter. »Und das trotz des Regens vorhin! Das muss ein Lagerfeuer sein.«

»Eben.« Alex verengte die Augen. »Und wo ein Lagerfeuer ist – da sind auch Menschen.«

Nicht allein

Alex kniff die Augen zusammen und peilte über den Daumen seines ausgestreckten Arms die hohen Bäume nahe der Rauchsäule an. »Wie weit mögen die beiden da hinten voneinander entfernt stehen?«

»Das sind Kapokbäume«, erklärte Itzil. »Die werden gern mal bis zu fünfzig Meter hoch.« Sie verzog nachdenklich ihr Gesicht. »Die dahinten schätze ich auf etwas kleiner, deshalb … siebzig bis achtzig Meter Abstand, vermute ich. Und wie soll uns das jetzt helfen?«

»Noch nie von einer Daumenpeilung gehört?«, antwortete zu Alex' Überraschung Jordan und tat es ihm zu Illustrationszwecken gleich. »Einfach das Ziel in der Ferne mit dem rechten Auge über den Daumen anpeilen, dann das linke Auge öffnen und schauen, wohin der Daumen springt.« Abwechselnd schloss er beide Augen. »Peilt mal den Baum links an, dann sehr ihr, dass der Daumen ungefähr zu dem rechten Baum springt. Jetzt die Entfernung zwischen den beiden Punkten abschätzen, mit zehn multiplizieren – und schon kennt man eine ungefähre Entfernung zu dem anvisierten Objekt.«

Alex nickte anerkennend und spann die Rechnung des Kanadiers weiter: »Wenn Itzil also recht hat, stehen die Bäume sieben- bis achthundert Meter entfernt – und mit ihnen die Feuerstelle. Schaffen wir das bis Sonnenuntergang hin und zurück?«

»Heute noch?« Itzil sah ihn unglücklich an.

»Wir können ja schlecht bis morgen warten. Dahinten ist schließlich jemand. Entweder ein Bewohner der Insel … oder ein weiterer Überlebender. Machen wir uns erst morgen auf den Weg, könnten wir ihn verlieren. Und was, wenn er oder sie nicht einmal ahnt, welche Gefahr hier auf der Insel lauert?«

Dodong betrachtete die Rauchsäule nachdenklich, während er sich leicht auf seinem Speer abstützte. »Die Entfernung wirkt machbar, aber nach dem Regenguss wird das kein Spaziergang. Vor allem müsst ihr eure Beine besser schützen.« Skeptisch musterte er Itzil und Jordan. »Ich würde mit Blutegeln rechnen.«

»Scheiße.« Jordan sah an sich herab, aber Itzil plagten offenbar andere Sorgen: »Aber wir würden es vor Sonnenuntergang zurückschaffen?«

»Könnte knapp werden, aber ich denke schon. Wenn wir keine Zeit mehr verlieren.«

»Und was, wenn nur zwei von uns gehen?«, schlug Alex vor, doch Jordan winkte ab. »Vergiss es. Das Team bleibt zusammen.«

Also streiften sie sich schweren Herzens die klamme Kleidung über, und Itzil und Jordan rüsteten sich mit der schimmeligen Camouflage-Kleidung aus dem Rucksack aus. Aus den Augenwinkeln sah Alex Itzils angeekelten Gesichtsausdruck, als diese ihre Beine mit den stinkenden Klumpen umwickelte, doch war das im Augenblick das Beste, was sie tun konnte. Er und Dodong nahmen Bajonett und Axt aus der Kiste an sich, dann ließen sie sich erneut vom Urwald verschlucken. Nur dass die Luft jetzt, nach dem Regen, deutlich schwüler und schweißtreibender war und der Untergrund stellenweise eine glatte Rutschbahn. Immer wieder kämpfte Alex darum, nicht zu stürzen.

Sie passierten abermals einen der rätselhaften schnurgeraden Dämme aus totem Pflanzenmaterial, als sie voraus ein Rauschen und Gurgeln hörten. Der gut zwei Meter breite, rasch dahinströmende Wasserlauf, den sie kurz darauf erreichten, schien von dem angeschwollenen Wasserfall auf dem Berg gespeist zu werden. Zu Alex' Verwunderung hatte sich das Wasser in der langen Zeit jedoch kein Bachbett gegraben, sondern rauschte über frische Farne hinweg, mitten durch die Bäume des Urwaldes hindurch.

Dodong balancierte ihnen voran über einen umgestürzten Baumstamm und weiter durch das feuchtwarme Unterholz, während er in regelmäßigen Abständen Bäume markierte, um ihnen den Rückweg zu erleichtern. Alex hingegen hielt nach geeigneten Bäumen Ausschau, die sich für eine Kletterpartie anboten, um so ihr Ziel erneut anzuvisieren. Doch ausnahmslos jeder der Pflanzenriesen um sie herum war so schlüpfrig, dass sich ein Aufstieg ohne Kletterhilfe verbot. Dafür entdeckte er schräg über ihnen eine Schlange, die sich kaum vor dem grünen Hintergrund abhob.

Die Sonne nahm allmählich eine rötliche Färbung an, und Alex befürchtete schon, dass sie sich verlaufen hatten, als sie einen leicht abfallenden Hang erreichten, von dem aus sie die beiden hohen Kapokbäume samt der Rauchfahne dazwischen ausmachen konnten. Alex schätzte die Entfernung jetzt auf sechzig bis siebzig Meter und spürte, wie seine Aufregung wuchs.

»Sollen wir uns irgendwie bemerkbar machen?«, fragte er in die Runde.

»Nicht, solange wir nicht wissen, mit wem wir es zu tun haben«, widersprach Itzil.

»Ja, wir sollten vorsichtig sein«, pflichtete Dodong der Mexikanerin bei. »Das hier ist zwar der Atlantik und nicht die Sulusee, aber theoretisch könnten das dahinten auch Schmuggler oder Piraten sein. Also versucht ab jetzt, leise zu sein.«

Dann peilte er eine neue Sichtachse zwischen den Bäumen an, und sie schlitterten den Hang hinunter und tauchten erneut in den Urwald ein. Alex schnupperte, und nach einer Weile nahm er zwischen den Bäumen einen leichten Rauchgeruch wahr. Jordan hielt sich mit Itzil auffällig zurück, während Dodong weiter vorn durch das Unterholz schlich, sich schließlich duckte und ihn heranwinkte.

Vorsichtig huschte Alex zu ihm und konnte nun zwischen den Bäumen eine Lichtung ausmachen. Sie war keine sieben oder acht Meter entfernt, und tatsächlich brannte dort ein stark qualmendes Lagerfeuer, das nur mit einem Brandbeschleuniger entzündet worden sein konnte. Unweit des Feuers war eine Regenplane zwischen den Bäumen aufgespannt, unter der ein Mann mit markantem Kinn und braun-grüner Trekkingkleidung auf einem Rucksack saß und an einem Gerät herumfummelte, das hin und wieder knackende Störgeräusche von sich gab. Alex kniff die Augen zusammen. Die Haut des Mannes war gebräunt, die hellbraunen Haare fielen ihm locker bis auf den Kragen der Trekkingjacke, und Alex schätzte ihn auf Anfang fünfzig.

»Probieren wir es einfach«, flüsterte Alex Dodong zu. »Du gibst mir Rückendeckung.« Dann zog er sich vorsichtig von ihrem Versteck zurück, entfernte sich einige Meter und trat offen vor. »Hallo!«

Der Unbekannte auf der Lichtung sprang erschrocken auf, nestelte an seinem Gürtel und hielt plötzlich eine Pistole in der Rechten. Alex, der mit dieser Reaktion nicht gerechnet hatte, hielt vorsichtshalber inne.

»Hey, alles gut. Ich komme in friedlicher Absicht.« Er ließ den Speer sinken und präsentierte seine freien Handflächen.

Der Mann fixierte ihn misstrauisch, dann wanderte sein Blick zu Alex' Kleidung, die sich längst in einem desolaten Zustand befand.

»Meine Güte, wo kommen Sie denn her?«, fragte ihn der Fremde ebenfalls auf Englisch. Alex vermutete, dass der Mann Südamerikaner war, denn sein Dialekt erinnerte ihn sofort an den eines Kommilitonen aus dem Studium. Brasilianer vielleicht.

»Ich bin Schiffbrüchiger.«

»Schiffbrüchiger? Ja, natürlich. Damit war ja eigentlich zu rechnen …« Der Mann ließ die Pistole langsam sinken. »Nun, dann sind wir schon zu zweit.«

Alex schritt auf die Lichtung und reichte dem Fremden demonstrativ die Hand. Dabei fielen ihm die auffallend grünen Augen des Fremden auf, die einen sehr regen und wachen Eindruck vermittelten.

»Alexander Kirchner. Für Freunde Alex. Ich stamme aus Deutschland.«

Zurückhaltend schlug der Fremde ein. »Ricardo. Aus Alcántara. Mit welchem Schiff waren Sie unterwegs?«

»Der *Sea Quest*«, antwortete Alex. »Ein Kreuzfahrtschiff, das vor … na ja, ich schätze vor zwei Tagen in einem Hurrikan havariert ist.«

»Ein komplettes Kreuzfahrtschiff?« Die Augen des Mannes verengten sich. »Und Sie sind der einzige Überlebende?«

»Nein, ehrlich gesagt nicht.« Alex deutete auf die Pistole, die sein Gegenüber noch immer in der Hand hielt. »Aber vielleicht könnten Sie die da erst einmal wegstecken, bevor ich die anderen herrufe?«

»Entschuldigen Sie mein Misstrauen, aber Ihr Erscheinen kam etwas überraschend.« Der Mann schob die Waffe in ihr Holster zurück, Alex gab den anderen ein Zeichen, und nach und nach betraten Dodong, Itzil und Jordan die Lichtung, deren ramponierter Aufzug im Vergleich zu der fast professionellen Ausrüstung des Brasilianers umso augenfälliger wurde. Auch sie stellten sich der Reihe nach vor, und auch sie begrüßte der Brasilianer reserviert. Jetzt erst schloss er die Waffentasche.

»Wie sind Sie auf diese Insel geraten?«, wollte Alex von ihm wissen.

Ricardo verzog sein Gesicht. »Vermutlich ähnlich wie Sie. Ich befand mich auf der *Partida*, meiner Jacht, als wir in den gleichen Sturm wie Sie gerieten. Meine Crew bestand ursprünglich aus sieben Mann. Allerdings haben, soweit ich weiß, nur zwei von uns überlebt. Mein Skipper Jamiro und ich.« Er warf einen unbehaglichen Blick in den Dschungel.

»Wo ist Ihr Skipper jetzt?«, fragte Itzil.

Ihr Gegenüber schwieg eine Weile. »Er ist verschwunden. Wir hatten gestern, kurz nach Sonnenuntergang, eine Lichtung mit einigen hohen Felsen erreicht, die wir als Nachtlager benutzen wollten, als Jamiro feststellte, dass er beim Holzhacken seine Schaufel im Wald vergessen hatte. Eigentlich nicht gefährlich. Der Platz war keine fünfzehn Meter von der Lichtung entfernt. Nur«, er beäugte sie misstrauisch, »ging dann plötzlich dieses ... Getöse los.«

Alex konnte sich nicht helfen, aber für einen kurzen Augenblick hatte er den Eindruck, als wiche die Contenance des Brasilianers bei der Erwähnung des Geschehens kurz einem tief sitzenden Schrecken.

»Ich selbst«, fuhr Ricardo rasch fort, »habe mich auf der Lichtung versteckt und abgewartet, bis der Spuk vorüber war. Doch Jamiro war und blieb verschwunden. Natürlich habe ich sofort beim ersten Tageslicht nach ihm gesucht, aber ... nichts.«

»Ja, die seltsamen Geräusche letzte Nacht waren nicht zu überhören.« Alex sah sich unbehaglich um. »Sie wissen nicht zufällig, was es damit auf sich hatte?«

Ausdruckslos sah ihn der Brasilianer an. »Etwas, was es wohl noch zu erforschen gilt.«

Itzil deutete zu den Bäumen. »Haben Sie auch die anderen Phänomene mitbekommen? Speziell diese Lichterscheinungen?«

Der Brasilianer sah sie ernst an und nickte.

»Seht Ihr?« Itzil wandte sich den anderen zu. »Ich habe mich gestern also nicht geirrt.«

»Hat auch niemand behauptet«, meinte Dodong.

»Sind Sie und Ihr Skipper vielleicht von etwas angegriffen worden?«, wollte Alex nun wissen.

»Angegriffen?« Erstaunen zeichnete im Blick des Brasilianers ab. »Wie kommen Sie darauf?«

»Weil wir auf dieser Insel nicht allein sind.« Alex berichtete ihm von dem Knochenfund, den seltsamen Tierlauten der letzten Nacht und ihren Vermutungen. Der Brasilianer betrachtete ihn aufmerksam, schüttelte jedoch am Ende seiner Ausführungen nachdenklich den Kopf: »Nein, soweit ich das beurteilen kann, waren wir allein«, erklärte er. »Aber das muss nichts heißen. Es könnte natürlich sein, dass Jamiro ... verschleppt wurde.« Angestrengt starrte er in die Flammen und schüttelte dann den Kopf. »Habe ich Sie eigentlich richtig verstanden, dass Sie vier nicht die einzigen Überlebenden sind?«

»Wir sind insgesamt zu zwölft«, murmelte Dodong, der interessiert das Gerät des Brasilianers vor dem Rucksack beäugte. Es war eckig, besaß Drehschalter und ein eigentümliches Rohr am oberen Ende, das links und rechts über die Kanten hinausragte. »Die anderen warten am Strand auf uns.«

»Sagen Sie schon: Wissen Sie, wo wir hier sind?«, platzte es aus Jordan heraus. »Wir wissen es nämlich nicht. Die Bahamas können es jedenfalls nicht sein.«

Ricardo fuhr sich durch sein halblanges Haar. »Nein. Auch mir ist das im Augenblick ein Rätsel. Aber ich habe vor, es zu lüften.«

Alex spürte eine leise Enttäuschung in sich aufsteigen.

»Sie sind erstaunlich gut ausgestattet«, stellte Dodong mit Blick auf Ricardos Ausrüstung fest.

»Mehr oder minder Zufall.« Der Brasilianer schürzte die Lippen. »Wir befanden uns auf einer Segeltour zu den Bahamas, als es uns erwischt hat. Sie wissen schon, das übliche Eventprogramm: Tauchgänge, Partys, Festival-Besuch. Unter anderem wollten wir an einer privaten Dschungeltour teilnehmen, für die wir uns bereits vorbereitet hatten. Als es bedrohlich wurde, habe ich mir einfach gegriffen, was ich unter Deck zu fassen bekam. Leider waren Jamiro und ich die Einzigen, die es in die Rettungsinsel geschafft haben.«

»Warum sind Sie nicht an der Küste geblieben?«, wollte der

Filipino wissen. »Dort ist die Aussicht auf Rettung doch deutlich höher.«

»Rettung?« Ricardo lächelte herablassend. »Na, wenn Sie meinen …« Er hob das eigentümliche Gerät am Boden auf. »Nein. Wir haben uns deswegen auf den Weg gemacht, weil wir uns hierfür einen erhöhten Standpunkt erhofft haben.«

»Das ist ein Peilsender, habe ich recht?«, fragte Jordan.

»Ein Peilempfänger«, korrigierte Ricardo. »Das Gerät arbeitet nicht mit GPS, sondern mittels Ferrit-Antenne. Ich erhoffe mir, damit meine Jacht aufzuspüren, denn auf der sollte eigentlich längst ein entsprechender Sender angesprungen sein. Theoretisch jedenfalls …«

»Ich denke, die ist untergegangen?«, wandte Itzil ein.

»Die *Partida* wurde zwar schwer mitgenommen, und wir wurden von Deck gespült, aber ich habe das Schiff so konstruiert, dass es eigentlich vollkommen unsinkbar ist. Wenn *wir* es also bis hierher geschafft haben, sollte auch meine Jacht irgendwo an der Küste angetrieben worden sein.«

»Sie haben das Schiff selbst konstruiert?«, fragte der rothaarige Kanadier erstaunt.

Ricardo lächelte. »Ja. Ich bin Ingenieur. Ich tue so etwas für gewöhnlich.«

»Warum der Peilsender?«, fragte Dodong misstrauisch.

Ricardo steckte das Gerät weg. »Als Absicherung gegen Schiffsentführungen. Die *Partida* ist eine Sonderanfertigung und damit recht wertvoll. Nur scheint der Sender noch nicht angesprungen zu sein. Oder die Jacht ist derzeit zu weit entfernt. Oder«, er sah sich aufmerksam um, »etwas anderes hier stört die Peilung …«

»Vielleicht ist Ihr Schiff ja doch gesunken?«, meinte Jordan.

Ricardo musterte ihn scharf, schwieg jedoch.

»Egal.« Alex sah besorgt zu den Kronen der Bäume auf, denn für seinen Geschmack hatten sie bereits zu viel Zeit verloren. Die Sonne stand bereits tief über dem Horizont, worauf die verdächtig langen Schatten der Bäume hindeuteten.

Außerdem war der Himmel in einen blutroten Schein getaucht. »Sobald Zeit dafür ist, helfen wir Ihnen bei der Suche. Es wäre fantastisch, mit eigenen Kräften von hier wegzukommen. Nur müssen wir uns jetzt erst einmal in Sicherheit bringen. Wir befinden uns hier wie auf dem Präsentierteller.« Er deutete in die Richtung, aus der sie gekommen waren. »Dahinten befindet sich ein Berg samt Höhle, die uns heute Nacht hoffentlich Schutz bietet. Der Ort wäre vermutlich auch ideal für Ihre Peilungsversuche. Nur hier können wir keinesfalls bleiben.«

Ricardo musterte ihn aufmerksam und nickte schließlich. »Gut. Helfen Sie mir?«

Sie bauten nach seinen Anweisungen Plane und Hängematte ab, und Alex entdeckte, dass in den Taschen des Rucksacks weitere Gerätschaften steckten.

Er und Dodong wechselten kurze Blicke, und Alex spürte das Misstrauen des Filipinos. Auch Itzil musterte den Brasilianer forschend, wann immer sie sich unbeobachtet wähnte.

»Eines sag ich euch«, ächzte Jordan im Hintergrund. »Beim nächsten Mal sucht ihr euch einen anderen Dummen für so eine Dschungelexpedition. Wenn wir zurück sind, machen wir uns erst einmal ein Feuer wie das hier.« Er deutete zu den rauchenden Flammen. »Und dann, Freunde, lege ich mich hin und schlafe. Tief und fest. Am besten für immer.«

Alex und Itzil grinsten.

Endlich brachen sie auf und folgten den Markierungen, die Dodong an den Baumstämmen hinterlassen hatte. Der Filipino setzte sich wieder an die Spitze, Alex und Itzil hielten sich in der Mitte, während Jordan und ihr Neuzugang den Abschluss bildeten. Und doch ergab es sich, dass sich Alex, Itzil und Dodong von den anderen beiden etwas absetzen konnten.

»Traut ihr dem Kerl?«, wollte Dodong leise wissen, während er sich seinen Weg durch das Unterholz bahnte.

»Ich finde die Sache mit dem Skipper eigenartig«, erklärte

Alex. »Hier, allein auf dieser Insel, hätte ich nach seinem Verschwinden dessen Sachen mitgenommen. Aber davon war nichts zu sehen.«

»Stimmt, fällt mir jetzt erst auf.« Ungehalten schlug der Filipino einige Farne beiseite. »Mich stört seine fast schon perfekte Ausrüstung. Gott, der Kerl ist angeblich schiffbrüchig wie wir – und das, obwohl seine tolle Jacht angeblich unsinkbar ist. Er hat sogar eine Knarre dabei. Kommt euch das nicht komisch vor?«

»Ich kenne ihn irgendwoher«, meinte Itzil zögernd.

»Was?« Alex sah sie überrascht an.

»Ja, ich kann mir Gesichter gut merken«, gab sie nachdenklich zurück. »Nur komme ich nicht darauf, woher. Aber ich bin mir sicher, dass ich Ricardo irgendwo schon mal gesehen habe. Auf der *Sea Quest* kann das nicht gewesen sein. Zumindest, wenn seine Geschichte stimmt. Ob er ein Schauspieler ist? Oder ein Politiker. Würde auch zu der Geschichte mit der Jacht passen.«

Dodong schnaubte abfällig. »Wir wissen nicht einmal, ob irgendetwas daran überhaupt wahr ist.«

»Zumindest ist er wohlhabend.« Itzil spähte kurz zurück. »Jedes Stück seiner Ausrüstung ist erstklassig. Sogar seine Fingernägel machen einen gepflegten Eindruck. Habt ihr seine Armbanduhr gesehen?«

Alex und Dodong sahen einander ratlos an und schüttelten den Kopf.

»Das ist eine Patek Philippe. Ich glaube sogar in Platinausführung. Die kriegt ihr nicht unter einigen Tausend Dollar.«

Alex seufzte. »Egal, stellen wir das hintenan, solange er sich einfügt. Da wir nicht wissen, was hier auf der Insel auf uns lauert, ist es mir sogar ganz lieb, dass er eine Waffe besitzt. Mal davon abgesehen, dass ich allmählich befürchte, dass wir es doch nicht mehr rechtzeitig zurückschaffe.«

»Dann Beeilung!« Dodong kommandierte nach hinten, zusammenzubleiben und einen Schritt zuzulegen. Kurz darauf erreichten sie den Hang, der schwieriger zu erklimmen war als gedacht. Danach ging es weiter durch den Dschungel, wo ihnen die nächste unliebsame Überraschung bevorstand. Denn sosehr sie sich auch beeilten, die hohen Bäume ringsum verschluckten zunehmend das restliche Sonnenlicht.

Beständig ging es bergauf, und Alex glaubte zwar einmal, den Berg mit dem Wasserfall vage voraus zwischen den Baumkronen ausmachen zu können, doch dann stieg zunehmend der Abendnebel über dem feuchten Dschungel auf, hüllte die Bäume ringsum in graue Schleier, und die Sichtverhältnisse wurden minütlich schlechter. Dodong musste die Taschenlampe aus der Höhle anknipsen und zweimal die komplette Truppe innehalten lassen, um mit Alex' Hilfe die nächste Baummarkierung zu finden. Dann erst bequemte sich Ricardo dazu, einen Lampentausch vorzuschlagen und eine deutlich stärkere Halogentaschenlampe nach vorn zu reichen. Weiter ging es, bis sie voraus zwischen den Bäumen wieder das Rauschen und Gurgeln des Wasserlaufs vernahmen.

Erleichtert atmete Alex ein, denn jetzt konnten sie ihr Ziel eigentlich kaum noch verfehlen. Dodong passierte das sprudelnd nasse Hindernis wieder mittels des umgestürzten Baumstamms, während Alex besorgt nach Itzil Ausschau hielt, deren Konturen sich dicht hinter ihm aus dem Nebel schälten. Er half ihr über den Wildbach hinweg, während hinten, im Lichtschein der alten Taschenlampe, die Silhouetten Ricardos und Jordans zu erahnen waren. Die beiden balancierten nun ebenfalls über den quer liegenden Baumstamm – als unvermittelt ein unheimliches Dröhnen die Insel erfüllte. Im gleichen Augenblick brandete überall im Dschungel ein Kreischen, Keckern, Summen und Schwirren auf, als erwache die komplette Tierwelt der Insel zeitgleich aus einem Dämmerschlaf.

Erschrocken blickte Alex Richtung Inselmitte, wo sein Gehör den Ursprung des furchterregenden Geräusches verortete, doch angesichts der Dunkelheit, der vielen Bäume und des dichten Nebels konnte er nichts erkennen. Der durchdringende Laut erinnerte an ein Nebelhorn, und so wie letzte Nacht ging der Lärm jäh in ein stampfendes Wummern über, das sogar körperlich zu spüren war.

Auch Ricardo und Jordan blieben erschrocken stehen – als der Kanadier auf dem Baumstamm ausglitt und mit einem Aufschrei ins Wasser stürzte.

»Jordan!« Alex wollte schon zurückeilen, als ihn der Brasilianer zornig anschrie. »Laufen Sie, verdammt. Laufen Sie, wenn Ihnen Ihr Leben lieb ist!«

Alex sah noch, wie Ricardo Jordan aus dem Wasser half und mit sich ans Ufer schleifte, als in der Ferne ein zunächst leises, aber beständig anschwellendes Prasseln, Knacken und Bersten einsetzte, so als würde eine monströse Planierraupe durch den Dschungel auf sie zupflügen. Jäh spürte Alex eine Angst in sich aufsteigen, die aus dem tiefsten Inneren seines Seins zu kommen schien.

Itzil packte ihn am Arm, zerrte ihn panisch mit sich, und gemeinsam hetzten sie dem Lichtschein der auf und ab tanzenden Taschenlampe vor sich hinterher. Zweimal stolperten sie über Wurzeln, rappelten sich panisch wieder auf, schlugen Äste, Farne und Zweige beiseite, nur um unvermittelt in den seltsamen schnurgeraden Damm aus totem Pflanzenmaterial zu fallen, der ihren Weg vorhin schon versperrt hatte. Alex sah hinter sich im Nebel den tanzenden Schein der Lampe, dann rannten sie weiter, nahmen in Kauf, dass Dornenranken über ihre Haut schrammten und ihnen Äste ins Gesicht schlugen.

Endlich holten sie Dodong ein, der unruhig auf einer der Basaltplatten auf sie wartete, die sich treppengleich zum Felsenberg hinaufschlängelten.

»Weiter!«, rief er ihnen zu und sprintete im Licht der Lampe zwischen den Bäumen hinauf, die längst von einem grell flackernden Himmelslicht aus der Dunkelheit gerissen wurden. Gleichzeitig war die Umgebung von einem ohrenbetäubenden Prasseln, Knistern und Knacken erfüllt. Alex sah sich keuchend um, konnte jedoch den Ursprung all des seltsamen Geschehens nicht zuordnen. Doch er und Itzil wagten es nicht, innezuhalten. Sie rannten weiter hinter Dodong her und erreichten das Plateau mit letzter Kraft.

Noch immer war der Dschungel unter und hinter ihnen ein Crescendo aus Bersten und Knistern, und von ihrem erhöhten Standpunkt aus sahen sie über der Stelle, von der sie gekommen waren, im dichten Nebel einen bizarr flackernden Lichtschein tanzen. Er füllte den milchigen Dunst auf ganzer Breite aus und reckte sich wie eine unentwegt züngelnde titanische Lichtsäule bis hoch in den Himmel.

Alex ächzte, denn das Leuchten erstreckte sich sicher über ein Gebiet von fast einer Meile im Durchmesser und erinnerte ihn inmitten der Nebelschleier an das emporbrandende Licht eines gewaltigen Stroboskopstrahlers.

Schwer atmend starrten er, Itzil und Dodong die monströse Lichterscheinung an, und als Alex sich endlich von dem Anblick lösen konnte, erkannte er, dass das Phänomen auch auf der anderen Seite des Plateaus zu sehen war und … offensichtlich überall auf der Insel. Wohin sein fassungsloser Blick auch glitt, schraubten sich im Nebel gewaltige flackernde Lichttürme bis zum Himmel hinauf, begleitet von jenem ohrenbetäubenden Prasseln, Knistern und Knacken, als verginge die ganze Welt um sie her in hell lodernden Flammen. Angestrengt starrte Alex in die Dunkelheit, doch der dichte Nebel verhinderte, dass er Genaueres erkennen konnte. Hoch am Himmel, jenseits der Nebelgrenze und beleuchtet von den monströsen, flackernden Himmelssäulen, zeichneten sich hingegen seltsame geometrische Muster am Abendhimmel ab: Quadrate, Rhomben, Sechsecke. Wie Rauch, der Gestalt annahm.

Alex kämpfte seine Furcht nieder, nahm Dodong das Fernglas ab, blickte hindurch – und erstarrte. Was sich da oben zu diesen seltsamen Mustern formiert hatte, waren Insekten.

Schwärme von Insekten.

Fassungslos ließ er den Feldstecher sinken, als von der Basalttreppe Stiefelschritte nahten und Ricardo auf das Plateau stolperte. Der Brasilianer keuchte angestrengt und hielt sich die linke Seite, schien jedoch nicht verletzt zu sein, sodass Alex, der zunächst alarmiert gewesen war, auf Seitenstiche tippte.

Fast im gleichen Moment endete der Spuk um sie herum.

Als habe jemand einen Lichtschalter auf der Insel umgelegt, fielen die flackernden Himmelssäulen in sich zusammen, und es wurde still. Was blieb, waren schrille Vogellaute, die sich nur allmählich beruhigten, der Wind, der über die Felsen säuselte, und das Plätschern des Wasserfalls hinter ihnen, der jedoch auch spürbar an Kraft zu verlieren schien. Ganz so, als wären alle Zuflüsse von einem Moment zum anderen versiegt. Selbst der Nebel über dem Dschungel lichtete sich auffallend rasch und gab hinter engen Wolkenbänken den Blick auf den Mond frei, der, wie auch gestern schon, von eigenartigen Lichtreflexen umgeben war.

Alex blinzelte ungläubig, nahm den Dschungel wieder mittels des Feldstechers in Augenschein und entdeckte monströse Lücken in den Dunstschwaden über den Baumkronen, in die der übrige Nebel auf der Insel wie wallende Gischt sickerte und sich dabei allmählich auflöste. Exakt an jenen Orten, an denen vorhin noch die titanischen Lichtsäulen zum Himmel aufgestiegen waren. Ungläubig schüttelte Alex den Kopf, denn das Ganze spielte sich auch auf der anderen Seite des Plateaus ab.

»Wo ist Jordan?« Itzil lief hinüber zu Ricardo.

»Ich weiß es nicht«, stöhnte er. »Müsste irgendwo hinter mir sein.«

»Was heißt hier ›irgendwo‹?«, blaffte ihn der Filipino an. Dodong rannte zu den Basaltstufen, leuchtete in die Dunkelheit und rief nach Jordan.

Doch ihr rothaariger Gefährte tauchte nicht auf.

»Verdammt. Wir passen aufeinander auf!«, herrschte Dodong den Brasilianer an. »Was machen wir jetzt?«

Auch Alex warf Ricardo einen ungnädigen Blick zu. »Wir müssen ihn suchen. Ich wette, ihn hat am Ende die Kraft verlassen.«

»Tun Sie das nicht!« Beschwörend sah Ricardo sie an. »Haben Sie nicht gesehen, was gerade um uns herum vorgefallen ist? Genau so hat es gestern meinen Skipper erwischt.«

»Zum Teufel. Sie hätten Jordan im Auge behalten müssen«, fuhr ihn Itzil an.

»Ach ja?« Der Brasilianer richtete sich wütend auf. »Wo waren *Sie* denn? Ich sage es Ihnen: Sie sind gerannt wie eine Grasmaus! Nichts anderes habe ich auch getan.«

»Ricardo *hat* Jordan im Auge behalten«, ging Alex dazwischen. Er wusste noch nicht, ob er den Brasilianer mochte, aber ihm schien der Vorwurf ungerecht. »Er hat Jordan über den Bach gezogen – und zwar, *nachdem* diese Sache losging. Außerdem hat er recht. Wir wussten, dass Jordan der langsamste von uns ist. Und doch haben wir uns nur um uns selbst gekümmert.« Betreten senkte Alex den Kopf, und auch die anderen schwiegen einen Moment, bis Dodong sie aus ihren Gedanken riss: »Also, suchen wir ihn jetzt?«

»Warten Sie damit lieber bis morgen früh«, beschwor sie Ricardo, doch Dodong tat den Einwand wütend ab: »Sie frage ich nicht.« Er wandte sich stattdessen Itzil und ihm zu. Alex war sich sicher, auch für Itzil zu sprechen: »Ja, das müssen wir. Ihr kennt Jordan. Wir können nicht riskieren, dass …«

»Leute!«, unterbrach ihn Itzil aufgeregt. »Seht doch!«

Sie folgten ihrem Blick hinunter zum Dschungel und konnten dank des Mondlichts ebenfalls sehen, wie sich die Baumkronen an drei Stellen bewegten. Nein, sogar an vier Stellen. Irgendetwas jagte dort im Schutz der Blätter auf den Berg zu. Unvermittelt waren nun auch leise, aber beständig näher kommende Geräusche zu hören: ein aggressives Fiepen, Zirpen und Gurren.

Entsetzt sahen sie einander an.

»Sie kommen«, flüsterte Itzil rau. »Diese Biester von letzter Nacht. Sie kommen!«

Die Visionsschlange

»Los, rein in die Höhle!«

Trotz der Schmerzen in seinen Beinen hastete Alex auf den Spalt in der Felswand zu, und die anderen folgten ihm. Ausgerechnet jetzt begann die alte Taschenlampe in Ricardos Händen zu flackern. Doch zum Glück spendete die Halogenleuchte, die er Dodong gegeben hatte, genug Licht, sodass der Brasilianer erstaunt stehen blieb, als sie schließlich in der großen Höhle standen und er erstmals den beeindruckenden Maya-Pfeiler samt den indianischen Felsritzungen an den Wänden erblickte.

»Los, helfen Sie uns, den Eingang dicht zu machen«, fauchte ihn der Filipino gereizt an. »Sightseeing ist später.«

Zum Glück hatten sie bereits am Nachmittag genug dicke Äste und Zweige zum Eingangsbereich der Höhle geschafft, sodass sie mit ihnen und der alten Transportkiste rasch eine provisorische Wehr errichten konnten. Sie verstärkten die Barrikade, indem sie die beiden Feldbetten hochkant dagegenlehnten und diese mit weiteren Hölzern und Felsen aus dem hinteren Höhlenteil sicherten. Zuletzt warfen sie einen schweren Ast mit vielen Zweigen und Blättern gegen das Bollwerk.

Dodong lehnte die Halogenlampe so gegen eine der Felswände, dass ihr Schein die Höhle bestmöglich ausleuchtete. Dann packten sie ihre improvisierten Speere und bauten sich mit ihnen abwehrbereit hinter der Barrikade auf, während Ricardo seine Pistole aus dem Halfter nahm und entsicherte.

Eine Weile lang waren nur ihre Atemlaute zu hören, bis schließlich auch vor dem Zugang zur Höhle das beängstigende Schnattern und Zirpen einsetzte – untermalt von kratzenden Schabelauten, als schrammten Krallen über Felsen. Von einem Moment zum anderen brachen im Eingang Zweige, und etwas Schweres warf sich von außen gegen die improvisierte Absperrung. Die Kiste verschob sich mit einem hässlichen Geräusch, die Äste erzitterten, und etwas hämmerte gegen die Bespannung eines der Feldbetten. Dodong sprang mit einem Aufschrei vor und stach gezielt mit seinem Speer durch eine der Lücken.

Ein schrilles, schmerzerfülltes Fiepen folgte, und als er den Speer wieder zurückriss, war die Spitze mit dunklem Blut getränkt. Die Folge war ein aufgebrachtes Schnattern, das derart durchdringend von den Höhlenwänden widerhallte, dass es ihnen in den Ohren gellte. Doch was auch immer versucht hatte, sich Einlass zu verschaffen – bereits im nächsten Augenblick war es wieder fort.

Eine lähmende Stille legte sich über die Geräusche der Nacht.

»Sind sie fort?«, wisperte Itzil irgendwann.

Alex konnte sehen, dass der improvisierte Speer in ihrer Hand zitterte. Nur Dodong stand noch immer kampfbereit da, als erwarte er jeden Augenblick den nächsten Angriff.

»Was zum Teufel sind das für Kreaturen?«, keuchte Ricardo entgeistert.

Der Brasilianer hatte sich so aufgebaut, dass er einen möglichen Durchbruch der Tiere mit seiner Waffe abwehren konnte, und der entgeisterte Ausdruck in seinen Augen verriet, dass er ihnen erst jetzt wirklich glaubte. »Das können doch unmöglich Raubkatzen sein!«

»Das hat ja auch niemand von uns behauptet«, gab Alex zurück, ließ seinen Speer sinken und trat an die Strandtasche heran, die noch immer nahe dem Eingang stand. Dann kramte er eine der Wasserflaschen hervor, stillte seinen brennenden Durst und reichte die Flasche an Itzil, Dodong und Ricardo weiter.

»Hast du etwas sehen können?«, fragte er den Filipino.

Dodong schüttelte grimmig den Kopf und untersuchte dann die Speerspitze.

»Nur einen Schemen.« Seine Finger glänzten rot. »Aber was das auch immer war, es war mindestens so groß wie ein Mensch. Nur flinker.«

Alex ging in seinem Kopf noch einmal die Liste an Raubtieren dieses Weltenteils durch, die er kannte. Aber wenn der seltsam nach innen abgewinkelte Hinterlauf samt Krallen vom Strand tatsächlich von einem dieser Wesen stammte, gab es da schlicht nichts, was passte. Er legte den Speer beiseite, kramte das restliche Fruchtfleisch der Kokosnüsse aus der Tasche und stellte die alte Bierflasche beiseite, die Jordan zu einem Molotowcocktail präpariert hatte. Der Kanadier hatte sogar sein Feuerzeug zurückgelassen.

Alex lächelte traurig.

Aber noch hatte er ihren Gefährten nicht aufgegeben. Mit etwas Glück hatte sich Jordan bloß verlaufen und musste die Nacht irgendwo draußen im Dschungel verbringen. Wenn ihn diese Biester nicht aufspürten. Wütend öffnete Alex die verbliebene Fleischbüchse, die der Kanadier ebenfalls in der Tasche verstaut hatte.

»Was wird das?«, fragte Itzil leise.

»Essen«, antwortete er kurz angebunden. »Ich sterbe inzwischen vor Hunger. Und ich wette, nach all den Anstrengungen heute geht es euch ebenso. Was auch immer da draußen auf uns lauert, wir werden diese Viecher nicht mit leeren Bäuchen abwehren können.«

Er stellte vier Portionen zusammen und verteilte sie. Ricardo musterte den eigentümlichen Nahrungsmix, verschlang seinen Anteil aber ebenso wie die anderen.

»Morgen werde ich mich mit einem Frühstück revanchieren«, versprach er. »Ist zwar nicht mehr viel, aber …«

»Warten Sie mal. Sehen Sie das?« Alex unterbrach ihn, da die leere Wasserflasche, die er nachlässig auf den Boden gelegt hatten, an der Maya-Stele vorbei langsam in den rückwärtigen Teil der Höhle rollte.

Ricardo folgte der Flasche mit seinen Blicken, verstand sofort, was er meinte, und hob interessiert eine Augenbraue. Beide gingen sie der Flasche nach, bis diese gegen die hintere Felswand stieß. Dort erst sammelten sie diese auf und betrachteten dann verwundert den Felsboden.

»Der Untergrund wirkt eigentlich recht eben«, murmelte der Brasilianer.

»Das ist es ja, was eigenartig ist.«

Ricardo löste sich von ihm, marschierte zu seinem Rucksack und kramte zu Alex' Verblüffung eine kleine Wasserwaage hervor, die er nun an mehreren Stellen auf dem Höhlenboden anlegte.

»Sie schleppen eine *Wasserwaage* mit sich herum?«, fragte Alex ihn irritiert, und auch Dodong und Itzil sahen jetzt interessiert zu ihnen herüber.

»Ich sagte doch, dass ich Ingenieur bin«, antwortete Ricardo, ohne von seinem Tun abzulassen. Verblüfft blickte er hinter sich. »Der Höhlenboden verfügt in Wahrheit sogar über eine gewisse Neigung in Richtung Eingang.«

Er legte die Flasche wieder auf den Boden, und abermals rollte sie allmählich in Richtung hinterer Felswand.

Alex sah ihr irritiert dabei zu. »In diesem Fall würde die Flasche ja sogar bergauf rollen.«

»Richtig.« Ricardo erhob sich und sammelte sie wieder auf. In seinen grünen Augen blitzte der Forschereifer. »Das ist in höchstem Maße interessant. Es deutet auf eine Gravitations- oder Magnetanomalie hin!«

»So etwas gibt es?«, fragte Itzil.

»Ja, wenngleich solche Phänomene selten sind.« Ricardo sah sich aufgewühlt um, und fast schien es Alex, als würde der Architekt sich über die Entdeckung freuen.

»So einen Ort gibt es auch auf den Philippinen«, merkte Dodong an, der noch immer wachsam den Höhleneingang im

Auge behielt. »Eine Straße in der Nähe von Los Baños. Die gilt als Touristenattraktion. Da rollen Autos angeblich im Leerlauf bergan.«

»Da sehen Sie es.« Ricardo lächelte sonderbar. Alex hingegen dachte unwillkürlich wieder an das Erlebnis mit dem Besteck im Bordrestaurant der *Sea Quest* zurück. Kurz bevor die Monsterwelle das Schiff überrollt hatte. Aber das war weit draußen auf der See gewesen. Andererseits hatte bereits Oliver Scott gemutmaßt, dass hier auf der Insel etwas mit dem Magnetfeld nicht stimmte. Hing beides vielleicht miteinander zusammen?

»Du erinnerst dich an unser Erlebnis auf der *Sea Quest?*«, sprach er Itzil an.

»Die Sache mit dem Besteck? Oh ja.«

Alex berichtete nun auch Dodong und Ricardo von dem seltsamen Geschehen auf dem Kreuzfahrtschiff und den Schlussfolgerungen des Amerikaners.

Ricardo lauschte ihm interessiert, ließ sich jedoch nicht anmerken, was er von der Sache hielt. Stattdessen legte er erneut die Flasche auf den Boden, die sogleich wieder in Richtung hinterer Höhlenwand zu rollen begann – als sie ein grässlicher fiepender Laut herumfahren ließ.

Ehe auch nur einer von ihnen reagieren konnte, warf sich außerhalb der Höhle erneut ein schwerer Körper gegen die Barrikade, die unter dem gewaltsamen Ansturm erzitterte. Äste und Zweige fetzen beiseite und verschoben sich, und unter gellenden Zirplauten schlitzte eine scharfe Kralle die Bespannung einer der Feldbetten auf. Im gleichen Moment kippte die Halogenlampe um und kollerte ebenfalls zum Höhlenende. Jähe Düsternis umfing sie. Ein zweiter Körper krachte gegen die Sperre, und etwas versuchte, sich unter schrecklichem Geschnatter an der Felswand vorbei ins Höhleninnere zu zwängen.

Dodong sprang mit einem Schrei vor und stach auf den Schatten ein – nur dass ihm diesmal etwas den improvisierten

Speer entriss und zornig nach draußen zerrte. Itzil wollte dem Filipino gerade zu Hilfe kommen – als Ricardos Stimme durch die Höhle peitschte: »Weg da!«

Wütend trat der Brasilianer vor, hob die Waffe und feuerte drei Schüsse auf die Angreifer hinter dem Wall ab, wobei es ihm egal zu sein schien, ob er sah, worauf er schoss. Ein schmerzerfülltes Fiepen schrillte ihnen entgegen, einige der Äste bewegten sich – und die Kreaturen zogen sich zurück.

Alex, der längst seinen eigenen Speer gepackt hielt, sah dem Kampfgeschehen am Höhlenzugang schockiert zu, als er nun hinter sich Geräusche zu hören glaubte.

Nein, nicht hinter sich.

Schräg *über* sich!

Erschrocken wirbelte er herum und bereute sogleich, die verdammte Taschenlampe nicht aufgehoben zu haben. Diese war inzwischen bis ganz nach hinten an die Felswand gerollt, und der schale Lichtschein, den sie dort verbreitete, hüllte die Höhle gerade noch in ein besseres Zwielicht. Trotzdem glaubte er, jenseits der hohen Maya-Stele, fünf oder sechs Meter über ihren Köpfen beim Durchbruch an der Höhlendecke, eine lauernde Bewegung auszumachen.

»Passt auf«, brüllte Alex, »sie kommen von oben!«

Ein gereiztes Zirpen schallte in die Tiefe. Ohne weiter darüber nachzudenken, entzündete Alex mit Jordans Feuerzeug den Molotowcocktail und warf die Flasche in einem weiten Bogen auf den Haufen aus Schutt und Ästen unterhalb des Deckendurchbruchs. Sie zerschellte, und mit einem puffenden Laut stob ein greller Feuerball empor, der den kompletten Schuttberg schlagartig in Brand setzte. Es wurde so hell, dass Alex sich kurz die Hand vor die Augen halten musste.

Dennoch glaubte er, am Deckeneinbruch die Konturen eines halb kopfüber hängenden Wesens auszumachen. Er stürmte los, doch angesichts der heißen Glut zog sich das Biest wieder in die Finsternis zurück.

Alex erreichte den lichterloh brennenden Schutthügel und

stierte nach oben. Doch alles, was er im Deckendurchbruch erkennen konnte, war ein flinker Schatten, der sich soeben wieder zur Gänze ins Freie zog. Dann war das Wesen verschwunden.

Itzil und Dodong tauchten jetzt neben ihm auf, die Mexikanerin mit ihrem Speer, und der Filipino mit der gefundenen Axt in Händen.

»Mein Gott!«, keuchte Itzil. »Diese Viecher sind heimtückischer, als ich dachte.«

»Oder intelligenter«, ergänzte Alex. »Sie haben offenbar bloß darauf gewartet, dass wir in unserer Wachsamkeit nachlassen.«

»Hast du irgendwas erkennen können?«, wollte Dodong wissen. Alex bemerkte, dass der Asiate trotz des Feuerscheins auffallend bleich wirkte.

»Nein. Nur, dass sie verdammt gut klettern können.«

»Okay, dann sage ich dir, was ich gesehen habe«, ächzte der Filipino. »Sie besitzen *große* schwarze Augen! Und ich meine: *wirklich* große schwarze Augen. Kurz bevor mir die Waffe entrissen wurde, hat mich eines dieser Wesen durch den Riss in der Bespannung angeglotzt. Ich sage euch, ich habe einen solchen Blick noch nie zuvor gesehen. Darin lag nichts als Bosheit!«

»Was auch immer uns da gerade attackiert hat – mindestens eines dieser Biester dürfte ich voll erwischt haben.« Auch Ricardo trat jetzt ans Feuer und lud routiniert das Magazin seiner Waffe nach. »Ein zweites habe ich mindestens angeschossen.« Der Architekt hatte seine Taschenlampe wieder an sich genommen und leuchtete mit ihr das Loch in der Decke der Höhle an. »Ich hoffe, sie krepieren, damit wir herausfinden, womit wir es zu tun haben.«

Alex atmete tief ein, während das Feuer vor ihnen prasselte und die Funkenglut hoch zu dem Loch an der Höhlendecke aufstieg. Zum Glück sammelte sich über ihnen überraschend wenig Rauch; vielmehr schien der Durchbruch wie ein Schlot zu wirken. Ein großes Glück, dachte Alex, denn sonst hätten sie es hier unten vermutlich nicht lange ausgehalten.

»Seht euch das an!«, rief Itzil plötzlich. Sie bat Ricardo erneut um dessen Taschenlampe und beleuchtete damit die Höhlendecke unmittelbar über der imposanten Stele. In dem Licht zeichnete sich eine weitere übergroße Figur ab, die sie am Nachmittag übersehen hatten: eine aufrecht gehende Schlange mit menschlichen Händen und Gesichtszügen. Ihrer Machart nach war sie eindeutig das Werk der Maya und nicht der Taíno.

»Eine Visionsschlange!«, flüsterte Itzil ehrfürchtig.

»Schön und gut«, murrte der Brasilianer. » Aber diese Indianerkunst können wir uns auch morgen noch ansehen. Wie gehen wir jetzt vor?«

»Wenn Sie wirklich zwei dieser Viecher erwischt haben«, sagte Dodong, »lecken die sich jetzt hoffentlich ihre Wunden und überlegen es sich zweimal, ob sie uns noch einmal angreifen. Jedenfalls hoffe ich das, denn das Feuer hier dürfte in spätestens zwei Stunden runtergebrannt sein. Sollten sie es dann noch einmal probieren, könnte das problematisch werden.«

»Nicht, wenn wir aufpassen«, meinte Alex. »Ich schlage vor, dass wir die Barrikade am Eingang neu abstützten und dann Wachen einteilen.«

Da keine Einwände kamen, machte sich Alex mit den anderen an die Arbeit. Itzil signalisierte, dass sie gemeinsam mit ihm Wache halten wollte, und so schloss sich Dodong Ricardo an.

Zu ihrer aller Erstaunen stellte sich heraus, dass der Brasilianer sogar einen Wecker bei sich trug, der ihnen zwei präzise Vierstundenschichten ermöglichte.

Alex und Itzil übernahmen die erste Wache, setzten sich nah ans Feuer und genossen die Wärme, die ihre Kleidung endgültig trocknete. Währenddessen sahen sie mit an, wie ihre Begleiter sich unruhig in den Schlaf wälzten. Alex wusste, dass er angesichts all der gespenstischen Vorfälle auf der Insel ebenfalls Probleme gehabt hätte, einzuschlafen. Was, zum Teufel, ging auf diesem Eiland vor sich? So sehr er sich auch über die zurückliegenden Geschehnisse den Kopf zerbrach, fand er doch für nahezu nichts davon eine auch nur halbwegs schlüssige Erklärung.

Erst als die Flammen in der Höhle bereits deutlich zusammengesunken waren, ertönten von Dodongs und Ricardos Schlafstelle leise Schnarchlaute. Draußen blieb es ruhig, und die Strapazen des Tages forderten allmählich auch von ihm ihren Tribut. Um nicht ebenfalls einzunicken, stand er auf, ging ein paar Schritte hin und her und setzte sich dann neben Itzil. Sie versuchte, sich wach zu halten, indem sie mit einem Stock im Feuer herumstocherte.

»Sag schon«, er deutete zu der Abbildung an der Höhlendecke. »Was hat es mit dieser Visionsschlange da oben auf sich?«

»Willst du mich wach halten?«

»Ja.« Er zwinkerte. »Außerdem mag ich Geschichten. Mindestens ebenso wie Geschichte. Und die alten südamerikanischen Kulturen fand ich schon immer spannend.«

Itzil ließ den Stock fallen und müde die Nackenwirbel knacken. »Überleg dir das gut, ich kann dich damit nämlich die ganze Nacht vollquatschen.«

»Fang an.«

Seine Begleiterin schaltete Ricardos Halogentaschenlampe wieder an und beleuchtete die Schlangengestalt über ihnen an der Decke. »Schlangen gehören zu den wichtigsten sozialen und religiösen Symbolen der alten Maya-Völker. Diese glaubten, dass all die Himmelskörper von Schlangen über das Firmament getragen würden. Sonne, Mond und natürlich die Sterne.«

»Wie kommt man auf so etwas?«

»Na ja. Da sich diese Tiere sowohl an Land als auch auf dem Wasser bewegen, haben die alten Völker sie als Wanderer zwischen den Welten verehrt. Außerdem häuten sich Schlangen, weswegen sie auch gleich noch als Symbole für Wiedergeburt und Erneuerung galten.«

»Ich wusste bislang bloß von Quetzalcoatl«, sagte er. »Soweit ich weiß, wird er ebenfalls als gefiederte Schlange dargestellt.«

»Richtig.« Sie nickte. »Quetzalcoatl nannten ihn aber nur die Azteken und die Tolteken. Bei ihm handelt es sich in Wahrheit um eine synkretistische Gottheit, also eine, die gleich von mehreren Kulturen verehrt wurde. Die Mayas nannten ihn Kukulkan.«

Alex fuhr sich über die Bartstoppeln. »Den Namen habe ich schon einmal gehört.«

Itzil lächelte sparsam. »Die Schlangengestalt Kukulkans zeigt, wie wichtig die Schlange den präkolumbianischen Kulturen als Symbol war. Die wichtigste Schlange von allen war den Maya aber die Visionsschlange. Und die wird immer wieder leicht abgewandelt dargestellt. Manchmal bärtig und mit abgeplatteter Schnauze, manchmal sogar zweiköpfig oder – wie da oben – mit dem Geist eines Gottes, der sich aus dem Schlund der Schlange hervorstülpt.«

Alex sah sich das Bildnis an der Höhlendecke noch einmal genauer an und begriff plötzlich, dass die Schlange nicht etwa selbst über einen menschlichen Kopf verfügte, sondern dass das Tier in Wahrheit eine andere Gestalt hervorwürgte. Sogar Flügel waren an dieser zu erkennen.

»Warte mal.« Er stutzte. »Das ist doch mit etwas Fantasie der gleiche Gott wie der da oben an der Spitze der Stele! Dieser Bienengott.«

»Ja. Ah Mucen Cab, der Herabstürzende Gott.« Itzil beleuchtete die Stelenspitze. »Das macht es umso wahrscheinlicher, dass er der Hauptgrund für die Kulthöhle hier war.«

»Und was hat dieser Ah Mucen Cab jetzt mit dieser Visionsschlange zu schaffen? Ist das irgendwie … ein Kind von ihm?«

»Nein. Die Schlange ist bloß ein Symbol – und zwar für

Träume und Visionen.« Sie ließ den Lichtkreis zum Körper der Schlangengestalt an der Decke wandern. »Die alten Priester und Könige haben Drogen und zuweilen auch Ausblutungsrituale eingesetzt, um mit den Göttern und Ahnen Kontakt aufzunehmen.«

»Ausblutungsrituale?«, echote Alex schockiert.

»Ja. Es gab spezielle Aderlasszeremonien. Welche dieser Methoden sie auch immer anwandten, sie trieben das so weit, bis sie ins Delirium fielen. Die Visionen, die sie dabei erlebten, nahmen sie als riesige Schlangen wahr, die ihnen gewissermaßen die Brücken zum Reich der Götter und Ahnen bauten. Deswegen der Name: Visionsschlange. Die Götter oder Ahnen, die sie zu kontaktieren versuchten, haben sie dann so dargestellt, dass sie aus dem Maul der Schlange aufstiegen.«

»Wer ist dieser Ah Mucen Cab eigentlich?«, wollte Alex wissen. »›Herabstürzender Gott‹ klingt irgendwie … gefährlich.«

»Na ja, er war zunächst mal der Gott der Bienen.« Itzil wischte sich über ihre markante Wangenpartie. »Honig galt den alten Völkern Mittelamerikas nicht bloß als wertvolle Nahrungsquelle, sondern auch als wichtiges Handelsgut. Wusstest du, dass Mexiko ziemlich viel Honig nach Europa exportiert?«

»Ja.« Alex schmunzelte. »Aber soweit ich weiß, kein Vergleich zu China. Mein Großvater war Hobbyimker, und bei uns gab es bis zu seinem Tod ständig einheimischen Honig. Ich weiß noch, wie kräftig er geschmeckt hat. Bis er mir dann irgendwann verriet, dass er die Bienen in der Nähe eines Friedhofes schwärmen ließ. Nachdem ich das erfuhr, habe ich seinen Friedhof-Honig nicht mehr angerührt.«

Itzil lachte leise. »Nun, als *wie* wichtig Honig damals erachtet wurde, kannst du jedenfalls daran sehen, dass das alte Maya-Wort für Honig in einigen Ch'ol-Dialekten das gleiche ist wie für das Wort Welt.«

»Ch'ol-Dialekte?«

»Ch'ol gehört zu den fast dreißig Maya-Sprachen in Südmexiko, Guatemala, Belize und dem westlichen Honduras. Speziell im ländlichen Raum wachsen die Kinder mit Spanisch bloß als Zweitsprache auf. Meine Großeltern stammen noch aus Chiapas, und ... es ist kompliziert, glaube mir.« Itzil winkte ab. »Honig wurde den Göttern jedenfalls auch als Dankesopfer gereicht. Ah Mucen Cab dürfte daher in seiner Funktion als Bienengott auch als Schöpfungsgottheit verehrt worden sein. Aber er wurde auch mit dem Sonnenuntergang, dem Regen und dem Blitz in Verbindung gebracht.«

»Na, damit ist er ja nicht allein«, merkte Alex mit skeptischem Blick auf die übrigen Götterabbildungen auf der Stele an, doch Itzil ließ sich nicht beirren: »Sein Hauptverehrungsort war vermutlich Tulum. Das ist eine alte Maya-Stadt, die direkt an der Karibikküste Mexikos liegt. Dort gibt es zahlreiche Abbildungen von ihm. Man nimmt an, dass die einstigen Bewohner dort nicht bloß viel Honig produzierten, sondern auch Handel mit den Bienen trieben. Den sogenannten Xunan Kab, was übersetzt ›Königliche Dame‹ bedeutet. Diese Bienen galten als Symbol Ah Muzen Cabs. Noch heute haben viele Familien Bienenstöcke an ihrem Haus. Es gibt sie übrigens auch hier auf dieser Insel. Ich habe welche von ihnen auf dem Weg hierher gesehen.«

»Ja, ich auch. Und das, obwohl wir uns irgendwo im Atlantik befinden.« Alex atmete tief ein. »Allmählich bekomme ich übrigens Lust auf Honig. Aber das könnte auch an meinem Hunger liegen. Meinem Großvater hätte dieser Bienengott jedenfalls gut gefallen.«

Itzil lächelte, wurde aber schnell wieder ernst, und eine Weile starrten sie schweigend in die Glut.

»Diese Insel macht mir Angst«, meinte die Mexikanerin unvermittelt. »Hier geht so viel Seltsames vor sich ... Allmählich befürchte ich, dass wir hier nie wieder wegkommen.«

»Doch, das werden wir.« Alex nahm ihre Hand in die seine und drückte sie. »Sieh doch.« Er wies mit dem Kopf zu der

Stele und dann zu den vielen Petroglyphen um sie herum. »Die alten Maya haben diese Insel offenbar häufiger aufgesucht, sonst gäbe es diese Kulthöhle nicht. Ebenso diese Taíno-Indianer. Also werden auch wir wieder von hier wegkommen.«

»Ich hoffe es.« Itzil ließ sich müde gegen die Felswand zurücksinken und behielt dabei seine Hand in der ihren. Abermals schwiegen sie. Alex dachte eine Weile über das Gehörte nach, als er neben sich plötzlich leise Schlaflaute vernahm und spürte, wie Itzils Kopf langsam gegen seine Schulter sank.

Er betrachtete sie aus den Augenwinkeln, spürte, wie gut ihm ihre Berührung tat, und seufzte innerlich. Itzil gefiel ihm bereits, seit er sie auf der *Sea Quest* zum ersten Mal gesehen hatte. Nur war das hier und jetzt wahrlich nicht der richtige Zeitpunkt, um ausgerechnet über so etwas nachzudenken. Und so lauschte er weiter in die Düsternis, behielt den Deckendurchbruch im Auge und bedauerte es fast, als schließlich weiter hinten in der Höhle Ricardos Wecker anschlug. Itzil wurde nicht einmal richtig wach davon. Behutsam drapierte er sie in eine bequemere Lage, bettete ihren Kopf auf einen Lumpen und suchte sich, während sich Dodong und Ricardo widerwillig erhoben, einen Schlafplatz in ihrer Nähe. Kaum hatte er die Augen geschlossen, sank er bereits in tiefen Schlaf – und schreckte erst wieder hoch, als er spürte, wie jemand an seiner Schulter rüttelte.

Sein Kopf fühlte sich wie mit Blei gefüllt an, und doch sah er – angesichts des Sonnenlichts, das sich durch das Astwerk ihrer Barrikade im Höhleneingang quälte –, dass es draußen bereits wieder hell war. Es zeigte sich, dass die Männer sie freundlicherweise sogar eine gute Stunde mehr hatten schlafen lassen.

Alex erhob sich und sah, dass Dodong nicht entgangen war, dass er und Itzil fast direkt nebeneinander geschlafen hatten. Lächelnd zwinkerte der Filipino ihm zu, während Ricardo weiter hinten eine Büchse mit Hühnereintopf auf einem Campingkocher erhitzte. In der Höhle lag sogar der Geruch von Pulverkaffee.

Alex fragte sich, welche Überraschungen der Brasilianer noch auf Lager hielt.

»Frühstück!« Ricardo verteilte zusätzlich Hartbrot aus einer Aluminiumpackung, das sie in die Suppe stippten, und spätestens beim ersten köstlichen Schluck Kaffee spürte Alex, wie seine Lebensgeister zurückkehrten.

»Okay, darf ich fragen, wie Ihr Tagesplan aussieht?«, fragte Ricardo schließlich.

»Als Erstes suchen wir nach Jordan«, erklärte Itzil bestimmt. »Ich hoffe, dass er bloß eine schlimme Nacht hinter sich hat, und nicht, dass ihn … diese Kreaturen geholt haben.«

Alex und Dodong nickten.

»Wenn ich einen Vorschlag machen dürfte.« Ricardo deutete hinüber zu dem Kanister und den Wasserflaschen. »Der Rückmarsch zu Ihrem Strandlager wird eine elendige Plackerei. Und wenn ich Sie richtig verstanden habe, müssen Sie – ich meine: wir – den Weg hierher künftig noch öfter in Angriff nehmen. Dodong erzählte mir, dass Sie allein für den Herweg den halben Nachmittag gebraucht hätten. Das scheint mir ineffizient zu sein. Was halten Sie also davon, wenn wir das Notwendige mit dem Sinnvollen verbinden?«

»Und das wäre?«, wollte Alex wissen.

»Bei der Suche nach Jordan Reid müssen wir doch ohnedies die Bergflanke hinuntersteigen, und zwar auf der Seite, wo sich das Wasser des Wasserfalls durch den Dschungel schlängelt. Ich schlage vor, dass wir dem Weg des Wassers einfach zur Küste folgen. Irgendwo muss das Gewässer ja ins Meer strömen. Mit etwas Glück liegt der Zufluss näher an Ihrem Strandlager, als der Berg hier es tut. Das würde die Trinkwasserversorgung für Ihre Leute deutlich erleichtern.«

Alex und die anderen sahen einander an.

»Klingt vernünftig«, meinte Dodong schließlich zustimmend. »Zumindest wäre es einen Versuch wert. Am Meer angekommen, müssten wir uns dann bloß an der Küste links halten, um den Weg zum Lager zurückzufinden.«

Auch Itzil stimmte zu, und so war das Vorgehen beschlossene Sache. Sie räumten den alten Militärrucksack leer, verteilten die Tragelasten neu und bewaffneten sich. Dann erst wagten sie es, die Barrikade im Höhlenzugang beiseitezuräumen.

Vorsichtig schlüpften sie ins Freie, wo sie ein neuer, schwülwarmer Tag begrüßte. Die Sonne strahlte an einem klaren blauen Himmel, und Alex merkte erst jetzt, wie kühl es in der Höhle gewesen war.

In der Mitte der Insel hingegen grummelte es. Der Vulkan.

Doch nirgends war eine Spur ihrer Angreifer zu entdecken.

Sie suchten die Umgebung akribisch nach Kadavern oder zumindest Blutspuren ab, fanden jedoch nichts. Als sie sich sicher wähnten, probierte Ricardo einmal mehr seinen Peilempfänger aus. Das Gerät gab knackende Geräusche von sich, und Alex sah, wie sich die Zeiger unruhig bewegten. Der Brasilianer verzog skeptisch das Gesicht und schüttelte schließlich den Kopf. »Immer noch nichts. Zumindest nichts Eindeutiges. Ich werde es später noch einmal versuchen.«

Itzil trug jetzt wieder ihr Basecap, stand nahe dem Wasserfall, der über ihnen auf das Plateau herabplätscherte, und betrachtete aufmerksam den Dschungel.

»Hoffst du, ein Zeichen von Jordan zu finden?«, fragte er sie.

»Ja. Aber das ist wirklich merkwürdig.« Sie deutete zu dem Meer der Baumkronen. »Kannst du irgendwo diese beiden Kapokbäume ausmachen, an denen wir uns gestern orientiert haben?«

Alex folgte ihrem Fingerzeig, doch auch er suchte vergebens. Also griff er zu dem Fernglas, das ihm der Filipino überlassen hatte, stellte es scharf und suchte den Dschungel ab. Wieder nichts. Verblüfft nahm er das Glas von den Augen. »Sind die irgendwie … umgestürzt?«

»Möglich, wenn da unten gestern irgendeine Art von Sturm gewütet hat«, gab Itzil zögernd zurück. »Aber gleich beide? Und Wind habe ich auch kaum gespürt – zumindest nicht, solange wir außerhalb der Höhle waren.«

»Sind Sie abmarschbereit?«, ertönte hinter ihnen die Stimme Ricardos.

Kurz darauf marschierten sie hinüber zu Dodong, der mit dem Zehnliterkanister bereits ungeduldig beim Zugang zu der Basalttreppe auf sie wartete. Alex und Itzil hoben den Wasserbehälter mittels eines kräftigen Astes an, den sie zuvor unter den Griff des Behälters geschoben hatten, legten sich die Transporthilfe auf die Schultern und folgten dann dem Weg der Stufen. Dodong, der seinerseits den alten Militärrucksack trug, eilte voraus, orientierte sich an den Markierungen, die er an den Bäumen hinterlassen hatte, und so marschierten sie geradewegs wieder in den Dschungel hinein, der sie mit exotischen Vogellauten erwartete. Tatsächlich gestaltete sich der Weg durch das Pflanzendickicht trotz der Last etwas leichter, da sie zuweilen sogar die Spuren erkennen konnten, die sie gestern hinterlassen hatten.

Itzil ließ nun jede Vorsicht fahren und rief immer wieder laut nach dem Kanadier: »Jordan! Jordan!«

Irgendwo flatterten Vögel zwischen den Ästen auf, und einmal glaubte Alex, eine Bewegung im Unterholz auszumachen. Doch es war nur ein kleineres Tier, das vor ihnen flüchtete und das er nicht genauer zu bestimmen wusste. Schließlich wurde in der Ferne wieder das leise Rauschen und Gurgeln des Wasserlaufs zwischen den Bäumen hörbar, den sie schon gestern auf der Suche nach dem Ursprung des Lagerfeuers passiert hatten.

Alex stolperte gerade über ein Wurzelgeflecht hinweg, als Dodong unvermittelt innehielt. Soweit Alex sehen konnte, stand er unweit des sonderbaren Damms aus Pflanzenmaterialien, fuhr jedoch entsetzt zurück, drehte sich kreidebleich zu ihnen um und versuchte, ihn und Itzil aufzuhalten.

»Nicht!«, keuchte er. »Dahinten liegt Jordan. Nur wollt ihr nicht …«

Itzil ließ den Ast mit dem Kanister sinken, schob Dodong brüsk beiseite – und stoppte kurz darauf ebenfalls, als sei sie gegen eine Wand gelaufen. Schockiert schnappte sie nach Luft, dann würgte sie, stolperte zu einem der Bäume und erbrach sich. Auch Alex und Ricardo, der jetzt aufschloss, drückten sich an dem Filipino vorbei – und entdeckten den Kanadier. Oder vielmehr das, was von ihm übrig war. Ricardo keuchte entsetzt, und auch Alex spürte, wie ihm schlagartig die Knie weich wurden.

Denn Jordan lag unmittelbar auf dem Damm bäuchlings vor ihnen. Seine rechte Hand hatte sich ins Erdreich gekrampft, sein Poncho war hochgeschlagen, und über sein Gesicht und seine roten Haare krabbelten Feuerameisen. Sie liefen ihm über die Wangen und hinein in den Mund, der zu einem stummen Schrei aufgerissen war. Sie krabbelten sogar auf seinen trüben Augen, in denen sich noch immer ein namenloses Grauen spiegelte. Ein Entsetzen, das sich Alex nicht einmal vorzustellen vermochte, auch wenn er ahnte, in welchem Zusammenhang dieses stand.

Denn Jordan war nicht mehr vollständig.

Ihm fehlte die komplette untere Hälfte seines Körpers.

Unsichtbare Grenzen

»Mein Gott, was ist ihm bloß zugestoßen?«

Itzil hielt sich weiter die Hand vor den Mund und spürte abermals Übelkeit in sich aufsteigen. Aus den Augenwinkeln heraus bemerkte sie, dass es ihr damit ebenso erging wie ihren Begleitern. Dennoch konnte sie den Blick nicht von Jordans Überresten abwenden. Es war vielmehr so, als habe sie ein schrecklicher Bann erfasst, der sie dazu anhielt, die grauenvoll entstellte Leiche immer weiter anzustarren.

Jordans Körper wirkte, als habe ihn ein riesiges Monster mit seinen Reißzähnen gepackt und ihn schlichtweg in der Mitte … durchgebissen.

Ricardo war der Erste, der sich fing. Behutsam überwand er den seltsamen Damm aus Humus, auf dem Jordan lag, und schritt zu dessen Rückseite. Alex und Dodong gingen zögernd hinter ihm her, und so sah auch Itzil sich genötigt, ihnen zu folgen. Zwar war ihr noch immer flau zumute, aber weder wollte sie sich vor den Männern eine weitere Blöße geben noch allein zurückbleiben. Also beobachtete sie mit nur mühsam unterdrücktem Widerwillen, wie sich Ricardo und Alex hinhockten, um jenen Bereich von Jordans Überresten zu inspizieren, wo eigentlich Hüfte und Beine hätten sein sollen. Die von Jordans Kadaver aufstiebenden Fliegen und die gnadenlos krabbelnden Feuerameisen verursachten ihr erneut Übelkeit, aber sie verstand, warum die beiden Männer den halben Körper inspizierten. Die abgetrennte Körperstelle wirkte … seltsam.

Was auch immer Jordan in der Mitte zerteilt hatte, es hatte ihn irgendwo oberhalb des Bauchnabels erwischt. Das Erste, was sie sah, war ein freiliegender Teil des Rückgrates. Allerdings ragten dort nur vier oder fünf Wirbel hervor – alles unterhalb war verschwunden. Itzil hatte außerdem erwartet, dass ihnen auf dieser Seite Jordans Gedärme entgegenquellen würden, doch stattdessen war das Fleisch auf der kompletten Innenseite des Körpers braun, fast schon schwarz. Und jetzt nahm sie auch einen leicht süßlichen Verwesungsgeruch wahr.

Alex sammelte mit blassem Gesicht einen Zweig auf, um damit die großflächige Wunde des Leichnams genauer zu inspizieren, und Itzil trat einen Schritt zurück – als es unter ihren Schuhen knackste. Erschrocken blickte sie zu Boden, wo sie unbeabsichtigt auf einige Zehenknochen getreten war, die halb unter Blättern begraben lagen. Und das an einer Stelle, die unmöglich mit der Position etwaiger Beine übereinstimmte. Hastig wich sie zurück und nahm die Umgebung in Augenschein. Keine zwei Meter weiter hinten, unter einem Büschel Farne, ragte ein größeres Knochenstück aus der Erde. Offenbar ein Teil des Hüftbeckens.

Schockiert machte sie Dodong auf den Fund aufmerksam, der ebenso sprachlos wie sie den Kopf schüttelte.

Bei Jordans Leichnam war plötzlich ein unangenehmes, matschiges Geräusch zu hören. Itzil schreckte herum und sah zu ihrem Befremden, dass nun doch blutiges Fleisch und Teile des Darms aus Jordans Oberkörper hervorquollen. Ihr wurde abermals übel. Ricardo sprang angewidert auf, und auch Alex wandte sich mit zusammengepressten Lippen ab. Dabei war es seine Stocherei gewesen, die den Effekt ausgelöst hatte.

»Auf gar keinen Fall ist das eine Bissverletzung«, ächzte ihr Gefährte.

»Vielleicht ein Werk der Feuerameisen?«, fragte Dodong mit skeptischem Blick auf die Umgebung.

»Nein. Dabei dachte ich zuerst auch an so etwas.« Alex stand nun ebenfalls auf. »Die Teile von Jordans Unterhälfte, die noch zu identifizieren sind, wirken auf mich eher so, als hätten sie sich … aufgelöst. Wie verwest, was auch den Geruch erklären würde. Nur kann das nicht sein. Denn was auch immer unseren Freund erwischt hat, muss vor knapp zwölf Stunden zugeschlagen haben. Selbst bei der Wärme hier können Verwesungsprozesse nicht derart weit fortschreiten. Und dann auch noch so partiell.«

»Einige seiner Knochen liegen … hier«, sagte Itzil tonlos und deutete zunächst auf die Fußknöchel und dann hinüber zu dem Beckenknochen zwischen den Farnen. »All das erweckt fast den Eindruck, als hätten sich Tiere an Jordans Leib zu schaffen gemacht.« Bei dem Gedanken schüttelte es sie.

»Oder … sein Unterleib ist irgendwie … explodiert«, entgegnete Dodong ausdruckslos.

Einmal mehr grollte leise der Vulkan auf, doch Itzil beachtete ihn kaum. »Explodiert?«, keuchte sie ungläubig.

»Was weiß ich? Halt irgendwie … auseinandergeplatzt«, schnaubte der Filipino. »Oder wie erklärst du dir sonst, dass Teile von ihm dahinten herumliegen?«

Ricardo, der die ganze Zeit über auffällig still geblieben war, stellte sich nun mitten auf den Damm aus abgestorbenem Pflanzenmaterial und sah sich aufmerksam um.

»Interessant«, murmelte er.

»Was?« Itzil wandte sich widerwillig von Jordans Leichnam ab, folgte Ricardos Blicken, und jetzt sah sie es ebenfalls. Entgeistert trat sie an die Seite des Brasilianers und starrte nach oben: Im Astwerk der Bäume über ihnen, längs des Humusdamms, der sich quer durch den Dschungel zog, klaffte eine schmale Lücke.

Nicht dass man den blauen Himmel über der Insel angesichts dieser Grenzlinie wirklich besser hätte sehen können, dennoch wirkte es so, als habe ein Riese mit einem gewaltigen Messer durch die Bäume gepflügt und dabei die Zweige und Äste auf seinem Weg in gerader Linie zerschnitten. Obwohl ›zerschnitten‹ nicht das richtige Wort war. Die betroffene Flora wirkte an den Stellen des gedanklichen Schnitts eher braun und kränklich, und zahllose Äste und Zweige entlang des gedachten Einschnitts waren wie unter Krebsbefall aufgequollen. Dabei war nicht einmal entfernt abzuschätzen, wie weit sich dieses Phänomen durch den Dschungel zog.

Itzil begriff plötzlich, woraus große Teile des Humusdamms bestanden, der sich im Dschungel entlang dieser Grenzlinie erstreckte. Es musste sich um herabgefallenes Ast- und Blattwerk handeln. Allerdings wirkte es wie pulverisiert. Und das war leider nicht alles, denn Jordan lag quer über eben dieser Schnittlinie.

»Was, zum Teufel, geht hier vor?« Sie wandte sich direkt an Ricardo. »Haben wir es vielleicht mit den Auswirkungen irgendeiner Strahlung zu tun?«

»Nicht schlecht.« Ricardo nickte anerkennend. »Speziell für jemanden wie Sie.«

Itzil presste wütend die Lippen zusammen, denn sie kannte derartige Herabsetzungen zur Genüge aus ihrer Heimat. Viele Mexikaner glaubten, dass indigene Frauen wie sie kaum zu mehr als Hausarbeit taugten und keine Ahnung von der Moderne hätten. In Brasilien war das nicht viel anders.

Doch ehe ihr eine passende Entgegnung einfiel, nahmen Alex und Dodong die unheimliche Trennlinie inmitten des Dschungels ebenfalls in Augenschein. Ricardo hatte da schon längst seinen Rucksack abgesetzt, eine der Außentaschen geöffnet und dieser ein elektronisches Gerät mit orangefarbener Kunststoffhülle entnommen, das er nun einschaltete und das jetzt unbeständige Knackgeräusche produzierte.

»Ist das etwa ein Geigerzähler?«, fragte Dodong erstaunt.

»Ja.« Ricardo marschierte in den Dschungel, schritt mit dem Gerät zwischen den Bäumen auf und ab und untersuchte nun beide Seiten des Damms auf Strahlung.

»Wieso schleppt der Kerl einen *Geigerzähler* mit sich herum?«, zischte der Filipino leise.

»Keine Ahnung.« Auch Alex sah dem Brasilianer misstrauisch nach. »Zumindest frage ich mich, was das eigentlich für eine Dschungelexpedition war, für die er sich so akribisch vorbereitet hat.«

»Was auch immer hier vor sich gegangen ist«, sann Itzil laut nach, »hat glaube ich mit dieser seltsamen flackernden Zone gestern Abend zu tun.«

Überrascht sahen der Europäer und der Asiate sie an.

»Erinnert ihr euch? Auf dieser Seite des Berges ragte doch eine von diesen riesigen flackernden Lichtsäulen zu den Wolken auf. Gar nicht weit von dem Plateau entfernt. Was, wenn wir hier unmittelbar an der Grenze dieses Was-auch-immer stehen?«

»Ja, du könntest recht haben.« Alex berührte sie aufgeregt am Arm. »Wir sind doch schon auf dem Herweg auf einige dieser seltsamen Humusdämme gestoßen. Und vom Plateau aus sah es gestern Abend tatsächlich so aus, als würden diese riesigen Lichtkaskaden überall auf der Insel aus dem Boden schießen.«

Dodong sah sich argwöhnend um. »Heißt das, dass auf dieser Insel irgendetwas im Untergrund vor sich geht, das diese Lichtdinger erzeugt?«

»Vielleicht.« Alex sah sich unbehaglich um. »Persönlich glaube ich noch immer, dass all das etwas mit dem Vulkan zu tun haben könnte. Vielleicht gibt es unter der Insel Magmablasen, deren Ströme irgendwie …«, er rang nach Worten, »… das Magnetfeld beeinflussen. Und vielleicht auch die Elektrizität. Zumindest meine ich mal gelesen zu haben, dass sich bei Vulkanausbrüchen die Luft elektrisch auflädt und so dann auch Blitze entstehen. Das könnte das seltsame Flackern erklären, das wir gesehen haben.«

»Und wie erklärst du dir das mit Jordan?« Itzil sah ihn aufgewühlt an, doch Alex schwieg.

Ricardo kam zurück, den Blick noch immer auf den Geigerzähler gerichtet, der leise knackte.

»Und, ist die Gegend verstrahlt?«, fragte Dodong unbehaglich.

Der Brasilianer schüttelte den Kopf und verstaute den Geigerzähler erneut in seinem Rucksack. »Nein, kein besonderer Ausschlag. Allerdings misst dieses Gerät auch nur die Gammastrahlung.«

»Dann sollten wir uns jetzt um Jordans Leiche kümmern«, meinte Itzil. »Wir können ihn hier nicht so liegen lassen.«

Alex und Dodong pflichteten ihr bei, und der Filipino zückte den alten Spaten.

Wenig überraschend besaß auch Ricardo einen Klappspaten, und gemeinsam hoben sie nahe dem Fundort des Leichnams eine Grube im Boden aus. Alex trat zu Jordan, schloss nun endlich dessen weit aufgerissene Augen und klappte auch den Mund zu. Dann winkte er Dodong heran, und gemeinsam schleiften sie den unterleibslosen Körper des Kanadiers in die ausgehobene Senke. Eine Arbeit, bei der dem Filipino ein am Hals hängender Anhänger in Form einer achtstrahligen Sonne herausrutschte, der nun irgendwie schief in der Luft hing. Dodong wollte sich gerade wieder erheben, als ihn Ricardo stoppte. »Warte mal!«

Der Brasilianer bat ihn um die Kette, und einen Moment lang schien es, als wolle er mit dem Anhänger etwas an Jordans Leib auspendeln. Abermals hing die Kette leicht schief. Er folgte der Richtung zu den über der Brust gefalteten Händen des Kanadiers, und mit einem leisen Klicklaut schlug das Sonnensymbol gegen einen Ring, den der Kanadier am rechten Finger trug. Ricardo zog Jordan den Ring ab und betrachtete ihn interessiert. Erst jetzt sah Itzil, dass dieser eine bekannte springende Dämonengestalt samt Flügeln als Schmucksymbol aufwies. Sie hatte den Ring an Jordan bislang nie bewusst wahrgenommen.

Ricardo zog Ring und Kette mit etwas Kraftaufwand auseinander und stieß einen leisen Pfiff aus. Dann kramte er wieder in seinem Rucksack und zog zu ihrer Verblüffung eine Packung Nägel heraus, mit denen er das Experiment erfolgreich wiederholte.

»Der Ring besteht offenbar aus einer Stahllegierung; er ist ziemlich stark magnetisiert.« In Ricardos grünen Augen blitzte so etwas wie Triumph. »Ich wette, das ist während des Zwischenfalls passiert, der Ihren Begleiter das Leben gekostet hat.«

»Und das heißt was?« Itzil musterte ihn scharf.

»Vermag ich noch nicht zu sagen. Aber es könnte mit dem Phänomen der bergauf rollenden Flaschen in Verbindung stehen, das wir bereits in der Höhle beobachten konnten. Hier.« Er reichte ihr Jordans Ring. »Vielleicht möchten Sie ja ein Andenken an Ihren Bekannten behalten.«

Itzil nahm das Schmuckstück widerstrebend an sich, hängte den Ring an Courtneys Kette, und Alex und Dodong schaufelten das Grab schweren Herzens zu. Anschließend gruppierten sie sich um den Erdaufwurf, und Itzil sah, dass

Alex und Dodong ebenso niedergeschlagen wirkten, wie auch sie sich fühlte.

»Will vielleicht jemand etwas sagen?«, fragte Alex in die Runde.

Ricardo zuckte mit den Achseln. »Ich kannte ihn ja kaum.«

Dodong trat plötzlich vor und räusperte sich. »Bei uns auf den Philippinen können Begräbniszeremonien schon mal eine gute Woche dauern. Der Leichnam wird nicht bestattet, bevor nicht auch der Letzte Gelegenheit hatte, sich von ihm zu verabschieden. Hier auf dieser Insel sind das wohl ... wir.« Er sah traurig auf und sammelte sich. »Wenn wir den Hurrikan nicht überlebt hätten, hätten wir einander vermutlich nie kennengelernt. Aber es gab ihn nun einmal. Und was mich betrifft ... ich mochte diesen rothaarigen Kanadier. Auf den Philippinen beten wir bei Beerdigungen, aber Jordan erzählte mir, dass er Atheist sei. Trotzdem glaube ich, dass er in den Himmel kommt, weil Gott schon ein Dummkopf sein müsste, einen derart freundlichen und hilfsbereiten Menschen wie ihn zurückzuweisen. Außerdem ... essen wir bei Beerdigungen viel.« Dodong lächelte wehmütig. »Das fällt hier leider ebenfalls aus. Aber Jordan erzählte mir, dass er Pizza liebt. Ich wünsche ihm also, dass im Himmel Berge an Pizza auf ihn warten. Und wir führen unsere Toten gern mit einer bunt zusammengewürfelten Musikkapelle zum Friedhof. Die haben wir leider auch nicht. Wenn ich nun aber schon einmal hier bin, dann möchte ich ihm zu Ehren wenigstens eines unserer Volkslieder vortragen. Es stammt aus alten Zeiten und handelt von einem Bauern, der sich während einer Hungersnot auf eine Reise begab, um Lakampati zu finden, den Gott der Fruchtbarkeit, um diesen um Wasser für die Felder und Fische für seine Netze zu bitten. Lakampati bedachte ihn mit einigen schweren Prüfungen, an deren Ende der Bauer jedoch erhielt, was er erhoffte. Und das wünsche ich mir auch für Jordan.«

Dodong stimmte in seiner Muttersprache einen tiefen Gesang an. Keiner von ihnen verstand den Text, dennoch sang der Filipino fast fünf Minuten lang. Das und seine kleine Ansprache trugen dazu bei, dem Moment eine feierliche Würde zu verleihen, die Itzil mit den Tränen kämpfen ließ. Auch Alex' Augen schimmerten feucht. Überrascht stellte sie fest, dass Jordan ihr in der kurzen Zeit, die sie einander kannten, tatsächlich zu so etwas wie einem Freund geworden war. Der Kanadier würde ihr fehlen. Und sosehr sie es auch verdrängt hatte, umso schmerzhafter wurde ihr in diesem Moment wieder bewusst, dass vielleicht sie selbst es war, die für sein grausames Ende mitverantwortlich war.

Itzil war wieder elend zumute.

Als Dodong endete, sah sie, wie Alex dem Filipino dankbar zunickte.

»Gut.« Ricardo schlug sich sein halblanges Haar zurück und blickte ungeduldig in die Runde. »Ich schlage vor, dass wir keine weitere Zeit verlieren und dem Wasserlauf zur Küste folgen. Gehen wir?«

Itzil sah ihn gereizt an, widersprach aber nicht.

Sie nahmen bereits ihr Gepäck auf, als Alex sich an den Brasilianer wandte: »Warten Sie. Dürfte ich ein paar Ihrer Nägel haben?«

Ricardo sah ihn irritiert an, reichte ihm aber, worum er gebeten worden war.

»Und den Hammer brauche ich ebenfalls«, wandte er sich nun an Itzil.

Dann legte er seinen improvisierten Speer auf den Boden, setzte das in der Höhle gefundene Bajonett auf die Spitze, befestigte es mit einigen Nägeln im Holz und umwickelte die Spitze anschließend fest mit Stoffstreifen von Jordans Kopfwickel.

»Hier!«, sagte er und reichte Dodong die neu gebaute Waffe. »Ich schätze, du kannst damit am besten umgehen.«

Der Filipino betrachtete den Speer mit einem grimmigen Lächeln, nickte anerkennend und reichte dem Deutschen den Spaten. »Dann nimm du den, damit du nicht ohne dastehst.«

Dodong setzte sich wieder an die Spitze, und Ricardo eilte ihm nach.

Itzil wollte gerade nach dem Stockende mit dem Wasserkanister greifen, als ihr Alex eines der Hartbrote hinhielt, die der Brasilianer am Morgen verteilt hatte.

»Hier, das habe ich noch übrig. Da du dich vorhin übergeben hast, wirst du es wohl dringender benötigen. Mit leerem Magen marschiert es sich nicht gut.«

»Danke.« Überrascht schenkte sie ihm ein Lächeln und steckte das Gebäck weg.

Mit einem letzten wehmütigen Blick auf Jordans Grab stemmten sie den leicht glucksenden Wasserkanister in die Höhe und marschierten hinter ihren Gefährten her. Es dauerte nicht lange, und sie erreichten wieder den Wasserlauf, der zwischen den Bäumen des Urwaldes dahinsprudelte.

Dodong starrte angestrengt auf die andere Seite.

»Was ist?«, wollte Alex wissen.

»Komisch.« Der Filipino deutete mit dem neu gebauten Speer in den Dschungel. »Ich habe gestern einige der Bäume mit dem Spaten markiert. Bis wir Jordan gefunden haben, habe ich die Markierungen auch noch gefunden. Aber seit einer Weile finde ich keine einzige mehr.«

»Wir wollten doch ohnehin dem Wasser zur Küste folgen«, meinte Ricardo.

Dodong starrte noch einen Augenblick auf die Bäume ringsumher, schließlich nickte er und orientierte sich nun an der Fließrichtung des Wasserlaufs.

Ähnlich wie am Vortag führte er sie durch ein Dickicht aus hohen Akaziengewächsen, Kiefern und sogar Kapokbäumen, zwischen denen sich Würgefeigen mit ihrem mächtigen Wurzelwerk ausgebreitet hatten. Keckernde Vogelrufe ertönten zwischen den Bäumen, und auch die Moskitos waren erneut zur Stelle. Itzil schlug nach den Stechmücken, doch schließlich gab sie die Gegenwehr auf, stapfte mit dem Ast auf der Schulter resigniert hinter Alex her und hielt sich mit dem Gedanken aufrecht, dass es zumindest eine gute Idee von ihr gewesen war, sich das Schulterteil ihrer Jacke mit einigen Lumpen ausgepolstert zu haben.

Der Sonnenball kletterte allmählich über den Baumkronen empor, und alle halbe Stunde wechselten sie die Lasten. Nach einer Weile ging es auch spürbar bergab. Dabei querten sie weitere Humusdämme, die sich zwischen den Bäumen entlangzogen, und sie sahen, dass der Dschungel auch an diesen Stellen seltsame Einschnitte aufwies.

»Ich vermisse ihn«, sagte Itzil, nachdem sie den Wasserkanister wieder an Dodong und Ricardo übergeben hatten. Sie und Alex bildeten nun die Spitze, wobei sie weiterhin am Ufersaum des Wasserlaufs entlangmarschierten, der sich längst wieder ein tiefes Bett ins Erdreich gegraben hatte und so allmählich einem Wildbach ähnelte.

»Du sprichst von Jordan?« Alex, der die Baumkronen misstrauisch im Auge behielt, wandte sich ihr kurz zu. »Ja, ich ebenfalls. Und das, obwohl wir einander gestern erst kennengelernt haben.«

»Hast du seinen Ring gesehen?«, wollte sie wissen.

»Was ist damit?«

»Hast du diesen springenden Dämon mit den Flügeln gesehen?«

»Ja, schon …«

»Der steht für Black Sabbath. Jordan muss ein Fan der Band gewesen sein.«

»Jordan hat Black Metal gehört? Okay, das kommt jetzt … unerwartet.«

Itzil lächelte traurig, während sie mit ihrem Stecken einige Zweige beiseiteschob. »Ich wusste von ihm nur, dass er eine Mutter hatte, die kürzlich verstorben ist. Aber wohl sonst keine Familie. Zumindest niemanden, von dem ich weiß. Trotzdem glaube ich, dass er zu Hause ein geselliger Mensch gewesen sein muss. Trotz des Unglücks war er irgendwie immer guten Mutes.« Sie sah Alex forschend an. »Gibt es bei dir jemanden, der dich vermisst, wenn du nicht zurückkehrst?«

Alex warf ihr einen überraschten Blick zu. »Na ja.« Er räusperte sich. »Meine Eltern natürlich. Und vermutlich meine Schwester, auch wenn wir uns häufiger mal streiten. Dann vielleicht noch ein paar Leute an der Uni und einige Freunde, die ich vom Klettern her kenne. Aber mein engster Freund war Jochen, den du ja noch kurz kennengelernt hast.«

»Keine Freundin?«, fragte sie neugierig.

»Nein«, kam es zögernd zurück. »Die hat sich kürzlich von mir wegen einer alten Jugendliebe getrennt.«

»Ach, komm.« Sie grinste. »Irgendjemanden wird es doch sicher geben?«

»Nicht dass ich wüsste.« Alex lachte verlegen. »Na ja, vielleicht doch. Keine Ahnung. Jochen war in solchen Sachen eindeutig besser als ich. Du hast ihn ja erlebt. Die Frauen standen immer mehr auf ihn. Gott, der hatte damals nicht mal Probleme damit, sich selbst als Frau auszugeben.«

»Wobei das denn bitte?«

»Als es um ein mögliches Stipendium für sein Studium ging.« Alex schüttelte amüsiert den Kopf. »Es gibt da so eine obskure norddeutsche Stiftung für angehende Meeresbiologen. Die Martens-Stiftung. Nur dürfen sich da allein Frauen bewerben. Jochen glaubte tatsächlich, dass er mit der Nummer durchkäme. Kam er natürlich nicht.« Alex sah sie neugierig an. »Und du?«

Itzil seufzte, während sie weiter durch die Bäume stapften. »Nein, kein Freund. Der letzte ist überraschend Vater geworden – bloß mit einer anderen.«

»Echt?« Der Deutsche sah sie fassungslos an. »Was für ein Idiot.«

»Danke.« Sie lächelte still. »Wir haben sowieso nicht zusammengepasst. Allerdings gibt es da noch meine Mutter und meine drei Brüder. Die Freunde aus meiner Aktionsgruppe hingegen …«

Sie verstummte.

»Welche Aktionsgruppe?«

Beklommen marschierte sie weiter, dann rang sie sich schließlich zu einer Antwort durch: »Green Rebellion.«

»Ja, natürlich. Diese Umweltschutzbewegung ist auch bei uns in Deutschland aktiv«, meinte Alex. »In letzter Zeit machen die mit Straßensperren und Großdemos auf sich aufmerksam, um so Maßnahmen gegen den menschengemachten Klimawandel einzufordern.«

»Nur sind die Probleme in meiner Heimat deutlich größer als bei euch. Im Gegensatz zu den übrigen lateinamerikanischen Ländern haben wir zwar eine ganz gute Umweltgesetzgebung, aber trotzdem sind zahllose Tiere und Pflanzen in Mexiko vom Aussterben bedroht. Ölraffinerien und andere Konzerne vergiften rücksichtslos Luft und Wasser – und gerade Letzteres ist bei uns ziemlich ungleich verteilt. Dazu kommen die illegale Abholzung, die Armut und das hohe Verkehrsaufkommen. Der saure Regen bei uns gefährdet inzwischen sogar die alten Maya-Stätten in Yucatán.«

»Damit hatten wir in Deutschland vor einigen Jahren auch Probleme. Wie lange bist du schon dabei?«

»Seit drei Jahren. Erst in Mexiko, dann, als es mich jobmäßig nach Florida verschlug, auch in den USA.«

Interessiert betrachtete Alex sie. »Was hast du dann eigentlich ausgerechnet auf einem Kreuzfahrtschiff zu suchen gehabt? Das sind doch die größten Dreckschleudern überhaupt.«

»Da war ich vor allem des Geldes wegen«, antwortete Itzil befangen. »Ich habe ehrlich gesagt schon alles Mögliche gemacht. Leider können sich Indigene wie ich die Jobs nicht aussuchen.« Das war natürlich nur ein Teil der Wahrheit, aber sie wagte es nicht, Alex auch den Rest zu erzählen.

Der seufzte. »Trotzdem: Kompliment für deinen Einsatz. Ich bin nicht mal in einem Sportverein aktiv.«

»Ihr Deutschen seid da offenbar ohnedies etwas verrückt«,

neckte sie ihn und war zugleich froh darüber, das Thema wechseln zu können. »Ich habe gehört, dass es bei euch für alles Mögliche Vereine gibt. Sogar für Briefmarken.«

»Das stimmt.« Alex lachte und wollte gerade mehr darüber erzählen – als er staunend innehielt und Itzil fast auf ihn auflief.

»Was ist?«

»Schau dir das an!«

Alex deutete voraus, und auch Itzils Augen weiteten sich vor Erstaunen. Denn keine dreißig Schritte vor ihnen, beleuchtet von Sonnenstrahlen, die schräg durch die Laubkronen fielen, erhob sich ein mächtiges altes Holzschiff mit gebrochenen Masten, von dessen zersplitterter Reling Lianen herabhingen und dessen Heck- und Bugkastell von den Wurzeln mächtiger Würgefeigen überrankt wurden.

Dodong und Ricardo blieben ebenfalls wie gebannt stehen.

»Ich fasse es nicht!«, rief der Filipino. »Irre ich mich, oder ist das eine alte Karavelle?«

Zeuge alter Zeiten

Alex stand fasziniert vor dem hoch aufragenden und von Ranken überwucherten Bug der Karavelle und ließ seinen Blick über die von Moosen bewachsene Rumpfbeplankung hinüber zum Heck des Gefährts wandern. Das bauchige alte Schiff war gute dreißig Meter lang und acht Meter breit und lag leicht schief zwischen den Bäumen. Dennoch war es angesichts seines möglichen Alters erstaunlich gut erhalten. Die drei Masten, deren Stümpfe er vom Erdboden her ausmachen konnte, waren zwar gebrochen, doch noch immer verfügte die Karavelle vorne und hinten über intakte Kastelle mit demolierten Wehren, an denen modrige Wappenschilde hingen.

»Das ist unglaublich«, flüsterte er, während er fahrig eine Biene davonjagte. Aufgeregt bahnte er sich an der Backbordseite entlang einen Weg durch das Gestrüpp und scheuchte so ein Gelbkehlchen über ihnen auf dem Wrack auf, das flatternd zwischen den Bäumen verschwand. Er hielt erst inne, als ihn ein hoher Baum mit mächtiger Brettwurzel dazu zwang, die das Holz an dieser Seite des Schiffes eingedrückt hatte. »Ich frage mich, wie alt dieses Schiff ist.«

»Na ja«, murmelte Ricardo, der ihm ebenso wie die anderen durch das Unterholz gefolgt war. Neugierig sah er zu der von Ranken und Blattwerk überwachsenen Reling auf. »Karavellen waren zwischen dem vierzehnten und sechzehnten Jahrhundert die dominierenden Schiffstypen, wenngleich sie über die Jahre hinweg leicht abgewandelt wurden. Sie spielten vor allem bei den portugiesischen und spanischen Entdeckungsfahrten entlang der westafrikanischen Küste und natürlich hier nach Amerika eine bedeutende Rolle. Wenn Sie mich also fragen, tippe ich auf ein Alter von vierhundert bis fünfhundert Jahren.«

»Wow! Sie macht einen erstaunlich gut erhaltenen Eindruck.« Alex schüttelte den Kopf.

»Ja, in der Tat. Jetzt stellen Sie sich mal die Größe der Welle vor, die dieses Schiff so weit landeinwärts getragen hat.«

»Wie weit, muss sich erst noch zeigen«, brummte Dodong skeptisch. Er blickte zurück zum Wasserlauf, der weiter hinten zwischen den Bäumen dahinströmte. »Für mich ist das eher ein Hinweis dafür, dass die Küste jetzt nicht mehr allzu fern ist.«

»Du willst doch nicht etwa weiter, ohne dir dieses Wrack näher angesehen zu haben?«, fragte Alex aufgeregt.

»Die anderen warten auf uns.«

»Die halbe Stunde länger macht doch nun wirklich keinen Unterschied. Überleg dir mal, wie selten so ein Fund ist.«

»Das ist es ja«, entgegnete der Filipino mit ernster Miene. »Macht dich das nicht irgendwie stutzig? Erst dieser Fallschirmspringer, dann der Hubschrauber – und jetzt das hier.« Misstrauisch verengte er die Augen. »Mir kommt das inzwischen alles vor wie Mangkukulam. Bösartige Hexerei.«

»Eher wie ein schlechter Katastrophenfilm«, murmelte Itzil.

»Ach?« Der Brasilianer hob interessiert eine Augenbraue. »Sie sind hier also noch auf weitere Funde dieser Art gestoßen?«

»Ja«, meinte Alex einsilbig, denn insgeheim musste er Dodong recht geben. Dennoch interessierte es ihn brennend, was es mit dem alten Schiff auf sich hatte. »Ich schlage trotzdem vor, dass wir uns das Wrack näher ansehen. Vielleicht ist noch das eine oder andere an Bord, das uns nützlich sein könnte.«

»Aber ja, in jedem Fall. Eine solche Gelegenheit lässt man sich doch nicht entgehen.« Ricardo eilte bereits ein Stück zurück, um zwischen den Ranken an der Schiffswand nach einem geeigneten Aufstieg Ausschau zu halten.

»Na, komm schon.« Alex knuffte Dodong gegen die Schulter. »Wir gehen auch keine unnötigen Risiken ein.«

Der Filipino seufzte, dann schloss er sich ihnen an.

Sie marschierten einmal komplett um das Wrack herum und bis zu dem mächtigen Ruderblatt, das der Länge nach zersplittert war. Alex war zwar davon überzeugt, es über die mächtigen Wurzeln der dortigen Würgefeige hinauf zum Achterdeck des Schiffes schaffen zu können, aber das Kastell ragte wie ein Turm vor ihm in die Höhe. Ein falscher Griff, und er würde tief fallen. Daher testete er nun doch die Reißfestigkeit der herabbaumelnden Lianen mittschiffs, und wählte über diese den anstrengenderen, aber sicheren Weg seitlich aufs Hauptdeck.

Oben an Deck angelangt, sah er sich staunend um. Auf den alten Planken wuchsen Moos und Gräser, überall lagen Laub und abgebrochene Äste umher, und zwischen den heruntergestürzten Teilen der einstigen Takelage ragten Farne hervor. Dennoch war vieles hier oben erstaunlich gut erhalten. Weiter vorn, vor dem von Ranken und Wurzeln überwucherten Bugkastell, konnte er die alte Schiffswinde ausmachen. Sie erhob sich unweit langer Riemen und Spieren, die längs des Decks vertäut waren. Nahe der Reling erkannte er die Böcke von vier alten Schiffsgeschützen, nur dass die Kanonenrohre seltsamerweise fehlten. Jenseits des geborstenen Hauptmastes fand sich sogar ein altes Beiboot. Dort wucherte jetzt eine kleinere Würgefeige.

»Und?«, erscholl von unten der Ruf Itzils.

»Absolut erstaunlich!«, rief er zurück. »Als ob die Natur das Schiff konserviert hätte.«

Abermals verscheuchte er zwei Bienen, die ihn summend umschwirrten. Offenbar gab es hier irgendwo ein Nest. Dann befestigte er Ricardos Nylonseil an der alten Reling und warf es nach unten.

Nach und nach kletterten jetzt auch Ricardo, Itzil und Dodong zu ihm herauf – und wurden schnell vorsichtig, da die Planken unter ihrem Gewicht hässlich zu knarren begannen.

»Wir sollten uns etwas verteilen«, schlug Alex vor. »Und bleibt vorsichtig. Es grenzt sowieso an ein Wunder, dass das Holz noch nicht durchgefault ist.«

»In der Tat …« Gespannt sah sich der Brasilianer um.

Alex hingegen umrundete einige herumliegende Holzblöcke der einstigen Takelage und tastete sich vorsichtig zu der großen, offen stehenden Ladeluke des Hauptdecks vor. Unter seinen Schritten krachte es, und an manchen Stellen glaubte er, dass sich das Holz unter seinen Füßen eindrückte. Angekommen bei der großen Luke, spähte er in die Tiefe, doch brauchte es eine Weile, bis sich seine Augen an die Düsternis im Laderaum gewöhnt hatten. Von Farnen überwachsene Stiegen führten nach unten, außerdem glaubte er im Zwielicht Fässer und alte Taurollen auszumachen. Mehrere Bienen surrten ihm durch die Öffnung entgegen, und jetzt wusste er, wo sich deren Nest befand.

Itzil und Ricardo bewegten sich längst in Richtung des majestätisch aufragenden Heckkastells, vor dem sich die moosüberwucherten Reste eines Trinkwasserfasses abhoben. Dodong war derweil am zersplitterten Hauptmast vorbei zu dem alten und von Ranken überwachsenen Beiboot vorgedrungen.

»Hier drinnen befinden sich noch immer Ruder«, rief er ihnen zu. »Ich weiß, es klingt verrückt, aber die scheinen gar nicht so schlecht erhalten zu sein.«

»Für das Beiboot am Strand?« Alex schürzte zufrieden die Lippen. »Sehr gut. Ich sagte doch, dass wir hier vielleicht noch etwas Nützliches finden.«

»Ja, nur muss ich erst mal diese verdammten Wurzeln wegkriegen, wenn ich die Dinger bergen soll.«

Alex warf ihm den Spaten zu, woraufhin Dodong mit der Kante des Arbeitsgeräts loshackte. Er selbst warf noch einmal einen Blick nach unten, folgte dann aber Itzil und Ricardo über die knarrenden Planken nach hinten, wo diese längst das offen stehende Kompasshaus unter dem Heckkastell inspizierten. Der Brasilianer leuchtete mit seiner Halogentaschenlampe ins Innere, und Alex roch nun ebenfalls die modrige Luft, die ihnen aus dem niedrigen Raum entgegenströmte. Auch hier hatten sich überall grüne Moose und Farne ausgebreitet, doch der Lichtkegel glitt auch über alte Offizierskojen an den Wänden, herumliegende Schemel, einen zusammengebrochenen Tisch, überwucherte Krüge und Teller sowie einen fest montierten, aufrecht stehenden hölzernen Kasten, der sich unweit eines zweiten Niedergangs hinunter in den Laderaum erhob.

Ricardo schlüpfte ins Innere, und wieder quietschte das Holz zu ihren Füßen erbärmlich. Misstrauisch blieb er stehen, wartete ab und klappte dann den hölzernen Kasten auf. »Wie zu erwarten.«

Alex trat neben ihn und entdeckte im Kasten einen beeindruckenden, grünlich angelaufenen Schiffskompass mit aufwendig gestalteten Himmelsrosen, die um ein Heiligenbild in der Mitte gruppiert waren. Nur dass auf diesem jetzt Ameisen herumkrabbelten.

»Sehen Sie mal, das ist merkwürdig.« Alex deutete zu einer

der Wände, in der drei völlig verrostete Objekte steckten. Ricardo leuchtete, und sie konnten die Gebilde vage als Gabeln und Messer identifizieren.

Der Fund erinnerte Alex erneut fatal an das gespenstische Erlebnis auf der *Sea Quest*. Unbehaglich wandte er sich ab und blickte zur Tür – Itzil war verschwunden. Stattdessen waren draußen weiter Hackgeräusche zu hören, denen ein triumphierender Ruf folgte. Offenbar war Dodong seinem Ziel, die Ruder im Beiboot freizubekommen, ein deutliches Stück näher gekommen.

Über ihnen knarrte jetzt die Decke, und Schmutz rieselte auf sie herab. Außerdem war ein dumpfes Rumpeln zu hören – was nur bedeuten konnte, dass sich die Mexikanerin bereits über ihnen, auf dem Achterdeck mit der Kapitänskajüte, befand.

Ricardo schien genug gesehen zu haben, denn er drängte jetzt wieder ins Freie und versuchte etwas ungestüm, über die Außentreppe nach oben zu gelangen. Alex gewann den Eindruck, als gönne Ricardo Itzil nicht, eine vielleicht wichtigere Entdeckung als er zu machen.

Doch der Brasilianer hatte seinen Fuß kaum auf die zweite Stufe der Außentreppe gesetzt, als diese mit einem hässlichen Laut durchbrach. Erschrocken fluchte er, dann mühte er sich vorsichtiger nach oben. Alex folgte ihm kopfschüttelnd und an einer verrosteten Drehbasse vorbei. Es zeigte sich, dass das komplette obere Kastell halb unter Wurzeln und herabhängenden Farnen verborgen war. Nur hatte das Itzil nicht davon abgehalten, die Kapitänskajüte bereits zu öffnen. Zu Alex' Überraschung hielt sie eine winzige Stifttaschenlampe in der Hand, mit der sie ins Innere leuchtete.

»Und?«, wollte der Brasilianer wissen.

»Es ist wirklich erstaunlich«, antwortete Itzil. Unter Mühen zog sie die verzogene Tür ganz auf, und Alex bot sich der Blick auf einen verkrauteten dunklen Raum mit niedriger Decke und fest montierter Schlafkoje auf der rechten Seite, in dem es wie nach einer Kneipenschlägerei aussah. Er blickte auf einen zusammengebrochenen Tisch samt aufwendig gedrechseltem Stuhl und ein leeres Regal an der Wand. Außerdem war weiter hinten eine offen stehende Truhe schräg gegen die Wand gerutscht. Am Boden hingegen lagen verstreut zahllose überwucherte Gegenstände. Darunter ein alter Schaftstiefel, Kleiderreste, ein Ölbild, dessen Motiv nicht mehr zu erkennen war, ein kleines Fass, Krüge, Teller und sogar ein völlig korrodierter Sextant. Die meisten der herumliegenden Dinge waren nur noch mit Mühe zu identifizieren, und doch sah Alex unweit des Türsturzes etwas, das seine Neugier weckte. Er trat vor und hob eine alte Waffenscheide auf, aus der er mit etwas Kraft ein verrostetes Rapier mit Glockengriff zog.

»Endlich eine richtige Waffe.« Er sah auf. »Wenn ihr nichts dagegen habt, nehme ich das an mich.«

Ricardo verzog spöttisch die Lippen, während Itzil lediglich nickte.

Sie folgten ihm, belasteten vorsichtig den knarrenden Boden und untersuchten die Kajüte im Licht ihrer Lampen.

»Das Schiff muss damals ordentlich durchgeschüttelt worden sein«, meinte Ricardo, der den alten Sextanten aufgehoben hatte und betrachtete.

»Wobei es komisch ist, dass wir bislang auf keine Knochen gestoßen sind«, gab Alex zurück.

»Nicht unbedingt«, mischte sich Itzil ein, die den Raum weiter hinten absuchte. »Vielleicht sind die Männer damals alle über Bord gespült worden. Außerdem haben wir den Laderaum noch nicht gesehen.«

»Ja, möglich.« Alex wog die alte Waffe prüfend in seiner Hand. Das Rapier war damals sicher teuer gewesen, denn der Glockengriff war aufwendig verziert. Außerdem schien ihm die Waffe gut ausbalanciert zu sein.

»Hier!« Ricardo reichte ihm einen Klumpen, den Alex im Licht der Halogenlampe als alte Ledertasche identifizierte.

Darin befanden sich eine verkorkte braune Flasche und ein eckiger grauer Stein.

»Was ist das?«

»Ich tippe auf ein altes Waffenpflegeset.« Der Brasilianer deutete auf das Rapier. »Bei dem Block da drinnen dürfte es sich um einen Schleifstein handeln. Bei Gelegenheit sollten Sie die Klinge mal nachschleifen.«

»Danke.« Alex nahm das Fundstück zufrieden an sich.

»Seht mal.« Itzil hob weiter hinten im Raum eine hölzerne Kassette vom Boden auf und präsentierte sie ihnen. Der Deckel war moosbewachsen und mit einem verrosteten Schloss ausgestattet.

Neugierig schob Alex das Rapier zurück in die Waffenscheide, die er in seinen Gürtel klemmte, während draußen zu hören war, wie Dodong etwas Schweres über die Reling in den Dschungel warf.

Itzil wog die Kassette mit ihren Händen. »Sie hat ein gewisses Gewicht. Vielleicht ist da Gold drin?«

»Wirkt auf mich eher wie eine Dokumentenkassette«, widersprach Ricardo. »Lassen Sie mal sehen.«

Er nahm ihr die Schatulle etwas forsch aus der Hand, stellte sie auf den Boden und reichte ihr im Austausch gegen den Hammer die Taschenlampe. Itzil, in deren Blick leise Empörung blitzte, schaltete ihre eigene Lampe aus. Dann sahen sie gespannt dabei zu, wie der Brasilianer das Schloss von der Kassette mit zwei wuchtigen Schlägen abschlug. Mit einem Knirschen öffnete er den Holzdeckel, und sie blickten auf ein Lederbuch nebst Tintenfass samt Federkiel sowie Löschsand.

Neugierig hob Ricardo das Buch aus der schützenden Schatulle und klappte es auf. Der lederne Einband quietschte, doch zu ihrem Erstaunen offenbarten sich ihnen Seiten mit gut lesbaren spanischen Einträgen, auch wenn die Tinte dem Papier stark zugesetzt hatte.

»Mist«, murrte der Brasilianer. »Ich verstehe Portugiesisch, Französisch und Englisch, aber leider kein Spanisch.«

»Sieht ganz so aus, als bräuchten Sie mich.« In Itzils Stimme schwang leise Genugtuung. Sie nahm ihm den Band ab, blätterte die Seiten behutsam um und konnte dennoch nicht vermeiden, dass einige von ihnen aneinanderklebten.

»Und?«, wollte Alex ungeduldig wissen.

»Das ist das Logbuch der Karavelle«, murmelte die Mexikanerin. »Das Schiff trug offenbar den Namen *Esperanza,* was übersetzt Hoffnung bedeutet. Es ist im August 1513 in Puerto Rico ausgelaufen. Und zwar unter dem Befehl eines Kapitäns namens Pedro García Lorca. Und der fuhr im Auftrag des Gouverneurs von Puerto Rico, dem Spanier ... Juan Ponce de León!« Sie stieß einen erstaunten Laut aus. »Das gibt es ja nicht!«

»Was?«, hakte Ricardo nach.

»Juan Ponce de León ist ein Konquistador, der Christoph Kolumbus auf seiner zweiten Reise nach Amerika begleitet hat. Er gilt als Entdecker Floridas und des Golfstroms, der es den Spaniern ermöglichte, ihre Schiffe voller Gold rasch zurück nach Europa zu bringen. Damals war er tatsächlich Gouverneur von Puerto Rico. Auch wenn er später von Diego Kolumbus aus dem Amt gedrängt wurde, dem Sohn von Christoph Kolumbus. Aber das hier ...« Sie blätterte rasch weiter, überflog die Zeilen des Logbuchs und schüttelte abermals ungläubig den Kopf. »Das hier ist ein Beweis dafür, dass noch an einer anderen Legende etwas dran ist. Ich musste sie damals als Fremdenführerin immer wieder erzählen. Die *Esperanza* hatte nämlich einen konkreten Auftrag. Ihr Kapitän sollte für de León nach einer alten Taíno-Legende suchen.«

»Moment«, unterbrach sie Alex. »Du sprichst von den gleichen Taíno, deren Hinterlassenschaften wir hier auf der Insel gefunden haben?«

»Ja, sicher. Nur wirst du es kaum glauben. Denn es ging dabei ...«

»... um den legendären Jungbrunnen!«, beendete Ricardo

den Satz überraschend. Auch er beugte sich jetzt über die Seiten, obwohl er die Sprache nicht verstand. »Aber ja, natürlich! Das ergibt irgendwie sogar Sinn.«

»Was für einen Sinn?« Irritiert starrte Alex den Brasilianer an.

»Ich habe mich da wohl etwas unglücklich ausgedrückt«, wiegelte der ab. »Diese Jungbrunnen-Legende ist in diesem Teil der Welt tatsächlich nicht unbekannt. Nur schien sie mir etwas aufgebauscht zu sein. Und wenn ich mich richtig erinnere, ist das Gerücht um diese Suche auch erst nach dem Tod de Leóns aufgekommen. Wohlmöglich, um seinen Ruf zu beschädigen, indem man ihm die Suche nach einem Hirngespinst anhängte. Wenn die Eintragungen hier allerdings stimmen«, er nickte nachdenklich, »dann war an der Sache wohl doch etwas dran.«

Alex und Itzil tauschten Blicke.

»Den Jungbrunnen also?«, wiederholte Alex skeptisch. »Nun, was das betrifft, befand sich de León in guter Gesellschaft. Bereits Alexander der Große soll nach dem Quell ewiger Jugend gesucht haben. Soweit ich weiß, allerdings in Asien.«

»Steht da noch etwas?«, fragte Ricardo. »Vielleicht noch etwas mehr über diese Taíno-Legende?«

Itzil überflog weiter die Zeilen und schüttelte den Kopf. Alex hingegen warf dem Brasilianer einen forschenden Seitenblick zu.

»Wenn ich die Einträge richtig deute«, sagte Itzil da, »ist der Kapitän der *Esperanza* bei seiner Suche gute zwei Wochen lang zwischen irgendwelchen Inseln herumgekreuzt, um dort weitere Einheimische zu erforschen. Ob ihm das wirklich neue Erkenntnisse brachte, ist hier leider nicht verzeichnet. Vielleicht lief das auch unter Geheimhaltung. In jedem Fall aber hatte die *Esperanz*a einen einheimischen Übersetzer an Bord. Diesem zufolge gab der Kapitän den Befehl, gen Norden aufzubrechen. Und zwar Richtung Florida, das Gouverneur de León ein halbes Jahr zuvor entdeckt hatte.« Sie schlug mehrere Seiten um. »Eine Fahrt, die insgesamt noch einmal neununddreißig Tage in Anspruch nahm. Davon viele, die sie offenbar an der Küste entlangfuhren.« Sie schnaubte. »Und da sind sie beileibe nicht bloß freundlich aufgenommen worden. Zweimal gab es kämpferische Auseinandersetzungen … außerdem haben die Spanier einen Kaziken entführt. Vermutlich, um ihn auszufragen.«

»Und?« Ricardo sah sie gespannt an.

»Über die Ergebnisse steht hier nichts. Aber das war eine knappe Woche, bevor die Aufzeichnungen abbrechen. Nämlich am vierten Oktober 1513. Da befand sich das Schiff bereits wieder auf dem offenen Meer. Aber kein Hinweis auf irgendeinen Sturm.«

»Das bedeutet wohl, dass es die Karavelle ziemlich überraschend erwischt hat«, murmelte der Brasilianer. »Ähnlich wie uns …«

Draußen, auf dem Hauptdeck, war plötzlich lärmendes Getöse zu hören, dem ein lang gezogener Schrei folgte. Ein Zittern lief durch das alte Schiff.

Alex sprang auf, stürmte über den Kajütenausgang aufs Achterdeck und sah zu seinem Entsetzen, dass mittschiffs, unweit des alten Beiboots, das jetzt schief hing, ein gewaltiges Loch im Hauptdeck klaffte. Dort waren die Planken auf großer Breite eingebrochen und hatten sogar die alte Schiffswinde mit sich in die Tiefe gerissen.

»Dodong!«

Alarmiert stürmte Alex die Außentreppe hinunter, als plötzlich unter ihm eine der Stufen einbrach. Erschrocken riss er die Arme hoch und konnte sich gerade noch an der alten Reling festhalten, um nicht zu stürzen. Hinter ihm waren die vorsichtigeren Schritte Itzils und Ricardos zu hören, während die Schreie im Laderaum schriller wurden. »Dodong!«

Nahe dem zerbrochenen Hauptmast stieg jetzt ein großer, angriffslustiger Bienenschwarm auf, dessen Ursprung eindeutig der alte Laderaum war.

Dort unten ertönten immerzu weitere Schreie, was zumindest bedeutete, dass der Filipino noch lebte. Zum Glück handelte es sich bei diesen Exemplaren nicht um europäische, sondern um südamerikanische Bienen. Diese hatten keinen Stachel – konnten jedoch beißen.

Itzil und Ricardo, die ihn jetzt einholten, wagten sich nicht weiter vor, da nun auch in ihrer Nähe angriffslustige Insekten herumschwirrten. Alex sah sich hastig zu dem Kompasshaus um.

»Dodong!«, brüllte er so laut er konnte. »Wenn du kannst, lauf ganz nach hinten. Da kriegen wir dich rauf!«

Irgendwo im Laderaum polterte es, Schreie wechselten sich mit Flüchen ab, und Alex wiederholte die Aufforderung mehrfach. Dann lief er ins Kompasshaus und dort zu dem Niedergang neben dem alten Schiffskompass. Eine Leiter führte wie erwartet in die Tiefe.

»Die Taschenlampe! Her damit!«, bellte er den Brasilianer an, der ihm das Gewünschte ohne Murren reichte. Hastig knüpfte Alex die Jacke zu und rutschte, da er den Sprossen nicht traute, so schnell es ging an den Längsstreben der Kletterhilfe hinab in die Düsternis. Unvermittelt fand er sich zwischen alten Fässern und vermoderten Säcken wieder, die die einstige Trennwand zwischen Heckstauraum und Laderaum zum Glück schon vor langer Zeit eingerissen hatten. Von dort dröhnte ihm ein lautes Summen und Sirren entgegen. Er leuchtete in Richtung Hauptladeraum und sah zu seiner Erleichterung einen wüst um sich schlagenden Schatten auf sich zukommen. Weiter hinten erblickte er nun auch den Bienenstock der angriffslustigen Insekten, der wie eine riesige, jedoch beschädigte Traube von einem der Stützpfosten des Frachtraums herabhing. Auch Alex selbst umschwirrten jetzt Bienen.

»Dodong! Hier!« Er schwenkte die Taschenlampe, dessen Lichtschein zahllose wild herumfliegende Insekten enthüllte, und sah, wie der Filipino über eine alte Taurolle stürzte, wütend aufschrie, sich aber wieder aufrappelte und weiter auf ihn zustolperte. Dann, endlich, hatte ihn sein Gefährte erreicht, und auch Alex spürte erstmals Bisse im Nacken und an den Armen. In ihrer Schmerzintensität ähnelten sie Moskitostichen.

Hastig zog er Dodong mit sich zur Leiter, doch so, wie er befürchtet hatte, brach eine der Sprossen. Wild schlug nun auch er nach den Bienen, als ihnen Itzil von oben das Ende des Nylonseils zuwarf: »Rasch, wir ziehen euch rauf!«

Alex drückte dem stöhnenden Filipino das Seil in die Hand, der es nun mithilfe der anderen rasch durch den Einstieg über ihnen schaffte. Dann war er selbst dran. Nur hatten sich die vielen Bienen längst in seinen Haaren festgesetzt, und immerzu spürte er weitere unangenehme Bisse. Dann, endlich, hatte auch er es über ihnen durch die Öffnung geschafft, und er sah, wie Ricardo weiter hinten den alten Verschlag zuzog, um so weitere Bienen am Eindringen zu hindern.

Alex selbst schob die alte Tischplatte im Raum so über den Niedergang, dass auf diesem Weg auch von dort keine weiteren Insekten zu ihnen heraufgelangen konnten.

Unweit von ihm, im Licht der Taschenlampe, lehnte Dodong bereits gegen eine der Holzwände und stöhnte schmerzerfüllt. Itzil hockte neben ihm, schlug hin und wieder nach einer Biene und ließ ihm kühlendes Wasser aus einer ihrer mitgeführten Flaschen über das Gesicht laufen. Der Filipino sah zum Fürchten aus.

Sein ganzes Gesicht war mit Schwellungen und Quaddeln übersät, eine davon direkt auf seinem linken Augenlid. Ebenso entstellt waren seine Unterarme, von denen der rechte sogar blutete. Eine Verletzung, die er sich offenbar bei dem Sturz zugezogen hatte. »So eine Scheiße!«, ächzte er. »Ich hätte wissen müssen, wie verrottet die Planken sind.«

Alex hockte sich ebenfalls neben ihn und untersuchte die vielen Bisse auf der Haut des Filipinos. »Mann, sei nur froh, dass diese Bienen keinen Stachel haben.«

»Es fühlt sich trotzdem so an, als wäre ich in einen Topf mit Nadeln gefallen.«

»Hast du dich beim Sturz verletzt?«, wollte Itzil wissen.

»Ich glaube, ich habe mir den linken Fuß verstaucht.« Dodong tastete hinab zu seinem Bein. »Zum Glück bin ich auf irgendetwas Weicheres gefallen, das den Sturz abgemildert hat. Alte Säcke. Oder ein Tau. Ich weiß es nicht. Dieser Bienenschwarm hat mir nicht viel Zeit dazu gelassen, mich umzusehen.«

»Hier am Kopf ist auch noch eine blutende Beule«, stellte Itzil fest, die nun Dodongs Kopf untersuchte.

»Sicher, dass das kein weiterer Bienenbiss ist?«, versuchte Dodong sich mit schiefem Grinsen an einem Scherz, und Alex erhob sich erleichtert. Zumindest hatte der Filipino seinen Humor nicht verloren.

Ricardo kramte eine Salbe aus seinem unerschöpflich scheinenden Rucksack hervor. »Hier, gegen Insektenstiche. Die kühlt auch.«

Dankbar nahm Alex die Tube entgegen, und er und Itzil cremten Dodongs betroffene Hautflächen großzügig ein. Anschließend kümmerte Alex sich um seine eigenen Bienenbisse, sah aber, dass auch Itzil einiges abbekommen hatte.

»Dank dir übrigens, dass du da raus bist und das Seil geholt hast«, seufzte er.

Die Mexikanerin winkte ab. »Und was jetzt?«, wollte sie wissen.

»Na ja, ich schätze, wir müssen abwarten, bis sich die Bienen da draußen wieder etwas beruhigt haben. Danach sollten wir von hier verschwinden.«

»Können Sie abschätzen, wie lange das dauern wird?«, fragte Ricardo.

»Keine Ahnung. Aber wohl mindestens eine halbe Stunde, in der wir hier drinnen vermutlich am sichersten sind.«

»Ich gehe nicht, bis ich nicht das zweite Ruder geborgen habe«, knurrte Dodong und betastete vorsichtig die Schwellungen in seinem Gesicht. »Das erste liegt schon unten vor dem Schiff. Wir müssen nur vorsichtig sein, wenn wir uns das andere schnappen. Es müsste noch immer irgendwo da draußen herumliegen.«

»Bist du vollkommen übergeschnappt?«, schimpfte Itzil. »Reicht dir deine Bekanntschaft mit den Bienen nicht?«

»Dann sag mir mal, was wir mit einem Ruder anfangen sollen!«

»Warten wir es ab und ruhen uns erst einmal aus«, schlug Alex vor, der sich nun ebenfalls gegen eine der alten Offizierskojen lehnte.

Sie ließen eine gewisse Zeit verstreichen, in der Ricardo missmutig in dem alten Logbuch blätterte, dann erhob sich der Brasilianer, öffnete die Tür des Kompasshauses und wagte einen Blick nach draußen.

»Ich glaube, die Bienen haben sich wieder beruhigt«, brummte er.

»Na gut, probieren wir es. Aber keine hastigen Bewegungen.« Alex erhob sich müde. Er und Itzil stützten Dodong, und sie bewegten sich vorsichtig wieder hinaus auf das zerstörte Hauptdeck.

Dort schwirrten noch immer viele Bienen über dem Einbruch herum, aber die Lage war tatsächlich nicht mehr so angespannt wie vorhin. Behutsam bewegten sie sich auf jene Stelle der Reling zu, über die sie hochgekraxelt waren, und Itzil befestigte bereits wieder das Nylonseil, als Dodong zu dem Einsturzloch deutete.

»Siehst du, da ist es!«

Alex sah, dass aus dem Loch im Deck ein Stück jenes Ruders hervorragte, das sein Begleiter zu bergen versucht hatte. Es schien hochkant zu stehen.

»Echt jetzt, das ist doch bitte nicht dein Ernst!« Itzil sah ihn böse an.

»Ich pflichte Frau Pérez bei – nicht mit mir.« Ricardo winkte ab und kletterte mithilfe des Seils zurück in den Dschungel.

Dodong sah Alex flehend an. »Komm schon, du bist mir was schuldig. Ich wollte ursprünglich gar nicht mit. Meine ganze Arbeit wäre umsonst. Und so wie es aussieht, brauchen wir nun einmal zwei Ruder.«

Alex seufzte schwer. »Okay. Aber nur ein Versuch.«

»Alles klar.« Der Filipino versuchte sich an einem schiefen Grinsen, was sein aufgequollenes Gesicht umso mehr entstellte.

Itzil stand lediglich da und schüttelte den Kopf. »Alex, du bist ebenso durchgeknallt wie Dodong. Ich hoffe, du weißt das.«

Alex ignorierte sie und schob sich vorsichtig über das moosige Hauptdeck voran. Schritt für Schritt, wobei er die dortigen Planken noch behutsamer belastete als zuvor. Sie knarrten. Abermals umschwirrten ihn Bienen, doch da er sich weitgehend ruhig verhielt, blieb es dabei. Dann, endlich, hatte er die zersplitterte Kante des Einbruchs erreicht und warf einen bangen Blick vor sich in die Düsternis. Dort unten summte und sirrte es beständig, doch da die Bienen sich, soweit er sah, normal verhielten, fasste er langsam nach dem alten Riemen. Der ragte eine gute Armeslänge aus dem Loch, und behutsam zog er ihn nun nach oben, begleitet vom anschwellenden, zunehmend erneut hektischen Summen der Bienen. Stück für Stück. So lange, bis er das Ruder etwas kippen und sich von der Einbruchsstelle entfernen konnte. Hinter ihm knarrte es, und er sah über der Schulter den Schatten Dodongs, der es offenbar nicht ausgehalten hatte, und ihm nun beistand.

»Dir geht es offenbar noch viel zu gut«, knurrte Alex angestrengt. »Wenn wir hier gleich zusammen einbrechen, werfe ich dich eigenhändig ein zweites Mal in den Bienenstock.«

Der Filipino gab einen undefinierbaren Laut von sich und half ihm nun dabei, den Riemen einzuholen. Dieser war fast fünf Meter lang, und als sie ihn Stück für Stück aus dem Laderaum herauszogen, begriff Alex, warum die Bienen noch immer so aufgeregt waren. Das Ruderblatt hatte beim Sturz einen Teil des Bienenstocks durchschlagen, dessen Honigwaben nun am Blatt hingen.

Sie hoben den Riemen endgültig an, schleppten ihn gemeinsam zur Reling und legten ihn mittig auf dem Holzbock einer der einstigen Kanonen ab.

»Und jetzt? Einfach runter damit?«, fragte Itzil hinter ihnen.

»Warte mal, die Viecher sind mir eh noch was schuldig.« Dodong zückte Jordans Taschenmesser, ließ sich die leere Wasserflasche von Itzil reichen und schnitt sie auf, sodass er nun ein Gefäß besaß. Dieses schob er mit einem Stock über die alten Planken, bis es sich unterhalb der Waben befand und es sich allmählich mit dem herabrinnenden Honig füllte.

»Ich finde das bloß gerecht«, meinte er grimmig.

Alex seufzte. Hatten sie für so etwas Zeit? Andererseits: Später würden sie vielleicht mehr als froh über eine Energiequelle wie diese sein. Und so warteten sie, während sich der Plastikbehälter füllte, als sich Dodong abermals in Bewegung setzte.

»Was hast du denn jetzt schon wieder vor?«, rief Alex.

»Ich habe schon den Spaten verloren. Nicht auch noch den Speer.« Der Filipino deutete hinüber zu dem schief hängenden Beiboot der Karavelle, in dessen Nähe tatsächlich der Speer auf den Planken lag, die Alex gebaut hatte.

Dodong humpelte dicht an der dortigen Reling entlang, sammelte die Waffe vorsichtig auf und kam mit einem triumphierenden Lächeln wieder zurück. »Hab ihn!«

Dodong warf die Waffe zu Ricardo nach unten. Dann hoben sie den Riemen an, streiften das Wabenstück in einiger Entfernung ab und warfen ihn hinterher. Dodong schnappte sich den Honig, tunkte seine Fingerspitze hinein und leckte diese ab. »Würzig. Und ziemlich süß«, kommentierte er, verschloss seine dunkelbraun glitzernde Beute mit einem Lappen, um den er zusätzlich noch eine dünne Liane wickelte, dann mühten auch er und Itzil sich wieder in die Tiefe. Alex knüpfte das Nylonseil ab und kletterte als Letzter an den Lianen nach unten, wo sie ihre Lasten neu ordneten. Sie banden die beiden Riemen lose mit dem Nylonseil zusammen, sodass diese von zwei Mann auf den Schultern getragen werden konnten, und platzierten dazwischen den Wasserkanister und Ricardos Rucksack.

Nach einem letzten Blick auf die Karavelle zogen sie weiter. Dodong humpelte voraus, und Alex, Itzil und Ricardo stolperten unter Mühen hinter ihm her, wobei sie sich wieder an dem Wildbach im Dschungel orientierten.

Überraschenderweise dauerte es nicht lange, bis Dodong zwischen den Bäumen stehen blieb und nach vorn deutete.

»Wir haben unser Ziel fast erreicht!«

Tatsächlich hatte sie das Wasser zu einer verkrauteten Anhöhe geführt. Unmittelbar voraus zwischen den Bäumen, und in einiger Entfernung, war das Blau des Meeres zu erahnen. Selbst die Luft schmeckte jetzt leicht nach Salz.

Ganz in der Nähe war ein lautes Rauschen zu hören, das von den Fluten des Wasserlaufs stammte, der dem Gefälle folgend in den tiefer liegenden Dschungel strömte. Dort unten, nur einhundert Meter von ihrem Standort entfernt, ging der Urwald bereits in den Mangrovensaum der Insel über, hinter dem sich das türkisblaue Meer bis zum dunstigen Horizont hin aufspannte.

»Sehen Sie, ich habe es gewusst!«, sagte Ricardo selbstzufrieden. »Jetzt müssen wir bloß noch herausfinden, wo ...«

»Ich weiß, wo wir sind!«, unterbrach ihn Itzil und deutete zu einer von Mangroven bewachsenen Landzunge, die sich linker Hand von ihnen ein Stück weit ins Meer hinaus erstreckte. Auch Alex erkannte sofort, wo sie waren: auf der anderen Seite jener Landzunge, die sich rechts des Strandes befunden hatte, an dem sie erwacht waren. Denn etwas weiter draußen auf dem Meer war auch von ihrem Standpunkt aus das Wrack der *Sea Quest* zu sehen. Und noch immer war der Anblick niederschmetternd. Das havarierte Kreuzfahrtschiff ragte leicht schräg aus dem Wasser, nur dass sie diesmal vorrangig auf Teile des Rumpfes blickten.

Selbst Ricardo atmete bei dem Anblick tief ein.

Sie legten eine Rast ein, bei der der Brasilianer abermals eine seiner Fertigmahlzeiten unter ihnen aufteilte, und bestrichen Dodongs Schwellungen erneut mit Salbe, ehe sie sich der letzten Etappe durch die Mangrovenwurzeln zuwandten. Das Wasser des Wildbaches sammelte sich in einer Art Lagune, die schließlich ins Meer überging. Dort wanderte es über einen Strand auf die von Mangroven überwucherte Landzunge zu, die sie von jenem Strandabschnitt trennte, an den es sie angespült hatte. Rasch erkannten sie, dass dieser Teil der Insel von Meer überspült war. Und so bahnten sie sich schwer atmend einen Weg über die vielen Boden- und Luftwurzeln hinweg durch das Dickicht. Als Alex entdeckte, dass die Wurzeln der Mangroven unter der Wasserfläche dicht an dicht mit Austern bewachsen waren, sammelten sie zahllose davon ein, ließen etliche Anstrengungen später den Mangrovensaum hinter sich und kamen auf dem ihnen bekannten Küstenabschnitt heraus – doch der war kaum wiederzuerkennen. Erstaunt registrierte Alex, dass von dem vielen Treibgut, das hier noch vor Kurzem herumgelegen hatte, nichts mehr zu sehen war. Der Strand wirkte nahezu unberührt.

Auch Itzil blieb irritiert stehen. »Irgendwas stimmt hier doch nicht! Was ist denn mit dem Strand passiert?«

Ricardo sah sie fragend an, doch Alex ignorierte ihn.

»Hey, dahinten!« Dodong winkte und rief etwas in seiner Muttersprache.

Jetzt sahen auch sie die Bewegung hinter einem der Felsen. Ein Mann mit Dreadlocks, weißem Hemd und Kakihose sowie eine schwarze Teenagerin in einem Jeanskleid. Fernando Alvarez und Courtney Freeman. Beide liefen jetzt über den Strand hinweg auf sie zu.

»Mann, echt. Unkraut vergeht wirklich nicht!«, begrüßte sie der Puerto Ricaner außer Atem. »Sind das etwa Ruder, die ihr da mit euch rumschleppt? Und was ist denn mit dir passiert?« Schockiert sah er Dodong an und nahm erst jetzt Ricardo wahr. »Sieh an, Neuzuwachs?«

»Ricardo!« Der Brasilianer reichte ihm reserviert die Hand. »Ebenfalls Schiffbrüchiger.«

»Gott, ich bin so froh, dass euch nichts passiert ist.« Courtney umarmte Itzil und drückte sie fest. »Wir hatten uns solche Sorgen gemacht, als ihr nicht wiedergekommen seid. Wir dachten schon, diese Kreaturen im Dschungel hätten euch geholt.«

»Wir konnten uns in einer Höhle verstecken«, antwortete Itzil sichtlich gerührt und drückte das Mädchen gleichermaßen fest an sich.

»Wo ist Jordan?«, wollte Fernando plötzlich wissen. Grinsend blickte er hinüber zu den Mangroven, so als erwarte er, dass der Kanadier dort ebenfalls gleich auftauchte. »Habt ihr etwa noch mehr Überlebende gefunden?«

»Jordan ist tot«, antwortete Dodong mit belegter Stimme.

Die Züge des Puerto Ricaners entgleisten, und auch Courtney sah schockiert auf.

»Tot?«

»Ja.« Alex sah sie niedergeschlagen an. »Wir erzählen es euch nachher. Aber was ist hier eigentlich los? Der Strand wirkt so … aufgeräumt.«

Fernando sah sich beunruhigt um. »Wir begreifen es auch nicht. Hier war letzte Nacht so eine seltsame flackernde Lichterscheinung. Seitdem ist alles Treibgut verschwunden. Fast so, als habe es nie existiert.«

ch'įįdiitah

Itzil tauchte ins Meer ein, spürte, wie das Wasser über ihr zusammenschlug und gab sich ganz dem Gefühl der Schwerelosigkeit hin. Um sie herum erstreckte sich ein sandiger und von

Muscheln übersäter Seeboden. Allein zum offenen Meer hin wurde die Sicht zunehmend trüber. Und doch glaubte sie weiter hinten, zwei flinke Schatten ausmachen zu können. Fische.

Sie fuhr sich über das Gesicht, tauchte mit einem tiefen Atemzug wieder auf und schlug sich das lange schwarze Haar auf den Rücken.

Gott, tat diese Erfrischung gut!

Wasser rann in Strömen über ihren Körper, und das vertraute Geräusch der Brandung und das Krächzen der Azteken-Möwen drang an ihre Ohren. Und irgendwo im Hintergrund war auch wieder jenes leise Grummeln zu hören.

Wie erwartet, hatten die anderen sie mit Fragen bestürmt, kaum dass sie ins Strandlager zurückgekehrt waren. Doch Itzil hatte all ihre Fragen zu den Ereignissen der vergangenen zwei Tage ignoriert. Sollten die Männer das übernehmen. Sie brauchte das jetzt.

Dabei war sie nicht einmal weit ins Meer hinausgelaufen. Gerade so weit, dass sie nicht den Boden unter den Füßen verlor. Denn alles, wonach sie sich nach dem Dschungelmarsch sehnte, war, sich endlich den Schweiß und den Dreck abzuwaschen, die sie – zumindest gefühlt – wie eine zweite Haut eingehüllt hatten.

Abermals ließ sie sich ins Meer fallen und wusch sich, bis sich ihr Körper endlich wieder sauber anfühlte.

Nur mit Slip und Unterhemd bekleidet, stand sie da, starrte zum dunstigen Horizont und watete schließlich durch die Brandung wieder zurück zum Strand.

Dort wartete Courtney geduldig auf sie, die ihr, seitdem sie wieder zurück waren, nicht mehr von der Seite wich. Zu ihrer Überraschung war die Teenagerin dabei, ihre verdreckte Kleidung in der Meeresbrandung zu waschen.

»Hey, das musst du nicht!«, rief Itzil ihr zu.

»Doch, das mache ich gerne.« Courtney lächelte, während sie Itzils Uniformhemd auswrang. »Ich bin so froh, dass ihr wieder zurück seid. Gerade wegen des Todes von Mr. Reid …

Ich wage mir gar nicht auszumalen, wie gefährlich die Expedition auch für euch war.«

Itzil lächelte gerührt. Vor allem jedoch freute sie sich darüber, dass das Mädchen wieder neuen Lebensmut gefasst zu haben schien.

Sie half ihr dabei, ihre Sachen zu waschen, während die wärmenden Strahlen der Nachmittagssonne dafür sorgten, dass ihr nicht kalt wurde. Allerdings steckte sie nun in einem Dilemma, denn es würde noch etwas dauern, bis ihre Kleidung wieder trocken war. Zugleich widerstrebte es ihr, allein mit dem nassen Unterhemd, das ihr noch immer klatschnass am Körper klebte, zu den Männern zurückzukehren.

»Warte!« Courtney, die ihre Verlegenheit bemerkte, eilte über den Strand hinüber zum Lager unter den Kokosnusspalmen, das die anderen in den zurückliegenden Tagen zu einer Art Wehr umgebaut hatten. An den Seiten hatten sie das alte Tarnnetz sowie das zuvor gefundene Fischernetz zu einer Art Zaun aufgespannt, und im hinteren Teil besaß es eine Art Zeltdach aus Plane, die sich aufspannen ließ.

Courtney kehrte rasch wieder zu ihr zurück, wobei sie zu Itzils Überraschung ein kariertes Hemd bei sich trug. »Hier!«

»Wo hast du das denn her?« Dankbar betrachtete Itzil das Hemd, ehe sie es überstreifte. Es war etwas zu groß, aber das war ihr im Augenblick egal.

»Barry Ross und Mikkel Petersen haben heute Morgen das Wrack eines kleinen Fischtrawlers entdeckt.«

»Ein weiteres Schiffswrack? Hier?« Itzil sah das Mädchen verblüfft an.

»Nein. Aber ganz in der Nähe.« Die Kleine deutete zu der Steilklippe, die den Strandabschnitt einige Hundert Meter weiter rechts von ihnen begrenzte.

»Mr. Ross will doch da oben ein Signalfeuer errichten«, fuhr Courtney fort.

Itzil verengte bei der Nennung des Store-Keepers die Augen.

»Deswegen haben er und Mr. Petersen sich heute Morgen aufgemacht, um einen Weg zu finden, wie man dort hinaufkommt«, fuhr Courtney fort. »Es hat sich gezeigt, dass sich hinter der Klippe ein felsiger Küstenabschnitt erstreckt. Und da liegt das Wrack. Die beiden haben uns später dazugeholt. Und dort haben wir mitgenommen, was uns nützlich erschien – darunter das Hemd. Die anderen haben sich nicht dafür interessiert.«

»Irgendwelche Tote?«, fragte Itzil besorgt.

Courtney schüttelte den Kopf. »Der Trawler scheint dort schon vor einigen Jahren angespült worden zu sein. Offenbar ist er ebenfalls in einen schweren Sturm geraten.«

»Und, habt ihr sonst noch etwas gefunden, was uns weiterhilft?«

»Wie man es nimmt.« Die Teenagerin seufzte. »Mr. Ross hatte den Verdacht, dass vor uns schon jemand auf dem Schiff gewesen ist.«

»Vor uns?«

»Ja. Das Funkgerät fehlte, außerdem die Schiffsbatterie und noch einige andere Sachen von der einstigen Brücke. Vor allem technische Geräte, aber damit kenne ich mich nicht so aus.« Courtney zuckte mit den Achseln. »Der Tank des Trawlers ist aber wohl noch ganz gut gefüllt. Nur ist das Dieselkraftstoff. Die anderen haben etwas davon in Flaschen abgefüllt, aber für unseren Außenbordmotor ist das wohl nicht zu gebrauchen. Nur kann Mr. Petersen den ohne passendes Werkzeug eh nicht zum Laufen bringen. Leider konnten wir drüben kein Werkzeug finden.«

Itzil warf einen Blick zu den Resten des Zodiacs, dessen Gaszellen mittlerweile völlig erschlafft waren. Nicht weit entfernt hatte die Truppe das Ruderboot näher ans Wasser herangeschoben, hinter dem jetzt der Außenbordmotor des Schlauchbootes aufgebockt war. Allerdings schien der dänische Schiffsmechaniker mit seinen Basteleien nicht wirklich weitergekommen zu sein.

»Wo sind Petersen und Ross eigentlich jetzt?«, wollte Itzil wissen.

»Die beiden sind noch einmal zum Trawler, müssten aber bald zurück sein.«

Missmutig knöpfte Itzil sich das Hemd zu. »Und letzte Nacht? Wie habt ihr die überstanden?«

Beklommen sah die Kleine sie an. »Der Abend und die Nacht waren ... gruselig. Zum Glück haben wir eine ganze Menge Feuerholz gesammelt. Mr. Ross hätte es zwar am liebsten gestern schon hoch zu der Klippe gebracht, aber Mr. Scott ließ abstimmen, und wir haben uns dafür entschieden, erst einmal genug Holz für ein Lagerfeuer zu sammeln, das uns im Zweifel Schutz vor diesen Wesen bietet. Außerdem haben wir das Lager abgesichert. Wir waren gerade fertig, als das heftige Unwetter über uns hereinbrach. Und dann war es wie bei euch: erst der seltsame Lärm über der Insel und dann dieses flackernde Leuchten. Fernando hat es ja schon erzählt.« Sie deutete zu den Felsen in jener Richtung, aus der sie gekommen waren. »Wir konnten wegen des dichten Nebels kaum etwas erkennen, aber auf dem anderen Strandabschnitt hat es ganz eigenartig gestrahlt und geflackert. Als ob dort ein riesiger Scheinwerfer im Boden angesprungen wäre. Der Lichtschein reichte bis hoch zum Himmel. Nur viel, viel breiter und größer.«

»Ja, so war es auch im Dschungel«, meinte Itzil nachdenklich. »An ziemlich vielen Stellen im Dschungel, genau genommen. Und dann? Hat irgendjemand von euch nachgesehen, was da los war?«

»Nein.« Die Teenagerin schüttelte den Kopf. »Keiner von uns hat sich getraut. Außerdem ... waren da schon bald wieder diese seltsamen Tierlaute im Dschungel. Nur eine knappe halbe Stunde nachdem das Flackern und Leuchten aufgehört hatten. Wir haben dann mit dem Treibstoff aus der Soldatenstellung das nasse Holz entzündet und waren froh, dass es nicht wieder ausgegangen ist. Ich selbst habe nichts gesehen, aber wir konnten hören, dass da etwas im Dschungel dicht ans Lager herankam. Aber wie gesagt, diesmal hatten wir echt viel Feuer.«

»Gut so.« Itzil strich dem Mädchen über die Cornrows, die hinten noch immer zu einem Pferdeschwanz zusammengebunden waren.

»Dass auf dem Strandabschnitt drüben all das Treibgut verschwunden ist, haben wir erst heute Morgen bemerkt«, erzählte Courtney weiter. »Du erinnerst dich? Fernando und ich wollten doch nach den Fleischpaketen im Wasser tauchen.«

»Ja, richtig. Was wurde daraus?«

Courtney zuckte mit den Achseln. »Wir sind zwar runtergetaucht, aber die Pakete sind leider auch weg. Das war der Grund, warum Fernando und ich vorhin noch mal rüber sind, bis wir uns alle wieder trafen.«

»Und da war wirklich gar nichts mehr?«

»Na ja, so gut wie nichts. Nur ein paar ältere Sachen etwas tiefer im Sand. Aber die waren weitgehend verrottet.«

Itzil sah mit einem Seufzer zu der rötlich schimmernden Nachmittagssonne samt den irritierenden Lichtreflexen auf, dann schnappte sie sich ihre feuchten Kleider, und sie und Courtney machten sich auf den Rückweg. Erstmals fiel ihr auf, dass auf dem Strand zwischen den hohen Felsen ein riesiges SOS aus schwarzen Basaltsteinen am Boden prangte. »Ihr wart fleißig.«

»Ja.« Courtney lächelte stolz. »Nur haben wir bislang kein einziges Flugzeug am Himmel gesehen.«

»Sonst irgendwas?«

»Lauren glaubte, heute Morgen ein Schiff am Horizont ausgemacht zu haben. Aber als wir zusammenkamen, war keines mehr zu sehen.«

Itzil atmete tief ein, dann marschierte sie mit Courtney zum Eingang des befestigten Strandlagers, das sie nun zum ersten Mal aus der Nähe sah.

Das Camp lag im Schatten von vier Palmen, die als Stützen für die Umfriedung dienten. Es war annähernd viereckig und besaß einen geschätzten Durchmesser von neun oder zehn Metern. Bei alledem ragte die Wehr aus Tang- und Fischernetz, die ihre Schicksalsgefährten rundherum aufgespannt hatten, gute zweieinhalb Meter in die Höhe. Inklusive der Plane, mit der sich die Hälfte des Lagers abspannen ließ und die als Sonnen- und Regenschutz gleichermaßen diente, sah es wirklich beeindruckend aus. Und doch fragte sich Itzil nach den Erlebnissen der gestrigen Nacht, ob all das ausreichen würde, um die gefährlichen Kreaturen aus dem Dschungel abzuhalten. Immerhin, nicht weit entfernt im Sand steckten lange Äste, die oben ebenso zugespitzt waren wie die improvisierten Speere, mit denen sich ihre Gruppe bei der Dschungelexkursion ausgerüstet hatte. Hier am Strand hatte man sich also ebenfalls bewaffnet.

Sie hängten ihre Kleidungstücke in der Sonne zum Trocknen auf, und als sie durch den Eingang schritt, der den Schleifspuren nach mit dem Ruderboot versperrt werden konnte, entdeckte sie in der Mitte des Lagers ein kleines brennendes Lagerfeuer. Drum herum gruppierten sich nicht nur die Schlafplätze, sondern auch hohe Stapel mit bereitliegendem Feuerholz, das dazu bestimmt war, das Feuer auch nach Sonnenuntergang in Betrieb zu halten.

Auf den knackenden Scheiten standen im Augenblick alte Konservenbüchsen, über denen es dampfte. Dem Berg an Austern zufolge, der daneben lag, erhitzte die Truppe dort gerade Wasser, um die Muscheln darin zu kochen. Courtney hatte ihr zwar erzählt, dass sie und die anderen gestern während des Sturms Regenwasser gesammelte hatten, dennoch war der Zehnliterkanister Wasser, den sie unter Mühen hergeschleppt hatten, bereits zur Hälfte leer.

Rund um das Feuer hatte sich fast der komplette Trupp versammelt, bestehend aus Alex, Dodong und Ricardo, die noch immer abgekämpft aussahen; außerdem Oliver und Sophia Scott, Lauren Clark und Fernando Alvarez. Die Einzigen, die fehlten, waren Barry Ross und Mikkel Petersen. Und natürlich Jordan Reid. Traurig schob sie den Gedanken an den Kanadier mit dem Faible für Black-Metal-Musik fort.

Tao Yang hingegen lehnte gegen einen Palmenstamm. Sein Bein war verbunden, und der Chinese erweckte auf sie den Eindruck, als ginge es ihm noch schlechter als noch bei ihrem gestrigen Abmarsch. Seine Augen waren halb geschlossen, dennoch schien er dem Bericht Dodongs konzentriert zu lauschen, der soeben endete.

»… sind wir dann auf Courtney und Fernando gestoßen. Der Rest ist euch bekannt.«

»Das mit Jordan tut mir wirklich leid«, meinte Sophia Scott traurig. »Wir haben zu Hause einen Nachbarn. Der ist auch Ire. Der arbeitet bei der Post.«

»Ach, Schatz …« Oliver Scott tätschelte liebevoll die Hand seiner Frau und räusperte sich verlegen. »Zumindest wissen wir jetzt, woher wir frisches Wasser bekommen, wenn hier gerade mal nicht ein Unwetter über der Insel niedergeht. Dazu müssen wir zwar über die von Mangroven bewachsene Landzunge dahinten am Nachbarstrand, aber dank Ihnen wissen wir jetzt, dass die Strecke zu bewältigen ist. Und«, er hob einen Zeigefinger, »Austern findet man auf dem Weg offenbar ebenfalls. Das wird unser Nahrungsmittelproblem in den kommenden Tagen … wenn schon nicht beheben, so doch wenigstens etwas lindern.«

»Trotzdem. Wenn ich das richtig verstanden habe, ist das über eine Stunde hin und zurück«, maulte Lauren Clark, über deren Gesicht bei Itzils Eintreffen ein verächtlicher Zug huschte. »Und diesen schweren Kanister trägt man ja ebenfalls nicht mal so. Ich jedenfalls nicht.«

»Ja, aber das ist noch immer die beste Alternative, die wir haben«, versuchte sich Alex mit etwas Optimismus. Er blickte kurz auf, als Itzil im Eingang erschien, und lächelte bei ihrem Anblick. »Ich gebe aber zu, dass es harte Arbeit ist. Auf der anderen Seite: immer noch besser als der lange Marsch durch den Dschungel.« Er tauschte einen kurzen Blick mit Scott. »Einige Zeit dürften wir uns auch noch mit Kokosnüssen versorgen können. Und mittelfristig müssen wir wohl darauf hoffen, dass uns ebenso wie Fernando das Jagdglück hold ist.«

Itzil sah Courtney fragend an, die auf einen Stock deutete, auf dem eine gehäutete Schlange aufgespießt war. Skeptisch musterte sie das Tier.

»Nein«, widersprach der Puerto Ricaner. »Wenn wir uns darauf verlassen, etwas Jagdbares zu finden, sind wir erledigt. Hier gilt es, zwölf Leute zu ernähren. Wir müssen endlich zur *Sea Quest* rüber. Und jetzt, da wir Ruder haben, müsste es doch mit dem Teufel zugehen, wenn uns das nicht gelingt! Auf dem Schiff dürften wir all das finden, was wir wirklich dringend benötigen: Lebensmittel – und nicht zuletzt Medikamente.«

Bei dem Wort sah Tao schmerzerfüllt auf.

»Ja, das wäre mir ehrlich gesagt sehr lieb«, stöhnte er. Er lächelte bitter und tastete nach seinem verletzten Bein. »Meine Wunde hat sich schlimmer entzündet, als ich befürchtet habe. Wenn ihr keine Antibiotika findet …« Er zögerte. »Dann werde ich wohl nach Jordan der Nächste sein, der auf dieser verfluchten Insel das Zeitliche segnet.«

»Dazu werde ich es nicht kommen lassen«, entgegnete Dodong ernst.

»Und wie wollen Sie das verhindern, wenn wir drüben nichts finden?«, fragte Lauren Clark schnippisch.

»Ganz einfach«, der Filipino blickte Tao entschlossen in die Augen. »Im Zweifel säge ich dir das verfluchte Bein ab.«

Tao und der Puerto Ricaner sahen ihn gleichermaßen erschrocken an.

»Ist das dein Ernst?«, fragte Fernando.

Der Filipino nickte.

»Ich glaube nicht, dass wir hier überhaupt eine Säge haben«, krächzte der Chinese.

»Die brauchen wir auch nicht.« Dodong präsentierte ihm die Axt aus der Höhle. »Und es ist mir egal, ob du mich anschließend dafür hasst. Aber ich werde hier nicht untätig herumsitzen, während du neben uns krepierst. Wir haben Jordan verloren. Dich nicht auch noch.«

Tao starrte ihn blass an.

»Hey, so weit ist es noch nicht«, beschwichtigte Fernando. »Wir müssen es nur irgendwie auf die Krankenstation der *Sea Quest* schaffen. Ich habe mir das Schiff mehrfach vom Strand aus angesehen. So wie es liegt, müsste die Krankenstation über dem Wasser sein. Wir haben also gute Chancen – wenn wir es da raufschaffen.«

Er wischte den Sand zu seinen Beinen glatt und begann, den Umriss des Kreuzfahrtschiffes samt den Decks zu zeichnen – als am Strand Schritte zu hören waren.

»Sieh an, unsere verlorenen Kinder sind wieder zurück?«, erklang vor dem Eingang die gereizte Stimme von Barry Ross. Der bullige Store-Keeper drängte zusammen mit Mikkel Petersen in den Eingang und hielt dabei den Feldstecher, den sie mitgenommen hatten, wutschnaubend in der Rechten. »Wer von euch Wichsern hat das Fernglas, ohne zu fragen, mitgenommen? Das war für den Ausguck auf dem Felsen bestimmt.«

»Jordan war so frei, es sich auszuborgen«, antwortete Itzil ruhig.

Ross musterte sie von oben bis unten. »Und wo ist der Arsch?«

»Er ist tot.«

Einen Augenblick herrschte betretenes Schweigen. Ross sah sie überrumpelt an und verließ die Umfriedung ohne ein weiteres Wort.

»Tot?« Mikkel Petersen, der noch immer im Eingang stand, starrte sie, Alex und Dodong entsetzt an. Dann fiel sein Blick auf Ricardo, der ruhig zwischen den Anwesenden saß. »Und wer ist der da?«

»Ricardo.« Der Brasilianer stand auf, lächelte maskenhaft und reichte dem Dänen die Hand, der sich nun ebenfalls, wenngleich zögernd, gezwungen sah, sich vorzustellen.

»Ich bin ebenfalls Schiffbrüchiger«, erklärte Ricardo. »Ihre Freunde haben mich im Dschungel aufgesammelt.«

»Aha.« Der Däne fummelte fahrig an seinem Ohrring. »Dann könnte es also sein, dass hier noch andere überlebt haben?«

»Wer weiß?« Der Brasilianer atmete tief ein. »Sie sind dann wohl der Mechaniker, von dem mir berichtet wurde?«

»Ja, schon.«

»Hätten Sie etwas dagegen, wenn ich mir Ihren Motor mal ansehe? Ich bin Ingenieur. Bei der Gelegenheit könnten Sie mir auch zeigen, wie man die Klippe dort oben erreicht, auf der Sie Ihr Signalfeuer geplant haben.«

»Äh. Ja, gern.« Überrumpelt sah der Däne in die Runde und verließ dann mit dem Brasilianer das improvisierte Camp.

Fernando fuhr damit fort, ihnen den Aufbau des Schiffes zu erklären, und doch fiel Itzil auf, dass Oliver Scott Ricardo aufmerksam nachsah.

Als das Wasser zu kochen begann, warfen Courtney, Lauren und Sophia Scott die Austern hinein, und die Versammlung löste sich allmählich auf.

»Wenn Sie mir etwas Zeit geben, helfe ich gern beim Zubereiten des Essens«, wandte sich Alex an die Frauen. »Nur wäre ich dankbar, wenn ich mich zunächst etwas frisch machen könnte. Ich stinke vermutlich wie ein Iltis.«

»Aber sicher. Waschen Sie sich erst einmal die Hände«, meinte Sophia Scott, ohne aufzusehen. Alex und Dodong traten in Begleitung Oliver Scotts aus dem Lager, während sich Fernando wieder um Tao kümmerte.

Itzil schloss sich den dreien an, die nun in Richtung des Bootes blickten, neben dem Ross, Petersen und Ricardo standen und sich offenbar über den Außenbordmotor unterhielten.

»War Ross die ganze Zeit über so reizend?«, wollte Itzil von Scott wissen.

»Wir hatten unsere Differenzen«, sagte der Rentner, ohne seinen Blick von den drei Männern abzuwenden. »Aber er bereitet mir im Moment weniger Kopfzerbrechen. Ist Ihnen eigentlich bewusst, wen Sie da im Dschungel aufgegabelt haben?«

»Ricardo?« Alex sah Scott irritiert an.

»Ja. Hat er Ihnen nicht verraten, wer er ist?«

»Nein«, antwortete Itzil. »Wir kennen ehrlich gesagt nicht einmal seinen Nachnamen. Allerdings habe ich schon seit unserem Zusammentreffen das Gefühl, als würde ich ihn irgendwoher kennen.«

Scott schenkte ihr ein Nicken. »Kein Wunder. Denn wenn ich mich nicht schwer irre, dann ist das Ricardo Batista.«

Alex hob erstaunt eine Augenbraue. »Den Namen habe ich schon einmal gehört. Ich weiß bloß nicht, in welchem Zusammenhang.«

»Er gilt als der Elon Musk Südamerikas«, erklärte Oliver Scott. »Sie wissen schon, der Begründer des Elektroautoherstellers Tesla. Batista stammt aus einer reichen brasilianischen Grundbesitzerfamilie und hat vor fünfzehn Jahren mit einer Firma für Robotik angefangen, die in großem Maßstab Industrie- und Haushaltsroboter herstellt. Und wie man hört, auch intelligente Roboter für das Militär. Er unterhält beste Kontakte zu führenden brasilianischen Politikern. Und ähnlich wie Musk mit seinem Unternehmen SpaceX mischt auch Batista mit seiner Firma Batista Cosmic Systems seit etwas über zehn Jahren ganz vorn bei den privaten Raumfahrtunternehmen mit. Auch wenn es heißt, dass es ihm finanziell inzwischen nicht mehr so gut gehe. Er musste in der jüngeren Vergangenheit offenbar einige Rückschläge einstecken.«

»Wusste ich es doch«, entfuhr es Itzil. »Jetzt fällt mir auch wieder ein, woher ich ihn kenne. Ricardo hat erst vor Kurzem eine sauteure Scheidung hinter sich, die die Yellow-Press füllte.«

Dodong grinste.

»Was schaust du mich so an?«, fuhr sie den Filipino an. »Klatsch und Tratsch hält schließlich die Welt zusammen.«

»Die eigentliche Frage ist doch«, mischte sich Alex ein, »warum er uns das nicht erzählt hat?«

»Warum sollte er?« Dodong wiegte seinen Kopf hin und her. »Hier bringt ihm all sein Reichtum nichts. Etwas anderes wäre es nur, wenn er nicht ganz ohne Grund hier wäre.«

»Du meinst, er weiß, wo wir uns befinden?« Itzil, der einmal mehr die erstaunliche Ausrüstung des Brasilianers in den Sinn kam, sah Alex perplex an. »Okay, in diesem Fall ...« Sie wollte gerade losmarschieren, um Batista zur Rede zu stellen, doch Scott bremste sie.

»Warten Sie.« Der Amerikaner verzog nachdenklich das Gesicht. »Das passt nicht zu den Fragen, die er uns vorhin gestellt hat. Also, ob wir noch wüssten, wo die *Sea Quest* zum Zeitpunkt des Hurrikans war und so weiter. Ich glaube nicht, dass er viel mehr weiß als wir. Die Sache mit seinem Jachtausflug zu den Bahamas hingegen nehme ich ihm nicht ohne Weiteres ab. Dafür scheint mir seine Ausrüstung zu speziell zu sein.«

»Irgendwas weiß er offenbar doch«, brummte Itzil misstrauisch.

»Und es wird einen Grund haben, warum er es Ihnen nicht einfach so erzählt hat«, meinte Scott. »Ich schlage fürs Erste vor, dass wir ihn im Auge behalten und ihn an seinen Taten messen, ehe wir ihn konfrontieren. Gerade jetzt können wir einen fähigen Ingenieur wie ihn gut gebrauchen. Wenn Sie nämlich morgen zur *Sea Quest* aufbrechen, sollten Sie unbedingt zusehen, dass Sie in den Funkraum gelangen, und dort all das ausbauen, was wir benötigen, um gegebenenfalls mit der Außenwelt Kontakt aufzunehmen. Da wäre ein Mann mit Batistas Kenntnissen sehr hilfreich. Und denken Sie bitte auch an eine Stromquelle. Auf dem Trawler dahinten«, er deutete zu der hohen Steilklippe, zu der sich Mikkel Petersen und Ricardo Batista in Bewegung gesetzt hatten, »war leider keine Batterie zu finden.«

Vom Lager aus waren Schritte zu hören, und Fernando trat an ihre Seite. Er wirkte besorgt. »Plant ihr schon den Trupp, der zum Schiff aufbricht?«

»Noch nicht«, wandte sich ihm Alex zu. »Dabei wäre es wohl langsam an der Zeit.«

»Gut, denn wir brauchen die Medikamente wirklich unbedingt. Ich gebe Tao vielleicht noch einen Tag. Maximal zwei. Danach werden auch Antibiotika nichts mehr ausrichten können.«

Itzil und die anderen sahen einander besorgt an.

»Im Übrigen schlage ich für die Tour sechs Leute vor.« Der Puerto Ricaner blickte Alex an. »Allen voran dich, wenn du dich auf dem Schiff so geschickt anstellst wie auf den Kokospalmen. Dann natürlich Ross und Petersen, die sich den Trip rüber garantiert nicht nehmen lassen. Außerdem mich und Dodong, weil wir uns gut auf dem Schiff auskennen. Und wir sollten Courtney mitnehmen.«

»Courtney?« Itzil sah ihn fassungslos an. »Warum nicht mich?«

»Ganz einfach: Weil Courtney Leistungsschwimmerin ist. Du hättest sie heute Morgen tauchen sehen sollen. Die hat es geschafft, weit über eine Minute in der Tiefe zu bleiben. Das schafft keiner, der nicht trainiert ist. An Bord brauchen wir gegebenenfalls jemanden, der uns in den Teilen des Schiffes weiterhilft, die unter der Wasserlinie liegen.«

»Du kannst doch die Kleine nicht zu so etwas Gefährlichem mitnehmen?«

»Und warum nicht?« Er sah sie ungehalten an. »Für solche Sentimentalitäten ist hier kein Platz. Das Mädchen ist groß genug.«

Empört sah sich Itzil zu den anderen um. Auch Alex wirkte nicht glücklich mit der Entscheidung, dennoch schüttelte er den Kopf: »Ich muss Fernando recht geben. Mein Vorschlag wäre, dass wir Courtney nur dann mit auf das Wrack nehmen, wenn sich zeigt, dass wir ihre Unterstützung wirklich benötigen. Okay?«

»Ich bleibe dabei: Sie sollten Ricardo mitnehmen«, ergänzte Scott. »Denken Sie bitte an all die technischen Geräte, auf die wir hier unsere Hoffnung setzen. Da sollten Sie auf die Hilfe eines Ingenieurs nicht verzichten.«

Der Puerto Ricaner seufzte. »Wir haben das Ruderboot gestern getestet. Es liegt tiefer im Wasser, als wir dachten. Mehr als sechs Personen sind vom Gewicht her wirklich nicht drin. Hinzu kommen die Sachen, die wir im Schiff finden. Also gut, mich braucht ihr wegen der Medikamente. Dann wird wohl Dodong zurückbleiben müssen.«

»Und was soll ich stattdessen tun?«, fragte der Filipino.

»Du könntest Itzil und Lauren helfen, neues Wasser zu besorgen. Du hast die Clark doch gehört: Der Kanister ist ihr allein zu schwer.«

Itzil und Dodong wechselten verärgerte Blicke, doch da der Filipino keinen Einwand vorbrachte, behielt auch sie ihre Gedanken für sich.

»Haben Sie den dreien schon von der Aufnahme erzählt?«, wandte Fernando sich da an Scott.

»Oh. Tut mir leid, ich kam noch nicht dazu.« Scott sah verlegen in die Runde. »Das wird Sie sicher interessieren.«

»Welche Aufnahme?«, hakte Itzil nach.

Der Puerto Ricaner linste zu Ross, der noch immer beim Boot stand. »Wir wollten das nicht an die große Glocke hängen«, flüsterte er, »hier herrscht ja schon genug Aufregung.« Dann zog er sein Smartphone hervor – eine alltägliche Geste, die hier aber vollkommen fehl am Platz wirkte. »Ich habe euch doch vorgestern erzählt«, fuhr er fort, »dass das Gerät über eine Wärmebildkamera verfügt. Als die gespenstischen Laute gestern Nacht im Dschungel losgingen, dachte ich mir – na ja, seht selbst.«

Er rief die Fotodatenbank auf und präsentierte ihnen Aufnahmen, die Itzil zunächst wie Bilder in Falschfarben vorkamen. Rasch begriff sie, dass die hellen Konturen Objekte mit höherer Wärme als die der Umgebung abbildeten. Fernando wischte zwei Fotos beiseite, auf denen die übrige Gruppe im Camp undeutlich vor dem grell leuchtenden und alles überstrahlenden Lagerfeuer zu sehen war. Dann vergrößerte er eine weitere Aufnahme, die so wirkte, als habe Scott die Smartphone-Kamera durch eine Lücke zwischen den Netzen geschoben und auf den Mangrovendschungel gerichtet.

Scharf atmete sie ein.

Auch Alex und Dodong beugten sich verblüfft vor, denn versteckt zwischen den Mangroven zeichnete sich hell eine humanoide Gestalt ab, die gebückt zwischen den Bäumen lief – wobei nicht ganz klar war, ob sie sich auf den Hinterbeinen oder auf allen vier Gliedmaßen gleichermaßen vorwärtszubewegen schien. Auf der Wärmebildaufnahme war jedoch klar zu erkennen, dass die Hinterläufe auf befremdliche Weise zur Bauchunterseite hin eingenickt waren.

»Gott, das ist eine dieser Dschungelkreaturen, richtig?«, ächzte sie.

Fernando nickte. »Ihr scheint sie ja trotz des Angriffs kaum gesehen zu haben. Wir eigentlich auch nicht. Außer auf dieser Aufnahme hier …«

Alex kam Itzil zuvor, nahm das Smartphone an sich und studierte das Wärmebildfoto eingehend. Kopfschüttelnd reichte er das Gerät danach an sie und Dodong weiter. »Ich habe keine Ahnung, was das ist. Könnte ein Primat sein, aber die Extremitäten sind mehr als seltsam.«

»Affen? Hier, im Atlantik?« Scott sah den Deutschen zweifelnd an. »Ich habe noch nie davon gehört, dass es hier Affen gäbe. Nicht einmal auf den karibischen Inseln leben welche.«

»Doch, dort gab es einst Primatenpopulationen«, seufzte Alex. »Aber ich gestehe, dass das gute viertausend bis fünftausend Jahre her ist.«

»Du meinst den Jamaika-Affen?« Itzil sah fragend auf, und Alex nickte: »Primatenüberreste wurden auch in der Dominikanischen Republik, auf Haiti und ich glaube auch auf Kuba gefunden. Aber das hier …«, ihr blonder Begleiter presste zweifelnd die Lippen aufeinander, »könnte ehrlich gesagt alles Mögliche sein. Die Fauna dieser Insel gibt mir ohnedies Rätsel auf. Wie du weißt, habe ich hier schon andere Tiere entdeckt, die eigentlich als ausgestorben gelten.«

»Der Blick dieser Dinger geht einem jedenfalls durch Mark und Bein.« Dodong schluckte trocken und räusperte sich. »Die sind intelligent. Das habe ich gespürt.«

Eine Weile lang sahen sie einander betreten an, dann schaltete Fernando das Handy wieder aus und steckte es weg. »Na gut. Ich trage dann mal zusammen, was wir morgen benötigen.«

»Vergiss nicht, Ricardo anzusprechen«, brummte Dodong. »Der besitzt ein stabiles Nylonseil. Und sicher noch anderes Zeug, das wir gebrauchen können.«

Fernando nickte und marschierte hinüber zu dem Haufen mit dem Treibgut, als Itzil sich erneut an Scott wandte: »Hatten Sie eigentlich Zeit, einen weiteren Blick in dieses Notizbuch aus der Stellung zu werfen?«

»Oh ja. Kommen Sie mal mit.« Oliver Scott führte sie ins Lager, wo die Frauen kochten und Tao Schlaf zu finden versuchte. Dort begab er sich zu seinem Schlafplatz und kramte unter dem Sand eine alte Plastiktüte hervor, in die er die Kladde eingeschlagen hatte. Vorsichtig packte er die Notizen aus und schlug sie behutsam auf: »Dass Sie in dieser Höhle tatsächlich auf Militärgut gestoßen sind, bestätigt meine Theorie, dass es sich bei den Kreuzen auf der Karte um Standorte handelt, die für die damalige Einheit hier auf der Insel von Interesse waren. Ich kann Ihnen zwar immer noch nicht sagen, was genau das Militär hier zu suchen hatte …«

»Vielleicht einen Jungbrunnen?«, unterbrach ihn Dodong ironisch, was Scott mit einem fuchsigen Blick quittierte.

»Aber zumindest«, fuhr der Rentner trotz der Unterbrechung fort, »kann ich mit einiger Sicherheit sagen, dass die damalige Unternehmung von besonderer Geheimhaltung gewesen sein muss.«

»Und das schließen Sie woraus?«, fragte Alex.

»Aus einer ganz besonderen Entdeckung.« Scott lächelte grimmig. »Sie sehen ja selbst – die meisten Einträge in diesem Notizbuch sind kaum zu lesen. Und bislang war mir das Entziffern des Textes bloß bei einigen Worten vergönnt. Gestern jedoch habe ich mir die Mühe gemacht, zwei der hier in der Mitte zusammenklebenden Seiten vorsichtig voneinander zu lösen. Und jetzt schauen Sie mal!«

Er präsentierte ihnen eine einigermaßen gut lesbare Seite mit ausgeblichenen Bleistiftnotizen, die mit Begriffen in einer Schrift übersät war, deren Schnörkel Itzil an die Elbenschrift aus J. R. R. Tolkiens *Herr der Ringe* erinnerte.

»Was ist das? Können Sie das lesen?«

»Nein. Und ja …« Scott seufzte. »Zumindest kann ich Ihnen sagen, was das vermutlich ist. Nämlich Navajo.«

»Navajo – wie diese Indianersprache?«, fragte Dodong.

»Genau.« Scott schien nun ganz in seinem Element. »Die Notizen scheinen halb in Englisch und halb in Navajo abgefasst worden zu sein. Haben Sie schon einmal von dem Navajo-Code gehört? Während des Zweiten Weltkrieges?«

»Nein. Noch nie«, antwortete Alex, und auch Itzil und Dodong schüttelten den Kopf.

Scott räusperte sich. »Während des kompletten Zweiten Weltkrieges gab es unter den Kriegsparteien ein Wettrennen unter den damaligen Dechiffrierspezialisten. Bis heute hängt der Erfolg einer jeden militärischen Operation davon ab, ob es der jeweiligen Seite gelingt, ihre Kommunikation sowohl im Vorfeld als auch während der eigentlichen Kampfhandlungen erfolgreich zu verschlüsseln. Damals wie heute können die ausgetauschten Nachrichten schließlich vom Feind über Funk mitgehört werden, oder man läuft Gefahr, dass die Botschaften sonst wie abgefangen werden. Und diese Verschlüsselung erfolgte entweder manuell oder maschinell.«

»Ich weiß«, meinte Alex. »Das beste Beispiel dafür dürfte diese berühmte deutsche Dechiffriermaschine namens Enigma sein. Allerdings ist die dann wohl irgendwann von den Briten auf einem deutschen U-Boot erbeutet worden, sodass die Alliierten den deutschen Code doch noch knacken konnten.«

»Fast«, korrigierte ihn Scott. »So war es nur im Film. Aber egal. Die USA hat damals im Pazifikkrieg jedenfalls einen vollkommen anderen Weg gewählt. Sie haben Freiwillige des nordamerikanischen Stammes der Navajo ausgewählt, um als Codesprecher zu wirken. Menschliche Chiffriermaschinen, wenn Sie es so wollen. Die Sprache der Navajo ist völlig anders aufgebaut als alle anderen bekannten Sprachen, und damals gab es nur eine Handvoll Weiße, die sie überhaupt kannten. Und unter diesen wiederum befand sich kein einziger Deutscher oder Japaner. Die Navajos, die damals für das Militär arbeiteten, haben die zu übertragenden Nachrichten also schlicht in ihre Sprache übersetzt, sie dann per Funk an ein anderes Stammesmitglied durchgegeben, und dieses hat sie wiederum ins Englische zurückübersetzt. Ganz einfach – und doch sind die Japaner daran bis zum Ende des Krieges verzweifelt. Das Ganze wurde überhaupt erst 1968 offiziell enthüllt. Und diese Worte hier«, er deutete auf die Kritzeleien, »sind eindeutig Navajo. Ich weiß das aus meiner Navy-Zeit. Wir wurden damals in allen möglichen Verschlüsselungstechnologien geschult, und einer unserer Lehrer war vor seiner Militärlaufbahn Missionar, der einige Zeit bei den Navajos verbracht hatte. Er hatte Spaß daran, uns ein wenig in die Sprache einzuführen.«

»Das heißt, Sie können das lesen?«, fragte Itzil erstaunt.

»Nein. Viel zu kompliziert.« Scott winkte ab. »Aber das sagt mir, dass hier auf der Insel wahrscheinlich ebenfalls ein Navajo eingesetzt wurde. Ich gehe davon aus, dass die Kladde aus dessen Besitz stammt.«

Er klappte die Karte der Insel mit den Kreuzen und kaum mehr lesbaren Symbolen weiter hinten wieder auf. »Sehen Sie die eigenartigen Zeichenfragmente hier links oben? Unmittelbar über der Insel?«

»Das soll ein Zeichen sein?«, fragte Dodong. »Ich erkenne da kaum etwas.«

Auch Itzil musste sich anstrengen, um wenigstens einige eckige Konturen ausmachen zu können. Konnte es sein, dass das eine Gestalt war?

»Es ist nur zu sehen, wenn man es gegen das Licht hält. Das ist ein indianisches Symbol. Und zwar das eines Donnervogels. Sie erinnern sich – unter diesem Namen dürfte die Operation hier firmiert haben.« Scott klappte wieder die Seite mit der Navajo-Schrift auf. »Aus all dem schließe ich zweierlei: Zum einen, dass es von der Insel aus Funkverkehr zu einer Einheit außerhalb gab. Vielleicht zu einem Schiff da draußen. Zum anderen ist das hier der einzige mir bekannte Fall, dass ein Navajo-Codebrecher auch im Atlantik eingesetzt wurde. Generell gab es nicht viele von ihnen; meiner Erinnerung nach höchstens um die dreißig. Und das wiederum heißt, dass die Operation hier wirklich allerstrengster Geheimhaltung unterlag und von größter Wichtigkeit war.«

»Das, mit dem wir es hier auf der Insel zu tun haben, könnte also die Folge irgendeines militärischen Experiments sein?« Alex sah ihn gespannt an.

»Wer weiß. Vielleicht gelingt es mir mit dieser Erkenntnis, den Notizen noch ein paar weitere brauchbare Informationen zu entlocken.« Scott seufzte. »Nur befürchte ich, dass dem Militär die Sache um die Ohren geflogen ist – was auch immer die Soldaten hier getrieben haben.«

»Warum?« Itzil sah den Rentner besorgt an.

»Weil sich hier in dem Navajo-Text ein Begriff wiederholt.« Scott seufzte. »Und den kenne ich. Ich sprach doch davon, dass unser damaliger Referent einstiger Missionar war. Vielleicht war das auch der Grund, warum er diesen Begriff wählte, um uns so einige Besonderheiten der Navajo-Sprache beizubringen. Hier, er lautet: ch'į́įdiitah!«

Itzil hatte Probleme, die korrekte Aussprache zu verstehen. »Und was heißt das?«

Scott warf ihr einen unheilvollen Blick zu.

»Es bedeutet … Hölle!«

Rost & Stahl

Das Ruderboot dümpelte sanft auf den Wellen, und ebenso wie Ross, Petersen, Ricardo, Fernando und Courtney sah Alex sprachlos zu dem riesigen Kreuzfahrtschiff auf, dessen obere Deckaufbauten samt den Schornsteinen steil aus dem Wasser ragten.

Die *Sea Quest* hatte es übel erwischt.

Sehr viel übler, als Alex erwartet hatte.

Das riesige Kreuzfahrtschiff lag schräg auf die Steuerbordseite gekippt auf Grund, und der Meeresspiegel hatte ein gutes Drittel der Aufbauten überflutet. Bei alledem lag das Heck des Schiffes etwas tiefer im Wasser als der schnittige Bug unmittelbar vor ihnen. Sonnen- und Aussichtsdeck sowie die Brücke mit der Helikopterplattform waren von der Überflutung verschont geblieben. Auch der Heckbereich mit den Verankerungen für die Zodiacs lag weit über dem Wasser.

Und doch war dahinten kein einziges Schlauchboot mehr zu sehen, und von den Rettungsbooten auf der Steuerbordseite hing nur noch ein einziges halb in seiner Verankerung. Leider war die orangefarbene Schutzplane vom Sturm weitgehend abgerissen worden. Alex bezweifelte, dass sie dort noch etwas Sinnvolles finden würden. Auch die Container für die Rettungsinseln waren fort. Ein Anzeichen dafür, dass Evakuierungen in einem größeren Ausmaß stattgefunden hatten als gedacht.

Ob vielleicht doch mehr der Passagiere überlebt hatten?

Und war das vielleicht der Grund dafür, warum bislang noch immer kein Schiff oder Suchflugzeug nach ihnen Ausschau hielt? Weil jeder glaubte, dass die *Sea Quest* gesunken war?

Alex wusste es nicht. Ebenso, wie er nicht sagen konnte, ob diese Einschätzung ihnen nun Anlass zu neuer Hoffnung oder größerer Resignation bot. Denn wenn die Behörden glaubten, dass es keine weiteren Überlebenden gab, dann würden sie ihre Suche vermutlich einstellen.

Im Augenblick war nur wichtig, dass sie fanden, was sie suchten. Allerdings würde die Suche im Schiff gefährlich werden. Es war damit zu rechnen, dass viele Deckteile auf der Steuerbordseite mehr oder minder unter Wasser lagen. Und sie hatten kaum Möglichkeiten, in diese Teile des Kreuzfahrtschiffes vorzudringen.

Zumindest nicht ohne eine Tauchausrüstung.

Was Alex mindestens ebenso beunruhigte, war der katastrophale Zustand des Schiffes. Zahllose Glasfronten an den Panoramafenstern waren zertrümmert, und auch bei den Fenstern der luxuriöseren Passagierkabinen weiter oben gähnten ihnen schwarze Löcher entgegen. Wo die Scheiben nicht geborsten waren, zeichneten sich hinter ihnen vage unzählige verrutschte Einrichtungsgegenstände ab. Die umlaufenden Balkone und Laufgänge, die die Decks voneinander trennten, waren stellenweise bis zur jeweiligen Reling verbogen, und der Schiffslack war an vielen Stellen abgeplatzt. Durch die einstmals weiße Schiffsbemalung schimmerten nun Platten aus korrodiertem Stahl, und die rostbraunen Rinnsale, die an mehreren Stellen über die Außenhaut leckten, hinterließen eine mehr als deutliche dunkle Vorahnung darauf, wie es im Innern des Schiffes aussehen mochte. Und das, obschon der Riese seit noch nicht einmal einer Woche im Wasser lag.

»Mein Gott«, stöhnte Fernando. »Die *Sea Quest* ist ja nur noch ein Wrack. Ein Wunder, dass der Hurrikan sie nicht vollständig zerlegt hat.«

Aus den Augenwinkeln sah Alex, dass die anderen über den

ramponierten Zustand des Schiffes ebenso erstaunt und entsetzt waren wie er. Denn vom Land aus hatte das Ganze deutlich weniger schlimm ausgesehen. Besser aussehen hingegen tat von ihrem jetzigen Standort aus die Insel, auf der sie gestrandet waren. Der Strand wirkte malerisch, der Bergzug in der Mitte troff vor sattem Grün, und obwohl Rauch über dem Vulkankegel trieb, glich der Anblick einem Gestalt gewordenen Südseeidyll. Einem trügerischen Idyll, wie Alex nur allzu gut wusste. Die weißen Strände, an die es sie verschlagen hatte, waren etwa eineinhalb Kilometer von ihnen entfernt, mit Ausnahme der von Mangroven bewachsenen Landzunge, die bis auf etwa fünfhundert Meter an das havarierte Kreuzfahrtschiff heranreichte. Und aus der Ferne war nun auch zu erkennen, dass die Hauptinsel von kleinen Sandbänken und sogar Atollen umgeben war.

Sie hatten beim Rudern viel Kraft benötigt, um gegen die Strömung anzukämpfen, die sie immer wieder zurück zur Insel trieb. Doch jetzt waren sie hier, und er war heilfroh, dass keiner der alten Riemen auf dem mühevollen Weg gebrochen war.

»Okay«, grunzte Ross mit einem Seitenblick zu dem Dänen. »Wie gehen wir jetzt vor?«

Alex versuchte, die Schräglage des Schiffes einzuschätzen.

»Ihr seht ja, wie steil es da oben ist«, sagte er nachdenklich. »Ich schätze den Neigungswinkel auf etwa vierzig bis fünfzig Grad. Und damit haben wir noch Glück, denn bei einem noch steileren Winkel kämen wir ohne Kletterausrüstung gar nicht weiter. Die Reling reicht hier unten bis ins Wasser, und das bedeutet, dass wir über das breite Promenadendeck vermutlich am besten auf das Schiff kommen. Oben kann ich dann eine der Leinen festmachen. Die Frage ist, zu welchen Deckbereichen wir dann vorstoßen müssen.«

Mit einem kurzen Blick überprüfte Alex noch einmal ihre Ausrüstung. Sie hatten zumindest in etwa gewusst, was sie erwarten würde, und waren deshalb gut vorbereitet aufgebrochen. Neben dem Nylonseil des Brasilianers verfügten sie über Stricke und Seile, die Ross, Petersen und die anderen während ihrer Abwesenheit von dem Wrack des Fischtrawlers geborgen hatten, der jenseits der Steilklippen lag. Alex war noch nicht dazu gekommen, den Kahn selbst in Augenschein zu nehmen, aber die Ausrüstung wirkte einigermaßen solide. Die Männer hatten sogar Transportnetze gebastelt, mit deren Hilfe sie hofften, die Fundsachen auf der *Sea Quest* ins Boot abseilen zu können.

»Wenn wir ins Hospital wollen, müssen wir zu Deck vier«, erklärte Fernando. »Das ist eine Etage unter dem Promenadendeck. Die Krankenstation liegt allerdings im Heck des Schiffes, und ich kann nur hoffen, dass sie nicht überschwemmt ist.« Skeptisch spähte der Puerto Ricaner zum versunkenen hinteren Bereich des Ozeanriesen hinüber. »Leider sieht es dahinten so aus, als ob wir da nicht so ohne Weiteres hochkommen, ohne uns an irgendwelchen Metallteilen zu verletzen.«

»Mich benötigen Sie ja vermutlich vor allem dort oben.« Ricardo deutete zur Brücke des Schiffes schräg über ihnen hinauf. »Zumindest erwarte ich, dass der Funkraum dort oben liegt. Diesbezüglich wäre es vermutlich das Beste, wenn wir uns gleich hier vorn an den Aufstieg machen würden. Ich schlage also vor, dass wir das als Erstes in Angriff nehmen. Dann können wir die ausgebauten Geräte schon mal zum Boot bringen, ehe es weitergeht.«

»Wir sollten uns aufteilen, damit wir schnell vorankommen«, schlug Petersen mit einem Seitenblick auf Ross vor. »Barry und ich werden das Schiff nach Lebensmitteln und sonstigem Nützlichen durchkämmen. Wir haben auch schon ein paar Orte im Blick, wo wir mit der Suche beginnen wollen. Wir kennen uns ja ganz gut aus auf dem Schiff. Ihr anderen haltet euch einfach an Fernando, und dann treffen wir uns schon irgendwie wieder.«

Alex konnte sich nicht helfen, aber ebenso wie Itzil hatte

auch er den Eindruck, dass die beiden noch andere Pläne verfolgten. Allerdings war ihm das im Augenblick herzlich egal.

»Gut, meinetwegen«, sagte er also. »Allerdings sollte Courtney erst einmal hierbleiben.«

»Wieso das denn?«, brauste die Teenagerin auf. »Fernando meinte doch, dass ihr mich braucht.«

»Tun wir ja vielleicht auch«, antwortete der Puerto Ricaner ausweichend. »Aber bis wir wissen, wo genau wir dich brauchen, wollen wir uns da oben erst einmal allein umsehen.«

»Und dann? Wollt ihr erst umständlich wieder zurück, um mich zu holen?«

»Zick nicht rum, Mädchen!«, blaffte Ross sie an. »Dafür ist jetzt keine Zeit. Einer von uns muss auf das Boot aufpassen. Wenn wir heute nämlich eines nicht gebrauchen können, dann, dass sich das Ding hier womöglich vom Schiff löst und abtreibt.«

Courtney funkelte ihn böse an. »Ich will nicht anders behandelt werden als jeder andere hier auch.«

»Ich glaube nicht, dass das einer von uns vorhat«, wandte sich nun Ricardo mit ernster Stimme an sie. »Aber wir werden auf dem Schiff vermutlich auf zahllose Leichen stoßen. Das Unglück ist jetzt vier oder fünf Tage her, und somit kannst du dir ausmalen, in welchem Zustand die sich jetzt befinden. Überleg dir gut, ob du dir das ohne zwingenden Grund antun willst.«

Courtneys Gesicht nahm einen aschfahlen Ton an.

Alex atmete tief ein, denn genau das, was der Brasilianer angesprochen hatte, beschäftigte auch ihn schon eine Weile. Die Leichen am Strand vor wenigen Tagen waren eine Sache. Das hier war vermutlich noch einmal etwas ganz anderes. Denn trotz der fehlenden Rettungsboote stand zu erwarten, dass die *Sea Quest* im Augenblick vor allem eines war: ein stählernes Grab.

»Also gut, machen wir uns an die Arbeit!«, seufzte er. »Wir dürften heute noch genug zu tun bekommen.«

Ross und Fernando ruderten das Boot näher an den schnittigen Bug des havarierten Kreuzfahrtschiffes heran, und Petersen griff nach der aus dem Wasser ragenden Reling des umlaufenden Promenadendecks. Sie vertäuten das Boot, schnappten sich die bereitliegenden Taschen und Beutel, dann griff Alex sich zwei der Seile und setzte mit einem Sprung zu der aus dem Wasser aufragenden Außenbalustrade über.

»Wäre übrigens hilfreich, wenn du das da oben wirklich gut festmachst«, rief ihm der Däne zu. »Ich könnte Probleme kriegen, wenn es sich löst.«

»Die würden wir auch kriegen«, meinte der Brasilianer.

»Ja, nur dass Sie und die anderen vermutlich alle schwimmen können.«

»Was? Du kannst nicht schwimmen?« Fernando sah ihn erstaunt an und schüttelte den Kopf. »Und dann hast du dir nicht mal eine Rettungsweste mitgenommen? Mann, du bist Schiffsmechaniker!«

»Na und?«, giftete Petersen leicht verlegen. »Ein Grund mehr, dafür zu sorgen, dass auf so einem Kahn alles reibungslos funktioniert.«

»Machen Sie sich keine Sorgen«, versuchte Alex den Dänen zu beruhigen. »Ich verstehe mich auf ein paar ganz passable Knoten. Sehen Sie nur zu, dass Sie sich vernünftig festmachen.«

Alex fixierte die Brüstung und machte sich auf den Weg. Zum Glück lag die *Sea Quest* so, dass er sich an ihr entlang über das steil aufragende Deck nach oben hangeln konnte. Wie zum Hohn prangten auf den Planken noch immer die braun-weißen Markierungen eines Shuffleboards, und das Geländer quietschte leicht, während er sich daran emporzog. Er kam problemlos voran, bis er sich schließlich auf Höhe der vorderen Außentür des Promenadendecks befand.

Nicht einmal eine Woche zuvor hatten er und Jochen hier noch gestanden, voraus zum blauen Horizont geblickt und sich den Wind um die Nase wehen lassen. Jetzt wirkte der Ort vollkommen trostlos.

Überrascht starrte Alex seine Hände an, denn die Innenflächen waren mit Rost überzogen. Egal. Fernandos Schiffsplan gemäß würde die Tür zu einem Korridor mit mehreren Passagierkabinen rechts und links führen, über den sie tiefer ins Innere des Schiffes vorstoßen konnten. Leider lag die Tür gute drei Meter von der Reling entfernt, und gestern erst hatte es auch hier wie aus Eimern geschüttet.

Missmutig nahm Alex den schlüpfrigen Untergrund in Augenschein, sah schräg unter sich die erwartungsvollen Blicke der anderen, und testete dann mit den Schuhen, ob ihm die Planken trotzdem Halt boten. Schließlich versuchte er sein Glück, indem er sich mit dem ganzen Körper auf den schiefen Untergrund legte, um der potenziellen Gefahr des Abrutschens möglichst viel Widerstand entgegensetzen zu können. Doch die Planken waren trockener als gedacht, und so blieb er schließlich an Ort und Stelle liegen und hatte sogar noch etwas Bewegungsspielraum. Wie eine Spinne mit ausgebreiteten Armen und Beinen bewegte er sich quer über das Deck hinweg auf die stählerne Tür zu. Dort hielt er sich an einem Rohr an der Außenwand fest, erhob sich vorsichtig und packte den Türgriff.

Zu seiner Erleichterung war die Tür von innen nicht verriegelt. Trotzdem musste er sich anstrengen, den Flügel zu öffnen. Alex kraxelte ins Innere und fand sich in einem düsteren, zur linken Seite hin gekippten Längsgang wieder. Der Schwerkraft folgend, klappte die Tür hinter ihm wieder zu, und es wurde stockdunkel um ihn herum. Rasch knipste Alex die kleine Taschenlampe an, die ihm Itzil mitgegeben hatte, und sah in ihrem Schein, dass sämtliche Kabinentüren an der linken Gangwand weggeklappt waren. An ihrer statt klafften jetzt quadratische Löcher in den Wänden, die auf dem weiteren Weg ins Schiffsinnere gefährliche Hindernisse bildeten. Jede der Kabinen war jetzt eine potenzielle Fallgrube.

Sorgfältig verankerte er eines der Seile fest an einem Heizungsrohr und ließ das Tauende durch die Außentür schräg in die Tiefe fallen, wo es von den anderen unter lauten Rufen in Empfang genommen wurde.

Das Seil spannte sich, das Rohr quietschte unter der Belastung, doch nach und nach schoben sich nun auch Ross, Petersen, Fernando und Ricardo zu ihm in den Gang.

»Na, das wird spaßig«, murrte Petersen, als er seine Öllampe entzündete und Ross ein Zeichen gab, ehe die beiden die Führung übernahmen. Ricardo schaltete jetzt seine Taschenlampe an, und in Ross' Blick funkelte beim Anblick der Lampe Begehrlichkeit. Doch der Store-Keeper enthielt sich eines Kommentars. Stattdessen rückten sie nun in einer Reihe zwischen linker Gangwand und ehemaligem Korridorboden gen Schiffsmitte vor. Behände sprang der Däne über den ersten klaffenden Türsturz hinweg, leuchtete dann von oben in die Kabine – wo er offensichtlich nichts Interessantes fand – und arbeitete sich zum nächsten Türsturz vor. Die anderen folgten ihm. Als Alex bei der ersten Tür mit seiner kleinen Lampe nach unten leuchtete, sah er, dass er eine einstige Kabine mit Außenbalkon vor sich hatte. Sie fiel viele Meter unter ihm ab. Bett, Stühle, Lampen und diverse andere Habseligkeiten waren weggerutscht und lagen im Wasser, das die Kabine am unteren Ende überflutet hatte. Alex war mehr als bewusst, dass ein Sturz hinunter fatale Konsequenzen haben konnte.

Aber da war noch etwas. Denn er glaubte, dicht unter der Wasseroberfläche vage die Konturen einer menschlichen Gestalt auszumachen. Schaudernd wandte er sich ab und sprang ebenfalls über den Türsturz hinweg.

Ihre Lichtquellen erzeugten unheimliche Schatten an den Wänden, und hier, im Inneren, war nun auch zu hören, wie es in der Außenverkleidung des Schiffes arbeitete. Das metallische Knarren war überall um sie herum, und gelegentlich drangen aus der Dunkelheit dumpfe Geräusche, als risse irgendwo auf dem Schiff eine Nut.

Erfolglos versuchte Alex, die Furcht zu unterdrücken, die jedes dieser akustischen Signale in ihm hervorrief. Und je weiter sie vordrangen, desto stärker wurde das beklemmende Gefühl, in das Innere eines stählernen Grabes hinabzusteigen.

Beherzt sprangen sie über weitere offen stehende Kabinenzugänge hinweg, und erstmals bemerkte er, dass ein Großteil der Kabinentüren schräg über ihnen, auf der rechten Seite des Korridors, wie von Axtschlägen traktiert wirkten. Einige von ihnen waren auf den unteren Türfronten regelrecht aufgesprengt worden. Außerdem fanden sich auf dem roten Läufer des einstigen Gangbodens längere Schrammen, die den Eindruck vermittelten, als ob dort etwas Schweres über den Boden geschleift worden wäre.

»Sehen Sie das?«, wandte sich Alex an Ricardo hinter ihm.

»Ja.« Der Brasilianer strich sich seine halblangen Haare hinters Ohr und leuchtete. »Das Schiff muss bei dem Hurrikan ordentlich durchgeschüttelt worden sein.«

Dass ihnen die beschädigten Türen auf der rechten Gangseite nicht entgegenfielen, lag allein daran, dass auch sie zur Innenseite hin aufgingen und die dahinter liegenden Räume daher versiegelten.

Petersen und Ross vor ihnen stoppten unvermittelt, der Däne hob die Laterne und blickte nach hinten. »Leute, das hier ist … ungewöhnlich.«

Alex drückte sich an dem Store-Keeper vorbei und sah, dass sich in der Dunkelheit vor ihnen, über eine Entfernung von etwa vier Metern hinweg, ein deutlich verbreiterter Korridorbereich mit Lift auf der Steuerbordseite und Treppenhaus auf der Backbordseite mit Blick zum Meer erstreckte. Geradeaus führte der Gang weiter zum Heck des Schiffes.

Das Seltsame aber war, dass die Grube links unter ihnen, die von der Einbuchtung samt der Lifttür gebildet wurde, mit einem schier gigantischen Haufen an Elektroschrott gefüllt war. Darunter Monitore, Handys, Kabinentelefone, Föns, Rasierapparate, Klimaanlagen, Notebooks, Spielkonsolen, Radios und vieles weitere mehr.

Verblüfft sahen sie einander an, denn es handelte sich zweifelsohne um Geräte von überallher auf dem Schiff. Immerhin war es möglich, über den Berg hinweg und auf die andere Gangseite zu steigen.

»Was ist das denn?«, fragte Fernando, der als Letzter aufschloss.

»Keine Ahnung«, grunzte Ross. »Vielleicht hat das Wasser das Zeug hierhin gespült.«

»Unglaubwürdig«, murmelte Ricardo.

»Ist mir aber auch egal«, brummte der Store-Keeper. »Denn hier trennen sich unsere Wege. Ihr müsst jetzt wohl irgendwie die Außentreppen da drüben hoch, wenn ihr rauf zur Brücke wollt.« Er deutete zum Treppenhaus schräg rechts über ihnen, gegenüber der Grube mit dem Lift. Eine einstmals schicke Glastür baumelte dort in die Tiefe, hinter der sich die Metallsprossen einer Treppe abzeichneten, die sowohl hoch als auch hinab zu den Unterdecks führte. Da auch das Treppenhaus selbst mit Glasfronten ausgestattet war, fiel von dort Sonnenlicht schräg zu ihnen nach unten.

Ricardo leuchtete weiterhin nachdenklich den gewaltigen Haufen mit Elektroschott ab, während Ross und der Däne den Lichtschein nutzten, um sich knirschenden Schrittes über den Hügel in Bewegung zu setzen, und so das fortlaufende Gangstück zu erreichen.

»Wir machen uns auf den Weg in die Lobby«, verabschiedete sich Petersen, dann verschwanden er und der Store-Keeper mitsamt ihrer Lampe in der Dunkelheit.

»Haben Sie eine Ahnung, wie das Zeug hierhergelangt sein könnte?«, fragte Alex den Brasilianer.

»Nein«, murmelte dieser. »Aber das eine oder andere davon können wir vermutlich gebrauchen.«

Anders als Ross und Petersen zuvor, ließ sich Ricardo von Alex anleinen, stieg in die Grube links unter ihnen und durchsuchte das Sammelsurium. Die Handys, die er fand, ließen sich nicht mehr anschalten, aber als er einige der Notebooks und Monitore beiseiteschob, lächelte er und zerrte eine große

Batterie hervor, die Alex an eine Autobatterie erinnerte. Ricardo riss von einem der Geräte ein Stromkabel ab, schnitt es mit seinem Survivalmesser entzwei und löste an beiden Seiten den Kunststoff. Mit ihnen testete er, ob die Batterie noch Saft enthielt.

Funken sprühten, und er nickte zufrieden: »Die nehmen wir mit.«

Er reichte sie Fernando, der sie in die Strandtasche stopfte, die ihnen schon bei der Dschungelexpedition nützliche Dienste erwiesen hatte.

»Wenn wir zur Brücke raufwollen«, erklärte der Puerto Ricaner und deutete zum Treppenhaus schräg gegenüber, »geht es jetzt da lang.«

»Lass mich vor«, bat Alex. Er versuchte, auf allen vieren über die schräg aufragende Korridorschräge zu der Treppenhaustür zu gelangen, rutschte jedoch immer wieder ab. Kurzerhand krabbelte er zurück, zog einen Handstaubsauger aus dem Schrotthaufen, wickelte das Nylonseil fest um den Griff und warf das Gerät mehrmals mit Schwung hinauf zum Treppengeländer, bis es sich zwischen den Stufen verkeilte. Nach mehreren Anläufen hatte er Erfolg, straffte die Leine und zog sich so über den steilen Korridorboden zum Treppenhaus hinauf. Das Plastikgehäuse knirschte unter seinem Gewicht, aber es gelang ihm, sich an einem Geländer abzusichern und so auch Fernando und Ricardo, die hinter ihm herkraxelten, einen gangbaren Weg zu bieten. Skeptisch musterte Alex nun die schief liegende Treppenkonstruktion. Das Treppenhaus selbst lag unmittelbar an der Backbordseite des Schiffes, und man konnte durch die hoffnungslos verschmutzten Glasfronten vage das Meer sowie einige der Außenbalkone erkennen. Die Stufen bildeten Stolperfallen, aber die Zwischenwand bot ihnen Halt. So würde der Aufstieg funktionieren. Er kletterte los.

Sie waren gerade auf Höhe von Deck sechs angelangt, als Alex erschrocken innehielt, denn er entdeckte im Zwielicht den ersten Toten. Der reglose Körper lag unmittelbar vor ihnen über den Stufen. Erst jetzt registrierte Alex, dass die Leiche mit blau-weißem Hemd, Schulterklappen und knielangem weißem Rock ebenso gekleidet war wie Itzil, als sie sich kennengelernt hatten. Eine *Tote* also.

Er näherte sich der verrenkten Gestalt vorsichtig, als seine Augen sich vor Schrecken und Erstaunen gleichermaßen weiteten. Sicher, er hatte erwartet, Leichen auf dem Schiff zu finden – und auch, dass diese sich nach all den Tagen in einem grausigen Zustand befinden würden.

Doch vor ihm lag … ein Skelett.

Seine Begleiter schlossen auf, und das Licht von Ricardos Taschenlampe riss auch das kleinste Detail des makabren Fundes unbarmherzig aus dem Zwielicht: Die knöcherne Fratze mit den gebleckten Zähnen und den tief liegenden Augenhöhlen war noch immer von Haarbüscheln umrahmt, und an den skelettierten Händen steckte ein Ring.

»Oh, Gott!«, entfuhr es Fernando. Der Puerto Ricaner quetschte sich an ihnen vorbei und beugte sich über die Überreste, um das Namensschild zu identifizieren.

»Das ist Lorena«, ächzte er. »Sie hat hier oben an der Rezeption gearbeitet.«

Alex warf einen Blick auf die Etagentür und begriff plötzlich, dass sie auf jenem Deck angelangt waren, auf dem er und Jochen ihre Kabine bezogen hatten.

»Scheiße, ich …« Er schluckte. »Es tut mir leid. Aber ich muss etwas überprüfen.«

Noch ehe die anderen ihn daran hindern konnten, seilte er sich durch den benachbarten Zugang ab und rutschte mehr, als dass er wirklich kletterte, in den dahinter liegenden Korridor.

»Was machen Sie da?«, herrschte ihn Ricardo an. »Wir sind hier falsch.«

»Warten Sie einfach auf mich«, rief Alex gepresst zurück, denn im Augenblick war es ihm völlig egal, ob er sich an den

Plan hielt. Er wollte, er musste Jochens Schicksal klären. Musste sicher wissen, ob sein Freund ebenfalls zu den Toten gehörte – oder ob es ihm vielleicht doch gelungen war, das Schiff zu verlassen.

Noch während er sich abseilte, sah er, dass die Grube, die der Zugang zu den hiesigen Lifttüren schräg unter ihm ausformte, ebenfalls mit Elektroschrott gefüllt war: Laptops, Kabinentelefone, Armbanduhren, Smartphones, Armaturen von Klimageräten …

Alex ignorierte die Entdeckung und mühte sich stattdessen in den langen Korridor Richtung Heck des Schiffes. Auch hier standen alle Kabinentüren auf der Steuerbordseite offen und bildeten tückische Fallen. Ebenso waren viele der Türen schräg über ihm auf der Backbordseite stark demoliert. In einigen von ihnen klafften große Löcher, durch die etwas Licht zu ihnen in die Tiefe fiel. Nicht zuletzt erwarteten ihn hier die Konturen weiterer Körper, der Kleidung nach Passagiere. Ihre Überreste lagen eingeklemmt in der Mulde zwischen einstigem Korridorboden und Gangwand – und auch sie waren komplett skelettiert.

Fassungslos starrte Alex die knöchernen Überreste an.

Wie konnte das sein? Die Havarie war doch erst eine knappe halbe Woche her?

»Scheiße, Mann! Was machst du?«, ertönte hinter ihm Fernandos besorgte Stimme.

»Sagte ich doch. Ich muss hier etwas überprüfen«, krächzte Alex.

Ohne sich aufhalten zu lassen, stolperte er den leicht abschüssigen Korridor zum Heck des Schiffes entlang. Im Gang war es weiterhin düster, doch das Licht, das schräg über ihm durch einige der ramponierten Kabinentüren in den Korridor fiel, half ihm, voranzukommen, während er über mehr und mehr Skelette hinwegstieg. Es gelang ihm nicht immer, nicht auf sie zu treten, und ihm wurde zunehmend flau zumute. Bislang hatten ihm bereits drei Körper den Weg zum hinteren

Schiffsbereich versperrt. Und wann immer er glaubte, das Schlimmste hinter sich gebracht zu haben, schälten sich vor ihm weitere Leichenteile aus dem Dunkeln. Der Kleidung nach, handelte es sich jedoch bei keinem der Toten um Jochen.

Dann, endlich, tauchte ihre Kabine schräg über ihm auf. Sie war geschlossen und stark beschädigt. So, als habe sie jemand mit Gewalt eingetreten. Weiter hinten im Gang, in Richtung Rezeption, lag sogar noch der Servierwagen, der sich während des Hurrikans gelöst hatte. Unglücklich sah sich Alex um, entdeckte jedoch weder von seinem Kumpel noch von dieser Amerikanerin irgendeine Spur.

Fernando schloss zu ihm auf, während der Brasilianer gute zehn Meter zurücklag, um schließlich vor einer der offenen Kabinen stehen zu bleiben. Von dort aus leuchtete er ihnen, so gut es ging.

»Du und dein Freund wart hier einquartiert?«, wollte Fernando wissen.

Alex nickte traurig. »Ja, aber ... bislang keine Spur von ihm. Obwohl ... irgendwie ist das auch idiotisch. Hier habe ich ihn zuletzt gesehen, aber was weiß ich denn schon, was noch geschehen ist, nachdem das Schiff von dieser Monsterwelle getroffen wurde?« Niedergeschlagen spähte er zu dem im Zwielicht liegenden Rezeptionsbereich, hinter dem das Restaurant lag, in dem er und Itzil sich zum Schluss aufgehalten hatten. »Aber vielleicht ist er ...«

»Alex!« Fernando legte ihm ernst die Hand auf die Schulter. »Das *ist* idiotisch. Du kannst rein gar nichts für ihn tun. Entweder dein Kumpel hat Glück gehabt und ist irgendwie von hier weggekommen. Oder ... er ist eben tot. Wenn er nicht draußen auf dem Meer ertrunken ist, könnte sein Körper überall sein.«

»Sicher, aber ...«

»Okay, nehmen wir mal an, du findest ihn. Und dann? Fühlst du dich dann besser?«

Alex sah den Puerto Ricaner an und wusste nicht so recht, was er antworten sollte. »Nein, natürlich nicht. Aber dann hätte ich wenigstens Gewissheit. Und ... ich könnte ihn vielleicht bestatten.«

»Bestatten? Ernsthaft?« Fernando schnaubte spöttisch. »Auf dieser Drecksinsel?«

»Wir haben Jordan ebenfalls dort begraben.«

»Ja, weil euch nichts anderes übrig blieb. Aber du glaubst doch wohl nicht, dass er sich das so gewünscht hätte?« Fernando ließ ihn los. »Ich habe hier ebenfalls Freunde verloren. Lorena war eine von ihnen. Mit der hatte ich sogar etwas. Jetzt sag mir nicht, dass ich die hier alle rausschaffen soll, um euch andere dann zu bitten, sie an Land zu bringen.«

Alex wollte etwas erwidern, schwieg jedoch.

»Wir müssen uns jetzt um uns kümmern.« Sein Gegenüber sah ihn aus seinen dunklen Augen an. »Wir Lebende sind wichtiger. Klar? Für alles andere ist später Zeit. Und jetzt komm. Wir müssen endlich rauf zur Brücke.«

Der Puerto Ricaner löste sich von ihm und marschierte den Korridor wieder zurück. Alex warf einen letzten Blick auf die demolierte Kabinentür, entdeckte hinter dem zersplitterten Loch den Griff einer Sporttasche und zerrte diese dann doch durch das Loch zu sich heran. Es war Jochens Reisetasche. Traurig starrte er sie an, nahm sie an sich und folgte Fernando wiederwillig zu Ricardo zurück, der ihnen hilfsbereit den Weg leuchtete.

»Und?«, sprach er sie an. »Sind die Leichen dahinten ebenfalls skelettiert?«

»Ja«, bestätigte Alex. »Aber ich begreife das nicht!«

Fernando kniete sich vor einen der Toten. »Vielleicht war es ja keine gewöhnliche Welle, die das Schiff erwischt hat – und kein gewöhnlicher Sturm?«

»Wie meinst du das?« Auch Alex betrachtete die knöchernen Überreste eines vermutlich männlichen Skeletts, der zum Zeitpunkt seines Todes mit nicht mehr als einer Unterhose und einem Bademantel bekleidet gewesen war. Die Kleidungsstücke wirkten verrottet.

»Vielleicht war das kein gewöhnliches Meerwasser, sondern eher so etwas wie … ein Säurebad?« Fernando sah Ricardo und ihn unschlüssig an und betrachtete dann seine Hände, deren Flächen von der Kletterei gleichfalls rostbraun verfärbt waren. »Das würde auch den Zustand einiger Teile des Schiffes erklären. Eigentlich den Zustand … von allem hier.«

»Aber wie bitte sollte so etwas möglich sein?« Alex sah sich unbehaglich um, betrachtete erneut den Toten – und dachte unwillkürlich an Jordan zurück. »Und wenn es doch irgendeine Form von Strahlung ist, die hier alles zersetzt?« Er wandte sich an Ricardo. »Haben Sie Ihren Geigerzähler noch einmal überprüft?«

»Selbstverständlich. Aber keinerlei Form von Radioaktivität. Sonst hätte ich Sie bereits gewarnt.«

»Sie schleppen einen *Geigerzähler* mit sich herum?«, fragte Fernando staunend.

Der Brasilianer sah ihn nur an, während Alex sich die seltsamen nächtlichen Phänomene auf der Insel ins Gedächtnis zurückrief.

Nachdenklich wandte er sich an Fernando. »Sag mal, dieses flackernde Leuchten bei euch am Strand vorletzte Nacht … also das, nach dem der Strandabschnitt, an den es Itzil, die Scotts und mich angespült hat, wie leer gefegt wirkte … wie weit reichte das? Ich meine die Zone, die es bedeckte. Erstreckte die sich nur über den Strand? Oder reichte das Flackern auch raus aufs Meer?«

»Alter, du stellst Fragen!« Fernando wischte sich überrumpelt die Rastas aus der Stirn. »Was auch immer das war, es hat quasi den kompletten Nebel hinter den Felsen ausgeleuchtet. Bis weit in den Dschungel hinein. Und weit zum Himmel hinauf. Wie eine Art … Wand. Das Gebiet, über das es sich erstreckte, muss riesig gewesen sein. Bloß hat der dichte Nebel verhindert, dass wir mehr erkennen konnten. Und die Geräusche, die von diesem Was-auch-immer verursacht wurden, haben jetzt auch nicht gerade dazu beigetragen, dass wir uns da näher rangewagt haben. Ich tippe auf irgendeine Form von … Erdstrahlung oder so.«

»Erdstrahlung?« Alex runzelte die Stirn.

»Ach, was weiß ich. Ich meine mal in irgendeiner Doku gesehen zu haben, dass es da oben in den skandinavischen Ländern auch so seltsame Leuchterscheinungen gibt. Und die hat eben jemand mit Erdstrahlen erklärt. Du meintest doch selbst, dass sich die Insel vielleicht über so einer … Magmablase oder so etwas befindet, die alles Mögliche bewirken kann.«

Alex entging nicht, wie Ricardo spöttisch die Lippen schürzte, doch der Brasilianer hielt sich zurück und kommentierte den Einwand nicht.

»Okay, lassen wir das mal beiseite«, meinte Alex mit einem Seitenblick auf Ricardo. »Es wäre also möglich, dass dieses Leuchten bis zur *Sea Quest* reichte?«

Der Puerto Ricaner zuckte mit den Schultern. »Keine Ahnung. Vielleicht. Ich weiß nicht.«

Alex presste die Lippen aufeinander und wandte sich dann direkt an Ricardo. »Haben Sie inzwischen eine Theorie?«

»Nein.«

Alex musterte sein Gegenüber und glaubte ihm kein Wort. »Sicher?«, hakte er nach.

»Ganz sicher.« Ricardo lächelte unverbindlich und deutete dann hinter sich. »Wollen wir uns jetzt endlich auf den Weg zur Brücke machen?« Einen Sekundenbruchteil später beantwortete Ricardo sich die Frage selbst, schob sich an der Leiche vorbei und setzte sich nun seinerseits an die Spitze. Verärgert sah ihm Alex nach.

»Und?«, wisperte Fernando. »Du traust unserem Spitzeningenieur doch auch nicht über den Weg, oder?«

»Nein.« Alex verengte die Augen. »Aber wir kriegen schon noch raus, was er uns verheimlicht. Nur in einem bin ich mir inzwischen sicher. Nämlich, dass wir alle es unbedingt vermeiden sollten, je in eine dieser flackernden Zonen hineinzugeraten.«

»Wieso?«

»Weil ich glaube, dass sie absolut tödlich für uns sind – ebenso, wie sie Jordan getötet haben.«

Fernando sah ihn aufgewühlt an, sagte aber nichts.

Auch sie marschierten zurück und sahen, dass der Brasilianer erneut stehen geblieben war und durch eine der Türschrägen über ihnen leuchtete.

»Wenn wir schon hier sind«, er deutete auf die Tasche, die Alex bei sich trug, »sollten wir die Gelegenheit nutzen, noch ein paar andere nützliche Dinge aus den Kabinen zu räumen. Essen und Medikamente sind nicht das Einzige, was wir benötigen.«

Alex und Fernando mussten ihm beipflichten und trugen jetzt ihrerseits Taschen, Kleidungsstücke und Hygieneartikel zusammen. Schwer bepackt, erreichten sie wieder den breiten Korridorabschnitt mit den Lifttüren rechter Hand und dem Treppenhaus mit der Außentreppe auf der linken Seite. Ricardo kletterte vor ihnen nach unten und begutachtete einzelne Funde.

»Hier!«, rief er und warf Alex ein Klemmbrett mit einer daran befestigten LED-Lampe zu. »Die funktioniert noch. Und sie ist vermutlich besser als die Funzel, die Sie mit sich herumtragen.«

Alex löste die Lampe vom Brett. Ihr Lichtstrahl reichte zwar nicht so weit wie der aus der Lampe des Brasilianers, war aber dennoch eine deutliche Verbesserung. Er steckte Itzils Stiftlampe weg und mühte sich an dem Nylonseil zurück ins Treppenhaus, wo er seinen Begleitern dabei half, samt ihrer gesammelten Beute zu ihm zu stoßen.

Diesmal nahmen sie keine weiteren Umwege. Die Außentreppe erstreckte sich über alle Ebenen der *Sea Quest* und reichte bis hinauf zu dem riesigen Panoramadeck samt dem einstigen Pool, auf dessen vorderem Bereich das große Ruderhaus thronte. Alex blickte zu den stolzen Schornsteinen des Schiffes auf, die durch die Lage bedingt schräg in den Himmel stachen. Doch darüber hinaus war von der einstigen Pracht der *Sea Quest* kaum mehr etwas übrig. Das Panoramadeck war verwüstet, überall lagen abgerissene Kabeltrossen und Trümmerteile herum, und am eingedrückten Schanzkleid hing wie zum Hohn ein einsamer Rettungsring. Auch das Ruderhaus war schwer beschädigt. Der Signal- und der Radarmast waren abgeknickt und erweckten den Eindruck eines gebrochenen Flügels, und gleich mehrere der großen Panoramascheiben waren zerschlagen.

Wie schon unten im Wasser, fiel ihnen auch hier auf, wie angegriffen die Schiffshaut wirkte. Wo die weiße Farbe abgeblättert war, schimmerte ihnen blanker Rost entgegen.

Sie ließen ihr Gepäck im Treppenhaus zurück, sicherten sich erneut ab und rutschten über das Deck hinüber zum Ruderhaus mit der Brücke. Von dort aus kämpften sie sich zu einer freiliegenden Wendeltreppe vor, über die sie weiter oben zu einer Metalltür gelangten, die ins Innere führte. Das Bullauge wies einen Riss auf, und Alex bezweifelte bereits, dass sich der Einstieg überhaupt öffnen ließ, als es Ricardo bereits beim ersten Versuch gelang, die Tür quietschend hochzuwuchten und so ins Brückendeck des Schiffes vorzudringen.

Doch ihre anfängliche Euphorie verflog rasch. Im Ruderhaus sah es nicht viel besser aus als auf den bereits von ihnen inspizierten Decks. Auch hier war alles verwüstet. Sie passierten beschädigte Schlafkabinen und Besprechungsräume und drangen schließlich bis zur Kommandobrücke vor, wo sie endgültig fassungslos innehielten. Der Raum war komplett zerstört. Durch die offen stehenden Fenster wehte der Wind, und zwischen umgekippten Stühlen lag eingeklemmt ein weiteres Skelett in ehemals weißer Offiziersuniform. Am meisten jedoch schockte sie der Anblick der Steuerkonsolen – dort klafften riesige Löcher.

Ricardo warf längst einen Blick in den benachbarten Funkraum, doch auch dieser wirkte, als habe ihn eine gewaltige Welle durchgespült und alles mit sich gerissen, was nicht niet- und nagelfest war.

»Unglaublich!«, schimpfte er. »Schiffskompass, Maschinentelegraf, Navigationsgeräte und leider auch die Funkgeräte. Alles weg. Hier ist fast nichts mehr, was brauchbar ist.«

»Wie kann das sein?«, murmelte Fernando niedergeschlagen.

»So wie es aussieht, wurde das alles ein Raub des Meeres«, murmelte Alex wenig überzeugt.

Er hatte nur undeutliche Vorstellungen von der Gewalt der Fluten, die über den Ozeanriesen hereingebrochen waren, doch auch ihn irritierte das Ausmaß der Zerstörung.

»Scheiße.« Fernando hockte sich niedergeschlagen auf den Boden, kramte seinen Tabakbeutel hervor, drehte sich eine Kippe und steckte sie an. Tief inhalierte er den Rauch. »Was jetzt? Scott wird sich das deutlich anders vorgestellt haben. Und ich hatte wirklich gehofft, er könnte eine Funkverbindung zur Außenwelt herstellen. Jetzt stehen wir wieder ganz am Anfang.«

»So schnell sollten wir nicht aufgeben«, widersprach Ricardo. »Vielleicht gibt es irgendwo auf dem Schiff Ersatzgeräte.«

Der Puerto Ricaner zuckte mit den Schultern. »Leider habe ich keine Ahnung, wo die gelagert werden. Ross ist hier der Store-Keeper.«

»Viel dringender brauchen wir Medizin für Tao«, seufzte Alex. »Und ein paar Nahrungsmittel wären auch nicht schlecht.«

Er sammelte ein herumliegendes Tau auf, das er sich um die Körpermitte wickelte, sie warteten, bis Fernando seine Kippe aufgeraucht hatte, dann machten sie sich wieder auf den Rückweg zum Treppenhaus auf der höher liegenden Backbordseite und nahmen ihr Gepäck auf.

Sie übersprangen auf dem Weg nach unten einige Decks, bis

sich Fernando daran erinnerte, dass in erreichbarer Entfernung ein Bistro lag.

Nur erwies sich der Weg auf die Deckebene, zu der er sie nun führte, ungleich schwieriger als zuvor. Denn diesmal mussten sie sich auf einem Quergang hinunterhangeln, der geradewegs zu einem Ausgang auf der tiefer liegenden Steuerbordseite führte. Sie packten die geborgenen Dinge in den Taschen um, um eine von ihnen wieder freizuräumen, ließen den Rest ihrer Last auf gewohnte Weise im Treppenhaus zurück und seilten sich bis zur Mitte ab. Dort kletterten sie auf Fernandos Anweisung hin in einen ebenso düsteren wie breiten Längskorridor, der Richtung Bug führte und Alex diffus bekannt vorkam.

Das Licht ihrer Lampen spiegelte sich in den stumpfen, schlierigen Scheiben verwüsteter Shops. Unter ihnen ein Waschsalon, ein Sonnen- und Nagelstudio sowie ein sichtlich verwüstetes Internet-Center. Ihm gegenüber lagen menschliche Knochen im Korridor, die den Eindruck erweckten, von eindringendem Wasser bis dorthin gespült worden zu sein.

Alex ignorierte die Knochen, leuchtete stattdessen durch die Scheibe des Centers und runzelte die Stirn. Tresen und Computernischen waren an Boden und Wänden festgeschraubt, aber alles, was nicht niet- und nagelfest war, drückte jetzt gegen die Fensterscheibe: Stühle, Kleinteile – jedoch kein einziger Computer. Ebenso wie oben auf der Brücke zeugten lediglich aus der Wand hängende Kabel davon, dass hier noch vor wenigen Tagen funktionstüchtige technische Geräte gestanden hatten.

Sie marschierten vorsichtig weiter, als sich mitten auf dem Korridor ein weiterer Haufen mit Elektrogeräten aus dem Dunkeln schälte, darunter die vermissten Computer sowie ein auffälliger digitaler Filmprojektor. Alex erinnerte sich, dass sich das Bordkino ganz in der Nähe befand. Er und Jochen hatten es an ihrem ersten Abend auf See besucht. Der Projektor konnte nur von dort stammen.

»Unmöglich liegt all das Zeug hier zufällig«, zischte er. »Erst die Sachen unten vor dem Lift. Dann die verschwundenen Geräte oben auf der Brücke. Und jetzt das hier.«

Ricardo und Fernando schlossen zu ihm auf, und der Brasilianer nickte: »Ich befürchte, Sie haben recht. Jemand muss all die Sachen aus den Räumen und Kabinen geschafft und gesammelt haben. Anders ist das wirklich nicht zu erklären.«

»Fuck!« Bestürzt sah der Puerto Ricaner sie an. »Etwa Piraten? Okay ... vor der Ostküste Venezuelas und im Golf von Darién werden immer wieder Übergriffe gemeldet. Aber das betrifft doch vor allem Sportsegler.«

Alex legte besorgt die Stirn in Falten. »Ein komplettes Kreuzfahrtschiff wäre für die natürlich wie ein Sechser im Lotto. Aber dann hätten wir doch vom Strand aus sehen müssen, wenn sich jemand der *Sea Quest* nähert, oder?«

In Fernandos Augen funkelte es. »Nicht unbedingt. Das Schiff liegt nicht im direkten Sichtbereich unseres Lagers auf der Insel, und der Spähausguck war gerade zu Beginn nicht durchgängig besetzt. Aber wenn jemand hier hingekommen ist, würde das auch bedeuten, dass die vielleicht ein Boot haben, mit dem man eventuell von hier wegkommt.«

Alex richtete sich beunruhigt auf. Mussten sie sich Sorgen um Courtney machen, die da draußen allein auf sie wartete?

»Nein«, widersprach Ricardo entschieden. »Ich habe hier draußen kein weiteres Schiff gesehen.« Er leuchtete den Weg zurück, und seine Rechte lag auffallend nah am Halfter mit der Pistole.

»Wir waren noch nicht auf der anderen Seite des Schiffes«, wandte Fernando ein.

»Würdest du versuchen, über den Rumpf dieses riesigen Potts an Bord zu gelangen, wenn das von der Steuerbordseite aus viel leichter geht?« Ricardo musterte ihn auffordernd und beantwortete die Frage schließlich selbst. »Ich nicht.«

»Na gut«, gestand Fernando zögernd ein. »Dann vielleicht irgendwelche Überlebenden?«

Angestrengt lauschten sie in die Düsternis, vernahmen jedoch nichts als das Schwappen von Wasser und das beständige Knarren arbeitenden Metalls in den Wänden um sie herum.

»Wir wissen nur eines mit Sicherheit«, brachte Alex ihre Überlegungen auf den Punkt. »Irgendjemand *war* hier. Besser also, wir rechnen damit, dass sich dieser Jemand noch immer auf dem Schiff aufhält.«

Die Grotte

Das Klappern der leeren Plastikflaschen, die Itzil an einer Leine zusammengebunden hatte, begleitete jeden ihrer Schritte. Schweigend marschierte sie über den Strand hinter Dodong her, der sich an die Spitze ihrer kleinen Gruppe gesetzt hatte. Speer und leeren Wasserkanister trug er geschultert, und er war inzwischen wieder auffallend gut bei Kräften. Itzil schob es darauf, dass letzte Nacht überraschend nichts passiert war und sie seit Tagen erstmals wieder hatten durchschlafen können. Petersen und Ross waren zwar davon überzeugt gewesen, während ihrer Nachtwache zirpende Laute im Dschungel gehört zu haben, doch keines der Wesen hatte sich dem Lager genähert. Zwar plagte Itzil ein heftiger Muskelkater vom zurückliegenden Dschungelmarsch, doch auch sie hatte sich von den Strapazen weitgehend erholt. Dennoch sehnte sie sich nach Ruhe. Leider war ihr diese nicht vergönnt. Und daran war nicht nur der neuerliche Marsch schuld, sondern vor allem Lauren Clark.

Als sie an dem hohen Basaltfelsen vorbeikamen, den Alex am Tag ihrer Ankunft erklettert hatte, drehte sie sich kurz zu der Texanerin um, die die Dritte in ihrem Team bildete. Diese stolperte gereizt hinter ihnen her, und seit sie aufgebrochen waren, mussten sie und Dodong mitanhören, wie Lauren unentwegt leise fluchte und verbitterte Selbstgespräche führte. Itzil konnte nicht viel davon verstehen, aber was sie hörte, reichte ihr. Die Frau steigerte sich offenbar weiter in ihren Wahn hinein, dass sie und auch alle anderen ehemaligen Mitarbeiter der *Sea Quest* schuld am Schicksal ihrer Tochter wären.

Die Texanerin schützte sich zwar mit einem alten Leinenhut vor der Sonne, doch schien sie deren Kraft in den zurückliegenden Tagen unterschätzt zu haben. Alle freiliegenden Haustellen der Frau waren krebsrot, was sie offenbar nur noch gereizter werden ließ. Itzil bedauerte es inzwischen, nicht darauf bestanden zu haben, gemeinsam mit Alex, Courtney und den anderen raus aufs Meer zu fahren. Doch die Truppe hatte bereits eine knappe Stunde nach Sonnenaufgang das Ruderboot bestiegen, um zur *Sea Quest* überzusetzen. Die anderen hatten den Vormittag genutzt, um alle übrigen Vorhaben voranzutreiben. Oliver Scott und seine Frau bauten derzeit mehrere Angeln. Dodong und sie hatten mithilfe von Alex' Klettermethode neue Kokosnüsse gepflückt. Tao versuchte Schmerzen und aufkommendes Fieber zu vergessen, indem er sich nun ebenfalls der Kladde des Navajo-Soldaten annahm. Und Lauren Clark hatte fast manisch Strand und Unterholz nach weiterem Feuerholz für das geplante große Signalfeuer abgesucht.

Itzil hatte bereits am Morgen einen neuen Anlauf unternommen, um mit ihr ins Gespräch zu kommen und so das Eis zwischen ihnen zu brechen. Doch die Texanerin mied sie weiterhin, als habe sie Typhus – oder als wäre sie ihr Erzfeind. Obwohl sie fast zwei Tage fort gewesen waren, hatte sich nichts an ihrem befremdlichen Verhalten verändert.

Dennoch waren sie kurz nach Mittag zusammen losmarschiert, um wie besprochen Wasser für das Camp zu besorgen. Und schon jetzt bereute Itzil, dass Dodong darauf bestanden hatte, die Texanerin überhaupt mitzunehmen. Abermals beobachtete sie die Frau aus den Augenwinkeln, die sich immer wieder zu der Stelle umwandte, an der vor wenigen Tagen noch ihre tote Tochter gelegen hatte. Dabei schwankte

Laurens Gesichtsausdruck zwischen tiefer Trauer und brodelnder Wut. Als sie bemerkte, dass Itzil sie beobachtete, richtete sich ihr vor Zorn lodernder Blick auf sie: »Was gibt es da zu glotzen, Wetback?«

›Nassrücken‹.

Itzil kannte das US-amerikanische Schimpfwort für Mexikaner zur Genüge. Als ob alle ihre Landsleute in die USA gelangten, indem sie illegal den Rio Grande überquerten. Zu gern hätte sie ihr etwas Gepfeffertes entgegnet, doch Scham und Schuldgefühle ließen sie ohne Widerworte weiterlaufen. Lauren hatte ihr Kind verloren. Ein Schmerz, den Itzil sich weder vorstellen wollte noch konnte.

Doch ihre Begleiterin schien ihr Schweigen nur noch mehr zu reizen.

»Komm schon«, giftete die Texanerin hinter ihr. »Du kannst es ruhig zugeben. Insgeheim ist es dir doch scheißegal, dass meine Tochter draufgegangen ist. Habe ich recht?« Aufgebracht stolperte die Frau über eine Senke im Sand. »Aber eines verspreche ich dir: Wenn wir hier wegkommen, werde ich euer Unternehmen verklagen! Und ich werde dafür sorgen, dass deine Arbeitspapiere überprüft werden! Ihr dreckigen Illegalen ruiniert unser Land eh! Es wird Zeit, dass endlich die verdammte Mauer kommt, die uns vor euresgleichen schützt!«

Dodong vor ihnen wirbelte plötzlich herum, und in seinem noch immer von Schwellungen übersäten Gesicht blitzte die Wut. Mit nur wenigen Schritten überwand er die Distanz zu Lauren Clark, die überrascht zurückstolperte und in den Sand stürzte, während der Filipino sich über ihr aufbaute: »Halt endlich dein Schandmaul, mangkukulam!«

»Dodong«, versuchte Itzil ihn zu besänftigen, »sie hat immerhin ihre Tocht…«

»Nein. Es reicht. Ich ertrage es nicht mehr.« Ihr Begleiter starrte die Frau zornig an. In Lauren Clarks Blick blitzte jetzt Furcht.

»Wir alle haben Freunde auf dem Schiff verloren«, schrie er Lauren an. »Hier ist niemand ungeschoren davongekommen. Also verschone uns mit deinem verdammten Selbstmitleid. Und wage es ja nicht noch einmal, einem von uns mit deinem rassistischen Scheiß zu kommen.« Aufgebracht richtete er einen Finger auf sie. »Ohne Itzil und mich wärst du schon lange jämmerlich verreckt. Wir sind hier nicht mehr auf dem Schiff, wo du und deinesgleichen weiter auf reiche Großgrundbesitzer machen könnt. Und Rednecks wie du schon gar nicht!«

Zornig warf er ihr den Kanister hin: »Und jetzt mach dich nützlich. Wir sind weder deine Lakaien noch deine Sklaven.«

Schnaubend fuhr er herum und marschierte wortlos an Itzil vorbei.

Die starrte ihm mit offenem Mund nach, dann wandte sie sich wieder Lauren Clark zu, die unschlüssig dalag und nicht so recht zu wissen schien, wie sie auf die Standpauke reagieren sollte.

»Na kommen Sie. Er hat es nicht so gemeint.«

Lauren Clark sah mit zusammengepressten Lippen zu ihr auf, griff eingeschnappt nach dem Kanister und erhob sich ohne ein weiteres Wort. Einen Moment lang schien sie zu überlegen, ob sie nicht einfach wieder zurücklaufen sollte, dann stolzierte sie samt leerem Kanister schweigend an Itzil vorbei und auf die von Mangroven bewachsene Landzunge zu, deren Spitze bis nahe an das havarierte Kreuzfahrtschiff heranreichte.

Itzil schloss kurz die Augen, atmete tief ein und folgte ihr.

Auf dem Weg sah sie zum Meer hinaus, deckte ihre Augen mit der Hand ab und versuchte, das Ruderboot ihrer Schicksalsgefährten vor dem Ozeanriesen ausfindig zu machen. Tatsächlich entdeckte sie nahe des Bugs der *Sea Quest* ein kleineres Objekt auf den Wellen. Details ausmachen konnte sie nicht. Und doch drückte sie Alex, Courtney und den anderen die Daumen, dass sie auf dem Schiff fanden, was sie brauchten.

Unwillkürlich griff Itzil nach der Kette mit Jordans Ring und dem kleinen Delfinanhänger, die ihr Courtney geschenkt hatte. Vielleicht fand die Truppe da drüben ja auch etwas Anständiges zu essen, das ihrer aller Gemüter etwas besänftigte.

Erst gestern vor dem Einschlafen hatten sie und die Teenagerin sich in buntesten Farben ausgemalt, was sie alles vertilgen würden, wenn sie endlich weg von der Insel kamen. Und der Geschmack Courtneys konnte sich sehen lassen. Denn ebenso wie sie mochte Courtney Burritos. Die würde die Gruppe wohl nicht gerade finden, aber die Lebensmittelkammern auf dem Schiff sollten dennoch gut gefüllt sein.

Vom Inselinnern her grollte wieder leicht der Vulkan. Itzil wandte ihren Blick von dem Wrack ab und marschierte weiter hinter Dodong und Lauren Clark her, bis sie den Mangrovensaum der Landzunge erreicht hatten, der sie von dem dahinter liegenden Strandabschnitt mit der kleinen Lagune trennte. Sie querten den Mangrovendschungel, und zu Itzils Überraschung stellte sich die Clark dabei geschickter an, als sie gedacht hatte.

Ihr philippinischer Gefährte ließ sie innehalten, und sie machten sich die kommende Stunde abermals auf die Suche nach Austern, die in dichten Trauben unter der Wasseroberfläche an den Wurzeln klebten. Dann ging es weiter, und sie erreichten den strandigen Küstenabschnitt, über den sie gestern zurückmarschiert waren. Noch immer waren ihre Spuren im Sand zu sehen, und Itzil bemerkte erstmals, dass der Strandabschnitt weiter hinten – ähnlich wie dort, wo sie lagerten – vor hohen Klippen endete.

Dodong wählte inzwischen den Weg des Süßwassers, der sich hier ein Bett in den Sand gegraben hatte und auf gut zwei Mannlängen Breite ins Meer floss. Doch da der Zufluss überaus flach war, folgten sie ihren gestrigen Spuren, machten sich am Ufer des Wasserlaufs wieder auf ins Inselinnere und erreichten so gute einhundert Meter landeinwärts jene kleine, von Felsen und hohen Dschungelgewächsen gesäumte Lagune, die weiterhin von dem Bachlauf gespeist wurde, der über Wurzeln und Steine hinweg zum Meer hin sprudelte.

Dodong nahm einige Schlucke und schloss genießerisch die Augen. Dann begann er, seine mit Quaddeln und Pusteln übersäten Hautflächen zu kühlen. Itzil und Lauren Clark nahmen ebenfalls einige kräftige Schlucke, dann füllten sie den Kanister und die Flaschen.

Sie hatten die Gefäße gerade gefüllt, als Itzil die feinen Tropfen auf ihrer Haut und in ihren Haaren bemerkte. Irritiert sah sie zum Zufluss der Lagune, doch dort spritzte nichts so hoch, als dass es sich hier als Niederschlag absetzen konnte. Auch am blauen Himmel über den Bäumen des Dschungels waren lediglich einige Schäfchenwolken auszumachen. Und doch spürte sie die Feuchtigkeit noch immer.

»Spürt ihr das?« Sie hob ihren Unterarm. »Hier geht irgendwie ein feiner Regen nieder.«

Dodong und Lauren Clark sahen sich nun ebenfalls aufmerksam um.

»Dahinten.« Der Filipino deutete leicht verwundert zu den Kronen der hohen Bäume am gegenüberliegenden Lagunenrand.

Itzil folgte seinem Fingerzeig und erblickte, vielleicht dreißig oder vierzig Schritte von ihnen entfernt, eine große dunkle Felsformation, die angesichts all des Grüns davor leicht zu übersehen war. Als sie die Spitze des Felsenaufwurfs beäugte, die in etwa bis zu den Baumkronen reichte, entdeckte sie dort oben eine graue Gischtwolke, die vom Wind gelegentlich in ihre Richtung geweht wurde.

»Was ist das da oben?« Itzil erhob sich, und gemeinsam mit ihren Begleitern nahm sie die Dunstwolke weiter in Augenschein, ohne eine Erklärung für das Phänomen finden zu können.

»Ist das so wichtig?«, murrte die Texanerin. »Wir haben doch jetzt unser Wasser.«

»Alles, was seltsam ist, scheint mir auf dieser Insel wichtig zu sein«, antwortete Itzil unterkühlt, zog ihre Schuhe aus, watete durch das klare Wasser der Lagune, das ihr in der Mitte bis zu den Hüften reichte, und trat auf der anderen Seite wieder ans Ufer.

Dodong folgte ihr kurzerhand.

»Was soll das? Was wollt ihr dahinten?«, krähte Lauren Clark.

»Passen Sie einfach kurz auf die Behälter auf«, antwortete Dodong gelangweilt. »Wir sind gleich wieder zurück.«

Wütend stierte die Texanerin hinter ihnen her und rührte sich weiterhin nicht vom Fleck.

Itzil und Dodong hingegen schlugen das Unterholz beiseite, bis sie vor einer hohen Felswand standen, die recht steil gute zwanzig bis dreißig Meter nach oben führte. Auch von hier unten aus konnten sie sehen, wie weit über ihnen hin und wieder Sprühwasser Richtung Lagune wehte.

»Mist«, fluchte Itzil. »Siehst du eine Möglichkeit, da hochzukommen?«

Dodong schüttelte den Kopf. »Aber mich würde ebenfalls interessieren, was das ist. Offenbar eine weitere Wasserquelle. Aber ... wieso so weit oben?«

Eine Weile suchten sie erfolglos nach einem Aufstieg, schließlich kehrten sie wieder zu der Texanerin zurück.

»Zufrieden?«, schimpfte Lauren.

Wortlos packten sie den gefüllten Kanister und die Flaschen und mühten sich mit ihrer Last zurück an den Strand. Dodong wollte bereits den Rückweg zur Landzunge einschlagen, an deren Ende sie auf dem Meer das havarierte Kreuzfahrtschiff ausmachen konnten, als Itzil die gefüllten Flaschen noch einmal abstellte. Einer Eingebung folgend, blickte sie zu den Klippen hinüber, die den Strand auf der rechten Seite begrenzten.

»Wartet mal kurz auf mich. Ich will etwas überprüfen.«

Sie lief über den von der Lagune kommenden Wasserlauf hinweg den Strand hinunter, bis sie die hohen und steilen

Klippen erreicht hatte, die hier ans Meer grenzten. Diese waren schon für sich beeindruckend, denn die Seeseite wurde komplett von riesigen, mosaikartigen Basaltstrukturen ausgefüllt, die wie hohe Säulen wirkten, die dicht an dicht beieinanderstanden. Nur ein schmaler Abschnitt aus schwarzem Gesteinsschotter trennte die Felsformation vom Meer – und jetzt bestätigte sich, dass nur einige Dutzend Schritte entfernt, am Fuße der Felswand, ebenfalls ein feiner Nebel hinaus aufs Wasser wölkte.

»Seht euch das an!«

Auch Dodong und Lauren Clark näherten sich, wobei der mürrischen Texanerin die fehlende Entdeckerlust überdeutlich ins Gesicht geschrieben stand.

Itzil hingegen tastete sich über den steinigen Untergrund vor der Felswand voran und erreichte so kurz darauf jene Stelle, von der aus unentwegt der feine Nebel austrat. Staunend stieß sie einen Pfiff aus, denn nur einen knappen Meter über dem Meeresniveau und der Geröllfläche tat sich unter den Basaltstrukturen eine Unterhöhlung auf, die Itzil angesichts des Bogens, den die Felsendecke bildete, an einen geschwungenen Brückendurchgang erinnerte. Das war der Zugang zu einer Grotte!

Der Felsspalt war gute acht bis zehn Meter breit, erreichte dabei aber nur eine Höhe von kaum drei Metern. Aus der Tiefe des Durchgangs war ein leises, hallendes Rauschen und Fauchen zu hören, und aus dem Innern wehte ihnen Wasserdampf entgegen. Und da war auch Wasser, das aus dem Höhlenzugang kommend über die Steine in die Meeresbrandung plätscherte.

Dodong schloss zu ihr auf und sah ihr erstaunt über die Schultern. »Wow, wie konnten wir das gestern übersehen? Das klingt, als wäre dahinten ein weiterer Wasserfall.«

»Da drinnen?« Itzil schürzte entschlossen die Lippen. »Dann will ich den sehen.«

Gemeinsam mit ihrem Begleiter drang sie in den Grotteneingang vor und spürte sogleich, wie sich Feuchtigkeit um sie legte. Itzil befürchtete schon, dass ihnen die Dunkelheit im Innern einen Strich durch die Rechnung machen könnte, doch weiter hinten, inmitten des grauen Dunstes, der die Höhle ausfüllte, schimmerte Licht. Ein weiterer Durchbruch? Sie marschierte voran und bemerkte, wie nass Untergrund und Felswände waren. Nur zwei Schritte von ihnen entfernt floss glucksend Wasser in einem breiten Rinnsal ab, und die Luft war hier nicht bloß feucht, sondern wurde auch zunehmend warm. Das war Dampf!

Gemeinsam mit Dodong marschierte sie über den schlüpfrigen Untergrund dem Lichtschein entgegen, es wurde noch wärmer, und tatsächlich erreichten sie einen weiteren Durchbruch – unter dem sie fassungslos stehen blieben.

Denn vor ihnen fauchte ein gewaltiger Geysir!

Die Wasserfontäne schoss kolossale zwanzig oder fünfundzwanzig Meter in die Höhe und reichte damit etwas über die Kante der sie umgebenden Felswände hinaus. Und auch die ließen sie beeindruckt innehalten, denn das Phänomen spielte sich in einem nahezu runden, gute dreißig Meter im Durchmesser messenden Felsenkessel mit trichterförmigen Wänden ab, von denen unentwegt lautes Rauschen widerhallte.

Sicher, auch in Mexiko gab es Geysire, etwa in Tecozautla oder in Ixtlán de los Hervores im Bundesstaat Michoacán. Doch mit eigenen Augen hatte Itzil ein solches Naturwunder noch nie erblickt. Außerdem war es etwas anderes, die feuchte Wärme mit eigenem Leib zu spüren: Das Wasser des Geysirs schien kochend heiß zu sein.

»Wow!« Dodong starrte ergriffen nach oben, wo sich die fauchende Fontäne weit über ihren Köpfen auffächerte und den verborgenen Ort in warmes Sprühwasser und dampfenden Nebel hüllte. All das wurde von einem schillernden Regenbogen gekrönt, der sich hoch über ihren Köpfen abzeichnete, wo das Sonnenlicht sich in den Wassertropfen brach. Dabei schoss das Wasser aus einem Loch in der Mitte des

Kessels empor, und was nicht verweht wurde, rieselte auf wabenförmig miteinander verkeilte Basaltplatten nieder, die den Untergrund bis zu den Wänden ausfüllten. Eine einzelne, fünfeckige Basaltsäule ragte dabei wie ein niedriger Tisch zwischen den übrigen Platten des Untergrundes empor.

Doch Itzil fiel noch etwas anderes auf: Inmitten der nebligen Schlieren zeichneten sich an den Felsen um sie herum zahllose ikonografische Bildhauereien ab, die Menschen, Köpfe und Götterbilder mit großen Nasen und reich ornamentierten Kleidungsstücken zeigten. Die figürlich Dargestellten nahmen seltsame Posen ein und übten Tätigkeiten aus, die sich Itzil nicht so recht erschlossen. Nur eines stand fest: All das hier entstammte der künstlerischen Tradition der alten Maya!

»Dodong, sieh dir das an!« Itzil trat ergriffen vor, während ihr weiterhin warme Wassertropfen entgegensprühten, die ihre Kleidung zunehmend durchnässten. »Das hier scheint ein alter Kultort zu sein. Ähnlich wie die Höhle beim Wasserfall.«

»Noch einer?« Dodong sah sich überrascht um. »Und wozu diente er?«

»Ich habe keine Ahnung«, rief sie gegen das laute Rauschen des Geysirs an. Sie hielt respektablen Abstand zu der heißen Wasserfontäne, sah sich um und entdeckte, dass speziell die Felswand gegenüber der Felsröhre, durch die sie an diesen rätselhaften Ort gelangt waren, zu einem riesigen pyramidalen Felsrelief behauen war. Zuunterst fanden sich Abbildungen von Würdenträgern, die rituellen Tätigkeiten nachgingen. Einige von ihnen trugen offenbar Masken und schienen zu tanzen, aus ihrer Mitte hingegen erhob sich eine gewaltige Visionsschlage, die fast bis zur Spitze des Reliefs reichte. Die Schlange war umgeben von Götterdarstellungen mit Tierleibern, angezogenen Beinen, liegenden Köpfen und abgewinkelten Armen, von denen sie – wie zuvor in der Höhle – zumindest einige erkannte. Den Sturmgott Huracan zum Beispiel, oder den Blitzgott K'awii. Über allem aber thronte der herabstürzende Gott Ah Mucen Cab in seiner furchterregenden Bienengestalt.

Allein zwei der dargestellten Figuren reichten an die Größe Ah Mucen Cabs heran, stachen in der Mitte der Reliefwand hervor und hockten einander gegenüber. Itzil identifizierte sie durch einen runden Gegenstand, der zwischen ihnen abgebildet war.

»Das ist seltsam, denn das da oben dürften Hunahpu und Xbalanque sein!«

Dodong sah sie ratlos an. »Aha. Und wer bitte ist das?«

Itzil deutete hinauf. »Gestalten aus der Mythologie der Maya. Das alles hat mit der Unterwelt Xibalba zu tun, was durchaus zu der imposanten Wasserfontäne passt. Denn die alten Maya glaubten, dass man über das Wasser Zutritt zur Unterwelt finden könne.«

»Ja, und?«

Itzil seufzte. »Bei den Maya gab es eine Sage um zwei Männer, die in der Unterwelt eine Reihe von Prüfungen absolviert haben sollen. Darunter ein Ballspiel, das sie aber verloren. Trotzdem fand der eine von ihnen die Gelegenheit, eine der Töchter der Herren der Unterwelt zu verführen. Die wurde dann auf die Erde verbannt, wo sie Zwillinge bekam: die Brüder Hunahpu und Xbalanque. Die beiden traten später ebenfalls in der Unterwelt zum Ballspiel an.« Sie deutete auf den runden Gegenstand inmitten der beiden. »Anders als ihr Vater gewannen die beiden aber gegen ihre Herausforderer und wurden belohnt, indem sie als Sonne und Mond an den Himmel versetzt wurden.«

Dodong wischte sich die Feuchtigkeit vom Gesicht. »Also soll das da oben auf Sonne und Mond hindeuten?«

»Keine Ahnung. Vielleicht.« Itzil zuckte mit den Achseln. »Irgendeine Bedeutung wird es wohl haben, denn sonst wären die beiden nicht so deutlich herausgearbeitet worden.«

»Wobei der eine etwas größer dargestellt ist als der andere, oder?« Der Filipino deutete auf die rechte Gestalt. »Das dürfte dieser Xbala-was-auch-immer sein. Dieser Mondbruder.«

Itzil betrachtete das Relief eingehender und nickte. »Ja, du hast recht. Und anders als sein Bruder deutet er auf Ah Mucen Cab.« Nachdenklich trat sie einen Schritt vor. »Er scheint hier wohl tatsächlich der Wichtigere von beiden zu sein, was noch durch etwas anderes unterstrichen wird. Siehst du die streng dreinblickende Greisin, unmittelbar unter ihm? Das ist Ix Chel.«

»Und wer ist das schon wieder?«

»Eine Mond- und Fruchtbarkeitsgöttin«, spulte Itzil ihr Wissen ab. »Du kannst sie an dem Kaninchen erkennen, das sie in den Händen hält. Ähnlich wie das bei uns heute bekannte Mondgesicht, meinten die alten Maya nämlich, ein Kaninchen in den Schatten des Mondes zu sehen.«

»Ernsthaft?« Dodong grinste. »Das ist ja fast so wie in der Folklore der Chinesen. Dort sehen sie auf der Mondoberfläche einen Hasen.«

»Tatsächlich?«

»Ja.« Er zwinkerte. »Erinnerst du dich an den Namen des Mond-Rovers, den die vor einigen Jahren hochgeschickt haben? Den haben sie Jadehase getauft. Genau deswegen.«

Itzil wischte sich Wasser aus ihrem schwarzen Haar und sah ihn erstaunt an. »Okay, das ist eine Parallele, von der ich selbst nichts wusste.«

»Und diese alte Maya-Göttin gilt deswegen als Fruchtbarkeitsgöttin, weil der Mond auf den Zyklus von euch Frauen hindeutet?«

»Das nehme ich an. Sie galt aber auch als Erdgöttin, als Schutzherrin des Wassers und des Regenbogens und als Erfinderin der Webkunst.«

Die gewaltige Wasserfontäne fiel unvermittelt in sich zusammen, es wurde allmählich still um sie herum, und zurück blieb nicht viel mehr als heißer Dampf. Sie konnten nun im

Nebel auf ein mit Wasser gefülltes Loch in der Mitte des Felsentrichters blicken, in dem es noch immer brodelte.

Dodong klopfte ihr freundschaftlich auf den Rücken. »Genug Sightseeing für heute. Es wird Zeit für den Rückweg.«

Itzil nickte, und gemeinsam machten sie sich durch den Höhlendurchgang wieder auf den Weg zum Meer, wo sie über den schwarzen Schotteruntergrund rasch wieder den Strand erreichten. Sie waren völlig durchnässt, und trotz der warmen Nachmittagssonne fröstelte es sie leicht im Seewind.

Lauren Clark erwartete sie im Schatten einer Palme im Sand, wedelte sich mit ihrem Hut Luft zu und war, dem Gesichtsausdruck unter ihrem Pagenschnitt zufolge, einmal mehr sichtlich genervt. »Sie sind ganz schön nass«, stellte sie skeptisch fest.

»Dafür aber auch sauber«, antwortete Dodong schlagfertig, der ihr nun in knappen Worten berichtete, was sie entdeckt hatten. Die Texanerin lauschte ihm, schien jedoch nur wenig Interesse für ihren Fund aufzubringen. Daher marschierten sie nun gemeinsam zurück zu dem Kanister und den anderen Wasserbehältern und schlugen den Weg zurück zu der schmalen, von Mangroven gesäumten Landzunge ein, die sie trotz ihrer Last rasch durchquerten. Sie erreichten den sandigen Küstenbereich mit den hohen Basaltfelsen, an dem Itzil nach der Katastrophe erwacht war, und schleppten die Wasserbehälter gemeinsam über den Strand bis hinüber zu den Felsen, die sie von dem Strandabschnitt mit ihrem Lager trennte. Auch diese überwanden sie und bemerkten beim Abstieg, dass vom Meer her das Ruderboot mit ihren Schicksalsgefährten nahte. Die Gruppe schien es eilig zu haben.

»Sieh an, sie sind zurück!«, rief Dodong erfreut.

Itzil winkte und beobachtete aus der Ferne, wie Oliver Scott und seine Frau zur Brandungsgrenze liefen, um die Truppe in Empfang zu nehmen. Die landete nun an, und Itzil sah, wie die Männer aus dem Boot sprangen, um es an den Strand zu ziehen. Dann entdeckte sie Alex, der zu ihr herüberblickte.

Irgendetwas stimmte dahinten nicht.

Als Itzil sah, was die Gruppe aus dem Boot hob, begann sie qualvoll zu schreien.

Dann rannte sie los.

Portugiesische Galeeren

Alex, Ricardo und Fernando hockten im Gang mit den Shops und lauschten in die Düsternis, bis Ricardo Entwarnung gab: »Wenn hier jemand war, dann sind er oder sie jedenfalls nicht mehr hier.«

Alex sah sich nach etwas um, das er im Zweifel als Waffe missbrauchen konnte, fand jedoch nichts. Wieder war er froh, dass Ricardo eine Pistole mit sich führte. »Lasst uns trotzdem vorsichtig bleiben.«

Sie durchsuchten den Berg der vor ihnen liegenden Geräte, und Ricardo steckte einzelne davon ein und riss von anderen die Kabel ab. Alex hingegen fand zwischen zweien der Computer überraschend ein Paket mit Batterien, die zu seiner neuen Lampe passten. Die Akkus der herumliegenden Smartphones hingegen waren komplett entleert. Sie als Leuchtmittel zu verwenden, fiel damit aus.

Aufmerksam schlichen sie weiter voran und erreichten mittschiffs den breiten Vorraum zum Bordkino. Die Doppeltüren des Kinosaals weiter hinten standen sperrangelweit offen, doch da sie ihr Seil beim Treppenhaus vertäut hatten, sah Alex keine Chance, über die breite Korridorfläche ungefährdet hineinzugelangen. Dafür lag der Kreuzfahrtriese einfach zu schräg. Doch auch im Licht ihrer Lampen erkannten sie, dass der wellige Bodenbelag des Vorraums Schrammen und Kratzer aufwies, als wären dort scharfkantige Gegenstände über den Grund geschleift worden. Außerdem roch es hier schimmelig.

Ihr Ziel war eh das nahe Bistro. Und das ließ sich über eine geborstene Scheibe schräg über ihnen erreichen. Alex schauderte, da vor den unteren Fensterresten ein weiteres Skelett mit gebleckten Zähnen lag, das sie mit seinen dunklen Augenhöhlen regelrecht anzuglotzen schien.

Sie ignorierten die Leiche, räumten die scharfkantigen Scherben der Glasfront beiseite und kletterten im Schein ihrer Lampen hinauf ins Innere, um dort Schränke und Vorratsräume abzusuchen. Dass auch hier Mikrowellengeräte und selbst der Elektrogrill fehlten, wunderte Alex inzwischen nicht einmal mehr. Weit mehr Misstrauen erweckte bei ihm die Gabel, die weiter hinten im Raum, nahe einem Abzug, in der Wand steckte.

Ricardo untersuchte die Bereiche, an denen die Küchengeräte fehlten, und Alex spürte, wie es hinter der Stirn des Brasilianers arbeitete. Schließlich winkte er ihm zu, und gemeinsam lösten sie eine große Gasflasche aus ihrer Verankerung.

Immerhin, Ricardo dachte pragmatisch.

Fernando schräg über ihnen stieß derweil einen leisen Pfiff aus. Ein Bein angewinkelt, stand er auf der schrägen Fläche vor einer Schrankkombination. »Hey, schaut mal. Zumindest das hier war ein Volltreffer!«

Er öffnete vorsichtig eine der Türen, und schon kippten ihnen Konservendosen und Büchsen mit Nahrungsmitteln entgegen – Würste, Suppen, eingemachte Früchte, aber auch Packungen mit Kaffeepads und Teebeuteln sowie mehrere Tüten mit Reis und Nudeln.

Sie räumten das Bistro aus, doch Alex war nicht ganz wohl bei der Sache. Ratlos betrachtete er die Überreste all jener Lebensmittel, die nicht versiegelt waren. Unter ihnen völlig verrottete Packungen mit einstigem Toastbrot sowie Reste von etwas, das sie nur noch mit Mühe als Gemüse identifizieren konnten. Wie konnten diese Lebensmittel in derart kurzer Zeit so stark verrotten? Das passte zwar zum Zustand der Toten, aber so sehr er auch darüber nachdachte – er fand für beides nicht einmal den Ansatz einer logischen Erklärung.

Sie füllten ihre Taschen, Alex und Ricardo wuchteten sich die Gasflasche auf die Schultern, und gemeinsam machten sich sich auf den beschwerlichen Rückweg ins Treppenhaus, wo sie erst einmal durchatmeten. Die körperliche Anstrengung und die ständige Konzentration, nicht irgendwo in einem der Korridore ins Bodenlose zu stürzen, forderten allmählich ihren Tribut. Ganz zu schweigen von dem Anblick der vielen Toten, denen sie unaufhörlich begegneten. Noch immer hatte er nicht die leiseste Ahnung, was ihnen widerfahren war.

Fernando riss eine Kekspackung auf, und sie aßen etwas. Das Gebäck war bröselig und schmeckte fade, aber das war ihnen egal.

Sie beschlossen, ihre Beute zunächst zum Beiboot zu bringen, und machten sich mit all den Taschen auf den beschwerlichen Rückweg zum Promenadendeck am Bug des Schiffes. Dort seilten sie ihre Last zu Courtney ab, die zum Glück unversehrt und höchstens etwas gelangweilt im Ruderboot auf sie wartete.

»Und, braucht ihr mich jetzt?«, rief ihnen die Teenagerin zu.

»Wissen wir noch nicht«, antwortete Fernando diplomatisch. »Halte dich auf jeden Fall bereit!«

Alex und seine Begleiter warfen einander knappe Blicke zu, denn keiner von ihnen würde das Mädchen an Bord holen, wenn es sich nur irgendwie vermeiden ließ. Fernando sah zum Himmel auf, und auch Alex begriff, dass es inzwischen deutlich nach Mittag sein musste. Sie hatten viel länger auf dem Schiff zugebracht als geplant. Er formte seine Hände zur Muschel. »Hast du Ross und Petersen gesehen?«

Courtney schüttelte den Kopf. »Die sind hier noch nicht aufgetaucht.«

»Müssen wir uns Sorgen machen?«, wandte er sich an seine Begleiter.

Ricardo schürzte abfällig die Lippen. »Auf mich erwecken

die beiden Herren den Eindruck, ganz gut auf sich selbst aufpassen zu können. Ich schätze, die sind ebenso beschäftigt wie wir.«

»Na gut«, seufzte Alex. »Dann lasst uns jetzt runter zum Hospital. Tao verlässt sich auf uns.«

Sie marschierten den kompletten Weg zurück, wählten diesmal jedoch den Weg über das Treppenhaus in Richtung der überfluteten Unterdecks.

»Okay, jetzt heißt es Daumen drücken!«, brummte Fernando, als sie das Deck unmittelbar unter dem Promenadendeck erreichten. Sie drangen auf gewohnte Weise ins Schiffsinnere vor, doch in der Grube vor den Lifttüren schräg unter ihnen lag wider Erwarten nicht ein einziges Kabel. Allerdings hatte sich dort über eine Armlänge Breite Wasser angesammelt. Außerdem roch es hier unten brackig, und mit einem Stirnrunzeln nahm Alex zur Kenntnis, dass sich an den Wänden Schimmel ausgebreitet hatte. Abgesehen von dem ewigen metallischen Quietschen und Rumpeln im Inneren des Schiffes war hier unten nun auch das Rauschen der Wellen zu hören, die gegen die Außenverkleidung brandeten. Besonders unangenehm wirkte es sich aus, dass nirgendwo auch nur der geringste Lichtschein ins Schiff fiel. In den Korridoren rechts und links von ihnen war es stockfinster.

Alex wartete, bis seine Gefährten aufgeschlossen hatten; dann kämpften sie sich unter Fernandos Führung über den rechts von ihnen liegenden Korridor zum abgesenkten Heckbereich des Schiffes vor.

Auch hier verhinderten offen stehende Kabinentüren auf der linken Gangseite ein rasches Fortkommen. Alex leuchtete in die Tiefe und sah, dass die Kabinen unter Wasser standen. Der Wasserspiegel lag nur knappe zwei Meter unter ihnen, und angesichts des weiter abfallenden Bodenniveaus stand zu erwarten, dass das Endstück des Korridors völlig überflutet war.

»Ist das Hospital weit weg?«, fragte Ricardo hinter ihnen.

»Noch ein kleines Stück«, antwortete der Puerto Ricaner.

Erstmals kramte Fernando sein Handy hervor und stellte die Beleuchtungsfunktion an. Abermals kamen sie an menschlichen Knochen vorbei. Es handelte sich um einige wenige Rippenbogen, Teile eines Arms sowie um einen Schädel, der auf die Überreste eines Kindes schließen ließ.

Sie sprangen über die Knochen ebenso hinweg wie über die offen liegenden Türstürze. Weiter hinten im Korridor glaubte Alex bereits schwarzes Wasser schimmern zu sehen, das den kompletten Korridor einnahm, als Fernando endlich stehen blieb und auf eine der offenen Türen vor ihnen deutete. »Ich hab's geahnt«, stöhnte er. »Hier geht es zum Wartebereich des Hospitals.«

Sie leuchteten in die Tiefe und sahen, dass der gekippt liegende Raum zu gut Zweidritteln mit dunklem Meerwasser geflutet war. Sie konnten gerade noch Teile des Empfangstresens erkennen, außerdem trieb ein Möbelstück auf dem Wasser.

»Ach, du Scheiße!«, entfuhr es auch Alex. »Haben wir überhaupt eine Chance, da unten noch etwas zu finden? Ich meine, wir müssten dafür tauchen.«

»Mich kriegen Sie da nicht runter«, stellte Ricardo klar. »Wenn es hier zum Bordhospital geht, dürfte der überflutete Bereich riesig sein. Ohne geeignete Ausrüstung sehe ich keine Chance, es auch nur in einen der Behandlungsräume hineinzuschaffen. Da unten reicht vermutlich eh eine falsche Bewegung, und man steckt zwischen dem Interieur fest.«

»Danke für Ihre Hilfe«, ätzte Alex, der sich nun an Fernando wandte. »Und wie sieht es mit dir aus?«

»Siehst du hier noch einen anderen Taucher?«, knurrte der. »Ich war hier schon einmal. Das mit den Behandlungsräumen dürfte tatsächlich schwer werden. Die befinden sich alle weiter hinten und liegen jetzt wohl tatsächlich drei bis vier Meter unter der Wasseroberfläche – die reine Tauchstrecke nicht eingerechnet. Keine Ahnung, ob ich das schaffen würde. Aber da finden wir vermutlich eh nicht, was wir suchen.« In seinen dunklen Augen blitzte Kampfgeist. »Mit etwas Glück muss ich das aber auch gar nicht.«

»Sondern?« Alex sah ihn hoffnungsvoll an.

»Wenn ich mich recht erinnere, muss ich bloß bis zu den Schränken im Zwischengang vorstoßen, um an die Medikamente zu gelangen. Dabei könnte ich allerdings zumindest ein Back-up gebrauchen.«

»Bin dabei. Darf ich?« Alex schnappte sich kurzerhand Ricardos Taschenlampe.

»Hey!« Der Brasilianer funkelte ihn gereizt an.

»Die ist doch wasserdicht, oder?«, fragte Alex unbeeindruckt. »Keine Angst, die bekommen Sie schon zurück. Nur brauchen wir sie jetzt.«

Alex verankerte das auf der Brücke gefundene Tau am Türsturz und warf es ins Wasser. Anschließend entledigten er und Fernando sich ihrer Oberbekleidung, und der Puerto Ricaner legte sein Päckchen mit Tabak ins Trockene. Ricardo leuchtete ihnen etwas unwillig mit der LED-Lampe, und Alex und Fernando kletterten nach unten, bis sie beide bis zur Brust im Wasser standen. Dort war es kühl, und angesichts der bisherigen Anstrengungen begann Alex sofort zu frieren.

»Sag schon, wie kann ich dir am besten helfen?«, fragte er.

»Indem du mir von hier aus leuchtest. So gut du eben kannst«, antwortete Fernando. »Und sollte ich nicht zurückkehren, wäre ich erfreut, wenn du mal nachsiehst, was aus mir wurde.« Zwinkernd schaltete er wieder die Leuchtfunktion seines Handys an, nahm einige tiefe Atemzüge und tauchte unter.

Alex tat es ihm gleich und leuchtete mit Ricardos Lampe schräg in die Tiefe. Das Wasser war trübe, und er sah im Lichtschein der Lampe, dass am Grund, einige Meter jenseits des Empfangstresens, braunstichige Ordner und andere Bürogegenstände herumlagen. Neben kleineren Fischen trieben zahlreiche Schwebstoffe durch die Fluten. Vor allem aber behielt er Fernando im Blick, der mit kraftvollen Zügen tiefer in den Raum hineintauchte, einen Stuhl beiseiteräumte und dann hinter dem Tresen nach rechts wegglitt.

Alex tauchte wieder auf, während er weiter die Tiefe ausleuchtete, schöpfte neuen Atem und tauchte sofort wieder unter. In Gedanken zählte er dabei von eins an aufwärts, um ein Gefühl dafür zu bekommen, wie lange Fernando fortblieb.

Er war soeben bei fünfzig angelangt und machte sich bereits Sorgen, als er dessen Schatten schräg unter sich wieder auf sich zukommen sah. Prustend tauchte der Puerto Ricaner kurz darauf neben ihm auf. »Shit, die Schränke sind abgeschlossen. Hier hat nicht jemand etwas dabei, was mir dabei helfen könnte, sie aufzukriegen?«

»Doch. Ich war so frei, mir vor unserer Abfahrt etwas von Dodong auszuleihen.« Ricardo wühlte in seinen Taschen und reichte ihm von oben den Hammer, den sie in der Höhle mit der Maya-Stele gefunden hatten. Fernando schnappte sich das Werkzeug und tauchte wieder ab.

Alex leuchtete abermals die Tiefe aus, zählte wie zuvor von eins an abwärts und war diesmal bei vierzig angelangt, als in der Dunkelheit unter ihm plötzlich ein ganzer Schwarm an Packungen, Plastikröhrchen und Dosen zur Wasseroberfläche aufstieg. Kurz darauf war auch Fernando wieder bei ihm, und sie suchten die mit Luft gefüllten Packungen und Behältnisse ab, die überall um sie herum auf der Wasseroberfläche trieben. Fernando schnalzte erfreut: »Hier, ich glaube, ich habe, was wir suchen.« Grinsend schwenkte er eine Medikamentenpackung und fischte sogleich nach einigen weiteren Röhrchen und Dosen um sie herum. »Unsere Inselapotheke füllen wir auch gleich auf.«

»Gut, dann raus hier.« Während Fernando sein Handy wegsteckte, zog sich Alex mit Ricardos Hilfe zurück in den Korridor. Sie waren gerade dabei, auch den Puerto Ricaner nach oben zu ziehen, als weiter hinten, im finsteren Heck des

Schiffes, etwas von innen gegen eine der Korridortüren schräg über ihnen donnerte.

Sowohl Alex als auch Ricardo versteiften sich, während Fernando noch immer unter ihnen am Strick baumelte. Sofort ließ der Brasilianer das Seil los, um die Mündung seiner Waffe auf die Dunkelheit auszurichten. Fernando fiel wieder ein Stück in die Tiefe, und Alex hielt ihn angestrengt fest.

»Verdammt, was ist da oben los?«, fluchte ihr Gefährte.

Abermals rumpelte es, und diesmal erkannte Alex, dass es sich bei der betroffenen Tür um einen Personalzugang handelte. Unvermittelt schwang der Türflügel auf, Lichtschein fiel in die Tiefe, weitere Treppenstufen blitzten im Lichtschein auf, und ein Mann stürzte in den Korridor.

Mikkel Petersen!

Der dänische Schiffsmechaniker hielt neben seiner Laterne einen gefüllten Sack in Händen, richtete sich panisch auf und wurde sogleich von Ross umgerissen, der hinter ihm herstürzte. Auch der Store-Keeper trug ein Bündel, und zu Alex' Verblüffung hatten beide eine Schusswaffe geschultert. Repetiergewehre, soweit er das erkennen konnte. Geblendet starrten die zwei sie an, und Petersen ächzte erleichtert. »Ihr?«

»Verdammt, ich hätte fast geschossen!«, blaffte ihn Ricardo an. »Wo kommen Sie denn so plötzlich her?«

»Hinter uns ist irgendetwas!«, schnaufte Ross, ohne weiter auf ihn einzugehen. Auf allen vieren krabbelte er auf sie zu, schleifte sein Bündel hinter sich her, stand schwerfällig auf und kramte aus seiner Latzhose eine Packung mit Patronen, die er ungestüm aufriss. Woher auch immer die zwei die Schusswaffen hatten, offenbar waren sie noch nicht geladen.

»Diese Piraten?«, keuchte Fernando unter ihm.

Auch Petersen stürmte jetzt hinter Ross her, als aus der Tiefe des Schiffes jäh ein gedämpftes und grausam vertrautes Geräusch von den Wänden widerhallte.

Ein Zirpen und Gurren.

Entgeistert riss Alex die Augen auf.

Diese Kreaturen. Sie waren auf dem Schiff!

»Weg hier!«, schrie er, packte Fernando am Arm, zog ihn endgültig nach oben und griff nach ihren Kleidungsstücken. Ricardo hastete längst in Richtung Treppenhaus, und auch sie stolperten über den schräg liegenden Korridor zurück, als sich die Geräusche wiederholten.

Das Zirpen und Gurren ging jetzt in ein lauerndes Schnattern über.

Die unheimlichen Laute drangen nicht bloß aus dem Dunkel hinter ihnen, wo jetzt auch das Glucksen und Plätschern von Wasser zu hören war – sie kamen auch irgendwo von vorn, als ein Schrei ertönte. Petersen war panisch an Ross vorbeigestürmt, dabei über einen der Türstürze gefallen, hing jetzt halb in einer der überfluteten Kabinen und klammerte sich verzweifelt am Rand der tückischen Grube fest.

»Scheiße, was machst du?« Ross sprang kurzerhand über ihn hinweg, doch statt ihm hochzuhelfen, lud er noch immer verzweifelt die Patronenkammer seines Gewehrs.

Alex und Fernando hingegen kehrten um und halfen dem Dänen heraus.

»Mann, ihr habt Waffen, und dann sind die nicht mal geladen?«, herrschte Fernando Ross an.

»Konnten wir wissen, dass wir die brauchen?«, bellte der Store-Keeper zurück.

Petersens Gesicht war schmerzverzerrt. Offenbar hatte er sich ein Bein angeschlagen, und so nahmen Alex und Fernando ihn in die Mitte, als vor ihnen ein peitschender Schuss hallte. Dann noch einer.

»Beeilt euch!«, brüllte ihnen der Brasilianer zu. »Sie kommen auch von vorn!«

Alex warf furchterfüllt einen Blick über die Schulter zurück in den Korridor und glaubte, am Rande des schalen Lichtscheins zwei krabbelnde, entfernt humanoid wirkende Schatten auszumachen, von denen einer irrwitzigerweise sogar an der Korridordecke zu hängen schien.

Ross schrie zornig auf, zog das Verschlussstück seiner Waffe zurück und betätigte den Abzug. Mit einem lauten Knall, der ihre Ohren zum Klingen brachte, jagte er eine Kugel in den Gang, und was auch immer da im Finstern von der Decke baumelte, kreischte getroffen auf und fiel mit lautem Platschen ins Wasser. Der andere Schatten hingegen verschwand wieselflink in einem der Türstürze.

»Himmel! Weiter!«, japste Alex.

In einer gemeinsamen Kraftanstrengung hievten er und Fernando Petersen zum quer liegenden Korridor samt Lift und Treppenhaus. Ricardo, der dort noch immer auf sie wartete, nahm den gegenüberliegenden Korridorzugang noch einmal unter Feuer, dann steckte er die Waffe weg, sprang kurzerhand zum Seil und kletterte über ihnen ins Treppenhaus. Ross schoss derweil weiter aufs Geratewohl in die Dunkelheit hinter ihnen, zwängte sich rücksichtslos an ihnen vorbei und hechtete ebenfalls zu dem Seil, um sich dort nach oben zu ziehen.

»Was machst du da, du Feigling?«, wimmerte der Däne. »Gib uns Deckung!«

Auch Alex sah den Männern verärgert hinterher, denn mit ihnen verschwand ein Gutteil ihrer Lichtquellen. Hinter ihnen schallte neuerliches Zirpen von den Korridorwänden, und so nahm er dem Dänen kurzerhand das Gewehr ab und reichte es Fernando.

»Scheiße, was soll ich damit?«, keuchte der Puerto Ricaner.

»Es laden, verdammt noch mal!«, fuhr Alex ihn an und deutete im schwindenden Licht auf eine im Korridor liegende Patrone, die Ross hatte fallen lassen. »Ohne mich wird es Mikkel nicht hochschaffen.«

»Fuck!« Der Puerto Ricaner sammelte die Patrone auf. »Denkst du, ich war mal in einer Gang, oder so was?«

»Schieb die Patrone mit dem Daumen in die Kammer, du Idiot!«, rief ihm Ross von oben zu. Sowohl er als auch Ricardo hatten das backbordseitige Treppenhaus längst erreicht und winkten hektisch. »Die Kammer liegt vor dem Abzug!«

Während Fernando fluchend an der Waffe herumhantierte, half Alex dem verletzten Petersen hinüber zu dem Seil. »Los, rauf da! Ich stütze Sie.«

Der Schiffsmechaniker zog sich unter Schmerzen nach oben. Alex sprang hinterher und schob ihn mit den Schultern, während Fernando endlich die Waffe durchlud.

Abermals hallte das beängstigende Schnattern von den Metallwänden – und es kam näher. Diesmal jedoch ... vom Bug des Schiffes.

»Fernando!«, rief Alex aufgeschreckt. »Da kommt was von vorn.«

Der Puerto Ricaner fuhr entsetzt herum, zielte und drückte ab. Dicht unter Alex' Füßen peitschte ein Schuss in den gegenüberliegenden Korridor. Ein gereiztes Fauchen gellte ihnen von dort entgegen, und auch Fernando hielt nun nichts mehr. Er warf sich die leer geschossene Knarre über die Schulter, hechtete ebenfalls nach dem Seil und mühte sich hinter ihnen her.

Ricardo, der ihnen bislang geleuchtet hatte, griff nach dem Dänen, zog ihn hoch, und auch Alex mühte sich ins Treppenhaus, als hinter ihm Fernando aufschrie.

Aus den Augenwinkeln sah Alex, wie der Puerto Ricaner von einem Schatten aus dem vorderen Korridor angesprungen wurde. Das Seil straffte sich unter dem zusätzlichen Gewicht, ein hechelndes Knurren und Fauchen erfüllte die Düsternis, und Fernando schrie auf und trat verzweifelt um sich. In seine Schreie mischte sich Ross' Wutgebrüll. Unmittelbar neben ihm bellte zweimal die Waffe des Store-Keepers, und das angriffslustige Knurren und Fauchen wich einem zornigen Fiepen, das sich flink entfernte. Dann war nur noch Fernandos Stöhnen zu hören.

»Halt dich fest!«, schrie Alex den Puerto Ricaner an. Sofort zogen er und Ricardo ihn mit vereinten Kräften an dem Seil hoch, während Ross aufgeregt nach unten leuchtete und das Gewehr dabei neu lud.

Endlich kam Fernando in Greifweite. Sein Gesicht unter den verschwitzten Dreadlocks war von Schmerz und Entsetzen gleichermaßen verzerrt, und fast entglitt er ihnen, als sie nach ihm griffen. Sie halfen ihm hoch, und Alex sah, dass Fernandos Hose auf der linken Seite aufgeschlitzt war und er an der Hüfte stark blutete.

»Scheiße, scheiße, scheiße!«, wimmerte ihr Gefährte mit schockgeweiteten Pupillen. »Das sind keine Tiere. Das sind Monster! Echt, Mann, das sind Monster!«

Ross gab vorsichtshalber einen weiteren Schuss in die Düsternis ab, dann zog Ricardo die Leine ein, und die beiden fischten nach der gläsernen Treppenhaustür, die sie angestrengt hochzogen und mit dem Hammer in Fernandos Gürtel verkeilten.

Den rumpelnden und leicht hallenden Lauten nach, zogen sich die Angreifer unter ihnen zurück, doch Alex befürchtete, dass sich die Biester lediglich neu formierten.

»Weg hier!« Ross stützte diesmal Petersen, der panisch zurückblickte, während Alex und Ricardo Fernando aufrichteten. Trotz seiner Hüftwunde kam er ihnen beim Aufstieg so gut es ging entgegen.

Mühsam erreichten sie das Promenadendeck – doch die Tür des Treppenhauses ins Innere des Schiffes war jetzt verschlossen. Irgendjemand oder irgendetwas hatte von innen eine Kette durch die Türgriffe gewickelt.

»Das gibt es doch nicht«, stöhnte Petersen.

Entsetzt starrten sie einander an.

»Los, weiter rauf!«, kommandierte Ross.

Sie kletterten eine Etage höher, und hier war der Einstieg ins Schiffsinnere zum Glück noch immer frei zugänglich. Also seilten sie Petersen und Fernando ab, drangen von dort auf gewohnte Weise in den Längskorridor links in Richtung Bug ein und sahen, dass auch hier die Kabinentüren auf beiden Seiten des Ganges entweder offen standen oder demoliert waren. Wie sie die beiden Verletzten über die offenen Türstürze hinwegbekommen sollten, war Alex ein Rätsel. Ross, der seine Gedanken zu teilen schien, schnaubte: »Wir seilen uns über eine der Kabinen auf der Steuerbordseite ab. Das sollte am schnellsten gehen. Die Kleine soll uns unten mit dem Boot entgegenkommen.«

Da keine Einwände kamen, verankerte Alex das Nylonseil wieder an einem Heizungsrohr. Sogleich kletterte der Store-Keeper in die erste Kabine rechts unter ihnen, wo er in der Tiefe des Raumes Möbelstücke beiseiteräumte und mit einem rücksichtslosen Schuss aus dem Gewehr die Glasfront nach draußen zum Balkon zertrümmerte. Rasch räumte er mit dem Knauf der Waffe die Glassplitter beiseite, kraxelte hinaus auf den verbogenen Balkon und rief von dort lauthals nach Courtney.

Als Nächstes seilten sie den Puerto Ricaner ab, der unten von Ross in Empfang genommen wurde. Der Store-Keeper rief wieder etwas nach vorn und winkte. Offenbar hatte Courtney ihn gesehen, als irgendwo im Schiff wieder bedrohliche Schnatterlaute zu hören waren.

»Oh, Scheiße!« Der Däne keuchte verängstigt auf, schob Alex und Ricardo brüsk beiseite und drängte nun seinerseits in den Raum unter ihnen. Dabei überschätzte er entweder seine Kräfte oder die Zerrung, die er sich vorhin zugezogen hatte, denn er rutschte am Seil ab, krachte gegen das schief im Raum stehende Bett und verlor dabei seinen Beutel. Wie eine kleine Lawine ergossen sich aus der Tasche Geldbörsen, Münzen und Schmuck.

Fassungslos starrte Alex all das Wertgut an, und er begriff, dass Ross und Petersen vor allem auf dem Schiff gewesen waren, um Tote zu berauben und Tresore zu plündern. Die beiden widerten ihn an.

Petersen jedoch bekam von alledem kaum etwas mit. Benommen hob er seinen angeschlagenen Kopf – als das Bett unter seinem Gewicht zusammenbrach und er mitsamt den Trümmern weiter nach unten in Richtung des von Ross zertrümmerten Fensters fiel. Fernando gelang es gerade noch, sich zur Seite zu werfen, dann krachte der schreiende Däne frontal mit Ross zusammen, der nun von Möbelstücken an der Balustrade des Balkons eingeklemmt wurde. Petersen selbst indes überschlug sich einmal und fiel jenseits der Brüstung in die Tiefe.

Draußen vor dem Schiff platschte es.

»Ach, du Scheiße! Er kann doch nicht schwimmen«, entfuhr es Alex.

»Dann runter mit Ihnen.« Der Brasilianer wechselte das Magazin seiner Waffe. »Ich halte uns den Rücken frei.«

Draußen, vor dem Schiff, waren jetzt Petersens panische Schreie zu hören. Alex kletterte rasch am Seil durch den Raum und erreichte so den Balkon, wo ausgerechnet der verletzte Fernando soeben unter lautem Stöhnen einen Nachttisch von Ross' Körper zerrte.

Dann war Alex an der Außenbalustrade und starrte nach unten, wo Petersen etwa drei Meter unter ihm prustend im Wasser strampelte. Immerzu schlugen Wellen über seinem Kopf zusammen, und er schien nicht einmal in der Lage, das im Wasser liegende Promenadendeck der *Sea Quest* zu erreichen.

Linker Hand nahte Courtney, die sich mit den Riemen des Bootes abplagte. Als sie Petersens Notlage erkannte, ließ sie die Ruder kurzerhand los.

»Seht zu, dass ihr runterkommt. Ich hole ihn!«, rief sie. Mit einem Satz hechtete sie ins Wasser und kraulte durch die Fluten auf den Dänen zu, der soeben wieder versank. Alex machte sich gerade zum Sprung bereit, als er die kleinen, schwarzblauen Blasen auf dem Wasser rund um das Schiff bemerkte. Einen Augenblick lang hielt er sie für luftgefüllte Plastiktüten, die irgendwie aus den Tiefen des Ozeanriesen aufgestiegen waren, als er begriff, mit welcher Gefahr sie es da unten tatsächlich zu tun hatten.

Portugiesische Galeeren! Ansammlungen hochgiftiger Polypen, auf die man vorrangig im Pazifik, vor den Kanaren oder eben vor Portugal stieß – aber eben auch an der Küste Floridas.

»Courtney!«, brüllte er entsetzt. »Pass auf! Da sind überall giftige Quallen im Wasser!«

Die Teenagerin hatte Petersen inzwischen erreicht, nahm ihn in den Rettungsgriff, zog ihn mit sich zum Ruderboot und schien ihn nicht gehört zu haben.

»Courtney!«, brüllte Alex abermals. »Ihr müsst aufpassen!«

Das Mädchen winkte ihm beruhigend zu, doch im nächsten Augenblick schrien sowohl sie als auch Petersen kreischend auf. Der Däne strampelte verzweifelt im Wasser und hieb dabei dem Mädchen ins Gesicht, das ihrerseits wild um sich schlug.

»Scheiße!« Ungeachtet der Gefahr hechtete Alex kopfüber ins Wasser.

Über ihm schlugen die Fluten zusammen, kurz waren die Schreie nur noch leise zu hören, dann tauchte er auch schon wieder auf und kraulte zu den beiden hinüber.

Er hatte zum Eintauchen eigentlich eine Stelle im Meer gewählt, die frei von den Quallen schien, doch er bemerkte seinen Irrtum schnell. Kaum dass er die beiden erreichte, durchzuckte ihn ein derartig heftiger Schmerz am rechten Arm, als habe ihn dort jemand mit einer Peitsche getroffen. Auch er brüllte gepeinigt auf, griff aber dennoch nach dem Dänen, der noch immer wild im Wasser um sich schlug, und zerrte ihn in Richtung Boot, das herrenlos auf den Wellen trieb.

»Halten Sie sich fest, wenn Sie nicht sterben wollen!«, herrschte er ihn an, versuchte verzweifelt, den scharfen Schmerz an seinem Arm zu ignorieren, schwamm zurück zu Courtney und packte nun auch sie. Erneut spürte er, wie ein brennender Peitschenschlag auf ihn niederfuhr und diesmal seinen nackten Rücken traf. Schreiend trat er Wasser, blinzelte die Schmerzenstränen fort und konzentrierte sich einzig und allein darauf, Courtney nicht loszulassen. Nichts an der Teenagerin erinnerte mehr daran, dass sie Leistungsschwimmerin war. Sie schrie jetzt unentwegt, schaffte es kaum noch, sich über den Wellen zu halten, schluckte Wasser, und Alex mobilisierte seine letzten Kräfte, um auch sie zum Boot zu transportieren. Dort hatte es Petersen irgendwie geschafft hineinzugelangen, denn sein schlaffer Arm hing über die Reling hinab.

»Helfen Sie verdammt!«, brüllte Alex ihn aus dem Wasser an. »Und halten Sie sie fest.«

Das schmerzverzerrte Gesicht des Dänen erschien über der Bordwand, und Alex drückte ihm eine Hand Courtneys entgegen. Er packte sie, und Alex gelang es, sich mit aller Kraft, die er noch aufzubringen vermochte, ebenfalls nach oben zu ziehen. Schwer fiel er auf die Sachen, die sie geborgen hatten, und nur am Rande nahm er wahr, dass nicht nur Fernando und Ross das Drama vom Balkon aus beobachteten, sondern inzwischen auch Ricardo bei ihnen war. Stöhnend half Alex Petersen dabei, die Teenagerin aus dem Wasser zu ziehen, dann beugte er sich über sie.

Angesichts ihrer dunklen Hautfarbe war das Ausmaß ihrer Verletzungen zunächst kaum zu erkennen, doch dann begriff Alex, dass sie praktisch überall auf dem Körper mit Striemen und Quaddeln übersät war. Courtney wand sich unter Qualen, heulte vor Schmerzen, und ihre Atemzüge ähnelten zunehmend den quietschenden Lauten eines unter Wasser gepressten Luftsacks. Da sich auch Petersen vor Schmerzen krümmte, schnappte Alex sich trotz seiner eigenen Qualen die Riemen, ruderte das Boot unter den Balkon und vertäute es dort. Sofort kümmerte er sich wieder um Courtney und hielt ihre Hand. »Hey, du schaffst das. Fernando ist gleich hier.«

Die Teenagerin sah ihn aus weit aufgerissenen Augen an und japste.

Nach und nach seilten sich die anderen zu ihnen ab. Ross

und Ricardo schnappten sich sofort die Riemen und ruderten das Boot vom Wrack der *Sea Quest* weg, während Fernando trotz seiner eigenen Verletzung neben Courtney in die Hocke ging und ihre Verbrennungen begutachtete. »Los, ich brauche einen scharfen Gegenstand. Und Seewasser.«

Ricardo reichte ihm sein Survivalmesser, mit dessen Klinge der Puerto Ricaner vorsichtig über die Striemen und Quaddeln auf der Haut der Teenagerin schabte, um so die Überreste der Tentakel zu entfernen, während Alex unentwegt Salzwasser ins Boot schaufelte und über Courtneys Verletzungen laufen ließ.

Doch der Zustand des Mädchens verbesserte sich nicht.

Ganz im Gegenteil: Ihre Schreie verstummten, und stattdessen begann sie zu zittern und immer schwerer zu atmen.

»Fernando, mach was!«, keuchte Alex.

»Tu ich doch«, presste der Puerto Ricaner hervor. »Ich glaube, sie hat einen allergischen Schock. Hat sie nicht etwas davon gesagt, dass sie Allergikerin ist?«

»Ja, verdammt, aber sie ist allergisch gegen *Erdnüsse*.«

»Und niemand von uns hat sie gefragt, gegen was sonst noch.« Rasch legte er Courtneys Beine hoch und suchte seine Taschen mit fliegenden Fingern nach den Medikamenten ab, die er eingesteckt hatte. »Scheiße. Ein Antihistaminikum oder ein Kortisonpräparat würden helfen. Aber so etwas habe ich nicht.«

Courtney Kopf sackte zur Seite weg, und Fernando beugte sich sofort über sie. »Fuck! Sie atmet nicht mehr.« Im gleichen Moment begann er mit Mund-zu-Mund-Beatmung und Herzmassage.

Alex nahm nur am Rande wahr, dass inzwischen niemand mehr ruderte. Abgesehen von Petersen, der genug mit sich selbst zu tun hatte, sahen alle Fernando dabei zu, wie dieser um Courtneys Leben kämpfte.

Alex hätte nicht zu sagen vermocht, wie lange sich der Puerto Ricaner um die Teenagerin bemühte, aber solange Fernando pumpte und Luft in ihre Lungen blies, hoffte Alex noch immer auf ein gutes Ende. Die Zeit verrann, und Alex, der nicht mehr denken und kaum mehr atmen konnte, starrte noch immer auf den Puerto Ricaner, der einfach nicht aufgab.

Doch irgendwann hielt Fernando inne, verharrte kurz und sah erschöpft zu ihnen auf. »Ich kann nichts mehr für sie tun.« Er presste die Lippen aufeinander, und seine Augen schimmerten feucht.

»Sie ist tot.«

Signalfeuer

Itzil saß regungslos an der Spitze des hohen Klippmassivs, das gute dreißig Meter unter ihr abfiel. Von dort aus starrte sie hinaus auf das wolkenverhangene Meer, das sich bis zum dunstigen Horizont spannte, spürte dem Seewind nach, der sich in ihren Haaren verfing, lauschte dem Säuseln, mit dem er über die Äste des riesigen Feuerholzhaufens hinter ihr strich, und ließ dabei unentwegt Courtneys Silberkette zwischen ihre Finger gleiten. Sie berührte den Delfinanhänger, dann Jordans Ring und lächelte bitter.

Bei dem Gedanken an die beiden hätte sie losweinen mögen.

Sicher, sie waren bloß eine Schicksalsgemeinschaft und würden sich in alle Winde zerstreuen, sobald sie von der Insel wegkamen. Und doch hatte speziell der Tod der Teenagerin keinen von ihnen unberührt gelassen. Drei Tage war es inzwischen her, dass Courtney den Preis für ihre mutige Rettungsaktion gezahlt hatte. Drei Tage, in denen es zu ihrer aller Überraschung zu keinerlei seltsamen Zwischenfällen auf der Insel gekommen war. Im Dschungel war es ruhig geblieben, und selbst der Vulkan grollte nur gelegentlich. Aber keiner von ihnen traute der trügerischen Ruhe, und auch Itzil erschien sie eher wie die Stille vor dem Sturm – ein kurzes

Atemholen, ehe alles um sie versank. Zugleich waren das drei Tage, die die kleine Gemeinschaft irgendwie verändert hatten.

Jordans Tod hatte bereits vielen von ihnen zu schaffen gemacht – allen voran natürlich Alex, Dodong und ihr selbst, die die meiste Zeit mit dem Kanadier verbracht hatten. Aber bei Courtney war es noch einmal etwas anderes gewesen.

Sie hatte ihr ganzes Leben noch vor sich gehabt. Und irgendwie hatte ihnen das Mädchen wohl insgeheim auch als Maskottchen gegolten, als Hoffnungsträgerin, als der Mensch, für den man durchhalten, für den man Vorbild sein musste.

Nachdem sie die Kleine bestattet hatten, keine zehn Meter vom Camp entfernt, hatte Oliver Scott mit erstickter Stimme erzählt, dass er sich nach ihrer Rettung von der Insel um die junge Teenagerin hatte kümmern wollen. Denn trotz der Demenzerkrankung seiner Frau hatte Courtney einen segensreichen Einfluss auf Sophia Scott ausgeübt. Die alte Dame war durch das Mädchen agiler geworden. So, als hätte der Rentnerin bloß eine Aufgabe gefehlt. Vielleicht aber auch, weil die Scotts noch immer um ihre eigene Tochter trauerten. Ein Mädchen namens Jessica, wie Itzil inzwischen erfahren hatte. Offenbar war Jessica in einem ähnlichen Alter wie Courtney gestorben, und es wurde schnell deutlich, dass Sophia Scott seit dem Tod der Teenagerin wieder deutlich verstörter war als die Tage zuvor. Ganz so, als habe die niederschmetternde Nachricht bei ihr einen neuen Demenzschub ausgelöst. Scott sorgte sich sehr um sie.

Auch Fernando hatte viel von seiner aufgesetzten Lockerheit eingebüßt. Vielleicht, weil der Puerto Ricaner erst mit dem Tod der Teenagerin begriffen hatte, wie ernst es um sie alle stand, oder aber, weil er nicht damit klarkam, dass ihm Courtney gewissermaßen unter den Fingern weggestorben war. Zwar machte er alles mit, was die Gruppe von ihm verlangte, doch abseits von alldem wirkte er unruhig und sonderte sich die meiste Zeit von ihnen ab.

Itzil konnte ihn durchaus verstehen. Auch ihr war in den

letzten Tagen nicht viel nach Gesellschaft zumute gewesen. Vielleicht abgesehen von Alex, der sich reizend um sie bemüht hatte. Er wusste, wie viel Courtney ihr bedeutet hatte, und irgendwie wurde er zunehmend zu einer Konstante in ihrem Leben. Zugleich hatte sie Angst, ihn näher an sich heranzulassen, da ihr das Schicksal Jordans und Courtneys gezeigt hatte, wie schmerzhaft es sich ins Gegenteil verkehren konnte.

Auch Dodong war stiller und in sich gekehrter. Wenn die Zeit es zuließ, sah sie ihn am Strand, wo er mit dem Speer, den ihm Alex gebaut hatte, der Axt aus der Höhle und einem Knüppel elegante Escrima-Übungen durchführte. Wuchtige Schwünge, Hiebe, Stiche und Schläge, die der philippinischen Kampfkunst entstammten, die seine Familie lehrte. Mehr noch als der Tod Jordans und Courtneys hatte ihn offenbar die Nachricht von den Kreaturen auf dem Schiff beunruhigt. Es war klar, dass er vorbereitet sein wollte, sollte es noch einmal zu einem Zusammentreffen mit ihnen kommen.

Dass die unheimlichen Wesen auf dem Schiff gewesen waren, hatte sie alle gleichermaßen schockiert. Diese Kreaturen konnten offenbar nicht nur schwimmen, sie waren offenbar auch intelligent genug, ihre Opfer einzukesseln und sogar deren Rückzugswege zu blockieren. Mehrere Stunden hatten sie über dieses erstaunliche Verhalten debattiert, doch nicht einmal Alex wusste Rat. Allein eines war jetzt klar, nämlich, dass ein neuerlicher Abstecher zur *Sea Quest* nicht mehr infrage kam. Nur würde ihnen wohl schon in wenigen Tagen nichts anderes übrig bleiben, denn die Konserven und anderen Nahrungsmittel, die die Truppe mitgebracht hatte, würden schon bald wieder aufgebraucht sein.

Mikkel Petersen und Barry Ross trennten sich seit dem Erlebnis auf dem Ozeanriesen jedenfalls nicht mehr von ihren Gewehren. Wie Itzil zu ihrer eigenen Überraschung erfahren hatte, war die *Sea Quest* mit deutlich mehr Möglichkeiten zur potenziellen Piratenabwehr ausgerüstet gewesen als Feuerwehrschläuchen an Deck. Ross hatte gewusst, dass an Bord drei Israelis einer privaten Wachtruppe unerkannt Dienst geschoben hatten. Aus ihrem Bestand stammten die Waffen.

Auch sonst hatten Ross und Petersen – sah man von den verlorenen Wertsachen ab, mit denen sich beide zu bereichern versucht hatten – einige nützliche Dinge aus dem Schiff geborgen, doch fehlte dem Schiffsmechaniker noch immer geeignetes Werkzeug, um den Außenbordmotor des Zodiacs zu reparieren. Immerhin war der Däne seit Courtneys Tod etwas zugänglicher geworden. Er hatte offenbar nicht vergessen, dass er es der Teenagerin zu verdanken hatte, überhaupt noch am Leben zu sein.

Der einzige Lichtblick war, dass es Tao dank der an Bord geborgenen Medikamente deutlich besser ging. Itzil wandte sich vom Anblick des Meeres ab und sah rechter Hand zu dem von Mangroven und Palmen gesäumten Strandabschnitt mit dem Camp hinab. Dort konnte sie den Chinesen erstmals herumlaufen sehen. Gemeinsam mit Alex und dem Store-Keeper befreite er gerade die schwarzen, zu einem großen SOS zusammengelegten Basaltsteine von Flugsand. Die Antibiotika, die Fernando ihm aus dem Schiffshospital besorgt hatte, hatten wahre Wunder bewirkt. Von Petersen abgesehen, war er vermutlich auch der Einzige, der der Schiffsexpedition zumindest etwas Positives abgewinnen konnte, denn ohne Zweifel hatten ihm die Medikamente das Leben gerettet.

Und dann war da noch Ricardo Batista.

Itzil wurde einfach nicht schlau aus ihm. Der brasilianische Unternehmer hatte zwischenzeitlich viel von seiner zur Schau getragenen Zuversicht eingebüßt. Er schien überhaupt mit jedem Tag, den er bei ihnen zubrachte, nervöser zu werden. Noch immer hatte er nicht preisgegeben, mit wem sie es bei ihm eigentlich zu tun hatten. Stattdessen nutzte er jede freie Minute, um sich von der Gruppe abzusetzen und die Strände mit seinem Peilempfänger abzumarschieren. Hin und wieder blieb er Stunden im Dschungel, und keiner wusste, was er dort trieb. Doch Itzil spürte, dass die seltsame Hoffnung des

Unternehmers, seine Jacht doch noch aufzuspüren, mit jedem verstrichenen Tag sank. Allmählich fragte sie sich, ob es bei seiner Suche wirklich nur um die Jacht ging.

Immerhin hatte er dabei mitgeholfen, das Feuerholz hinauf auf das Klippmassiv zu schaffen. Auch wenn sein Interesse hier oben vermutlich eher weiteren Peilungsversuchen galt. Sie hatten zwei komplette Tage gebraucht, das viele Holz an diesen exponierten Ort zu schaffen, denn der Aufstieg dauerte ohne Gepäck bereits zwanzig Minuten und war nicht ganz ungefährlich. Trotzdem hatten sie die Mühen auf sich genommen, denn die hoch gelegene Klippe war für ein weitreichendes Signalfeuer tatsächlich wie geschaffen.

Itzil mühte sich wieder auf die Beine, um sich die Füße etwas zu vertreten, blickte zur anderen Seite der hohen Klippen und konnte dort die sandige Schotterküste ausmachen, an der der angeschwemmte Fischtrawler lag, von dem ihr Courtney berichtet hatte. Vorhin hatte sie dort unten noch Ricardo gesehen, doch jetzt war er wieder fort.

Blieb Lauren Clark.

Itzil seufzte innerlich, denn ausgerechnet sie war es, die hier oben gemeinsam mit ihr Wachdienst schob. Mit Fertigstellung des mannshohen Feuerholzhaufens am gestrigen Abend hatten sie beschlossen, den exponierten Felsen dauerhaft und für jeweils drei Stunden mit zwei Personen zu besetzen. Sie sollten auf dem Meer nach vorbeifahrenden Schiffen Ausschau halten und das Signalfeuer entzünden, sobald sie eines sahen. Die Scotts hatten sie dabei wegen ihres Alters vom Wachdienst befreit, auch wenn Oliver Scott protestiert hatte. Und da Ross bereits freiwillig die ganze Nacht über hier oben zugebracht hatte – eine Gesellschaft, auf die Itzil ebenfalls nur zu gut verzichten konnte –, hatte sie sich blöderweise darauf eingelassen, das Los über die heutige Klippwache bestimmen zu lassen. Selbst Tao und Petersen hatten sich trotz ihrer Verletzungen angeboten. Wie groß stand da also die Chance, dass die Texanerin ausgerechnet ihr zugelost werden würde?

Aber genauso war es gekommen.

Lauren Clark saß neben einem Felsen hinter dem hohen Feuerholzhaufen und versuchte, das Kreuzworträtsel in einer zerfledderten Zeitschrift zu lösen, die sie in dem alten Trawler jenseits des Klippmassivs gefunden hatten. Misstrauisch blickte sie nun zu Itzil auf, und ein verächtlicher Zug lag auf ihren Lippen.

Sie ignorierten einander weitgehend, und vermutlich zählte auch Lauren die Minuten, bis sie endlich von Dodong und Tao abgelöst werden würden.

Allmählich begann Itzil zu frösteln. Die Luft war zwar warm, und abgesehen von dem Hemd, das ihr Courtney vor wenigen Tagen gebracht hatte, war sie jetzt mit einer dunklen Cordhose und einer Strickjacke bekleidet, die die anderen von der *Sea Quest* geborgen hatten. Doch über ihnen trieben Wolken, die die Sonne verdeckten, und außerdem waren sie dem Wind hier oben schutzlos ausgeliefert.

Daher ging sie einige Schritte auf und ab – als sie mit einem Mal ein Blubbern oder Stottern zu hören glaubte. Überrascht blieb sie stehen und sah hinunter zum Boot am Strand, da sie das Geräusch an einen absterbenden Motor erinnerte. Doch bei dem aufgebockten Außenbordmotor des Zodiacs war nicht einmal Petersen zu sehen. Dann sah sie hinaus auf die weite See. Nichts.

Das Geräusch wiederholte sich, war jetzt nur leiser und seltsam verzerrt. Außerdem konnte sie es keiner bestimmten Richtung zuordnen, war sich jedoch diesmal sicher, dass es sich dabei um Motorenlärm handelte.

»Haben Sie das auch gehört?«, wandte sie sich aufgeregt an Lauren Clark.

Die Texanerin sah unwillig zu ihr auf. »Was gehört?«

»Dieses Geräusch. Wie ein Motor.«

Alarmiert ließ die Texanerin ihre Zeitschrift sinken, stand auf und kam zu ihr. »Wo?«

»Ich weiß nicht. Jetzt ist es wieder weg.«

Die Clark schnaubte ungehalten, und beide starrten sie eine Weile hinaus auf die See. Doch da war noch immer nichts.

»Courtney hat mir berichtet, dass Sie neulich ein Schiff gesehen hätten«, unterbrach Itzil das Schweigen.

»Vielleicht«, antwortete Lauren Clark kurz angebunden. »War aber wohl ein Irrtum.«

Eine Weile standen sie noch da und lauschten, doch dann wandte Lauren sich ab und kehrte wieder zu ihrem Platz zurück. Dort lagen, neben der zerfledderten Zeitschrift, eine Flasche mit Treibstoff zum Entzünden des Feuerholzes, Jordans Feuerzeug sowie der Feldstecher.

Itzil marschierte zu ihm, nahm ihn an sich und hob ihn vor die Augen, um die See nach Anzeichen irgendwelchen Lebens abzusuchen. Doch alles, was sie sah, war ein flirrender Dunst, der den Horizont ausfüllte.

Sie wollte das Glas schon absetzen, als sie in der Ferne plötzlich doch etwas entdeckte. Da waren Konturen. Aufgeregt stellte sie das Fernglas schärfer, und das verschwommene Bild hinter den Okularen wurde deutlicher.

Das war … ein Schiff.

Ein Tanker!

»Oh, mein Gott!«, entfuhr es ihr. »Da draußen ist ein Schiff! Hier, sehen Sie!«

Aufgeregt reichte sie Lauren das Fernglas, und diese sprang auf, sah hindurch – und stieß einen überraschten Laut aus.

Itzil stürmte zur rechten Seite des Plateaus und winkte aufgeregt mit beiden Armen.

»Ein Schiff!«, brüllte sie in die Tiefe.

Sie hatte keine Ahnung, ob die anderen sie hören konnten, aber es war ihr egal. Sie lief zu der Flasche mit Treibstoff, schüttete den Inhalt über den Holzstapel und griff nach dem Feuerzeug. Erst nach mehreren Anläufen schlugen auf größerer Breite Flammen am Stapel empor und fraßen sich rasch in die Höhe.

Itzil eilte zurück zu Lauren, die noch immer mit dem

Fernglas hinaus auf die See blickte. Die Texanerin schnaubte zufrieden. »Endlich kommen wir von hier weg!«

Hinter ihnen knackten die Scheite, die Flammen schlugen höher, und Rauch entwickelte sich. Auch am Strand waren jetzt aufgeregte Rufe zu hören. Alex und die anderen liefen zur Brandungsgrenze, um die See ebenfalls in Augenschein zu nehmen.

Itzil nahm Lauren Clark das Fernglas ab, um den Tanker wieder ins Auge zu nehmen. Jetzt konnte sie sogar Einzelheiten erkennen. Das war kein Tanker, sondern ein großer Frachter mit Containern. Und das Schiff erweckte den Eindruck, als würde es in ihre Richtung fahren – als das ferne Bild plötzlich verschwamm. Nein, es zerfaserte – als würde es sich auf einem von Wellen bewegten Untergrund bewegen. Zunehmend verblasste es … und von einem Moment zum anderen war es fort.

Itzil keuchte erschrocken auf. »Wo ist es hin, verdammt!?«

»Her damit!« Lauren Clark entriss ihr das Fernglas, starrte aufgebracht hindurch und versuchte nun ihrerseits, das Schiff zu finden. »Das gibt es doch nicht«, keuchte sie und ließ mit schockstarrem Blick das Fernglas sinken.

Sie beide sahen einander fassungslos an, und aus den Augenwinkeln sah Itzil, wie die Gruppe unter ihnen am Strand aufgebracht diskutierte. Dodong sah zu ihr auf und hob fragend beide Hände, während Ross erbittert mit Alex stritt. Auch der Store-Keeper sah zur Klippe auf und erweckte selbst auf die Entfernung einen deutlich missgestimmten Eindruck.

Hinter ihnen hatte das Feuer längst auf die meisten Äste übergegriffen, und Itzil und Lauren Clark sahen zu, dass sie an den himmelwärts schlagenden Flammen vorbeikamen, damit ihnen der Rückweg nicht abgeschnitten wurde.

»Ich verstehe das nicht«, stieß Itzil enttäuscht hervor. »Was *war* das? Wir haben den Frachter doch beide gesehen!«

Lauren Clark presste die Lippen aufeinander, nahm den

Feldstecher wieder vor die Augen und suchte erneut den Meereshorizont ab. »Keine Ahnung. Aber da ist nichts.«

»Das kann doch verflucht noch mal nicht sein!« Vor Wut und Enttäuschung kamen Itzil fast die Tränen.

Schweigend starrten sie Seite an Seite auf die weite, menschenleere See hinaus, während das Signalfeuer und mit ihm all die Arbeit und all die Hoffnung, die in ihm steckten, zu Asche verbrannten.

Itzil wusste nicht zu sagen, wie viel Zeit so verstrichen war, als hinter ihnen Geräusche ertönten. Schritte auf Fels.

Wenig später stürmte Ross zwischen den Felsen hervor, gefolgt von Alex und Dodong. »Verfluchte Scheiße!«, brüllte er. »Wieso habt ihr den Holzstapel entzündet?«

»Weil wir da draußen ein Schiff gesehen haben«, fuhr ihn Itzil an. »Einen Frachter. Nur war der plötzlich weg.«

»Da draußen war nichts. Niemand von uns da unten hat etwas gesehen!«

»Doch, verdammt!«, schrie sie ihn an. »Wofür haben wir hier einen Ausguck? Dahinten am Horizont *war* ein Frachter! Lauren hat ihn ebenfalls gesehen.«

»Und, was soll das gewesen sein?«, blaffte Ross die Texanerin an.

Ein verschlagener Ausdruck blitzte in ihren Augen, als sie zu Itzil hinübersah.

»Sorry. Ich habe nichts gesehen«, behauptete sie. »Aber Frau Pérez ließ sich leider nicht von ihren Hirngespinsten abbringen.«

»Was bitte?« Fassungslos starrte Itzil die Frau an.

»Ach was?!« Der bullige Store-Keeper baute sich vor Itzil auf. »Du hast also den ganzen verfickten Holzstapel angezündet, weil du bereits Halluzinationen hast? Das komplette Feuerholz, für das wir beschissene zwei Tage gebraucht haben, um es hier hochzuschaffen?« Wutschnaubend brüllte er sie an. »Bist du eigentlich noch ganz dicht!?«

»Sie lügt! Lauren lügt!«

Itzil wollte auf die Texanerin losgehen, doch zornig stieß ihr Ross vor die Brust – als sich plötzlich Alex einmischte, der mit Dodong heraneilte.

»Hey, dreht ihr jetzt alle durch? Lass Itzil in Ruhe.«

»Und was, wenn nicht?« Zornig drehte sich Ross zu ihm um. »Unsere Saftschubse hat gerade zwei Tage Arbeit zunichtegemacht!«

»Noch mal, komm runter!«, fuhr ihn Alex an.

Unerschrocken schob er sich zwischen sie und Ross, und auch Dodong fixierte den Store-Keeper lauernd.

»Tao sagte ebenfalls, dass er etwas gesehen hat«, erklärte der Filipino mit ruhiger Stimme.

»Tao?« Ross fixierte ihn geringschätzig. »Das Schlitzauge steht unter Medikamenten. Der ist genauso unzurechnungsfähig wie unsere Indioqueen hier.«

»Vorsichtig!«, zischte Dodong gefährlich leise und wirkte jetzt wie zum Sprung bereit.

Itzil sah, wie Ross die beiden Männer mit malmendem Kiefer fixierte, während sich seine Finger um den Schultergurt seines Gewehrs krampften. Dann drehte er sich wieder zu ihr um. »Schätze, deine beiden Freunde wissen nicht, mit wem sie es zu tun haben, was?« In seinen Augen blitzte es eisig. »Aber das kann sich rasch ändern. Glaub mir.«

Ohne ein weiteres Wort machte er sich wieder an den Abstieg, während hinter ihnen weiterhin die Flammen hoch zum Himmel schlugen. Lauren Clark schnappte sich rasch ihre Zeitschrift, warf Itzil einen verschlagenen Blick zu und eilte hinter Ross her.

»Diese falsche Schlange!«, platzte es aus Itzil heraus. Am liebsten hätte sie die Frau von der Klippe gestoßen, doch Alex hielt sie zurück: »Nicht. Das bringt nichts.«

»Aber da draußen *war* ein Schiff! Ein Frachter«, rief sie verzweifelt. »Er war durch den Feldstecher deutlich zu erkennen. Ihr müsst ihn doch ebenfalls gesehen haben!«

Alex seufzte. »Nein. Ich kam vermutlich zu spät.«

Auch Dodong schüttelte unglücklich den Kopf.

»Aber er *war* da! Ich schwöre es euch.«

»Das musst du nicht«, erklärte der Filipino. »Wenn du es sagst, war es so. Und das mit Tao war kein Witz. Er glaubt ebenfalls, da draußen etwas gesehen zu haben.«

Alex seufzte. »Die Frage ist demnach: Wo ist der Pott jetzt hin?«

»So eine Scheiße!« Resigniert fasste Itzil erneut die See ins Auge, doch Alex zwinkerte ihr aufmunternd zu. »Na komm. Wir werden das Signalfeuer hier oben einfach noch einmal errichten. Jetzt können wir an alledem sowieso nichts mehr ändern, und Ross wird sich schon abreagieren. Mir scheint eh, dass du ihn irgendwie auf irrationale Weise reizt.«

Itzil schluckte. »Ja, möglich.«

»Lasst uns besser ebenfalls wieder runter, bevor Ross und die Clark da unter weiter ihr Gift verspritzen«, schlug Dodong vor. »Die beiden sollten wir eh im Auge behalten.«

Itzil sah noch einmal zu dem lichterloh prasselnden Feuer auf, dann folgte sie den beiden über den steilen Weg zwischen den Felsen nach unten. Gerade gelangten sie auf einen schmalen Sims, als sie das eigentümliche Blubbern abermals vernahm. Es klang noch immer seltsam verzerrt und erinnerte sie an einen absterbenden Motor. Überrascht hielt sie inne und sah, dass sich auch Alex etwas unter ihr überrascht umsah.

»Hast du das gehört?«, fragte sie ihn.

»Ja.« Verwundert runzelte er die Stirn. »Waren das Motorengeräusche?«

»Ich habe das vorhin schon gehört«, sprach sie aufgewühlt. »Nur konnte ich nicht herausfinden, woher das Geräusch stammt.«

Gemeinsam sahen sie zum wolkenbedeckten Himmel auf, doch auch da war nichts zu sehen. Schließlich kletterten sie endgültig nach unten und erreichten den Strand, während über ihnen, auf der Felsenspitze, ihr Signalfeuer qualmte und rauchte.

Vom Camp aus kamen ihnen Oliver Scott und Tao Yang entgegen.

»Was war da oben los?«, fragte der Chinese, der überraschend gut auf den Beinen war. Zwar trug er noch immer einen Verband unter seiner aufgerissenen hellen Leinenhose, wirkte im Vergleich zu den Tagen zuvor jedoch regelrecht energiegeladen.

»Wir haben ein Schiff am Horizont gesehen«, erklärte Itzil entschuldigend. »Nur dass es dann urplötzlich verschwunden ist. Direkt vor unseren Augen. Und jetzt behauptet dieses Miststück von Clark, nichts gesehen zu haben.«

»Aber Sie *haben* etwas gesehen?«, fragte Oliver Scott.

»Ja, natürlich!«, fuhr Itzil ihn gereizt an. »Oder glauben Sie, ich wäre sonst so verrückt gewesen, da oben das Feuer zu entzünden? Die falsche Schlange da hinten hat den Frachter ebenfalls gesehen. Nur will sie es nicht zugeben.«

Wütend starrte sie an den beiden Männern vorbei in Richtung Camp, wo sich Ross und Lauren Clark aufgebracht mit Mikkel Petersen unterhielten.

»Nun, wenn es dich beruhigt: Ich habe da draußen ebenfalls etwas gesehen«, entgegnete Tao besänftigend.

Er blickte zum Meer hinaus, und Itzil sah ihn erleichtert an. »Ja, das bedeutet mir viel«, gab sie unumwunden zu. »Ich habe schließlich keine Lust, als Verrückte dazustehen. Oder als jemand, der hier unsere Anstrengungen sabotiert.«

»Und ja, es war eigenartig«, fuhr der Chinese fort. »Was auch immer dahinten am Horizont war, es war plötzlich wieder weg.«

»Genau. Ich hatte den Frachter mit dem Fernglas direkt vor Augen. Und dann … war es so, als habe er sich vor meinen Augen aufgelöst.«

»So etwas wie eine Fata Morgana?«, rätselte Alex.

Irritiert sah Itzil zu ihm auf. »Wie soll so etwas möglich sein? Wir sind hier doch nicht in der Wüste.«

»Das vielleicht nicht««, meinte Oliver Scott, »aber vielleicht ist Alex' Vermutung trotzdem nicht so abwegig. Eigentlich bedarf es für so etwas bloß unterschiedlich warmer Luftschichten. Wir beobachten hier ja auch andere seltsame Phänomene.«

»Wie meinen Sie das?«, fragte Dodong.

»Werfen Sie doch mal einen Blick an den Himmel. Im Augenblick ist es bewölkt, aber sind Ihnen nicht diese seltsamen Reflexionen um Sonne und Mond herum aufgefallen? Diese Kreise, Bögen, Säulen und Lichtflecken?«

»Ja«, antwortete Alex.

»Offenbar befinden sich Eiskristalle in den oberen Luftschichten«, mutmaßte Tao. »Soweit ich weiß, sind die für diese Halos verantwortlich. Das Licht bricht sich in ihnen.«

»Ja, ich kenne die Erklärungen.« Scott blickte weiter zum trüben Nachmittagshimmel auf. »Allerdings wundere ich mich darüber, dass dieses Phänomen nicht endet. Irgendetwas in der Atmosphäre beeinflusst die Lichtbrechung rund um die Insel. Eventuell kann man da draußen deswegen Dinge sehen, die in Wahrheit viel weiter entfernt sind.«

»Und was ist mit der Insel selbst?«, fragte Itzil besorgt. »Sieht man die deswegen vielleicht … nicht?«

Die Männer starrten sie beunruhigt an, doch Scott schüttelte den Kopf. »Unmöglich. Zumindest wäre mir kein physikalischer Effekt bekannt, der so etwas bewirken könnte.«

»Na gut, sehen wir erst einmal zu, dass wir die Gemüter dahinten wieder beruhigen«, schlug Alex vor.

Gemeinsam marschierten sie an den hohen Basaltfelsen vorbei zurück zum Camp, als sie die Unruhe nahe dem eigentlichen Lager bemerkten. Begleitet von Fernando, der irgendwie überfordert wirkte, stolperte soeben Sophia Scott ins Freie.

Die Rentnerin lachte, drehte sich einmal im Kreis und entzog sich dem besorgten Griff des Puerto Ricaners. Dann lief sie wie ein junges Mädchen an Ross, Petersen und der Clark vorbei in die Brandung, wo sie sich auf die Knie fallen ließ und mit ausgebreiteten Armen zum Himmel aufsah.

»Gott, was ist denn mit Sophia?«, entfuhr es Oliver Scott voller Sorge.

Gemeinsam rannten sie in die Richtung der alten Dame und hörten, wie sie immer wieder erheitert kicherte und ihren rechten Arm ausstreckte, als versuche sie nach etwas zu greifen.

Und sie führte Selbstgespräche.

»... schön, dass du endlich da bist, Maus«, säuselte sie. »Dabei weißt du doch, dass ich es nicht mag, wenn du nicht rechtzeitig von der Schule heimkommst.«

»Sophia?« Oliver Scott lief ebenfalls ins Wasser und half seiner Frau auf die Beine. »Schatz, was ist mit dir?«

Itzil sah, wie sie an ihm vorbei zu ihnen herüberblickte. Ein seliges Lächeln lag auf ihrem faltigen Gesicht: »Oliver, du musst doch sagen, wenn du Besuch zum Essen mitbringst.« Mahnend hob sie einen Finger und lachte mädchenhaft. »Darauf bin ich doch gar nicht vorbereitet.«

»Verflucht!«, herrschte Scott Fernando nach einem Blick in ihre Augen an. Jetzt sah auch Itzil, was er meinte: Die Pupillen der Rentnerin waren stark geweitet.

»Hat sie sich etwa an den Alkoholvorräten zu schaffen gemacht, die Ross und Petersen hergebracht haben? Sie haben mir versprochen, auf sie aufzupassen.«

»Nein, sie hat die Flaschen nicht angerührt.« Fernando schlug unglücklich seine Dreadlocks zurück. »Aber sie hat das hier gegessen.«

Er präsentierte ihnen die abgeschnittene Plastikflasche, in der Dodong auf der Karavelle den Wildhonig gesammelt hatte. Von der Ausbeute bedeckte nur noch wenig den Grund der Flasche.

Sophia Scott kicherte und hielt sich nur schwer im Griff ihres Mannes auf den Beinen, sodass Alex ihr nun ebenfalls unter die Arme griff.

»Das ist sehr nett von Ihnen«, sprach sie ihn leicht wuschig an.

»So ein verdammter Mist«, fluchte Alex. »Ich hätte es wissen müssen. Offenbar ist der Honig nicht genießbar.«

»Wieso das?«, fragte Dodong verständnislos. »Ist das Zeug etwa in der kurzen Zeit vergoren?«

»Nein. Vermutlich toxisch vorbelastet«, stöhnte Alex. »Das liegt an den Pflanzen, die die Bienen anfliegen. Von meinem Großvater weiß ich, dass mittel- und südamerikanische Honige häufig mit Giftstoffen angereichert sind. Die Bienen selbst interessiert das nicht, Menschen aber schon.«

Itzil sah erschrocken auf, denn sie hatte ebenfalls schon von dieser Gefahr gehört. Allerdings waren sie hier nicht in ihrer Heimat.

Sophia Scott kicherte wieder und blinzelte heftig.

»Sie hat also bloß einen Rausch?«, fragte Oliver Scott hoffnungsvoll.

»Ich hoffe es«, erklärte Alex. »Die Wirkung soll ähnlich sein wie bei türkischem Wildhonig. Wenn man den isst, können Übelkeit, Erbrechen, Durchfall und Halluzinationen die Folgen sein.«

»Oh, Gott. Schatz, du musst dich unbedingt hinlegen.«

»Erst … begrüßt du Jessica«, widersprach ihm die alte Dame. »Immer arbeitest du so viel. Du musst dir mehr Zeit für die Familie nehmen.« Energisch löste sie sich aus dem Griff der Männer, starrte Itzil plötzlich auf seltsame Weise an und stapfte zu ihr hinüber. Rasch ergriff sie Sophias Arm, damit diese nicht stolperte, und gab zugleich Alex und Oliver Scott, die der alten Dame bereits nacheilten, ein Signal, dass sie die Situation unter Kontrolle hatte.

»Alles gut«, sagte sie leise zu der alten Frau, die sie nun mit leicht glasigem Blick anlächelte und ihr liebevoll über die Wange streichelte. »Meine Süße«, flüsterte Sophia traurig. »Du glaubst nicht, wie sehr ich dich vermisst habe …«

»Frau Scott, ich bin nicht Ihre Tochter.« Liebevoll sah Itzil sie an. »Aber ich bin mir sicher, sie hat Sie sehr geliebt.«

Sophia Scott warf einen hektischen Blick über ihre Schulter, und kurz wirkte es, als lausche sie einer Stimme, die nur sie allein hören konnte. Dann blickte sie wieder zu Itzil und hob mahnend einen Finger: »Ich weiß, Frau Pérez. Aber ich soll Ihnen etwas von ihr ausrichten.«

»Ja?« Überrumpelt sah Itzil die Frau an.

»Sie mögen sie anrufen. Jessica möchte, dass Sie sie anrufen ... wenn Sie die Mondtreppe gefunden haben.«

»Komm, Schatz.« Oliver Scott warf einen hilflosen Blick in die Runde und griff seiner Frau erneut unter die Arme. »Es wird Zeit, dass du dich etwas hinlegst.«

Willenlos ließ sich Sophia von ihrem Mann zu ihrem Lager zurückführen, wandte sich ihr aber nochmals zu und sah sie ernst an: »Sie haben sie gehört, ja?«, rief sie. »Rufen Sie sie an. Es ist wichtig!«

Verwirrt blickte Itzil den beiden hinterher und sah, dass inzwischen auch Ross, Petersen und die Clark zu ihnen herüberblickten.

Fernando kippte indes die Plastikflasche, um einen Finger in die verbliebenen Honigreste zu tunken. »Meine Fresse, das Zeug hat es offenbar in sich.«

Wütend entriss Dodong ihm den Plastikbehälter. »Das ist jetzt nicht dein Ernst, oder?« Aufgebracht trat er zur Brandung und warf die Flasche in weitem Bogen ins Wasser. Dann kam er zu ihnen zurück, warf dem Puerto Ricaner einen weiteren verärgerten Blick zu und wandte sich dann an die Runde. »Besser, wir überprüfen mal die Vorräte. Nicht dass sich die gute Sophia am Ende doch an den Alkoholika zu schaffen gemacht hat.«

Fernando wischte sich verlegen den Finger an der Hose ab und nickte. Gemeinsam machten sie sich auf den Weg zum Lager.

»Ich glaube nicht, dass sie etwas getrunken hat«, wandte sich der Puerto Ricaner etwas leiser an Itzil und Dodong, kaum dass sie die Umfriedung betraten. »Aber da wäre doch noch etwas.«

»Und was?« Itzil nickte Oliver Scott zu, der seine Frau nicht weit entfernt von ihnen auf ihre Schlafstätte bettete.

»Na ja, ich müsste es noch einmal überprüfen, aber …« Mit verkniffenem Gesicht sah Fernando zum Ausgang. »Aber ich glaube, einige Konserven fehlen.«

»Wie bitte?« Der Filipino sah ihn überrascht an. »Das sagst du uns erst jetzt?«

»Sorry … Ich wollte das lieber im kleinen Kreis ansprechen. Kommt mal mit.«

Der Puerto Ricaner führte sie zu einer Ecke des Lagers unmittelbar unter einer der Palmen, wo sie die Konserven und Nudelpackungen aus der *Sea Quest* zwischen Schlafplätzen und Holzstapeln zusammengetragen hatten. Unmittelbar daneben standen drei Flaschen Whiskey, doch bis auf die eine, die sie nach Courtneys Bestattung herumgereicht hatten, waren alle verschlossen. Allerdings bemerkte nun auch Itzil, dass der Lebensmittelhaufen etwas kleiner war, als er hätte sein dürfen.

»Es fehlen tatsächlich einige Dosen«, schnaubte Dodong. »Und wenn ich das richtig sehe, auch zwei Packungen mit Nudeln. Und wo ist eigentlich der Dosenöffner?«

»Stimmt, den haben wir heute Morgen auch schon gesucht.« Fernando runzelte die Stirn. »Wir haben die Dosen schließlich mit dem Messer aus der Höhle geöffnet. Mit etwas Glück liegt der Öffner aber bloß irgendwo im Sand.«

»Scheiß auf den Dosenöffner«, schimpfte der Filipino. »Hier stielt jemand Nahrung. Wie viele Konserven fehlen?«

»Acht oder neun Dosen, wenn ich richtig gezählt habe.« Fernando sah unglücklich in die Runde.

Oliver Scott blickte über die Feuerstelle hinweg in ihre Richtung. Er war jetzt mit seiner Frau allein, während Alex das Lager gerade wieder verließ.

»Wo ist eigentlich Ricardo Batista?«, wollte Itzil wissen.

»Schon eine Weile weg«, meinte Fernando. »Du weiß doch, der ist ständig allein unterwegs. Verdächtigst du ihn?«

Itzil hob einige der Konserven an. »Es gäbe hier auch noch andere, denen ich so etwas zutraue.«

»Trotzdem.« Der Puerto Ricaner blickte zum Ausgang und senkte die Stimme. »Bin ich hier eigentlich der Einzige, der sich fragt, was Ricardo da draußen eigentlich treibt?«

»Nein.« Dodong sah nachdenklich drein. »Vielleicht sollten wir ihn künftig etwas besser im Auge behalten. Allerdings war die meiste Zeit über Tao im Lager. Aber wäre ihm das zuzutrauen?«

»Vielleicht Ross und Petersen?« Fernando sah sie fragend an. »Die beiden tun doch ohnehin bloß das, was sie persönlich für richtig halten.«

»Es nützt nichts, mit wilden Verdächtigungen um sich zu werfen«, mahnte Scott, der seiner dösenden Frau über die Wange strich und nun zu ihnen rüberkam. »Streng genommen hätte jeder von uns Zugriff auf die Vorräte gehabt. Wer auch immer das war, fortan müssen wir den Vorrat streng bewachen.«

»Allerdings«, seufzte Fernando resigniert.

Draußen, vor der Umfriedung des Lagers, waren plötzlich aufgeregte Rufe zu hören, in die sich ein fernes Heulen oder Jaulen mischte.

»Itzil! Dodong! Schnell, kommt her!«, ertönte vom Strand her Alex' aufgeregter Ruf.

Aufgeschreckt sahen sie einander an, denn plötzlich waren draußen Schreie und Jubelrufe zu hören. Schnell eilte Itzil mit den anderen nach draußen, wo Lauren Clark und die Männer am Strand wild winkend und gestikulierend zum Himmel aufsahen. Eilig rannte sie zu ihnen hinüber – und riss nun selbst freudestrahlend die Augen auf. Denn keinen Kilometer von ihnen entfernt war ein Flugzeug aus der Wolkendecke gebrochen, das nun in einer sanften Abwärtsbewegung auf die Insel zuglitt und beständig näher kam. Ein einmotoriger weißer Hochdecker mit festem Fahrwerk und blauen Längsstreifen.

Ein Rettungsflugzeug?

»Jaaa! Hier sind wir!« Itzil mischte sich unter die anderen und schwenkte hoffnungsvoll die Arme, als sie bemerkte, dass dort oben etwas nicht stimmte.

Der Propeller der Maschine bewegte sich nicht.

Das brausende Heulen stammte lediglich vom Wind, der an Tragflächen und Leitwerk rüttelte. Außerdem geriet das Flugzeug allmählich in eine gefährliche Schieflage, jagte in einem weiten Bogen auf sie zu, brauste keine dreißig oder vierzig Meter über ihren Köpfen hinweg und verschwand dann jenseits der Baumgrenze.

Der Jubel erstarb. Stattdessen rannten sie alle erschrocken zur Brandung, um von dort aus das Inselinnere besser einzusehen.

Kurz darauf wehte ein gedämpfter Knall zu ihnen herüber, gefolgt von einem Bersten und Brechen. Über den Bäumen wurden Blätter, Äste und Zweige emporgewirbelt, und aufgeschreckt krächzende Vögel stiegen zum Himmel auf.

Dann legte sich erneut Stille über die Insel.

Alles, was jetzt noch zu hören war, war das leise Grollen des Vulkans.

Petersen war der Erste, der seine Stimme wiederfand.

»Ach du Scheiße!«

Hunger

»Okay, lasst uns Wasser und alle Medikamente mitnehmen, die wir haben«, rief Alex, während er Tao dabei half, die alte Plane aufzurollen. Sollten sie Verletzte bergen, würden sie sie als Trage verwenden. »Haben wir noch Verbandszeug?«

»Zwei Rollen. Das war's«, antwortete Fernando von jenseits der Umfriedung. »Aber wir könnten zwei T-Shirts mitnehmen. Im Zweifel reißen wir die auseinander.«

»Reichen zwei Flaschen mit Wasser?«, wollte Itzil wissen.

Alex zuckte unschlüssig mit den Schultern. »Nimm am besten noch eine dritte mit.«

»Wo ist das Nylonseil hin?«, schimpfte derweil Petersen, während er den Taustapel durchsuchte. »Ich finde hier nur die anderen Stricke.«

»Das wird Ricardo wieder an sich genommen haben«, antwortete ihm Dodong, der soeben einen Rucksack schulterte. »Und wo der ist, weiß ich nicht.«

»Vergiss es und nimm die anderen mit«, forderte Alex den Dänen auf. »Fragen wir uns lieber, ob wir Sand zum Feuerlöschen mitnehmen sollen.«

»Sand zum Feuerlöschen?« Ross schnaubte ungehalten, während er Petersens Gewehr noch einmal überprüfte. »Würde es dahinten brennen, würden wir es sehen. Nehmt besser so wenig Gepäck wie möglich mit.«

»Na gut.« Alex schob sich das neu geschärfte Rapier aus der Karavelle in den Gürtel und betrachtete den übrigen Rettungstrupp, bestehend aus Itzil, Dodong, Fernando, Petersen und Tao. Dass der Chinese sich nützlich machen wollte, konnte Alex verstehen, hoffte jedoch, dass dieser sich mit dem Trip gesundheitlich nicht übernahm. Andererseits war er der einzige Flugzeugfachmann unter ihnen, denn er hatte ihnen anvertraut, dass er einen Pilotenschein mit insgesamt fast dreihundert Flugstunden besaß, um als Fotograf Fotoflüge unternehmen zu können.

»Okay, mal alle hergehört!«, wandte er sich an die Gruppe. »Das Flugzeug kann nicht weit von uns weg runtergekommen sein. Ich schätze, dreißig oder vierzig Minuten von hier. Je nachdem, wie gut wir durch den Dschungel kommen. Egal, was uns am Ort des Aufpralls erwartet: Wir dürfen dort nicht zu lange bleiben, weil hier in mutmaßlich drei Stunden die Sonne untergeht. Bis dahin sollten wir wieder zurück sein. Noch Fragen?«

Die Gruppe sah sich unschlüssig an.

Oliver Scott, der gemeinsam mit Lauren Clark und Barry

Ross, den sie zur Bewachung ihres Lagers zurückließen, etwas abseits stand, trat vor. »Keine Frage, aber noch mal die Aufforderung, möglichst alles zu bergen, was wir hier gebrauchen können. Ihr wisst ja: Was das betrifft, war die Expedition auf das Schiffswrack leider nicht sehr ergiebig.«

»Wir kümmern uns drum.« Alex nickte Scott zu und deutete dann zu Dodong. »Dann los! Dodong führt uns.«

Der Filipino, der bereits die Richtung des Absturzortes ausgespäht hatte, setzte sich einmal mehr an die Spitze des Trupps und marschierte an zwei Palmen vorbei in den Dschungel. Alex reihte sich hinter Itzil ganz ans Ende der Kolonne ein. Dabei behielt er weiterhin Tao im Blick, der zwar leicht humpelte, aber dafür von großem Tatendrang erfüllt zu sein schien.

Sie kämpften sich schwitzend durch das Gewirr der Luft- und Bodenwurzeln und hatten recht bald den Mangrovensaum der Insel hinter sich gelassen. Das Bodenniveau stieg wieder an, und gemeinsam bahnten sie sich einen Weg durch den ihnen bereits bekannten Urwald aus Akaziengewächsen, Frangipanibäumen, Pinien, Kiefern und Würgefeigen samt ihren mächtigen Wurzeln.

Dodong hackte mit seinem Beil Markierungen für den Rückmarsch in die Bäume, und sie kamen merklich schneller voran als noch einige Tage zuvor. Daher überraschte es Alex nicht, als sie schon bald jenseits der Baumwipfel Vögel am Himmel ausmachen konnten, die dort noch immer aufgeregt kreisten. Dann kam die erste abrasierte Baumkrone in Sicht, der sich viele weitere beschädigte und zersplitterte Dschungelriesen anschlossen. Argwöhnisch folgten sie der Schneise der Zerstörung – bis sie vor sich im grünen Dämmerlicht das abgestürzte Flugzeug erblickten.

Alex schätzte die Maschine auf dreizehn oder vierzehn Meter Länge, wobei es sich bei ihr offenbar um eine kleine Fracht- oder Passagiermaschine handelte, wie man an den getönten Scheiben längs des zerschrammten Rumpfes erkennen konnte.

Das Flugzeug hing schief zwischen den Bäumen, und an einigen Stellen des Rumpfes prangten tiefe Schrammen und Brüche in der Außenhaut. Das vordere Fahrwerk hatte sich in den Dschungelboden gegraben, und das Heck lag leicht erhöht, wobei Seiten- und Höhenleitwerk fast unbeschädigt geblieben waren. Ganz anders der Rumpf und die Tragflächen. Die linke war inklusive der Stützstrebe beim Aufprall abgetrennt worden und lag jetzt weiter hinten zwischen den Bäumen. Die rechte Tragfläche hingegen war eingeknickt. Außerdem waren mehrere der Außenscheiben von Rissen überzogen. Am übelsten hatte es jedoch den vorderen Bereich der Maschine erwischt. Die Nase des Flugzeugs war eingedellt, das Glas der Pilotenkanzel zersplittert, und zwei der drei Propeller waren abgebrochen.

Das Flugzeug war ein einziges Wrack.

»O Mann!«, hörte er Itzil keuchen.

Die Gruppe hatte beim Anblick der abgestürzten Maschine unwillkürlich lauschend innegehalten, doch Geräusche, die auf Überlebende hindeuteten, waren nicht auszumachen.

»Das ist eine Cessna 208. Eine Grand Caravan, wenn ich mich nicht irre«, erklärte Tao. »In jedem Fall kein Suchflugzeug. Dem Wappen am Heck nach stammt die Maschine aus Puerto Rico.«

»Ernsthaft?« Fernando, der leicht unruhig wirkte, seit sie den Dschungel betreten hatten, drehte sich überrascht zu ihm um.

»Suchflugzeug oder nicht«, Itzil seufzte, »jetzt sind wir es, die sich um etwaige Überlebende kümmern müssen.«

Alex nickte. »Also gut, lasst uns rübergehen. Und bleibt vorsichtig. Denkt dran, dass die Maschine vollkommen ungesichert ist.«

Sie marschierten weiter. Und ganz so, als habe die Cessna nur auf ihr Nahen gewartet, quietschte sie plötzlich, dann brachen schräg über ihnen mehrere Äste. Mit einem Aufschrei sprangen Alex und seine Expeditionsgefährten zurück, und unter gehörigem Rumpeln krachte nun auch das Heck des Flugzeugs zu Boden. Abgerissene Blätter und zerbrochene Zweige flogen ihnen entgegen, und abermals stiegen im Dschungel kreischend die Vögel auf, während der Vulkan sich erneut in der Ferne bemerkbar machte.

»Alle okay?«, wollte Dodong wissen.

»Ja, Mann. Nichts passiert.« Petersen trat als Erster an die Maschine heran, um einen vorsichtigen Blick durch die Scheiben des Frachtraums zu werfen. Ohne Erfolg, denn offenbar war es zwischen den Bäumen zu schattig.

Fernando starrte derweil misstrauisch in den Dschungel. »Woher wissen wir eigentlich, dass der Absturz nicht auch diese Dinger anlockt?«, wisperte er.

»Wissen wir nicht«, antwortete Alex. »Aber bislang sind sie bloß im Dunkeln, zumindest aber bloß bei Dämmerlicht rausgekommen. Was auch der Grund ist, warum wir uns beeilen sollten. Im Augenblick sollten wir aber sicher sein. Also beruhige dich.«

»Aber hier ist irgendetwas«, raunte der Puerto Ricaner. Ängstlich sah er Alex an. »Ich habe das bis jetzt keinem gesagt, aber ... ich habe vor einigen Tagen Stimmen gehört.«

»Wie bitte? Stimmen? Hier im Dschungel?«

»Ja ...« Sein Gegenüber wischte sich die Rastalocken aus dem Gesicht. »Sie ... sie haben meinen Namen geflüstert.«

Alex, der bereits bemerkt hatte, dass Fernando seit dem Angriff der Biester auf dem Schiff irgendwie verändert war, seufzte. »Hier sind keine Stimmen«, meinte er nachdrücklich. »Und wir waren tiefer im Dschungel als jeder andere von uns. Vielleicht solltest du das Kiffen etwas einschränken.«

Der Däne trat jetzt vor die Frachtraumluke, und Dodong half ihm dabei, sie aufzuhebeln. Fernando hingegen behielt weiterhin argwöhnend die Umgebung im Blick.

Alex, Itzil und Tao marschierten nach vorn zur Pilotenkanzel. Unter den besorgten Blicken seiner Gefährten zog Alex sich über eine Wurzel auf die leicht quietschende Nase des

Flugzeugs und kletterte von dort zu der zerstörten Scheibe der Kanzel, um so einen Blick in das Cockpit werfen zu können. Er machte sich schon auf einen üblen Anblick gefasst, doch zu seinem Erstaunen war die Kabine verwaist.

Alles, was er ausmachen konnte, waren das Instrumentenbrett unmittelbar unter den Scheiben, die beiden leeren Pilotensitze, samt einer Decke, die über einem von ihnen lag, sowie der halbrunde und fast gänzlich von einem beigefarbenen Vorhang versperrte Durchgang nach hinten in den Frachtraum.

Allerdings wehte ihm aus dem Innern ein unangenehmer Geruch entgegen.

Süßlich. Stechend.

Verwesungsgeruch!

Überrumpelt schreckte er zurück.

Weiter hinten am Rumpf rumpelte es, und er konnte hören, wie die Männer die Frachtluke aufbekamen. Unmittelbar darauf schallten gequälte Laute zu ihm herüber.

»Oh, Gott!«

»Weg hier!«

Alex richtete sich auf der Flugzeugnase auf und sah, dass auch Itzil und Tao nach hinten blickten, wo Petersen und Dodong mit vor Ekel verzogenen Gesichtern Abstand vom Flugzeug nahmen. Vor allem Petersen war kreidebleich. Er lehnte sich gegen einen Baum, atmete schwer, und man sah ihm an, dass er damit rang, sich nicht zu übergeben.

»Leute, was ist los?«, rief Itzil.

»Kommt bloß nicht näher«, ächzte Dodong. »Das ist … sehr unschön.«

Alex war längst wieder nach unten geklettert, und er, Itzil und Tao warfen einander besorgte Blicke zu. Die beiden zögerten, denn von weiter hinten wehte nun ebenfalls ein schrecklicher Verwesungsgeruch heran. Nur dass Alex sich keinen Reim darauf machen konnte.

Widerwillig holte er tief Luft und eilte dann los, um ebenfalls einen Blick durch den Einstieg zu werfen. Er bereute es sofort, denn wie schon einige Tage zuvor bei Jordan drehte ihm der Anblick den Magen um: Unmittelbar gegenüber lehnte die Leiche eines schwarzhaarigen Mannes in ziviler Pilotenkluft an der Kabinenwand, die ihn mit halb verwesten Lippen angrinste. Die Augen glichen braunschwarzen Kratern, in denen sich weiße Maden wanden, faulige Haut spannte sich über die Knochen, und die Hände waren halb skelettiert. In der Rechten des Toten lag ein Messer. Zu allem Unglück summten zahllose Fliegen um den Körper, und Alex schlug angewidert um sich, um diese davon abzuhalten, sich auch auf ihm niederzulassen. Rasch brachte er Abstand zwischen sich und das Flugzeug und atmete zwischen den Bäumen tief durch, obwohl er daran zweifelte, dass es ihm je wieder gelingen könnte, den beißenden Gestank loszuwerden.

»Fuck!« Unweit von ihm spuckte Petersen zu Boden.

»Hier, nehmt erst einmal einen Schluck.« Fernando kramte zu Alex' Überraschung eine der Whiskey-Flaschen hervor und öffnete sie. Mikkel Petersen nahm einen Zug, schüttelte sich, und auch Fernando bediente sich.

»Wollt ihr euch jetzt volllaufen lassen?«, fuhr Alex die beiden an.

»Nein – zumindest jetzt noch nicht«, antwortete der Puerto Ricaner. »Aber es hilft dabei, diesen widerlichen Geschmack auf der Zunge wegzuspülen. Und vielleicht auch ganz allgemein gegen den Geruch.«

»Was zum Teufel ist da drinnen passiert?«, stöhnte der Däne.

»Keine Ahnung.« Alex, der ebenfalls mit dem Würgereiz kämpfte, nahm Fernandos Angebot nun doch an. Der Whiskey brannte in seiner Kehle, und tatsächlich ging es ihm sogleich wieder etwas besser. »Das muss der Pilot sein. Die Plätze vorn in der Pilotenkanzel sind leer.«

»Willst du mich verarschen?« Der Däne lachte freudlos.

»Wer hat das Flugzeug denn dann gesteuert? Der Kerl da ist doch mindestens schon eine gute Woche tot. Wenn nicht länger.«

»Wirklich merkwürdig«, sagte Tao, der ebenso wie Itzil, die sich entsetzt die Hand vor den Mund hielt, mit etwas Abstand vor der Frachtluke stand und ins Innere spähte.

Dodong trat neben die beiden, und Alex sah, wie es hinter der Stirn des Filipinos arbeitete. »Uns wird wohl nichts anderes übrig bleiben, als uns da drinnen mal umzusehen, wenn wir das Rätsel lösen wollen.«

»Nee, Leute!« Mikkel Petersen winkte entschieden ab. »Ich bin mitgekommen, weil ich dachte, wir finden hier Verletzte. Aber *da* kriegen mich keine zehn Pferde rein.«

»Du bist der einzige Maschinist hier«, blaffte ihn Dodong an.

»Na und? Willst du mich etwa zwingen?«

»Hey, Leute, beruhigt euch!«, ging Itzil dazwischen. »Vielleicht ist es ja möglich, den Leichnam irgendwie rauszuschaffen.«

»Und wie?«, grunzte der Däne verstimmt.

»Mit einem der Seile«, schlug Alex vor. »Okay? Ist vielleicht etwas pietätlos, aber im Augenblick fällt mir nichts Besseres ein.«

Seine Gefährten sahen einander unbehaglich an, dann nickte Petersen zögernd, und sie machten sich an die Arbeit. Alex knüpfte eine große Schlinge in eines der Seile, dann reichte ihm Fernando einen mit Whiskey getränkten Lappen. »Hier, wickle dir das um Mund und Nase. Das sollte gegen den Gestank helfen.«

»Toll.« Alex kam der Aufforderung nach. »Deinetwegen werde ich Whiskey von jetzt an bis zu meinem Lebensende hassen.«

Grimmig stiefelte er unter den Blicken der anderen zum Flugzeug, drang beherzt in den Innenraum vor und versuchte, den grässlichen Anblick der Leiche vor sich auszublenden.

Es gelang ihm nicht. Ebenso wie es der Alkoholwickel nur unzureichend schaffte, den entsetzlichen Verwesungsgeruch zu überdecken.

Nur am Rande nahm er wahr, dass im Frachtraum mehrere Kisten gestapelt waren. Außerdem war etwas links neben ihm eine Bodenplatte entfernt worden, um die herum weißes Pulver verstreut lag.

Er konzentrierte sich auf seine Aufgabe, und es gelang ihm, dem Toten die Schlaufe um den Oberkörper zu ziehen, ohne ihn zu berühren. Allein die vielen Fliegen ließen sich nicht abwimmeln. Und noch etwas bemerkte er: Trotz der fortgeschrittenen Verwesung schien es ihm, als habe sich der Tote mit dem Messer beide Unterarme aufgeschlitzt.

Hatte er sich auf diese Weise umgebracht?

Alex sprang wieder ins Freie und nickte den anderen zu.

Die packten das hintere Ende des Seils und zerrten den schlaffen Körper nach draußen. Unwohl wandte er sich ab, als der Leichnam neben dem Flugzeug wie ein Sack ins Gras fiel, nur um dann von Tao, Dodong und Fernando weiter ins Unterholz gezerrt zu werden, bis der Körper endgültig außer Reichweite war.

Kurz spähte Alex wieder ins Innere. Dort, wo der Mann gelegen hatte, verunzierte ein dunkler Fleck, auf dem immer noch Maden krabbelten, den Innenraum.

Alex schüttelte sich, marschierte zurück zu Itzil und Petersen, lüpfte den Wickel und atmete zwei-, dreimal tief durch.

»Alles in Ordnung?«, fragte ihn Itzil besorgt.

Er winkte ab. »Geht schon. Ich glaube, der Mann hat sich die Pulsadern aufgeschlitzt.«

Irritiert blickte Itzil zum Wrack hinüber. »Ehrlich?«

»Ja. Keine Ahnung, warum.«

»Hauptsache, die Leiche ist weg.« Petersen schniefte mitleidlos. »Also, dann lasst uns mal nachsehen, was wir im Inneren so finden.«

Auch er zog sich einen mit Whiskey getränkten Lappen

über Mund und Nase, dann zog er sich ins Flugzeug, und sie hörten, wie er sich nach vorn vorarbeitete.

»Donnerwetter, was ist das denn?«, erklang plötzlich seine Stimme.

Alex wollte ihm schon folgen, als ein entsetzter Schrei ertönte und der Däne wieder zu ihnen zurückstolperte. Entsetzt sprang er aus dem Einstieg, riss sich den Wickel vom Kopf, stürzte zu Boden und übergab sich nun doch.

Geschockt starrten ihn Alex und Itzil an, und auch Dodong, Fernando und Tao, die gerade wieder zurückkehrten, warfen ihm bestürzte Blicke zu.

»Liegt da etwa noch ein Toter?«, fragte Fernando.

Petersen würgte und sah blass zu ihnen auf. »Ja«, keuchte er. »Aber … das ist nicht alles. Der … der ist …«

Er erbrach sich abermals.

»Ihr glaubt doch wohl nicht, dass mich nach Jordan noch irgendetwas schockt?« Itzil verlangte harsch nach einem weiteren Wickel, tränkte ihn mit dem Inhalt der Flasche und marschierte, während sie ihn anlegte, zum Einstieg.

Alex und Dodong warfen einander unglückliche Blicke zu, doch dann nahm der Filipino den Wickel des Dänen auf, und sie folgten der Mexikanerin. Die stand bereits vor den aufgestapelten Kisten, von denen eine aufgebrochen war. Sie war mit Stroh gefüllt, zwischen denen die Hälse kleiner Ampullen steckten. Unter der offen stehenden Bodenklappe, die Alex vorhin schon bemerkt hatte, befanden sich hingegen dicht an dicht umwickelte Pakete. Eines davon war aufgerissen und Quell des weißen Pulvers am Boden. Kokain?

Alex musste nicht lange überlegen, um zu begreifen, was all das zu bedeuten hatte. Das hier war kein gewöhnliches Flugzeug. Das war ein Drogenkurier.

Was aber hatte Petersen so aus dem Gleichgewicht gebracht?

Itzil vor ihnen blieb nun wie vom Schlag getroffen stehen und starrte hinter einen Kistenstapel nahe dem Zugang zur Pilotenkanzel. Alex blickte ihr über die Schultern – und entdeckte die zweite Leiche ebenfalls. Der Mann lag auf dem Bauch, und sein Hinterkopf wies schwere Wunden auf, als habe ihm jemand den Schädel eingeschlagen. Zahllose Fliegen umschwirrten ihn, doch im Gegensatz zum ersten Toten war dieser hier in eine halbtransparente Plane eingeschlagen, mit der ursprünglich wohl die Kisten des Frachtraums umwickelt gewesen waren. Sein Gesicht war nicht zu erkennen, aber Alex schätzte ihn auf etwas jünger als den Toten beim Ausgang. Und er befand sich in einem ebenso schrecklichen Zustand der Auflösung. Alles, was vom Körper unter der Plane frei zugänglich war, war das rechte Bein – doch das war unterhalb des Knies amputiert.

Weiter hinten lag sogar eine blutige Säge.

Dann entdeckte Alex am Boden den Schienbeinknochen – und weiter hinten den Fuß.

Beide Leichenteile waren bis auf die Knochen *abgenagt*.

Alex starrte die Funde ebenso entsetzt an wie Itzil und Dodong. Ohne ein weiteres Wort verließen sie das Flugzeug, marschierten in den Dschungel und versuchten dort, sich von dem schockierenden Fund zu erholen.

»Ist es wahr?«, wollte Fernando sogleich wissen. »Ist diese andere Leiche wirklich … angenagt?«

Alex wusste nicht, was genau Petersen den anderen inzwischen erzählt hatte, doch er schüttelte den Kopf. »Angenagt ist das falsche Wort«, ächzte er. »Dem Toten da drinnen wurde der Unterschenkel abgetrennt.«

»Und das Fleisch wurde komplett verzehrt«, beendete Dodong die Ausführung mit rauer Stimme.

»Ernsthaft? Kannibalismus?« Tao sah sie fassungslos an. »Aber wer hat ihn auf diese Weise …?« Er beendete den Satz nicht, sondern starrte in den Dschungel, wohin sie den ersten Toten geschafft hatten. »Etwa unser Mann da hinten? Oder befinden sich im Flugzeug noch weitere Personen?«

»Nicht im Frachtraum.« Itzil schüttelte den Kopf. »Ich frage mich, wie es überhaupt zu so etwas kommen konnte.«

»Wie schon?« Fernando sah sie aufgewühlt an. »Wenn der Kerl da hinten nicht vollkommen wahnsinnig war, dann doch wohl aus Hunger, oder? So ähnlich wie bei diesem Flugzeugabsturz 1972 in den chilenischen Anden. Da gab es doch vor einigen Jahren diesen Film.«

»Ja, nur ergibt das hier keinen Sinn.« Alex betrachtete das Flugzeug missmutig. »Wenn die beiden hier abgestürzt wären und es auf der Insel nichts mehr zu essen gegeben hätte, okay. Aber so? Zu dem ... Vorfall muss es während des Fluges gekommen sein.«

»Wogegen der Verwesungsgrad der Leichen spricht«, widersprach Itzil. »Aber was, wenn es bereits einige Zeit vor dem Start der Maschine zu ... dieser Sache kam ... und die Besitzer der Maschine das vertuschen wollten?«

»Vertuschen? Die Besitzer der Maschine?«

»Ja. Etwa indem sie das Flugzeug bewusst mit den Toten darin zum Absturz brachten.«

Alex runzelte die Stirn. »Dafür müsste jemand anderes das Flugzeug gestartet haben. Es sei denn, die Maschine hat irgendwie mittels Autopilot abgehoben oder ... sie wurde von einer anderen Maschine nach oben gezogen. Was weiß ich?«

Alle sahen Tao an, der still dastand und nachdachte.

»Also doch ein Irrer?« Der Puerto Ricaner blickte wieder zu dem Ort, an dem der erste Tote lag.

»Werden wir wohl nie erfahren«, schnaubte Dodong. »Wir können das arme Schwein jetzt entweder auf die gleiche Weise rausschaffen wie den ersten Toten, oder wir ignorieren ihn und machen jetzt unseren Job. Nämlich das Flugzeug nach verwertbaren Sachen zu durchsuchen. Die Sonne geht bald unter, und ich will hoffen, dass sich außer Drogen noch etwas anderes an Bord der Maschine befindet.« Er wandte sich an Petersen, der weiter hinten auf einer Wurzel saß. »Wie sieht es aus, Mikkel. Hast du dich wieder erholt?«

Der Däne zeigte ihm den Stinkefinger. »Ihr könnt mich alle am Arsch lecken. Ich betrete diesen Sarg nicht mehr.«

»Moment mal.« Fernando sah sie aufgeregt an. »Drogen?«

»Ja, die Maschine ist randvoll mit Kokain und irgendwelchen Ampullen.« Itzil warf ihm einen misstrauischen Blick zu.

»Okay …« Der Puerto Ricaner betrachtete das Flugzeugwrack mit neuem Interesse, riss sich dann ebenfalls einen Wickel ab, tränkte ihn in Alkohol und wagte sich damit kurzerhand an Bord der Maschine.

Alex warf Itzil einen knappen Blick zu, da er sich an ihre Worte durchaus noch erinnerte, nach denen Fernando an Bord der *Sea Quest* einen schwunghaften Handel mit solchen Substanzen getrieben hatte. Sei's drum, im Augenblick war ihm das herzlich egal. Er wandte sich wieder an Tao: »Wie sieht es mit dir aus? Schaffst du es, das Funkgerät auszubauen, wenn ich dir in die Kanzel hineinhelfe?«

»Ich kann es gerne versuchen«, meinte Tao in Gedanken versunken. »Aber ohne Werkzeug wird das schwierig. Wäre aber gut möglich, dass die Maschine welches an Bord hat. Wie es aussieht, war die Kiste hier ja nicht unbedingt dazu bestimmt, auf offiziellen Pisten zu landen.«

»Versucht ihr ruhig vorn euer Glück«, knurrte Dodong grimmig. »Ich behalte in der Zwischenzeit Fernando im Auge – und schaue nebenbei mal, ob wir da drinnen noch etwas anderes Nützliches finden.«

»Warte, ich komme mit.« Alex sah, wie ihm Itzil kurz zunickte und den Filipino zum Frachtraum begleitete.

Er selbst marschierte mit Tao zur Kanzel, half ihm hinauf auf die Nase des Flugzeugs, und gemeinsam drangen sie durch die zerstörten Fensterfronten ins Cockpit vor.

Sein chinesischer Begleiter rümpfte die Nase, da es auch hier vorne widerlich stank.

»Okay, schauen wir mal, was wir hier haben …« Tao überprüfte die Instrumente. »Wenig überraschend ist die Borduhr stehen geblieben. Und natürlich funktioniert auch der Magnetkompass nicht. Ebenso wenig wie die Kartenbeleuchtung. Aber das ist wohl das geringste Problem.« Er klopfte gegen eine der Anzeigen. »Was den Kraftstoff anbelangt … der Tank scheint leer zu sein. Und zwar restlos.«

Alex kratzte sich am Kopf. »Vorhin am Strand, kurz bevor die Maschine runterkam, meinte ich noch, Motorenlärm gehört zu haben. Itzil übrigens auch.«

»Dann muss es die Maschine mit dem letzten Tropfen hierhergeschafft haben.« Der Chinese betätigte mehrfach einen Schalter. »Allerdings ist auch die Batterie leer. Und das, obwohl sie sich während des Fluges kontinuierlich aufladen sollte.«

Alex suchte nun den Innenraum ab, während auch hinter dem Vorhang zum Frachtraum Stimmen und Geräusche zu hören waren. »Ich finde hier ebenfalls keine Hinweise auf einen Dritten«, brummte er schließlich.

»Klammerst du dich noch immer an diese Erklärung?« Tao schenkte ihm einen spöttischen Blick.

»Wieso?«

»Sagt dir der Begriff ›Ockhams Rasiermesser‹ etwas?«

Alex betrachtete den Chinesen aufmerksam. »Ja, gehört habe ich ihn schon einmal, wüsste jetzt aber nicht mehr …«

Tao lehnte sich zurück und betrachtete die Anzeigen des Instrumentenbretts. »Es handelt sich dabei um ein heuristisches Forschungsprinzip. Das besagt grob, dass bei einer Erklärung für ein und denselben Sachverhalt stets die einfachste Theorie allen anderen Erklärungen vorzuziehen ist. Und eine Theorie gilt dann als einfach, wenn sie möglichst wenige Variablen und Hypothesen enthält.«

»Ja, ich erinnere mich wieder. Man trennt wie mit einem Rasiermesser alles Falsche vom Wahren. Und was soll uns das hier bringen?«

»Was, wenn es hier keinen dritten Mann gab, der die Maschine gestartet hat?«

»Wie schon gesagt, dann muss das Flugzeug mittels einer anderen Methode in die Luft gelangt sein.«

»Ja, möglich. Aber ist dir klar, was für eine Schubkraft nötig wäre, um ein beladenes Flugzeug wie dieses in die Höhe zu ziehen? Ich sehe hier außer dem üblichen Autopiloten keine Einrichtung, die einen maschinellen Start der Maschine ermöglicht hätte. Start und Landung sind ohnehin die kompliziertesten Teile beim Fliegen.«

»Aber irgendjemand muss die Maschine doch gestartet haben, wenn es keiner der beiden Männer da hinten getan hat.«

»Und wo ist dieser Jemand dann hin?«

»Abgesprungen, nachdem die Maschine in der Luft war?«

»Und die kostbare Fracht da hinten hat er bei dieser spektakulären Leichenentsorgung auch gleich an Bord gelassen?«

Alex schwieg.

»Siehst du«, Tao legte seine Hände auf das Handrad, »genau das ist mit diesem Zuviel an Wenn, Aber und Könnte gemeint. Die Dritter-Mann-These ist viel zu kompliziert – und bei näherer Betrachtung auch zunehmend unglaubwürdig. Besser, wir gewöhnen uns an den Gedanken, dass die einfachste Erklärung zutrifft. Und nach der haben allein die beiden armen Hunde im Frachtraum das Flugzeug gesteuert.«

»Aber du hast die beiden doch gesehen«, widersprach Alex. »Wie lange soll das Flugzeug denn in der Luft gewesen sein, um solch ein Drama auszulösen?«

»Du meinst, um so verzweifelt zu sein, sich gegenseitig aufzufressen?« Der Chinese schnaubte. »Vermutlich sehr lange ...«

»So lange kann sich aber kein Flugzeug in der Luft halten! Es sei denn ...« Alex erinnerte sich plötzlich wieder an Itzils Mutmaßungen beim Fund des Fallschirmspringers. »Es sei denn, es gäbe in diesem Seegebiet derart extreme Aufwinde, dass die Maschine ständig wieder hochgerissen wurde. In diesem Fall wären die beiden da hinten wohlmöglich tatsächlich irgendwann verzweifelt.«

»Was immer noch irrwitzig klingt, aber zumindest einfacher als alles andere zusammengenommen, was wir uns bislang an Erklärungen zurechtgezimmert haben.«

»Quatsch.« Alex schüttelte entschieden den Kopf. »Von einem solchen atmosphärischen Phänomen habe ich noch nie gehört.«

Tao seufzte. »Ich auch nicht. Dennoch sind wir auf dieser Insel Zeuge von etlichen seltsamen Dingen geworden, von denen wir zuvor ebenfalls noch nie gehört haben.«

Alex starrte den Chinesen beunruhigt an, während sie durch den Vorhang hindurch hörten, wie ihre Begleiter Kisten im Frachtraum verschoben.

Tao nahm nun das Sprechfunkmikrofon in Augenschein, während Alex weiter das Cockpit absuchte. Zu seiner Genugtuung fand er hinter den Sitzen neben viel Müll zwei Taschen sowie, in einer eigens dafür vorgesehenen Nische, eine große Werkzeugkiste.

»Ich glaube, ich habe gefunden, was wir brauchen!« Er erhob sich und rief durch das zerstörte Fenster nach unten. »Hey, wir haben hier Werkzeug gefunden. Eine ganze Kiste.«

Petersen, der noch immer vor dem Wrack ausharrte, sah überrascht auf und kam nun doch nach vorn. »Ernsthaft? Ach, Scheiße …«

Kurz entschlossen kletterte er nun doch zu ihnen hinauf, kraxelte ins Cockpit und durchsuchte den Inhalt der Kiste. Ein zufriedenes Lächeln umspielte seine Lippen. »Freunde, damit kriege ich sogar den Außenbordmotor wieder zum Laufen.«

Dann half er Tao dabei, Sprechfunk- und Funknavigationsgerät aus dem Cockpit auszubauen, während Alex das Flugzeug samt den hinter dem Cockpit gefundenen Taschen verließ und wieder nach unten kletterte.

Alex durchsuchte die Gepäckstücke und fand darin vor allem Kleidung, jedoch kaum persönliche Besitztümer. Insbesondere keine Ausweise und auch kein Flugbuch. Allerdings wunderte ihn das nicht. Denn wenn der Flug dazu gedient hatte, Drogen über die Landesgrenze in die USA zu schmuggeln, hatten die Piloten vermutlich alles dafür getan, um etwaige Spuren und Identitäten zu verwischen. Er warf daher einen Blick auf all jene Dinge, die die anderen mittlerweile aus dem Frachtraum geworfen hatten. Leider war das nicht viel: mehrere Gurte, ein Erste-Hilfe-Kasten, ein Handfeuerlöscher – sowie ein gutes Dutzend Kokainpakete.

Auch Tao und Petersen hatten längst wieder das Cockpit verlassen und schritten, die ausgebauten Teile des Funkgerätes in Händen haltend, suchend den Rumpf der Maschine ab. Kurz darauf sprangen Itzil und Dodong aus dem Frachtraum, gefolgt von Fernando, der eine der Kisten hinter sich herzog.

»Was willst du damit?«, fragte ihn Alex.

»Was glaubst du wohl?« Der Puerto Ricaner öffnete die Kiste und entnahm ihr eine der Ampullen sowie eine kurzstielige, silberne Taschenlampe. Geschäftstüchtig zwinkerte er ihm zu. »Die haben hier nicht bloß Tonnen an Kokain an Bord, sondern auch genug LSD, um eine komplette Kleinstadt für ein Jahr auf den Trip zu schicken. Wir könnten damit ein Vermögen verdienen.«

»Mal davon abgesehen, dass das illegale Drogen sind: Glaubst du allen Ernstes, das Zeug durch die Kontrollen zu bekommen, wenn wir hier wegkommen?«

»Kontrollen?«

»Sicher. Die werden uns spätestens bei der Rückkehr in die USA durchchecken. Und falls nicht«, Alex sah ihn böse an, »werde ich garantiert nicht mein Maul halten. Ich hasse diese Scheiße.«

Fernando funkelte ihn wütend an. »Alter, na komm schon …«

»Was mich betrifft, kannst du machen, was du willst«, mischte sich Itzil ein, »aber ich werde dir ebenfalls nicht helfen. Schlepp den Kram alleine.«

»Ich bin ebenfalls raus«, erklärte Dodong.

»Leute, bitte …« Enttäuscht sah Fernando sie an.

»Die Antenne muss beim Aufschlag abgerissen sein«, ertönte von hinten Petersens Stimme. Gemeinsam mit Tao gesellte er sich wieder zu ihnen.

»Und das heißt was?«, wollte Itzil wissen.

»Dass wir improvisieren müssen, wenn wir das Ding hier zum Laufen bringen wollen.« Der Chinese hob das ausgebaute Funkgerät an.

»Hey, was ist mit euch?«, unterbrach Fernando die beiden, ohne auf das Gerät einzugehen. »Helft ihr mir dabei, die Fracht zum Strand zu schaffen? Das hier sind Eins-a-Kokain und -LSD.« Er hob die Taschenlampe. »Ich habe das LSD gerade geprüft, es ist in einem Topzustand.«

»Ist das eine UV-Lampe?«, fragte Tao.

»Ja. Die lag in einer der Kisten. Solange das LSD noch gut ist, leuchtet es im…«

»Ich weiß. Darf ich?« Der Chinese nahm ihm die Lampe ab und schaltete sie kurz an und aus. »Funktioniert tatsächlich.«

»Und, helft ihr mir?«

Tao schüttelte verächtlich den Kopf. »Wir sollten uns besser auf den Rückweg machen.«

Petersen fummelte unschlüssig an seinem Ohrring, dann winkte auch er ab. »Sorry, Fernando, aber das ist mir eine Nummer zu heiß. Außerdem kenne ich niemanden, der mir das Zeug abnehmen würde.«

»Aber ich!«, versuchte ihn Fernando zu überzeugen.

Sie wandten sich ab und teilten die Fundsachen auf, während der Puerto Ricaner leise schimpfte und schließlich eine der Taschen aus dem Flugzeug so lange mit Kokainpaketen füllte, bis sie sich kaum mehr schließen ließ.

Dodong setzte sich einmal mehr an die Spitze, und im roten Licht der Abendsonne ging es zurück zum Strand. Alex warf noch einmal einen Blick zurück zum Flugzeugwrack – und ihn schauderte.

Selten war er so froh gewesen, einen Ort verlassen zu dürfen.

»Ihr seid solche Spaßbremsen, echt!«, schimpfte Fernando, der kurz innehielt, die Hälfte der viel zu schweren Drogenpakete wieder ausräumte, sich die Tasche erneut auf die Schulter wuchtete und dann eilig hinter ihnen herstolperte. Alex ignorierte ihn und schloss stattdessen zu Itzil und Tao auf.

»Geht es eigentlich nur mir so«, fragte er, »oder wird euch die Insel ebenfalls immer unheimlicher? Völlig egal, mit was wir hier konfrontiert werden: Es wird ständig bizarrer.«

»Hast du das wirklich schon vergessen?« Tao sah ihn eindringlich an. »Wir sitzen hier im *Bermudadreieck* fest. Natürlich können wir diesen Umstand gern auch weiterhin totschweigen, aber inzwischen sollte eigentlich jedem hier klar sein, dass diese Insel selbst der Grund dafür sein muss, warum in diesem Seegebiet so viele Schiffe und Flugzeuge verschwinden. Wenn ich all die Wracks zusammenzähle, die wir hier inzwischen gefunden haben, komme ich inklusive der *Sea Quest* bereits auf fünf. Und wir kennen nur einen Bruchteil der Insel.«

»Den Fallschirmspringer nicht eingerechnet«, ergänzte Itzil niedergeschlagen.

»Na gut, aber was zum Teufel ist es, was auf diesem verdammten Eiland vor sich geht?« Alex schlug wütend einen Zweig beiseite. »Diese Leuchtphänomene, die seltsamen Geräusche, selbst diese Kreaturen … Ich komme einfach nicht dahinter.«

»Wenn du mich fragst«, Itzil sah beklommen zu ihm auf, »dann tippe ich auf ein fehlgeschlagenes militärisches Experiment. Was sonst könnte erklären, warum die Insel auf keiner Seekarte auftaucht? Nur dass wir wohl nie erfahren werden, um was es sich dabei handelt.«

»Abwarten«, gab Tao kryptisch zurück. »Mit etwas Glück vielleicht doch.«

Blanker Zorn

»Verdammt, ist das heiß!« Itzil nahm die dampfenden Konservendosen vom Lagerfeuer, rührte die gekochten Nudeln mit einem Stock um und hielt die Behälter mit einem Lappen fest, damit Sophia Scott den Inhalt zweier Fertigsuppen auf sie verteilen konnte. Itzil hasste den Kochdienst.

»Hühnersuppe. Das hätte Courtney gut geschmeckt«, murmelte die Rentnerin traurig.

»Ja, vermutlich.« Itzil sah sie niedergeschlagen an und war zugleich froh darüber, dass die alte Dame derzeit einen lichten Moment hatte. An den gestrigen Rausch konnte oder wollte sie sich nicht mehr erinnern, und dass von einer derart gestreckten Suppe am Ende wenig blieb, war ihr vermutlich auch nicht zu vermitteln.

Sie hatten die Vorräte erneut streng rationiert, und Itzil fragte sich noch immer, wer sich an ihnen zu schaffen gemacht hatte. Um die Stimmung im Camp nicht weiter zu belasten, hatten sie, Dodong, Scott und Fernando beschlossen, den Diebstahl einstweilen nicht an die große Glocke zu hängen. Allein Alex hatte sie eingeweiht, der ihnen seit gestern dabei half, die Bestände im Auge zu behalten. Und das tat not, denn bislang hatte nicht ein einziger Fisch an ihren neuen Angeln angebissen. Die Idee war sicherlich gut gewesen, nur verwendeten sie offenbar die falschen Köder. Aber vielleicht mussten sie sich um all das ja schon bald gar keine Gedanken mehr machen … Hoffnungsvoll sah Itzil zu Oliver Scott und Ricardo Batista hinüber, die bereits seit Sonnenaufgang vor dem Eingang ihres Lagers die Köpfe zusammensteckten. Der Brasilianer hatte sie überraschend im Lager erwartet, als sie gestern Abend von der Absturzstelle zurückgekehrt waren. Fragen, wo er zum Zeitpunkt des Flugzeugabsturzes gewesen war, war er auf gewohnte Weise ausgewichen. Ein Umstand, der den anderen angesichts ihrer beunruhigenden Erlebnisse kaum aufgefallen war.

Ihr schon.

Zumindest im Augenblick aber schien Batista sogar hilfreich zu sein.

Der Ingenieur half dem Rentner dabei, das ausgebaute Funkgerät wieder zum Laufen zu bringen. Schon seit Stunden versuchten sie das Gerät mit der auf der *Sea Quest* gefundenen Batterie und einem ebenfalls von dort stammenden Verstärker zu verbinden, wobei sie im Gegensatz zu Mikkel Petersen kaum passendes Werkzeug für ihre Arbeit zur Verfügung hatten.

Trotz der grausigen Erlebnisse wirkte ausgerechnet der dänische Schiffsmechaniker seit den gestrigen Vorfällen vorsichtig zuversichtlich. Ebenso wie Oliver Scott und Ricardo Batista hatte er sich bereits beim ersten Tageslicht an die Arbeit gemacht, um endlich den Außenbordmotor zu reparieren. Inzwischen hatte er ihn in einzelne Teile zerlegt, die er akribisch reinigte. Itzil beneidete ihn ein wenig darum, eine derart klar umrissene Aufgabe zu haben. Sie selbst hatte zunehmend den Eindruck, nur auf der Stelle zu treten und rein gar nichts Zielführendes zur Veränderung ihrer Situation beitragen zu können.

Der Rest der Gruppe befand sich entweder beim Kokosnüssepflücken oder – auf Ross' Betreiben hin, der noch immer wütend über das abgebrannte Signalfeuer war – beim Holzsammeln.

Mit Ausnahme von Tao.

Im Gegensatz zum Rest der Gruppe hatte sich der Chinese angesichts seiner Beinwunde noch einmal eine Auszeit von den anfallenden Arbeiten erbeten. Zeit, die er damit verbrachte, in Absprache mit Scott weiter über der alten Kladde aus der Militärstellung zu brüten. Genau genommen tat er das schon seit letzter Nacht, in der es abermals zu keinen besonderen Ereignissen gekommen war. Weder waren die gespenstischen Lichtsäulen über der Insel aufgestiegen, noch waren sie von den unheimlichen Kreaturen angegriffen worden. Wobei sich Letztere vielleicht auch bloß aus Respekt vor ihren Waffen zurückhielten.

Itzil wusste es nicht.

Sollte tatsächlich so etwas wie Normalität in den Inselalltag einziehen?

Itzil berührte Courtneys Kette, lauschte dem leisen Grollen jenseits der Bäume und verwarf diese Hoffnung. Denn sie fühlte es auch jetzt: Diese Augenblicke vermeintlicher Sicherheit waren nichts weiter als ein langes Atemholen. Die Ruhe vor dem Sturm.

»So, ich glaube, wir können die anderen zusammenrufen«, verkündete sie, als Sophia Scott auch die letzten Reste aus den Konserven ausgekratzt hatte.

»Ich hole schon mal das Geschirr.« Die Rentnerin stampfte hinüber zu dem Stapel aus Kokosnussschalen und selbst geschnitzten Löffeln.

Itzil hingegen trat nach draußen auf den Strand, um nach den anderen zu rufen. Doch die mussten das Essen bereits gerochen haben, denn sie strömten von allen Seiten zusammen – als hinter ihr plötzlich ein leises Fiepen und Rauschen ertönte.

Scott und der Brasilianer lachten auf, und Itzil sah, wie Scott dem Brasilianer begeistert einen kleinen Lautsprecher abnahm und sich diesen ans Ohr hielt.

»Ihr habt es geschafft?«, rief sie hoffnungsfroh.

»Ja, sieht so aus.« Oliver Scott zwinkerte ihr zu. »Zumindest grundsätzlich.«

Selbst Petersen löste sich von seinem Motor und kam zu ihnen.

»Scheiße, Mann!« Breit grinsend berührte er seinen Ohrring. »Ich hätte nicht gedacht, dass ihr schneller sein würdet als ich.«

»Freuen wir uns lieber nicht zu früh«, nahm Ricardo ihnen den Wind aus den Segeln. »Das hier allein hilft uns noch nicht.«

»Was fehlt denn?«, fragte Alex, der mit Dodong auf Kokosnussjagd gewesen war, eine volle Tasche der Früchte neben dem Eingang des Camps abstellte und sich den Männern gespannt näherte.

»Das Gerät ist noch nicht komplett«, erläuterte Scott. »Aber warten wir, bis alle zusammen sind.«

Weiter hinten ließen Ross und Lauren Clark Bündel mit Feuerholz fallen und reihten sich ebenfalls in den Kreis ein.

»Das Teil funktioniert tatsächlich?«, grunzte der Store-Keeper. Seine Hand lag am Gurt des geschulterten Gewehrs, ohne das er nicht mehr unterwegs war, seit er die Waffe auf der *Sea Quest* gefunden hatte.

»Ja, dank Ricardo«, antwortete Scott unverbindlich. »Allerdings reicht das noch nicht. Aber vielleicht besprechen wir das besser drinnen.«

Sie ließen sich inmitten der Umfriedung am Feuer nieder, Sophia Scott teilte die Kokosnussschalen mit der Nudelsuppe aus, die Clark warf Itzil einen schwer zu definierenden Blick zu, und sie begannen zu essen.

»Wo ist eigentlich Fernando?«, fragte Itzil.

»Keine Ahnung«, antwortete Dodong. »Wir haben uns vorhin getrennt.«

»Fernando weiß, dass es um diese Zeit Essen gibt«, brummte Ross. »Sagt lieber, was mit dem Funkgerät ist. Kriegen wir damit Kontakt zur Außenwelt?«

»Tja, das ist das Problem«, begann Ricardo mit einem Seitenblick auf Scott. »Alles funktioniert so weit. Allerdings fehlt uns eine entsprechende Antenne. Sicher, wir können da mit Drähten etwas improvisieren, aber wir sind hier so weit draußen auf dem Meer, dass uns vermutlich nichts anderes übrig bleibt, als noch einmal raus zur *Sea Quest* zu fahren, wenn wir jemanden erreichen wollen.«

»Wie bitte?« Petersen sah entgeistert von seiner Suppe auf. »Seid ihr beide verrückt geworden? Beim letzten Mal haben wir dort Courtney verloren, und ich bin da auch fast draufgegangen. Ihr wisst doch, was dort auf uns lauert.«

»Ich sagte ja nicht, dass das ohne Risiko ist. Aber …«

»Vielleicht ist das gar nicht nötig«, mischte sich da überraschend Tao ein, der sich nun zu ihnen gesellte und gleichfalls eine Suppenschale entgegennahm, die er aber sogleich wieder beiseitestellte. Stattdessen hob er die alte Kladde an.

»Wie meinst du das?«, wollte Alex wissen.

»Nun, ihr erinnert euch, dass ich gestern diese UV-Lampe an mich genommen habe? Ich war so frei, mir die Seiten«, er hob die Notizen, »noch einmal in ihrem Licht anzusehen. Meine Hoffnung war, dass das Licht vielleicht Pigmente der Tinte sichtbar macht, die vorher kaum zu entziffern waren.«

»Und?«, fragte Scott gespannt.

»Na ja, hat nicht ganz so gut funktioniert, wie ich es mir erhofft hatte, aber ein klein wenig mehr habe ich doch herausfinden können.«

»Na los, sag schon!«, forderte ihn Itzil auf.

»Ihr spracht doch gerade davon, dass euch eine Antenne fehlt.« Er warf Oliver Scott und Ricardo Batista einen kurzen Blick zu. »Seht mal.« Er breitete die Karte der Insel vorsichtig auf seinen Knien aus. »Für die Kreuze hier überall auf der Insel haben wir ja schon eine Erklärung gefunden.«

Alex nickte. »Das sind offenbar frühere Standorte des Militärs auf dieser Insel.«

»Genau. Allerdings befinden sich – ebenso wie bei der Wasserquelle, die ihr neulich aufgesucht habt – auch neben einigen anderen Markierungen erklärende Symbole.«

»Das stimmt.« Scott stand auf und hockte sich neben ihn. »Nur dass wir diese bislang nicht entziffern konnten.«

»Bei den meisten hat sich daran auch unter Zuhilfenahme der Lampe nichts geändert – bis auf eines. Neben diesem X hier.« Tao deutete auf die entsprechende Stelle, und alle beugten sich vor, erkannten jedoch nichts.

»Und?«, fragte Scott.

»Wenn ich mich nicht völlig irre, ist das ein Strich mit Halbkreisen an der Spitze.«

»Meine Güte!« Der Rentner sah ihn überrascht an. »Aber ja! Das würde passen.«

»Was würde passen?«, hakte Lauren Clark ungeduldig nach.

»Das ist das Zeichen für einen Funkturm.«

Auch Ricardo trat jetzt zu den beiden. »Bist du dir da sicher?«

»Na ja, so sicher, wie man sich bei diesem ausgewaschenen Lappen sein kann.« Tao seufzte. »Die Markierung ist von hier aus weniger weit entfernt als die, die euch zur Höhle mit dem Wasserfall geführt hat. Nur dass der Weg uns diesmal nicht nach Osten, sondern nach Norden führt.«

»Einen Teil der Wegstrecke könnte man über die Strände zurücklegen«, murmelte Itzil. »Das ist doch in Richtung der Lagune, oder?«

»Ja«, pflichtete ihr Alex bei. »Und das X liegt gemäß der Karte ebenfalls auf einer Erhöhung. Wenn der Ort ähnlich genau eingetragen ist, wie es bei dem Berg mit der Höhle der Fall war, bedeutet das, dass er von der Küste aus etwas landeinwärts liegt – vermutlich auf Höhe der Karavelle, die wir unterwegs gefunden haben. Und die erreichen wir leicht, indem wir von der Lagune aus dem Wildbach ins Inselinnere folgen. Von dort aus müsste man sich streng genommen einfach weiter nach Norden durchschlagen, um die Erhebung ausfindig zu machen.« Er warf Dodong einen fragenden Blick zu, der leicht mit den Augen rollte.

»Einfach ist hier gar nichts«, murmelte der Filipino. »Ich würde es ja bevorzugen, unmittelbar an der Küste entlangzumarschieren, um den Ort zu finden. Aber wie wir wissen, ist die Küste zwei Strände weiter von hohen Felsen blockiert.« Er sah kurz zu Itzil auf und seufzte. »Ohne ein Boot kommen wir dort also nicht weiter. Und unseres hat gerade Mikkel in der Mangel. Uns bleibt also tatsächlich nichts anderes übrig, als es von der Landseite aus zu versuchen.«

»Das macht nichts.« Alex fuhr sich durch sein sonnengebleichtes blondes Haar. »Egal, was wir an dem markierten Ort finden, auf dem Rückweg brauchen wir lediglich zurückzumarschieren, bis wir wieder auf den Wasserlauf stoßen. Dank ihm laufen wir auch nicht Gefahr, uns zu verirren. Er wird uns verlässlich zu der kleinen Lagune zurückführen.«

»Na gut.« Dodong seufzte. »Aber wir werden diesem verflixten Museumsstück von Karavelle keinen weiteren Besuch abstatten. Die Begegnung mit den Bienen von neulich reicht mir.«

»Dann machen wir es so?« Itzil sah tatendurstig in die Runde.

»Wir sollten einen Versuch wagen«, pflichtete ihr Ricardo bei.

»Ist zumindest eine weitere Chance«, brummte Barry Ross. »Und wie sieht es mit dem Boot aus?«

»Ach, jetzt bin ich im Zugzwang?« Petersen grinste schief. »Ich sag's mal so: Im Augenblick läuft alles bestens. Ich dürfte heute oder spätestens morgen fertig werden.«

Fernando marschierte durch den Eingang und lächelte freudlos. »Sorry, dass ich mich verspätet habe. Ich hoffe, ihr habt noch etwas für mich.«

»Aber sicher.« Sophia Scott reichte ihm die letzte gefüllte Kokosnussschale, während Dodong ihn auf den neuesten Stand brachte. Der Puerto Ricaner lauschte aufmerksam: »Wie sicher ist es denn, dass dieser Funkturm nach all der Zeit überhaupt noch existiert?«

Einen Moment lang herrschte Schweigen.

»Nichts ist sicher«, meinte Ricardo schließlich. »Aber die Alternative ist ein neuerlicher Besuch auf der *Sea Quest*.«

Fernando starrte ihn erschrocken über die Schüssel hinweg an. »Da kriegt mich nie wieder jemand rauf.«

»Dachte ich mir. Bleibt zu klären, wer heute mit zur Funkstationssuche kommt. Denn wenn wir die Strecke auch nur irgendwie bis Sonnenuntergang zurückschaffen wollen, müssen wir unmittelbar nach dem Essen aufbrechen.«

Itzil hob ebenso wie Alex und Dodong die Hand. »Ich bin gern wieder dabei.«

»Frau Pérez, darf ich Sie kurz sprechen?« Oliver Scott sah sie verlegen an, deutete zum Ausgang, und sie folgte ihm nach draußen.

»Was ist?«

Der Amerikaner seufzte. »Ich möchte Sie bitten, hierzubleiben.«

»Wieso?«

»Ganz einfach: Weil ich mich diesmal selbst dem Trupp anschließen möchte.« Entschuldigend sah er sie an. »Ich weiß nicht, ob Sie das bereits wissen, aber ich war früher Funkoffizier bei der Navy. Nichts gegen die anderen, und auch Ricardo Batista ist sicher ein fähiger Ingenieur. Aber wenn wir dort tatsächlich finden, was wir uns erhoffen, möchte ich ehrlich gesagt nichts dem Zufall überlassen. Nur ... brauche ich hier jemanden, der sich um meine Frau kümmert.«

Itzil musterte ihn still. »Und Sie möchten, dass ich das tue?«

»Glauben Sie mir, ich würde das Camp nicht verlassen, wenn ich es nicht als zwingend notwendig erachten würde. Aber das ist vielleicht unsere beste Chance, um endlich von hier wegzukommen.«

Itzil legte dem Rentner ihre Hand auf den Arm. »Sie müssen sich nicht entschuldigen. Verlassen Sie sich auf mich. Ich kümmere mich um sie.«

»Danke. Jetzt muss ich das nur noch Sophia erklären.« Scott drückte ihr die Hand und marschierte dann zu seiner Frau.

Itzil sah, dass Alex gespannt zu ihr blickte. Er, Dodong und Ricardo hatten sich inzwischen erhoben, um sich für den Abmarsch bereit zu machen. Ross und Petersen hatten sich hingegen dafür entschieden, zurückzubleiben. Ebenso Tao, der sich noch nicht fit genug fühlte, außerdem Fernando und Lauren Clark, die offen ihre Angst vor dem Dschungel zum Ausdruck brachte.

Sie würde hier also mit Ross und der Clark ausharren müssen. Itzil seufzte innerlich. Immerhin, Petersen hatte sich inzwischen als zugänglicher erwiesen als ursprünglich gedacht. Und gemeinsam mit Fernando und Tao würde sie das schon ertragen.

»Und?«, wollte Alex wissen, während er sich das Rapier

aus der Karavelle in eine Vorrichtung schob, die er sich auf den Rücken hängen konnte.

Sie erklärte ihm, was sie mit Scott besprochen hatte.

»Okay.« Er lächelte, aber sie sah die Enttäuschung in seinem Blick. »Ich verstehe ihn. Soll ich ebenfalls hierbleiben? Drei Mann sind eigentlich genug.«

»Nein, schon in Ordnung.« Sie erwiderte sein Lächeln. »Wer weiß, wie sich Scott körperlich schlägt. Und ihr wisst nicht, was auf euch zukommt. Passt einfach auf euch auf.«

»Du aber auch.«

Sie hatte das Gefühl, dass er noch etwas sagen wollte, doch stattdessen umarmte er sie kurz und ging dann zu den anderen zurück. Den Nahrungsmitteln nach, die die Männer einsteckten, richteten sie sich offenbar darauf ein, es gegebenenfalls nicht bis Sonnenuntergang zurückzuschaffen.

Auch Dodong kam noch einmal zu ihr, seinen Speer bereits in Händen. »Pass gut auf die alte Dame auf. Nicht dass sie sich verläuft.«

»Hauptsache, ihr verlauft euch nicht.« Sie zwinkerte. »Und wenn es euch gelingt, mit jemandem Kontakt aufzunehmen, bestellt mir ein paar Enchiladas. Und sagt denen, dass ich echt sauer werde, wenn die hier kalt ankommen.«

»Alles klar. Einmal Enchiladas mit Hot Salsa.« Dodong zwinkerte ihr zu. »Bestellung wird aufgegeben.«

Sie drückte auch ihn, dann kehrte er zu Alex, Scott und Ricardo zurück, die vorsichtig das Funkgerät samt Batterie und Verstärker in den alten Rucksack aus der Höhle packten.

Die Truppe marschierte los, wobei der Abschied zwischen den Scotts deutlich weniger dramatisch ausfiel, als Itzil befürchtet hatte. Gemeinsam mit den anderen sah sie den vier Männern nach, bis sie hinter den Felsen zum benachbarten Strand verschwanden.

»Wohin geht Oliver?«, wollte Sophia Scott plötzlich wissen.

Itzil seufzte. »Sie versuchen, jemanden auf uns aufmerksam zu machen.«

»Ja? Aber sie sind doch längst auf uns aufmerksam geworden …«

Itzil warf der alten Dame einen irritierten Blick zu, während sich Lauren Clark mit abfälliger Geste von ihnen löste und sich Ross und Petersen anschloss, die zu ihren Tätigkeiten zurückkehrten.

Itzil wandte sich daher an Tao und Fernando. »Helft ihr uns dabei, die Kokosnüsse auseinanderzunehmen?«

»Später vielleicht.« Der Puerto Ricaner räusperte sich. »Ich habe Ross versprochen, ihm beim Feuerholz zu helfen.«

Er verschwand ebenfalls, doch Tao nickte. »Gern.«

Itzil lächelte dankbar und hakte Sophia Scott ein. »Kommen Sie. Wir kümmern uns um das Lager.«

Sie räumten den Nachmittag über das Camp auf, überprüften die Festigkeit der Umfriedung, knackten die Kokosnüsse und teilten sich wieder auf.

Tao half Ross und der Texanerin bei der Feuerholzsuche, während Itzil sich zusammen mit Sophia Scott und einem Berg Schmutzwäsche zum Meer begab, um die Kleidungsstücke dort zu waschen. Zum Glück besaßen sie inzwischen Seife, dennoch fragte sie sich noch immer, wem auf der *Sea Quest* all die Sachen einst gehört hatten. Sie empfand es als Segen, dass sie überhaupt die Möglichkeit besaßen, ihre Kleidung zu wechseln.

Bei alledem schien Sophia Scott in Plauderlaune. Die alte Dame berichtete ihr von ihrem und Olivers derzeitigem Leben in Columbus, der Hauptstadt im US-Bundesstaat Ohio. Itzil erfuhr, dass die beiden sich in jungen Jahren bei einem Fest der Navy kennengelernt hatten. Sie erzählte von der Zeit, in der ihr Mann als Lehrer und sie als Sekretärin bei einem Energiekonzern gearbeitet hatte, und außerdem erfuhr Itzil mehr über die Nachbarn der Scotts, als diese vermutlich selbst über sich wussten. Manche Dinge brachte die Rentnerin durcheinander, bei anderen verließ sie ihr Gedächtnis, und doch gewann Itzil den Eindruck, dass sie den Schock nach Courtneys Tod inzwischen einigermaßen verkraftet hatte.

Ihre Begleiterin wirkte heute überhaupt sehr aufgeräumt. Und während Itzil Petersen beobachtete, der den Außenbordmotor mittels einer selbst gezimmerten Konstruktion hinten am Boot befestigte, kam die alte Frau erstmals auf ihre Tochter Jessica zu sprechen, die offenbar eine begeisterte Sportlerin gewesen war.

»Darf ich fragen, woran Ihre Tochter eigentlich gestorben ist?«, wagte Itzil sich behutsam vor.

Sophia Scott sah auf und lächelte nachsichtig. »Na, Sie sind mir ja eine … Sie ist doch hier, Frau Pérez. Sie hat uns doch gestern erst besucht.« In gespieltem Ernst hob sie einen Finger. »Sie möchte, dass Sie sie anrufen. Schon vergessen?«

Überrumpelt starrte Itzil die alte Dame an. Bis eben hatte sie noch so klar gewirkt – und jetzt dieser Rückfall.

»Das, äh, kann ich nicht«, antwortete sie diplomatisch. »Wir haben hier … kein Telefon.«

Sophia Scott blinzelte verwirrt. »Das … ist natürlich ein Problem. Sie sollten vielleicht …«

»Hey, alle mal herkommen!«, ertönte plötzlich der Ruf von Petersen. Der Däne winkte ihnen aufgeregt zu, und Itzil löste sich von Sophia Scott. Auch Barry Ross, Lauren Clark, Tao und sogar Fernando, den sie schon einige Stunden lang nicht mehr gesehen hatte, folgten dem Ruf des dänischen Schiffsmechanikers. Dieser wartete, bis alle versammelt waren, ehe er nicht ohne Stolz verkündete: »Es ist so weit!« Er deutete auf den Außenbordmotor am Heck des Bootes, den er inzwischen wieder zusammengebaut hatte. »Wenn alles mit rechten Dingen zugeht, sollte ich den Motor wieder flottbekommen haben.«

»Na gut, starte ihn«, meinte Fernando irritiert. »Dann sehen wir, ob er läuft.«

»So einfach ist das nicht.« Petersen wischte sich mit einem schmutzigen Lappen über das Gesicht. »So ein Außenborder darf keinesfalls im Trockenen laufen. Nicht mal kurz, weil er das Wasser zur Kühlung braucht. Außerdem braucht der Impeller, der das Wasser durch den Motor pumpt, Wasser zur Schmierung. Und da ich keine Ersatzteile habe, gehe ich besser kein Risiko ein. Wir müssen das Boot daher erst einmal ins Wasser schieben, bevor ich einen Versuch wage.«

»Also gut.« Itzil und die anderen folgten den Anweisungen des Dänen, und gemeinsam schoben sie das Boot ins Meer. Als es endlich auf den Wellen lag, kletterte Petersen unter ihren aufmerksamen Blicken ins Innere, betätigte sich am Motor – und kurz darauf knatterte es.

»Ja! So muss das!« Petersen riss die Arme hoch, während er im Boot einen kleinen Freudentanz aufführte.

»Mann, das ist Musik in meinen Ohren!«, rief der Store-Keeper erfreut, und Petersen grinste breit. »Na, bin ich gut? Oder bin ich gut?«

»Sogar sehr gut!«, schenkte ihm Tao die verdiente Anerkennung.

»Ich glaube es nicht.« Fernando starrte Boot und Motor ungläubig an.

»Nur werden in das Boot nicht alle hineinpassen«, fand die Clark einmal mehr das Haar in der Suppe. Doch Itzil wollte sich von ihr nicht die gute Laune verderben lassen. »Ist doch jetzt erst einmal egal.« Sie lächelte. »Fährt es denn auch?«

»Genau das werden wir jetzt testen. Bringt mir mal einen der Kanister.« Petersen deutete zu den beiden angerosteten Benzinkanistern, die sie in der Militärstellung gefunden hatten. Ross und Fernando wuchteten ihn ins Boot, und Petersen füllte den Tank des Motors weiter auf. »Die Maschine hat übrigens satte dreißig PS.«

Ross lachte. »Okay, dann zeig mal, was das Ding draufhat!«

Ross, Tao und Fernando kletterten nun ebenfalls ins Innere, während Itzil mit Sophia Scott und Lauren Clark zurück am Strand blieb und das Geschehen aus der Ferne beobachtete.

Petersen schaltete in den ersten Gang, und sie konnten dabei zusehen, wie das Boot unter Zurücklassung einer kleinen Bugwelle erstaunlich rasch Fahrt aufnahm. Der Däne probierte die übrigen Gänge aus, und das Johlen der Männer hallte über das Wasser, während sie sich damit abwechselten, vor der Küste ein paar Mal hin und her zu fahren. Endlich kamen sie wieder zurück, schoben das Boot an den Strand und verankerten es diesmal mit einem kurzen Seil, das sie an einer Sonnenschirmstange befestigten, die sie tief in den Untergrund rammten.

»Das war erstklassige Arbeit!«, lobte Itzil den Mechaniker.

»Jeder so, wie er kann.« Petersen grinste schief. »Ich meine, ich würde es uns ja gönnen, aber ich glaube irgendwie nicht daran, dass die Jungs mit ihrem krüppeligen Funkgerät Erfolg haben. Das Boot hier wäre dann unsere Alternative.«

Tao nickte und wiegte dann gleichfalls den Kopf: »Allerdings, da hat Lauren recht, ist es nur für sechs Personen ausgelegt.«

Der Däne schüttelte den Kopf. »Selbst das ist zu riskant. Der andere Kanister ist zwar noch voll, aber wir müssen für die Fahrt auch Nahrungsmittel und Tiefgang mit einberechnen. Ich würde höchstens zwei Leute entsenden – von denen natürlich einer ich sein werde. Auch das übrige Gepäck müssen wir stark reduzieren.«

Itzil fing Fernandos enttäuschten Blick auf. »Was ist denn mit dem Treibstoff drüben beim Trawler?«, wollte er wissen.

»Das ist Diesel. Der funktioniert bei diesem Motor nicht.« Petersen zuckte mit den Schultern. »Uns wird leider nichts anderes übrig bleiben, als das Boot so gering wie möglich zu beladen. Es geht ja vorrangig darum, dass es einige von uns irgendwie zurück in die Zivilisation schaffen.«

»Eben.« Ross schnaubte zufrieden. »Und das wird gefeiert. Egal, ob es die anderen noch rechtzeitig zurückschaffen oder nicht.«

Itzil sah zum rötlichen Abendhimmel auf, an dem die Sonne inzwischen tief gesunken war. Sie hatten vielleicht noch eine Stunde Tageslicht, und allmählich machte sie sich Sorgen um die anderen. Und das, obwohl sie die Möglichkeit miteinkalkuliert hatten, dass es die Gruppe nicht mehr rechtzeitig zurückschaffte. Nur wusste sie eben auch besser als alle anderen hier, welche Gefahren auf der Insel lauerten.

Gemeinsam mit Sophia Scott und Tao kehrte Itzil zum Lager zurück. Sie entzündeten das Feuer und bereiteten aus Kokosnussfleisch, zwei Packungen Keksen und schwarzem Tee ein Abendessen zu. Nach und nach trudelten auch Ross, Petersen und Lauren Clark ein, die bereits durchrechneten, wie viel Wasser und Nahrungsmittel die Truppe im Boot brauchen würde. Der Einzige, der fehlte, war Fernando. Wieder einmal.

Ross schnappte sich die angebrochene Whiskey-Flasche und stieß gemeinsam mit Petersen an, während Tao Sophia Scott half, die Reste zusammenzuräumen.

Itzil trat hinaus in das rote Abendlicht und sah sich am Strand um, der bis auf das Boot, den verbliebenen Trümmerhaufen und das Holz, das sie zusammengesammelt hatten, weitgehend leer war.

Wo war Fernando?

Er hatte sich schon den ganzen Nachmittag über rargemacht.

Einer Eingebung folgend, blieb Itzil unter einer der Palmen stehen und blickte in die Richtung, aus der er vorhin gekommen war. Das war die Richtung, die sie gestern eingeschlagen hatten, um zu dem Flugzeug zu gelangen.

Konnte es sein, dass Fernando versuchte, weitere Drogen aus dem Wrack zu bergen? Aber wie wollte er die von hier wegschaffen? Außerdem wusste er doch um die Gefahren im Dschungel.

Obwohl es zunehmend dunkel wurde, beschloss sie, ihre Theorie zu überprüfen.

Sie lief zu dem Pfad, den sie gestern eingeschlagen hatten, kämpfte sich eine Weile durch die Mangroven und wollte bereits wieder umkehren, als sie vor sich, im Unterholz, eine menschliche Bewegung entdeckte.

Tatsächlich. Da war er!

Argwöhnisch duckte sie sich und schlich voran, bis sie nah genug war, um zu erkennen, was Fernando dort trieb. Der Puerto Ricaner stand auf einer kleinen Lichtung, neben ihm die prall mit Kokain gefüllte Tasche aus dem Flugzeug. Er war also tatsächlich zum Wrack zurückgekehrt. Allerdings zerrte er soeben einen löchrigen Sack aus dem sandigen Untergrund. Trotz der zunehmend schlechten Sichtverhältnisse sah sie, dass aus diesem eine Wasserflasche sowie eine Konserve rollten. Empört riss sie die Augen auf, als ihr plötzlich klar wurde, wer sich in Wahrheit an ihren Vorräten zu schaffen gemacht hatte.

»Was tust du da?«, fauchte sie.

Fernando wirbelte erschrocken herum und starrte sie entgeistert an.

»Was zum Teufel machst du hier?«

»Das Gleiche habe ich dich gerade gefragt.« Itzil trat wütend näher und deutete auf die Konserve. »Du selbst hast die Sachen aus dem Lager gestohlen.«

»Hey, Itzil …« Fernando sah sie zunehmend fahrig an. »Ehrlich, das war nur für den Fall, falls.«

»Du meinst, falls uns anderen die Lebensmittel ausgehen?«

Er presste unglücklich die Lippen aufeinander und kämpfte sichtlich mit sich.

»Komm, wir bringen die Sachen zurück«, schlug sie vor. »Niemand erfährt etwas davon.«

»O Mann. Itzil. Das geht nicht. Nicht mehr!« Unvermittelt sprang er sie an, packte sie am Kopf und drückte sie kraftvoll gegen einen Baumstamm. Ihren Schrei erstickte er, indem er ihr plötzlich ein Messer an die Kehle hielt.

»Sorry, Babe. Ich will dir nicht wehtun. Ehrlich.« In seinen Blick trat ein wild entschlossener Ausdruck. »Aber ich werde es, wenn du jetzt irgendeinen Scheiß baust.«

»Fernando«, krächzte sie erschrocken. »Was zum Teufel hast du vor?«

Ihr Gegenüber lachte freudlos. »Darauf warten, bis da hinten endlich die Kerze runterbrennt und den Baum entzündet. Ich habe ihn mit etwas von dem Sprit für das Signalfeuer präpariert. Ich … musste halt improvisieren. Aber wenn die anderen erst wieder zurück sind, bekomme ich nie wieder die Gelegenheit dazu.«

»Wozu?«, fragte Itzil, doch dann verstand sie: »Oh, mein Gott. Du willst das Boot klauen?« Schockiert sah sie ihn an.

»Weißt du überhaupt, wie viel das Zeug wert ist?«, fuhr er sie erbost an. »Ich habe leider bei den falschen Leuten Schulden. Wenn ich zurück bin, machen die mir die Hölle heiß. Und da in der Tasche befindet sich Koks im Wert von mehreren Hunderttausend Dollar. Verstehst du mich jetzt?«

Fernando zitterte, so aufgeregt war er.

Er zerrte sie mit dem Messer am Hals mit sich, hob rasch ein Hemd auf, das er sich vor der Grabungsarbeit ausgezogen hatte, und knebelte sie damit. Dann zwang er sie, sich vor einen Baum zu setzen, neben dem ein Strick lag, mit dessen Hilfe er offenbar die schwere Tasche hergeschleift hatte. Mit ihm fesselte er sie an die Mangrove.

»Ich weiß, dass du mich für ein Arschloch hältst, aber ich kann nicht anders. Ich verspreche dir auch, dass ich die Seenotrettung informiere – aber ich muss das einfach tun. Ich … ich halte es auf dieser Monsterinsel sowieso nicht mehr länger aus.«

Deutlich weiter hinten im Mangrovenwald, jenseits der vielen Wurzeln, flackerte plötzlich ein Lichtschein auf. Feuer. Fernando bemerkte den Schein ebenfalls und schnaubte. »Jetzt dauert es nicht mehr lange, dann sind sie beschäftigt.«

Er steckte das Messer weg, wischte sich die Rastas aus dem Gesicht und wuchtete sich eilig die Tasche mit dem Kokain sowie den Beutel mit den Lebensmitteln über die Schultern.

Itzil versuchte trotz des Knebels etwas zu sagen, doch es gelang ihr nicht. Stattdessen beobachtete sie mit weit aufgerissenen Augen, wie der Lichtschein weit hinten zwischen den Bäumen allmählich greller wurde.

Fernando warf ihr einen unglücklichen Blick zu, dann verschwand er außer Sichtweite. Erst einige Minuten später drangen vom Strand aus alarmierte Rufe zu ihr herüber.

»Ross, Mikkel! Feuer!«, schrie Lauren Clark. »Dahinten brennt es!«

Weitere aufgeregte Rufe gellten durch die Dämmerung, und Itzil konnte aus der Richtung, aus der sie kamen, schließen, dass Ross, Petersen und Tao den Strand hinuntereilten. Wütend zerrte sie an den Seilen, und allmählich gelang es ihr, die Stricke zu lockern. Dann, endlich, schaffte sie es, eine Hand zu befreien, sich der restlichen Umwickelung zu entledigen und den verfluchten Knebel abzunehmen.

Sie sprang auf, befreite sich und rannte zurück an den Strand. Dort sah sie im Dämmerlicht, wie Fernando auch den zweiten Benzinkanister ins Boot wuchtete und dieses nun mit aller Kraft ins Wasser schob.

Hinter ihm am Strand lag ein Schatten, der sich schwach bewegte.

Lauren Clark!

Er musste sie niedergeschlagen haben.

Barry, Mikkel und Tao hingegen standen gute achtzig oder neunzig Meter von ihnen entfernt vor einem Abschnitt des Mangrovenwaldes, über dem dichter Rauch aufstieg. Sie hatten noch nicht bemerkt, was in ihrem Rücken vor sich ging.

»Fernando, tu das nicht!« Itzil rannte zum Meer, wo sich der Puerto Ricaner soeben ins Boot zog, und das Wutgebrüll etwas entfernt verriet ihr, dass nun auch die Männer verstanden, was vor sich ging.

Itzil stürmte zur Brandungsgrenze, dann ins Wasser und schaffte es, das Boot zu fassen zu bekommen, als sie den verzweifelten Ausdruck auf Fernandos Gesicht bemerkte. Mit einem wütenden Aufschrei bog er ihre Finger zurück und stieß sie zurück ins Wasser.

»Du Wichser! Du elender Wichser!« Ross heulte auf vor Wut und Zorn, während er über den Strand auf sie zustürmte. »Das wagst du nicht!«

Fernando sah ihn und startete den Motor.

Ross brüllte auf und nahm sein Gewehr in Anschlag.

Itzil versuchte verzweifelt, sich abermals zu dem Boot vorzukämpfen, doch es war zu spät. Der Motor heulte auf – und ein erster Schuss peitschte durch die hereinbrechende Nacht.

Fernando duckte sich und setzte zurück, um den Bug auf das Meer hinauszusteuern.

Ross schoss ein zweites Mal.

»Nicht, Barry. Hör auf! Seid ihr alle wahnsinnig geworden!« Itzil kämpfte sich zu dem Store-Keeper zurück, und kurz rangen sie miteinander.

»Verschwinde!« Brutal schlug Ross ihr den Kolben ins Gesicht. Itzil stürzte mit aufgeplatzter Lippe in den Sand, dann schoss er ein drittes Mal.

Stöhnend spähte sie hinaus aufs Wasser, wo Fernando das Boot nun aufs offene Meer hinaussteuerte, als ein vierter Schuss aufpeitschte. Fernandos Kopf flog getroffen zur Seite, und der Puerto Ricaner stürzte ins Wasser.

Das Boot jedoch brauste herrenlos weiter auf die See hinaus.

»Nein! Verdammt. So eine Scheiße! So eine verfluchte Scheiße!« Der bullige Store-Keeper stürmte in die Brandung, und auch Petersen, Tao und die Clark tauchten jetzt in Itzils Blickfeld auf, die das Geschehen fassungslos mitverfolgten.

Zornig hieb Ross ein paarmal mit der Faust ins Wasser und sah dem davonbrausenden Boot nach, dann drehte er sich um und kehrte wutschnaubend zu ihnen zurück. Itzil, die sich mühsam wieder aufgerichtet hatte, sah ihn wie einen wütenden Stier auf sich zukommen.

»Du blöde Schlampe!« Schmerzhaft stieß er sie vor die Brust. »Was sollte das?«

Itzil stolperte ängstlich zurück. »Machst du mich jetzt dafür verantwortlich?«

»Barry, beruhige dich!«, tönte weiter hinten Taos Stimme, doch der Store-Keeper war nicht aufzuhalten.

»Wenn du mir nicht in den Arm gefallen wärst«, brüllte er sie an, »hätte ich ihn erwischt, bevor er das Boot raussteuern konnte. Dass das Boot jetzt weg ist, haben wir dir zu verdanken, du verblödete Kuh!«

»Gott, Barry, ich wollte doch bloß verhindern, dass du einen Menschen tötest.«

»Ausgerechnet *du* regst dich darüber auf, dass *ich* einen verräterischen Wichser wie Fernando abknalle?« Zorn funkelte in seinem Blick. »Für was hältst du dich? Du, die du mit deinen sauberen Freunden den Tod all der Menschen auf dem Schiff zu verantworten hast?«

»Was sagst du da?« Lauren Clark stand plötzlich neben ihm und fixierte Itzil mit Eiseskälte.

Auch Petersen baute sich überrascht hinter den beiden auf.

»Ja, ihr hört richtig«, wütete Ross. »Dieses Miststück war dafür verantwortlich, dass die *Sea Quest* im Sturm havariert ist.«

»Was bitte?« Tao blieb irritiert stehen.

»Wie soll das möglich gewesen sein?«, fragte der Däne ungläubig.

Itzil sah die vier beklommen an.

»Ja, sag schon«, zischte die Clark.

»Unsere kleine Pocahontas hier«, Ross funkelte Itzil böse an, »gehört in Wahrheit einer dieser idiotischen Umweltgruppen an, die uns alle mit ihren beschissenen Aktionen nerven. Erinnerst du dich an Livi?«

»Die blonde Schwedin, die im Fitnesscenter gearbeitet hat?«, fragte Petersen erstaunt.

»Genau die. Die gehörte ebenfalls dazu. Ebenso Roman von der Rezeption – und noch einige andere. Ich habe Livi und Itzil zufällig auf der Toilette belauscht, als sie glaubten, ungestört zu sein. Die haben einen Computervirus in die automatische Schiffssteuerung auf der *Sea Quest* eingespeist. Der sollte das Schiff in einem der Häfen lahmlegen, damit die Bande dort irgendeine kamerawirksame Aktion starten konnte. Du weißt schon«, er äffte mit beißendem Spott einen imaginären Umweltaktivisten nach, »Kreuzfahrtschiffe sind ja solche Dreckschleudern. Eigentlich dürften die gar nicht mehr über die Weltmeere fahren – bla, bla, bla …«

»Barry, das … ist doch gar nicht sicher, dass wir das waren.« Itzil brach die Stimme, denn in Wahrheit sprach Ross bloß jenen Vorwurf aus, mit dem sie selbst sich schon die ganze Zeit über quälte.

Petersen starrte Ross fassungslos an. »Du glaubst, *die* waren dafür verantwortlich, dass während des Sturms die Schmierölpumpen ausgefallen sind?«

Itzil kamen die Tränen. »Bitte, wenn es so war, haben wir das nicht gewollt. Die ganze Aktion sollte …«

Ein heftiger Schlag gegen den Kopf ließ sie herumfliegen.

Itzil stürzte erneut in den Sand, und mit einem Mal war Lauren Clark über ihr.

»Du elendes Miststück!« Speichel sprühte ihr entgegen, während die Texanerin wie eine Furie auf sie einprügelte. »Du hast meine Tochter umgebracht! Du! Ich wusste es. Ich wusste es die ganze Zeit über!«

»Nicht. Ich …«

Doch die Texanerin schlug wüst ihre Deckung beiseite und hielt plötzlich einen dicken Stock in der Rechten.

»Dafür wirst du büßen!«

Itzil sah den Prügel noch auf sich niedersausen – dann wurde es schwarz um sie.

Kontakt

»Mann, wir haben wirklich mehr Glück als Verstand.«

Alex betrat die Anhöhe und betrachtete von dem erhöht liegenden Standpunkt aus und über eine von Bäumen bewachsene Senke hinweg den beeindruckend hohen Felsrücken, der vierhundert Meter entfernt aus dem Dschungel aufragte. Er war von schroff abfallenden Felswänden umgeben, die gute fünf bis sechs Meter über den Baumkronen aufragten, und ähnelte so dem Bug eines riesigen Schiffes, das durch einen grünen Ozean kreuzt.

Allerdings war der Berg nicht die höchste Erhebung, denn ganz oben, jenseits der Felskante, konnte er die Überreste eines alten, unter der Last der Zeit eingeknickten Funkturms erkennen, den seine Schöpfer irgendwie in dem schwarzen Basaltgestein verankert hatten. Die aus Metallverstrebungen bestehende Konstruktion lief nach oben hin spitz zu, war ihrerseits noch einmal fünfzehn bis zwanzig Meter hoch und erinnerte auf die Ferne an die Spitze des Eiffelturms – wenn auch einer eingeknickten Version des berühmten Bauwerks.

In der urwüchsigen Umgebung wirkte der Turm wie ein Fremdkörper. Und es glich einem Wunder, dass die Konstruktion nach all der Zeit überhaupt noch stand.

Auch Scott, Ricardo und Dodong drängten jetzt aus dem Dschungel und richteten ihre Blicke auf den Turm.

»Fantastisch!« Scott deutete mit seiner halb geleerten Wasserflasche voraus. »Das ist weit mehr, als ich erwartet hatte. Der beschwerliche Anmarsch hat sich wirklich gelohnt.«

Dem Rentner lief der Schweiß in Strömen von der Halbglatze. Und doch hatte er sich in den letzten Stunden verdammt gut geschlagen.

Wie geplant, waren sie dem Wildbach folgend zunächst zurück zur Karavelle marschiert, die bei Scott eine nahezu kindliche Begeisterung hervorgerufen hatte. Von dort aus hatten sie sich nordwärts durch den Dschungel gekämpft. Das Unterfangen hatte sich ohne funktionierenden Kompass zwar als schwieriger entpuppt als ursprünglich erhofft, und aus Rücksicht auf den Rentner hatten sie auch häufiger Pausen eingelegt, doch gab es auf der Strecke genug hohe Bäume, die Alex zum Zweck der Orientierung hatte hinaufklettern können. Von dort oben war der markante Bergrücken der Karte auch schon bald in natura auszumachen gewesen.

Den Rest des Weges hatte Dodong sie auf bewährte Weise geführt. Leider war es inzwischen schon spät am Nachmittag, und es war abzusehen, dass sie den Rückweg heute nicht mehr schaffen würden. Um das jedoch guten Gewissens tun zu können, mussten sie eh erst einmal ihren Funkspruch absetzen.

»Das heißt, Sie können mit dem Turm etwas anfangen?«, fragte Alex.

»Ja, ich denke schon. Oder?« Scott warf Ricardo einen knappen Blick zu.

Der brasilianische Ingenieur schlug sich das halblange Haar zurück und nickte. »Das ist eine dieser typischen alten Sende- und Empfangsanlagen. Ich tippe auf Kurzwelle, wie es damals beim Militär üblich war.«

»Damals?« Dodong musterte ihn skeptisch.

»Na ja«, antwortete Scott anstelle des Brasilianers, »das ist heute wie bei der Schifffahrt. Die Kommunikation wurde natürlich längst auf Satellitenverbindung umgestellt.«

»Das heißt, wir laufen Gefahr, niemanden zu erreichen?« Alex sah ihn besorgt an.

»Nein, nein«, beruhigte ihn der Amerikaner. »Für internationale Funkverbindungen ist Kurzwelle immer noch überaus wichtig. Das liegt an ihrem Reflexionsverhalten. Sie müssen wissen, dass Funkwellen am Boden bloß eine gewisse Reichweite haben. Kurzwellensignale hingegen reichen bis hoch in die Ionosphäre in hundert bis fünfhundert Kilometern, wo sie dann wieder zur Erdoberfläche reflektiert werden – und umgekehrt. Mittels Kurzwelle lassen sich also riesige Entfernungen überbrücken. Es hapert allenfalls an der Übertragungsqualität, da die Sonne die Reflexionseigenschaften der Ionosphäre je nach Tages- und Jahreszeit ändert.« Er sah zu der Nachmittagssonne mit ihrem seltsamen Halo auf. »Der Empfang ist also mal besser und mal schlechter.«

»Hoffen wir darauf, dass es uns mit unseren mageren Möglichkeiten gelingt, die Geräte da oben auch anzuschließen«, seufzte Ricardo. »Und – was mir im Augenblick fast dringlicher erscheint – dass wir überhaupt einen Weg dort hinauf finden. Oder sieht hier jemand eine Aufstiegsmöglichkeit?«

Alex betrachtete den Bergrücken mit seinen schroff abfallenden Flanken skeptisch.

Selbst für ihn wäre es nicht ganz ungefährlich, dort ohne entsprechende Ausrüstung hochzuklettern. Ganz davon abgesehen, dass sie erst einmal die von Dschungel bewachsene Senke bis zum Bergsockel überwinden mussten. Andererseits waren auch die Erbauer des Funkturms irgendwie an diesen exponierten Ort gelangt. Irgendwo musste es also eine halbwegs bequeme Aufstiegsmöglichkeit geben. Etwa von der anderen Seite aus?

In der Ferne war nun wieder das leise Grummeln des Vulkans zu hören.

»Wartet mal.« Alex ließ die Baumgrenze nun ganz hinter sich, da ihm auffiel, dass der Bergrücken samt dem Funkturm rechter Hand bewachsen war und dort zunehmend auf ihr derzeitiges Höhenniveau abfiel. Offenbar gab es dahinten eine Verbindung, die es ihnen vielleicht gestattete, den Berg mittels eines kleinen Umweges zu erreichen.

Rasch machte er Dodong auf seine Entdeckung aufmerksam.

»Könnte hinhauen«, brummte der Filipino. »Je nachdem, wie unwegsam die Strecke ist, sind das aber noch einmal mindestens eine bis eineinhalb Stunden Fußmarsch.«

»Machen Sie sich keine Sorgen, das schaffe ich schon!« Oliver Scott nahm einen Schluck Wasser und nickte ihnen zuversichtlich zu. Die Aussicht darauf, das Funkgerät endlich in Betrieb nehmen zu können, schien ihm neue Energie zu verleihen.

Dodong setzte sich wieder an die Spitze, und Alex nahm Scott die Tasche mit der schweren Batterie ab. Gemeinsam mit Ricardo half er dem Rentner dabei, die nächste Etappe in Angriff zu nehmen.

Es zeigte sich, dass der Bergrücken von ihrer Seite aus mit einer Art Landbrücke verbunden war. Dort angekommen, marschierten sie über die zunehmend steiler und felsiger werdende Verbindung hinweg, während die Sonne sich zwischen den Ästen und Zweigen der Baumkronen allmählich rot färbte.

Der Bewuchs dünnte sich aus, und Alex fragte sich bereits, wann sie den Aufstieg endlich geschafft hätten, als Dodong das Zeichen zum Halt gab.

»Wir haben hier vorne ein Problem«, stellte er sachlich fest.

Alex seufzte, eilte zu dem Filipino und sah es nun ebenfalls: Zwischen ihnen und der Spitze des Bergrückens, auf dem der alte Funkturm stand, befand sich eine tiefe und breite Kluft im Felsgestein. Das komplette Felsenareal auf der gegenüberliegenden Seite war offenbar schon vor sehr langer Zeit wie ein Tortenstück aus dem Rest des Berges gebrochen, wobei es sich leicht nach Westen verschoben hatte. Die Kluft, die sie von der Bergspitze trennte, war gute vier bis fünf Meter breit und annähernd dreißig Meter tief. Die Erbauer des Funkturms hatten das Problem damals professionell mit einer Seilbrücke gelöst, doch diese war hoffnungslos verrottet. Nur noch zwei der vier tragenden Taue verbanden beide Seiten miteinander; die übrigen Stränge baumelten samt zahlloser moosiger Latten wie ein zerrissenes Spinnennetz in die Tiefe.

»Mist!« Alex überprüfte die ins Felsgestein getriebenen Verankerungen und trat dann, ebenso wie Scott und Ricardo, an die Abbruchkante heran.

»Wir können froh sein, dass hier überhaupt noch etwas hängt«, murmelte der Brasilianer. »Allerdings befürchte ich, dass auch der Rest jederzeit einreißen kann. Und dann geht es abwärts.«

»Ja, das überlebt kein Mensch«, pflichtete ihm Dodong nach einem Blick in die Tiefe bei. »Aber einer allein könnte es vielleicht doch auf die andere Seite schaffen.«

»Lass mich raten, wen du meinst?« Alex warf ihm einen

unglücklichen Blick zu, und der Filipino grinste. »Genau das ist der Grund, warum wir dich überhaupt mitgenommen haben.«

Alex seufzte. »Na gut. Ich werde mich beim Rüberklettern mit Ricardos Nylonseil absichern. Damit zieht ihr mich im Falle eines Sturzes wieder rauf. Sollte ich es hingegen unversehrt hinüberschaffen, verankere ich das Seil drüben. Ihr könnt euch dann mit Gürteln, oder was wir sonst so dabeihaben, daran festmachen.«

Alex packte den improvisierten Gurt aus, mit dem er sich bislang beim Kokosnüssepflücken abgesichert hatte, und legte ihn um Scotts Oberkörper. »Hier, nehmen Sie den.«

Der Amerikaner musterte die Konstruktion skeptisch. »Ich hoffe, das Ding reißt im Zweifelsfall nicht.«

»Sehen Sie es positiv«, versuchte sich der Brasilianer an einem Scherz. »Wenn doch, und unser Vorhaben drüben geht später schief, können Sie die Schuld dafür allein mir in die Schuhe schieben.«

Scott lächelte schmal. »Verlassen Sie sich darauf, das mache ich. Und bis dahin freue ich mich einfach darüber, dass mein Pensionärsdasein nicht bloß aus Bingospielen besteht.«

Alex knüpfte Schlaufen in das Nylonseil, die er sich um Achseln und Oberkörper streifte, schätzte die benötigte Länge des Seils großzügig ab und verknotete den Rest fest um einen Baumstumpf.

»Okay, dann will ich mal.« Er rückte sich das Rapier auf seinem Rücken zurecht, und Dodong, Ricardo und Scott nahmen das Seil auf, um ihn abzusichern. Dann stellte er erstmals einen Fuß auf das untere der verbliebenen Taue der Seilbrücke, während er sich an dem oberen festhielt.

Ärgerlicherweise waren beide Stränge durch die Moose, die sich darauf festgesetzt hatten, rutschig geworden. Die Stränge knarrten und schwankten unter der Belastung, erwiesen sich jedoch noch immer als erstaunlich tragfähig. Alex mied den Blick auf die Tiefe und schob sich, um die Belastung möglichst kurz zu halten, zügig voran. Es dauerte nicht lange, und es gelang ihm, die Kluft zu überwinden. Sofort sprang er auf das gegenüberliegende Felsgestein, wo er das Nylonseil fest um einen Vorsprung wickelte.

»Alles gut!«, rief er den anderen zu. »Passt bloß auf, dass ihr nicht abrutscht.«

Scott folgte als Nächster und stellte sich bei der Überquerung sogar geschickter an als Ricardo, der einmal fast abglitt und dabei in die Tiefe zu stürzen drohte. Dann folgte Dodong, und sie waren wieder vereint.

Der Filipino rieb sich zufrieden die Hände: »Das war leichter als gedacht!«

»Freuen wir uns lieber nicht zu früh.«

Vorbei an hohen Findlingen und etwas Geröll machten sich Scott und Ricardo auf den Weg zu dem alten Funkturm. Ihr Ziel war keine zwanzig Meter mehr entfernt, und man konnte eine mittig angebrachte Steigleiter inmitten der Kreuzstreben erkennen. Einst war die ebenso hohe wie schiefe Stahlkonstruktion mit Pardunen gegen die Last des Seewindes abgespannt gewesen, doch von den Sicherungsseilen war nur noch eines übrig, die anderen waren gerissen.

Alex und Dodong eilten den Männern nach und entdeckten unweit des Turmsockels die rostigen Wellblechtrümmer einer alten Hütte.

»Vielleicht schaut ihr mal, ob ihr hier noch etwas Verwertbares findet«, schlug der Brasilianer vor. »Herrn Scott und mich findet ihr gleich da drüben.« Ricardo deutete zur der hoch über ihnen aufragenden Stahlkonstruktion.

Alex und Dodong sahen den beiden Männern dabei zu, wie diese vor einem korrodierten Kasten unweit der Steigleiter haltmachten; dann wandten sie sich den Überresten der einstigen Hütte zu. Lustlos hoben sie eines der Wellbleche an und schleiften es beiseite. Dann noch eines, außerdem alte hölzerne Pfosten. Doch alles, was sie darunter zum Vorschein brachten, waren Reste von Stühlen und Klappbetten, ein verbogenes Gewehr sowie eine zusammengebrochene und leere Kiste.

»Schade, ich hatte gehofft, mehr zu finden«, murrte der Filipino. »Aber vielleicht sollten wir uns alternativ lieber mehr Gedanken über die bevorstehende Nacht machen. Der Ort hier liegt zwar recht abgeschieden, ist aber auch wie eine Sackgasse.«

»Ich weiß«, pflichtete ihm Alex bei, der wieder zu dem beeindruckend hohen Funkturm aufsah, in dessen Streben der Wind säuselte. Von dem hoch liegenden Plateau aus und über einen breiten, etwa eineinhalb Kilometer messenden Dschungelsaum hinweg erkannte er im Westen das Meer und eine weitere breite Kluft im Norden der Plattform – ähnlich jener, die sie vorhin hatten überwinden müssen. Nur dass die Kluft dort von einem langen, leicht durchhängenden Metallobjekt überbrückt wurde: der abgebrochenen Spitze des Funkturms.

Neugierig näherte Alex sich der zwischen den Felswänden verkanteten Mastspitze und hielt vor der Abbruchkante inne. Die Kluft zwischen den Felsen war hier weniger breit, aber ebenso tief wie auf der anderen Seite. Eine der stählernen Pardunen, die sich vom Turm gelöst hatten, baumelte über die Kante, ragte über einen hervorspringenden Felsvorsprung etwa eineinhalb Meter unter ihm hinweg und fiel von dort aus geradewegs in die düstere Tiefe hinab.

Allerdings war da noch etwas …

»Lotest du gerade die Möglichkeiten aus, um von hier wegzukommen, falls die Seilbrücke doch nicht hält?«, fragte Dodong, der plötzlich neben ihm stand.

Alex schreckte hoch, blickte zu der abgebrochenen Spitze des Funkturms, die zwischen den Felsen klemmte, und schüttelte den Kopf: »Lieber nicht. Bei der reicht vermutlich eine kleinere Gewichtsverlagerung, und sie stürzt in die Tiefe. Das wäre allenfalls eine C-Alternative … Nein, aber schau mal.« Er deutete in Richtung des Felsvorsprungs, über den das stählerne Abspannungsseil lief. »Siehst du das?«

Dodong beugte sich vor. »Oh. Das ist ... ein Stiefel.«

Alex nickte. »Das sieht für mich so aus, als gäbe es da unter dem Vorsprung eine kleinere Höhlung ... und als könnte zu dem Stiefel noch ein ganzes Bein gehören.«

»O Mann, nicht schon wieder.« Sein Begleiter warf ihm einen gequälten Blick zu. »Eine weitere Leiche?«

»Schätze schon ...«

»Und was jetzt? Runter und nachsehen?«

Alex atmete tief ein. »Ehrlich gesagt habe ich von Toten erst mal die Schnauze voll.«

»Na gut«, seufzte der Filipino. »Dann nehmen wir uns noch mal die alte Wellblechhütte vor.«

Sie drehten sich um – nur, um überrascht innezuhalten.

Denn die hohen Findlinge des Plateaus, die sie auf dem Weg zum Turm hatten passieren müssen, waren zur Seeseite hin allesamt mit verschlungenen Figuren und Motiven übersät. Alex starrte auf Gesichter mit auffälligen Nasen, Körper mit abgewinkelten Armen und Beinen sowie Darstellungen von Schlangen und vermutlich Insekten. Waren das Bienen?

»Ich fasse es nicht!« Alex schüttelte ungläubig den Kopf. »Wie konnten wir all diese Steinritzungen übersehen?«

Auch Dodong stieß einen leisen Pfiff aus. »Schade, dass Itzil nicht hier ist. Das würde sie sicher ebenfalls interessieren.«

»Ja, allerdings.« Staunend marschierte Alex zu den Felsen hinüber und begutachtete im Licht der untergehenden Sonne nach und nach die alten Bildhauereien. Sie sagten ihm nichts, aber es erschien ihm sonderbar, dass sie hier schon wieder auf Hinterlassenschaften der einstigen Hochzivilisation stießen.

»Diese Insel muss für die Maya eine wirklich wichtige Bedeutung gehabt haben«, überlegte er laut.

»Aber nicht nur für die«, ergänzte Dodong. »Auch für diese Taíno.«

»Ja, aber von denen finden sich hier keine Hinterlassenschaften. Das hier sind allesamt Maya-Kunstwerke.«

Er wandte sich wieder dem Funkturm in ihrem Rücken zu.

»Ich sehe es dir an«, grinste Dodong. »Hinter deiner Stirn arbeitet es doch.«

»Nur so ein Gedanke ...«, murmelte Alex. »Schau, irgendwie wirkt es doch so, als seien die Taíno den Maya hierhergefolgt. Jedenfalls deuten die Funde in der Höhle darauf hin.«

»Und?«

»Was, wenn es mit dem US-Militär ebenso war?«

»Wie kommst du darauf?«

Alex kratzte sich den Bart. »Wir haben die Kreuze auf der alten Karte immer als Militärposten interpretiert.«

»Aber so war es doch auch.«

»Tatsächlich?« Alex sah ihn an. »Bei Licht betrachtet haben wir doch überall, wo wir auf Hinterlassenschaften der Navy gestoßen sind, auch Überbleibsel der Indianer gefunden. In der Höhle. Hier. Selbst am Strand.«

»Am Strand?«

»Ja, bei dieser alten Stellung. Erinnerst du dich nicht an den Krug, den wir dort aus dem Boden gezogen haben?«

»Doch, schon ...« Dodong wirkte nun ebenfalls nachdenklich. »Ich war es schließlich, der ihn gefunden hat.«

»Was, wenn das kein Zufall ist? Was, wenn das Militär damals auf der Insel war, um diese Maya-Zeugnisse zu erkunden? Erinnerst du dich an das Vermessungsgerät in der Höhle? Warum haben die das dorthingeschafft, wenn nicht aus Forschungszwecken?«

Dodong betrachtete die Felsritzungen. »Okay. Aber was genau könnte es sein, was die Maya für das Militär so interessant gemacht hat?«

»Eben. Ich weiß es nicht.« Alex zuckte leicht verzweifelt mit den Achseln. »Aber vermutlich irgendetwas, das die rätselhaften Vorgänge auf dieser Insel erklärt.«

Er sah zu ihren Begleitern hinüber. Scott hantierte neben dem Funkturm mit den mitgebrachten Geräten, während Ricardo soeben mit einem langen, zusammengedrehten Kabel in Händen über die Steigleiter den Turm hinaufkletterte. Die alte Leiter quietschte hässlich, aber Alex hoffte, dass Ricardo Batista wusste, was er da tat.

Dann fiel Alex' Blick wieder auf die über die Abbruchkante hängende Pardune.

»Ich muss da runter.«

»Jetzt doch?«

Alex seufzte. »Wenn wir hier Antworten finden wollen, bleibt uns wohl nichts anderes übrig. Falls dort unten wirklich ein Toter liegt, stellt sich doch streng genommen die Frage, was der da eigentlich zu suchen hat.«

»Na gut.« Dodong seufzte und löste einen Strick von seinem Rücken, den sie aus zusammengedrehten Stoffen geschnürt hatten. Er war bei Weitem nicht so lang und fest wie das Nylonseil, doch Letzteres war nun einmal noch immer drüben auf der Seite mit der alten Seilbrücke verankert.

Gemeinsam kehrten sie zur Abbruchkante zurück, und Alex sicherte sich. Danach verankerte er das Seil an einem Felsen, rückte sich das Rapier auf dem Rücken zurecht und kraxelte zu dem nahen Vorsprung hinab. Da die Felswand genug Vorsprünge und Haltemöglichkeiten bot, sah er kurz darauf, dass sich unter dem Felsendach tatsächlich eine schmale Ausbuchtung verbarg – mit einem steinernen Sims von vielleicht siebzig Zentimetern Breite. Und ganz so, wie Alex befürchtet hatte, lehnte dort ein Toter gegen die Felswand. Ein Skelett mit gebleckten Zähnen in löchriger, einstmals grüner Tarnuniform. Soweit Alex erkennen konnte, war der Tote unbewaffnet. Aus der Uniformjacke lugte eine lederne Mappe hervor, und unmittelbar neben dem Toten prangten eingeritzte Buchstaben im Gestein. Aufgrund der zunehmend schlechter werdenden Lichtverhältnisse musste er sich näher heranschieben, um sie entziffern zu können:

LCDR WILLIAM HARRIS
EINZIGER ÜBERLEBENDER
REST WURDE VERSCHLEPPT
SIE KOMMEN

Beklommen starrte Alex erst die Buchstaben und dann wieder die Leiche an. Womit der Mann die Botschaft in den Felsen geritzt hatte, war nicht ganz klar, erschien Alex allerdings auch zweitrangig zu sein.

Alex zog sich endgültig auf das Sims, zögerte beim Anblick der Leiche kurz und zerrte schließlich die Mappe unter der modrigen Kleidung hervor. Die Folge war, dass der Schädel des Soldaten plötzlich abfiel und der komplette Körper in Schieflage geriet.

»Shit!« Noch ehe Alex es verhindern konnte, kippte die Leiche vom Sims und stürzte lautlos in die Düsternis zwischen den Bergwänden, wo die Knochen irgendwann mit einem hohlen Geräusch aufschlugen.

»Hey, alles in Ordnung da unten?«, tönte von oben Dodongs Stimme.

»Mehr oder weniger.« Alex presste die Lippen aufeinander, machte sich mit Dodongs Unterstützung wieder an den Aufstieg, und er berichtete von seinen Entdeckungen.

»Armes Schwein.« Dodong seufzte. »Ich kann mir schon denken, was er mit ›Sie kommen‹ gemeint hat. Bestimmt diese Biester hier auf der Insel!«

»Vermutlich.« Alex versuchte, die Tasche zu öffnen, deren Leder über die Jahrzehnte hinweg steinhart geworden war. Offenbar handelte es sich um eine Dokumentenmappe. »Aber wieso ›verschleppt‹?«

Der Filipino zuckte die Schultern und blickte Alex neugierig über die Schulter, als es diesem schließlich gelang, die Mappe zu öffnen und ein Büchlein hervorzuziehen, dessen braunstichige Seiten Funkcodes enthielten. Ein Umschlag, den Alex aus der Mappe zog, enthielt eine Reihe an

Schwarz-Weiß-Fotografien. Alex, der in der tief stehenden Sonne nicht mehr genug erkennen konnte, zückte seine Lampe und ging in deren Licht die Bilder durch.

»Wow! Das sind Luftaufnahmen von der Insel.«

Deutlich erkannte er diverse Dschungelareale, Fels- und Bergformationen sowie Küstenlinien samt den dazugehörigen Stränden.

»Das müssen wir den anderen zeigen«, zeigte sich Dodong begeistert. »Die Aufnahmen sind zwar alt, aber sie können uns gut dabei helfen, uns hier weiter zu orientieren.«

»Sehe ich ebenso. Wir …« Alex kam nicht dazu, den Satz zu beenden, dahinten beim Funkturm der aufgeregte Ruf Scotts ertönte.

»Es funktioniert! Es funktioniert!« Begeistert winkte er ihnen zu. Auch Ricardo war längst wieder an der Seite des Rentners.

Rasch packte Alex die Fotos zurück in die Mappe, Dodong nahm seinen Speer auf, und sie eilten zu Ricardo und Scott, wo sie von einem verzerrten Fiepen und Rauschen aus einem der Lautsprecher begrüßt wurden.

»Und?«, fragte Dodong gespannt.

»Herr Scott hat bereits zwei Notrufe abgesetzt«, antwortete Ricardo mit Blick auf die Turmspitze. »Und eben war auch so etwas wie eine Antwort zu hören. Nur ist die Verbindung abgerissen.«

»Abwarten. Ich versuche es über ein anderes Medium.« Scott hielt das Mikro in der Hand, während er weiter an den Reglern drehte. Das Rauschen aus den Lautsprechern schwoll auf und ab. Dann – völlig überraschend – ertönte inmitten der Störgeräusche eine klare Stimme in englischer Sprache:

»Mayday Mayday Mayday …« Es knisterte. *»Dies ist die Jacht Partida Partida Partida.* HBY *53…«* Es rauschte. *»…381.64 Längengra…«* Abermals ertönten Störgeräusche, dann gelang es Scott wieder, die Stimme lauter zu stellen. *»…nner über Bord. Drohendes Kentern durch gewaltige Bre-*

cher. Jacht droht zu sinken. Weißer Rumpf mit roten Streifen. Over.« Störgeräusche schlugen aus dem Lautsprecher, und die Stimme verschwand.

»Hallo, *Partida,* hören Sie mich!«, rief Scott aufgeregt ins Mikro. »Hier Schiffbrüchiger Oliver Scott, keine Kennung. Bitte kommen!«

Jemand sprach etwas Unverständliches, doch die Verbindung riss wieder ab.

»Partida?« Alex sah verwundert Ricardo an, der wortlos das Funkgerät anstarrte. »Lautete so nicht der Name Ihrer Jacht?«

Das Gesicht des Brasilianers ähnelte einer starren Maske. »Das muss dann wohl ... eine zufällige Namensgleichheit sein.«

»Kriegen Sie den Notruf wieder rein?«, wollte Dodong wissen.

»Ich bemühe mich ja«, gab Scott leicht verzweifelt zurück. »Ich versuche es mal über Kanal 6215.«

Wieder drehte er an den Reglern, aus den Lautsprechern pfiff und zischte es. Dann hörten sie eine andere Stimme, die zu ihrem Befremden gleichfalls einen Rettungsruf absetzte: *»... Rettungsboote ins Wasser gelassen. Sie feuern trotzdem weiter auf uns. Wir brauchen unbedingt Hilfe!«*

Scott runzelte die Stirn. »Hier Oliver Scott. Mit wem spreche ich? Bitte kommen.«

»Hier Frachter Santiago«, antwortete die unbekannte Stimme. *»Sind Sie von der Küstenwache? Bitte kommen.«*

»Hier Oliver Scott. Ich bin ... Amateurfunker. Erläutern Sie Ihre Notlage. Bitte kommen.«

Es knisterte und rauschte, dann schallte die aufgeregte Stimme wieder aus dem Lautsprecher. *»... Torpedos haben den Kesselraum verfehlt. Aber sie haben uns mehrfach schwer mit dem Bordgeschütz getroffen. Wir treiben jetzt mit Schlagseite in dieser Nebelbank und fürchten, dass sie uns den Gnadenschuss versetzen, sobald sie uns wieder aufspüren. Bitte kommen.«*

»Wovon redet der Kerl?«, fragte Dodong. »Piraten? Seit wann haben die Torpedos?«

»Hier Oliver Scott!«, meldete sich Scott wieder zu Wort. »Sagen Sie mir, wer Sie da draußen angreift. Bitte kommen.«

»Haben Sie mich nicht gehört?«, schlug ihm die verzweifelte Stimme entgegen. *»Die Deutschen. Oder die Italiener. Wir wissen es nicht. Aber das verdammte U-Boot wird uns versenken, wenn es uns wieder aufspürt. Sie müssen die Küstenwache informieren. Wir sind hier draußen völlig …«*

Die Stimme brach ab, und Alex starrte seine Mitstreiter in der zunehmenden Dämmerung fassungslos an: »Deutsche und italienische U-Boote?«, wiederholte er ungläubig. »Soll das ein schlechter Witz sein?«

Scott drehte verstört an den Einstellungen – als unvermittelt ein lautes Dröhnen in der Luft lag. Entgeistert wandten sie sich der Inselmitte zu, und ganz so, wie sie es bereits mehrfach erlebt hatten, ging der tiefe und unheimliche Laut in ein auf- und abschwellendes Stampfen über. Das Geräusch wurde so durchdringend, dass Alex glaubte, die damit einhergehenden Vibrationen sogar in den Knochen zu spüren.

»Scheiße, es geht wieder los!«, keuchte Dodong, während Ricardo die Hand an die Pistole legte.

Aus dem Funkgerät drang plötzlich ein undefinierbares Surren und Flüstern. Alex ruckte zu dem Lautsprecher herum. Waren das wieder atmosphärische Störungen? Die schwirrenden Laute hörten sich fast wie Stimmen an.

Bedrohliche Stimmen.

Es gelang ihm nicht, Einzelheiten herauszuhören, denn im Dschungel um sie herum brach nun das bekannte gewaltige Getöse los. Ein Brummen, Keckern und Kreischen wie von Tausenden Insekten und Vögeln. Die komplette Tierwelt der Insel war in Aufruhr, und über allem lag das dumpfe Grollen des Vulkans, der sich im Osten als schwarzer Kegel vor dem Abendhimmel abzeichnete. Mit einem Mal glaubte Alex, einen seltsamen Zug an seinem Körper zu spüren, der ihn kurz wanken ließ – als unvermittelt überall auf der Insel titanische Lichtsäulen an den Himmel schossen. Und nicht nur dort, auch draußen auf dem Meer.

Alex vernahm um sich herum das aufgeschreckte Keuchen seiner Begleiter, denn diesmal verstellten ihnen weder die Bäume die Sicht auf die unwirklichen Flackerzonen, noch behinderte Nebel ihre Blicke. Einer der monströsen Himmelspfeiler aus flackerndem Licht ragte nur wenige Hundert Meter südlich des Bergmassivs auf, und ihre erhöhte Position erlaubte ihnen eine unverfälschte Sicht auf das Phänomen. Was sie dort erblickten, raubte nicht nur Alex den Atem: Der Dschungel innerhalb des grell flackernden Bereiches schien regelrecht zu kochen!

Entgeistert sah Alex dabei zu, wie sich das Meer der Baumkronen inmitten des flackernden Areals wie eine wogende See gebärdete. Hin und wieder peitschten einzelne Äste wie Tentakel nach oben, nur um im nächsten Moment unter dem wogenden Grün zu verschwinden. Einzelne Bäume schraubten sich in die Höhe, während andere verschwanden, als hätten sie nie existiert. All das wurde von einem ohrenbetäubenden Knistern, Prasseln und Knacken begleitet. Wie Holzscheite, die brachen. Oder reißendes Papier.

Währenddessen waren zwischen den titanischen Lichtsäulen dunkle Insektenschwärme auszumachen, die unentwegt geometrische Muster ausformten. Quadrate, Rhomben und Sechsecke.

Ebenso plötzlich wie die gespenstischen Geschehnisse eingesetzt hatten, fielen die flackernden Lichtsäulen wieder in sich zusammen. Eine fast lähmende Stille breitete sich über der Insel aus, die nur vom Säuseln des Seewindes, dem weiterhin dumpfen Grollen des Vulkans und den sich allmählich wieder beruhigenden Tierlauten gestört wurde.

»Oh, mein Gott!«, krächzte Alex. »Was war das dahinten bitte? Es gibt keine Pflanzen, die sich so schnell bewegen können. Das sah aus wie …«

»… im Zeitraffer!«, beendete Ricardo Batista den Satz ernst.

Alex starrte ihn ungläubig an, dann nickte er.

»Eine Zeitanomalie?« In Oliver Scotts Stimme schwang maßloses Erstaunen.

Lediglich Dodong stierte den Brasilianer an, als habe dieser den Verstand verloren. »Du meinst, in dieser Lichtzone ist die Zeit schneller verlaufen, als hier bei uns? Das ist doch völlig unmöglich.«

»Und wenn doch?« Batista sah ihn herausfordernd an. »Was, wenn dieses Flackern von nichts Geringerem ausgelöst wird, als dem rasend schnellen Vergehen von Tag und Nacht. Du hättest die *Sea Quest* sehen sollen! Den Rost und all die skelettierten Leichen. Das Schiff hat den Eindruck gemacht, als läge es schon seit einem guten Jahr da draußen im Wasser. Vielleicht hat es das ja auch.«

Scott sah ihn aufgewühlt an. »Das würde auch das mit dem Mumifizierten im Zodiac erklären. Und das … schreckliche Geschehen, das sich an Bord dieses Flugzeugs abgespielt haben muss.«

Alex schluckte, denn sein Verstand weigerte sich immer noch, das Unbegreifliche zu akzeptieren. Und doch gab es keinen logischeren Schluss für das, was sie soeben miterlebt hatten.

»Es würde auch den bizarren Tod Jordans erklären«, krächzte er.

Dodong sah ihn entsetzt an. »Du meinst, er ist irgendwie zwischen die Zeitzonen geraten?«

»Ich weiß doch selbst nicht, wie das möglich sein soll«, stöhnte Alex. »Aber ja. Vielleicht ist er gestürzt, als diese … Zeitverwerfung losbrach. Du hast ihn doch gesehen. Seine Leiche lag quer über diesem Damm aus Humusmaterial. Was, wenn diese Gebilde entstehen, wenn während des Phänomens etwas von der einen Zeitzone in die andere hineinwächst? Überlege dir mal, wie sich das auf jede einzelne Zelle auswirken müsste. Auf den Kreislauf, das Blut, die Pflanzensäfte, die ...« Er schüttelte entsetzt den Kopf. »Jordans Oberkörper sah normal aus. Was, wenn sein kompletter Unterleib ... rasend schnell gealtert ist?«

Dodong sah verstört zum Dschungel auf, und Alex spürte, wie schwer auch er sich tat, diese Erklärung zu akzeptieren. Er selbst konnte es ja kaum.

»Ein Zeitparadoxon also«, ächzte Scott. »In diesem Fall lautet die Frage, was dafür verantwortlich ist. So etwas ist physikalisch eigentlich unmöglich. Gut, im Umfeld von schwarzen Löchern vielleicht ... aber wir sind hier nicht irgendwo im Universum, sondern auf der guten alten Erde. Hier gibt es nichts, was die Naturkonstanten derart beeinflussen könnte.« Sein scharfer Blick richtete sich auf Ricardo. »Haben Sie dafür vielleicht eine Erklärung, Herr Batista? Ein Mann wie Sie ist doch sicher nicht ohne Grund auf dieser Insel gestrandet?«

Überrascht fuhr der Brasilianer hoch. »Sie wissen, wer ich bin?«

»Wir wissen es alle schon seit geraumer Zeit«, antwortete Alex verärgert. »Auch ich habe den Eindruck, dass du uns schon seit geraumer Zeit etwas verschweigst.«

Der Unternehmer musterte sie der Reihe nach, und Alex gewann den Eindruck, als wäge er seine Worte vorsichtig ab. »Glaubt mir, ich weiß nicht viel mehr als ihr. Aber ja, ich gestehe, ich habe mich ... bewusst der Gefahr dieses Seegebietes ausgesetzt. Habt ihr euch nie gefragt, warum im Bermudadreieck so viele Flugzeuge und Schiffe verschwinden? Ich schon. Und ich habe auch die Zeugenaussagen all jener ausgewertet, die ...«

»Pssst!« Dodong sprang plötzlich auf und hielt seinen Speer gepackt. Er lauschte in die Düsternis, und auch sie konnten jetzt die Laute hören, die ihnen aus dem Dschungel jenseits der Klamm entgegenschlugen: Ein lauerndes Gurren, Zirpen und Schnattern, das rasch näher kam.

»Macht euch bereit!«, zischte der Filipino. »Diese elenden Biester – ich glaube, sie haben uns aufgespürt!«

Der Mondregenbogen

Itzil erwachte mit dem Geschmack von geronnenem Blut auf der Zunge. Ihre linke Kopfseite schmerzte, ihre Oberlippe war aufgeplatzt, außerdem stand sie aus irgendeinem Grund aufrecht. Trotzdem konnte sie sich kaum bewegen.

Sie riss nun endgültig die Augen auf und sah, dass der Strand vor ihr in Düsternis getaucht war. Die Sonne war erst vor Kurzem untergegangen, was bedeutete, dass sie ein oder zwei Stunden bewusstlos gewesen sein musste. Der einzige Lichtschein kam von dem Lagerfeuer ihres Camps in fünfzehn bis zwanzig Metern Entfernung. Dort waren die unverständlichen Stimmen von Ross und Petersen zu hören, wobei der Mechaniker nicht mehr ganz nüchtern zu sein schien. Offenbar ertränkten die Männer ihren Frust gerade in Alkohol.

Sie hingegen hatte man an eine Kokospalme gefesselt.

Itzil versuchte, sich zu bewegen, aber ihre Hände waren hinter dem Baum zusammengebunden. Stricke am ganzen Körper sorgten dafür, dass sie nicht vornüberkippte, sondern wie ein Paket am Stamm hing. Die Schnürungen am Oberkörper waren so fest, dass sie sogar leichte Atembeschwerden hatte.

Sie stöhnte.

»Bist du endlich wach?«, tönte unweit von ihr Taos Stimme.

Itzil wandte überrascht den Kopf und sah, dass nur wenige Meter von ihr entfernt, an einer weiteren Palme, der Chinese hing. Auch er war mit Stricken an den Baum gefesselt worden.

»Was ist passiert?«, krächzte sie.

»Das siehst du doch«, kam es verärgert zurück. »Die Inquisition hat getagt, und wir beide wurden zum Tode verurteilt.«

»Zum Tode?« Itzil blinzelte erschrocken. »Aber warum hängen wir dann hier?«

»Lauren war dagegen, uns einfach zu erschießen. Genau genommen wollte sie, dass speziell *du* leidest. Das hat uns eine gewisse Gnadenfrist verschafft.«

»Gnadenfrist?«

»Unsere reizenden Freunde warten die Nacht ab, weil sie darauf hoffen, dass wir von diesen Kreaturen verschleppt werden.«

Verängstigt blickte Itzil zum Dschungel. »Ich verstehe ja, warum die anderen wütend auf *mich* sind – aber wieso hängst du hier?«

»Ich habe mich offenbar etwas zu deutlich gegen diesen Irrsinn ausgesprochen.« Tao bewegte sich mühsam in seinen Stricken. »Das hat leider gereicht, um mir das Vertrauen zu entziehen. Mitgefangen, mitgehangen.«

Itzil unternahm einen weiteren Versuch, sich zu befreien, doch im Gegensatz zu Fernando einige Stunden zuvor, hatten ihre Häscher gewusst, was sie taten. Sosehr sie sich auch anstrengte, sie schaffte es nicht, die Stricke zu lösen.

Resigniert gab sie ihre Versuche auf.

»Es tut mir leid.« Ihre Augen füllten sich mit Tränen. »Keiner aus unserer Umweltgruppe wollte je ein Menschenleben gefährden. Wir wollten bloß dafür sorgen, dass das Schiff die Hafeneinfahrt blockiert, um so noch mehr Aufmerksamkeit für unsere Spruchbänder und die anderen geplanten Aktionen zu gewinnen. Hätte auch nur einer von uns geahnt, dass die Maschinen während dieses Sturms zum Stillstand kommen könnten, dann …«

»Hör auf, dich selbst zu bemitleiden!«, fuhr sie der Chinese ungewohnt scharf an. »Was auch immer du und deine Freunde euch ausgedacht habt, du glaubst doch wohl nicht, dass das für das Unglück da draußen verantwortlich war.«

»Aber das liegt doch nahe«, stammelte sie.

»Blödsinn! Dann seid ihr also auch für das Verschwinden

all der anderen Schiffe und Flugzeuge hier im Bermudadreieck verantwortlich? Ich fasse es nicht, wie jeder hier die Fakten ignoriert, um nur ja nicht über das Offensichtliche nachdenken zu müssen. Mit dieser Insel selbst stimmt etwas nicht. Mit ihr verhält es sich wie mit dem Auge eines Mahlstroms. Alles, was in ihren Einflussbereich gerät, scheint hierhergezogen zu werden. Dass wir hier sind, hat rein gar nichts mit eurem idiotischen Plan zu tun. Und wir werden hier auch nicht wegkommen, solange wir nicht herausfinden, was uns an diesen Ort gebracht hat und hierhält.« Tao wirkte resigniert. »Die Verrückten dahinten suchen lediglich nach einem Sündenbock. Da kamst du ihnen gerade recht. Und ich vermutlich ebenfalls.«

Itzil wollte etwas erwidern, doch insgeheim musste sie Tao zustimmen. Sie schluckte. »Glauben die wirklich, dass sie damit durchkommen?«

»Warum sollten sie nicht?«

»Was, wenn heute Nacht nichts passiert? Die letzten Nächte über war es doch ebenfalls ruhig. Spätestens morgen, wenn die anderen wieder zurückkommen, müssen die sich für all das hier rechtfertigen.«

Tao lachte trocken. »Falls nichts geschieht, werden sie uns eben doch erschießen. Anschließend werden sie unsere Leichen verstecken und unser Verschwinden auf diese Dinger im Dschungel schieben. Ganz einfach.«

Itzil zerrte wütend an den Stricken, als ihr ein Gedanke kam. »Was ist mit Sophia Scott? War sie bei der Abstimmung dabei?«

»Sophia?« Tao klang verwundert. »Die nimmt doch niemand ernst. Davon abgesehen habe ich sie nicht mehr gesehen, seit dich Lauren niedergeschlagen hat.«

Itzil blickte zum Dschungel hinüber, der von dem allmählich aufgehenden Mond beschienen wurde. Sophia mochte verwirrt sein, aber keinesfalls war sie so einfach weggelaufen. Im Zweifel versteckte sie sich bloß vor den anderen.

»Sophia!«, zischte sie in die Dunkelheit. »Sophia. Wo bist du?«

»Was versuchst du da?«, zischte Tao.

»Lass mich.« Sie wiederholte ihren leisen Ruf mehrfach, als sie in ihrem Rücken plötzlich Geräusche vernahm.

»Ich bin hier, Jessica«, erklang es leise.

»Sophia! Ich wusste es …« Itzil drehte den Kopf, doch angesichts ihrer Lage konnte sie die alte Dame nicht erkennen. »Alles in Ordnung mit dir?«

»Ich suche schon die ganze Zeit über deinen Vater. Er muss unbedingt die Polizei verständigen, aber ich finde ihn nicht …«

»Er ist sicher bloß verhindert«, versuchte Itzil die alte Frau zu beruhigen. »Kriegst du die Stricke auf?«

»Ich … weiß nicht.« Im Sand hinter der Palme waren abermals Geräusche zu hören. Dann spürte Itzil, wie sich die Rentnerin an den Seilen zu schaffen machte.

Erfolglos.

»Tut mir leid, mein Schatz, aber ich kriege sie nicht auf.« In Sophias Stimme mischte sich Verzweiflung.

Itzil bewegte sich und spürte, dass sie noch immer ihre Sachen bei sich trug. »Doch, du schaffst das. Sieh in meiner rechten Jackentasche nach. Da müsste Jordans Taschenmesser stecken.«

Sophia Scott trat im Dunkeln neben sie, tastete ihre Kleidung ab und hielt kurz darauf die Stifttaschenlampe und das Messer in den Händen.

Verwirrt starrte sie beide Objekte an.

»Gut so!« Itzil lächelte und nickte der alten Dame beruhigend zu. »Jetzt die Klinge ausklappen, und dann schneidest du die Stricke durch.«

Sophia Scott nickte, trat wieder hinter die Palme und begann, an ihren Handfesseln zu säbeln. Tao sah dem Treiben erstaunt zu.

»Ich … ich habe es gleich«, ertönte es hinter ihr.

Weiter vorn, beim Lager, trat plötzlich Lauren Clark ins Freie.

»Runter mit dir, Sophia«, wisperte Itzil. »Schnell!«

Sie fühlte, wie die alte Frau zu säbeln aufhörte. Gleichzeitig sah sie, wie die Texanerin zu ihnen herüberblickte. Itzil vertraute auf die Düsternis und tat so, als sei sie noch immer bewusstlos. Doch die Texanerin wollte nicht zu ihnen. Stattdessen fasste sie die Brandung ins Auge und marschierte unvermittelt auf das Meer zu.

Sophia Scott schnitt wieder an den Stricken, und endlich war das Reißen von Fasern zu hören.

»Mir tut die Hand weh«, klagte die Rentnerin.

»Schon gut. Warte … Gib mir das Taschenmesser, und verschwinde zum Waldrand.«

Sophia Scott drückte ihr das Messer in die Hand und lief davon.

Itzil schaffte es, ihre Hände endgültig zu befreien, und säbelte nun an einem jener Stränge, die ihren Körper fesselten. Auch dieser platzte entzwei, und plötzlich konnte sie sich wieder bewegen.

»Hey, Barry, Mikkel!«, rief Lauren Clark lautstark. »Kommt raus. Schnell!«

Itzil versteifte, denn sie glaubte bereits, entdeckt worden zu sein. Stattdessen sah sie, dass die Texanerin vor einem dunklen Etwas im Meer stand, das immerzu von der Brandung angehoben wurde.

Es dauerte etwas, bis die Gerufenen ins Freie traten.

»Was ist?« Petersen hielt die Whiskey-Flasche in der Hand und schwankte leicht.

»Die Brandung hat Fernandos Leiche angespült!«

»Scheiße! Kann uns der blöde Wichser nicht mal jetzt in Ruhe lassen?«

»Vielleicht trägt er noch etwas bei sich, was uns nützlich ist.« Ross schulterte sein Gewehr und marschierte gemeinsam mit Petersen zu der Stelle, an der Lauren Clark stand.

Itzil löste die Stricke endgültig, eilte hinüber zu der anderen Palme und befreite auch Tao, während Ross und Petersen ins Wasser traten, um den Körper des toten Puerto Ricaners an Land zu ziehen. Itzil wusste noch immer nicht, ob sie Mitleid mit ihm verspüren sollte.

»Was jetzt?«, zischte der Chinese.

»Wir müssen weg von hier. Zu den anderen«, flüsterte Itzil. »Schnapp dir Sophia und bring sie rüber zum anderen Strandabschnitt.«

»Und du?«

»Ich komme gleich nach.«

Tao verschwand in der Dunkelheit. Itzil hingegen massierte kurz ihre Gelenke und betastete ihren schmerzenden Kopf. Dann nutzte sie die Ablenkung ihrer drei Häscher und huschte geduckt hinüber zum Zugang des Lagers, in dessen Mitte das Lagerfeuer prasselte. Rasch schlüpfte sie ins Innere, griff sich Scotts alte Strandtasche und warf, so schnell es ging, einige Vorräte und mehrere leere Trinkflaschen hinein. Einer Eingebung folgend, schnappte sie sich auch das Fernglas sowie die Taschenlampe des Fallschirmspringers.

»Du hattest recht«, tönte vom Meer her Petersens trunkene Stimme. »Er hatte doch noch was zum Rauchen. Und eines der Feuerzeuge.«

»Wichtiger ist ja wohl das verdammte Handy!«, schimpfte Lauren Clark.

Itzil hatte sich zu diesem Zeitpunkt längst vom Lager gelöst, schulterte die Strandtasche und rannte im Schutz der Bäume auf den Felsenwall zu, der die beiden Strandabschnitte voneinander trennte. Sie hatte den knapp drei bis vier Meter hohen Aufwurf fast erreicht – als jäh das seltsame Dröhnen auf der Insel einsetzte.

Erschrocken hielt sie inne, denn angesichts des tiefen Tons stellten sich unwillkürlich ihre Nackenhaare auf.

Ebenso wie in den ersten beiden Nächten auf der Insel ging der durchdringende Laut zunehmend in ein auf- und abschwellendes Wummern über. Eine Art Stampfen, dessen Stöße sie sogar im Boden zu ihren Füßen zu spüren glaubte. Längst war der Dschungel vom kreischenden Getöse unterschiedlichster Tierlaute erfüllt, die lediglich von dem Grollen des Vulkans überlagert wurden. Panisch rannte Itzil weiter und kraxelte bereits an den großen Felsen empor, als sie den Zug an ihrem Hals spürte. Courtneys Kette war an ihrem Halsausschnitt hervorgerutscht und hing jetzt waagerecht in der Luft.

Verblüfft fasste sie nach dem Schmuck, als jäh überall auf der Insel flackernder Lichtschein Hunderte Meter zum Himmel emporschoss. Die monströsen Lichtsäulen ähnelten wie zuvor den Lichtkegeln gigantischer Flakscheinwerfer, während von überallher auf der Insel ein ohrenbetäubendes Prasseln, Knistern und Knacken ihre Ohren erreichte. Nur eine Sache war diesmal anders: Sie befand sich in unmittelbarer Nähe einer dieser wild flackernden Areale. Denn eine dieser titanischen Lichtsäulen stieg unmittelbar jenseits des Felsenwalls auf, der die beiden Strände voneinander trennte.

Was zum Teufel geschah dort?

Itzil ignorierte die Kette, die noch immer widerspenstig an ihrem Hals ruckelte, und kämpfte sich über die Felsen nach oben zum Scheitelpunkt der Felsaufwurfs, wo sich Taos und Sophia Scotts dunkle Umrisse scharf vor der grellen Lichtwand abhoben. Die alte Dame richtete sich gerade auf, während der Chinese geblendet zur anderen Seite blickte … und jäh ins Wanken geriet. Itzil war, als zucke er erschrocken vor etwas zurück, das sie nicht sehen konnte. Dann, endlich, hatte auch sie den Felsenwall erklommen, blickte wie Tao zum gegenüberliegenden Strandabschnitt hinüber … und riss konsterniert die Augen auf. Denn was sich dort abspielte, war so befremdlich, dass es sie vor Erstaunen und Entsetzen gleichermaßen schwindeln ließ.

Der komplette Küstenabschnitt bis hinüber zu der Landzunge mit den Mangroven – nein, mehr noch, bis weit aufs Meer hinaus – lag in gleißendes Flackerlicht getaucht da. Alles war in einen rasend schnellen Wechsel aus Licht und Dunkelheit gehüllt. Das Meer. Die Brandung. Der Strand. Die Bäume. Der Dschungel.

Alles war im Fluss.

Alles war in ständiger Veränderung.

Abgehackte Eindrücke von Gischt und Wellen, die den Strand fluteten, mischten sich mit einer sich kontinuierlich ändernden Küstenlinie. Der Dschungelrand schien sich wie in einem unsichtbaren Puls aufzublähen und wieder zusammenzuschrumpfen. Mal schwappte das sich bewegende Grün in Richtung Strand, dann zog es sich wieder zurück. Blätter, Äste, Luftwurzeln. Alles war in gespenstischer Bewegung – als wäre die Flora der Insel beseelt und versuche, nach unsichtbaren Dingen zu greifen. Vor ihren Augen wuchsen und vergingen Palmen und Mangrovenbäume. Die einzigen Konstanten waren die hohen, am Strand verstreuten Basaltfelsen, die wie steinerne Wächter still und starr dem bizarren Geschehen um sie herum trotzten – und zwischen denen plötzlich, und wie von Geisterhand, ein ramponiertes Segelboot mit gebrochenem Mast auftauchte, das eine Weile ruckelnd dalag, bis es ebenso plötzlich wieder verschwand.

Itzil keuchte entsetzt, warf den Kopf in den Nacken und blickte zum Himmel auf – in ein flirrendes Wechselspiel aus Licht und Dunkelheit. Spätestens jetzt begriff sie, dass der flackernde Lichtschein in der seltsamen Zone nicht etwa von unten kam, sondern von oben. Es wurde durch das Geschehen weit über ihnen am Himmelszelt verursacht. Und zwar durch nichts Geringeres als einen rasend schnellen Wechsel von … Tag und Nacht.

Ebenso unvermittelt, wie die Lichtsäulen über der Insel erschienen waren, brachen sie wieder in sich zusammen. Mit ihnen verstummte das allgegenwärtige Stampfen und Dröhnen, und wie die Male zuvor erfüllten jetzt bloß noch aufgeschreckte Tierlaute die Nacht. Der Küstenabschnitt vor ihnen jedoch lag wieder ruhig und still im aufgehenden Mondlicht da. Allein der Vulkan in der Inselmitte grollte vernehmlich, über dessen Kegel sich wie in der ersten Nacht ein rötlicher Schein abzeichnete.

Itzil und Tao sahen einander verstört an.

»Hast du das gesehen?«, ächzte der Chinese.

Itzil nickte ungläubig. »Ja, aber … das kann doch unmöglich sein.« Ihr Mund war trocken. »Das sah aus … als wären hier unmittelbar vor unseren Augen Wochen oder Monate verstrichen. Wenn nicht mehr.« Sie spürte, wie ihre Beine weich wurden.

»Ja.« Taos Stimme glich einem Hauch.

»Wie ist das möglich?«

»Ich weiß es nicht …«

Ein wütender Aufschrei hinter ihnen riss sie in die Wirklichkeit zurück.

»Seht! Seht doch! Sie versuchen, zu fliehen!«

Lauren Clark! Die Texanerin war auf ihre Flucht aufmerksam geworden.

Fast im gleichen Moment ertönten im Dschungel jene lauernden Zirp-, Schnatter- und Gurrlaute, die bislang stets gefolgt waren, sobald die verstörenden Phänomene auf der Insel ein Ende gefunden hatten.

Die Kreaturen des Eilands schwärmten aus.

Itzil starrte verängstigt zum Lager zurück und sah im Licht des aufgehenden Mondes, wie plötzlich an mehreren Stellen flinke Schatten aus dem Dschungel hervorbrachen, die auf allen vieren und mit großen Sprüngen auf Ross, Petersen und Lauren Clark zuhetzten. Wie Hunde. Nur dass ihre zur Bauchunterseite eingeknickten Hinterläufe nichts ähnelten, was Itzil je zuvor gesehen hatte.

Entsetzte Schreie gellten auf, denen erste Schüsse folgten.

Eine der Kreaturen wurde mitten im Sprung von Ross getroffen und klappte jaulend zusammen, während der Store-Keeper zurück in die Brandung flüchtete.

Lauren Clark hingegen entriss Petersen, der wie gelähmt

dastand, das Gewehr und erschoss eine zweite Kreatur. Dann flüchtete sie wild um sich schießend ausgerechnet in ihre Richtung, während zwei der Wesen den kreischenden Dänen erreichten, ihn niederrissen und kurzerhand mit sich zum Dschungel zerrten.

Doch da waren noch mehr dieser Biester.

»Weg hier! Schnell!«

Tao versetzte ihr einen unsanften Stoß, dann griffen sie sich Sophia Scott, die nicht wirklich zu begreifen schien, was um sie herum passierte, und mühten sich mit ihr, so schnell es ging, die Felsen hinunter.

Endlich hatten sie den Strandabschnitt erreicht, auf dem sich eben noch die seltsame Zeitanomalie ausgetobt hatte. Tao nahm Sophia Scott kurzerhand huckepack, und sie liefen, so schnell es ging, den Sandstrand entlang, während hinter ihnen, jenseits der Felsen, weitere Schüsse peitschten.

»Wohin?«, stöhnte Itzil, kaum, dass sie den ersten der hohen Felsen erreicht hatten. »Einfach weg von hier«, zischte Tao seltsam entschlossen. »Wir müssen in Deckung der Felsen bleiben, wenn wir kein leichtes Ziel bieten wollen.« Er setzte die alte Frau ab und zog sie mit sich zu dem nächsten Felskoloss.

Itzil lief sofort hinter ihm her.

»Wenn wir die anderen wiedertreffen wollen, müssen wir zu der Karavelle!«, sprach sie schwer atmend, kaum dass Tao sie und Sophia in die Deckung des nächsten Felsens geführt hatte. »An der orientieren sie sich.«

Missmutig starrte Tao sie an. »Das Wrack liegt mehrere Kilometer entfernt im Dschungel. Und das auch noch jenseits der Halbinsel mit den Mangroven dahinten.« Er nickte in Richtung der Landzunge in gut sechshundert Metern Entfernung, die den hiesigen Strandabschnitt begrenzte. »Bei den derzeitigen Sichtverhältnissen dürfte das kaum zu schaffen sein, ohne dass wir uns im Dschungel hoffnungslos verlaufen. Und ich spreche noch nicht einmal von diesen Wesen.«

»Ich sage ja nicht, dass wir das heute schaffen müssen. Aber hier können wir nicht bleiben.« Itzil spähte am Felsen vorbei zum Felsendamm zurück, wo noch immer Schüsse zu hören waren. »Wir müssen wenigstens versuchen, die Lagune zu erreichen. Da haben wir auch Wasser. Und Lebensmittel habe ich ebenfalls dabei.« Sie hob die Strandtasche. »Wenn Ross und die Clark den Angriff dahinten überleben, werden sie uns nachsetzen, um zu verhindern, dass wir die anderen vor ihnen warnen können. Und falls nicht … laufen wir Gefahr, in Kürze noch ganz andere Gesellschaft zu bekommen.«

Tao fluchte in seiner Heimatsprache.

Jenseits des Felsendamms erschütterte plötzlich eine gewaltige Detonation die Nacht. Hatten die anderen die Gasflasche zur Explosion gebracht?

»Na gut, uns bleibt offenbar nichts anderes übrig!« Tao nahm Sophia Scott an der Hand, und Itzil wuchtete die gefüllte Strandtasche auf ihre Schulter. So schnell es der sandige Untergrund und die verstörte Rentnerin zuließen, bewegten sie sich weiter über den Küstenabschnitt auf die Landzunge mit den Mangroven zu. Dabei führte Tao sie und Sophia erstaunlich geschickt von Basaltfelsen zu Basaltfelsen, schien nie den Überblick zu verlieren und behielt ständig ihre Deckung im Auge.

»O Mann.« Itzil deutete über die Brandungsgrenze hinweg hinaus aufs Meer. Auch Tao drehte den Kopf und erblickte ebenso wie sie im Mondlicht vor der Küste das Wrack der *Sea Quest*. Doch etwas hatte sich dort entscheidend verändert, denn das havarierte Kreuzfahrtschiff ragte jetzt nur noch mit einigen wenigen Aufbauten aus dem Wasser.

»Scheiße!«, entfuhr es ihr. »Sie ist fast komplett versunken.«

»Ja. Offenbar ebenfalls eine Folge dieser … Zeitverschiebung. Egal. Weiter!« Der Chinese duckte sich und beschleunigte seine Schritte.

Itzil tat es ihm gleich, spähte hin und wieder zurück und glaubte bereits, dass sie das Ärgste hinter sich hätten, als sie auf dem zurückfallenden Damm überraschend grellen Lichtschein sah. Da oben auf den Felsen stand eine Person.

»Tao!«

Der Chinese hatte den Lichtschein längst bemerkt.

»Das ist das Licht eines Smartphones«, keuchte Itzil. »Ich tippe auf Fernandos Gerät. Wenn ich das richtig mitbekommen habe, hat sich das vorhin die Clark geschnappt.«

Tao presste die Lippen aufeinander. »Was hast du dieser Frau bloß getan, dass sie dich so sehr hasst? Ist es, weil du Mexikanerin bist? Das ging doch schon direkt bei eurer Ankunft los.«

»Nichts habe ich ihr getan!«, brauste Itzil auf. »Dieses Miststück ist komplett durchgeknallt. Und zwar schon von Beginn an.«

»Ja. Vielleicht«, murmelte der Chinese. »Vielleicht liegt es aber auch an ihrer maßlosen Arroganz. Die US-Amerikaner wissen es vielleicht noch nicht, aber ihre Zeit als Herrscher der Welt läuft ab. Jedes Jahr ein klein wenig mehr ...« Er schnaubte abfällig. »Ärgerlicherweise ist die Verrückte bewaffnet. Und dem Bundesstaat, aus dem sie kommt, macht sie leider ebenfalls alle Ehre. Schießen kann sie.«

Tao nahm ihr kurzerhand die Tasche ab, und so führte Itzil Sophia Scott weiter, die sich zunehmend widerspenstig verhielt, je näher sie der Landzunge kamen. Itzil wusste nur zu gut, dass der Marsch durch die Mangroven den gefährlichsten Teil ihrer Unternehmung darstellen würde. Am Himmel leuchtete ihnen zwar zunehmend der volle Mond, nur würde der ihnen in dem Pflanzengewirr kaum helfen. Leider blieb ihnen nichts anderes übrig, da sie hinter sich inzwischen ein tanzendes Licht sehen konnten. Die Clark hatte sich längst an die Verfolgung gemacht.

»Verdammt, ich glaube, sie hat uns gesehen«, keuchte sie.

»Das muss sie nicht einmal«, erwiderte Tao ernst. »Vielleicht folgt sie auch bloß unseren Spuren im Sand. Es ist ja hell genug.«

»Ich will da nicht rein«, jammerte Sophia plötzlich und versuchte, sich ihr zu entziehen. »Ich will zu Oliver. Ich will sofort zu Oliver!«

»Sophia. Bitte.« Itzil versuchte, die alte Frau zu beruhigen. »Oliver ist gemeinsam mit den anderen auf der anderen Seite des Waldes. Er verlässt sich darauf, dass wir dich zu ihm bringen. Aber dafür ist es notwendig, dass du jetzt all deine Kräfte zusammennimmst und das tust, was wir dir sagen. Okay?«

Unglücklich starrte die Rentnerin das Mangrovendickicht an.

»Dir ist klar, dass das bei dieser Dunkelheit ein ganz schönes Wagnis ist?«, meinte Tao besorgt.

Itzil zuckte mit den Schultern. »Schon. Aber das sind allenfalls zweihundert Meter. Und es ist nicht so, dass wir völlig ohne Licht wären.« Sie drückte ihm die Taschenlampe des Fallschirmspringers in die Hand, während sie selbst ihre Stiftlampe einschaltete.

»Nicht schlecht«, meinte Tao anerkennend. »Hat dir schon mal jemand gesagt, dass du wirklich für eine Überraschung gut bist?«

»Ja.« Itzil lächelte traurig. »Mein Vater. Aber ich glaube, der meinte das damals nicht so positiv.«

Dann zog sie Sophia mit sich. »Komm. Ab jetzt musst du gut aufpassen, wohin du trittst.«

Sie tauchten zwischen den Mangroven ein und kämpften sich schwitzend durch das Gewirr an Luft- und Bodenwurzeln, bis sie jenen Bereich der Landzunge erreichten, der von Wasser überspült war. Itzil ließ Sophia vorgehen und achtete darauf, dass sie auf den Wurzeln nicht ausglitt, während sie und Tao ihr so gut wie möglich leuchteten. Einmal entdeckten sie eine Schlange, der sie aus dem Weg gehen mussten, dann stiegen in der Finsternis Vögel auf, deren überraschender Flügelschlag sie derart erschreckte, dass Itzil fast ins Stolpern geriet. Und beständig mussten sie wegen Sophia Pausen einlegen, damit sich ihre Begleiterin erholen konnte. Dabei war

Itzil insgeheim voller Bewunderung dafür, wie gut sich die alte Dame bislang schlug. Die Aussicht, ihren Mann wiederzusehen, setzte offenbar Kräfte in ihr frei, die vermutlich auch Sophia selbst kaum für möglich gehalten hatte. Und doch kamen sie deutlich langsamer voran als erhofft.

Itzil wusste nicht, wie lange sie schon unterwegs waren, als sie hinter sich, durch das Rankengewirr hindurch, schwachen Lichtschein entdeckte.

»Mist!«, fluchte sie und warf Tao einen besorgten Blick zu. »Diese Irre gibt einfach nicht auf.«

»Dann müssen wir eben schneller sein als sie.«

Tao setzte sich an die Spitze, Sophia und sie folgten ihm, und endlich lichtete sich der Mangrovenbewuchs. Itzil war noch nie so erleichtert gewesen, Strand zu sehen.

»Mach das Licht aus!«, zischte Tao.

Sie stolperten zu dritt voran, doch zunehmend verließen Sophia Scott die Kräfte. Zweimal knickte sie ein, und Itzil war dankbar dafür, dass auch Tao zur Stelle war, um sie aufzufangen. Dann, endlich, tauchte im Mondlicht der glitzernde Wasserlauf auf, der von der Lagune im Dschungel gespeist wurde.

»Wartet!« Kurz haderte sie mit sich. »Ich glaube, das mit der Lagune ist doch keine so gute Idee.«

»Wieso nicht?« Tao sah sie erstaunt an.

»Weil die Clark zusammen mit Dodong und mir dort war. Ich befürchte allmählich, dass sie ahnt, was wir vorhaben. Sie war schließlich bei der Besprechung heute Vormittag dabei.«

»Egal. Dann verstecken wir uns eben im Dschungel.«

»Und Sophia?« Itzil sah die alte Frau besorgt an, die sich inzwischen kaum noch aufrecht halten konnte. »Ich weiß etwas Besseres.«

Itzil nahm eine der leeren Flaschen aus der Tasche und warf sie nahe des Dschungelrandes neben den Wasserlauf.

»Was soll das?«, fragte Tao. »Jetzt wird Lauren erst recht wissen, was wir vorhaben.«

»Ja, zumindest soll sie das glauben. Reine Ablenkung.« Sie

deutete zu den hohen und steilen Klippen, die unweit ihres Standortes ans Meer grenzten. »Ich weiß ein besseres Versteck. Vertrau mir!«

Sie half Tao, indem sie nun ebenfalls Sophia Clark unterhakte. Dann schleppten sie, um ihre Spuren zu verwischen, die erschöpfte alte Dame über den Wasserlauf am Strand geradewegs hinein in die Brandung und marschierten im Wasser geradewegs auf die hohen Klippen mit den gewaltigen mosaikartigen Basaltstrukturen auf der Seeseite zu. Es dauerte nicht lange, bis sie den schmalen Abschnitt aus schwarzem Gesteinsschotter erreichten, der die Felsformation vom Meer trennte.

Die Brandung reichte ihnen bis fast zu den Füßen, der Seewind trug einen salzigen Geruch heran, und im Mondlicht waren wieder jene feinen Schwaden auszumachen, die aus dem verborgenen Höhlenzugang hinaus aufs Meer wölkten.

»Was ist das dahinten?«, fragte Tao erstaunt.

»Der Zugang zu einem verschwiegen gelegenen Felskessel samt einem beeindruckenden Geysir, den Dodong und ich an dem Tag gefunden haben, als die anderen auf der *Sea Quest* waren«, erklärte Itzil. »Dort werden wir uns bis zum Morgen verstecken.«

Sie führte ihn und Sophia zu dem brückenbogenartigen Durchgang in der Steilwand, durch den hindurch ihnen warme, feuchte Luft entgegenschlug. Tao keuchte verblüfft auf, denn von weiter hinten im Tunnel hallte ihnen das ihr bereits vertraute Rauschen und Fauchen entgegen. Ohne zu zögern, führte sie Sophia und Tao weiter in die Grotte hinein, und ihre Lampen erzeugten in dem warmen Nebel, der ihnen entgegentrieb, milchige Lichtflecken. Dann, endlich, erreichten sie den Durchbruch zu dem imposanten, zwanzig bis dreißig Meter durchmessenden Felsenkessel, in dessen Mitte wieder der beeindruckende Geysir emporschoss.

Staunend sahen auch der Chinese und Sophia Scott zu der riesigen Wasserfontäne auf – als diese völlig unerwartet in sich zusammenfiel.

Letzte Reste heißen Wassers klatschten vor ihnen zu Boden, noch immer wölkte überall um sie herum Dampf, und eine fast schon feierliche Stille breitete sich aus.

»Ich dachte eigentlich, dass der Geysir noch eine Weile aktiv bleiben würde«, sagte Itzil.

»Das ist völlig normal«, murmelte Tao. »Zwischen den Eruptionen können Minuten, manchmal aber auch Stunden vergehen. Der Faszination dieses Ortes tut das keinen Abbruch.«

Tatsächlich konnte sich auch Itzil kaum dem Zauber entziehen, der von dem geheimnisvollen Ort ausging. Denn anders als bei seiner Entdeckung fiel jetzt Mondlicht in den Kessel. Trotz oder vielleicht auch gerade wegen des sich allmählich lichtenden Sprühnebels in der Luft brachte das ferne Himmelsgestirn die nassen Wände auf wundersame Weise zum Glitzern. Er tauchte überhaupt alles in ein fast magisches Silberlicht: angefangen bei den wabenförmig miteinander verkeilten Basaltplatten des Untergrundes bis hinauf zu den ikonografischen Maya-Bildhauereien von Menschen und Göttern mit ihren großen Nasen, reich ornamentierten Kleidungsstücken und kultischen Gesten. Und ganz so, als wollten ihnen die alten Götter einen stillen Gruß entsenden, wurde der majestätische Anblick von einem jener seltenen, fahlblassen Mondregenbogen gekrönt, der sich über ihnen, inmitten der feuchten Schwaden abzeichnete.

Auch Sophia Scott durchströmten bei dem wundersamen Anblick neue Kräfte, denn sie schüttelte Itzils Griff ab und sah sich mit verzücktem Gesichtsausdruck um.

»Das alles hier ist so schön!«

»Ja, das ist es.« Itzil lächelte.

Tao trat beeindruckt vor das pyramidale Felsrelief mit der gewaltigen Visionsschlange und den Abbildungen der Sturm- und Blitzgötter, über denen der herabstürzende Gott Ah Mucen Cab in seiner furchterregenden Bienengestalt thronte.

»Warum habt ihr uns nichts von diesem Ort erzählt?«

»Doch, das haben wir. Zumindest Alex weiß von ihm«, korrigierte sich Itzil. Sie lauschte fasziniert den zahllosen Tropfgeräuschen und dem Gurgeln abfließenden Wassers um sie herum. »Aber irgendwie erschien uns all das hier angesichts des Todes von Courtney nicht mehr so wichtig.«

»Habt ihr euch nicht gefragt, was das hier überhaupt für ein Ort ist?«

»Ein alter Kultplatz der Maya«, antwortete Itzil achselzuckend. »Vermutlich ganz ähnlich wie die Höhle, die wir neulich gefunden haben.«

»Ja, aber ist es nicht irgendwie erstaunlich, wie viel Mühe sich die Maya mit alledem hier gegeben habe?« Tao wischte sich die viele Feuchtigkeit aus dem Gesicht. »So weit von ihrer angestammten Heimat entfernt.«

»Wir haben uns das natürlich ebenfalls gefragt.« Itzil sah zu den silbrig glitzernden Felsbildern um sie herum auf. »Und die Maya waren nicht die Einzigen, die hier waren. Wir haben auch Spuren der Taíno gefunden.«

»Ja, sagtet ihr.« Der Chinese sah sich um. »Das kann doch kein Zufall sein! All diese Hinterlassenschaften müssen doch einen Grund haben.« Er sah sie ernst an. »Ich wette, es hat irgendwie mit dem Geheimnis dieser Insel zu tun.«

Itzil erwiderte seinen Blick nachdenklich. »Möglich. Alex kam noch auf einen anderen Gedanken. Er meinte, dass wenn Maya und Taíno hier waren, sie offenbar auch wieder von der Insel fortgekommen sind. Und wenn sie das geschafft haben, müsste uns das doch auch irgendwie gelingen können.«

Tao nickte zustimmend. »Kluger Gedanke. Sollten wir das nicht zum Anlass nehmen, um den Spuren dieser alten Völker gezielter nachzugehen? Vielleicht finden wir so heraus, womit wir es hier auf der Insel eigentlich zu tun haben.«

»Oh, seht doch«, ertönte plötzlich Sophias Stimme. Ohne dass sie es bemerkt hatten, war die alte Dame auf jenen einzelnen, fünfeckigen Basaltblock geklettert, der wie ein niedriger Tisch zwischen den übrigen Platten des Untergrundes hervorstach. Von dort aus deutete sie schräg nach oben. »Es ist genauso, wie Jessica es mir gesagt hat.«

»Sophia, was machst du da?« Itzil eilte besorgt zu ihr. »Wenn du nicht aufpasst, rutschst du auf diesem Altar noch aus und brichst dir den Hals.«

»Aber hier ist es doch gar nicht rutschig.« Die alte Dame lächelte beseelt auf sie herab.

Itzil half ihr mit einem misstrauischen Blick auf das mit Wasser gefüllte Loch, aus dem der Geysir vorhin geschossen war, wieder nach unten.

»Außerdem sieht man es bloß von hier oben«, schmollte die alte Frau.

»Was sieht man von da oben?«, fragte Itzil irritiert.

Sophia berührte Itzils Wange und betrachtete sie eindringlich. »Wenn du Jessica endlich anrufen würdest, könnte sie dir das alles selbst sagen.«

»Sophia, deine Tochter ist …« Itzil brach traurig ab. »Ich kann sie nicht anrufen.«

»Das musst du aber.« Sophia zog sie zu sich und raunte ihr ins Ohr. »An diesem Ort verbirgt sich ein Geheimnis.«

Fragend sah Itzil ihre Begleiterin an. »Was für ein Geheimnis?«

»Du siehst es nur von da oben.« Sophia deutete auf den Altar. War das überhaupt ein Altar? »Such den Regenbogen.«

Auch Tao war inzwischen zu ihnen getreten.

Itzil fasste den hüfthohen Basaltstumpf ins Auge, wechselte einen befremdeten Blick mit dem Chinesen und kletterte nun ebenfalls auf den feuchtwarmen Block.

Sie blickte zu den feuchten Schwaden auf, die federleicht über ihren Köpfen dahintrieben, und erfasste den fahl glitzernden Regenbogen, den das Mondlicht am oberen Ende des Kessels in die Luft zauberte. Das optische Phänomen stach scheinbar ein Stück weit in den Felstrichter hinein.

Was sollte mit ihm sein?

Unwillig schüttelte Itzil den Kopf, und sie wollte bereits

wieder herabsteigen, als ihr Blick auf die Felswand hinter dem unteren Ende des Regenbogens fiel. Irrte sie sich, oder ähnelten die Vertiefungen und Vorsprünge, die dort zu sehen waren, dem Kopf einer riesigen Schlange? Ihr wellenförmig geschwungener Leib erstreckte sich über die komplette Felswand und reichte bis zu ihnen hinab in die Tiefe. Itzil blinzelte, denn streng genommen war das Motiv erst jetzt, da sich der Dunst etwas gelichtet hatte, zu erkennen. Eine weitere Visionsschlange? Im Gegensatz zu der Darstellung an dem großen, kunstvoll behauenen Relief gegenüber dem Tunnelzugang wirkten die Konturen des Tieres eher grob und unfertig. Fast so, als würde der Eindruck einer Schlange überhaupt erst von den Erhebungen und Schattenwürfen im Gestein selbst gebildet werden.

»Das gibt es doch nicht.« Verblüfft stieg Itzil zu ihren Begleitern hinab, nahm Tao kurzerhand die Taschenlampe ab und strahlte die optische Täuschung an der Wand an. »Mein Gott, dahinten sind Stufen! Da ist … eine Treppe, die nach oben führt. Sie ist so gut in der Felswand verborgen, dass man sie erst sieht, wenn der Geysir nicht mehr aktiv ist.«

»Tatsächlich!« Tao trat erstaunt neben sie.

»Ich bin so ein Dummkopf«, wisperte Itzil und blickte zu dem großen Relief auf. »Hunahpu und Xbalanque. Die Zwillinge. Der Hinweis auf die Treppe lag die ganze Zeit über direkt vor uns.«

»Wer soll das sein?«

»Himmlische Gestalten, die von den Maya verehrt wurden. Angeblich wurden sie als Sonne und Mond an den Himmel entrückt.« Itzil deutete auf die größere der beiden Figuren an der Wand. Jene, die nach oben zu Ah Mucen Cab wies. »Das da ist Xbalanque, der Mondbruder.« Dann deutete sie auf die Göttin unmittelbar unter ihm. »Und das da ist Ix Chel. Ebenfalls eine Mondgöttin. Außerdem Schutzherrin des Regenbogens … Das Irre ist, mein Name leitet sich von ihr ab.«

»Inwiefern?«

»Übersetzt lautet Itzil in etwa ›Sie vom Regenbogen‹.« Ungläubig drehte sie sich zu Sophia Scott um. »Woher wusstest du das?«

»Woher wusste ich was?« Die alte Frau betrachtete sie verwirrt, und plötzlich zeichneten sich auf ihrem Gesicht Kummer und Sorge ab. »Wo sind wir hier überhaupt? Du hast mir versprochen, wir würden zu Oliver gehen.«

»Sophia, ich ...« Itzil verstummte, denn plötzlich entdeckte sie schräg hinter Sophia Lichtschein im Felstunnel. »Scheiße! Lauren hat uns gefunden!«

Hektisch zog sie die alte Dame hinter sich. »Rasch, versteck dich irgendwo!«

»Aber ...«

»Kein Aber«, herrschte sie sie an. »Lauren kommt. Und sie ist bewaffnet.«

Sophia Scott wich erschrocken in die Düsternis zurück, und Itzil sah, dass Tao bereits neben den Eingang zum Tunnel gesprungen war, wo er sich mit dem Rücken gegen die Wand drückte.

Itzil wollte es ihm gleichtun, als ein Schuss im Tunnel aufhallte. Dicht neben ihrem Kopf spürte sie einen Luftzug, dann explodierte das Gestein hinter ihr an der Felswand. Panisch hechtete Itzil hinter den altarartigen Basaltblock, als ein zweiter Schuss peitschte und im Gestein ihrer Deckung einschlug.

»Dachtest du Bohnenfresserin, dass du mich abgeschüttelt hättest?«, schlug ihr aus dem Dunkeln Laurens hasserfüllte Stimme entgegen. Die Texanerin lachte schrill. »Du elende Hexe hast wohl gehofft, dass mich diese Monster zu fassen kriegen! Aber ich sage dir was: Ich habe sie abgeknallt, wie ich auch dich abknallen werde. Ich werde dich ...«

Aus den Augenwinkeln sah Itzil, wie Tao aus seiner Deckung hervorsprang; dann waren wüste Kampfschreie zu hören. Ein Schuss ertönte. Dann noch einer.

Itzil sprang auf, um dem Chinesen zu helfen, der mit Lauren um das Gewehr rang, während er gleichzeitig mit gezielten Faust- und Handkantenschlägen auf die Verrückte einprügelte. Doch die wusste sich zu wehren. Kreischend setzte sie ihm all ihren Widerstand entgegen und trat mit voller Wucht gegen seine Beinwunde.

Tao schrie schmerzerfüllt auf, ein weiterer Schuss folgte, und plötzlich polterte von der Tunneldecke Gestein auf die Kämpfenden herab. Etwas traf den Chinesen unglücklich am Kopf, er taumelte zurück, dann schlug ihm die Texanerin zornig den Kolben der Waffe ins Gesicht.

Bewusstlos blieb Tao am Boden liegen.

Lauren spuckte verächtlich zu Boden und betrat den Felsenkessel mit lauerndem Blick.

Furchterfüllt wich Itzil vor der Texanerin zurück, bis sie das Gestein des großen Reliefs in ihrem Rücken spürte. »Bitte, Lauren. Wir können doch … miteinander reden.«

»Reden?«, spuckte Lauren Clark ihr voller Verachtung entgegen, während sie kurz zu den Abbildungen an den Felswänden aufblickte und weiter auf sie zukam. Blut troff von ihrer Lippe, und Patrone für Patrone lud sie ihr Gewehr nach.

»Zwischen uns beiden gibt es nichts zu bereden«, fuhr die Texanerin fort. »Du hast den Tod meiner Tochter auf dem Gewissen. Du elendes Wetback-Miststück bist es nicht wert, zu leben.«

Itzil starrte auf den Waffenlauf und presste verzweifelt die Lippen aufeinander. Es gab nichts mehr zu sagen. Sie kannte Menschen wie Lauren Clark. Blindwütige Nationalisten, die selbst vor der Zwangsinhaftierung von Kindern nicht zurückschreckten. Selbst hier, auf einer Insel, die auf keiner Landkarte verzeichnet war, siegte der Hass.

Ein böses Lächeln umspielte Laurens Lippen, als sie nun stehen blieb und das Gewehr hob. »Ja, so fühlt sich das an, wenn man dem Unausweichlichen gegenübersteht. Hättest du eine Tochter, hätte ich sie gewählt. Damit du weißt, wie sich eine Mutter fühlt, wenn ihr das Liebste genommen wird.

Aber wer weiß, vielleicht hast du ja doch irgendwelche Bälger? Ihr mexikanischen Landplagen vermehrt euch ja bekanntlich wie die Ratten.« Sie schnaubte wütend. »Also werde ich dir erst die Kniescheiben wegschießen und dann in den Bauch. Damit du auch was davon hast.«

Itzil sah plötzlich, dass es in dem Loch am Boden, nur einen Schritt von der Texanerin entfernt, zu brodeln und zu blubbern begann.

Der Geysir stand erneut vor dem Ausbruch.

Lauren hob zornig das Gewehr, und Itzil starrte todesmutig an ihr vorbei zum Tunneleingang. Hektisch schüttelte sie den Kopf. »Nicht, Tao …!«

Mit einem Fluch auf den Lippen wirbelte Lauren Clark herum, doch der Chinese lag noch immer reglos am gegenüberliegenden Ende des Felsenkessels.

Doch die Ablenkung reichte, denn unvermittelt bildete sich rund um das brodelnde Loch plötzlich eine stark anschwellende Wasserglocke.

»Was zum Teufel …?« Die Texanerin stierte das Phänomen an – als es fauchend zur Eruption kam. Abermals schoss die gewaltige Wasserfontäne im Kessel gen Himmel. Die überraschte Texanerin wurde von kochend heißem Spritzwasser getroffen, brüllte schmerzerfüllt auf und wich panisch vor der Urgewalt zurück.

Itzil hingegen warf sich zur Seite, dorthin, wo die erste Kugel eingeschlagen war. Wütend packte sie einen der herausgesprengten Gesteinsbrocken, fuhr herum und sah inmitten des Wasserdampfes, wie Lauren Clark halb blind und mit verbrühtem Gesicht auf sie zuwankte – nur, um frontal von dem Stein getroffen zu werden, den Itzil ihr nun an den Kopf warf. Jaulend kippte Lauren Clark nach hinten, rutschte auf dem nassen Untergrund aus und geriet so erst recht in das kochend heiße Inferno aus siedendem Dampf und herabstürzenden Wassermassen. Die Texanerin schrie und brüllte vor Qual, und Itzil wandte sich schockiert ab, weil die Schreie irgendwann in quiekende Laute übergingen. Ihre Gegnerin versuchte noch, der tödlichen Gefahr zu entrinnen, indem sie von der gewaltigen Fontäne fortkroch, doch schließlich blieb sie mit krebsroter Haut liegen und rührte sich nicht mehr.

Itzil starrte die Tote eine Weile lang entsetzt an. Dann, endlich, fasste sie sich und stolperte am Kesselrand entlang zu Tao, der soeben wieder zu Bewusstsein kam.

Der Chinese fasste sich stöhnend an die blutende Kopfwunde, blickte finster zu dem Geysir auf, und auch er entdeckte nun inmitten der Schwaden den Körper ihrer Verfolgerin. Ungläubig schnaubte er. »Manchmal ist diese verdammte Insel auch zu etwas Gutem imstande.«

»Ja, scheint so.« Itzil erhob sich voller Sorge, denn da gab es noch eine andere, um die sie sich kümmern musste. Sophia! Wo war sie?

Die heißen Wassermassen des Geysirs fest im Blick, sah sie sich im Felsentrichter um, doch von ihrer Begleiterin war keine Spur zu sehen.

»Sophia!?« Itzils Stimme überschlug sich fast bei dem Versuch, das laute Rauschen und Fauchen der Wassersäule zu übertönen. »Sophia!?«

Auch Tao erhob sich und half ihr bei der Suche. Sie leuchteten jeden Winkel und sogar den Tunnel zum Meer hin aus, doch die alte Frau blieb verschwunden.

»Wenn wir sie verlieren, wird mir das Oliver Scott niemals verzeihen«, flüsterte Itzil.

»Ja, aber sie kann nicht weit sein«, ächzte Tao, der plötzlich zu der Felswand mit der verborgenen Treppe hinüberblickte. »Ist sie etwa dort hinaufgegangen?«

Itzil und Tao liefen hinüber, und aus der Nähe konnten sie sehen, dass die durchnässten Stufen kaum vierzig Zentimeter breit waren. Zu allem Unglück führte der schlüpfrige Aufweg gute zwanzig Meter in die Höhe.

Sie sahen einander verzagt an. Solange der Geysir die Stufen zusätzlich vernebelte, war an einen Aufstieg nicht zu denken. Und doch musste Sophia Scott diesen Weg eingeschlagen haben. Es gab schlicht keine andere Möglichkeit.

Itzil und Tao ließen sich erschöpft niedersinken und warteten, dicht an das Gestein gepresst, darauf, dass die gewaltige Wasserfontäne endlich wieder in sich zusammenfiel. Als es so weit war, machte sich erneut eine trügerische Stille breit, und der Anblick der verbrühten Texanerin am Boden der Grotte wirkte jetzt noch grausamer als zuvor. Sie fassten die Stufen wieder ins Auge, als unvermittelt Sophias Ruf von den Felswänden hallte: »Itzil!? Tao!? Seid ihr das da unten?«

Erleichtert starrte Itzil nach oben, wo ihre rüstige Begleiterin den Kopf über die Felskante schob.

»Sophia! Wir haben uns bereits Sorgen um dich gemacht.«

»Das müsst ihr nicht«, schallte es zufrieden zu ihnen herab. »Kommt rauf, aber zieht eure Schuhe aus, wenn ihr nicht abrutschen wollt. Ich habe unser Ferienhaus gefunden!«

Auge in Auge

»Mist, was jetzt?« Alex lauschte auf das rasch näher rückende Gurren und Zirpen und sah sich in der Düsternis nach einem Fluchtweg um. Doch der hoch über dem Dschungel liegende Felssockel samt dem Funkturm bot weder vernünftige Verstecke, noch gab es eine Möglichkeit, anders als über die alte Seilbrücke zu entkommen. Sah man von der fragilen Mastspitze des Turms ab, die sich auf der anderen Seite des Plateaus über der dortigen Kluft verkantet hatte.

Doch der traute er nicht.

»Wir werden kämpfen müssen.« Dodong hob den mit dem Bajonett bewehrten Speer, während Ricardo das Magazin seiner Waffe kontrollierte.

»Lassen Sie uns den Turm hinaufklettern«, schlug der Brasilianer vor. »Auch wenn diese Viecher selbst klettern können – von da oben aus können wir uns am besten verteidigen. Und wir sollten uns nicht zu viel Zeit damit lassen.«

»Okay, dann helft mir!« Oliver Scott begann damit, die Geräte auseinanderzubauen, doch das Zirpen und Gurren war bereits so nah, dass Alex ihn rasch auf die Beine zog. »Sorry, aber dafür ist keine Zeit. Das hört sich so an, als hätten diese Biester bereits die Seilbrücke erreicht.«

»Aber die Geräte dürfen nicht beschädigt werden«, beschwor ihn Scott. »Wenn wir einen weiteren Versuch starten wollen, jem…«

»Sie haben doch miterlebt, welchen Erfolg das gebracht hat«, fuhr ihn Dodong an. »Wir holen das Zeug später. Jetzt müssen wir weg von hier!«

Alex und Dodong nahmen Scott in die Mitte und hetzten hinter Ricardo her, der sich längst seinen Rucksack geschnappt hatte und bereits die Steigleiter des Funkturms hinaufkletterte. Die alten Sprossen quietschten und knarrten unter seiner Belastung.

Als Alex und seine Mitstreiter den Turm ebenfalls erreichten, stand der Brasilianer bereits kurz davor, die erste Etage des Turms zu betreten – als ein hässliches, platzendes Geräusch ertönte. Nieten lösten sich, Metall brach, und der komplette untere Teil der Steigleiter brach jäh aus seiner Verankerung. Ricardo schrie auf und schaffte es gerade noch, sich an einem der oberen Querstreben festzuhalten, da schepperte die metallene Steighilfe auch schon gegen einen der Haupttragepfeiler des Mastes und kippte ihnen rumpelnd entgegen.

Alex, Dodong und Scott sprangen im letzten Moment zurück, dann donnerte die Leiter auf den Felsen.

»Scheiße!« Alex sah zu Ricardo auf, der in drei oder vier Metern Höhe über ihren Köpfen baumelte und jetzt versuchte, sich zu einem der Tragepfeiler zu hangeln.

»Ricardo, alles in Ordnung da oben?«

»Ja, verdammt. Ich schaff das schon.« Der Brasilianer

schwang ein Bein über den Querstreben. »Seht zu, dass ihr da unten wegkommt. Ich kann dahinten bereits Schatten sehen.«

Doch es war zu spät.

Auch sie konnten jetzt die Geräusche hören, die aus dem Zwielicht nahten. Ein Tapsen und Kratzen, wie von Pfoten oder Krallen, die über den felsigen Untergrund schrammten. Und in all das mischten sich wieder diese durchdringenden Zirplaute.

Alex zog das Rapier und rückte die Mappe mit den Fotografien unter der Jacke so zurecht, dass sie seinem Oberkörper zusätzlichen Schutz bot. Dann baute er sich zusammen mit Dodong kampfbereit vor Scott auf.

»Was ist mit der eingeklemmten Mastspitze«, zischte der Filipino. »Könnten wir es dort rüberschaffen?«

»Jetzt eh nicht mehr«, meinte Alex mit trockener Stimme.

Ihm klopfte das Herz bis zum Hals, und nur am Rande nahm er wahr, dass Oliver Scott hinter ihnen etwas aus seiner Kleidung kramte.

Ein bedrohliches Schnattern drang aus der Düsternis, und drei oder vier flinke Schatten tauchten jetzt zwischen den behauenen Felsen auf – als der aufgehende Mond hinter einer Wolkenbank hervorbrach und die Szenerie vor ihnen ausleuchtete.

Erschüttert riss Alex die Augen auf.

Auch seine Mitstreiter stießen gequälte Laute aus.

Denn das, was dahinten über das steinige Plateau auf sie zukam, waren keine Tiere.

Das waren Monster!

Die Kreaturen, die unter keckernden Lauten nahten, waren etwa menschengroß und besaßen kurze Stummelschwänze, wobei ihre fahle Haut im Mondlicht ledrig wirkte und sich auf bizarre Weise über die Knochen spannte. Einige von ihnen sprangen allein auf ihren muskulösen, nach innen eingeknickten Hinterläufen voran; andere bewegten sich lauernd auf allen vieren auf sie zu. Ihre viel zu großen Köpfe waren fast kahl, und nur an einigen Stellen hingen wirre Haarsträhnen wie fauliger Tang herab. Und da war noch etwas: Ihre Leiber waren mit grässlichen dicken Geschwüren überzogen, die stellenweise ganze Körperpartien einnahmen.

Vor allem aber zogen ihn die riesigen Augen dieser Wesen in ihren Bann.

Sie waren fast handtellergroß und prangten wie gewaltige schwarze Pupillen in den fahlblassen Antlitzen, unter denen sich verknorpelte Nasen und viel zu kleine Mäuler abzeichneten, die spitze Raspelzähne enthüllten.

Zu allem Unglück waren die Kreaturen mit fürchterlichen natürlichen Waffen ausgestattet. Soweit Alex erkennen konnte, besaßen diese Dinger nicht nur drei große, mit Krallen bewehrte Zehen an den Hinterläufen – auch ihre vorderen Extremitäten liefen in langen Reißnägeln aus.

»Oh, mein Gott!«, ächzte Dodong entsetzt. »Diese Dinger sehen aus, als kämen sie direkt aus der Hölle.«

Keckernde Laute schallten ihnen entgegen, dann gingen die Biester zum Angriff über. Gleich drei der unheimlichen Wesen hetzten mit großen Sprüngen auf sie zu.

Dodong stürmte überraschend ebenfalls vor, verkürzte so die Distanz und rammte einem der Monster den Speer in die Brust, noch bevor dieses ihn anspringen konnte. Die Kreatur quiekte schmerzerfüllt auf, während oben am Funkturm Schüsse aufpeitschten.

Alex, der noch immer wie paralysiert dastand, sah, wie eine der anderen Kreaturen an Kopf und Schulter getroffen wurde und ins Straucheln geriet. Dann war das dritte Wesen heran und versuchte fauchend, ihn zu Boden zu reißen.

Im letzten Moment ließ Alex sich zur Seite fallen und spürte, wie die Kreatur über ihn hinwegsetzte und sogleich wieder herumwirbelte, nur um mit einer der Vorderläufe nach ihm zu schlagen. Mit einem Aufschrei riss er die Klinge empor und wehrte die krallenbewehrte Pranke ab. Wie ein auf dem Rücken liegender Käfer versuchte er davonzukrabbeln, als das

Wesen jäh über ihm war, ihm mit einem wuchtigen Hieb die Waffenhand wegprellte und ihn an der Kehle zu Boden drückte.

Triumphierende Zirplaute ausstoßend, starrte die Kreatur mit ihren riesigen schwarzen Augen auf ihn herab. Sie stank nach altem Schweiß, Sabber leckte ihr aus dem Schlund, und doch glaubte er, in dem fremdartigen Antlitz entfernt menschliche Züge ausmachen zu können. Und es war auch nicht Mordlust, die er in dem Blick des Wesens zu entdecken glaubte, sondern vielmehr ... Wahnsinn.

Ein Knall ertönte, etwas fauchte, und ein grellrotes Geschoss schlug unter großer Rauchwirkung in der rechten Flanke der Kreatur ein. Alex' Gegner schrie qualvoll auf, kippte zur Seite und rollte sich unter rasenden Schmerzen über das Felsgestein, während sich das brennende und zischende Geschoss weiter in seinen Körper brannte.

Alex sprang auf und stach, bevor er überhaupt wusste, was er da tat, mehrfach auf die jämmerlich fiepende Kreatur ein.

Nur am Rande nahm er wahr, dass Scott unter dem Funkturm mit einer Signalpistole hantierte. Auch vom Funkturm ertönten weiterhin Schüsse, nur musste sich Ricardo jetzt selbst einer Kreatur erwehren, die ihn mit flinken Sprüngen über die Streben des Turms zu erreichen versuchte.

Dodong hingegen stand nahe der Abbruchkante auf jener Seite des Plateaus, über die sich weiter hinten die alte Seilbrücke spannte, und kämpfte dort gegen zwei der gefährlichen Wesen zugleich. Soeben wirbelte er seinen Speer über den Kopf, prellte den Kopf eines der Angreifer mit einem wuchtigen Hieb zur Seite und rammte der zweiten Kreatur mit einem Stich die Klinge des Speeres in die Schulter. Ein drittes der Monster lag bereits schwer verwundet am Boden, schleppte sich jedoch hinter seinem Rücken erneut in seine Richtung.

Alex stürmte zu seinem Kampfgefährten hinüber und rammte der bereits am Boden liegenden Kreatur zweimal die Klinge in den Körper; dann lag sie still.

Dodong hebelte derweil einem seiner beiden Angreifer mit

einem Speerhieb die kräftigen Beine weg und trat zornig auf dessen Kopf ein, als ihn das andere Wesen mit einer seiner Krallen an der Seite erwischte. Der Filipino schrie schmerzerfüllt auf, fuhr herum, durchbrach mit zwei weiteren Speerhieben dessen Deckung und rammte ihm die Klinge des Speers in den Schädel. Quiekend kippte die Kreatur zurück und fiel über die Abbruchkante in die Tiefe.

Alex schlug und stach mit dem Rapier auf die zu Fall gebrachte Kreatur ein, doch das Biest war flink und wich aus. Dann spürte er einen schmerzhaften Tritt in der Leibesmitte und flog ein oder zwei Meter durch die Luft, bevor er mit dem Rücken gegen einen der behauenen Felsen krachte.

Schwer rang Alex nach Luft und versuchte, auf die Beine zu kommen, während sich sein grauenerregender Gegner abermals auf Dodong stürzte. Gleichzeitig war von irgendwoher das lauernde Gurren weiterer nahender Kreaturen zu hören – als ein zweites grell leuchtendes Signalgeschoss über ihn hinweg zum hinteren Ende des Plateaus fauchte und die Szenerie auch dort in grellrotes Licht tauchte.

Alex erhob sich stöhnend, während Dodong auch mit dem letzten seiner Angreifer kurzen Prozess machte. Die Kreatur schlug mehrfach mit ihren Krallen nach ihm, doch der Filipino wehrte die Hiebe kunstvoll ab, prellte der Ausgeburt mit der stumpfen Seite des Speers den Kopf zur Seite, wirbelte einmal um die eigene Achse und rammte auch ihm das Bajonett tief in die Brust.

»Mamatay ka!«, schrie er auf Tagalok.

Die Kreatur quiekte und röchelte.

Mühsam wankte Alex zu seinem Gefährten, während Dodong auch dieses Wesen mit dem Speer über die Abbruchkante schleuderte. Obwohl der Filipino schwer an der Seite blutete, blickte er triumphierend zu ihm hinüber – als hinter ihm, aus dem Dunkeln, eine Klaue über die Felskante nach oben schnellte, ihn am Knöchel packte und kraftvoll nach hinten zog.

Dodong schrie überrascht auf und geriet ins Straucheln – dann kippte auch er über die Felskante.

»Dodong! Neiiiiin!« Verzweifelt schrie Alex auf, humpelte zum Plateaurand und musste mitansehen, wie sich dort soeben eine weitere der Kreaturen nach oben zog. Brüllend vor Wut und Zorn stach er ihr mit dem Rapier in die schreckliche Fratze. Die spitze Klinge fuhr in eines der großen schwarzen Augen, es platzte auf, und das Monster kippte jaulend und wild um sich schlagend nach hinten, um wieder zurück in die Kluft zu stürzen, aus der es heraufgestiegen war.

Alex trat keuchend an die Abbruchkante, starrte in die vom Mondlicht nur unzureichend ausgeleuchtete Tiefe und riss entgeistert die Augen auf. Direkt unter ihm, nur sieben oder acht Meter vom Plateau entfernt, hingen drei weitere diese fürchterlichen Geschöpfe in der Felswand. Doch sie kamen nicht weiter zu ihm herauf, sondern transportierten Dodong nach unten! Dabei verhielten sie sich auf bizarre Weise wie Affen. Sie hielten den leblosen Körper des Filipinos am Knöchel gepackt, schwangen ihn kraftvoll hin und her und warfen ihn einander über jeweils zwei oder drei Meter Distanz zu. Beständig fing ihn eines der Biester auf, und das Schauspiel wiederholte sich mehrere Male, bis die Kreaturen mit dem Körper seines Freundes in der Dunkelheit verschwunden waren.

Alex fuhr mit tränendem Blick herum und sah, dass sich Ricardo seines Angreifers inzwischen ebenfalls entledigt hatte. Die erschossene Monstrosität lag unten am Fuße des Turms, während der Brasilianer sein Heil darin suchte, weiter emporzuklettern.

Scott hingegen stand unweit des Funkgeräts und lud mit zittrigen Fingern eine weitere Signalpatrone nach. Denn noch immer ertönte weiter hinten auf dem Plateau lauerndes Schnattern, Zirpen und Gurren.

Dort, wo die zweite abgeschossene Patrone aus der Signalpistole grellrot und unter großer Rauchentwicklung abbrannte.

Alex wischte sich über seine feuchten Augen, denn er begriff nicht, warum die Kreaturen dahinten nicht längst ebenfalls über sie herfielen. Es waren drei. Er konnte sie gut erkennen, da das Signalgeschoss hinter einem der von den Maya behauenen Felsen abbrannte und die Kreaturen trotz der Rauchentwicklung gut ausleuchtete.

Doch die Monster verhielten sich … seltsam. Zögernd. Abwartend.

Allesamt schirmten sie ihre riesigen Augen mit den Vorderläufen ab, ganz so, als wären sie … geblendet.

Alex stürmte hinüber zu Scott, der bereits wieder seine Pistole hob.

»Warten Sie. Wie viele Patronen haben Sie noch?«

»Vier.« Scott sah ihn verstört an.

»Ich habe einen Plan. Aber dazu müssen wir ein kleines Stück klettern.«

»Was …?«

Alex ließ sich auf keine Diskussionen ein und zog den Rentner mit sich, hinüber zu der Kluft auf der anderen Seite des Plateaus, ganz in der Nähe jener Stelle, wo die fragile Mastspitze des Turms zwischen den Felsen feststeckte. Aufgewühlt packte er das noch immer dort hängende Seil, das hinunter zu dem Felssims führte, auf dem er die Leiche des Soldaten entdeckt hatte.

»Versuchen wir es da rüber?«, fragte Oliver Scott mit Blick auf den eingeklemmt zwischen den Felswänden hängenden Mast.

»Nein, zu gefährlich. Ich bin mir sicher, dass das Ding nicht hält.« Alex deutete in die Dunkelheit. »Wir verstecken uns da unten. Da befindet sich eine Art Sims in der Felswand.«

»Sie glauben, wir schaffen das, ohne dass es diese Monster bemerken?«

»Das sind nur wenige Meter. Und: Ja, wir schaffen das, wenn wir sie weiter blenden. Schnell, geben Sie mir Ihre Waffe!«

Er nahm seinem verschreckten Begleiter die Signalpistole

ab und schoss kurzerhand eine weitere Leuchtkugel zwischen die herumstehenden Felsen, die nun gleichfalls zischend und rauchend ihr grellrotes Licht verbreitete.

»Los, wegstecken! Viel Zeit haben wir nicht. Ich helfe Ihnen.« Er gab Scott die Pistole zurück, packte den Strang, an dem er sich schon einmal in die Tiefe gelassen hatte, kletterte voran und half Scott so dabei, über die Vorsprünge der Felswand nach unten zu gelangen. Kurz schaltete er seine Lampe an, kletterte nun seinerseits hinunter zu dem felsigen Überhang und schwang sich auf den steinernen Sims darunter. Dann half er auch seinem Begleiter in die Gesteinsvertiefung hinein, wo sie sich eng an die Wand pressten.

»Denken Sie einfach nicht daran, dass es direkt vor uns steil bergab geht«, keuchte er.

»Ich weiß im Augenblick überhaupt nicht, was ich noch denken soll«, hauchte der Alte.

»Still!« Alex presste verbittert die Lippen aufeinander, denn trotz der Gefahr, in der sie noch immer schwebten, sah er vor seinem geistigen Auge wieder und wieder Dodong stolpern und über die Felskante fallen. Und den leblosen Körper des Filipos, der in der Dunkelheit verschwand. Neben Itzil war Dodong der Einzige in der Truppe gewesen, den Alex als so etwas wie einen Freund betrachtet hatte.

Jetzt hatte es auch ihn erwischt.

Ebenso wie Jordan und Courtney.

Und wer wusste schon, ob Itzil und die anderen überhaupt noch lebten?

Es war einfach nur zum Verzweifeln.

Der flackernde rote Lichtschein über ihnen war längst vergangen, und eine trügerische Stille breitete sich aus, die plötzlich wieder durch ein aggressives Schnattern durchbrochen wurde. Und das unmittelbar über der Felsnase, die wie ein Dach über ihnen aufragte und sie hoffentlich vor den Blicken dieser grauenerregenden Kreaturen schützte.

Alex und Scott hielten ängstlich den Atem an, als sie schräg über sich einen flinken Schatten erkennen konnten, der auf die im Felsspalt verkantete Mastspitze des Funkturms sprang.

Ganz so, wie Alex gehofft hatte, glaubten die Kreaturen offenbar, dass sie über die Konstruktion hinweg auf die andere Seite der Kluft geflohen waren. Und er betete, dass sich auch seine zweite Hoffnung erfüllte.

Das Wesen arbeitete sich lauernd voran – als das Metall plötzlich quietschte und wie erhofft nachgab. Die komplette Konstruktion brach rumpelnd ein und stürzte samt dem hilflos kreischenden Wesen in die Tiefe, wo das Gestänge scheppernd aufschlug.

Alex schloss die Augen, als über ihnen enttäuschte Schnatterlaute ertönten.

Die Geräusche entfernten sich, wieder fielen Schüsse, und schließlich verstummten auch diese, und es wurde still.

»Ob es Batista erwischt hat?«, wisperte Scott nach einer Weile. »Wir könnten nachsehen. Drei Schuss habe ich noch.«

»Nein, wir gehen kein weiteres Risiko ein!«, zischte Alex. »Wo haben Sie die Pistole überhaupt her?«

»Ihr habt mich damals lediglich gefragt, ob in der Rettungsinsel ein Notfall-Kit war.«

Alex ließ seinen Kopf resigniert zurücksinken.

Während sie weiter reglos dasaßen und die Nacht verstrich, dachte er wieder an all das Geschehene zurück. Die gespenstischen Funksprüche aus der Vergangenheit. Die bizarre Zeitanomalie in den seltsamen Lichtzonen. Und die grässlichen Kreaturen, die ihn an nichts erinnerten, was er aus der bekannten Zoologie kannte. Wer waren sie?

Was waren sie?

Seine Augen füllten sich mit Tränen. Denn am meisten quälte ihn der Verlust Dodongs.

Dass er doch irgendwann eingenickt war, merkte Alex erst, als ihn Scott wach rüttelte. Erschrocken riss Alex die Augen auf und sah, dass am Himmel über der Insel bereits die Morgensonne aufgegangen war.

»Mist, ich bin eingenickt.«

»Ja, man merkt gleich, dass Sie nie gedient haben.« Scott atmete tief ein und blinzelte sich die Müdigkeit aus den vor Schlafmangel geröteten Augen. »Aber ich bin wach geblieben. Was jetzt? Wagen wir uns wieder hinauf? Da oben ist schon lange nichts mehr zu hören.«

Alex blickte hinunter in den Abgrund, wo die zertrümmerte Mastspitze des Funkturms lag. Von der Kreatur, die dort ebenfalls in die Tiefe gerauscht war, war nichts zu sehen.

»Versuchen wir es«, stöhnte er. »Wir können ja nicht ewig hierblieben.«

Gemeinsam mühten sie sich wieder nach oben auf das Plateau, wo sie rasch erkennen konnten, dass auch dort keine einzige der toten Kreaturen mehr zu sehen war. Dafür entdeckten sie ziemlich weit oben auf dem Funkturm Ricardo, der zusammengesunken auf einem der Stockwerke kauerte.

War er verletzt? Oder tot?

»Ricardo!«, rief Alex erst leise, dann etwas lauter. »Ricardo!«

Zu seiner Erleichterung schreckte der Brasilianer plötzlich hoch und hielt sofort die Pistole auf die Tiefe gerichtet. Aufgewühlt wischte er sich über das Gesicht, als auch er begriff, dass längst die Sonne aufgegangen war.

»Dann sind sie weg?«, rief er.

»Ja, sieht so aus«, antwortete Scott, der sich suchend zwischen den Felsen umsah.

Ricardo kraxelte vorsichtig am Gestänge des Funkturms zu ihnen hinunter, während Scott einen Fluch ausstieß.

»Was ist?«, wollte Alex von ihm wissen. Noch immer traute er dem Frieden nicht, hielt das Rapier fest umklammert und behielt weiter die Rückseite des Plateaus im Auge. Doch dort war nichts.

»Das Funkgerät ist weg. Außerdem der Verstärker und die Batterie.«

Alex warf einen letzten Blick auf ihre Umgebung, dann eilte er zu Scott und fand dessen Aussage bestätigt. »Diese Kreaturen müssen die Geräte mitgenommen haben.«

»Ja, aber warum?« Scott sah ihn ratlos an.

»Keine Ahnung«, murmelte Alex nachdenklich. »Aber es passt zu ihrem Verhalten auf der *Sea Quest*. Wir haben Ihnen doch berichtet, dass dort irgendjemand fast alles ausgebaut und zusammengetragen hatte, dessen er an elektronischen Geräten habhaft werden konnte. Was, wenn dafür ebenfalls diese Kreaturen verantwortlich waren? Schließlich war dort unseres Wissens nach außer ihnen und uns kein anderer.«

»Diese Dinger erweckten auf mich nicht den Eindruck, als könnten sie mit technischem Equipment etwas anfangen.«

»Das vielleicht nicht. Aber es kann doch sein, dass sie irgendetwas antreibt, uns daran zu hindern, Kontakt zur Außenwelt aufzunehmen.«

»Das würde unterstellen, dass diese Biester etwas von einer Außenwelt wissen.«

»Wer weiß«, meldete sich Ricardo zu Wort, der jetzt an einem der Stützpfeiler zu ihnen in die Tiefe rutschte. Müde ließ er seine Nackenwirbel knacken. »Wir wissen schließlich nichts über sie. Und ich weiß nur eines: Was auch immer das für Geschöpfe sind, ich habe ihnen die beschissenste Nacht meines Lebens zu verdanken.«

»Sei einfach dankbar«, fuhr Alex ihn gereizt an. »Dodong hatte nicht so viel Glück.«

Der Brasilianer, der vermutlich erst jetzt vom Tod des Filipinos erfuhr, sah ihn an und nickte.

»Er hat verdammt tapfer gekämpft«, meinte Scott anerkennend.

»Ja, er hat es mit drei dieser Kreaturen gleichzeitig aufgenommen.« Alex lächelte bitter und trat erneut an die Abbruchkante heran, über die die Monstrositäten seinen Freund fortgetragen hatten. Finster starrte er in die Tiefe. »Diese Dinger haben einen hohen Preis dafür bezahlt, ihn zu fassen zu kriegen. Am Ende haben sie ihn aber doch erwischt – und dann mit sich in die Tiefe geschleppt.«

»Sie haben ihn verschleppt?« Scott blickte ihn irritiert an.

»Ja, wirkte auf mich ganz so.« Alex sah, wie es hinter der Stirn des Rentners arbeitete.

»Ob sie noch irgendwo hier lauern?«, fragte der Brasilianer.

Alex sah zum Dschungel auf. »Irgendwo sind sie mit Sicherheit. Aber inzwischen glaube ich, dass sie tatsächlich nur in der Nacht rauskommen.«

»Warum?«

»Weil sie offenbar extrem lichtempfindlich sind.« Grübelnd fuhr er sich über seinen Bart. »Die Augen … könnten darauf hindeuten, dass sie eigentlich Höhlenbewohner sind. Streng genommen haben sie uns auch damals auf der *Sea Quest* nur unter Deck angegriffen.«

»Bewohner der Dunkelheit also?« Ricardo musterte ihn aufmerksam. »Na gut, dann sollten wir uns wohl vor Höhlen jeder Art fernhalten.«

»Sollten wir uns vielleicht auch von Ihnen fernhalten?«, brauste Scott plötzlich auf. »Wir wurden gestern leider unterbrochen, als Sie uns erklären wollten, was *Sie* eigentlich hier auf diesem seltsamen Eiland zu suchen haben. Zumindest sind wir nur bis zu der Stelle gekommen, bei der Sie uns anvertraut haben, dass Sie diesen Ort offenbar gezielt aufgesucht haben.«

Ricardo sah sie beide an und schürzte die Lippen. »Ich sagte es doch bereits, ich habe die bisherigen Schiffs- und Flugzeugverluste hier im Bermudadreieck ausgewertet. Sie glauben nicht, *wie* viele Schiffe und Flugzeuge hier verschwunden sind. Angeblich sogar ein Atom-U-Boot.«

»Und?«

»Nun, ich habe es nicht dabei belassen, all diese Dramen einfach nur zu dokumentieren. Ich habe auch die Zeitpunkte all dieser Unglücke untersucht und dabei festgestellt, dass diese einem Muster folgen.«

»Was meinen Sie damit?«, fragte Alex.

»Mithilfe des richtigen Algorithmus erkennt man, dass hier nicht *ständig* Schiffe und Flugzeuge verschwinden. Man muss schon das Pech haben, zum falschen Zeitpunkt auf oder über dem Meer zu sein.«

Verblüfft sahen Alex und Scott einander an.

»Weiter!«, forderte Scott Ricardo auf.

»Abgesehen von jenen Unglücklichen, von denen man nie wieder etwas gehört hat, gibt es nämlich auch solche, die einem spurlosen Verschwinden scheinbar um Haaresbreite entgangen sind. Selbst Zeitanomalien waren zu beobachten. Als ich mich näher mit den Erlebnissen auf dem Kabelverlegungsschiff *Yamacraw* 1956 hier im Bermudadreieck beschäftigte, denen genau das passiert ist, fiel mir etwas Interessantes auf. Die Mannschaft sprach davon, dass sie hier draußen in einen seltsamen Nebel gerieten und kurz eine Insel gesichtet hätten. In diesem Seegebiet eigentlich ein Ding der Unmöglichkeit.«

»Ich weiß«, knurrte Scott.

»Erstaunlicherweise habe ich noch drei weitere solcher Meldungen gefunden.« Ricardo funkelte sie an. »Stets war dort von einer Insel die Rede. Das Verrückte ist, dass eine solche geheimnisvolle Insel im Atlantischen Ozean sogar in den Reiseberichten des heiligen Sankt Brendan auftaucht.«

»Wer ist das?«, fragte Alex.

»Ein irischer Mönch, der vermutlich zwischen fünfhundert und sechshundert nach Christus gelebt hat. Er gilt als einer der zwölf Apostel Irlands und ist auch als ›Brendan der Reisende‹ bekannt. Sein ganzes Leben gilt als legendär; vor allem aber ist er durch seine Seereisen bekannt geworden, die er angeblich mit zwölf Gefährten unternahm. Heute nimmt man an, dass er deutlich weiter kam, als die damaligen Chronisten dies ahnten. Vermutlich hat er auf seinen Reisen sogar Amerika entdeckt – und zwar weit vor Kolumbus.«

»Also ähnlich wie die Wikinger«, brummte Scott.

»Genau.« Ricardo strich sich sein halblanges Haar zurück.

»Bei einer dieser Reisen hat er die sogenannte Brendan-Insel entdeckt. Aus der Insel wurden dann Inseln, die jahrhundertelang in der Kartografie als Phantominseln westlich des nördlichen Afrikas dargestellt wurden. Die Gelehrten des Mittelalters hielten sie schlicht für eine Tatsache. Was aber, wenn diese Insel damit gemeint war? Interessant ist, dass in der Legende von einem seltsamen Kreislauf gesprochen wird, den man nehmen muss, um sie zu finden. Vielleicht war das bloß der verzweifelte Versuch zu erklären, was ich mittels Mathematik herausgefunden habe? Denn wie schon gesagt: Das Phänomen hier im Bermudadreieck folgt einem seltsamen Rhythmus.«

Alex und Scott warfen einander Blicke zu.

»Du hast dich hier draußen freiwillig in Gefahr begeben, weil du gehofft hast, vom Bermudadreieck verschluckt zu werden?« Alex starrte ihn ungläubig an.

»Das war sogar der dritte Versuch«, korrigierte ihn der Brasilianer ernst. »Die ersten beiden sind leider gescheitert. Große Entdeckungen macht man eben nicht, indem man zu Hause vor dem Fernseher versauert.«

»Das ist doch völlig verrückt«, schnaubte Alex. »Wie wolltest du denn wieder von hier wegkommen, wenn das ganz offensichtlich sonst niemandem gelingt?«

Ricardo lächelte spöttisch. »Genau diese Kleingeistigkeit unterscheidet uns. Dabei hätte ich dir als Deutschem etwas mehr Unternehmergeist zugetraut. Was, glaubst du, ist der Grund, warum ich in die Robotik und die Raumfahrt investiert und zwei riesige Unternehmen aufgebaut habe? Ich verrate es dir: Weil ich mich mit solchen Lappalien nicht zufriedengebe. Weil ich die Zukunft im Blick habe!« Er lächelte kühl. »Aber um die Frage zu beantworten: Andere haben es doch ebenfalls geschafft. Hast du die Zeugnisse der Maya in der Höhle vergessen? Oder die der Taíno? Warum sollte es mir ... also uns nicht ebenfalls möglich sein, diese Insel zu verlassen? Dazu müssen wir nur herausfinden, was für die erstaunlichen Phänomene hier verantwortlich ist.« Ricardo betrachtete wieder den Dschungel. »Daher schlage ich vor, dass wir uns jetzt wieder auf den Rückweg begeben, damit wir uns gemeinsam mit den anderen der Beantwortung dieser speziellen Frage widmen können. Ich werde mal nachsehen, ob die Seilbrücke noch hängt.«

Mit diesen Worten schulterte Ricardo seinen Rucksack und marschierte, ohne eine Antwort abzuwarten, in die Richtung, aus der sie gestern gekommen waren.

»Was für ein arroganter Arsch!«, entfuhr es Alex. »Völlig egal, was er uns eben aufgetischt hat – fast glaube ich, dass er die ganze Zeit über wusste, was hier auf dieser Insel vor sich geht. Mir kam seine Story über das Verschwinden seines Skippers schon komisch vor. Ebenso sein ganzes Verhalten, kurz nachdem wir ihn entdeckt haben. Wenn das wahr ist, hat er in gewisser Weise auch Jordans Tod zu verantworten. Einfach, weil er uns nicht vor diesen … Zeitanomalien gewarnt hat. Wobei Jordan dieses Wissen allein in der Dunkelheit vermutlich auch nichts geholfen hätte.« Alex seufzte, als er an den rothaarigen Kanadier mit dem unerwartet düsteren Musikgeschmack und an Dodongs gefühlvolle Rede an dessen Grab zurückdachte. An Dodongs Grab würde niemand eine Rede halten können. Denn es gab keines.

Alex schob den Gedanken rasch fort. »Und davon abgesehen«, fuhr er fort, »setzt sich niemand ohne irgendeine Rückversicherung dem Risiko aus, mal eben so im Bermudadreieck zu verschwinden. Batista schon gar nicht.«

»Nein, gewiss nicht«, murmelte Scott zustimmend. »Ich denke sogar, er ist nur aus einem Grund hier. Nämlich, um das Geheimnis dieser Insel kommerziell auszuschlachten.«

Alex schüttelte ungläubig den Kopf und bemerkte nun zu seiner Überraschung, dass hinter einem der behauenen Felsen noch immer ihre Tasche mit den verbliebenen Nahrungsmitteln lag. Er sammelte sie auf und betrachtete die verbliebenen Konserven, die Wasserflasche und das halbe Paket trockener Nudeln.

»Immer noch verrückt«, sagte er. »Das Funkgerät haben sie uns genommen, aber das hier hiergelassen …«

Scott spähte hinüber zum Meer und zuckte mit den Achseln. »Im Augenblick habe ich sowieso keinen Hunger.«

Alex sah zu ihm auf und trat neben ihn. »Sie machen sich Sorgen, richtig?«

»Sie etwa nicht?«

»Doch. Große sogar.« Alex schluckte. »Denn wenn diese furchterregenden Kreaturen gestern uns angegriffen haben, dann vielleicht auch das Lager.«

Scotts Augen schimmerten plötzlich feucht. »Wenn Sophia etwas passiert ist, dann … Ich weiß sowieso nicht, was ich machen soll, wenn sie mal nicht mehr ist. Ihre Krankheit ist wie ein Fluch. Ich wollte doch nichts anderes, als uns beiden die Möglichkeit zu geben, die uns verbleibende Zeit gemeinsam zu genießen. Hätte ich geahnt, in welche Hölle ich sie damit bringen würde, dann …«

Scotts Stimme brach, und Alex legte dem Rentner mitfühlend die Hand auf die Schulter. »Sie können nichts dafür. Immerhin leben Sie beide und stehen das hier ebenfalls gemeinsam durch. Sie sind mir überhaupt ein großes Vorbild. Ich kann nur schwer ermessen, wie schwer die Erkrankung Ihrer Frau für Sie sein muss. Trotzdem sind Sie stets fürsorglich und nie ungeduldig mit ihr. Ich hoffe sehr, dass auch ich einmal eine solche Liebe finde.«

»Na ja.« Der Alte lächelte traurig. »War tatsächlich nicht immer einfach, unser Leben. Von dem Schicksalsschlag mit unserer Tochter wissen Sie ja. Aber zumindest das mit der Liebe, das habe ich vermutlich gut hinbekommen.« Er sah zu ihm auf. »Wie sieht es denn mit Ihnen aus? Sie mögen die Kleine, richtig?«

»Itzil?« Alex räusperte sich verlegen. »Ja, tue ich. Wobei ich mir noch nicht darüber im Klaren bin, ob das nicht einfach den Umständen geschuldet ist. Überhaupt, wie sollte das funktionieren? Ich stamme aus Deutschland, sie aus Mexiko.«

»Als ob das ein Hindernis wäre.«

»Mal ganz davon abgesehen, dass sie … von meinen Gefühlen nichts weiß, bin ich auch nicht gerade der Typ, der sich aufdrängt. Hier, in unserer Lage, schon gar nicht.«

»Sie weiß es also nicht?« Scott lachte trocken. »Jeder im Lager weiß es. Ist ja nicht zu übersehen. Niedlich ist sie ja. Außerdem aufgeweckt und patent. Wenn ich Ihnen als alter Mann einen Rat geben darf: Diese Kombination ist gar nicht so einfach zu finden. Sollten wir alle heil von hier wegkommen, dann sehen Sie besser zu, dass Sie das Richtige tun.«

»Die Brücke ist noch intakt!«, erschallte weiter hinten der leise Ruf Ricardos.

Alex seufzte, und der Rentner zwinkerte ihm aufbauend zu. »Machen Sie was draus.«

Gemeinsam marschierten sie zu dem Brasilianer, der sich bereits, ohne auf sie zu warten, über die Seilbrücke hangelte. Scott folgte ihm, und Alex löste nach kurzem Nachdenken das Nylonseil und kletterte ihnen ohne Sicherung auf die andere Seite hinterher.

Eine Weile folgten sie den Baummarkierungen, die Dodong zurückgelassen hatte, bis sie wieder auf einen jener Humusdämme stießen, die ihren Weg querten.

Zu wissen, wodurch sie erzeugt wurden, machte die Konfrontation nicht leichter. Und wie erwartet, waren hinter dem Damm alle weiteren Baummarkierungen verschwunden. Sie waren fortgewachsen. Streng genommen marschierten sie hier nicht einmal mehr durch den gleichen Urwald wie gestern. Und doch waren Fauna und Flora die gleiche.

Verärgert vertrieb er wieder eine Biene, die ihn umkreiste.

Sie rasteten, verspeisten ihre verbliebenen Lebensmittel und marschierten weiter durch den Dschungel gen Süden – bis sie einige Stunden später auf den Wildbach stießen, der Richtung Küste strömte und sie zu der alten Karavelle brachte.

Nur war dort hinten Bewegung zwischen den Bäumen.

»Oliver!«, schallte überraschend Sophia Scotts Stimme zu ihnen herüber.

Himmel, was machte ausgerechnet sie hier?

Die alte Dame lief auf sie zu, und kurz darauf lag sie ihrem Mann in den Armen.

Ricardo und er sahen einander überrascht an, denn auch Itzil und Tao stapften jetzt durch das Unterholz auf sie zu. Nur dass der Chinese jetzt eines der beiden Gewehre trug, die Ross und Petersen von der *Sea Quest* geborgen hatten.

Erleichtert umarmte Alex die Mexikanerin. »Was macht ihr hier, so weit weg vom Lager?«

»Ich bin nur froh, dass ihr noch lebt.« Itzil drückte ihn an sich, und er bemerkte, wie müde sie wirkte.

»Wo ist Dodong?«, fragte sie unvermittelt.

Niedergeschlagen senkte Alex den Blick. »Wir wurden angegriffen. Er hat es nicht geschafft.«

»Nein. Nicht auch noch er.« Tränen verschleierten ihren Blick, und verzweifelt presste sie die Lippen aufeinander.

Auch Tao sah ihn bestürzt an.

»Darf ich fragen, welche Umstände uns dieses Empfangskomitee verschaffen?«, wollte Ricardo Batista wissen. »Wo sind die anderen?«

»Von denen ist keiner mehr am Leben«, gab Tao düster zurück. »So wie es aussieht, sind wir sechs die Einzigen, die noch übrig sind.«

Schockiert starrten sie einander an; nur Sophia Scott schien weiterhin bester Laune zu sein. »Wir haben etwas gefunden«, rief sie. »Das müsst ihr euch einfach ansehen!«

Der Turm

Itzil stand gemeinsam mit Alex, Tao und Ricardo vor der Treppe aus Basaltgestein, die gute sechs Meter hinauf zu einem runden, fünfzehn bis zwanzig Meter hohen und sicher zehn Meter breiten Kuppelturm führte. Interessiert beobachtete sie die verdutzten Reaktionen ihrer Gefährten, denn das Gebäude trug ohne Zweifel die Handschrift der alten Maya-Baumeister.

Die seitlich einrahmenden Treppenwangen waren mit ineinander verschlungenen Leibern von Schlangen geschmückt, deren Reptilienköpfe unten über die alten Stufen hinausragten. Der Turm selbst bestand aus passgenau miteinander verfugten Steinquadern, die keinerlei sichtbare Fenster aufwiesen, dafür jedoch Rankenwerk unterhalb der Kuppel, in die die Masken von Herrschern oder Göttern eingelassen waren. Der einzige Zugang bestand aus einem rechteckigen, von einem Relief überdeckten und rechts und links mit alten Maya-Bildnissen verzierten Zugang, hinter dem sich die Windungen einer Treppe abzeichneten.

»Wow! Was ist das für ein Gebäude?«, staunte Alex.

Er spähte zurück zur obersten Stufe der verborgenen Treppe, hinter der sich, einem großen runden Krater ähnlich, der Felsenkessel aufspannte. Dort unten fauchte es jetzt wieder, und vor ihrer aller Augen schoss in der Mitte die beeindruckende Wasserfontäne des Geysirs empor, deren Spitze vom Seewind wie eine weiße Fahne aufgefächert wurde, und deren Gischt gelegentlich auch wieder zu ihnen trieb. »Ist das eine Art Wach- oder Leuchtturm?«

»Nein.« Ricardo drehte sich kurz um und blickte gen Westen auf die blaue See hinaus. »Das könnte man angesichts der exponierten Lage hier oben auf den Klippen vielleicht denken. Aber wenn du mich fragst, ist das hier ein altes Observatorium. Eine Sternwarte.«

Alex warf Itzil einen fragenden Blick zu, und sie nickte: »Das denke ich auch. Tao und ich waren bereits drinnen. In mancherlei Hinsicht ähnelt es dem Caracol, dem Schneckenturm Chichén Itzás. Das ist eine bedeutende Ruinenstadt auf der Halbinsel Yukatán. Auch der Caracol diente den Maya zur Sternenbeobachtung.«

»Siehst du«, der Brasilianer zwinkerte Alex zu. »Das ist genau die Art von Spur, die ich heute Morgen meinte.« Unternehmungslustig wandte er sich ihr und Tao zu. »Gebt ihr uns eine Führung?«

Tao nickte und marschierte voran. Ricardo folgte ihm, doch als sich auch Itzil in Bewegung setzen wollte, hielt Alex sie zurück. »Warte.«

Misstrauisch blickte er dem Brasilianer nach und wartete, bis dieser mit Tao die Treppe erklommen und den Turm betreten hatte.

»Was ist?«, fragte sie.

»Ich musste mich auf dem Herweg etwas zurückhalten«, erklärte er. »Aber Scott und ich trauen Batista nicht einmal so weit.« Er präsentierte Daumen und Zeigefinger, zwischen denen nicht einmal ein Peso Platz gefunden hätte. Dann berichtete er ihr von dem Disput, den er und Scott am Morgen mit dem Brasilianer ausgetragen hatten.

Itzil war wenig überrascht. »Irgendwie haben wir das doch die ganze Zeit über geahnt, oder?«

Er nickte widerwillig. »Bloß sind wir inzwischen davon überzeugt, dass Ricardo noch irgendetwas in der Hinterhand hat. Leider wissen wir nicht, was das sein könnte. Allerdings haben wir uns gefragt, inwieweit wir Übrigen in seine Pläne hineinpassen.«

Itzil sah nachdenklich zum Turm hinauf. »Zumindest in einer Sache muss ich Ricardo recht geben: Wenn wir herausfinden wollen, was es mit diesen irren Geschehnissen auf dieser Insel auf sich hat, müssen wir uns tatsächlich näher mit dem auseinandersetzen, was wir hier an Seltsamkeiten finden.«

»Ich weiß.« Alex seufzte. »Nur hab ein Auge auf ihn.«

»Werde ich.« Sie lächelte wehmütig. »Ich bin froh, dass du das gestern überlebt hast.«

»Und ich, dass du noch vor mir stehst.« Er lächelte ebenfalls, wenn auch mit einem bitteren Zug. »Hätte ich gewusst, in welcher Situation wir dich zurücklassen würden und wie durchgeknallt die Clark wirklich war, dann …« Er schüttelte den Kopf. »Egal. Kümmern wir uns erst einmal um das hier. Wie sieht es aus? Bekomme ich ebenfalls eine Führung?«

»Natürlich. Lass mich nur kurz nach den Scotts sehen.«

Sie trat dicht an die Abbruchkante des Felsentrichters heran, doch angesichts der warmen Schwaden, die jetzt wieder unter ihnen in dem Kessel trieben, war das Ehepaar kaum zu erkennen. Und doch sah sie, dass sich die beiden gerade auf den Weg zum Tunnel begaben, über den man hinaus an die Küste gelangte.

Oliver Scott hätte sie natürlich gern hochbegleitet, aber die Stufen waren selbst barfuß und mit Absicherungsseil viel zu schlüpfrig, als dass sie ihn angesichts seines Alters dem Risiko aussetzen wollten, am Ende noch abzustürzen. Noch immer konnte sie es kaum fassen, dass es Sophia Scott letzte Nacht alleine und unversehrt geschafft hatte, hier hochzukraxeln. Die alte Dame sicher wieder von dem hochliegenden Ort nach unten zu schaffen, hatte Tao und sie alle Kraft und Nerven gekostet, die sie noch aufzubieten hatten. Sophias Demenzschübe zeitigten überhaupt zunehmend sonderbare Folgen.

Alex trat neben sie. »Mach dir um die Scotts keine Gedanken. Zumindest Oliver ist ohnehin beschäftigt.«

»Womit?«

»Ach so, das habe ich dir ja auch noch nicht erzählt.« Alex sah sie verlegen an. »Ich habe alte Luftaufnahmen der Insel gefunden.«

»Wie bitte?«

»Ja, die scheinen damals von den Militärs gemacht worden zu sein. Scott trägt sie derzeit bei sich, und er wollte sie einsehen, bevor wir sie auch Batista zeigen.«

»Sollen die etwa ein Geheimnis bleiben? Auch Tao wird von ihnen wissen wollen.«

»Nein.« Alex winkte ab. »Wir wollten sie einfach nur etwas vor Batista studieren.«

Itzil blickte ihm skeptisch in die Augen. »Ich mag ihn ja

auch nicht sonderlich, aber ihr solltet aufpassen, dass ihr euch da nicht in eine Paranoia verrennt.«

Sie nickte ihm zu, dann führte sie ihn ebenfalls zum Turm hinauf.

Ganz oben, vor dem Türsturz, lagen zwei alte zerbrochene Gefäße mit Bienendarstellungen. Alex stoppte und blickte mit gerunzelter Stirn zu dem Relief über dem Eingang auf, das unzweifelhaft den ihnen bereits bekannten Maya-Gott Ah Mucen Cab in seiner herabstürzenden Bienengestalt darstellte. »Irgendwie ist es schon auffällig, wie sehr die Maya diesen Bienengott hier auf dieser Insel verehrt haben. Herrschte er irgendwie über die anderen Götter?«

»Nein, nicht dass ich wüsste.« Itzil sah ebenfalls zu dem Relief hinauf. »Als Herrscher der Maya-Götter gilt der Schöpfergott Itzamná. Allerdings war ihr Götterpantheon sehr komplex. Jeder ihrer Götter stand irgendwie in Beziehung zu einem anderen. Und in den unterschiedlichen Städten der Maya genossen sie auch unterschiedlich große Verehrung.«

»Und wer sind die da?« Alex deutete auf die von Rankenwerk umschlossenen Figuren rechts und links an den Pfeilern des Eingangs. Sie zeigten übereinander je zwei hockende Gestalten.

»Willst du dich nicht erst einmal drinnen umsehen?«, fragte Itzil erstaunt.

»Vielleicht sollte ich das. Aber wenn ich mir überlege, dass bereits auf dem riesigen Relief unten beim Geysir ein Hinweis auf diesen Ort verborgen war, möchte ich ehrlich gesagt nichts mehr dem Zufall überlassen.« Sie sah, wie er den Kopf in den Nacken legte und die steil aufragende Turmwand unmittelbar über ihnen betrachtete. »Hier ist ja ansonsten kaum etwas anderes. Und dass man den Turm unten vom Geysir-Kessel aus trotz der beachtlichen Höhe nicht sehen kann, zeigt mir, dass die alten Baumeister nichts dem Zufall überlassen haben.«

»Interessanter Einwand.« Itzil betrachtete die Bildfriese an den Seiten des Eingangs erstmals genauer. »Unten ist auf beiden Seiten die Mondgöttin Ix Chel dargestellt. Eine Darstellung von ihr findest du auch unten beim Geysir. Sie war die mit dem Mondregenbogen-Hinweis. Sie ist übrigens meine Namenspatin.«

»Ach, sieh an.« Alex musterte sie verblüfft. »Das ist in doppelter Hinsicht faszinierend. Und die beiden Gestalten über ihr?«

»Das sind …« Itzil betrachtete die hockenden Figuren beidseits des Eingangs eingehend. »Oh, das ist interessant, denn wenn ich mich nicht irre, ist das ebenfalls beides ein und derselbe Gott. Nämlich Chaac. Man findet Masken von ihm recht häufig an alten Maya-Bauten. Er ist ein Fruchtbarkeitsgott, dem aufgrund der vielen Trockenheitsperioden im Maya-Gebiet große Bedeutung zukam, denn er steht für den Regen, Gewitter und die Bewässerung der Felder und wurde vermutlich auch angerufen, wenn es um Schutz gegen Hochwasser ging.«

»Interessant.« Alex betrachtete die Figuren eingehend.

»Wieso?«

»Weil die Figuren alle mit einem Finger nach oben deuten.«

Itzil sah zu dem Fries mit der Darstellung des Bienengottes hinauf, dann zur Spitze des Turms.

»Auch drinnen finden sich Bildfriese und Masken.«

»Die schauen wir uns jetzt ebenfalls an.«

Alex schaltete seine Lampe aus dem Schiff an, und Itzil führte ihn durch den Eingang hinüber zu der engen, nach oben führenden Turmtreppe. In die Wände waren Hieroglyphenblöcke eingelassen, deren Inschrift Itzil nicht lesen konnte, die aber ebenfalls Götterbildnisse enthielten, von denen es sich bei einigen, wie damals in der Höhle am Wasserfall, um Wettergötter zu handeln schien. Unter ihnen der Sturmgott Huracán sowie der schlangenleibige Blitzgott K'awii. Itzil hielt all das schon lange nicht mehr für einen Zufall.

Sie kämpften sich über die steilen steinernen Stiegen immer weiter nach oben und erreichten schließlich ein Obergeschoss mit zwei konzentrischen, gangförmigen Räumen. Maya-typisch waren sie mit steilem Kraggewölbe überdeckt – einer Vorstufe echter Gewölbedecken, nur dass hier die waagerechten Mauersteine über ihren Köpfen aufeinander zugeschoben worden waren und so eine Bogenform bildeten.

Da sie und Tao den Turm bereits erkundet hatten, führte Itzil Alex zielstrebig zu einem Türsturz rechts von ihnen. Denn zum äußeren wie zum inneren Gang des Obergeschosses führten jeweils drei Zugänge, die gegeneinander versetzt waren.

Erstmals fiel ihr auf, dass über jedem von ihnen eine der drei Götterabbildungen prangte. Ganz so wie unten neben dem Zugang zum Turm: Ix Chel, Chaac und natürlich der allgegenwärtige Bienengott Ah Mucen Cab.

Itzil machte Alex auf die Entdeckung aufmerksam, dann führte sie ihn zum Zentrum des zweiten kreisförmigen Raumes, in dem sich ein runder Mauerblock samt schmaler Türöffnung befand. Hinter ihr lag eine weitere, überaus enge, gewundene Treppe, die hinauf ins oberste Geschoss des Turms führte. Erstmals konnten sie die gedämpften Stimmen von Tao und Ricardo hören, die von dort oben zu ihnen herabschallten.

»Hier musst du aufpassen«, warnte Itzil. »Die Stufen sind nur sehr schwer zu passieren.«

Sie zwängte sich hinein, Alex folgte ihr mit eingezogenem Kopf, und so quetschten sie sich hinauf in die einstige Beobachtungskammer unter dem Turmdach.

Auch diese war von steilem Kraggewölbe überdacht und ließ erstmals Tageslicht in das Gebäude, das durch einen Lichtschlitz an der Decke sowie eine schmale rechteckige Fensteröffnung an der Wand weiter hinten in den Raum fiel. Leichter Wind säuselte im Raum, und ihnen schlug die Stimme Ricardos entgegen.

»Ich habe mich ehrlich gesagt immer mehr für die Azteken als für die Maya oder die Inka interessiert«, meinte er soeben zu Tao, während er unter den Lichtschlitz unter der steilen Gewölbedecke trat. »Die waren immerhin die letzte bedeutende Hochkultur Mittelamerikas nach der Eroberung durch die Spanier. Wobei ich gern zugebe, dass ich schon als kleiner Junge von ihrer brutalen Opferkultur fasziniert war.« Er lachte. »Aber auch sie kamen – nach allem, was ich weiß – nicht an die bedeutenden astronomischen und mathematischen Kenntnisse der Maya heran. Wusstest du, dass die Maya als Erfinder der Null gelten?«

»Nein«, brummte Tao, der neben einer brusthohen Säule mitten im Raum hockte und dort die Scherben eines zerbrochenen Tonkruges musterte.

»Allerdings verwendeten sie kein Dezimalsystem«, nahm Itzil die Antwort Ricardo Batistas vorweg, kaum dass sie den Raum betrat. »Die Basis ihrer mathematischen Berechnungen war vielmehr die Zwanzig. Also nicht bloß die Anzahl der Finger, sondern die von Fingern und Zehen zusammen.«

Ricardo blickte überrascht zu ihnen und lächelte leicht verkrampft, während Alex sich staunend umsah.

Tao ließ von der Betrachtung der Tonscherben ab und seufzte resigniert: »Mich würde eher interessieren, was genau die Maya hier in diesem Turm überhaupt getrieben haben.«

»Nichts anderes als das, was unsere Astronomen an Orten wie diesen eben tun«, erklärte Ricardo leichthin. »Die alten Priester-Astronomen führten Mondkalender, konnten Sonnenfinsternisse berechnen und maßen die Zeit auch anhand von Planeten.«

»Ja, nur sahen sie in den Gestirnen keine einfachen Himmelkörper, so wie wir«, ergänzte Itzil, »sondern ein von den Göttern erfülltes Abbild des Lebens auf der Erde. Und aus den Bewegungen der Gestirne meinten sie, die Interaktionen der Götter untereinander ermitteln zu können.«

»Aber wie, ohne Linsen und Teleskope?«, fragte Alex.

»Durch Schlitze wie dem da oben.« Ricardo deutete zu dem Lichtschlitz an der Gewölbedecke hinauf. »Ich wette, durch den kann man in bestimmten Nächten Planeten wie die Venus erkennen. Soweit ich weiß, hat die Venus bei den Maya eine wichtige Bedeutung gespielt, und ich könnte mir vorstellen, dass dieser Schlitz dort oben auf einen Auf- oder Untergangspunkt der Venus ausgerichtet ist.«

»Möglich«, meinte Itzil kurz angebunden, der selbst auffiel, dass es sie aus einem irrationalen Grund störte, dass ausgerechnet Ricardo Batista ebenfalls so viel über ihre Vorfahren wusste. »Sie hatten sogar zwei Kalender«, referierte sie. »Einen gewöhnlichen und einen, der tatsächlich von der Venus bestimmt und vermutlich zur Bestimmung aussichtsreicher Kriegszüge verwendet wurde. Aber sie haben über die Jahreszeiten hinweg natürlich auch andere Planeten beobachtet.«

»Aber was wollten sie hier?«, fragte Alex, der vor eine Wand mit unlesbaren Hieroglyphen trat. »Die sind doch sicher nicht so weit rausgefahren, um hier gewöhnliche Sternbestimmungen durchzuführen.«

Auch Tao trat unter den Schacht an der Raumdecke und starrte angestrengt nach oben. »Wir werden es wohl nie erfahren«, knurrte er. »Ich bin kein Astronom, ihr seid es ebenfalls nicht. Und da hier auf der Insel die Zeit verrücktspielt, würde ich dem, was da über uns am Himmel vor sich geht, schon gar nicht trauen. Allem anderen ehrlich gesagt auch nur bedingt.«

Betreten sahen sie einander an, bis Alex sie fragte: »Itzil, warst du schon einmal an einem Ort wie diesem?«

»Ich nicht. Aber mein Vater. Ich habe Fotos gesehen. Wieso?«

»Gibt es hier irgendetwas, das anders ist, als du es kennst?«

Sie blickte ihn überrascht an, nahm sich seine Lampe und schritt die Wände ab.

Dabei entdeckte sie, dass eingelassen in der runden Turmwand, gegenüber dem Fenster und umgeben von weiteren Hieroglyphen, ein überraschend großes Abbild der Mondgöttin Ix Chel prangte, das die Kammer offenbar ganz bewusst dominierte.

»Na ja, dieser Ort scheint der Mondgöttin geweiht zu sein. Wenig überraschend im Grunde, zumindest den Abbildungen im Felstrichter mit dem Geysir nach zu urteilen. Aber wirklich anders …?« Sie leuchtete zur Decke hinauf. »Gut möglich, dass durch den Schlitz da oben zu bestimmten Zeiten Mondlicht in den Raum fällt. Aber warum und wozu? Keine Ahnung.« Sie zuckte mit den Schultern. »Sonderbar finde ich, dass ich außer diesem einen Schacht da oben keine weiteren erkennen kann. Für ein aufwendig errichtetes Observatorium wie dieses hier ist das ehrlich gesagt etwas mager.«

»Stimmt. Hier gibt es sonst nur dieses Fenster.« Tao trat an das rechteckige Fenster heran und blickte hinaus. »Man kann von hier oben aus gut die Inselmitte samt dem Dschungel einsehen. Also ist das hier immerhin ein guter Aussichtsposten.«

»Und wir haben auch hier wieder Abbildungen zweier weiterer uns bekannter Maya-Götter«, meinte Alex. Er trat ebenfalls vor das Fenster und deutete auf eine Plastik im Gestein unmittelbar über der Fensterfront, die den Bienengott darstellte.

»Zum einen Ah Mucen Cab.« Er kam zu ihr zurück, nahm ihr die Lampe ab und beleuchtete nun die brusthohe Säule im Raum, an der ebenfalls figürliche Steinmeißelungen prangten. »Und die Säule hier ist offenbar diesem Chaac geweiht.«

»Was sind das für Götter?«, fragte Ricardo, und Alex erklärte es ihm.

Itzil fiel plötzlich auf, dass die Säule in einer gedachten Linie zwischen dem Fenster und dem in der Wand eingelassenen Abbild mit der Mondgöttin thronte. Interessiert trat sie neben die Scherben des Kruges, die neben dem Pfeiler am Boden lagen.

Der figürlichen Gestalt nach war die Töpferei dem Bienengott geweiht gewesen. Wieder einmal …

Sie hob einige der Scherben auf und setzte sie wieder zusammen. Erstaunt sah sie, dass sich in den Krugwänden zwei große, einander gegenüberliegende Löcher befunden hatten.

Plötzlich kam ihr eine Idee.

»Geht bitte mal von dem Fenster weg«, bat sie ihre Begleiter und stellte sich zwischen der Wand mit dem Abbild Ix Chels und dem Chaac-Pfeiler auf, um geradewegs über die brusthohe Säule hinweg zum Fenster zu blicken.

»Was machst du da?«, wollte Alex wissen.

»Der Krug besaß Löcher auf beiden Seiten, durch die man streng genommen hindurchschauen konnte«, meinte sie aufgeregt. »Und es sieht so aus, als ob er ursprünglich auf dem Pfeiler stand. Was, wenn das einen Grund hatte? In diesem Fall hätte man durch die Löcher und dann durch das Fenster hindurch zur Inselmitte blicken können. Sie bewegte ihren Kopf hin und her, doch außer viel Grün war jenseits des Fensters nicht viel zu erkennen.

»Das ist gar nicht mal so weit hergeholt.« Ricardo trat aufgewühlt neben sie und drängte sie fast von ihrem Platz, um es selbst zu versuchen. Mit einem säuerlichen Gesichtsausdruck ließ Itzil den Brasilianer stehen, schnappte sich ihren Feldstecher und stellte sich unmittelbar zwischen Alex und Tao, die längst wieder beim Fenster standen und ebenfalls versuchten, einen Blick nach draußen zu erhaschen.

»Weg da, Jungs!« Sie bückte sich, versuchte, sich den von den Kruglöchern mutmaßlich gebildeten Ausschnitt der Inselkulisse zu vergegenwärtigen, und stellte den Feldstecher scharf.

Mit einem verblüfften Laut kam sie wieder hoch.

»Was?«, meinte Ricardo ungeduldig.

»Wenn man der Blickachse folgt, stößt man auf einen Ort, den wir bereits kennen.« Aufgewühlt reichte sie das Fernglas an Alex weiter. »Dahinten, in einigen Kilometern Entfernung, befindet sich der hohe Steilfelsen mit dem Wasserfall.«

»Etwa da, wo ihr die Höhle mit der Stele gefunden habt?«, fragte Tao ungläubig.

»Ich fasse es nicht. Tatsächlich.« Alex schnaubte beim Blick durch das Fernglas überrascht. »Der Felssockel mit dem Wasserfall sticht ganz klar aus dem Meer der Bäume heraus. Das könnte bedeuten, dass der Fund, den wir da gemacht haben, viel wichtiger war, als wir dachten.«

»Das gibt es doch nicht.« Ricardo nahm ihm das Glas ab und spähte ebenfalls nach draußen. »Wir haben die Höhle doch untersucht. Da war sonst nichts Besonderes.«

»Die große Stele soll nichts Besonderes gewesen sein?«, fragte Itzil ungläubig.

»Du hast die Höhle doch gesehen«, kam es verschnupft zurück. »Da war nicht mal ein weiterer Ausgang.«

»Ihr könntet schlicht etwas übersehen haben«, schlug Tao vor. »Habt ihr das Plateau genauer untersucht? Oder den Wasserfall?«

»Der Wasserfall ...« Alex sah ihn aufgewühlt an und betrachtete nun wieder die Steinkammer. Dann schritt er zu der brusthohen Säule, die er kurz berührte, und von dort zu dem steinernen Bildnis Ix Chels an der Rückwand, um sich dann wieder zu ihnen umzudrehen.

»Was?«, fragte Ricardo misstrauisch.

»Was, wenn dieser ganze Turm von den Maya nur erbaut wurde, um seinen Besuchern den weiteren Weg für eine Art Pilgerzug oder so zu weisen?«

»Zu dem Wasserfall?«

»Ja, und vielleicht auch ... darüber hinaus.«

»Was meinst du damit?«

»Nur so ein Gedanke.« Alex blickte wieder zwischen dem Bildnis der Mondgöttin, der brusthohen Säule und dem Fenster hin und her. »Du hast doch vorhin davon erzählt, wie wichtig den Maya Zahlen und Mathematik waren.«

»Ja, und?«

»Entscheidend ist die Zahl Drei«, dachte Alex laut weiter. »Die ganze Zeit über sind es drei Götter, die verewigt wurden. Schon unten am Eingang. Diese Mondgöttin. Dieser Chaac. Und ganz speziell der Bienengott Ah Mucen Cab, der hier auf dieser Insel offenbar eine sehr viel größere kultische Verehrung erfahren hat, als man es bei der Vielzahl an Maya-Göttern eigentlich erwarten dürfte.«

»Komm zur Sache.«

»Was, wenn es sich bei alledem hier eigentlich um Wegmarkierungen handelt?« Alex sah sie eindringlich an. »Was, wenn die Mondgöttin für diesen Ort steht? Den Felstrichter und den Turm. Dann könnte dieser Regengott Chaac«, er ging zu der brusthohen Säule, »für den Wasserfall da draußen auf der Felsspitze stehen.«

»Was noch nicht wirklich bewiesen ist«, merkte Tao skeptisch an.

»Nein, wir haben dort aber tatsächlich bloß die Höhle untersucht«, stand Itzil Alex bei, der plötzlich aufging, welche Idee ihm gekommen war.

Sie trat ans Fenster und berührte die Plastik des Bienengottes. »Wenn Alex recht hat, wäre das Fries hier am Fenster – wieder einmal, möchte ich fast sagen – als Hinweis auf Ah Mucen Cab zu verstehen. Genau genommen als Hinweis auf einen dritten Ort. Einen, den wir bislang noch nicht kennen, zu dem uns aber all die verborgenen Hinweise führen sollen. Die Funde im Raum hier markieren somit eine Wegstrecke. Von Ix Chel über Chaac zu Ah Mucen Cab. Turm. Wasserfall. Unbekannter Ort.«

Der Brasilianer sah sie und Alex verblüfft an. »Ihr meint, eine Art Bienengott-Heiligtum?«

»Genau.« Alex seufzte. »Aber ob das stimmt, werden wir vermutlich erst herausfinden, wenn wir wieder zurück zu dem Berg mit dem Wasserfall marschieren und uns dort noch einmal umsehen. Falls meine Theorie stimmt, wird man diesen dritten Ort nur von dort aus einsehen können.«

»Eine ganz schön starke These, wenn ihr mich fragt«, meinte Tao skeptisch. »Habt ihr nicht einen guten Tag damit verbracht, um vom Wasserfall aus bis zum Lager zurückzumarschieren?«

»Ja.« Ricardo blickte nachdenklich aus dem Fenster. »Und das Ganze könnte sich als riesiges Hirngespinst entpuppen.«

»Vielleicht können wir das auf leichtere Weise überprüfen«, meinte Alex plötzlich.

»Wie das?« In Taos Blick lag Verwunderung.

»Ich habe beim Funkturm alte Luftbilder dieser Insel gefunden«, sagte Alex schlicht.

Wie erwartet, fuhr Ricardo sofort aus der Haut. »Du hast *was?!*«, herrschte er ihn wütend an. »Wieso erfahre ich das erst jetzt? Wolltest du das zurückhalten?«

»Nein, nicht wirklich«, antwortete Alex mit bewundernswerter Contenance. »Nur kam ich heute Morgen angesichts deines Monologs nicht dazu, dir davon zu berichten. Du weißt schon: Der, bei dem es um all die Dinge geht, die uns voneinander unterscheiden. Wir dachten uns daher, dass es nicht schaden könne, zunächst einmal selbst einen Blick auf die Insel zu werfen, die du angeblich so unvorbereitet aufgesucht hast.«

»Das ist kindisch«, raunzte ihn der Brasilianer an.

»Wie wäre es, wenn wir jetzt mal alle wieder runterkommen«, ging Tao dazwischen. »Wir haben im Augenblick wirklich andere Probleme. Wenn wir von hier wegkommen wollen, müssen wir alle an einem Strang ziehen. Wo sind die Bilder?«

Itzil seufzte. »Scott hat sie.«

»Du wusstest davon?« Tao sah sie überrascht an.

»Ja, seit etwa einer halben Stunde.«

Der Brasilianer funkelte sie und Alex aufgebracht an und verließ dann ohne ein weiteres Wort den Raum. Auch Tao wirkte alles andere als glücklich.

»Ich hoffe mal, dass ihr auch mir davon erzählen wolltet«, wandte er sich an Alex.

»Natürlich. Sorry.« Verlegen fuhr dieser sich durch seinen Haarschopf und senkte dann seine Stimme. »Ricardo hält irgendetwas vor uns zurück. Scott und ich dachten daher, dass es klug sein könne, gegebenenfalls ebenfalls einen kleinen Informationsvorsprung zu gewinnen.«

»Und? Habt ihr?«

»Fragen wir Scott. Der kümmert sich gerade um die Fotos.«

Tao nickte und verließ die Kammer nun ebenfalls.

»Wie ich vorhin schon sagte: Das war alles keine so schlaue Idee«, meinte Itzil leise. »Aber gut, lass uns deine Theorie überprüfen.«

Nacheinander schlüpften nun auch sie die enge Wendeltreppe hinab und kehrten zum Fuß des Turmes zurück, wo Ricardo bereits mit seinem Peilempfänger in der Hand auf dem hoch liegenden Plateau Messungen durchführte. Gereizt blickte er zu ihnen auf und steckte das Gerät weg; dann machten sie sich gemeinsam an den mühsamen und gefährlichen Abstieg. Eine halbe Stunde später erreichten sie den Strand zur Lagune, wo die Scotts unter einer Palme saßen und auf sie warteten – in Blickweite des Aufwurfs mit Lauren Clarks Grab, das Itzil und Tao am Morgen mit ihren Händen ausgehoben hatten.

»Sie waren eine ganze Weile fort«, begrüßte sie Scott mit Blick zur Sonne mit ihrem seltsamen Halo. »Wir haben bereits Mittag durch. Ich hoffe, Ihre Exkursion hat sich gelohnt.«

»Und ich hoffe, Sie haben beim Studium dieser Luftaufnahmen ein paar Erkenntnisse gewonnen«, antwortete Ricardo.

Seine Stimme troff vor Zynismus.

Scott sah überrascht zu Alex auf, und dieser erklärte ihm, was sie im Turm auf den Steilklippen entdeckt hatten.

Itzil setzte sich derweil neben Sophia Scott, die in der Zwischenzeit einige Kokosnüsse gesammelt hatte. Freundlich lächelnd sah sie zu ihr auf.

»Wirklich erstaunlich«, meinte Oliver Scott, als Alex mit seinem Bericht endete.

Ohne weiter auf Ricardos Vorwurf einzugehen, zückte er

die Mappe mit den Fotografien, entnahm ihr die alten Luftaufnahmen und breitete sie vor ihnen auf dem sandigen Untergrund aus, indem er die einzelnen Schwarz-Weiß-Fotos wie Puzzlestücke übereinanderlegte. Gespannt sahen sie dabei zu, wie sich vor ihnen allmählich eine tischgroße Aufnahme der Vulkaninsel bildete.

Die Fotos waren offenbar aus unterschiedlicher Höhe aufgenommen wurden. Auf einigen von ihnen waren sogar treibende Wolken zu sehen, speziell nahe dem Vulkan. Dennoch waren auf den Abbildungen zahllose Details zu erkennen. Darunter natürlich der zentrale Vulkanberg sowie die Höhenzüge und Küstenverläufe, die fast komplett von tropischer Flora bedeckt waren. Allein in der rechten oberen Ecke fehlte eine Reihe an Motiven, sodass ein gutes Viertel oder Fünftel der Insel verborgen blieb.

»Ich schätze die Insel auf eine Länge von dreißig bis fünfunddreißig Kilometer ein«, erklärte Scott. »Und sie ist sicher an die fünfundzwanzig Kilometer breit. Erstaunlich für ein Eiland, das sich bis heute hartnäckig der Entdeckung entzieht.«

»Unglaublich«, murmelte Ricardo, der sich gespannt vorbeugte. »Wurden die Fotos mit einem Flugzeug gemacht?«

Scott dachte nach und schien sich seiner Antwort nicht sicher zu sein, als Tao das Wort ergriff: »Denkt man zunächst. Aber nein.« Der Chinese deutete auf zwei der Aufnahmen. »Seht ihr den Schatten hier und hier. Das ist meiner Ansicht nach der Schatten eines Ballons. Ich glaube daher, dass die Fotos auf diese Weise erstellt wurden.«

»Viel wichtiger ist doch, ob Sie etwas Interessantes gefunden haben?«, überging der Brasilianer Tao und wandte sich ungeduldig erneut an Scott.

»Na ja, die Bilder sind alt und leider nicht so hochauflösend wie heutige Luftaufnahmen. Außerdem fehlten mir Zeit und passende Ausrüstung, um jedes von ihnen akribisch zu untersuchen. Aber das Schlimme ist, dass man schon damals zahlreiche Wracks von Schiffen sehen kann, die überall an den Küsten verstreut liegen.« Mit einem schweren Seufzer deutete er auf die Aufnahmen der Küstenlinien, wo bei genauerem Hinsehen die Überreste von havarierten und angespülten Segelschiffen und Booten zu erkennen waren.

»Apropos Küsten«, fuhr er fort. »Auch unseren Küstenabschnitt habe ich ausfindig gemacht. Sehen Sie, hier.« Er deutete auf eine Küstenzug am nordwestlichen Rand der Insel samt Steilfelsen, Felsendamm und der markanten, von Mangroven bedeckten Landzunge, vor der die Überreste der *Sea Quest* seit letzter Nacht nur noch leicht aus dem Wasser ragten.

»Und ich habe die Aufnahmen mit der Karte dieses Soldaten abgeglichen.« Scott sah zu ihnen auf. »Sie erinnern sich an die dortigen Kreuze? Sehen Sie mal: Da, wo wir unser Camp aufgeschlagen hatten – genauer gesagt dort, wo diese mutmaßliche Schützenstellung war –, kann man damals vage etwas erkennen, das wie Pfähle aussieht. Angesicht der indianischen Vergangenheit hier tippe ich auf so etwas wie Totempfähle. Nur dass die heute verschwunden sind.«

»Tatsächlich«, brummte Ricardo.

»Auch der Felsenberg mit dem Wasserfall und ebenso der mit dem Funkturm sind auf den Aufnahmen zu finden. Was ebenfalls mit den Kreuzen übereinstimmt. Und hier«, Scott deutete auf einen Punkt weiter im Süden, »ragt ein weiterer Felsen aus dem Dschungel, auf dem wohl so etwas wie eine weitere Stele steht. Den habe ich ebenfalls durch eine der Markierungen ausfindig gemacht. Allmählich glaube ich daher, dass an der gestrigen Idee von Alex etwas dran sein könnte.«

»Welcher gestrigen Idee?«, wollte Tao wissen.

»Na ja«, meinte Alex. »Wir dachten bislang, dass die Kreuze auf der Karte Standpunkte des Militärs kennzeichnen. Überall dort haben wir jedoch auch Hinterlassenschaften der Indianer gefunden. Auch gestern, oben bei dem Funkturm. Was also, wenn die Kreuze in Wahrheit Standorte markieren, an denen die präkolumbianischen Kulturen etwas zurückließen? Und das Militär nur deswegen dort war, um diese Orte zu untersuchen?«

Itzil beugte sich interessiert vor, denn sie sah, dass ausgerechnet die nahen Steilfelsen samt dem Maya-Observatorium auf den Bildern von Dunst umnebelt und daher nicht zu erkennen waren. Ein Umstand, den sie nicht zuletzt dem dortigen Geysir zuschrieb.

»Das verborgene Observatorium wurde nicht markiert?«

»Nein«, antwortete Scott. »Und wenn ich das richtig herausgehört habe, waren da oben auch keine militärischen Hinterlassenschaften zu finden. Was die These aber sogar stützt. Das Militär hat den Turm damals nicht entdeckt, also auch niemanden dorthin entsandt. Die Entdeckung dieses Ortes ist erst Ihnen vor Kurzem gelungen.«

»Egal. Ich denke, es wird Zeit, dass wir auch die neue Theorie überprüfen«, erklärte Ricardo mit Nachdruck. »Die, nach der der Turm da oben auf den Klippen bloß deswegen errichtet wurde, um nachfolgenden Priestergenerationen den Weg zu dem Haupttheiligtum der Insel zu weisen. Dorthin, wo sich eurer Ansicht nach vielleicht das Rätsel dieser Insel klärt. Jedenfalls, wenn ich das richtig verstanden habe.« Er sah zu Alex auf.

»Ja, das war die Überlegung«, antwortete Alex. Auch er beugte sich über die Fotos und zog mit dem Finger eine gedankliche Linie von den nahen Klippen hinüber zu dem Steilfelsen mit dem Wasserfall: »Die Frage ist, was man von dort aus entdeckt.«

Scott runzelte die Stirn, packte das Notizbuch mit der Karte des Soldaten aus und glich sie mit den Fotos der Insel ab. »Das ist interessant«, murmelte er schließlich. »Folgt man der Richtung geradewegs, findet sich einige Kilometer weiter noch ein Kreuz.« Er legte das Notizbuch beiseite und beugte sich wieder über die Luftaufnahmen. »Dummerweise ist das genau eines jener Kreuze, die ich nicht weiter zuordnen konnte. Denn das berührt jenen Inselteil, von dem uns die Aufnahmen leider fehlen. Der Karte unseres unbekannten Navajo-Soldaten nach, liegt dort ganz in der Nähe eine größere Bucht.«

Er suchte die Fotos ab und löste eines von ihnen aus dem Mosaik der übrigen Aufnahmen. »Andererseits – vielleicht ist da doch etwas zu sehen. Schauen Sie mal. Inmitten der Vegetation, ganz am Rande des Fotos, erkennt man mit gutem Willen etwas leicht Eckiges. Um es genauer zu definieren, bräuchten wir natürlich die übrigen Aufnahmen.«

Er reichte die alte Fotografie herum, und jeder von ihnen betrachtete sie wortlos.

»Na ja«, sagte Itzil schließlich, »immerhin wissen wir jetzt, dass es sich lohnt, noch einmal zum Wasserfall zu gehen, um von dort aus gezielter zu suchen.«

Alex nickte zustimmend, und auch die anderen pflichteten ihr bei. Sogar Sophia nickte fröhlich, obschon Itzil sich nicht sicher war, ob die alte Dame wirklich verstanden hatte, worüber sie sprachen.

»Wie viele Nahrungsmittel haben wir denn noch?«, wollte Alex wissen. »Vielleicht sollten wir noch einmal zurück zum Lager.«

»Wenn wir die Strecke heute noch sicher zurück zu diesem Wasserfall schaffen wollen, haben wir keine Zeit für weitere Exkursionen«, wandte Ricardo ein. »Andererseits reicht es vermutlich, wenn wir nur ein kleines Team ausschicken und der Rest einfach im Lager zurückbleibt.«

»Auf gar keinen Fall bleibe ich zurück«, widersprach Oliver Scott entschieden. »Und noch einmal teilen wir uns nicht auf.«

»Sie wollen Ihre Frau auf diese beschwerliche Tour mitnehmen?«, fragte ihn der Brasilianer ungläubig. »Die ist doch im Lager viel sicherer.«

»Das Lager ist zerstört«, entgegnete Tao. »Und die verbliebenen Nahrungsmittel sind ebenfalls weg. Ich war bereits heute Morgen dort. Alles, was wir noch haben, ist das, was Itzil gestern vor unserer Flucht zusammengeklaubt hat.«

»Die restlichen Nahrungsmittel sind weg?« Alex sah ihn misstrauisch an.

»Ja. Allerdings war das Camp auch hoffnungslos zerstört. Die Gasflasche, die ihr von der *Sea Quest* geborgen habt, ist explodiert. Vermutlich durch einen Schuss.«

»Okay …« Alex runzelte noch immer die Stirn. »Wie viel haben wir denn noch?«

»Wenn wir knapp rationieren«, antwortete Itzil, »reicht es für uns sechs vielleicht noch für zwei Tage. Mehr, wenn wir noch einige Kokosnüsse mitnehmen. Außerdem habe ich einige leere Wasserflaschen eingepackt, weil ich wusste, dass wir die hier an der Lagune auffüllen können. Das Gleiche gilt natürlich auch für den Wildbach selbst und den Wasserfall, wenn wir den erst erreicht haben.«

»Also gut«, knurrte Ricardo ungeduldig. »Dann sollten wir keine weitere Zeit verlieren und jetzt aufbrechen.« Ungehalten musterte er erst Sophia und dann Scott. »Aber auf Ihre Verantwortung.«

»Natürlich«, antwortete dieser standhaft, auch wenn ihm die Situation sichtlich unangenehm war. Itzil blickte Ricardo gereizt an, denn es ärgerte sie, dass er Sophia so überdeutlich als Last deklarierte. Im Kern hatte der Brasilianer natürlich recht, denn Tao und sie selbst hatten schließlich bereits die leidvolle Erfahrung gemacht, wie anstrengend sich ein Vorankommen mit Sophia Scott im Schlepptau gestaltete. Auf der anderen Seite … was hatten sie schon für eine Alternative?

»Da ist noch etwas«, unterbrach Tao ihre Gedanken. »Jederzeit könnte es hier auf dieser Insel wieder zu diesen gespenstischen Zeitanomalien kommen. Was, wenn wir da mitten hineingeraten? Dass es uns – anders als den guten Jordan – noch nicht erwischt hat, schreibe ich dem blanken Zufall zu. Das muss aber nicht so bleiben.«

»Vielleicht ist das ja gar kein Zufall«, meinte Itzil plötzlich. »Na ja, gewissermaßen …« Sie räusperte sich, während sie zu den anderen aufsah. »Nur ein Gedanke: Das gleiche Problem müssen die Maya und die Taíno doch auch auf dieser Insel gehabt haben. Erinnert ihr euch an diese riesigen Lichtareale? Die waren doch überall!«

»Natürlich, davon spreche ich doch.« Tao sah sie fragend an.

»Dieses Phänomen findet doch, wenn ich das richtig mitbekommen habe, nur in eng umgrenzten Gebieten statt. Das allerdings überall auf der Insel. Was, wenn auch die Maya und die Taíno darum wussten und ihre Hinterlassenschaften hier auf der Insel speziell an jenen Orten zurückließen, die vor den Zeitanomalien sicher sind? Wir haben in unmittelbarer Nähe zu der Soldatenstellung campiert. Also dort, wo sich den Fotos nach einst die Totempfähle befanden. Auch am Wasserfall waren wir sicher. Und oben beim Funkturm habt ihr ebenfalls keine unmittelbaren Auswirkungen gespürt. Ob der Strand hier mit dem Observatorium da oben auf den Klippen ebenfalls dazuzählt, weiß ich nicht. Aber nach allem, was wir wissen, scheint an unserem Küstenabschnitt bloß der Strand zwischen hier und unserem Camp betroffen gewesen zu sein.« Sie zuckte hilflos mit den Schultern. »Vielleicht muss es uns also bloß gelingen, stets eine der alten präkolumbianischen Hinterlassenschaften zu erreichen, um vor den Auswirkungen verschont zu bleiben.«

Die Männer sahen sie halb erstaunt, halb nachdenklich an, und Scott nickte nachdrücklich. »Sehr gut. Ich glaube, Sie haben damit absolut ins Schwarze getroffen. Das könnte tatsächlich ein ganz wesentlicher Aspekt dieser alten Hinterlassenschaften gewesen sein. In diesem Fall würden sie gewissermaßen sichere Refugien markieren. Nur dass wir diese Orte jeweils bei Tageslicht erreichen müssen, denn diese Monster auf der Insel zeigen sich von den alten Heiligtümern wenig beeindruckt.«

Sie sammelten die Fotos ein, packten ihre verbliebenen Habseligkeiten und Lebensmittel zusammen, und Itzil und Alex nahmen Sophia Scott in die Mitte. Dann machten sie sich am Wildbach entlang auf den Weg in Richtung Wasserfall.

»Das wird ein ganz schön anstrengender Fußmarsch, richtig?«, fragte Sophia sie in einem Anflug seltener Klarheit.

»Ja, aber wir helfen dir«, versuchte Itzil sie zu ermutigen. »Und wir werden, so häufig es geht, Pausen einlegen.«

Sie bewältigten die Anhöhe zum Dschungel, passierten die alte Karavelle und kämpften sich am Wasserlauf entlang gemeinsam durch den Dschungel in Richtung Inselmitte. Itzil fiel auf, dass Alex immer wieder beunruhigt zurückblickte.

»Ist was?«, fragte sie ihn schließlich.

»Ich …« Er blieb stehen, kniff kurz die Augen zusammen, schüttelte den Kopf und setzte seinen Marsch weiter fort. »Mir geht vermutlich einfach zu viel im Kopf herum.«

»Was denn?«

»Vor allem diese Kreaturen gestern«, erzählte er leise. »Ich habe es dir noch nicht erzählt, aber die haben Dodong nicht einfach umgebracht. Sie haben ihn anschließend verschleppt! Und auch aus der eingeritzten Inschrift an der Felswand hinter dem Sims, wo Scott und ich uns während des Überfalls versteckt hatten, war davon die Rede, dass diese Dinger Soldaten verschleppt haben. Ich frage mich, warum?«

Itzil sah ihn betroffen an. »Heißt das, dass Dodong vielleicht noch lebt?«

Alex wirkte überrascht. »Ich … weiß es nicht. Bis eben dachte ich eigentlich nicht, aber … Er war stark verletzt. Und einen solchen Sturz kann man eigentlich nicht überleben. Sollten diese Dinger ihn allerdings aufgefangen haben, dann …« Er schüttelte unbehaglich den Kopf. »Wenn ja, will ich nicht wissen, was sie mit ihm anstellen. Dann wäre es vielleicht sogar besser, er wäre tot.«

Itzil schwieg beunruhigt und hing nun ihren eigenen sorgenvollen Gedanken nach.

Wegen der Scotts legten sie häufigere Rastzeiten ein, während die Sonne über den Baumwipfeln beständig weiterwanderte. Der Himmel zwischen den Blättern färbte sich bereits rötlich, als Ricardo, der vorausging, plötzlich abbog und sie voraus, zwischen den Ästen und Zweigen, endlich wieder den steil aus dem Dschungel ragenden Felsen mit dem Wasserfall erkennen konnten, der wie ein weißes Band in die Tiefe fiel. Ganz so, wie es Itzil halb befürchtet und zugleich halb ersehnt hatte, kamen sie auch am Grab Jordans vorbei, wo sie kurz innehielten.

Insbesondere Sophia Scott war inzwischen ziemlich erschöpft, und als sie schließlich die Wegplatten mitten im Dschungel erreichten, halfen sie ihr gemeinsam den Berg hinauf. Oben angelangt, schlug ihnen einmal mehr das Lärmen des Wasserfalls entgegen, und sie konnten auch den Höhleneingang samt all den zurückgelassenen Hinterlassenschaften ihres Bollwerks ausmachen.

»Wir sind wieder da«, ächzte Itzil.

Sie, Alex und Oliver Scott sorgten dafür, dass sich Sophia endlich wieder setzen konnte, während Tao geradewegs zum Wasserfall marschierte, der aus größerer Höhe auf das Plateau herabprasselte und dann linker Hand über die Felskante abfloss.

»Hey, kommt mal rüber. Ihr habt tatsächlich etwas übersehen.«

Itzil und Alex folgten seinem Fingerzeig hinauf zur Felswand unter dem Wasserschleier, wo sich deutlich eine fast menschengroße, sorgsam aus dem Felsgestein herausgemeißelte Göttergestalt abzeichnete: der Regengott Chaac.

»So viel dazu.« Der Chinese wischte sich den Schweiß von der Stirn. »Vielleicht nehme ich hier gleich mal ein Bad.«

Itzil nickte ihm abwesend zu und spähte dann über das unter ihnen liegende Blätterdach des Dschungels in jene Richtung zurück, aus der sie gekommen waren. Tatsächlich glaubte sie jetzt, in einiger Entfernung das Observatorium ausmachen zu können. Allerdings war sie sich sicher, dass sie es nur erkannte, weil sie wusste, wonach sie suchte.

Als sie ihre Aufmerksamkeit wieder den anderen zuwandte, entdeckte sie Ricardo, der bereits auf der gegenüberliegenden Seite des Plateaus stand und mit dem Feldstecher in Richtung der Stelle mit dem abgestürzten Hubschrauber spähte – und darüber hinaus.

Sie trat neben ihn. »Und?«

Er schnaubte gedankenvoll, reichte ihr das Glas und deutete auf die bergige Kulisse vor ihnen, die von tropischer Fauna überzogen war. »Volltreffer. Aber sieh selbst.«

Itzil hob nun ihrerseits das Fernglas an die Augen, suchte den Dschungel ab und stieß einen erstaunten Laut aus.

»Ihr habt was gefunden?«, fragte Alex gespannt, der gemeinsam mit Tao und Oliver Scott zu ihnen getreten war.

Itzil nickte ergriffen. »Es ist kaum zu glauben, aber dahinten an der Bergflanke ragt tatsächlich etwas aus dem Blätterdach. Die Spitze einer Stufenpyramide!«

Grabmal der Götter

»Das hier ist leider alles, was wir noch an Vorräten vom Wasserfall haben.«

Alex präsentierte Itzil eine halb volle, mit Wasser gefüllte Colaflasche.

»Mist.« Sie nahm einen kleineren Schluck, als sie vermutlich vorgehabt hatte, und reichte ihm die Flasche zurück, sodass er sie schließen konnte. »Wenn wir nicht bald weiteres Wasser finden, bekommen wir Probleme.«

»Ich weiß«, seufzte er.

Sie marschierten weiter durch den Urwald, und er blickte zurück zu der kleinen Kolonne, die sich hinter ihnen durch das Unterholz kämpfte.

Nach einer zum Glück ereignislosen Nacht in der Höhle

mit der Maya-Stele, waren sie bereits früh am Morgen in Richtung der gesichteten Stufenpyramide aufgebrochen. Diesmal hatte er sich an die Spitze gesetzt, um die kleine Gruppe – so, wie er es von Dodong gelernt hatte – mittels Sichtachsen über drei Bäume hinweg Stück für Stück durch die Wildnis ihrem Ziel entgegenzuführen. Eine Aufgabe, die ihm viel Konzentration abverlangte. Unglücklicherweise mussten sie sich dabei durch ein Tal mit hohen Kapokbäumen, Akazien, Pinien und Kiefern kämpfen, das kaum Lichtungen aufwies. Die Moskitos waren längst wieder zur Plage geworden, und sie mussten speziell auf Sophia Rücksicht nehmen, was ihr Fortkommen nicht gerade erleichterte. Und doch hielten sich die Scotts wacker, was auch daran lag, dass Sophia immer wieder davon sprach, schon bald ihre Tochter wiederzusehen. Eine irrationale Hoffnung, die ihr jedoch niemand nehmen wollte, solange sie daraus Kraft schöpfte.

Und da war noch etwas: Ebenso wie gestern, beim Anmarsch zur Höhle, fühlte Alex sich schon den ganzen Tag über irgendwie beobachtet. Doch sosehr er auch zwischen den Bäumen Ausschau hielt: Er entdeckte nichts Beunruhigendes. Dennoch hielt er sein Rapier griffbereit.

Inzwischen war es spät am Nachmittag, und schon seit geraumer Zeit ging es zunehmend steil bergauf, woraus Alex schloss, dass sie die anvisierte Bergflanke längst erreicht hatten. Leider war das Gewirr aus Blättern, Farnen und Lianen noch immer so dicht, dass sie voraus kaum etwas erkennen konnten. Insgeheim befürchtete er daher schon, dass sie vielleicht doch von ihrer Marschrichtung abgekommen sein könnten, wollte jedoch keine schlafenden Hunde wecken.

Alex passierte soeben eine mannshohe Brettwurzel, als Ricardo hinter ihnen überraschend das Kommando zum Stopp gab.

»Seid mal leise!« Der Brasilianer hob die Hand, und der kleine Tross hielt inne und lauschte. Zunächst vernahm Alex lediglich die üblichen Tierlaute – Vogelrufe, Insektenbrummen und … ein leises Plätschern!

»Wasser!«, rief Itzil, und auf ihrem schweißverklebten Gesicht breitete sich ein Lächeln aus.

Ricardo kam zu ihnen, und sie versuchten gemeinsam, die Herkunft des Geräusches einzugrenzen.

»Ich glaube, das kommt von dahinten«, meinte der Brasilianer selbstsicher und deutete linker Hand den bewaldeten Hang hinauf.

»Also dann, lasst uns nachsehen«, schlug Itzil vor. »Der Lautstärke nach, kann das nicht so weit weg sein.« Sie und der Brasilianer verschwanden im Unterholz, während Tao und die Scotts aufschlossen.

»Habe ich das richtig gehört? Wasser?«, fragte Oliver Scott hoffnungsvoll.

Sein Gesicht war rot vor Anstrengung, und doch stützte er seine Frau, die erstaunlicherweise sehr viel weniger abgekämpft wirkte als er.

»Kommt her!«, war zwischen den Bäumen Itzils Stimme zu hören. »Hier ist ein weiterer Bach.«

Sie marschierten ihr und Ricardo hinterher und entdeckten einen wadentiefen und etwas mehr als schrittbreiten Wasserlauf mit klarem Wasser, der von der Bergflanke kommend vorübersprudelte, um schließlich im Dschungel zu verschwinden.

Erleichtert erfrischten sie sich und füllten ihre Wasserflaschen auf.

»Wir haben mehr Glück als Verstand«, kommentierte Tao den Fund der Wasserquelle. »Nur können wir hier leider nicht bleiben. Noch eine oder zwei Stunden, dann dürfte die Sonne wieder untergehen.«

»Ich weiß.« Alex nickte sorgenvoll. »Wir haben für die Strecke viel länger gebraucht als gedacht – und sind immer noch nicht am Ziel.«

»Seht mal.« Oliver Scott trat in den Wildbach, zerrte einen ausgehöhlten Gegenstand aus dem Untergrund und kippte das Wasser darin aus.

Es handelte sich um einen alten, völlig verrosteten Soldatenhelm.

Überrascht sahen sie einander an, während Scott seinen Fund untersuchte. »Das könnte darauf hindeuten, dass wir dieser Pyramide näher sind, als wir denken. Sie erinnern sich?«, er sah sie ernst an. »Der Ort war auf der alten Karte mit einem Kreuz markiert. Und das dürfte bedeuten, dass das Militär dort bereits aktiv war.«

»Warten Sie.« Alex legte seine Ausrüstung ab und beäugte die umstehenden Bäume. Einer von ihnen war so beschaffen, dass er sich zutraute, ihn zu erklettern.

»Der ist doch sicher zwanzig oder dreißig Meter hoch«, meinte Itzil besorgt. »Ist das nicht etwas gefährlich?«

»Keine Angst, ich werde keine unnötigen Risiken eingehen«, versprach er und fuhr leiser fort. »Viele Bäume, die unten so viele Äste haben, dass man sie ersteigen kann, gibt es hier nicht. Ich muss es einfach versuchen. Denn ich bin mir inzwischen nicht mehr ganz sicher, ob wir noch richtigliegen.«

»Na gut«, seufzte sie. »Aber sei vorsichtig.«

Alex warf sich das Nylonseil über, ließ sich von ihr und Tao zu einem der unteren Äste hinaufhelfen und kletterte los. Tatsächlich kam er bei seinem Aufstieg gut voran. Erst in den oberen Etagen schaukelten Stamm und Äste zunehmend im Wind, sodass er sich etappenweise mit dem Seil sicherte. Er kreuzte den Weg von Blattschneiderameisen, kam an einem weiteren Bienennest vorbei und schreckte in den obersten Etagen zwei Papageien auf, die flatternd davonstoben. Dann, endlich, lichtete sich die Baumkrone, und er konnte durch die Blätter und Äste hindurch einen Blick auf die immergrüne Umgebung des Dschungels erhaschen.

Erleichtert sah er, dass sie ihr Ziel nicht verfehlt hatten.

Die beeindruckende Stufenpyramide ragte geschätzte fünfhundert oder sechshundert Meter von ihnen entfernt aus dem Dschungeldach. Sie war halb von Ranken überwuchert und besaß an der Spitze einen steinernen Aufbau, der auf die Ferne hin wie ein Haus wirkte. Interessant war, dass jenseits der alten Zeremonialstätte das Bodenniveau abzufallen schien. Offenbar bis auf Meeresniveau, denn abgesehen von der Pyramidenspitze war über die Baumwipfel hinweg das ferne Ufer einer großen Bucht zu erkennen. Und dort, am jenseitigen Ufer, konnte er schemenhaft ein havariertes Schiff ausmachen.

Offenbar ein Öltanker.

Alex kniff die Augen zusammen, doch da er keine weiteren Einzelheiten ausmachen konnte, begab er sich wieder an den Abstieg.

»Und?«, begrüßte ihn Ricardo ungeduldig. »Sind wir noch auf Kurs?«

»Die Pyramide ist sogar recht nah«, erklärte Alex schwer atmend. »Außerdem diese Bucht, die auf der alten Karte eingezeichnet war. Sie liegt in Blickweite des Bauwerks. Dort liegt ein weiteres Schiff.«

»Warum überrascht mich das nicht?«, seufzte Tao. »Eines neuerer Bauart?«

»Ja. Sieht so aus. Ein Tanker.«

Sie sammelten ihre Sachen auf, und Alex setzte sich abermals an die Spitze. Nach fast einer halben Stunde Marsch lichtete sich endlich das Unterholz und gab überraschend den Blick auf eine von kleineren Bäumen und hohen Farnen überwachsene Hochfläche frei – über der majestätisch die alte Maya-Pyramide aufragte.

Alex hielt ergriffen inne, denn die Pyramide schmiegte sich, beleuchtet vom roten Licht der untergehenden Sonne, über sechs Höhenstufen direkt an den Berg in ihrem Rücken. Er schätzte sie auf eine Höhe von stattlichen fünfunddreißig oder vierzig Metern. Mächtige Würgeranken hatten den alten Tempel in den Klammergriff genommen und an manchen Stellen das Gestein aufgesprengt. Ihre Wurzeln rankten bis zu einer schwindelerregend hohen Freitreppe, deren Stufen geradewegs hinauf zu einem von dicken Pfeilern getragenen Ritualhaus an der Spitze der Pyramide führten. Selbst von hier unten aus war zu sehen, dass die Säulen mit Hieroglyphen übersät waren und auf dem Dach ein großes steinernes Relief thronte, das den Bienengott Ah Mucen Cab mit ausgebreiteten Flügeln, aufgerichtetem Hinterleib und ausgefahrenen Klauen in seiner Gestalt als herabstürzenden Gott zeigte.

»Meine Güte, diese Pyramide ist mindestens so beindruckend wie jene von Cobá, Chichen Itza oder Palenque«, keuchte Itzil aufgeregt.

»Und sie ist genauso, wie Jessica sie mir beschrieben hat«, erklang hinter ihnen die freudige Stimme Sophia Scotts. »Jetzt ist es nicht mehr weit bis zu ihr. Du musst vielleicht gar nicht mehr mit ihr telefonieren.«

Erstaunt drehte sich Alex zu der alten Dame um, während ihr Itzil unglücklich zulächelte.

»Du weißt doch, hier können wir nicht telefonieren.« Oliver Scott nahm seine Frau liebevoll am Arm.

Auch Tao und Ricardo traten jetzt aus dem Dschungel und blickten staunend zu dem Sakralbau auf. »Donnerwetter!« Der Brasilianer schnaubte anerkennend. »Und das an solch einem abgelegenen Ort. Wie viele Leute müssen die Maya hergebracht haben, um die zu bauen?«

»Guter Einwand.« Itzil dachte nach. »In jedem Fall dürfte das hier wohl das größte bekannte Ah-Mucen-Cab-Heiligtum überhaupt sein. Ich kenne nichts Vergleichbares.«

»Dann hoffe ich mal, dass es auch das einzige ist, in das man gewaltsam ein Loch hineingesprengt hat«, knurrte Tao düster und deutete nach oben.

Sie folgten seinem Fingerzeig und sahen nun ebenfalls, dass die Würgeranken nicht für alle Zerstörungen an dem hohen Zeremonialgebäude verantwortlich waren. In der schräg abfallenden Front – unweit der Freitreppe, etwa in der Mitte des Bauwerks – klaffte ein dunkles Loch in der Pyramide, das tatsächlich auf eine Sprengung hindeutete. Bei genauerem Hinsehen konnten sie jetzt auch kleinere Gesteinsblöcke auf den tiefer liegenden Stufen der Pyramide ausmachen, die vermutlich von der einstigen Explosion herrührten.

»Ich habe so einen Verdacht, wer dafür verantwortlich war«, meinte Alex. »Seht euch mal um.« Er wies mit dem Kopf auf die bewachsene Hochfläche vor ihnen. Ein genauerer Blick offenbarte, dass es sich bei den kleineren Hügeln inmitten der Bäume und Sträucher in Wahrheit um Überreste einstiger Baracken und Wachtürme handelte.

»Oh …« Oliver Scott trat verblüfft einige Schritte vor. »Hier oben muss sich in den Vierzigern ein gut befestigtes Militärlager befunden haben. Von der Größe her könnte es sich dabei um das Hauptquartier gehandelt haben. Und das wurde hier sicher nicht ohne guten Grund errichtet.«

»Dann lasst uns herausfinden, welcher das war, solange wir noch Tageslicht haben.« Tao griff nach dem Gewehr über seiner Schulter und nickte ihnen auffordernd zu.

»Schatz, du ruhst dich am besten etwas aus.« Oliver Scott führte seine Frau zu einer dicken Wurzel. »Ich leiste dir natürlich Gesellschaft.«

Lächelnd blickte Sophia Scott zu der Stufenpyramide empor, und Alex konnte Scott ansehen, wie sehr es ihn in den Fingern juckte, sich selbst auf dem Plateau umzusehen.

»Na gut. Aber entfernt euch nicht zu weit voneinander«, mahnte Itzil.

Gemeinsam durchstreiften sie das unwegsame Gelände zu Füßen der Pyramide und stießen auf immer mehr Hinterlassenschaften, die Scotts Annahme stützten. Darunter korrodierter Stacheldraht, löchrige Wellblechwände, Überreste von Zäunen, rostzerfressene Blechtonnen, verrottete Stützpfeiler und sogar die Überreste eines alten Motorrads, das fast komplett von den Wurzeln einer großen Würgeranke überrankt war.

Zahlreiche Funde nährten jedoch rasch den Verdacht, dass das Lager nicht ganz freiwillig aufgegeben worden war. Darunter herrenlos herumliegende Gewehre, offene Munitionskisten und – unter den Trümmern eines einstigen Wachturms – mindestens ein schweres Maschinengewehr, in dessen Zuführung noch immer die Reste eines Munitionsgurtes steckten.

Knochen hingegen fanden sich nirgends.

Alex und Itzil hoben gemeinsam ein altes und von Farnen bewachsenes Wellblech an und entdeckten darunter die zertrümmerten Überreste eines Tisches, samt korrodiertem Mikroskop und zahllosen Glassplittern.

»Was war das hier früher?«, fragte Itzil. »Die Medizinbaracke?«

»Vielleicht.« Alex sammelte ein verdrecktes Reagenzglas auf. »Vielleicht auch so etwas wie eine Forschungseinrichtung.«

Er blickte sich zu den anderen um und sah im abendlichen Zwielicht, dass Ricardo mit seinem Peilempfänger in der Hand bereits weiter hinten am Abhang der Hochfläche stand, von wo aus man vermutlich eine gute Aussicht auf die große Bucht hatte.

Alex gab Itzil ein stummes Zeichen, gemeinsam marschierten sie zu ihm, und so konnten sie hören, wie das Gerät in seiner Hand leise Piepgeräusche von sich gab.

Dann eröffnete sich auch ihnen der imposante Ausblick auf die Bucht in etwa ein bis eineinhalb Kilometern Entfernung.

Entgeistert blieben sie stehen – denn dort lag nicht bloß der Tanker.

Die komplette Bucht unter ihnen war erfüllt von halb gesunkenen und havarierten Schiffen: Frachter und Fischtrawler, hölzerne Segelschiffe mit zerbrochenen Masten, Jachten und Speedboote, Tenderboote, außerdem ein Löschboot und mindestens ein Katamaran. Alex überschlug im Kopf ihre Anzahl und kam auf fünfzig oder sechzig Schiffe aller möglichen Jahrzehnte und Bauarten. Einige von ihnen erweckten den Eindruck, von einem Sturm gebeutelt worden zu sein, andere nicht.

»Mein Gott. Das ist ja ein regelrechter Schiffsfriedhof!«, ächzte Itzil.

Ricardo drehte sich überrascht zu ihnen um, und kurz beschlich Alex der Eindruck, als wäre es ihm nicht recht, dass sie sahen, was er da tat. Doch schnell fing er sich wieder, räusperte sich und schaltete das Gerät kurzerhand wieder aus.

»Ja, erschreckend«, kommentierte er Itzils Ausruf. »Da unten liegt vermutlich der Großteil all der verschwundenen Schiffe hier im Bermudadreieck.«

Alex trat neben ihn, starrte weiterhin fassungslos auf die Bucht mit all den Wracks und versuchte, die unzähligen Dramen auszublenden, die sich an Bord dieser Schiffe abgespielt hatten.

»Warum finden sich ausgerechnet hier so viele Schiffe?«, fragte er mit trockener Kehle.

»Keine Ahnung«, murmelte der Brasilianer. »Vielleicht, weil wir dem eigentlichen Geheimnis dieser Insel hier nun sehr nahe sind.«

Alex wandte seinen Blick von der Bucht ab und musterte Ricardo genauer: »Und, hast du deine Jacht gefunden?«

Der Brasilianer zögerte. »Vielleicht. Vielleicht auch nicht. Das Ergebnis war nicht ganz eindeutig.«

»Das klang eben aber schon recht eindeutig«, antwortete Alex mit einem Blick auf das Gerät in seiner Hand, ließ sich von Itzil das Fernglas reichen und nutzte das restliche Abendlicht, um die Bucht näher zu inspizieren. Die Wracks befanden sich in unterschiedlichen Stadien der Verrottung, und doch stach sofort ins Auge, dass von mehreren Schiffen brückenartige Verbindungen aus Holz und Metall zu anderen Schiffen führten. Fragil wirkende Stege, die offenbar errichtet worden waren, um so zu den Wracks tiefer in der Bucht zu gelangen. Wer hatte sie errichtet?

Ihn beschlich ein unangenehmer Verdacht, als er auf einem modernen Kanonenboot der US Navy plötzlich eine Bewegung bemerkte. Dort, wo die untergehende Sonne für lange Schatten sorgte.

Nein, da unten waren sogar mehrere Bewegungen.

Und sie stammten von ihm nur zu bekannten Wesen mit großen, fast kahlen Schädeln und langen Extremitäten, deren Hinterläufe nach innen eingeknickt waren.

»Shit! Runter!« Er duckte sich. »Da unten sind diese Dinger!«

Alarmiert gingen auch seine Begleiter in die Hocke. Ricardo zückte ebenfalls ein Fernglas und spähte in die Richtung, auf die Alex deutete.

Alex stellte den Feldstecher schärfer und gewann den Eindruck, dass die Kreaturen etwas an Deck zerrten.

»Es ist ebenso wie bei der *Sea Quest*«, murmelte der Brasilianer und wirkte erstmals wirklich besorgt. »Sie plündern offenbar die Schiffe aus.«

»Sie machen *was?*« Itzil nahm Alex das Fernglas ab und blickte ebenfalls hindurch.

»Oh, mein Gott! Diese Viecher sehen ja aus, als entstammten sie einer Freakshow.«

Alex nickte, allerdings ließ ihn eine Entdeckung nicht ruhen.

»Dein Feldstecher ist moderner«, wandte er sich an Ricardo. »Da ist etwas, das ich unbedingt noch einmal überprüfen muss. Darf ich mal?«

Widerwillig reichte ihm der Brasilianer das Gewünschte.

Nicht unerwartet rückte der Fokus nun viel deutlicher ins Blickfeld. Das Fernglas war sogar mit einem Lichtverstärker ausgestattet. Alex nahm eine der an Deck herumturnenden Kreaturen genauer in Augenschein, und wieder erschreckten ihn ihr bizarres Äußeres sowie die groteske Fortbewegungsweise, die ihn mal an springende Hunde, dann wieder an hangelnde Affen erinnerte.

»Die da sind anders«, wisperte er.

»Was meinst du mit ›anders‹?«, fragte Itzil irritiert.

»Die scheinen mir irgendwie … schmächtiger zu sein als

die, denen wir bislang begegnet sind. Denen fehlen auch die langen Krallen an den Hinterläufen.«

»Könnten das die Weibchen sein?«, fragte Ricardo.

»Vielleicht. Kann ich aus der Ferne nicht sagen.«

Um Ricardos These zu überprüfen, nahm Alex noch einmal die übrigen Schiffe in der Bucht in Augenschein. Tatsächlich beschlich ihn der Eindruck, als würden gerade bei den moderneren Schiffen Teile der Schiffsaufbauten fehlen. Insbesondere entdeckte er nirgends Satellitenschüsseln oder Antennen.

»Du könntest recht haben«, murmelte er an Ricardo gewandt. »Diese Dinger scheinen die Schiffe tatsächlich … auszuräumen.«

»War das nicht damals schon offensichtlich?«, kam es etwas überheblich zurück.

»Für dich vielleicht.«

Alex ließ den Ausschnitt des Fernglases weiter über die Bucht schweifen. Sein Eindruck verfestigte sich.

Unvermittelt rückte eine schnittige rot-weiße Jacht hinter einem der havarierten Frachter ins Blickfeld, die diese Monster offenbar noch nicht heimgesucht hatten. Sie schien ebenso unversehrt wie ein kleinerer Frachter weiter hinten, der ebenfalls den Eindruck erweckte, sich noch nicht lange dort unten zu befinden.

Alex betrachtete die Jacht noch einmal, denn irgendwie kam ihm das Schiff bekannt vor. Nur woher?

Und dann fiel es ihm wieder ein.

»Ich bin mir sicher, dass ich die Jacht da unten kenne. Ich habe sie auf den Wellenbergen gesehen, als die *Sea Quest* in Seenot geriet.«

»Welche Jacht?«, fragte Itzil.

»Die rot-weiße da unten. Bei dem havarierten Frachter. Nicht weit vom hiesigen Ufer entfernt.«

»Echt?« Itzil fasste sie nun ebenfalls ins Auge.

»Moment mal.« Alex wandte sich an Ricardo. »Kann es sein, dass das deine Jacht ist? Passt auch zu diesem Funkspruch. *Dies ist die Jacht* Partida ... *weißer Rumpf mit roten Streifen*«, zitierte er gemäß seiner Erinnerung.

Argwöhnisch betrachtete er den Brasilianer, der ihm statt einer Antwort das Fernglas abnahm und ebenfalls hindurchblickte.

»Ja, gut möglich.« Er setzte es wieder ab. »Aber wie schon gesagt, das werde ich erst dann mit Sicherheit sagen können, wenn ich sie mir näher ansehen kann.«

»Wie schon gesagt? Hast du das Schiff nicht selbst konstruiert? Dann müsstest du es doch zweifelsohne erkennen?«

»Ich sage ja nicht, dass ich sie nicht erkenne.«

»Was wird das hier?« Itzil sah Ricardo stirnrunzelnd an und winkte nun den anderen zu. »Hey, Leute«, rief sie zurück. »Eventuell haben wir einen Weg gefunden, um von hier wegzukommen. Da unten liegt Ricardos Jacht.«

»Ist sie etwa noch intakt?«, schallte weiter hinten Scotts hoffnungsvolle Stimme, und auch Tao blickte zwischen den Bäumen auf, wo er mit irgendetwas beschäftigt zu sein schien.

»Ob sie intakt ist, wissen wir noch nicht«, rief Ricardo ungehalten. »Und bleiben Sie in Deckung. Da draußen in der Bucht befinden sich zahllose dieser Ungeheuer.«

Wütend musterte er Alex und Itzil. »Tolle Leistung. Womöglich habt ihr jetzt bloß falsche Hoffnungen geschürt.«

»Falsche Hoffnungen?« Alex sah ihn verärgert an. »Was wir als falsche Hoffnung interpretieren, das überlässt du doch bitte uns. Oder hast du etwas dagegen, uns gegebenenfalls mitzunehmen?«

»Natürlich nicht.«

Oliver Scott näherte sich ihnen nun doch in geduckter Haltung und nahm die Bucht ebenfalls in Augenschein.

»Mein Gott!«, stöhnte er beim Anblick der vielen Schiffe entsetzt. »Sicher, dass Ihr Schiff noch seetauglich ist?«

»Wie schon gesagt: Ich weiß es nicht«, antwortete der Brasilianer gereizt. »Vielleicht. Vielleicht auch nicht.«

Tao unterbrach sie und winkte ihnen zu. »Das hier solltet

ihr euch vielleicht auch mal ansehen. Speziell Itzil. Ich glaube, das sind Maya-Schätze!«

Kurz darauf standen Alex, Itzil, Oliver Scott und Ricardo neben Tao vor einer alten hölzernen Transportkiste. Der Deckel stand auf, und sie war zu einem guten Viertel mit Erdreich gefüllt, das jedoch nicht die Kostbarkeiten in ihrem Innern verbergen konnte: einen unterarmgroßen goldenen Krug in Gestalt des Bienengottes Ah Mucen Cab, eine Kette mit Jade- und Bernsteinkugeln sowie eine rätselhafte Goldmaske mit grünen Jade-Applikationen und riesigen ovalen schwarzen Augen.

»Seltsam.« Itzil hob die schwere Maske erstaunt an. »Ich habe schon einige Maya-Masken gesehen – aber noch nie eine wie diese.«

Alex erinnerte das Aussehen der Maske unwillkürlich an einen Wespen- oder Bienenkopf. Zugleich aber auch an die Kreaturen, die hier auf der Insel ihr Unwesen trieben. Und inzwischen glaubte er da an keine Zufälle mehr.

»Erinnert die euch nicht auch an die Kreaturen hier auf der Insel?«, meinte er befremdet. »Zumindest, was die Augenpartie betrifft?«

»Ja. Auf eine ziemlich ungute Weise schon.« Scott atmete tief ein. »Wenn ich ganz ehrlich bin, nahm ich bislang an, dass diese Biester irgendwie Folge eines absurden militärischen Experiments sein könnten. Doch wenn die Maya sie bereits kannten, muss etwas völlig anderes hinter ihrer Existenz stecken.«

»Wo hast du die Kiste her?«, wollte Ricardo von Tao wissen.

»Von da vorn.« Der Chinese deutete auf einen von Farnen überwachsenen Trümmerhaufen. »Da lag auch das da.«

Er wies mit dem Kinn auf einen rostbraunen Klumpen, den Alex zunächst nicht zu identifizieren vermochte.

»Eine Schreibmaschine?« Scotts Interesse war geweckt. »Dann könnten das dahinten die Überreste einer Offiziersbaracke sein.« Er marschierte sofort hinüber zu dem Hügel.

»Kommen Sie, helfen Sie mir, solange wir noch etwas Tageslicht haben. Vielleicht finden wir hier Antworten.«

Ricardo und Tao lösten sich von der Kiste mit den Goldfunden und eilten zu ihm.

Itzil hingegen blieb zurück.

»Ist das klug?« Sie sah zweifelnd zurück in Richtung Bucht. »Vielleicht sollten wir uns lieber nach einem Versteck umsehen, solange die Sonne noch nicht untergegangen ist.«

Alex nickte. Die seltsamen Kreaturen trieben derzeit zwar einige Kilometer von ihnen entfernt ihr Unwesen, bislang jedoch hatten sie sie noch immer aufgespürt.

»Lass uns nach einem Ort Ausschau halten, an dem wir die Nacht über sicher sind.«

Gemeinsam sahen sie sich auf der überwachsenen Ebene um, während von dem Trümmerhügel Arbeitsgeräusche ertönten.

»Ich sehe hier nichts, das uns Schutz gewähren könnte«, stellte Alex irgendwann resigniert fest.

»Warum nicht dort oben?« Itzil sah zu der Pyramide hinauf. »Wir sind bewaffnet. Also könnten wir uns die Nacht über vielleicht da oben auf der Spitze verschanzen.«

Alex sah zu dem Ritualhaus am jenseitigen Ende der großen Freitreppe auf – als zwischen den Bäumen aufgeregte Rufe ertönten.

Schnellen Schrittes marschierten sie zurück und sahen, dass ihre Begleiter Balken und andere Überreste der Baracke aus dem Untergrund gezerrt und so ein zertrümmertes Möbelstück freigelegt hatten, das einst ein Regal oder ein Aktenschrank gewesen sein mochte. Denn zwischen den Überresten lagen vermoderte Ordner.

»Vergebene Liebesmüh«, knurrte Ricardo, während er einen davon anhob. »Die Seiten sind völlig verrottet.«

Auch Tao und Scott bemächtigten sich einiger Unterlagen.

»Die hier nicht«, widersprach Scott vielsagend und hielt ihnen das Frontblatt eines braunstichigen Papierklumpens hin:

Project Thunderbird
Top Secret Classified

Die übrigen Seiten waren nahezu vollständig vermodert. Dennoch beugte er sich über eine Seite weiter hinten.

»Hier sind Zahlenkolonnen, die sich offenbar mit den Auswirkungen eines …«, er hob den Packen ans Licht und runzelte die Stirn, »mit einem *Gravitationsgitter* befassen. Was auch immer das sein soll.«

Sein Erfolg weckte die Neugierde der Männer, die nun weitere Ordner aus dem Untergrund zogen und aufklappten.

»Ich habe hier auch etwas!« Tao hielt ein welkes Blatt mit völlig verblassten Buchstaben ins Licht. »Hier ist von einem Trümmerstück mit der Nummer drei die Rede, das angeblich hinter der Pyramide ausfindig gemacht wurde.«

»*Hinter* der Pyramide?« Itzil sah irritiert zu dem Kultbau auf. »Steht da noch mehr?«

»Nichts, was noch zu entziffern wäre.«

»Und ich habe hier vermutlich einen Autopsiebericht«, meinte Scott aufgeregt. »Wenn ich die beiliegende Zeichnung richtig deute, haben die wohl eine dieser Kreaturen aufgeschnitten und untersucht.«

»Eine dieser Kreaturen?! Und mit welchem Ergebnis?« Ricardo sah ihn gespannt an.

Scott zuckte mit den Schultern. »Leider sind die übrigen Seiten völlig zerfressen.«

»Es stützt aber die Annahme, dass es diese Kreaturen damals schon hier auf der Insel gab.« Alex nahm ihm den Ordner aus der Hand, um selbst einen Blick auf die modrigen Seiten zu werfen. »Waren sie vielleicht der Grund, warum das Militär hier war?«

»Nichts, nichts und wieder nichts.« Tao warf frustriert einige weitere vermoderte Akten beiseite. »Nach der langen Zeit ist fast nichts mehr von den Dokumenten erhalten. Wir werden es wohl nie herausfinden.«

»Wir sollten uns eh besser auf die Nacht vorbereiten«, mahnte Itzil. »Ihr wisst doch selbst, wie gefährlich es nach Einbruch der Dunkelheit wird.«

Scott erhob sich seufzend, blickte in die Richtung, aus der sie vorhin gekommen waren, und runzelte die Stirn. »Hat jemand von Ihnen Sophia gesehen?«

Auch Alex, Itzil und Tao standen auf und suchten die Umgebung mit Blicken ab, doch Sophia Scott war und blieb verschwunden.

»Sie hat doch gerade eben noch dahinten gesessen und etwas gegessen!« Beunruhigt marschierte Scott zurück zu der Stelle, wo sich seine Frau niedergelassen hatte, und formte die Hände zum Trichter: »Sophia!«

Auch Alex und Itzil riefen nach ihr, doch es kam keine Antwort.

»Mein Gott. Wie konnte ich mich nur so gehen lassen?« Scott lief zunehmend hektischer durch das Unterholz. »Sophia! Schatz! Wo bist du?«

»Vielleicht sollten Sie nicht ganz so laut sein«, blaffte ihn Ricardo weiter hinten an.

Auch er half ihnen nun bei der Suche, allerdings wirkte sein Bemühen eher halbherzig.

»Hören Sie mal, es geht hier um meine Frau!«, herrschte ihn Scott wütend an. »Sie wissen doch, wie es um sie steht.«

»Dann hätten Sie vielleicht ein bisschen besser auf sie aufpassen müssen«, blaffte ihn Ricardo an. »Im Augenblick jedenfalls gefährden Sie uns mit Ihrer Schreierei!«

»Meine Güte, was ist denn los mit dir!«, herrschte Alex den Brasilianer an. »Wir sind hier aufeinander angewiesen. Schon vergessen?«

Ein Blick auf Itzil verriet Alex, dass auch ihr eine spitze Bemerkung auf der Zunge lag, doch sie schluckte sie hinunter und deutete stattdessen zu der großen Freitreppe an der Front der Stufenpyramide. »Vielleicht ist sie da oben. Sie haben sie doch vorhin selbst mitangehört. Irgendwie glaubte sie, dass die Pyramide in einem Bezug zu Ihrer beider verstorbenen Tochter steht.«

»Zuzutrauen wäre es ihr«, pflichtete ihr Tao bei. »Dass Ihre Frau keine Angst vor steilen Treppen hat, wissen wir seit dem Felsenkessel mit dem Geysir.«

Scott sah gequält zu der Pyramide hinauf, und auch Alex fasste nun die Spitze ins Auge. Er entdeckte dort oben zwar niemanden, aber das mochte an den schlechten Sichtverhältnissen liegen. Auch er traute der alten Dame eine solche Aktion zu.

»Passen Sie auf.« Er berührte Scott mitfühlend an der Schulter. »Gleich ist es so dunkel, dass hier unten jede Suche völlig aussichtslos wird. Sollte Sophia tatsächlich zurück in den Dschungel gelaufen sein, kommt sie nicht weit. Ich verspreche Ihnen, dass wir morgen beim ersten Licht der Sonne die Suche aufnehmen. Aber jetzt ist die Pyramide die beste Option. Auch für uns, falls wir in die Situation geraten, uns verteidigen zu müssen.«

In Scotts Augen schimmerte es feucht. »Na gut«, presste er hervor.

Ricardo setzte sich schweigend an die Spitze, kurz darauf erreichten sie die steile Freitreppe und gerieten sofort in den nahezu magischen Bann, den das gewaltige Bauwerk auf sie ausübte. Vom Sockel der alten Stufenpyramide aus wirkte das kultische Bauwerk besonders ehrfurchtgebietend. Dazu trug nicht zuletzt die steile Freitreppe hinauf zum Ritualhaus an der Spitze bei. Wie steil sie tatsächlich war, wurde einem erst klar, wenn man direkt davorstand.

Ricardo hielt sich nicht lange mit Betrachtungen auf, sondern mühte sich rasch die Freitreppe empor. Alex und Tao kamen bei Weitem nicht so zügig voran, denn die Stufen waren eng und ungesichert, und Oliver Scott hatte einige Mühe, mit ihnen Schritt zu halten, zumal er sich immer wieder mit tränenfeuchten Augen nach Sophia umsah, die jedoch weiterhin verschwunden blieb. Itzil blieb hinter ihnen, um bei einem möglichen Sturz zur Stelle zu sein.

Und zunehmend wurde es dunkler.

Alex konnte bei dem beschwerlichen Aufstieg regelrecht dabei zusehen, wie die Sonne am fernen Horizont versank und die Bucht mit den vielen havarierten Schiffen in einen düsterroten Schein tauchte – als zu ihrer aller Entsetzen überall auf der Insel das unheimliche laute Dröhnen einsetzte.

Nur dass es diesmal näher klang als sonst.

»O Mann!«, stöhnte Tao.

Auch Alex, Scott, Itzil und Ricardo sahen sich bangen Blickes um, denn schon im nächsten Moment ging der durchdringende Laut wieder in jenes auf- und abschwellende Wummern und Stampfen über, dessen Vibrationen sie sogar auf den mächtigen Stufen der Pyramide spüren konnten. Längst war der Dschungel um sie herum einmal mehr von aufgeschreckten Kreisch- und Brummlauten erfüllt, und auch der Vulkan, dem sie in den letzten Tagen deutlich näher gekommen waren, meldete sich mit einem dumpfen Donnergrollen.

Plötzlich spürte Alex, wie sich seine Nackenhärchen aufrichteten, dann fühlte er einen eigenartigen Zug am Körper, der auch seine Begleiter leicht ins Taumeln brachte. Jäh schossen überall auf der Insel die monströsen, grell flackernden Lichtsäulen zum Himmel empor, und rund um sie herum setzten zeitgleich die ohrenbetäubenden Knister-, Prassel- und Brechlaute ein. Alex starrte zu einem der gewaltigen, wild flackernden Areale in nur fünfhundert oder sechshundert Metern Entfernung hinüber, und wie schon auf dem Plateau mit dem Funkturm konnte er von ihrer erhöhten Position aus mitansehen, wie dort der Dschungel auf gespenstische Weise in Bewegung geriet. Nur dass er inzwischen wusste, dass dort in Wahrheit die Zeit rasend schnell voranschritt. Was das für Sophia bedeutete, falls diese nicht die Stufen hinauf, sondern in den Dschungel gelaufen sein sollte, wollte Alex sich gar nicht erst ausmalen.

Immerhin, ihre Vermutung bewahrheitete sich. Die Stufenpyramide markierte offenbar eine Zone, in der sie sicher waren.

»Weiter!«, rief Alex. »Ihr wisst, was auf dieses Phänomen für gewöhnlich folgt.«

Scott stöhnte und geriet abermals ins Stolpern. Und noch immer hatten sie eine gefühlt endlos erscheinende Strecke vor sich – als Itzil auf sich aufmerksam machte.

»Alex, Tao! Scott schafft das nicht. Lasst uns da rüber.« Hektisch deutete sie zu der neben ihnen liegenden Terrassenstufe der Pyramide – dorthin, wo keine sechs oder sieben Schritte entfernt das herausgesprengte Loch in der Pyramidenwand prangte.

Alex und Tao sahen einander nur kurz an, dann zogen sie Scott mit sich, kämpften sich zu dem Sprengloch vor, und nicht nur Itzil folgte ihnen, sondern auch Ricardo, der ihr Vorhaben bemerkt hatte und nun eilig wieder zu ihnen herabstieg.

Sie hatten das große Loch in der Pyramidenwand bereits erreicht, als Alex' Blick über die Bucht hinweg und hinaus aufs Meer glitt. Selbst dort, in einigen Meilen Entfernung, schien die See an einigen Stellen regelrecht zu kochen. Und als sein Blick auf den fernen Horizont fiel, glaubte er erkennen zu können, wie sich dort gewaltige Wellenberge auftürmten.

Er wandte sich von dem unheimlichen Geschehen ab und sah, dass sich hinter dem herausgesprengten Loch in der Pyramidenwand ein Tunnel befand, der schräg in die Tiefe führte. Er erinnerte ihn in mancherlei Hinsicht an den Stollen eines Bergwerks, denn die sichtlich fragile Decke aus Gesteinsblöcken wurde von dicken Holzpfeilern abgestützt. Diese standen besorgniserregend schief.

»Was ist?«, rief Tao beunruhigt.

»Ihr müsst vorsichtig sein! Hier ist ein Tunnel, der überaus baufällig wirkt. Und im Augenblick traue ich mich nicht, Licht zu machen.«

Rasch schlüpfte er hinein, zog Scott dabei mit sich und sah

hinter sich, im unruhigen Lichtschein, der die Insel erfüllte, auch die Schatten der anderen, die ihnen nachfolgten. Sekunden später fielen die monströsen Lichtsäulen schlagartig wieder in sich zusammen, und auch das Dröhnen, Stampfen und allgegenwärtige Prasseln und Knistern verstummte.

Alex schaltete seine Lampe nun doch an, da es mit dem Ende des unheimlichen Geschehens auch im Tunnel stockfinster wurde und er nun Gefahr lief, gegen einen der Holzpfeiler zu laufen oder sich an der Decke den Kopf zu stoßen.

»Wohin mag dieser Schacht führen?«, keuchte Scott. »Ob Sophia vielleicht ebenfalls diesen Weg gewählt hat?«

»Ich weiß es nicht«, antwortete Alex unglücklich, während er sich weiter durch den engen Gang kämpfte. »Drücken Sie uns die Daumen. Irgendetwas von den Kreaturen zu hören?«

»Nein, bislang nichts«, antwortete Ricardo von hinten. »Ich habe aber auch nicht vor, draußen zu bleiben und abzuwarten.«

Auch er schaltete seine Taschenlampe an, und gemeinsam mühten sie sich weiter einem unbekannten Ziel entgegen. Alex war sich mittlerweile sicher, dass zumindest der hintere Teil des Tunnels in mühsamer Grabungsarbeit entstanden war. Und der Gang führte immer tiefer in die Pyramide hinein.

Was hatten die Militärs hier gewollt?

Nicht ganz unerwartet zeichnete sich vor ihm plötzlich eine große steinerne Kammer ab, und das Licht seiner Lampe fiel auf einen beeindruckenden Sarkophag, der in typischer Maya-Weise behauen war.

Außerdem blitzte es im Lichtschein golden …

»Da vorn ist was!«, rief er aufgeregt. »Offenbar eine Grabkammer!«

Er half Scott durch den Durchgang am Ende des Ganges und riss beeindruckt die Augen auf. »Meine Güte!«

Der Tunnel hatte sie zu keiner einfachen Grabkammer geführt, sondern in eine beeindruckende Felsenhalle, die die Maya-Baumeister offenbar aus Teilen einer natürlichen Höhle geschaffen hatten. Diese war mindestens acht Meter tief und breit und schwindelerregend hoch. Maya-typisch ragte über ihren Köpfen ein ebenso steiles wie imposantes Kraggewölbe aus waagerecht aufeinander zulaufenden Mauersteinen auf, das sich im Zwielicht verlor und geschätzt bis zur Spitze der Pyramide in gut fünfzehn bis zwanzig Meter Höhe hinaufreichte.

Die so geschaffene Bogenform umrahmte ein kolossales Relief an der hinteren Wand des Gewölbes. Sie bestand aus zahllosen aufeinandergetürmten Felsquadern und zeigte als Blickfang ein ebenso großes wie eindringliches Abbild des Bienengottes Ah Mucen Cab mit ausgebreiteten Flügeln, aufgerichtetem Hinterleib und ausgefahrenen Klauen. Das gewaltige Fries wurde von zahllosen Maya-Hieroglyphen umrahmt, zwischen denen hockende Gestalten mit wulstigen Lippen, großen Nasen und prächtigem Kopfschmuck auszumachen waren.

Und es war auch nicht *ein* Sarkophag, der in dem Kultraum stand, sondern es waren drei. Zwei von ihnen waren geöffnet, und die schweren Steindeckel ruhten aufrecht neben ihnen. Nur der dritte war noch verschlossen. Sein steinerner Deckel wies jedoch einen schweren Riss auf, der ihn halb spaltete.

Überstrahlt wurde all dies von Dutzenden, zum Teilen massiv goldenen Opfergaben, die in speziellen Wandnischen, auf steinernen Sockeln sowie am Boden funkelten: Gefäße, Krüge und Figuren, kunstvolle Gold- und Jademasken, große Statuen sowie Schalen mit Ringen, Ketten und anderem Geschmeide. Sogar zwei herrlich verzierte Waffen sowie ein komplett vergoldeter Stuhl!

Wohin auch immer Alex leuchtete, überall brach sich der Schein seiner Lampe gülden. Und doch war schnell klar, dass viele Teile des ursprünglichen Schatzes bereits fortgeräumt waren, denn anders waren die zahllosen leeren Flächen nicht zu deuten, in und auf denen einfache Holztäfelchen mit schwarzen Ziffern wie zur Kartierung standen und lagen.

Offenbar hatte das Militär die Schätze fortgeräumt, denn

mitten in der Halle ragten drei große Dreibeinstative empor. Auf zweien von ihnen thronten große, alte Scheinwerfer, und auf dem dritten war eine Kamera älterer Bauart montiert.

»Unglaublich!«, flüsterte Scott ehrfürchtig, doch Itzil widersprach ihm ergriffen: »Nein, mehr: Das ist völlig einzigartig! Dieser Ort dürfte an den Grabfund von Tutanchamun in Ägypten heranreichen. Ich wüsste nicht, dass sonst irgendwo in Zentralamerika eine vergleichbare Entdeckung gemacht worden wäre.«

»Schön«, grunzte Tao missmutig. »Leider erklärt es nicht, warum sich ausgerechnet das Militär für all das hier interessiert hat. Aber es zeigt sehr wohl, dass es das Militär nicht geschafft hat, diese Schätze von der Insel zu bringen – denn sonst wüssten wir ja von einem derart bedeutenden Fund.« Er trat an einen klapprigen Holztisch heran, auf dem neben zwei Lupen goldene Maya-Amulette in Bienenform lagen, in die bräunlich schimmernder Bernstein eingearbeitet war.

»Ja, das ist die Frage«, nahm Alex den Gedanken auf, verstummte jedoch, als er Ricardo bemerkte, wie dieser an eine Wandnische herantrat. Dort war ein seltsam deformierter Menschenschädel mit einstigem Federschmuck aufgebahrt. Der Hinterkopf war verlängert und ragte wie ein Straußenei über den übrigen Knochen auf. Alex blickte zu Itzil, die über einen der ihnen schon bekannten Opferkrüge mit Honig gebeugt war, und trat an die Seite des Brasilianers.

»Von diesen Schädeldeformationen habe ich bislang nur gelesen. So etwas mit eigenen Augen zu sehen, ist aber noch einmal etwas anderes.«

Ricardo nickte. »Sie sollen in präkolumbianischen Zeiten stark verbreitet gewesen sein. Einige dieser Schädel findet man bei uns in den Museen. Der Brauch war aber, soweit ich weiß, nicht nur bei den Maya verbreitet, sondern auch bei den Inka und Azteken.«

»Diese Verformungen wurden durch Kopfbandagen erzielt, oder?«

»Und durch Schädelbretter.« Ricardo leuchtete die Nische weiter aus. »Ein verlängerter Schädel galt bei den alten Kulturen angeblich als nobel – bis die Konquistadoren die Praxis verboten. Aber woher diese ungewöhnliche Praxis wohl stammt …« Er trat an einen der offenen Sarkophage heran und leuchtete hinein. Alex blickte ihm über die Schulter, doch der Sarg war leer.

Während Tao schräg gegenüber weitere Opfergaben in Augenschein nahm und Scott noch immer unglücklich nach Sophia Ausschau hielt, folgte ihnen Itzil zu dem zweiten geöffneten Sarkophag. Auch dieser war ausgeräumt.

»In der Regel werden an Orten wie diesen nur hochrangige Würdenträger bestattet«, merkte sie an. »Seltsam scheint mir, dass es hier gleich drei waren.«

»Na, da sind wir ja mal einer Meinung.« Der Brasilianer nickte ihr zu. »Was, wenn nicht das Gold hier der Grund für das Eindringen des Militärs war, sondern die Überreste in den Sarkophagen?«

»Wie kommst du darauf?«, fragte Alex.

Ricardo deutete auf einen der aufrecht stehenden Sarkophagdeckel, und Alex sah, dass dieser mit einem aufwendigen Relief geschmückt war. Inmitten von Schlangensymbolen und ihm unbekannten Hieroglyphen war dort eine aufrecht stehende Gestalt mit übergroßem Kopf zu erkennen, die – ähnlich wie die Jademaske draußen – auffallend große Augen und nur drei Finger und Zehen besaß.

Auch der zweite, aufrecht stehende Sarkophagdeckel trug ein ähnliches Motiv.

»Kannst du damit etwas anfangen?«, fragte er Itzil, doch die schüttelte verwundert den Kopf.

»Sehen wir doch nach.« Kurzerhand trat Ricardo an den dritten Sarkophag heran. Der schwere Steindeckel war leicht verschoben und wies auf der Oberseite ein ähnliches Relief auf wie die beiden anderen. Allerdings war da noch der auffallende, gut fingerdicke Riss im Deckel. Ricardo leuchtete hindurch und schürzte zufrieden die Lippen. »Der Leichnam ist offenbar noch da. Helft mir mal.«

Er kramte ein Brecheisen aus seinem scheinbar unerschöpflichen Rucksack, setzte es an dem oberen Bruchstück des Sarkophagdeckels an und hebelte, während Alex und Itzil angestrengt drückten. Doch der Steindeckel war einfach zu schwer. Erfolg hatten sie erst, als ihnen auch Tao und Scott halfen.

Mit einem hässlichen, kratzenden Geräusch wuchteten sie den Deckel über die Kante, dann kippte er und krachte dumpf polternd zu Boden.

Alex und Ricardo leuchteten ins Innere, und sie alle rissen entgeistert die Augen auf.

Denn im Innern lag definitiv kein Mensch.

Die graue, pergamentene Haut der stark mumifizierten Gestalt spannte sich über einen viel zu großen Schädel mit dunklen, fast untertassengroßen Augenhöhlen. Die Mundöffnung war wie zu einem stummen Schrei aufgerissen und offenbarte dabei viel zu kleine Zahnreihen. Ebenso befremdlich wie der Kopf wirkten auch die Arme. Beide waren eng um den dürren Oberkörper geschlungen, als würde die Gestalt frieren, und die Hände liefen in drei überlangen, feingliedrigen Fingern aus.

»Ist das eine der Kreaturen da draußen?«, fragte Itzil unsicher.

»Eine gewisse Ähnlichkeit gibt es da schon.« Alex ließ seinen Blick über den mumifizierten Körper schweifen. »Aber irgendwie ist diese hier ... anders. Der Kopf ist viel größer, der Körper schmächtiger. Kriegen wir den unteren Teil des Deckels weg?«

»Wartet!« Scott griff in den Sarkophag und wischte über die eng anliegende Kleidung des Leichnams, die Alex zunächst für Binden gehalten hatte. Es knisterte leise, wo Scotts Finger den Staub fortwischten – doch dann kam unter der Schmutzschicht ein goldglänzendes Material zum Vorschein! »Sehen Sie das? Ich halte das für eine Art Anzug. Das Material fühlt sich metallisch an. Ein bisschen wie Aluminium – aber so etwas kann es damals nicht gegeben haben. Ich weiß ja nicht einmal jetzt, was genau das ist.«

Ricardo trat sichtlich aufgeregt neben ihn und wischte über einige weitere Körperpartien der Mumie. Überall wiederholte sich das Beispiel. Stumm starrten sie auf den rätselhaften mumifizierten Körper.

»Ist es das, was ich denke?«, krächzte Itzil.

Alex sah unbehaglich in die Runde. »Wenn das hier kein Mensch ist, dann gibt es für dieses Wesen eigentlich nur eine andere Erklärung: Wir haben es hier mit einem Alien zu tun.«

»Wie bitte?« Tao sah ungläubig auf. Scott hingegen stierte den Leichnam weiterhin stumm an, während sich Itzil zu der Wand hinter ihnen mit der riesigen Felshauerei des Bienengottes umdrehte. »In diesem Fall«, ergänzte sie tonlos, »lag die Erklärung für all die rätselhaften Phänomene hier die ganze Zeit über direkt vor unseren Augen. Wir haben es bloß nicht erkannt.«

»Welche Erklärung?« Tao sah sie irritiert an.

»Ah Mucen Cab – der herabstürzende Gott!« Sie sah ihn mit großen Augen an. »Ich habe es euch doch schon im Observatorium erklärt: Für die Maya waren die Gestirne Abbilder der Götter. Was, wenn tatsächlich ein Gott zu ihnen herabgefahren wäre? Oder besser gesagt: herabgestürzt … und das nicht nur sinnbildlich.«

»Ihr sprecht allen Ernstes von einem Besuch durch *Außerirdische?*« Tao sah sie der Reihe nach an, als hätten sie den Verstand verloren. »Vielleicht hatte der Priester in diesem Sarg bloß eine genetische Fehlbildung. Und solange wir das Material seiner Kleidung nicht näher untersucht haben, können wir …«

»Ockhams Rasiermesser«, unterbrach ihn Alex ruhig. »Das waren *deine* Worte. Willst ausgerechnet du jetzt ernsthaft all die unheimlichen Erlebnisse auf dieser Insel in Abrede stellen? Oder hast du eine andere Erklärung? Und ich glaube, Itzil spricht auch nicht von einem einfachen Besuch.«

»Nein, tue ich nicht«, hauchte Itzil, die noch immer voller Ehrfurcht das Wesen im Sarkophag musterte. »Wenn es sich bei diesem Körper tatsächlich um einen Außerirdischen handelt, liegt der hier sicher nicht freiwillig. Ich glaube vielmehr, dass hier ein UFO abgestürzt ist.«

»Was auch zu dem Eintrag im Lager unten passen würde«, ergänzte Scott heiser. »Sie erinnern sich? Da war von einem Trümmerteil die Rede. Selbst diese Operationsbezeichnung ergibt plötzlich Sinn. Thunderbird. Der Donnervogel wird in allen Legenden mit Lärm und Blitzen in Verbindung gebracht. Was, wenn es vor vielen Hundert Jahren zu einem dramatischen Ereignis am Himmel über Amerika kam, das von vielen der alten Kulturen beobachtet wurde? Nicht nur von den Maya. Oder von diesen Taíno. Sondern auch von einigen Völkern Nordamerikas? Mit dem Unterschied, dass nur die Maya den, nun ja, Aufschlagsort dieses Objektes fanden.«

Tao schwieg.

»Aber warum wurde dieser Ah Mucen Cab als Bienengott verehrt?«, fragte Alex mit Blick auf die vielen Tonkrüge mit Bienenmotiven in der Halle.

»Weil Honig bei den Maya als heiliges Gut galt?«, rätselte Itzil laut. »Oder weil Bienen ebenfalls fliegen?«

»Vielleicht wegen der seltsamen Insektenformationen am Himmel, wenn hier dieser Spuk losbricht?«, gab Tao zögernd seinen Widerstand gegen die Alien-Theorie auf. »Das dürften doch wohl vor allem Bienen gewesen sein.«

»Ja, könnte passen«, meinte Alex nachdenklich. »Faktisch dürfte das Phänomen wohl mit den Anomalien des Magnetfeldes hier auf der Insel in Zusammenhang stehen.« Scott sah zu ihm auf, als er weitersprach. »Es gibt viele Tiere, die über einen Magnetsinn verfügen. Am besten untersucht ist dieser ›Magnetkompass‹ bislang bei Zugvögeln. Auch für Ameisen ist das belegt – und eben auch für Bienen.«

»Interessant, aber im Augenblich nicht von vordringlichem Interesse.« Scott schüttelte missmutig den Kopf. »Viel wichtiger ist, was es mit diesen bizarren Kreaturen da draußen auf sich hat. Handelt es sich dabei vielleicht um degenerierte Nachfahren dieser … Wesen?«

Aus irgendeinem Grund widerstrebte Alex der Gedanke, auch wenn ihm klar war, dass es da einen Zusammenhang geben musste. Er sah auf und entdeckte eher zufällig den triumphierenden Ausdruck in Ricardos Augen.

»Verdammt, Ricardo!«, fuhr Alex ihn an. »All deine Geheimniskrämerei in den zurückliegenden Tagen! Du weißt doch mehr darüber – und das schon ziemlich lange!«

Der Brasilianer starrte ihn ertappt an, als Alex hinter ihnen im Tunnel plötzlich ein leises Geräusch vernahm.

Alarmiert fuhr er herum – und starrte zu seinem maßlosen Erstaunen in den Lauf eines Gewehrs.

Nicht etwa eine der gefährlichen Kreaturen hatte sich zu ihnen angeschlichen – sondern Barry Ross!

»Nur eine falsche Bewegung, und ich knall dich ab!«, herrschte der Store-Keeper Ricardo an, der bereits zum Holster mit seiner Pistole griff. »Und du, Tao, legst deine Knarre ebenfalls schön vorsichtig auf den Boden. Sonst fängst du dir auch eine Kugel. Das Gleiche gilt für dich, Alex. Weg mit der Klinge.«

Alex, der Ross noch immer ungläubig anstarrte, legte das Rapier widerwillig auf den Boden und sah ihm nun dabei zu, wie dieser die große Steinhalle betrat und sich gierig zu den Goldschätzen umblickte. Seine Kleidung war verschmutzt und sein Bart inzwischen regelrecht struppig. Außerdem verunzierte eine blutverkrustete Schramme seine rechte Gesichtshälfte.

»Du lebst?«, fragte Itzil erstaunt.

»Tja, Schätzchen, sieht ganz so aus.« Ross lachte abfällig, während er sorgsam darauf achtete, dass auch Ricardo und Tao ihre Waffen ablegten. »Dir wäre es vermutlich lieber gewesen, wenn mich diese Viecher neulich erwischt hätten. Nur muss ich dich leider enttäuschen. Ich habe sie abgeknallt wie räudige Hunde.«

»Was soll dieser Auftritt?«, fragte Alex bemüht ruhig. »Wieso bedrohst du uns? Wenn du das neulich überlebt hast, solltest du am besten von uns wissen, dass wir hier zusammenhalten müssen!«

»Ach, tatsächlich?« Ross musterte ihn kalt. »Itzil und Tao haben dir doch sicher berichtet, dass ich Fernando erschossen habe. Glaubst du, ich verlasse mich darauf, dass ihr Moralapostel die Klappe haltet, sobald wir es wieder von hier weggeschafft haben? Nein.« Er lachte resigniert. »Ich weiß, das werdet ihr nicht. Und soll ich dir was sagen? Ich würde diesem Wichser auch heute noch die Rübe von den Schultern blasen. Deshalb habe ich beschlossen, dass es künftig nur noch einen gibt, auf den ich mich verlassen werde. Und das bin ich!«

Er schwenkte den Lauf in Richtung Scott. »Mach dich nützlich, Scotty. Fessel die anderen.«

Scott reagierte nicht, sondern starrte Ross weiterhin reglos an. »Dann haben Sie uns die ganze Zeit beobachtet?«

»Beobachtet und bis zu diesem Ort verfolgt.«

Alex schalt sich innerlich einen Narren, denn er hatte die ganze Zeit über geahnt, dass sie da draußen nicht allein gewesen waren. Wann würde er endlich lernen, seinen Instinkten mehr zu vertrauen?

»Aber wen interessiert das noch?« Ungehalten schoben sich die Augenbrauen des Store-Keepers zusammen. »Wichtig war nur, dass ich im Zweifel von euren Erkenntnissen profitiere.« Er grinste kalt. »Habt ihr gesehen, dass da unten in der Bucht unser altes Boot liegt? Wie auch immer es dorthin gelangt ist, abgesehen von Fernando scheint noch alles da zu sein: Sprit, Wasser und die von ihm zusammengerafften Lebensmittel. Da ich mich damit nun allein von der Insel absetzen werde, ist sogar noch etwas Platz für das Gold hier.«

Scott ignorierte die Auslassungen. »Haben Sie meine Frau gesehen?«

»Ich halte eine Knarre auf Sie gerichtet, aber Sie interessiert bloß das Schicksal Ihrer Frau? Das ist ja herzerwärmend.« Ungläubig sah ihn Ross an. »Die verrückte Alte hätte mich fast entdeckt. Aber um Sie zu beruhigen: Ich habe ihr nichts antun müssen. Sie ist zurück in den Dschungel. Und sie wirkte dabei fast glücklich.« Er hob das Gewehr. »Und jetzt machen Sie, oder Sie sind der Erste, den ich über den Haufen schieße.«

Scott, dem bei der Nachricht über Sophias Verbleib alle Farbe aus dem Gesicht zu weichen schien, nahm das Nylonseil zur Hand, wandte sich ihnen mit bitterer Miene zu und bedeutete ihnen fast höflich, sich mit den Rücken am Boden zusammenzusetzen.

Alex, Itzil und Tao kamen der Aufforderung zögernd nach – nur Ricardo blieb stehen.

»Was hältst du davon, wenn wir beide uns arrangieren?«, wandte er sich überraschend an Ross.

»Ich wusste es«, fauchte Itzil zornig.

Ross schwenkte den Lauf in Ricardos Richtung. »Arrangieren? Was hättest du mir schon zu bieten? Ich brauche dich nicht.«

»Na ja. Sieht man einmal von einer ganzen Jacht ab, die noch immer intakt unten in der Bucht liegt«, gab Ricardo überheblich zurück, »hätte ich dir nichts Geringeres anzubieten als die Chance, überhaupt von hier wegzukommen.«

»Die Chance, von hier wegzukommen?« Verständnislos starrte Ross den Brasilianer an. »Ich sagte es doch bereits: Ich *habe* ein Boot.«

Batista lächelte herablassend. »Und du glaubst tatsächlich, du kämst so einfach von hier weg?«

»Wieso sollte ich nicht?«

Alex suchte den Boden nach etwas ab, das sich als Waffe zweckentfremden ließ, doch Ross behielt sie lauernd im Blick.

»Wirf mal einen Blick da rein.« Ricardo deutete mit dem Kinn auf den Sarkophag mit dem mumifizierten Wesen. »Du hast es vielleicht noch nicht mitbekommen, aber all das, was hier auf dieser Insel vor sich geht, beruht auf außerirdischer Technologie. Und der entkommst du nicht so einfach mit deinem lächerlichen kleinen Boot.«

Ross' Augenbrauen schoben sich irritiert zusammen, er näherte sich dem Sarkophag widerstrebend und starrte befremdet das mumifizierte Wesen an. »Heißt das etwa, dass auch diese Kreaturen da draußen ... alle Aliens sind?«

»Auf die eine oder andere Weise wohl schon«, antwortete Ricardo. »Zumindest gehen wir davon aus, dass hier auf der Insel vor langer Zeit ein außerirdisches Raumschiff abgestürzt ist.«

»Du willst mich verarschen!«

»Eher nicht. Frag die anderen: Denen ist das nämlich ebenfalls gerade erst klar geworden. Und auch dir dürfte eigentlich nicht entgangen sein, dass sich die seltsamen Anomalien auf dieser Insel nicht einfach so erklären lassen.«

Ross leckte sich unruhig über die Lippen und starrte erst Ricardo, dann wieder das Wesen im Sarkophag an.

»Du *wusstest,* mit was wir es hier auf der Insel zu tun haben?«, presste Tao mit nur wenig unterdrückter Wut hervor.

Ricardo grinste breit.

»Rede, oder du hast gleich keine Gelegenheit mehr dazu!«, bellte Ross und richtete die Mündung seiner Waffe nun direkt auf den Kopf des Brasilianers.

»Schon gut, schon gut!« Ricardo hob beschwichtigend die Hände. »Ja. Ich habe so etwas vermutet. Nur die Existenz dieser Wesen hier auf der Insel ... hat mich überrascht.«

»All der andere Scheiß, der hier auf der Insel abgeht, nicht?«

»Die Frage ist, wo ich anfangen soll. Dir ist klar, welch riesige Distanzen es zu bewältigen gilt, wenn du interstellare Raumfahrt betreiben willst?«

»Deine Science-Fiction-Theorien interessieren mich nicht, Kumpel. Du weichst meiner Frage aus.« Ross funkelte ihn böse an.

»Nein, tue ich nicht. Du musst mir bloß zuhören«, fuhr

Ricardo fort. »Du wirst es gleich verstehen. Also, diese Distanzen sind riesig. Kaum überbrückbar. Selbst wenn wir es eines Tages schaffen, Raumschiffe zu entwickeln, die annähernd Lichtgeschwindigkeit erreichen – was physikalisch die maximale Obergrenze ist –, würde eine Reise etwa zu dem Doppelsternensystem Alpha Centauri, das knapp vier Lichtjahre von uns entfernt liegt, eben noch immer vier Jahre dauern. Also für die Reisenden … Und vier Lichtjahre sind kosmisch gesehen gar nichts. Die meisten interessanten Objekte im All liegen sehr viel weiter weg. Mit unserer heutigen Technologie bräuchte man für solche Reisen schon Generationenraumschiffe.«

»Mann, komm zum Punkt!«, knurrte Ross, doch Ricardo schien jetzt ganz in seinem Element: »Die Lösung für dieses Problem, also gewissermaßen schneller als das Licht zu reisen, und das, ohne die Naturgesetze zu brechen, wäre ein – Alcubierre-Antrieb!«

»Aber ja, natürlich«, entfuhr es Scott. »Die müssen genau so etwas an Bord gehabt haben.«

»Worüber zum Teufel redet ihr?« Ross fuhr jetzt zu dem Rentner herum, behielt sie jedoch alle weiterhin im Blick.

»Du kennst den Warp-Antrieb aus Star Trek? Dieser Fernsehserie?«, fragte ihn Scott.

»Ich bin ja nicht bescheuert.«

»Dieser Alcubierre-Antrieb würde ähnlich schnelle Reisen ermöglichen.«

»Nicht schlecht.« Ricardo schenkte Scott einen anerkennenden Blick und fuhr rasch fort. »Die Relativitätstheorie verbietet Materie, sich schneller als Licht durch den Raum zu bewegen. Der Raum selbst ist davon jedoch nicht betroffen. Die Antriebsmethode, die Alcubierre entwickelte – übrigens ein Mexikaner«, er nickte Itzil gönnerhaft zu, »geht davon aus, dass es mittels Gravitationswellen möglich sein müsste, eine Art Raumblase um ein Raumschiff herum zu erzeugen. In Flugrichtung krümmt sie den Raum so, dass er gestaucht wird. Hinter der Raumblase dehnt sich der Raum hingegen stark aus. Auf diese Weise schiebt der Raum die Blase mitsamt dem Raumschiff, das sich in Wahrheit gar nicht bewegt, gewissermaßen durchs All. Ganz so, als würde man auf einer Rolltreppe stehen. Obwohl man sich persönlich nicht bewegt, kommt man dennoch voran.«

»Und was hat dieser ganze Star-Trek-Kram jetzt mit dieser Insel zu schaffen?«, grunzte Ross, der vermutlich nur die Hälfte von dem verstand, was Ricardo und Scott ausgeführt hatten.

»Ganz einfach«, Ricardo fixierte ihn. »Dieses Alien-Raumschiff liegt hier immer noch irgendwo. So muss es sein. Denn egal, was dem Schiff damals widerfahren ist: Sein Gravitationsantrieb scheint noch zu funktionieren, denn das erklärt die Phänomene hier in diesem Seegebiet. Nur ist der Antrieb eben wie ein stotternder Motor. Wann immer er anspringt, krümmt er nicht mehr den Raum irgendwo in den Weiten des Alls, sondern hier im Bermudadreieck.«

»Tatsächlich«, murmelte Scott, den der intellektuelle Disput für einen kurzen Augenblick seine Sorge um seine Frau vergessen zu lassen schien. »Es würde die Störungen des Magnetfeldes hier auf der Insel ebenso erklären wie die beobachteten Zeitanomalien.«

»Kann sein, muss aber nicht«, mischte sich Alex ein und wandte sich an Ricardo: »Woher nimmst du die verdammte Sicherheit, dass du mit alledem richtigliegst?«

»Weil ich geheime Informationen besitze, die von meinem Urgroßvater mütterlicherseits stammen«, erklärte Ricardo selbstbewusst. »Einem US-Amerikaner. Hast du schon mal von dem Philadelphia-Experiment gehört?«

Alex sah ihn befremdet an. »Gab es dazu nicht einen älteren Film von John Carpenter? Das ist doch bloß Fiktion!«

»Ja, er dürfte vor deiner Geburt gedreht worden sein. Allerdings gab es dieses Experiment wirklich!«

»Was für ein verficktes Experiment?« Ross, dem langsam

der Geduldsfaden zu reißen schien, hob drohend sein Gewehr, doch Ricardo ließ sich nicht beirren: »Es beruht auf einer Legende um ein militärisches Experiment mit Tarntechnologie. Nur dass das eben keine Legende war, denn mein Urgroßvater war als Ingenieur daran beteiligt. Das Ganze spielte sich 1943 ab. Damals wurde die USS *Eldridge*, ein Geleitzerstörer der US Navy, auf hoher See mit einem Kraftfeld optisch unsichtbar gemacht. Alles, was blieb, war für fünfzehn Minuten der Kielabdruck im Wasser.« Kurz hielt der Brasilianer inne und verzog unglücklich das Gesicht. »Leider war die Auswirkung auf die Besatzung verheerend. Einige der Matrosen sind mit dem Schiff verschmolzen, andere verbrannten oder verschwanden spurlos, und manche wurden schlicht wahnsinnig. Später soll das Schiff sogar aus dem Hafen von Philadelphia verschwunden und im Marinestützpunkt Norfolk aufgetaucht sein. Und wieder zurück. Und das alles innerhalb von Sekunden.«

Ross starrte Ricardo ebenso ungläubig an wie Alex, Itzil, Tao und Scott.

»Was das Militär damals genau beabsichtigte und ob es sich dabei wirklich nur um ein Tarnexperiment handelte, weiß ich leider auch nicht, denn das überstieg die Geheimhaltungsstufe meines Urgroßvaters. Aber: Ihm oblag die Konstruktion von Hochleistungsmagnetspulen! Und er versicherte mir, dass ihnen zum Betrieb der Spulen eine exotische Energiequelle zur Verfügung stand, die alles um Längen übertraf, was die Technologie damals hervorbrachte – und die das Militär angeblich aus einer unbekannten Quelle besaß!«

Ross schüttelte überfordert den Kopf. »Was hat das jetzt alles mit dieser beschissenen Insel hier zu tun?«

»Ganz einfach«, fuhr Ricardo fort. »Um die Gravitation zu manipulieren, was die Vorbedingung für einen Alcubierre-Antrieb ist, braucht man unglaublich starke magnetische Felder. Der stärkste heute bekannte Magnet erzeugt ein Magnetfeld von achtzig Tesla. Das entspricht der zweieinhalbmillionenfachen Stärke des Erdmagnetfeldes. Dafür bedarf es einer Stromleistung von fünftausend Megawatt, was wiederum dem durchschnittlichen Verbrauch einer Kleinstadt entspricht. Verstehst du das Problem?« Ricardo sah Ross eindringlich an. »Der Schlüssel zu dieser Technologie ist das enorme Ausmaß an Energie, die dafür aufgewendet werden müsste! Diese Energie lässt sich nur aus einem Treibstoff mit exotischer Materie gewinnen. Ich erspare dir die Einzelheiten, aber dabei handelt es sich um eine hypothetische Materie mit negativer Energiedichte. Sie wurde bislang nur leider nicht gefunden, geschweige denn, dass wir in der Lage wären, sie mittels unserer Technologie herzustellen. Deshalb kennen wir sie bislang nur theoretisch. Aber die Amis hatten sie schon in den Vierzigern. Und meinem Großvater kamen damals Gerüchte zu Ohren, dass man diese geheimnisvolle Energiequelle auf einer geheimen Insel im Atlantik entdeckt hätte!« In Batistas Augen trat ein fast verklärter Glanz. »Mein Urgroßvater war nicht dumm. Ihm war von Anfang an klar, dass diese Quelle außerirdischen Ursprungs sein *musste*. Mein ganzes Leben habe ich damit zugebracht, diesem Geheimnis auf die Spur zu kommen und diese Insel zu finden! Selbst die Unternehmen, die ich gegründet habe, dienten langfristig nur diesem einen Zweck. Und hier – stehe ich.« Der Brasilianer strahlte und schien die Waffe, die auf ihn gerichtet war, vollkommen vergessen zu haben.

»Was für ein Ingenieur bist du noch mal gleich?«, fragte Ross schließlich.

»Sag bloß, die anderen haben dich nicht eingeweiht?« Ricardo wirkte fast beleidigt. »Ich bin, das heißt: Ich war der CEO von ›Batista Robotics‹ und ›Batista Cosmic Systems‹.«

»Fuck! *Du* bist dieser Robotertyp?« Ross starrte ihn überrumpelt an.

Batista schürzte gönnerhaft die Lippen und zwinkerte Ross zu: »Genau der bin ich!«

»Und was hast du jetzt vor?«, wandte sich Alex an den Brasilianer. »Willst du das Raumschiff finden und den Antrieb nachbauen?«

»Ja. Und nein.« Ricardo strich sich das halblange Haar hinter die Ohren. »Für den Anfang reicht es mir, etwas von dieser exotischen Materie in meinen Besitz zu bekommen. Alles Weitere wird sich finden.«

»Bist du vollkommen übergeschnappt?« Tao sah zu ihm auf. »Und dafür riskierst du hier dein Leben?«

Ricardo musterte ihn überheblich. »Was wiegt schon ein kleines Risiko gegen den Umstand, schon bald in die Bedeutungslosigkeit zu entschwinden? Mein Raumfahrtunternehmen ist ärgerlicherweise so gut wie pleite, woran die Amis und ihr Chinesen schuld seid. Und mein Robotik-Unternehmen gehört mir nach meiner Scheidung nur noch zu fünfzehn Prozent.«

Itzil schnaubte spöttisch, doch Ricardo zwinkerte ihr nur zu: »Ich brauche eine Sensation, die die Welt noch nicht gesehen hat! Die alles je Dagewesene sprengt! Und die liegt im Gewinn der exotischen Materie. Sie wird die Physik komplett auf den Kopf stellen. Und ich werde als ihr Entdecker in die Geschichte eingehen!«

»Ich habe immer noch nicht begriffen, warum ich dich brauchen sollte«, grunzte Ross verdrossen. »Mich interessiert dieser ganze Scheiß nicht.«

»Ich sagte es dir bereits: Du brauchst mich, weil du hier ohne mich nicht wegkommst. Solange dieses außerirdische Raumschiff aktiv ist, wird es dich immer wieder zurück zur Insel ziehen. Wenn du Glück hast. Wenn nicht, verbringst du da draußen auf deiner Flucht vielleicht auch einige Monate oder Jahre, ohne je Land zu sehen und …«

»Das Militär hat es damals auch irgendwie geschafft, diese Insel zu finden«, wandte Itzil ein.

»Na ja.« Ricardo verzog leicht missmutig sein Gesicht. »*Herzukommen* ist ja auch nicht wirklich das Problem. Zumindest nicht, wenn man dem Algorithmus des Phänomens auf die Spur kommt, aufgrund dessen all die Flugzeuge und Schiffe in diesem Seegebiet verschwinden. *Wegzukommen* ist das Problem. Nur glaube ich, dass unsere Vorgänger da bloß Glück hatten. Das Philadelphia-Experiment zeigt ja nur, dass es ihnen mindestens einmal gelungen sein muss. Sonst wären sie nicht in den Besitz der exotischen Materie gelangt, ohne die das Experiment unmöglich hätte stattfinden können. Vermutlich hatten sie dabei auch bloß mehr Glück als Verstand. Alle übrigen Funde hier auf der Insel deuten ziemlich offensichtlich darauf hin, dass es alle Zurückgebliebenen am Ende doch erwischt hat. Wüssten die Amis, wie sie heute wieder hergelangen könnten, wären sie mit Sicherheit noch immer hier. Sind sie aber nicht. Wie auch immer: Das wird mir nicht passieren.«

»Okay. Und wie genau sieht jetzt dein genialer Plan aus?«, fragte Ross verunsichert.

Ricardo Batista war mit einem Mal ganz Geschäftsmann. »An Bord meiner Jacht befindet sich eine neu entwickelte EMP-Waffe für das brasilianische Militär. Vielleicht hast du von solchen Waffen schon einmal gehört? Der elektromagnetische Impuls, den sie freisetzt, ist der gleiche, der auch beim Zünden von Atombomben entsteht. Er legt in einem großen Gebiet jedwede Elektronik lahm.« Er sah den Store-Keeper abschätzend an. »Mein Plan ist, kurz gesagt, dieses Raumschiff aufzuspüren, mir etwas von der exotischen Materie anzueignen, den Antrieb dieses UFOs dann mittels eines EMP-Stoßes lahmzulegen, um anschließend unbeschadet von hier wegzukommen. Ganz einfach.«

»Ganz einfach?« Ross starrte ihn fassungslos an.

Auch Alex, Itzil, Tao und Scott warfen einander ungläubige Blicke zu. Insbesondere Tao war anzumerken, wie er fieberhaft nach einem Plan sann, um ihrer verzweifelten Lage zu entrinnen. Nur saßen sie leider noch immer am Boden, und egal, wie schnell sie aufspringen würden, Ross würde stets schneller sein als sie.

»Na ja, ich gestehe, es ist ein kühner Plan. Vielleicht sogar tollkühn.« Batista zwinkerte. »Aber wenn du ebenfalls von hier wegwillst, ist das der einzige Ausweg, der dir bleibt. Die Alternative ist, hier auf der Insel zu verrotten. Oder dich von diesen degenerierten Kreaturen fressen zu lassen.«

»Du bist komplett größenwahnsinnig«, entfuhr es Alex.

»Ach Gott!« Ricardo schüttelte resigniert den Kopf. »Ich sagte doch schon, dass es Unterschiede zwischen uns gibt. Du hingegen bist kleingeistig.« Batista wandte sich nun wieder Ross zu, der unschlüssig dastand. »Du wärst jedenfalls genau der Partner, der mir für die Unternehmung noch fehlt. Der Großteil meiner Mannschaft hat nämlich leider gemeutert, als das Spektakel damals auf dem Meer losging. Die Mistkerle haben mich und meinen Skipper auf dem Meer ausgesetzt und dann versucht wegzukommen. Wie erwartet erfolglos. Nur leider ist die EMP-Waffe, von der ich sprach, recht schwer. Für einen Mann alleine kaum zu transportieren.«

»Warum hast du *uns* da nicht miteinbezogen?«, fragte Itzil verständnislos. »Wir wollen doch auch nichts anderes als von hier weg.«

»Sorry.« Ricardo schüttelte amüsiert den Kopf. »Aus dem gleichen Grund, warum auch Barry eine Zusammenarbeit mit euch ablehnt. Ihr würdet einfach euren Mund nicht halten können. Denn natürlich muss das Geheimnis dieser Insel eines bleiben, wenn nicht auch andere davon profitieren sollen. Und ein Geheimnis bleibt nur dann ein Geheimnis, wenn keiner darum weiß.«

»Was ist mit diesen Kreaturen?«, fragte Ross.

»Die sind durchaus ein Problem«, gestand Ricardo ein. »Eines, mit dem ich so nicht gerechnet habe. Ehrlich gesagt, dürfen wir froh sein, dass sie noch mit den anderen Schiffen beschäftigt sind und meine Jacht, soweit ich das sehen konnte, bislang von ihnen verschont geblieben ist. Nur wird das nicht so bleiben. Aber wie du bewiesen hast, weißt du dich deiner Haut zu erwehren. An Bord meines Schiffes finden sich genug Waffen, um mit einer ganzen Horde dieser Kreaturen fertigzuwerden.«

»Mann, bist du übergeschnappt!« Der bärtige Store-Keeper stierte Ricardo an und grinste plötzlich. »Also gut. Wenn wir das Gold ebenfalls mitnehmen, bin ich dabei. Und wenn dieser Irrsinn Erfolg hat, werde ich dein Partner.«

»Partner. Natürlich.« Batista lächelte maliziös. »Das wäre absolut verdient.«

»Und was ist mit uns?«, stellte Itzil da die entscheidende Frage und sah beunruhigt zu den beiden Männern auf.

»Ganz ehrlich?« Ricardo hob die Hände. »Das überlasse ich meinem neuen Sicherheitsberater.« Mit diesen Worten griff Ricardo nach seiner Waffe am Boden, doch Ross hinderte ihn daran.

»Nicht so voreilig. Unsere neue Partnerschaft muss erst noch wachsen.«

Rasch nahm der Store-Keeper die Waffe an sich und behielt sie nun in der Hand, während er sich das Gewehr über die Schulter hängte.

»Auch gut.« Ricardo lächelte ergeben, doch Alex sah den Ärger in seinen Augen.

»Warten Sie!«, erhob Scott plötzlich die Stimme. »Da Ihre Mannschaft ausgefallen ist, können Sie vermutlich noch weitere helfende Hände gebrauchen.«

»Und da denken Sie an sich selbst?« Ricardo wirkte erstmals wirklich erstaunt, und Alex, Itzil und Tao warfen einander konsternierte Blicke zu.

»Ja.« Oliver Scott sah sich schuldbewusst zu Alex und den anderen um. »Ich habe nichts zu verlieren. Ich bin jetzt neunundsechzig Jahre alt. Meine Frau ist nur ein Jahr jünger. Und sie ist, wie Sie wissen, demenzkrank. Und ... mir geht schon die ganze Zeit über die Sache mit dem Jungbrunnen nicht aus dem Kopf.«

»Die alte Indianerlegende?« Der Brasilianer hob eine Augenbraue.

»Ja, denn dafür wird doch wohl ebenfalls die Zeitanomalie hier auf der Insel verantwortlich sein.« Hoffnungsvoll sah er Ricardo und Ross an. »Eine Verjüngungskur ist für meine Frau die einzige Rettung. Wir beide könnten neu anfangen. Und zwar komplett neu. Und es würde sich von selbst verstehen, dass unsere Lippen versiegelt blieben.«

»Scott, das ist doch völlig verrückt!« Alex sah ebenso ungläubig wie enttäuscht zu ihm auf. »Logisch ist, dass ...«

»Verdammt, halt einfach den Mund!«, herrschte ihn der Rentner zornig an. »Im Augenblick ist sich hier doch sowieso jeder selbst der Nächste!«

Er wandte sich nun wieder an Ricardo. »Bei Ihrer Unternehmung wären drei Männer besser als zwei. Und ich bin technisch ebenfalls bewandert. Außerdem brauchen Sie Hilfe bei der Suche nach diesem Raumschiff.«

»Ich weiß bereits, wo es liegt«, erklärte Ricardo. »Zumindest ahne ich es. Erinnern Sie sich an die Fotos in Ihrer Tasche? Der Ort ist erwartungsgemäß gar nicht so weit weg von hier. Ihr habt ihn bloß übersehen.«

Alex sah fragend zu ihm auf, und Barry Ross fixierte Scott skeptisch. »Deine Alte stolpert irgendwo da draußen durch den Dschungel.«

»Ja, aber vielleicht findet Sophia doch wieder zurück«, erklärte Scott mit fester Stimme. »Oder wir finden sie.«

»Also, mir ist es egal.« Der Brasilianer warf Ross einen Seitenblick zu. »Drei sind tatsächlich besser als zwei. Und auf den Kopf gefallen ist der Gute auch nicht.«

Der Store-Keeper betrachtete Scott eine Weile und grunzte. »Okay. Aber solltest du oder die Verrückte uns behindern, war's das.«

»Ich werde Sie nicht enttäuschen«, erklärte Scott eifrig.

»Dann mach, was ich dir aufgetragen habe.«

Barry Ross behielt ihn im Auge, während der Rentner nun wieder das Seil nahm und Alex, Itzil und Tao Rücken an Rücken fesselte. Alex' Gedanken kreisten um Flucht, und abermals hatte er den Eindruck, dass Tao kurz davorstand, irgendeine Aktion zu starten. Doch das auf sie gerichtete Gewehr schien auch ihn eines Besseren zu belehren.

»Fester!«, fuhr ihn der Store-Keeper an, während er sich nun selbst eine Transportkiste neben dem Tisch schnappte und gierig alles Gold hineinwarf, das sich in Greifweite befand. Ricardo half ihm dabei – als Alex spürte, wie ihm Scott heimlich die Ledertasche mit der Signalpistole unter den Oberschenkel schob.

Der Amerikaner blickte ihm stumm in die Augen, beendete die Fesselung und erhob sich mit knackenden Gliedern.

»Gut.« Barry Ross betrachtete sie einigermaßen zufrieden und sammelte dann Gewehr und Rapier auf.

»Ich befürchte, das hier benötigt ihr nicht mehr.« Ricardo nahm die Tasche mit ihren Lebensmitteln an sich und steckte auch die Mappe mit den Fotos ein.

Dann nahm er Alex' Lampe an sich und stellte sie so auf, dass der Lichtschein auf den Sarkophag fiel. »Damit ihr nicht vergesst, welch sensationellen Fund wir hier gemacht haben.«

»Sollten wir die nicht besser mitnehmen?«, fragte Ross.

Der Brasilianer warf ihm einen ungnädigen Blick zu. »Habe ich eben mit mir selbst gesprochen? Das mit der Ausrüstung auf meiner Jacht war kein Witz! Wir brauchen diesen zweitklassigen Mist nicht.«

Batista nickte zum Abschied und verschwand im Tunnel. Mit dem Verschwinden seiner Taschenlampe wurde es sofort dunkler. Scott warf ihnen einen letzten gequälten Blick zu und folgte dem Brasilianer dann zögernd nach draußen.

Zurück blieb Ross, der nun die schwere Goldkiste hinter sich herzog.

»Barry, dir muss doch klar sein, dass Batista dich hintergehen wird, sobald er dich nicht mehr braucht«, beschwor ihn Itzil, und Alex musste zugeben, dass Ross ihn ein klein wenig überraschte, als er verschlagen grinste und antwortete: »Sicher. So wie ich ihn. Im Augenblick brauchen wir einander aber leider.«

»Und was geschieht jetzt mit uns?«

»Tja.« Ross richtete sich kurz auf. »Eigentlich dachte ich daran, mit euch ebenso zu verfahren wie mit Fernando. Aber zu meinem eigenen Erstaunen muss ich sagen, dass ich nicht ganz so kaltblütig bin, wie ich dachte. Und du weißt ja, ich mochte dich eigentlich mal. Aber sterben müsst ihr. Tut mir leid.« Er sah sich in der steinernen Halle um. »Ich werde es daher auf eine Weise tun, mit der ich dir bei deiner Leidenschaft für diese Indianer vielleicht sogar einen Gefallen tue.«

»Sollte ich dich jemals erwischen«, zischte Tao mit eisiger Stimme, »bist du ein toter Mann.«

Ross zuckte die Schultern und grinste breit: »Na, dann viel Glück dabei.«

Er verschwand im Tunnel, und Alex konnte fühlen, wie Itzil und Tao sofort damit begannen, an den Fesseln zu zerren. Auch Alex versuchte sich verzweifelt zu befreien, als weiter vorn im Tunnel ein Schuss zu hören war.

Dann noch einer.

Ein gedämpftes Splittern und Knirschen hallte an ihre Ohren.

Alex begriff sofort, dass es sich dabei um die alten Stützbalken handelte, die nun unter dem Gewicht der Felsblöcke zusammenbrachen. Den Lauten folgte ein dumpfes, immer lauter werdendes Grollen, Rumpeln und Poltern, das sogar den Boden, auf dem sie saßen, vibrieren ließ. Im nächsten Moment stob eine Wolke aus Steinstaub aus dem Tunnel, die sie husten ließ und alles im Eingangsbereich des hohen Grabgewölbes in ein blasses Gewand kleidete.

»Dieser elende Dreckskerl!« Alex spuckte den Staub aus, der ihm in den Mund geraten war. »Er hat uns lebendig begraben.«

»Schön, dass ich wieder durchatmen kann«, meinte Tao zerknirscht. »Nur sieht es ganz so aus, als wär's das trotzdem gewesen.«

Itzil sah dabei zu, wie der Chinese die letzten Seilreste abstreifte und sich dem eingestürzten Tunnel zuwandte. Angesichts des hellen Steinstaubs, der bei dem Tunneleinsturz in die Halle geweht war und sie alle bedeckte, sah er aus wie ein Gespenst. Allerdings galt das auch für Alex und vermutlich auch für sie selbst.

Sie hatten gefühlt eine gute Stunde gebraucht, um auf die Beine zu kommen und die Fesselung dadurch loszuwerden, indem sie die Schlingen nach und nach an den Steinkanten des Sarkophags hochgestreift hatten. Bewegen konnten sie sich jetzt zwar wieder, dennoch blieben sie in der Pyramide eingeschlossen.

Itzil war angesichts ihrer aussichtslosen Lage den Tränen nah. »Sieht nicht gut aus. Wenn nicht ein Wunder geschieht, kommen wir hier wohl nicht wieder raus.«

»Zumindest hat uns Scott nicht verraten«, meinte Alex niedergeschlagen und präsentierte ihnen die Ledertasche, in der sich die Signalpistole befand. »Er wollte uns offenbar helfen. Einen kurzen Moment lang dachte ich wirklich, dass er an diese idiotische Jungbrunnensache glaubt.«

»Wieso idiotisch?« Itzil runzelte die Stirn. »Wir haben es hier auf der Insel doch tatsächlich mit Zeitanomalien zu tun.«

»Ja, aber nach allem, was wir wissen, läuft die Zeit in den Anomaliegebieten stets in eine Richtung: nach vorn, nicht zurück.« Er lachte freudlos. »Klar, wenn du in so eine Zone mit rasch voranschreitender Zeit gerätst, du dort irgendwie überlebst und dann jemanden wiedersiehst, der in einer Nachbarzone mit Normalzeit verblieb, dann mag es dir natürlich so erscheinen, als wäre er jung geblieben. Dennoch …«

Itzil seufzte. »Ich habe sowieso noch immer nicht begriffen, warum diese Insel gewissermaßen bloß mit Flecken übersät ist, in denen die Zeit dahinrast, während sie an anderen Stellen normal verläuft.«

»Keine Ahnung. Ich weiß ja auch nicht, wie dieser Raumschiffantrieb im Detail funktioniert.« Alex zuckte unschlüssig mit den Schultern. »Vielleicht hat es mit diesem Gravitationsgitter zu tun, von dem in den militärischen Unterlagen vorhin die Rede war. Ein Gitter hat Löcher.«

»Egal, wir haben im Augenblick wirklich andere Probleme.« Tao präsentierte einen Flachmann, aus dem er einen kleinen Schluck nahm. »Hier. Ist leider alles, was wir noch haben.«

»Du hattest einen *Flachmann* vor uns versteckt?«, meinte Itzil überrascht.

»Versteckt ist jetzt vielleicht etwas übertrieben. Den hatte ich bereits am ersten Tag am Strand gefunden und an mich genommen. So ein Gefäß kann man ja immer gebrauchen.« Tao rollte mit den Augen. »Und jetzt sieh mich nicht so an, sondern sei dankbar. Da drin ist kein Alkohol, sondern Wasser. Von Scotts Leuchtpistole wusste ich ebenfalls nichts. Ebenso wenig, wer Batista in Wahrheit ist. Denn wer auch immer zu den Eingeweihten zählte – ich gehörte nicht dazu.«

»Entschuldige.« Alex nahm dankbar einen kleinen Schluck, bevor er Itzil die Flasche reichte. »Aber als wir herausfanden, wer genau er ist, hast du noch mit deiner Blutvergiftung gekämpft.«

»Ja, ja. Schon okay. Wie gesagt: Wir haben gerade andere Probleme. Wir müssen herausfinden, ob es hier vielleicht doch einen Weg raus gibt.«

Itzil sah sich zu Alex' Leuchte um. »Wie lange haben wir noch Licht?«

»Schwierig zu sagen«, antwortete dieser. »Aber einige Stunden sicher noch.«

»Und wir haben das hier.« Tao kramte Fernandos Handy hervor und schaltete die Lichtfunktion an. »Hat immerhin noch vierzehn Prozent Ladung.«

Itzil zückte die kleine Bleistiftlampe, deren Licht deutlich trüber als noch vor einigen Tagen war. »Okay, dann ist Licht einstweilen nicht das Problem. Lasst uns nach einem Ausweg suchen.«

Akribisch suchten sie den Fußboden und die Hallenwände ab und klopften dabei sogar die Wandnischen und die Böden der Sarkophage ab. Am Ende versuchten sie sogar herauszufinden, ob sich der Tunnel freiräumen ließ. Doch der Versuch war wie erwartet zum Scheitern verurteilt. Irgendwann brachen sie die mühselige Arbeit ab und ließen sich frustriert neben einem der Sarkophage nieder, knipsten, um Strom zu sparen, die Lampen wieder aus – und Finsternis umfing sie.

So saßen sie eine Weile da, hingen ihren Gedanken nach, und Itzil lauschte auf die allmählich ruhiger werdenden Atemgeräusche ihrer Begleiter. Plötzlich spürte sie die Hand von Alex, die sich in die ihre schob. Niedergeschlagen und dankbar zugleich ergriff sie sie, denn mit der Dunkelheit erfasste sie allmählich eine fast lähmende Angst vor dem Unausweichlichen.

Sie saßen hier fest.

Und es gab keinen Weg hinaus.

An Atemluft mangelte es nicht. Stattdessen würden sie hier jämmerlich verdursten.

Sie berührte Courtneys Kette, an der Jordans Ring hing.

Ihr war hundeelend zumute.

»Wie sieht es bei dir aus, Tao?«, fragte sie irgendwann in die Dunkelheit. »Wird dich jemand vermissen?«

»Mich?« Sie vernahm ein resigniertes Schnauben. »Sicher. Eltern. Geschwister. Freunde. Und natürlich meine Verlobte. Nur wird sie mich vermutlich ebenso wie alle anderen schon seit geraumer Zeit für tot halten. Wir hatten vorgehabt, Ende des Jahres zu heiraten.«

»Tut mir leid, das zu erfahren«, sagte Alex. »Ist sie ebenfalls Fotografin?«

»Nein«, seufzte Tao. »Wir haben uns während meiner Militärzeit auf einem Wochenmarkt in Shenyang kennengelernt. Sie ist Zahnärztin.«

»Du stammst direkt aus der Volksrepublik?«

»Ja. Und?«

»Ich dachte, du arbeitest für eines der Reisemagazine aus dem Westen.«

»Du wirst es kaum glauben, aber auch bei uns in der Volksrepublik gibt es Reisemagazine. Dort würde ich allerdings inzwischen von Kreuzfahrten abraten.«

Unwillkürlich mussten sie lachen, dann breitete sich wieder Stille aus.

»Zu gern hätte ich erfahren, ob es Oliver schafft, Sophia zu finden«, meinte Itzil leise. »Ich mag die beiden. Allerdings befürchte ich, dass Batista und Ross ihn ebenso abservieren werden wie uns, sobald sie ihn nicht mehr benötigen.«

»Ja.« Alex' Stimme klang traurig. »Auch Sophia dürfte da draußen allein völlig verloren sein.«

»Dann wird sie wohl mit dem Gedanken an ihre Jessica sterben«, meinte Itzil bitter. »Ihre verstorbene Tochter. Sie redet schon seit Tagen ständig von ihr.«

»Habe ich mitbekommen«, antwortete Alex müde. »Sie hätte wohl gern gehabt, dass du sie kennenlernst.«

»Ja, wirkte so.« Itzil presste die Lippen aufeinander.

Vor ihnen polterte und knackste es.

Alex fluchte verhalten und schaltete die Lampe wieder ein.

Am Boden lag zerbrochen einer der Opferkrüge mit den Bienendarstellungen.

»Mist, ich bin mit dem Fuß gegen den Pott gekommen.« Er beugte sich über die Überreste, stippte den Finger in den braunen Inhalt und roch daran.

»Honig«, erklärte er. »Sehr alter Honig. Egal, wie verzuckert er ist, er könnte durchaus noch essbar sein. Verhungern werden wir also nicht so schnell. Nur sollten wir uns darauf einstellen, dass das Zeug toxisch ist. Wir haben es ja neulich bei Sophia miterlebt.«

»Als ob mich in unserer Lage ein Rausch stören würde«, murrte Tao.

Alex wollte die Lampe gerade wieder ausschalten, als ihm Itzil die Hand auf den Arm legte.

»Was?«

Noch immer starrte sie den Honigtopf an.

Konnte das sein?

»Dieses ganze Gerede davon, dass ich Jessica anrufen soll, begann erst an diesem Tag«, sagte sie aufgewühlt.

»An welchem Tag?«, wollte Tao wissen.

»Der Tag, an dem Sophia von dem Honig aus der Karavelle genascht hat«, erklärte Itzil. »Der Tag, als das Flugzeug abstürzte. Ihr wart doch beide dabei. Sophia schien damals wirklich zu glauben, vor ihrer Tochter zu stehen und mit ihr zu sprechen.«

»Halluzinationen.« Alex zuckte mit den Achseln.

»Was, wenn das mehr als nur Halluzinationen waren?« Aufgewühlt wischte sie sich über den Mund. »Okay, passt auf: Bereits am ersten Abend, als Fernando den Joint herumreichte, glaubte ich, dass eine Flüsterstimme im Wald zu mir sprechen würde.«

»Ernsthaft?« Tao sah sie zweifelnd an.

»Ja. Und sie sprach sogar meinen Namen. Und das ziemlich klar und deutlich.«

»Du warst offenbar high.«

»Ja. Vermutlich. Aber wenn ich näher darüber nachdenke, glaube ich, dass auch die anderen seltsame Erlebnisse hatten. Fernando … und später, bei der Höhle, Jordan.«

Alex runzelte die Stirn. »Als wir beim Flugzeug waren, hat Fernando tatsächlich seltsames Zeug erzählt.«

»Sag ich doch.« Eindringlich sah sie Alex an. »Erinnerst du dich an die Visionsschlange? Die Priester damals haben Drogen konsumiert, um den Willen der Götter zu erfahren. Was, wenn das dieser vergiftete Honig war?«

Tao schüttelte den Kopf. »Ich verstehe nicht, was …?«

»Was, wenn irgendetwas den Absturz dieses Raumschiffes damals überlebt hat?«, flüsterte sie beschwörend. »Etwas, das noch heute hier auf der Insel präsent ist. Etwas, das die Phänomene hier wohlmöglich steuert und auch die Kreaturen ausschickt. Was suchen diese Wesen da draußen auf den Schiffen überhaupt?«

»Sie schlachten sie irgendwie aus«, murmelte Alex nachdenklich.

»Genau. Das ist doch kein Zufall, oder? Kann es sein, dass auch die Aufforderung Sophias an mich, mit ihrer Tochter zu ... telefonieren, kein Zufall war? Sondern vielleicht so etwas wie eine ... Botschaft?«

»An dich?« Tao sah sie ungläubig an.

Itzil zuckte hilflos mit den Achseln.

»Du meinst mittels so etwas wie ... Telepathie?«, fragte Alex.

»Ich weiß es doch selbst nicht.« Itzil atmete tief ein. »Aber wenn doch, dann ist es dazu vielleicht notwendig, sich in einen anderen Bewusstseinszustand zu versetzen. So, wie es vielleicht auch bei Sophia der Fall war.«

Tao sah erst sie, dann den zerbrochenen Krug an. »Du willst dir diese alten Honigreste reinpfeifen?«

»Angesichts des Konzentrationsprozesses über all die Zeit könnte das Zeug sogar ziemlich toxisch sein«, mahnte Alex.

»Leute, mal ehrlich ... Telepathie?« Tao schüttelte den Kopf. »Wesen, mit denen man im Drogenrausch in Kontakt treten kann? Also, ich weiß ja nicht, ob wir ...«

»Und? Es ist mir egal«, fiel Itzil ihm ins Wort und presste verzweifelt die Lippen zusammen. »Sehen wir doch, was passiert? Wir haben nichts zu verlieren.«

Kurzerhand beugte sie sich vor und kratzte einige der braunen Honigbrocken von den Scherben. Sie waren nicht klebrig, sondern hart und zugleich bröselig.

Kurzerhand schob sie sich die Ausbeute in den Mund, schmeckte die Süße, die einen fast bitteren Beigeschmack besaß, und verschluckte den uralten Honig, bevor sie sich das Ganze noch ein zweites Mal überlegen konnte. Schnell warf sie noch einen weiteren, größeren Brocken hinterher, doch als sie sich noch mehr in den Mund schieben wollte, stoppte Alex sie.

»Vorsichtig. Warte erst einmal ab.«

Itzil nickte und lehnte sich gegen den Sarkophag, während sich ihre Begleiter gespannt links und rechts von ihr aufbauten. Dann lauschte sie in sich.

Zunächst geschah nichts.

Dann, allmählich, stellte sich ein leichter Schwindel ein.

Itzil sah Alex' und Taos ernste Gesichter und musste unwillkürlich kichern.

In ihren Ohren rauschte es, und aus dem Kichern wurde schallendes Gelächter.

Es schwindelte sie noch mehr.

Plötzlich begann alles um sie herum zu kreisen. Ihr Kopf dröhnte, und sie glaubte ein leises, beständig näher kommendes Sirren, Zirpen und Flüstern zu hören.

Nun war ihr gar nicht mehr nach Lachen zumute. Ihr war einfach nur schlecht.

Itzil wollte etwas sagen.

Die Hand heben.

Stattdessen kippte sie …

… und fiel auf einen weichen Sandstrand.

Erschrocken blickte sie auf und sah, dass alles um sie herum in tiefroten, fast schwarzen Tönen versank. Eine übergroße Sonne stand als roter Glutball am Himmel, an dem düsterrot beleuchtete Wolken vorübertrieben. Dazwischen funkelten Sterne am Firmament. Die Luft war warm und wehte angenehm über ihre Haut. Und beständig war das Rauschen einer Brandung zu hören, deren Wellen im Takt fremder Gezeiten über den korallenroten Sand rauschten. Doch das Meer da draußen wirkte befremdlich. Die Fluten glitzerten bis zum fernen Horizont in blutroten Tönen, ehe sie sich in samtiger Schwärze verloren.

Sie konnte hören. Sie konnte fühlen. Aber sie roch und schmeckte nichts.

Alles war schal.

Und doch verblassten all diese Eindrücke angesichts der düsteren Gestalt, die sich vor dem Meer abhob.

Eine junge Frau? Ein Mädchen?

Die Gestalt drehte sich zu ihr um – und sie erkannte im Zwielicht der roten Sonne – Courtney!

Ja, das war Courtney.

Und zugleich war sie es auch nicht. Denn das Mädchen starrte sie aus tiefschwarzen Augen an.

Itzil wich furchtsam vor ihr zurück.

Ein unheimliches Zirpen, Gurren und Schnattern drang entfernt an ihr Bewusstsein, aus dem sich rasch verständliche Worte formten.

Wir heißen dich willkommen, Itzil-Frau …

Jählings lächelte das Wesen und entblößte dabei weiße Zahnreihen, die seltsam hell aus dem dunklen Gesicht hervorstachen. Doch das Lächeln wirkte aufgesetzt und maskenhaft, denn es erreichte die schwarzen Augen des Wesens nicht.

»Du bist nicht Courtney«, krächzte Itzil.

Wir haben diese Gestalt gewählt, damit du dich nicht fürchtest.

Das Wesen lächelte noch immer. Starr. Wie eine Grimasse.

Itzil erschien es wie die groteske Parodie menschlichen Verhaltens.

Schlagartig erlosch das Lächeln, und die Gestalt starrte sie wieder aus ihren tiefschwarzen Augen an.

Aus deinen Erinnerungen schließen Wir, dass dir dieser Mensch nahestand.

»Ja, das tat sie.« Itzil atmete verschreckt ein. »Wer bist du in Wirklichkeit?«

Wir sind der eine, der alle ist. Der Brutvater des Stocks.

»Der Brutvater?«

Der alle Gebärdende. Der ... König.

Courtneys Gestalt verschwamm unmittelbar vor ihren Augen und nahm das Äußere Jordans an. Auch im Antlitz des rothaarigen Kanadiers prangten tiefschwarze Augen, mit denen die Gestalt sie anstarrte.

Itzil musste sich Mühe geben, nicht loszuschreien.

Ist dir dieses Äußere lieber?

Itzil sah verzweifelt zu der fremden Sonne auf. Das alles hier war bloß eine Imagination. Das Wesen spielte mit ihrem Verstand. »Dann stammst du tatsächlich von einem anderen Planeten?«

Er liegt näher, als deine Art weiß.

»Okay.« Itzil schluckte. »Wenn du der Brutvater bist, gibt es auch eine Brutmutter?«

Die Brutmutter starb beim Aufprall auf deiner Welt. Ebenso unsere Kinder. Wir tragen sie nun in uns.

Itzil runzelte die Stirn.

»Warum sollte ich mit dir in Kontakt treten? Das wolltest du doch, oder?«

Du entstammst Unserem alten Dienervolk.

Ungläubig starrte sie das Jordan-Wesen an. »Dienervolk?«

Deine Art hat Uns all die Jahrhunderte gut gedient. Wir haben dich auserwählt, um dies erneut zu tun.

»Warum?«

Um Uns vor Unheil zu bewahren. Um dich vor Unheil zu bewahren. Wenn das Vorhaben unseres Feindes gelingt, werden wir alle ausgelöscht.

»Ausgelöscht? Welcher Feind?«

Das Männchen deiner Art mit der Waffe. Sein Plan vermag Uns ernsthaft zu bedrohen. Das Wissen eurer Art hat eine Schwelle erreicht, die euch die Gesetze des Universums verstehen lässt.

Itzil blinzelte verwirrt. »Du sprichst von dieser EMP-Waffe?«

Aktiviert er sie, werden all jene Kräfte freigesetzt, die Unser Feind zu gewinnen trachtet. Die Fesseln, die diese Kräfte binden, werden fallen. Diese Insel wird in Feuer und Asche versinken.

Beunruhigt starrte Itzil das unheimliche Jordan-Wesen an. »Wenn du das alles weißt, warum stoppst du Batista nicht einfach? Du kontrollierst doch all diese Kreaturen hier auf der Insel? Schick sie ihm entgegen. Halte ihn auf. Gegen eine derartige Übermacht hat er selbst zusammen mit Barry Ross keine Chance.«

Es sind kaum Wächter mehr übrig. Nur Arbeiter. Ihre Züchtung kostet Zeit. Und sie alle leben nicht lange. Wir haben zu spät von der Gefahr erfahren.

»Züchtung?« Irritiert schüttelte sie den Kopf. »Du sprichst von deinen … Jungen hier auf der Insel?«

Wir können keine Jungen brüten. Die Brutmutter ist tot. Sie sind Züchtungen.

»Wie meinst du das?« Itzil hatte plötzlich ein ungutes Gefühl.

Um den Stock zu reparieren, sind Wir gezwungen, Unsere Art mit der deinen zu kreuzen.

»Diese Kreaturen sind … Alien-Mensch-Hybriden?«, ächzte Itzil schockiert. »Ist es das, was ihr mit den Überlebenden all der Schiffs- und Flugzeugkatastrophen macht?«

Wir machen sie uns ähnlich. Das Jordan-Wesen verzog das Gesicht wieder zu einer grinsenden Grimasse, die offenbar beruhigend wirken sollte. *Ihr alle seid einsam. Wir schenken euch das Kollektiv. Wir verleihen euch die Fähigkeit, mit Uns zu kommunizieren und Uns zu dienen. Leider verträgt deine Art die Veredelung nicht sonderlich gut. Die Zucht entwickelt Missbildungen und stirbt allzu rasch.*

Itzil sah die Gestalt voller Grauen an. »Du machst aus uns Monster!«

Das bizarre Grinsen auf dem Gesicht Jordans erlosch. Die Gestalt neigte den Kopf, während sie sie weiter aus ihren schwarzen Augen anstarrte.

Du bist Uns ein Rätsel, Itzil-Frau. Deine Artgenossen dienten Uns, so gut sie konnten. Sie brachten Uns die ihren als Opfergabe, um deren Existenz Sinn zu verleihen.

»Sinn?«, keuchte Itzil entsetzt.

Zu helfen, dass Wir dereinst wieder zu den Sternen zurückkehren. Jordan bleckte erneut seine Zähne in dem hilflosen Versuch, sie für sich einzunehmen. *Doch das konnten sie nicht. Deine Art musste sich erst entwickeln. Erst jetzt seid ihr in der Lage, uns all das zu beschaffen, was wir benötigen, um den Stock zu reparieren.*

»Du meinst dein Raumschiff?«

Unser … Raumschiff.

Itzil hatte den unheimlichen Eindruck, als forsche eine unbekannte Macht in ihrem Verstand nach weiteren verständlichen Begriffen.

Auch dich werden Wir belohnen, wenn du Uns zu Willen bist. Du darfst die Art deiner Veredelung selbst bestimmen.

»Was bitte?«

Wählst du ein Leben als Arbeiter, darfst du Uns dienen, indem du eure Transportmittel nach allem absuchst, was Wir nicht selbst gewinnen können. Seltene Erden. Besondere Metalle. Verbaut in euren Erfindungen. Wählst du ein Leben als Wächter, werden Wir dir den Schutz des Stocks anvertrauen.

Itzil lachte fast irre. »Als so eine Kreatur wie die, die uns angegriffen haben?«

Wir benötigen stets mehr Arbeiter als Wächter, was nur einmal, vor etwa achtzig Sonnenumrundungen, anders war. Doch die Bedrohung wurde eingedämmt. Seitdem haben Wir die Züchtung von Wächtern wieder zurückgestellt. Wir haben die Gefahr, die von deinesgleichen ausgeht, unterschätzt. Du könntest eine Privilegierte sein.

Jordan mit den schwarzen Augen trat einen Schritt auf sie zu.

»Was genau willst du von mir?«, ächzte Itzil und kämpfte den Impuls nieder, sich einfach umzudrehen und so schnell und so weit zu laufen, wie sie nur konnte.

Gib deiner Existenz Sinn. Sei eine gute Dienerin wie einst deine Vorfahren. Halte den Ricardo-Feind auf.

Wenn das überhaupt möglich war, dann wurden die schwarzen Augen in Jordans Gesicht jetzt noch schwärzer.

Itzil zitterte. »Das kann ich nicht. Wir sind verschüttet.«

Das Wesen starrte sie an. *Wir werden euch einen Weg zur Freiheit weisen. Danach erweise dich als gute Dienerin.*

»Nur wenn du uns anschließend in die Freiheit entlässt«, begehrte Itzil trotzig auf. »Nicht nur mich. Auch die anderen in meiner Begleitung. Wenn wir dir helfen sollen, musst du uns von der Insel fortlassen. Unversehrt und ohne deine … Veredelung.«

Das Jordan-Wesen starrte sie eine Weile aus seinen tiefschwarzen Augen an. *Natürlich.* Es verzog sein Gesicht zu einem grässlichen Lächeln. *Das wäre absolut verdient.*

Itzil schwindelte …

… und blickte japsend in ein grelles Licht.

»Itzil!«, hörte sie Alex' besorgte Stimme.

Nur allmählich schälten sich aus den Schatten neben der Lichtquelle die Gesichter von Alex und Tao.

Alex stützte ihren Kopf, der immer wieder zur Seite zu kippen drohte, und ihr war flau zumute.

Mühsam versuchte sie, ihren Oberkörper aufzurichten, und die Männer halfen ihr dabei.

»Hattest du Erfolg?«, fragte Tao vorsichtig.

Er reichte ihr den Flachmann, und dankbar trank sie einige Schlucke.

»Ja«, hauchte sie. »Wie lange war ich weg?«

»Eine verdammt lange Zeit. Einige Stunden wohl«, seufzte Alex und wirkte zugleich überaus erleichtert. »Du warst absolut nicht mehr du selbst. Deine Augen waren so verdreht, dass nur noch das Weiße zu sehen war. Wir haben schon befürchtet, du würdest gar nicht mehr aufwachen.«

»Jetzt sag schon«, forderte Tao sie auf. »Was hast du erlebt?«

Itzil atmete tief ein und berichtete den beiden, was geschehen war.

Als sie endete, blickten sich die beiden bestürzt an.

»Das darf doch wohl nicht wahr sein.« Alex ballte hilflos eine Faust. »Dieser Außerirdische verwandelt all die Schiffbrüchigen hier zu Arbeitssklaven, indem es menschliche mit außerirdischer DNA kreuzt?«

»So habe ich ihn verstanden.«

»Und zum Dank sind diese Kreaturen auch noch besonders kurzlebig?« Er schüttelte den Kopf. »Ich habe mich bereits am Funkturm über all die Geschwüre gewundert. Offenbar Tumore. Und das nennt dieses Ding auch noch *Veredelung?*«

»Ihm sind menschliche Empfindungen offenbar fremd. Oder es ist ihm völlig egal.« Itzil seufzte. »Auf eine beängstigende Weise scheint die Gesellschaft der Außerirdischen tatsächlich wie ein Insektenstaat zu funktionieren.«

»Aber unser Bienengott hat offenbar nicht mehr genug Hybridsoldaten, um Ricardo aufzuhalten?«, hakte Tao nach.

»Sieht ganz so aus.«

»Und wenn wir ihm helfen, lässt er uns frei?«

»Ja.«

Sie blickten einander an.

»Wieso glaube ich nicht daran?«, schnaubte Tao.

Nachdenklich fuhr sich Alex durch sein blondes Haar. »Woher weiß dieses Etwas überhaupt, was Ricardo plant? Wir haben doch selbst erst vorhin davon erfahren?«

»Offenbar kann es in unseren Verstand eindringen«, sagte Itzil. »Ich konnte fühlen, wie es mich ausforschte.«

»Ja, aber erst unter der Einwirkung des Honigs. Dieser Außerirdische wollte aber offenbar schon seit dem Tag des Flugzeugabsturzes Kontakt zu dir aufnehmen. Das heißt, er muss bereits davor von Ricardos Absichten erfahren haben.«

»Ist das im Augenblick nicht völlig egal?«, unterbrach ihn Tao. »Vielleicht kokst der Kerl heimlich? Oder nimmt Medikamente, die bewusstseinsverändernd wirken? Die Frage ist doch, ob wir uns auf diesen Kuhhandel einlassen? Ich habe jedenfalls keine Lust, in eine von diesen Arbeitsdrohnen verwandelt zu werden.«

»Ganz ehrlich«, Alex sah ihn an, »im Augenblick bin ich für jeden Deal zu haben, wenn uns dieses Ding nur hier raushilft. Alles Weitere überlege ich mir später. Und wenn es die Gefahr für real hält, dass die Insel in die Luft fliegt, wenn wir Ricardo nicht stoppen, nehme ich das ernst. Für mich klingt es plausibel, dass Ricardo mit einem EMP-Stoß viel mehr beschädigen könnte, als er beabsichtigt. Die Frage ist ja, wie die Aliens diese exotische Materie an Bord ihres Schiffes überhaupt im Zaum halten. Und noch etwas«, er musterte sie eindringlich, »künftig sollten wir uns hüten, irgendwelche bewusstseinsverändernden Substanzen zu uns zu nehmen. Denn egal, was wir zu tun beabsichtigen, dieses Etwas könnte dann Wind davon bekommen.«

Tao nickte widerstrebend. »Im Augenblick sehe ich allerdings noch nicht, dass uns dieses Wesen wirklich hilft.«

Itzil sah sich im Licht von Alex' Taschenlampe im Grabgewölbe um. »Vielleicht schickt es seine Arbeiter aus, um uns hier rauszuholen.«

»Das dürfte dann wohl dauern.« Alex setzte sich neben sie. »Der Tunnel war mindestens zwanzig Meter lang. Sollte der komplett eingestürzt sein, wird das Tage in Anspruch nehmen.«

»Wer weiß, wie schnell diese Dinger sind?« Tao setzte sich ebenfalls, und Alex schaltete die Lampe wieder aus.

Erneut wurde es dunkel und still.

Sie schwiegen, nichts passierte, und Itzil dachte aufgewühlt über ihr unheimliches Erlebnis eben nach. Irgendwann übermannte sie die Müdigkeit, die Lider wurden ihr schwer, und sie sank gerade hinüber in den Schlaf – als Alex sie sanft stupste.

»Hört ihr das?«

Itzil schreckte hoch und vernahm es nun auch.

Ein leises, jedoch beständig lauter werdendes Summen.

Die Lampe ging wieder an, und Alex leuchtete das hohe Grabgewölbe ab, als über ihnen, im Lichtkegel, erst eine, dann mehrere huschende Bewegungen sichtbar wurden.

Bienen.

»Er schickt *Bienen?*«, rief Tao irritiert.

Rasch erhoben sie sich, denn über ihnen, im Zwielicht unterhalb der Gewölbedecke, sammelte sich nach und nach ein immer größer werdender Schwarm, dessen Brumm- und Summlaute allmählich die Halle erfüllten.

»Wie kommen die hier rein?«, fragte Alex verblüfft.

Itzil nahm ihm die Lampe ab, strengte ihre Augen an und machte plötzlich im oberen Drittel des riesigen Maya-Reliefs an der Rückwand einen Riss zwischen den dortigen Steinquadern aus, durch den die Insekten in die hohe Kammer gelangten. Er prangte leicht versetzt hinter einer der dicklippigen Gestalten in der Wand und lag so im Schatten, dass er von hier unten kaum auszumachen war.

»Seht. Da oben ist ein Durchbruch in der Felswand.«

Die Männer traten unter die gewaltige Steinmetzarbeit.

»Tatsächlich«, stellte Alex erstaunt fest. »Die Quader hier an der Wand wirken überhaupt leicht verschoben. Absicht ist das sicher nicht. Eher glaube ich, dass die ständigen Vibrationen hier auf der Insel dafür gesorgt haben.«

Itzil legte ihre Hand auf das Gestein und glaubte sogar jetzt, leise Vibrationen zu spüren.

»Mit etwas Glück kann man sich da oben durchzwängen.« Tao fasste sich grübelnd an den Hinterkopf. »Nur führt der Spalt da oben in der Wand nicht raus, sondern vielmehr tiefer in den Berg hinein.«

»Sicher?« Alex sah zweifelnd auf. »Die vielen Insekten da oben sprechen eine andere Sprache.«

»Und wie kommen wir da hoch?« Itzil sah sich tatendurstig nach etwas um, das sie als Aufstiegshilfe benutzen konnten. Aber da war nichts. »Das sind mindestens fünfzehn Meter.«

Erwartungsvoll sahen sie und Tao Alex an.

»Na klasse.« Ihr deutscher Begleiter blickte missmutig zurück, dann nahm er die vielen Wölbungen, Kanten und Vertiefungen im Relief in Augenschein. »Ich könnte es zwar versuchen, aber das hat schon was von Freeclimbing. Und das bei den miesen Lichtverhältnissen.« Er seufzte schwer. »Ein falscher Schritt, und ich stürze ab.«

»Du bist der Einzige von uns, der überhaupt eine Chance hat«, meinte Tao.

Alex betrachtete das hohe Relief noch eine ganze Weile, um nach einem geeigneten Aufweg zu dem Durchbruch Ausschau zu halten, und marschierte schließlich zurück zu den Sarkophagen, um sich das Nylonseil umzuhängen.

Dann rieb er seine Hände mit dem Steinstaub aus dem Tunnel ein, drückte Tao die Lampe in die Hand, sodass dieser von unten die Quaderwand mit dem riesigen Relief beleuchten konnte, und klemmte sich selbst Itzils Bleistifttaschenlampe zwischen die Zähne.

»Drückt mir die Daumen«, nuschelte er.

Dann setzte Alex den Fuß auf eine der unteren Reliefwölbungen, griff weit über sich nach einer Vertiefung zwischen den Hieroglyphen und zog sich vorsichtig empor. Konzentriert machte er sich an den weiteren Aufstieg, während Itzil und Tao ihm aufmerksam mit der Lampe und dem Handy leuchteten und sich immer wieder so positionierten, dass Alex möglichst nicht durch seinen eigenen Schatten behindert wurde.

Itzil stand nägelkauend hinter dem Chinesen und bekam mit jedem zurückgelegten Höhenmeter mehr Angst um Alex. Sie konnte sehen, wie anstrengend die Kletterei war. Und doch wirkte Alex' Aufstieg fast wie ein Tanz an der Felswand. Er kraxelte über den Kopf von Ah Mucen Cab hinweg, schlug dann den Weg zu seinem rechten Flügel ein, wo er erstmals keinen Halt fand, rutschte fast mit einer Hand ab, nur um dann mittels eines Umweges über den Hinterleib des Bienengottes und von dort schräg wie eine Spinne auf die dicklippige Gestalt mit der großen Nase zuzuklettern.

Dann, endlich, hatte er den Spalt erreicht, über den die Bienen über ihren Köpfen das Gewölbe erreicht hatten.

Mühsam zog sich Alex hinein. Irgendwann waren nur noch seine Beine zu sehen, dann war er ganz verschwunden.

Itzil atmete erleichtert aus und bemerkte erst jetzt, dass sie vor Anspannung regelrecht zitterte. Seltsamerweise blieb Alex eine Weile fort, bis sie über sich wieder schwachen Lichtschein ausmachen konnten.

»Tut mir leid«, hallte ihnen seine Stimme von oben entgegen. »Hier ist es so eng, dass ich erst weitermusste, bevor ich umkehren konnte.«

»Und, wohin führt der Spalt?«, rief Itzil.

»In eine Höhle. Nur seht ihr euch die besser selbst an.«

Er warf das Seil nach unten, sie sicherten sich, und nach und nach gelang es nun auch ihnen, sich mit Alex' Hilfe an der mächtigen Wand mit dem Relief nach oben zu ziehen. Sowohl Tao als auch sie rutschten während des Aufstiegs mehrere Mal ab, und allein das Seil bewahrte sie vor dem Absturz. Doch am Ende schafften sie es. Ganz so, wie Alex es beschrieben hatte, wartete oben ein Spalt zwischen den Felsquadern auf sie, der so eng war, dass sie stellenweise die Luft anhalten musste, um hindurchzuschlüpfen. Itzil, die als Letzte aufgestiegen war, erreichte mit Alex' Hilfe so eine schmale Felsterrasse, hinter der es steil nach unten ging.

Sie sah auf – und riss die Augen auf.

»Oh, mein Gott!«

Da Tao unweit von ihr entfernt auf dem Sims kauerte und mit der Lampe leuchtete, sah sie, dass die Wand aus behauenen Felsquadern, die sie eben überwunden hatte, zwischen der Grabkammer und einer großen Höhle hochgezogen worden war, die ungefähr die Größe zweier Turnhallen besaß.

Dort, im Licht ihrer einzigen Lampe nur schemenhaft zu erkennen, steckte ein riesiges, grünlich schwarz schimmerndes und annähernd dreieckiges Etwas im hinteren Felsgestein, das so dick und lang wie ein Flugzeugflügel war. Die Seiten schimmerten auf unbestimmte Art kristallin und wirkten regelrecht abgerissen oder abgebrochen. Und es war offensichtlich, dass sich der Koloss dort vor langer Zeit mit großer Wucht in den Felsen gebohrt hatte.

Itzil hielt es sogar für möglich, dass die komplette Höhle oder doch zumindest Teile von ihr schlicht durch die Wucht des Aufpralls dieses Fragments entstanden waren.

»Das muss dann wohl dieses Trümmerstück drei sein«, sprach sie mit rauer Stimme.

Leicht war zu sehen, dass sie nicht die ersten Menschen waren, die das außerirdische Objekt zu Gesicht bekamen. Denn im viel zu schalen Lichtschein ihrer kleinen Lampe zeichneten sich unter ihnen noch weitere Gegenstände ab: hölzerne Leitern am Grund der Höhle, die gegen das fremdartige Trümmerstück lehnten, große alte Scheinwerfer, die auf mächtigen Felsblöcken montiert waren, Kabelstränge auf Geröllhalden und sogar Tische.

Und sie entdeckte überall alte Gerüste. Intakt und zusammengestürzt.

Teile von ihnen waren an dem außerirdischen Trümmerfragment hochgezogen worden, andere verbanden im hinteren Teil der Höhle Felsgrate und -nasen miteinander und markierten so einen treppenartigen Aufweg.

»Ich begreife erst jetzt die Dimension dessen, was wir hier gefunden haben«, flüsterte Tao seltsam ergriffen. »Wenn das hier bloß ein Teilfragment ist, frage ich mich, wie groß das eigentliche Raumschiff war. Welche Erkenntnisse mögen die Wissenschaftler damals aus den Untersuchungen dieses Fundes gezogen haben?«

»Vielleicht nicht so viele, wie man denken würde«, antwortete Alex. »Denn irgendwie ist dieses ganze Geheimprojekt Thunderbird ja offenbar gescheitert. Außerdem scheint es dem Militär in den zurückliegenden Jahrzehnten nicht mehr gelungen zu sein, hierher zurückzukommen.«

»Aber irgendwas *haben* sie damals von hier mitgenommen«, widersprach Tao. »Dafür spricht dieses Philadelphia-Experiment, von dem uns Ricardo berichtete. Und ich frage mich allmählich, ob nicht auch noch an anderen, gemeinhin belächelten Legenden etwas dran sein könnte. Etwa diesem Roswell-Zwischenfall – dieser Kleinstadt in New Mexico, wo in den 1950ern angeblich ein UFO abgestürzt sein soll; erinnert ihr euch? Jedenfalls: Wer eine solche Technologie kontrolliert, kontrolliert die Welt.«

»Ein Grund mehr, Batista aufzuhalten«, sagte Itzil entschlossen.

Hinter ihr war plötzlich wieder lauter werdendes Summen zu hören, und rasch duckten sie sich, da die vielen Bienen nun aus dem Riss in der Wand zurückkehrten.

Als lang gezogener Schwarm schwirrten und summten nun die letzten der Insekten an ihnen vorbei, hinauf zu jedem Teil der Höhle, zu dem auch die treppenartig errichteten Gerüste hinaufführten.

»Das ist wohl eindeutig«, seufzte Alex.

Er ließ seine Halswirbel knacken, blickte in die Tiefe und sorgte nun dafür, dass sie auch auf dieser Seite der kolossalen Wand aus Steinblöcken heil hinabgelangten.

Nur kurz hielten sie sich damit auf, einen näheren Blick auf das gewaltige Trümmerteil des außerirdischen Raumschiffes zu werfen, dann suchten sie an der gegenüberliegenden Höhlenwand einen sicheren Weg zurück in die Höhe.

Leider waren die meisten der zurückgelassenen Gerüste morsch und brüchig, sodass sich der Aufstieg deutlich mühsamer und langwieriger gestaltete als erhofft.

Als sie es schließlich geschafft hatten und der erhoffte Ausstieg aus der Höhle in Sicht kam, zeichneten sich über ihnen, im Felsenrund des Ausstiegs an die Oberfläche, bereits die ersten Strahlen der Morgensonne ab.

Hatten sie tatsächlich die ganze Nacht damit zugebracht, um ihrem steinernen Grab zu entkommen?

Wo auch immer sie herausgekommen waren, sie erreichten nun wieder den Dschungel.

Itzil hätte sich vor Erschöpfung am liebsten fallen lassen, doch der Bienenschwarm zwischen den Bäumen zog weiter, und sie stolperten den Insekten hinterher, bis ein leises Glucksen und Plätschern zu hören war.

Der Wildbach von gestern Nachmittag?

Als der glitzernde Wasserlauf in Sicht kam, erfrischten und wuschen sie sich dankbar. Itzil spürte jetzt fast schmerzhaft die Übermüdung. Außerdem den bohrenden Hunger, der sie schon seit geraumer Zeit plagte.

Der Bienenschwarm zog weiter, doch sie weigerte sich, ihm weiter zu folgen.

»Nein!«, fauchte sie wütend.

Ebenso wie ihre Begleiter setzte sie sich und lehnte sich vollkommen entkräftet gegen einen Baumstamm. Dort tastete sie nach dem kleinen Brocken alten Honigs, den sie sich vorsichtshalber im Grabgewölbe eingesteckt hatte, und dachte kurz daran, wieder in Kontakt mit dem unheimlichen Wesen auf der Insel zu treten.

Um ihm zu sagen, dass sie nicht mehr konnte.

Doch sie schaffte es nicht einmal mehr, die Hand in ihre Hosentasche zu schieben.

Stattdessen wurden ihr die Lider schwer.

Alles oder nichts

Alex wurde durch ein lautes Summen wach, fuchtelte wild um sich und sah, dass Bienen seinen Kopf umschwirren. Die Sonne mit ihrem seltsamen Halo stand jetzt deutlich höher am Himmel als noch am Morgen, als er vor Erschöpfung eingeschlafen war. Es mussten seitdem drei, eher vier Stunden vergangen sein. Sein Kopf fühlte sich wie Blei an, und er war noch immer wie gerädert.

Im Hintergrund war nun wieder das leise Grummeln des Vulkans zu hören.

Tao kehrte soeben von einer nahen Lichtung zurück, während Alex mühsam versuchte, Itzil wachzukriegen. Sie schnarchte leise und kam nur allmählich wieder zu sich.

»Scheint, dass die Geduld unseres Gönners erschöpft ist«, schimpfte Tao mit Blick auf die vielen Bienen, die sie fast aggressiv umkreisten. Er hielt ihnen überraschend zwei kleine Maiskolben mit roten und blauen Körnern hin. »Hier, wilder Mais. Nicht viel, aber er wächst dahinten auf der Lichtung.«

Alex spürte mit Macht seinen Hunger, und ebenso wie Itzil, die sich wortlos erhob, knabberte er den Kolben dankbar ab. Die Körner schmeckten mehlig, aber im Augenblick war ihm das egal.

»Ich habe den Flachmann bereits wieder aufgefüllt.« Der Chinese präsentierte ihnen die Metallflasche. »Aber das wird gerade so weit reichen, um unsere Kehlen zu befeuchten. Am besten also, ihr füllt eure Bäuche noch einmal mit Wasser, bevor es weitergeht.«

Sie folgten seinem Ratschlag und mühten sich anschließend – und noch immer hungrig – weiter hinter dem Bienenschwarm her, der offenbar bloß auf sie gewartet hatte. Rätselhafterweise blieben die Insekten als große gelb-schwarze Traube zusammen, deren Bewegungen in der Luft mehr einem Schwarm von Heringen als denen gewöhnlicher Bienen glich. Alex tippte wieder auf den Einfluss von Magnetfeldern, die die Insekten auf eine ihnen unbekannte Art steuerten. Schließlich erkannte er, dass die Bienen sie geradewegs auf einen Bergrücken zuführten, hinter dem majestätisch der Vulkan der Insel aufragte. Schon eine Weile ging es beständig bergauf, nur war ihm nicht klar gewesen, wie nah sie dem Kegel gestern schon gekommen waren.

Unwillkürlich dachte er wieder an Scotts damalige Ausführungen zurück, und allmählich wuchs in ihm die Überzeugung, dass für den rätselhaften Feuerschlot hier auf der Insel die ungeheuren Kräfte verantwortlich waren, die die Gravitationsanomalien auf den Untergrund ausübten.

Sie waren kaum eine Stunde unterwegs, als sie eine Lichtung erreichten, über die, aus dem Dschungel links von ihnen kommend, dicht nebeneinanderliegende Schleifspuren führten, die voraus im Unterholz verschwanden.

»Sieh einmal an«, murmelte Alex. »Die Spuren sind frisch. Wirkt auf mich wie der Abdruck von Rädern oder Kufen.«

Tao brummte nachdenklich. »Sprach Ricardo nicht davon, dass diese EMP-Waffe schwer ist? Wenn ich mich nicht irre, sind hier auch Fußabdrücke.«

»Ja. Was dann aber auch heißt, dass wir zeitlich hinter Batista liegen.«

Itzil seufzte. »Ich hätte nicht gedacht, dass die ihre Pläne so rasch in die Tat umsetzen würden.«

»Umso mehr müssen wir uns wohl beeilen.« Alex setzte sich diesmal an die Spitze, und wenig überraschend deckte sich die Richtung, in die die tiefen Abdrücke wiesen, mit jener, in die sie die Bienen führten. Dass ihre Rivalen Schwierigkeiten hatten, überall gleichermaßen gut voranzukommen, zeigte sich an einer Stelle, an der die Spuren weiträumig um einen umgestürzten, quer zwischen den Bäumen liegenden Baumtitanen herumführten.

»Wie sieht eigentlich unser Plan aus?«, wollte er wissen, als sie schwitzend über das Hindernis kletterten. »Wir haben lediglich die Signalpistole mit drei Schuss.«

»Ich verfüge über eine Nahkampfausbildung«, erklärte Tao überraschend, der nun ins Unterholz trat und sich dort einen Ast abbrach, den er als Knüppel zweckentfremden konnte. »Allerdings ist die Frage berechtigt. Wenn Ricardos Aussage stimmt, wird es ihm und Ross an richtigen Waffen nicht mangeln. Scott wird sich hoffentlich nicht gegen uns stellen – wenn er denn überhaupt noch lebt. Aber trotzdem: Sie in einen Hinterhalt locken geht ebenfalls nicht mehr.«

Itzil präsentierte nun mit schmalem Lächeln Jordans altes

Taschenmesser, mit dem sie die improvisierten Waffen zuschnitten. Auch Alex drückte sie einen Prügel in die Hände.

»Uns wird wohl nichts anderes übrig bleiben, als auf den Überraschungseffekt zu setzen«, meinte sie. »Nur weiß ich ehrlich gesagt nicht, ob ich es fertigbringe, einen Menschen zu töten.«

»Letztlich ist es wie bei Lauren«, erklärte Tao. »Mach dir klar, dass es sowohl für die als auch für uns um alles oder nichts geht.«

»Ich weiß«, seufzte die Mexikanerin. »Trotzdem.«

Sie setzten sich wieder in Bewegung und waren erst einige Minuten unterwegs, als Alex voraus zwischen den Bäumen ein qualerfülltes Stöhnen hörte. Sofort duckte er sich und bedeutete auch seinen Begleitern, innezuhalten und still zu sein.

Mit einem knappen Blick zurück zu Itzil und Tao huschte Alex durch das Unterholz und sah zu seiner Überraschung, dass zwischen den Bäumen linker Hand der Schleifspuren Oliver Scott saß. Der Rentner lehnte mit dem Rücken gegen einen Baum und betastete mit schmerzverzerrtem Gesicht sein rechtes Bein.

»Scott!« Ohne weiter nachzudenken, richtete sich Alex auf und eilte zu ihm hinüber.

Scott schreckte hoch und starrte ihn ungläubig an.

»Das gibt es doch nicht«, ächzte der Alte. »Wie sind Sie aus der Pyramide entkommen? Ross hat doch den Tunnel zum Einsturz gebracht!«

Auch Itzil und Tao schlossen jetzt auf.

»Das ist eine lange Geschichte«, erklärte Itzil, die sich neben Scott hockte und sofort sein Bein untersuchte.

»Es tut mir unendlich leid, was passiert ist«, stöhnte Scott. »Ich hoffe, Sie wissen, dass ich nie vorhatte, Sie …«

»Machen Sie sich darüber bitte keine Gedanken«, beruhigte ihn Alex.

»Was genau ist Ihnen passiert?«, wollte Itzil wissen.

»Ich bin gestürzt.« Der Rentner schnaubte verbittert. »Dabei muss ich mir den Fuß gebrochen haben. Zumindest aber angeknackst. Diese Mistkerle haben mich einfach zurückgelassen.«

»Wie lange ist das her?«, fragte Tao.

»Schwierig zu sagen. Vor zwei Stunden?«

»Und die Schleifspuren da vorn rühren von dieser EMP-Waffe her?«

»Ja.«

Scott begann zu erzählen, was ihm widerfahren war, und sie erfuhren, dass der Brasilianer ihn und Ross in der Nacht unnachgiebig angetrieben hatte, da er befürchtete, dass die Kreaturen schon bald beginnen könnten, auch seine Jacht zu plündern, und ihn somit handlungsunfähig machten. Ganz so, wie Ross es behauptet hatte, hatten sie in der Bucht tatsächlich das Motorboot vorgefunden, mit dem Fernando zu fliehen versucht hatte. Mit seiner Hilfe waren sie zur Jacht übergesetzt, wo sie sich bewaffnet und neu ausgerüstet hatten. Dort war es dann überraschend doch noch zu einem Angriff dreier Kreaturen gekommen, den sie jedoch gemeinsam hatten abwehren können. Anschließend hatten sie die EMP-Kanone mit einem modernen Speedboot, das zur Jacht gehörte, an die Küste geschafft. Scott berichtete, dass es sich bei der Waffe um eine mannsgroße Konstruktion handelte, zu der ein Schlitten als Transporthilfe gehörte, der mit Servomotoren, Rädern und Kufen ausgestattet war. Dennoch hatte es die Männer viel Kraft gekostet, die schwere Konstruktion durch den Dschungel zu schleppen.

»Mir war klar«, endete Scott resigniert, »dass die beiden mich nur so lange bei sich dulden würden, bis ich nicht mehr nützlich für sie sein würde. Leider geschah das früher als gedacht. Batista war zuletzt jedoch davon überzeugt, dass wir der Einschlagsstelle bereits sehr nahe gekommen sind.«

Interessiert sahen sie einander an.

»Wie sind die zwei bewaffnet?«, wollte der Chinese wissen, während Itzil weiter Scotts Bein abtastete.

»Sturmgewehre, MPs, Pistolen und Granaten.« Scott schrie schmerzerfüllt auf, und Itzil stoppte ihre Bemühungen.

»Batista scheint also auf alle Eventualitäten gut vorbereitet zu sein.« Alex presste nachdenklich die Lippen aufeinander.

»Wir können Ihr Bein schienen«, erklärte Itzil nun, »aber ich befürchte, mehr ist derzeit nicht drin. Denn uns läuft die Zeit davon.«

»Die Zeit?« Scott blickte irritiert zu ihnen auf.

»Wir besorgen etwas zum Schienen.« Alex nickte Tao zu. »Itzil wird Ihnen in der Zwischenzeit berichten, was bei uns alles passiert ist.«

Itzil begann mit dem Bericht, während Alex und Tao im Unterholz passende Äste einsammelten und zurechtschnitten. Mit ihnen und dem Nylonseil schienten sie anschließend Scotts Bein.

»Mein Gott.« Scott sah sie bleich an. »Dann zieht hier also ein überlebender Außerirdischer die Fäden? Und wir sind für ihn bloß besseres Zellmaterial?«

»So sieht es aus.« Alex richtete sich auf. »Leider haben wir keine andere Wahl, als ihm zu Willen zu sein, wenn wir von hier fortkommen wollen. Nimmt Ricardo eigentlich Medikamente oder Drogen?«

Scott sah ihn irritiert an. »Keine Ahnung. Ich glaube, er hat sich ein paar Aufputschmittel eingeworfen. Wieso?«

Alex, Itzil und Tao warfen einander Blicke zu.

»Weil das erklärt«, antwortete Itzil, »warum der Außerirdische, der hier die Fäden zieht, von Ricardos Plänen weiß. Zumindest von der Sache mit der EMP-Waffe. Wo genau sie jedoch versteckt lag, wusste dieses Wesen bis zuletzt offenbar nicht. Ansonsten hätte es Ricardos Jacht vermutlich längst von seinen Arbeitskreaturen zerlegen lassen. Vielleicht war sogar ich es, die ihn letzte Nacht unbewusst auf das Schiff aufmerksam gemacht hat.«

»In diesem Fall scheint dieses Geschöpf wirklich nicht mehr über viele Soldaten zu verfügen«, ächzte Scott. »Es waren, wie gesagt, nur drei dieser Kreaturen, die die Jacht angegriffen haben. Dabei waren da draußen in der Bucht noch zahllose andere. Man konnte sie hören. Nur haben die sich zurückgehalten.«

»Das waren dann wohl bloß Arbeiter«, meinte Alex trocken.

»Hat man Ihnen eine Waffe überlassen?«, fragte Tao den Rentner.

Scott lachte freudlos. »Nicht mehr, sobald wir wieder an Land waren. Ein Kampfmesser war alles, was die beiden mir zugestanden haben.« Er nickte in Richtung eines Rucksacks, der halb gefüllt unweit eines Baums lehnte. »Aber vielleicht war es doch ganz gut, dass ich mich den beiden angeschlossen habe. Der Inhalt dort dürfte Ihnen nämlich gefallen.«

Alex öffnete den Ranzen, entdeckte zwei Wasserflaschen und mehrere Alupackungen mit Fertiggerichten und kramte eine davon hervor.

»Nudeln mit Schinken-Sahne-Soße!« Er lachte ungläubig. »Selbst wenn das meine Henkersmahlzeit sein sollte, bin ich froh, dass ich so was noch erlebe.«

Rasch verteilte er die Gerichte, und heißhungrig machten sie sich über den Inhalt her. Fast augenblicklich spürte Alex, wie ihn neue Kräfte durchströmten, während die Geschmacksknospen in seinem Mund ein Feuerwerk nach dem nächsten zündeten. Jeder Bissen war ein funkensprühendes Hochgefühl. Itzil und Tao ging es ebenso.

Allerdings schwirrten die Bienen nun wieder aggressiver über ihre Köpfe hinweg.

»Tut mir leid«, wandte er sich an Scott, während er die letzten Reste aus der Alupackung pulte. »Ich befürchte, wir müssen weiter, wenn wir Batista und Ross aufhalten wollen. Leider müssen auch wir Sie zurücklassen, wenn wir zügig vorankommen wollen.«

»Machen Sie sich um mich keine Gedanken«, murmelte Scott. »Der Ort scheint wirklich nicht mehr weit entfernt zu sein. Von … Sophia haben Sie nichts gesehen?«

»Nein. Tut mir leid.« Itzil schüttelte traurig den Kopf. »Erholen Sie sich nach Möglichkeit. Sollten wir es unversehrt zurückschaffen, sammeln wir Sie hier wieder ein und machen uns auf die Suche nach ihr. Drücken Sie uns die Daumen.«

Scott nickte bekümmert.

Sie sammelten ihre Sachen wieder auf, und Alex sah, wie sich Tao von Scott das Kampfmesser reichen ließ. Alex seufzte innerlich. Denn wenn sie es nicht schafften, war damit auch Scotts Schicksal besiegelt. Er wusste es. Scott wusste es. Die Verabschiedung fiel daher entsprechend knapp aus. Stumm folgten sie den Bienen und der Schleifspur durch den Dschungel.

Doch Scott behielt recht. Sie waren nicht einmal zehn Minuten unterwegs, als sich die Bäume überraschend lichteten und sie den Rand eines Hangs erreichten, hinter dem in einiger Entfernung die Flanke eines hohen und von Dschungel bewachsenen Bergrückens aufragte. Fast nahtlos lief der Bergrücken auf den nahen Vulkankegel zu.

Alex erreichte die Kante als Erster, spähte nach unten – und blieb eingeschüchtert stehen. Ihr Ziel war tatsächlich nah gewesen, denn unmittelbar vor ihnen erstreckte sich nun eine gut zwanzig Meter tiefe schattige Klamm, die keinesfalls natürlichen Ursprungs war. Vielmehr deutete alles darauf hin, dass sie einst durch den Aufprall des außerirdischen Raumschiffes entstanden sein musste, das sich hier mit ungeheurer Wucht durch die Bergwelt gepflügt und dabei auch die Kuppen benachbarter Höhenzüge abrasiert hatte. Die lang gezogene Einschlagsstelle war zwar längst von immergrünem Dschungel bedeckt, doch noch immer ließen sich inmitten des Bewuchses gewaltige Felsbrocken und Hunderte Meter lange Schutthalden ausmachen, die die Himmelsrichtung wiesen, aus der das Schiff einst gekommen war. Vor allem aber – war das Raumschiff selbst zu sehen!

Zumindest der größte Teil davon.

Es hatte sich fast komplett in eine linker Hand von ihnen

aufragende Bergflanke gebohrt, die das Ende der Klamm bildete. Hunderte Tonnen an Geröll waren beim Aufprall über dem Wrack niedergegangen, dessen Außenhülle – ebenso wie das Trümmerstück, das sie bereits gesehen hatten – aus einem grünlich schwarzen, kristallin anmutenden Material zu bestehen schien, dessen Bruchkanten auf die Ferne schroff, fast scharfkantig wirkten.

Heute ragte dort nur noch die hohe Hecksektion des Schiffes als quer liegendes und wie ausgefranst wirkendes Oval aus dem Bergstumpf. Tatsächlich schien am freiliegenden Ende ein riesiges Teilstück herausgebrochen zu sein.

Besaß das Raumschiff in Wahrheit vielleicht sogar eine Scheibenform?

Er konnte es nur mutmaßen. Ebenso, wie es um die wahre Größe des verschütteten Wracks bestellt war. Jedenfalls maß allein das freiliegende Teil in seiner Breite bereits an die dreißig Meter.

Die Relationen waren deswegen so gut einzuschätzen, da Alex zugleich freie Sicht auf einige andere Objekte unmittelbar vor dem Wrack hatte. Denn dort, im Schatten der Schluchtwände, sprangen und wuselten etwa zwei Dutzend der unheimlichen Hybridkreaturen umher. Ihre Bewegungen wirkten seltsam ungelenk und aufgeregt, und als er näher hinblickte, sah er auch den vermeintlichen Grund für ihr Verhalten: Zwischen ihnen lagen mehr als ein Dutzend regloser Körper, von denen einige nun ins Innere des Raumschiffes geschleift wurden.

»Oh, mein Gott!«

Itzils Stimme ließ Alex hochschrecken, denn sie und Tao hatten inzwischen zu ihm aufgeschlossen und spähten ebenfalls in die Tiefe. Und ebenso wie er konnten auch sie sehen, dass die Spuren des Schlittens unmittelbar vor ihnen den schräg abfallenden Abhang hinunterführten und sich inmitten des dortigen Bewuchses verloren. Ihre Gegner hatten das UFO also vermutlich längst erreicht.

»Ricardo und Barry Ross haben da unten ganz schön aufgeräumt«, stellte Tao mit Blick auf die vielen reglosen Körper vor dem Raumschiffwrack fest.

»Dann existierten doch noch Wächterkreaturen?« Itzil sah sie irritiert an.

»Falls ja, dürften jetzt wohl kaum noch welche übrig sein«, wandte Alex ein. »Hinzu kommt, dass das Wesen letzte Nacht auch noch einen erfolglosen Angriff auf die Jacht gestartet hat. Andererseits … Batista und Ross wissen ja nicht, dass es bei den Wesen, die sie da unten aus dem Weg geräumt haben, Unterschiede gibt. Oder zumindest *wussten* sie es nicht. Inzwischen dürften sie wohl schon herausgefunden haben, dass von den kleineren Kreaturen da unten vermutlich weniger Gefahr ausgeht als von den Exemplaren, denen wir bislang begegnet sind.«

»Okay. Und was machen wir jetzt? Unsere Bewaffnung ist eher ein schlechter Witz.«

»Wir entscheiden das vor Ort!« Tao sah sie auffordernd an. »Unser Vorteil ist, dass Ricardo und Barry keine Ahnung haben, dass wir noch leben. Das müssen wir nutzen. Außerdem haben wir eine Einladung vom Hausherrn – und die beiden nicht. Was bedeutet, dass uns die Viecher da unten vermutlich unbehelligt passieren lassen dürften – egal, ob sie nun gefährlich sind oder nicht.« Der Chinese setzte sich kurzerhand in Bewegung, indem er den Hang halb hinunterkletterte und halb hinunterrutschte.

»Ich begreife nicht, woher Tao seinen Elan nimmt«, stöhnte Alex.

Er und Itzil tauschten unbehagliche Blicke, dann folgten sie dem Chinesen. Trotz des Bewuchses, der den Hang bedeckte, ließ sich nicht vermeiden, dass sich bei ihrem Abstieg hin und wieder Geröll löste, der in die Tiefe kollerte und sofort aufgeregte Reaktionen unter den entstellten Hybridwesen auslöste. Von überallher hallte jetzt ein beständiges Keckern, Schnattern und Zirpen von den Schluchtwänden, und je näher sie den wild herumspringenden Gestalten kamen, desto mehr steigerte sich die Unruhe unter ihnen.

Inzwischen war auch zu erkennen, dass Batista und Ross mindestens eine Granate geworfen hatten. Denn zwei der am Talboden liegenden Kreaturen waren regelrecht zerfetzt. Abgerissene Gliedmaßen lagen neben ihnen.

Alex wurde flau zumute.

Immerhin waren die Exemplare vor ihnen tatsächlich kleiner als die Geschöpfe, mit denen sie bislang konfrontiert worden waren. Und jetzt, da sie wussten, was es wirklich mit ihnen auf sich hatte, vermochte Alex den menschlichen Anteil in ihnen kaum zu ignorieren. Die kahlen, übergroßen Köpfe mit den riesigen schwarzen Augen, die langen vorderen Extremitäten mit den viel zu langen Fingern – ja selbst die zur Bauchmitte hin eingewinkelten Hinterläufe wiesen erkennbar menschliche Züge und Proportionen auf. Einige der Wesen besaßen sogar noch Haarreste, die ihnen wie nasse Strähnen von den Köpfen hingen.

Alex wusste nicht, ob er die Wesen bedauern oder ob er vor Grauen schreien sollte. Er beschloss, schlicht auf der Hut zu bleiben.

Endlich hatten sie den Talgrund erreicht, und das aufgeregte Schnattern und Zirpen um sie herum steigerte sich zu einem derartigen Lärm, dass er schon befürchtete, dass es ihre Anwesenheit verraten würde. Doch von Batista und Ross war weiterhin nichts zu sehen.

Alex hielt nach dem Bienenschwarm Ausschau und sah, dass dieser sich über ihnen am Himmel mit einem anderen Schwarm vereinigt hatte und wechselnde geometrische Formen ausbildete.

Tao bewegte sich argwöhnisch auf einen Haufen mit Schiffsschrott zu, den die Kreaturen hier unten zusammengetragen hatten, und deutete auf einige Metallstangen, die daraus hervorstachen. Alex und Itzil folgten ihm vorsichtig und tauschten ihre hölzernen Knüppel gegen Prügel aus Metall aus.

»Los, wir versuchen es!«, schnaubte Tao mit Blick auf das Raumschiffwrack.

Die Kreaturen fest im Blick und Metallstange und Kampfmesser abwehrbereit in den Händen, bewegte er sich auf das außerirdische Flugobjekt zu. Alex und Itzil folgten ihm zögernd, und tatsächlich wichen die unheimlichen Wesen mit einer Mischung aus Respekt und Verwirrung vor ihnen zurück. Wie schon damals beim Funkturm glaubte Alex auch diesmal, in manchen der riesigen schwarzen Augenpaare eine seltsame Form von Wahnsinn aufblitzen zu sehen. Diese Wesen schienen schlicht nicht zu wissen, wie sie sich verhalten sollten. Sie waren entweder zu dumm, um eigene Entscheidungen zu treffen, oder eine adäquate Reaktion auf ihr Erscheinen überstieg ihre genetische Programmierung. Wichtig war im Augenblick nur, dass keines von ihnen angriff.

Vorsichtig liefen sie auf das hintere Ende des UFO-Wracks zu, das sich an seiner dicksten Stelle gute neun bis zehn Meter hoch auftürmte. Jetzt bestätigte sich Alex' Verdacht. Dort war sogar ganz sicher ein Stück des Schiffes ab- oder herausgebrochen, denn sie hatten nun freien Blick auf einstige Teile der Innenkonstruktion, darunter Kammern, Böden, Wände und Röhren. Befremdlich war, dass ihnen überall an den Bruchkanten kristallartige Auswüchse entgegenstachen. Fast so, als würde das Material dort wieder … zuwachsen.

Die Erkenntnis ließ Alex kurz erstarren, doch dann schüttelte er sich und folgte seinen Mitstreitern tapfer zu einer Rampe, auf der zwei der schwarzäugigen Kreaturen hockten. Die Wesen starrten sie mit stumpfem Blick an; dann sprangen sie beiseite und gaben den Weg frei.

»Okay, ab jetzt ganz vorsichtig!« Tao sah in einer Mischung aus ungläubigem Staunen und stiller Faszination zu dem Wrack auf.

»Hier!«, wisperte Alex und reichte Itzil die Signalpistole samt der restlichen Munition. »Ich will, dass du die bei dir trägst.«

»Und du?«

»Ich komm schon klar.«

Sie eilten weiter hinter Tao her, der längst in das alte Raumschiff vordrang, hinein in einen gut drei Meter hohen und fast ebenso breiten Korridor, der wie eine gewaltige sechseckige Röhre wirkte. Deren Wände bestanden aus dem gleichen kristallinen Material wie auch die dicke Außenhülle – und tatsächlich erwies sich der unbekannte Baustoff als halb transparent. Hinter der schimmernden, schwarzgrünen Oberfläche zeichneten sich in regelmäßigen Abständen verzweigte Leitungen ab, die ihn teils an die verwirrenden Schaltkreise von Mikrochips, teils an das Adergeflecht eines lebenden Wesens erinnerten und sich offenbar durch das gesamte Schiff zogen.

Nach und nach umfing sie grünliches Dämmerlicht, das diffus von den Wänden abstrahlte.

Alex sah sich mit aufgeregtem Herzschlag um und bemerkte, dass ihnen zahllose der Hybridwesen ins Innere des Schiffes folgten. Sie blieben jedoch auf Abstand. Und je tiefer sie ins Unbekannte vordrangen, desto mehr verstummten die gurrenden Laute. Stattdessen drang ein kaum wahrnehmbares, rhythmisches Stampfen aus der Tiefe des Schiffes an ihre Ohren, das ihn fatal an die unheimlichen Laute erinnerte, mit denen sich stets die Phänomene auf der Insel angekündigt hatten.

Die Luft hingegen roch zunehmend nach Chlor und Elektrizität.

Alex berührte die Gangwände, die irgendwie feucht waren, und spürte darin leise Vibrationen. Zweifelsohne war das Schiff noch immer aktiv.

Die Sichtverhältnisse hingegen wurden allmählich so schlecht, dass sie ihre Lampen anschalten mussten. Hinzu kam, dass sie durch einen seltsamen Bodennebel stapften, der aufwölkte, wo ihre Füße den Untergrund berührten. Zugleich steigerte sich der chemische Geruch. Umsichtig rückten sie vor, und ihr Licht schälte weitere sechseckige Korridore aus der Dunkelheit, die von dem Hauptgang abzweigten. Aus ihnen drangen, neben entfernten tapsenden Lauten, teils knisternde, teils brodelnde Geräusche.

Plötzlich blieb Tao stehen und leuchtete mit Fernandos Smartphone in die Höhe. Auch Alex sah jetzt, dass knapp unterhalb der Decke, aus einem der Quergänge kommend, zahllose silbrige Tröpfchen schwebten und in einer langen Reihe über ihren Köpfen hinweg weiter den Hauptkorridor entlangtrieben.

»Was mag das sein?«, wisperte Itzil.

»Wir dürfen uns damit nicht aufhalten«, belehrte sie Tao, der zurück zu dem Pulk aus Kreaturen leuchtete, der ihnen lauernd folgte. »Wir müssen Ricardo und Ross finden. Und ich wette, die sind weiter in Richtung Schiffsmitte marschiert.«

»Gib mir trotzdem eine Minute!« Alex schlüpfte neugierig in den Quergang, aus dem die schwebenden Tröpfchen kamen, und folgte ihnen zu einer hohen, sechseckigen Kammer samt umlaufender Galerie in gut vier Metern Höhe. Sein staunender Blick blieb an drei riesigen runden und nach oben offenen Glas- oder Kristallzylindern hängen, die aus dem Schiffsboden emporragten. In ihrem Inneren wallten die Schlieren einer rötlichen Flüssigkeit. Rampen auf der Galerie führten direkt über sie, und er sah nun mit an, wie dort oben eine der Kreaturen Elektroschrott aus den Schiffen wie Schüttgut in einen der Zylinder kippte. Das Wesen ignorierte seine Anwesenheit und schlüpfte zurück in einen Durchschlupf in der Wand. Der Elektroschrott in der Flüssigkeit hingegen löste sich vor seinen Augen auf. Die vielen silbrigen Tröpfchen entstammten hingegen kristallin wirkenden Röhren, die mit den Zylindern verbunden waren. Sie stiegen auf rätselhafte Weise auf und sammelten sich über ihm an der Raumdecke zu regelrechten Wolken, bevor sie von einer unbekannten Kraft weitergetragen wurden.

Handelte es sich dabei um verflüssigtes Metall? Alex war

sich plötzlich sicher, dass es sich hierbei um eine Art Recyclingsystem handelte. So also wuchs die Außenhülle Stück für Stück nach!

»Alex!«, ertönte Itzils mahnender Ruf.

Er lief zurück zu seinen Mitstreitern und berichtete, was er gesehen hatte, dann folgten sie der Spur der schwebenden Tröpfchen über ihren Köpfen weiter gen Schiffsmitte. Hin und wieder huschten einige der Tröpfchen zur Seite, nur um von den Wänden absorbiert zu werden.

»Das ist unglaublich«, wisperte Alex ehrfürchtig. »Dieses System befördert das gewonnene Material offenbar genau dorthin, wo es gebraucht wird. Das Schiff wächst so allmählich wieder zusammen.«

»Ich hatte auch schon diesen Verdacht«, knurrte Tao. »Diese Technologie übersteigt alles, was wir uns nur vorstellen können.«

»Auf Kosten unzähliger Menschenleben«, zischte Itzil wütend.

Alex kramte in seiner Hosentasche nach einer Münze und warf sie nach oben. Fasziniert sah er dabei zu, wie sie ebenfalls in der Luft hängen blieb und dem Strom der Metalltröpfchen folgte. »Da oben sind offenbar Schwerkraftfelder wirksam.«

»Vielleicht beschäftigen wir uns später damit«, kommentierte Tao das Experiment ungnädig, »denn hier gabelt sich der Korridor. Also, nach links oder nach rechts?«

»Vermutlich nach links«, sagte Itzil, die auf etwas Dunkles am hinteren Ende des dortigen Gangstücks deutete. Auch dort wölkte der seltsame Bodennebel. Sie leuchteten, und in einiger Entfernung schälten ihr Lampen eine tote Kreatur aus der Düsternis, die jemand ganz an die Gangwand geschoben hatte.

Tao kratzte mit der Stahlklinge seines Messers hastig, aber gut sichtbar eine große Wegmarkierung in die Gangwand. »Nur zur Vorsicht, damit wir in diesem Gängesystem wieder zurückfinden. Das alles hier erinnert mich fatal an einen echten Bienenstock.«

Sie folgten dem Korridor, der halbbogenförmig vorausführte und Alex' Annahme bestätigte, dass das Raumschiff tatsächlich eine Rundform aufwies. Erstmals konnten sie Risse in den Wänden erkennen, die mutmaßlich beim Aufschlag des Schiffes entstanden und bis heute nicht repariert worden waren.

Alex ignorierte die Bruchstellen und trat stattdessen an das tote Geschöpf heran. Es war relativ kräftig und besaß scharfe Krallen. Sie hatten ihm nur wenig genützt. Sein Leib war von Kugeln regelrecht durchsiebt worden.

»Sieht ganz so aus, als seien hier doch noch einige wenige Wächter aktiv gewesen«, murmelte er.

»Ich begreife nicht, warum dieses Etwas diese Dinger nicht ebenfalls mit Waffen ausstattet«, brummte Tao.

»Vielleicht kann es das nicht«, schlug Itzil vor. »Oder diese Dinger können damit nicht umgehen.«

»Das alles hier hat sich doch nicht von selbst gebaut.«

»Ich denke, die ursprünglichen Aliens waren bei Weitem gewitzter«, mischte sich Alex ein. »Nur eben diese Hybriden nicht.«

Sie marschierten weiter und stellten fest, dass auch in diesen Korridor mehrere Nebengänge mündeten – als sie unerwartet an einem sechseckigen Durchbruch zu einer riesigen Halle in einer der Außensektionen des Raumschiffes vorbeikamen. Deren Wände wurden bis weit hinauf zur Decke von Aberdutzenden wabenförmigen Kammern eingenommen.

Schockiert blieben sie stehen.

Die eine Hälfte der Kammern war zwar leer, die andere Hälfte jedoch mit einer glasartigen Substanz bedeckt, hinter der, leicht zusammengekrümmt, nackte humanoide Gestalten in einer gelblichen Flüssigkeit zu erkennen waren. Einige von ihnen zuckten hin und wieder.

Menschen!

Schiffbrüchige.

Nur waren die meisten von ihnen kaum noch als Individuen ihrer Art zu identifizieren. Stattdessen befanden sie sich in unterschiedlichen Stadien der Entwicklung, die sie zunehmend die Gestalt der Kreaturen im Gang hinter ihnen annehmen ließ.

»Mein Gott! Hybridisierungskammern!«, stöhnte Alex.

Itzil schrie plötzlich auf, deutete schräg voraus, und auch er und Tao sahen, dass in drei dicht nebeneinanderliegenden Waben Personen trieben, die sie kannten.

Dodong, Mikkel und … Sophia Scott.

»Dieser verfluchte …!« Itzil zückte zornentbrannt die Signalpistole, marschierte in die Hybridisierungskammer und richtete die Mündung zittrig auf die Wabe mit Sophia.

»Nicht!«, herrschte der Chinese sie an.

Rasch eilten sie zu ihr und hinderten sie daran, abzudrücken.

»Wir wussten, auf was wir uns hier einlassen. Wir können im Augenblick nichts für sie tun.«

»Aber wir können doch nicht zulassen, dass dieses Etwas Monster aus ihnen macht!« Itzil wehrte sich, und Tränen liefen ihre Wangen hinab, doch auch Alex hielt sie fest.

»Itzil! Bitte!«, versuchte er sie zu beruhigen. »Glaubst du ernsthaft, du kannst diese Kristallwand mit einer Signalkugel zerschießen? Wir haben auch nur noch drei Patronen.«

»Alex, wir *müssen* etwas tun«, flehte sie ihn verzweifelt an. »Das sind wir ihnen schuldig.«

»Ich weiß.« Auch er fasste die Waben zornig ins Auge und sah doch zugleich mit überdeutlicher Klarheit, dass für ihre Freunde und Gefährten vermutlich jede Rettung zu spät kam. Dodongs und Mikkels Körper waren bereits stark deformiert, allein Sophia wirkte äußerlich unverändert. Allerdings trieb auch sie zur Gänze in dieser Flüssigkeit. Kurz verfing sich sein Blick auf Dodongs vertrautem Gesicht. Er war ihm ein Freund gewesen. Und mit voller Wucht spürte er wieder den Schmerz, den sein Verlust ihm bescherte. Er wusste nur zu gut, was *er* in solch einer Lage von einem Freund erwartet hätte. »Wir werden die drei nicht ihrem Schicksal überlassen. Aber jetzt müssen wir weiter«, krächzte er knapp.

Noch immer liefen Tränen über Itzils Gesicht. Sie nickte schwach, wandte sich mit zusammengepressten Lippen von den vielen Waben um sie herum ab und folgte ihnen zurück zum Hauptgang, in dem weiter hinten noch immer ihre Verfolger auf sie lauerten.

Sie marschierten den runden Gang weiter entlang, und Alex glaubte schon, die Spur von Batista und Ross verloren zu haben, als sie etwas weiter voraus leise Gesprächsfetzen vernahmen. Aufgeschreckt beschleunigten sie ihre Schritte und erreichten so einen sechskantigen Durchbruch zu ihrer Rechten, aus dem die Stimmen tönten. Als sie hindurchspähten, erblickten sie vor sich einen auffallend runden, an die zwanzig Meter durchmessenden Raum, an dessen Wänden eine Vielzahl bananenförmiger Sitzplätze angebracht war. Sie waren auf die umgebenden Wände ausgerichtet, auf denen riesige Bildschirme flackerten und über die undefinierbare Zeichen und Symbole liefen. Drei der seltsamen Wandmonitore zeigten bestimmte Orte auf der Insel. Darunter die Bucht mit den vielen havarierten Schiffen, ein Strandabschnitt, an dem ebenfalls zahllose Wracks lagen, sowie ein im Urwald abgestürzter Düsenjäger, auf dem ein halbes Dutzend Kreaturen herumturnte.

War das hier die Brücke des Raumschiffes?

Alex begriff, dass dieser unheimliche Brutvater sie offenbar den Großteil der Zeit irgendwie im Auge behalten hatte.

Vier kristalline Säulen, von denen eine schon vor langer Zeit in sich zusammengebrochen war und zwischen denen klobige Objekte standen, die an Kontrollpulte gemahnten, stützten die Raumdecke, die jedoch angesichts der Höhe und des herrschenden grünlichen Zwielichts fast vollständig im Dunkeln lag.

Stattdessen nahm eine sechseckige Plattform im Zentrum der Brückensektion ihre Aufmerksamkeit in Anspruch. Diese spannte sich hüfthoch im Raum auf, und unter ihr gloste ein auffällig violettes Licht. Auf ihr hingegen, jenseits einer niedrigen Balustrade, standen Batista und Ross und zerrten etwas aus dem Untergrund.

»Nun mach schon!«, fuhr Batista seinen Helfershelfer angestrengt an.

»Ich mach ja«, blaffte Ross zurück. »Konnte ja keiner ahnen, dass diese verfickten Dinger so schwer sind.«

Neben ihnen, am Rand der Plattform, erkannte Alex zwei Rucksäcke. Auf einem der beiden lag ein Gurt mit mehreren Granaten; gegen den anderen lehnte ein Sturmgewehr. Außerdem hatte Ross griffbereit eine MP umhängen, während sich Ricardo wie gehabt auf seine Pistole verließ. Zusätzlich hatte auch er Granaten an den Gürtel geschnallt. Alex schüttelte hilf- und ratlos den Kopf. Itzil, Tao und er selbst hatten nicht den Hauch einer Chance. Das Ganze war das reinste Himmelfahrtskommando.

Erstmals konnten sie auch einen Blick auf die EMP-Kanone erhaschen. Sie erinnerte Alex an eine vollkommen überdimensionierte Panzerfaust, die mit einer kastenförmigen aluminiumfarbenen Außenhülle mit großen Löchern ummantelt war. Vorn befand sich eine Vorrichtung, die ihn an eine Parabolantenne erinnerte. Der Koloss ruhte auf einem fahrbaren Schlitten, an dessen Rädern und Kufen Dreck klebte.

»Okay, was machen wir jetzt?«, wisperte Alex, als sie sich wieder in Deckung begeben hatten.

»Wir kommen an die beiden nur ran, wenn wir es schaffen, sie irgendwie abzulenken«, knurrte Tao. »Wir schaffen es vielleicht bis zu den Säulen, aber spätestens danach haben sie freies Schussfeld auf uns. Auch den Durchgang hier behalten sie vermutlich im Auge.«

Eine Weile rangen sie verzweifelt und erfolglos um eine Strategie, dann spähte Alex erneut um die Ecke, musterte die Brücke noch einmal, und plötzlich kam ihm ein Gedanke: Auch im Raum vor ihnen, von drei Seiten aus den Wänden kommend, zogen unzählige Silbertröpfchen in der Luft ihre

Bahn. Er erläuterte seinen Plan knapp, und Itzil und Tao musterten ihn skeptisch. Da ihnen jedoch nichts Besseres einfiel, nickten sie seine Idee schließlich ab.

Alex ließ sich Fernandos Handy aushändigen und sah Itzil noch einmal an. »Bleib du in Deckung und gib uns Feuerschutz.«

»Okay.« Sie hielt die Signalpistole bereits wieder in Händen. »Bitte seid vorsichtig.«

Nach und nach schlüpften sie geduckt auf die Brücke und verschanzten sich hinter den Säulen und Pulten nahe der zentralen Plattform. Dafür mussten sie sich etwas Zeit lassen, da ihre Gegner immer wieder misstrauisch aufblickten, sie jedoch zum Glück weder erwarteten noch entdeckten.

Alex fasste eine der silbrig glitzernden Tropfenbahnen über ihm ins Auge, die unmittelbar an der Plattform vorüberzog und ihre Fracht an der hinteren Brückenwand ablud. Dabei zählte er im Geiste die Sekunden, die die Tröpfchen benötigten, um hinten anzukommen. Dann schaltete er das Smartphone an, wählte den Timer aus und stellte die entsprechende Sekundenzahl ein.

Eine tiefe Ruhe breitete sich in ihm aus, und seltsam gefasst spähte er wieder hinüber zu Batista und Ross.

Die beiden zogen soeben einen transparenten, torpedoförmigen Behälter aus dem Boden, der beständig summte und in dessen Innerem sich ein von violetten Blitzen umzüngelter tiefschwarzer Ball abzeichnete. Selbst auf die Distanz konnte Alex erkennen, wie sich plötzlich die Haare der Männer aufrichteten.

»Fuck, wieso prickelt das so?«, rief Ross besorgt.

»Das wird vermutlich an der ungeheuren Energie liegen, die die exotische Materie da drinnen zusammenhält«, erklärte Batista lachend. »Aber ganz ehrlich: Ich habe nicht den blassesten Schimmer. Das ist selbst für mich absolutes Neuland. Sei einfach froh, dass wir die Energiezellen des Schiffes überhaupt so schnell gefunden haben.«

Alex hatte genug gehört.

Er atmete einmal tief ein, schaltete den Timer an und warf das Gerät mit einer konzentrierten Bewegung in die Luft. Unmittelbar in den Antigravstrom, der die silbrigen Tröpfchen erfasst hatte und jetzt auch das Handy unbemerkt an den Männern vorbeischweben ließ. Dann packte er seinen Metallknüppel und hielt sich bereit.

Unvermittelt lärmte weiter hinten auf der Brücke eine trötende Hupe.

Batista und Ross ließen den Behälter mit der exotischen Materie entgeistert zu Boden sinken und fuhren erschrocken und ihre Waffen im Anschlag zu der Geräuschquelle herum.

Alex und Tao hingegen waren längst aufgesprungen und enterten hinter dem Rücken der Männer die Plattform, durch deren transparente Oberfläche hindurch sie den Reaktor des Schiffes ausmachen konnten. Zumindest hielt Alex die pulsierende und von violetten Blitzen umzüngelte Kugel in dem Schacht tief unter ihnen für den zentralen Teil des Reaktors. Und nur am Rande nahm er wahr, dass es hier oben insgesamt sechs Ausbuchtungen gab, in denen noch zwei weitere dieser torpedoförmigen Behältnisse steckten.

Unvermittelt knallte es, und dicht neben Batista jagte eine sprühende rote Lichtkugel vorbei, die über einer der Konsolen an der Wand gegenüber einschlug und dort unter großer Rauchentwicklung abbrannte. Sowohl der Brasilianer als auch Ross wirbelten überrascht zu ihnen herum.

»Ihr?« Batista starrte sie fassungslos an.

Alex hörte noch das kurze Knattern einer MP-Garbe, das mit dem Krachen von Metall auf Metall stoppte, und schon im nächsten Augenblick droschen Tao und Ross wüst aufeinander ein.

Alex selbst versuchte ebenfalls, Batista die Pistole aus der Hand zu schlagen, doch leider misslang der Versuch. Er schaffte es bloß, ihn mit der dicken Metallstange am Unterarm zu treffen. Der Brasilianer gab einen ungezielten Schuss ab, der dicht neben Alex' linkem Bein im Boden einschlug. Dann schlug er kraftvoll nach Batistas Schädel. Leider verfügte der Brasilianer über erstaunlich gute Reflexe. Im letzten Moment wich Ricardo ihm aus, hob erneut die Waffe – und wurde frontal von einer zweiten Leuchtkugel getroffen, die sich fauchend in seine Kleidung brannte.

Statt den Versuch zu starten, seine Kleidung loszuwerden, fuhr Ricardo mit einem Aufschrei zu Itzil herum und gab zwei Schüsse ab.

Itzil schrie getroffen auf.

»Neiiin!« Alex kannte nun erst recht kein Halten mehr. Voller Zorn prügelte er mit der Metallstange auf den Brasilianer ein, vor dessen Brust es noch immer grell fauchte, und prellte dessen Waffenarm beiseite, während Tao Ross mit einem wuchtigen Karatetritt die Luft aus dem Brustkorb trieb. Zweimal erwischte Alex seinen Gegner auch an Brust und Schulter, dann gelang es Batista, ihm mit einer trickreichen Bewegung die Waffe aus der Hand zu winden. Alex verkrallte sich noch im Haar seines Gegners und wirbelte ihn herum, als ihn ein jäher Tritt in die Genitalien traf, der ihm die Tränen in die Augen trieb und ihn in die Knie gehen ließ.

Längst drängte weiter hinten ein gutes Dutzend schwarzäugiger Kreaturen in die Brückensektion und stieß mit großen Sprüngen zur Plattform vor. Doch nur zwei der unheimlichen Wesen waren vorwitzig genug, einzugreifen. Eines von ihnen zerrte den Gurt mit den Granaten von einem der Rucksäcke und schleuderte ihn weit hinter sich; das andere packte aufgeregt keckernd das Sturmgewehr, um es ebenfalls weit nach hinten fortzuwerfen. Die übrigen Wesen beäugten laut zirpend den Kampf auf der Plattform.

Batista riss sich nun endlich und unter wütendem Geschrei die brennende Jacke vom Leib, zielte mit der Pistole auf Alex – und wurde im gleichen Moment von einer ratternden MP-Salve niedergestreckt, die ihn durchschüttelte und bis zum Rand der Plattform schleuderte, wo er rücklings über die

Brüstung kippte und unweit jener Stelle liegen blieb, an der auch Itzil zusammengebrochen war.

Alex, der bereits mit seinem Leben abgeschlossen hatte, sah erstaunt zu Tao hinüber, der nun die MP in Händen hielt. Barry Ross lag längst am Boden. In seiner Schulter steckte das Kampfmesser, und er krümmte sich vor Schmerz.

Alex ignorierte die beiden ebenso wie die vielen aufgeregt lärmenden Kreaturen um sie herum, sprang von der Plattform und rannte zu Itzil.

Sie blutete stark an Oberarm und Schulter, und schnell fühlte er ihren Puls. Sie atmete noch!

Die Signalpistole hingegen war fort.

»Itzil!« Bei genauerer Untersuchung stellte Alex fest, dass das, was den heftig blutenden Fleischkrater kurz unterhalb der Schulter gerissen hatte, ein Streifschuss gewesen sein musste. Zum Glück, dennoch sah die Wunde schlimmer aus, als sie vermutlich war. Alex ächzte erleichtert, als Itzil ihre Lider öffnete und ihn mit trübem Blick ansah. »Es tut weh«, lallte sie mit schwerer Stimme.

Alex verstand, als er die Honigkrümel auf ihren Lippen sah.

»Itzil«, zischte er, »verdammt, was *tust* du da?! Wir brauchen dich hier! Wir müssen hier weg!«

Doch Itzil lächelte nur. »Mir kam eben eine Idee«, säuselte sie. »Aber das kam wohl … zu spät.«

»Schon gut.« Alex warf kurz einen Blick zu Batistas Leichnam und versuchte dann die Blutung zu stoppen, indem er sich ein Stück seines Hemds herausriss und Itzils Wunde damit abband.

Itzil stöhnte vor Schmerz und lächelte dennoch trunken.

Was auch immer sie geplant hatte, er wollte nur hoffen, dass der toxische Honig ihr wenigstens dabei half, ihre Schmerzen zu lindern.

Wieder sah er zu Tao auf, der noch immer oben auf der Plattform stand und den Behälter mit der exotischen Materie begutachtete. Anschließend trat er an Ross heran. »Erinnerst du dich, Barry? Ich hatte dir etwas versprochen.«

»Tao. Bitte …«, ächzte Barry Ross panisch. »Ich war nicht bei Sinnen. Ich …«

Mitleidlos hob der Chinese die MP und gab einen Feuerstoß auf Ross ab. Dieser zuckte unter den Einschlägen zusammen und blieb dann regungslos liegen.

»Scheiße, Tao. Was tust du da!?«, herrschte Alex ihn schockiert an. »Wir sind doch keine Killer.«

Tao drehte sich mit undefinierbarem Gesichtsausdruck zu ihm um. Dann bückte er sich zu Ross' Leichnam, sammelte ein neues Magazin auf und lud die Waffe routiniert nach.

»Es tut mir leid. Ehrlich.«

Fassungslos sah Alex mit an, wie der Chinese die Mündung der Waffe nun in ihre Richtung schwenkte. »Was zum Teufel tust du da?«

»Ich mag euch beide. Sehr sogar.« Tao lächelte bitter. »Meine Güte, ohne euch wäre ich vermutlich an einer Blutvergiftung krepiert. Aber ich bin nun einmal leider nicht der, für den ihr mich gehalten habt.«

»Was?« Verstört sah Alex zu ihm auf.

»Ich arbeite tatsächlich als Fotograf.« Tao verzog seine Lippen zu einem knappen Lächeln. »Zumindest ist das ein Teil meiner Arbeit. Nur eben für kein Reisemagazin, sondern für das Zweite Büro des Ministeriums für Staatssicherheit. Hauptabteilung Ausland. Und meine Loyalität gilt der Volksrepublik.«

»Das ist doch bitte nicht wahr?«

Alex sah, wie Itzil Tao nun ebenfalls den Kopf zuwandte.

Dieser betrachtete kurz die MP in seinen Händen. »Du weißt doch, wie es um die Weltlage bestellt ist. Kannst du ermessen, welche Auswirkungen es hätte, wenn es den Amerikanern noch einmal gelingt, diesen Ort zu erreichen? Diese Insel liegt unmittelbar vor ihrer Küste. Und Batista hat ebenfalls einen Weg hierhergefunden. Dabei spreche ich noch nicht einmal von den Erkenntnissen, die sie hier schon vor achtzig Jahren gewonnen haben.« Er trat einen Schritt vor und seufzte. »Wer eine Technologie wie diese kontrolliert, dem gehört nicht nur die Welt. Ihm gehört die Zukunft.«

»Eine Technologie, die du jetzt für dein Heimatland sichern willst?«, fragte Alex unnötigerweise. Seine Stimme war belegt.

Tao schürzte die Lippen. »Ich werde dafür sorgen, dass die Entdeckungen hier fortan in die richtigen Hände gelangen. Das Dumme daran ist, dass auch ich nicht zulassen darf, dass es für all das hier weitere Zeugen gibt. Ich kann euch also leider nicht von hier weglassen. Ebenso wenig, wie ich guten Gewissens zulassen kann, dass ihr beide zu *so etwas* werdet.« Er blickte vielsagend zu den vielen aufgeregt zirpenden Kreaturen um sie herum, die sie aus ihren schwarzen Augen anstarrten. »Ich biete euch daher an, euch schnell und sauber zu töten. Aus Freundschaft.«

Alex starrte Tao sprachlos an, wollte etwas sagen, doch ihm fiel nichts ein.

Betteln würde er nicht.

Umso unwirklicher erschien ihm das plötzliche Kichern Itzils, die sich unbeholfen aufrichtete und Tao mit leicht glasigem Blick ansah.

»Du wirst … scheitern.«

Der Chinese runzelte die Stirn. »Und wieso?«

»Weil …«, sie grinste breit, »weil du den Hausherrn vergessen hast. Ich habe ihn nämlich darauf hingewiesen, dass er weit unter seinen Möglichkeiten handelt.«

»Die da wären?« Taos Augen verengten sich.

Jäh lösten sich zwei deutlich kräftigere Kreaturen unter den Wesen um sie herum. Zwei letzte Wächter, die sich bis jetzt zurückgehalten hatten. Unter angriffslustigen Lauten jagten sie über ihre schwarzäugigen Artgenossen hinweg auf die Plattform zu.

Doch Tao sah sie kommen. Mit einem wütenden Aufschrei riss er die MP hoch und erwischte eine der Kreaturen mit einer ratternden Kugelgarbe, bevor sie die Plattform überhaupt erreichte. Der anderen gelang es noch, das Geländer zu überwinden, als auch sie ein brutaler Feuerstoß traf. Zuckend und jaulend blieb das entstellte Wesen vor Tao liegen, der es nun mit den letzten Kugeln des Magazins endgültig erlegte.

»War das alles?«, schnaubte er.

»Nein.« Itzil schwankte leicht. »Das war bloß die Ablenkung.«

Alex nahm plötzlich gegen das viele Zirpen und Schnattern um sie herum ein rasch näher kommendes Summen wahr. Durch den Eingang drang unvermittelt ein gewaltiger Bienenschwarm in den Raum, der wie ein lebender, aus Tausenden Tieren bestehender Pfeil auf den Chinesen zuschoss.

Tao schrie entsetzt auf und versuchte wegzukommen, hatte jedoch keine Chance. Der Schwarm fuhr brausend auf ihn herab, und innerhalb von Sekunden umhüllten Tausende Bienen Kopf und Körper des Chinesen. Verzweifelt um sich schlagend, torkelte er blind über die Plattform, stolperte über Ross' Leiche und stürzte schließlich der Länge nach hin. Die vielen angriffslustigen Bienen auf seinem Körper gebärdeten sich dabei wie wild, und nur Augenblicke später bestand Taos kompletter Leib nur noch aus einem einzigen, beißfreudigen und aggressiv summenden Insektengewimmel. Tao wehrte sich weiterhin verzweifelt, doch irgendwann erlahmten seine Bewegungen, und seine Schreie erstickten, da ihm die Insekten ganz offensichtlich in Mund und Atemwege krochen.

Entgeistert sah Alex dabei zu, wie Tao noch einige Male zuckte und dann still liegen blieb.

Vor seinen Augen stieg der Schwarm nun wieder auf, ballte sich zu einer summenden und brummenden Wolke und jagte auf den Ausgang zu. Zurück blieb Tao, der mit aufgequollenem Gesicht, aufgerissenem Mund und zerfressenen Augen dalag. Eine letzte Biene verließ seinen Mund, die sich ihren Artgenossen anschloss und nun ebenfalls verschwand.

Itzil schwankte, und Alex musste sie stützen, damit sie nicht hinfiel.

Abermals blickte er zu Tao, der durch Itzils Idee einen grausigen Tod erlitten hatte.

Und doch hielt sich sein Mitleid mit dem Chinesen in Grenzen.

Außerdem war der Deal mit dem Außerirdischen jetzt erfüllt. Er wollte endlich weg von der Insel.

Irgendwie.

Rasch zog Alex Itzil mit sich auf den Ausgang zu, als zahllose der verunstalteten Kreaturen plötzlich aufsprangen und ihnen den Weg verstellten.

Wütend blieb Alex stehen.

»Wir haben getan, was du wolltest!«, brüllte er.

Von einem Augenblick zum anderen verstummte das beständige Schnattern und Gurren um sie herum. Stattdessen reckten die Kreaturen die Köpfe in die Höhe und starrten mit ihren riesigen schwarzen Augen erwartungsvoll hinauf zur Decke des Raumschiffes.

Alex folgte ihren Blicken ahnungsvoll und schluckte.

Denn von oben, aus dem Dunkeln des hohen Raums, senkte sich jetzt eine monströse Gestalt auf die Plattform nieder. Sie war von beweglichen kristallinen Schläuchen umhüllt, die irgendwo an der Decke montiert waren und den Körper einerseits trugen, ihn andererseits aber auch mit Flüssigkeiten zu versorgen schienen.

Der ominöse Brutvater.

Ah Mucen Cab in seiner wahren Gestalt.

Oder zumindest das, was von dem Außerirdischen übrig war, denn man sah ihm an, dass auch er den einstigen Absturz des Schiffes nicht unbeschadet überstanden hatte. Ganz ähnlich wie die mumifizierte Leiche, die sie im Sarkophag erblickt hatten, besaß auch er einen riesigen, kahlen, nahezu ovalen Schädel mit gewaltigen tiefschwarzen Augen über einer viel zu kleinen Mundöffnung. Nur dass sich darunter ein aufgeblähter, wurmartiger Rumpf mit überlangen Armen befand, die in dreifingrigen Händen ausliefen. Der Körper war fast zwei Meter lang, musste ursprünglich jedoch noch viel größer gewesen sein. Denn der komplette Unterleib mit den Beinen war nicht vorhanden.

Er wirkte wie abgerissen.

Speziell dort setzten auch die vielen schlauchartigen Gebilde an, die den Außerirdischen sanft auf die Plattform hinabtrugen. Alex wich ängstlich zurück und sah nun, dass die tiefschwarzen Augen des Wesens direkt auf ihn gerichtet waren. Ein triumphierendes Zirpen entstieg der kleinen Mundhöhle, und Itzil in seinen Armen bäumte sich plötzlich auf.

»Itzil!« Alex sah, dass sie nun wieder derart die Augen verdrehte, dass nur noch das Weiße zu sehen war.

»Ihr wart gute Diener«, sprach Itzil mit kehliger Stimme. *»Doch habt ihr wirklich geglaubt, dass Wir euch von hier fortlassen?«*

Die Kreaturen im Raum umringten Alex und Itzil mit schnatternden Lauten – als hinter der Plattform überraschend eine Stimme erscholl, die Alex im Augenblick am wenigsten erwartet hatte – jene von Oliver Scott!

»Ich glaube, das wirst du doch tun!«

Mit einem schrillen Laut fuhr der massige Brutvater in seinem Gewirr aus kristallinen Schläuchen zu ihm herum, und auch Alex sah zu seinem maßlosen Erstaunen, wie Scott unter sichtlichen Schmerzen die Plattform hinaufhumpelte.

»Scott, was tun Sie hier?«, keuchte Alex ungläubig.

Trotz seiner Beinverletzung war der alte Herr ihnen offenbar bis an diesen Ort gefolgt. Und nicht nur das. Er hatte es sogar geschafft, im Tumult vorhin nicht nur unentdeckt in den Raum zu schleichen, sondern auch den Gurt mit den Granaten aufzusammeln, den die Kreaturen von der Plattform geschleudert hatten.

Deutlich sichtbar hielt er sie in die Höhe, die Hand entschlossen um zwei der Sicherungsbolzen gelegt.

Scott sah erschöpft aus, wirkte jedoch zu allem entschlossen.

Der Amerikaner ignorierte Alex und starrte stattdessen weiter den Außerirdischen an.

»Ich wiederhole mich nicht noch einmal. Du wirst die beiden und meine Frau gehen lassen!«

Seine Frau? Alex starrte Scott irritiert an.

»Bewegst du dich«, zürnte Scott weiter, »sprenge ich dich in die Luft. Verrätst du uns, sprenge ich dich ebenfalls in die Luft. Und ich werde dich so lange im Auge behalten, bis ich da drüben sehe, wie die drei die Insel verlassen.« Er wies mit dem Kinn zu dem Bildschirm an der Wand, der auf die Bucht mit den vielen havarierten Schiffen hin ausgerichtet war.

Noch immer ohne ihn anzusehen, richtete er sein Wort an Alex. »Alex, greif dir die Zündschlüssel für das Speedboot. Sucht diese Brutkammern auf, und dann haut ab!«

»Aber …«

»Mach es!« Aufgebracht blickte er nun doch zu ihm.

Alex räumte in Windeseile die Taschen des toten Brasilianers leer und fand die Schlüssel. Er wollte sich bereits wieder Itzil zuwenden, als eine tiefe Stimme aus ihrer Kehle röhrte.

»Auch du wirst dann sterben. Und du wirst ebenfalls sterben, wenn du bleibst. Deine Forderung ergibt keinen Sinn.«

Scott lächelte wehmütig. Er warf Alex einen flehenden Blick zu, blickte kurz zum Ausgang und dann wieder zu ihm. Eindringlich. Bittend.

Schließlich richtete er seine Aufmerksamkeit wieder auf das Alien.

»Ich weiß, dass mein Plan nicht perfekt ist«, sagte Scott finster. »Allerdings hatte ich auch nie vor, am Leben zu bleiben. Vielmehr wird es Zeit, dass du uns Menschen zu fürchten beginnst. Runter, Alex!«

Scott zog die Sicherungsstifte, und im nächsten Moment überschlugen sich die Ereignisse. Während sich Alex schützend über Itzil warf, setzte die Horde der Kreaturen um sie herum mit kreischenden und keckernden Lauten auf die Plattform über, um sich schützend vor den Außerirdischen zu werfen. Die Monstrosität in der Mitte hingegen versuchte sich abzuschirmen, indem sie die Kristallstränge an ihrem Körper rasend schnell vor sich riss und in ihrer Deckung zurück nach oben zur Raumdecke schnellte.

Augenblicke später zerrissen mehrere gewaltige Detonationen die Brücke.

Dutzende grässlicher Todesschreie erfüllten den Raum, während rund um Alex und Itzil herum Körper und abgerissene Gliedmaße zu Boden prasselten. Etwas traf schmerzhaft seinen rechten Unterarm, und auch von oben, von der Raumdecke, schallte ein durchdringendes, schmerzerfülltes Kreischen.

Alex wusste nicht, wie schwer der Außerirdische verletzt worden war, doch die qualvollen Laute verliehen ihm Hoffnung.

Mühsam zog er Itzil mit sich, die ihn noch immer mit verdrehten Augen anblickte, und zerrte sie hinüber zum Ausgang, durch den soeben eine weitere Kreatur in den Raum sprang. Ihre Bewegungen wirkten fahrig und verstört, vor allem aber beachtete sie ihn nicht.

Während der Raum weiterhin von keckernden Rufen und grellen Schreien erfüllt wurde, flüchtete er mit Itzil durch den Ausgang, wo er zu seinem Erstaunen das Sturmgewehr erblickte, das die Kreaturen fort von der Plattform geschleudert hatten.

Er schnappte sich die Waffe, zog Itzil weiter hinter sich her, und sie erreichten die große Hybridisierungskammer, wo die Mexikanerin benommen zu Boden sank.

Zu seinem maßlosen Erstaunen sah er, dass die Wabe mit Sophia Scott zerschlagen war. Unmittelbar davor, in einer gewaltigen Lache aus stinkender gelblicher Flüssigkeit, in der eine Eisenstange ähnlich jener lag, wie auch er sie vorhin bei sich getragen hatte, hockte zitternd die alte Dame.

Sophia Scott war nackt, und sie hustete, als sie zu ihnen aufblickte.

»Mein Gott!« Endlich begriff Alex, warum Oliver Scott

auch von seiner Frau gesprochen hatte. Er hatte sie zuvor befreit. Alex rannte zu ihr hinüber, half ihr auf und musterte sie bestürzt. »Alles in Ordnung?«

»Ja, ich …« Sie spuckte gelblichen Saft aus, sah sich staunend um und blickte müde zu Itzil hinüber. »Was auch immer mir widerfahren ist, mir geht es gut. Viel besser als … vorher.«

»Okay. Nur müssen wir weg von hier. Sofort!«

»Ja. Ich weiß.«

Alex deutete auf Itzil. »Nimm dir ihr Hemd!«, forderte er Sophia auf. »Aber beeil dich damit.«

Unter Tränen trat er nun vor die Waben mit den entstellten Körpern Dodongs und Mikkels, dann legte er die Waffe an und feuerte das komplette Magazin auf die beiden ab.

Die Scheiben überzogen sich mit Löchern, durch die gelbliche Flüssigkeit austrat, ihre Leiber zuckten unter den Kugeleinschlägen zusammen, und rasch färbten sich die Kammern blutrot. Im nächsten Moment barsten die Waben, und die toten Körper klatschten in einem gewaltigen Schwall rotgelber Flüssigkeit vor ihm zu Boden.

Alex ließ die Waffe mit bitterer Miene fallen, zog Itzil, die nur wenig von alledem mitbekommen hatte, mit Sophia Scotts Hilfe wieder hoch und flüchtete mit den beiden Frauen aus dem Raumschiff.

Später wusste er kaum noch zu sagen, woher er die Kraft genommen hatten, gemeinsam mit Itzil und Sophia die Klamm zu verlassen, um den Schleifspuren der EMP-Kanone durch den Dschungel zurück zur Bucht mit den havarierten Schiffen zu folgen. Itzil war zwar irgendwann wieder zu sich gekommen, doch hatte sie ihr Blutverlust derart geschwächt, dass er sie am Ende regelrecht tragen musste. Und auch Sophia schwankte in einer verwirrenden Mischung aus Benommenheit und neu gewonnener Energie. Woran er sich jedoch genau erinnerte, war, welche Kraft ihnen der Anblick von Batistas Speedboot verliehen hatte.

Und welche Hoffnung sie erfüllte, als es ihnen gelang, den

Motor anzuschmeißen und das Boot an den vielen havarierten Schiffen vorbei hinaus aufs Meer zu steuern.

Fort von der schrecklichen Insel.

Hinaus zum fernen Horizont.

Der Freiheit entgegen.

Sichere Gestade

Itzil erwachte und blickte auf eine weiß gestrichene Metalldecke.

Zu ihrem Befremden lag sie zugedeckt in einem sauberen Bett. Schräg gegenüber befand sich ein grüner Schrank, unweit ihres Bettes stand ein leerer Infusionsständer, und durch ein Bullauge an der Wand über ihr fiel freundliches Sonnenlicht auf einen Stuhl, auf dem ein Stapel frischer Kleidungsstücke lag.

Mit einem tiefen Seufzer erhob sie sich und spürte nun, dass der Untergrund leicht schwankte. Sie befand sich ganz offensichtlich auf einem Schiff. Ihr Blick fiel auf den Nachttisch, auf dem jemand ein Tablett mit kaltem Mittagessen abgestellt hatte, dann wanderte er hinauf zu einem eingerahmten Bild, das die Fotografie eines Containerschiffes zeigte.

Unwillkürlich sah sie an sich herab, und ihre Hand wanderte zu ihrer Schulter.

Sie trug einen grauen Jogginganzug, und jemand hatte ihr die Schusswunde professionell verbunden. Außerdem klebten Pflaster an ihrem linken Handgelenk.

Spuren einer Infusion?

Wieder starrte sie den Verband an, atmete tief ein und gestattete sich erstmals ein stilles Lächeln.

Hatten sie es tatsächlich geschafft?

Nur unzusammenhängend konnte sie sich an die letzten Ereignisse erinnern.

Der Kampf im Raumschiff.

Die anstrengende Flucht durch den Dschungel.

Alex.

Sophia.

Und irgendwie das Meer.

Itzil erhob sich, reckte den Hals, sodass sie durch das Bullauge blicken konnte, und sah draußen bis zum fernen Horizont den glitzernden Ozean, über dem weiße Schäfchenwolken trieben.

Hungrig griff sie nach der Gabel auf dem Tablett und nahm einige Bissen von dem kalten Kartoffelpüree. Dann griff sie beherzt nach der Frikadelle daneben und verspeiste sie in Windeseile. Beides schmeckte wundervoll, und binnen Kürze schaufelte sie auch den Rest des Pürees in sich hinein, bis ihr die Bissen schmerzhaft in der Speiseröhre stecken blieben.

Gegenüber öffnete sich plötzlich eine Tür, und ein dunkelhaariger Mann Ende fünfzig mit Brille, gepflegtem Dreitagebart, dunkler Hose und weißem Hemd, vor dem ein Stethoskop baumelte, schaute herein.

»Ah, ist unsere Patientin endlich aufgewacht«, sprach er sie freundlich auf Englisch an.

Itzil schluckte noch immer krampfhaft und nahm rasch einen Schluck Wasser.

»Behutsam!«, mahnte er sie augenzwinkernd. »Ich kann jederzeit mehr bringen lassen. Sie sollten sich überhaupt schonen, denn Sie haben viel Blut verloren.«

»Wo bin ich hier?«

»Auf der CV *Albatross,* einem Containerschiff unter norwegischer Flagge.« Er betrachtete sie aufmerksam. »Wie geht es Ihnen?«

»Gut.« Itzil lächelte unsicher. »Sehr gut sogar. Ich hatte bloß gewaltigen Hunger.«

»Kein Wunder.« Der Mann schürzte die Lippen. »Ach so, ich bin Fredrik Olsen, der Schiffsarzt.«

»Verstehe. Danke.« Sie schlug zögernd in seine Hand ein. »Und wie lange liege ich hier schon?«

»Den dritten Tag, seit wir sie drei gefunden haben. Wir erreichen heute Nachmittag den Hafen von Jacksonville. Florida. Dank Ihres Begleiters haben wir bereits Ihre Angehörigen verständigen können, bei denen die Freude selbstverständlich groß war. Nach der langen Zeit, die Ihr Schiff als verschollen gilt, natürlich kein Wunder.«

Itzil musterte ihn aufmerksam. »Wie lange?«

»Na ja.« Der Schiffsarzt dachte kurz nach. »Ich habe das nur am Rande verfolgt, aber die *Sea Quest* ist meines Wissens nach vor über einem Monat vom Radar verschwunden.«

»Vor über einem Monat?« Entgeistert starrte Itzil ihn an.

»Ja, war ein großes Thema in der Presse. Bermudadreieck und so … Sie verstehen?« Er zwinkerte. »Ein Drama, ganz ähnlich wie 2014 dieser Malaysia-Airlines-Flug. Wann zuvor wäre auch schon mal ein komplettes Kreuzfahrtschiff verschwunden? Niemand hat damit gerechnet, dass es noch Überlebende geben könnte. Sie werden daher damit rechnen müssen, dass nicht nur die Behörden, sondern auch zahlreiche Pressevertreter in Jacksonville über Sie herfallen. Aber wir werden versuchen, Sie so gut wie möglich abzuschirmen.«

»Wo sind meine Begleiter?«, fragte sie.

»Nun«, der Arzt zwinkerte. »Was die alte Dame betrifft, die hat die letzten Tage fast die ganze Zeit über durchgeschlafen. Zumindest bis vor einigen Stunden. Aber es geht ihr erstaunlich gut! Dabei meinte Ihr Begleiter, dass sie an Demenz litte. Davon war aber nichts zu bemerken. Ganz im Gegenteil, ihre schreckliche Odyssee in den letzten Wochen scheint auf sie vielmehr wie ein Jungbrunnen gewirkt zu haben. Sie war nur sehr in Trauer, da sie offenbar ihren Mann bei dem Unglück verloren hat.«

»Ja, hat sie …« Itzil nickte bekümmert. »Und Alex?«

»Der junge Mann dürfte sich an Deck befinden. Er war stark dehydriert, als wir Sie fanden, denn er hat Ihnen und Ihrer Begleiterin wohl die kompletten Wasservorräte überlassen, die Sie am Ende noch besaßen. Dass Sie noch leben, haben Sie auch seiner ganz passablen Erstversorgung zu verdanken.« Er seufzte. »Ich will mir gar nicht ausmalen, was Sie erlebt haben, als an Bord dieser Jacht die Verteilungskämpfe losgingen.«

Itzil starrte ihn verwirrt an, und sie begriff plötzlich, dass Alex den Seeleuten irgendeine Geschichte aufgetischt haben musste, die nichts mit ihren wahren Erlebnissen zu tun hatte.

Sie erhob sich, und es schwindelte sie kurz.

»Sie sollten besser liegen bleiben und sich noch etwas ausruhen«, ermahnte sie der Schiffsarzt.

»Verstehe. Aber mir ist unbedingt nach Bewegung zumute«, widersprach Itzil. »Wenn Sie nichts dagegen haben, möchte ich jetzt zu ihm. Und ich würde auch gern nach Sophia Scott sehen.«

»Ja, natürlich.« Der Schiffsarzt musterte sie skeptisch, half ihr dann aber auf und deutete auf die Kleidungsstücke. »Ziehen Sie sich etwas an. Wir haben unter der Mannschaft für Sie drei gesammelt. Sie sahen ja fürchterlich aus.«

Itzil nickte dankbar, wartete, bis Olsen den Raum verlassen hatte, und schlüpfte, so schnell es ging, in die im Wesentlichen aus Hose und dickem Pullover bestehenden Kleidungsstücke, die auf dem Stuhl bereitlagen. Sogar Schuhe standen unter dem Schemel, die ihr passten.

Sie verließ die Krankenstation und wurde bereits von Olsen erwartet, der sie nun zu einem Gang führte, in dem ihnen ein Seemann asiatischer Herkunft entgegenkam. Er erinnerte sie vage an Dodong, und das Herz wurde ihr schwer. Nur dunkel erinnerte sie sich an den Moment in der Hybridisierungskammer, als Alex geschossen hatte und ihnen Dodongs durchlöcherter Körper aus der Wabe entgegenfiel. In ihrem Rausch hatte sie sich eingebildet, er habe bei seinem letzten Atemzug dankbar und friedlich ausgesehen.

Zumindest hoffte sie das für ihn, und natürlich auch für Mikkel.

»Oh, Thien«, sprach der Arzt den Seemann an. »Bist du so gut und schaust mal in der Messe nach, ob sich dort noch Mrs. Scott aufhält?«

»Ich glaube schon.« Der Asiate grinste. »Zumindest war sie vor einer Viertelstunde noch da und hat ferngesehen. Außerdem hat sie Berge an Wackelpudding in sich hineingeschaufelt. Mit Senf.«

»Oje.« Olsen warf Itzil einen scheelen Blick zu. »Ich sollte sie vielleicht doch noch einmal auf ihre Demenzerkrankung hin durchchecken.«

»Demenz?« Der Seemann schüttelte den Kopf. »Wirkte eher nicht so, als wäre sie im Kopf nicht ganz richtig. Die war auch ganz gut in Plauderlaune.«

»Na gut.« Der Arzt berührte nachdenklich sein Kinn. »Sagen Sie ihr, dass Frau Pérez erwacht ist und sich auf dem Hauptdeck befindet.«

»Aye, aye, Sir.« Der Mann nickte Itzil freundlich zu und verschwand, während Olsen sie zu einer Treppe hinunter zum Hauptdeck brachte. Dort öffnete er eine Metalltür, und ein milder Seewind schlug ihnen von draußen entgegen, der ihr Haar anhob.

Itzil blickte auf riesige Containerstapel, über denen Möwen kreisten.

»Ihr Begleiter dürfte sich dahinten an der Steuerbordreling befinden«, erklärte der Schiffsarzt. »Jedenfalls befand er sich noch vor einer halben Stunde dort. Er wollte unbedingt dabei sein, wenn die Küste Floridas auftaucht. Ich begleite Sie gern.«

»Nein, danke. Geht schon. Ich werde ihn finden.«

»In Ordnung. Aber übernehmen Sie sich bitte nicht. Ich werde rasch den Kapitän verständigen und komme dann wieder zu Ihnen.«

»Okay.« Itzil löste sich von dem Schiffsarzt, betrat das Containerdeck und marschierte in die angegebene Richtung, bis sie die Reling des Schiffes erreicht hatte. Nur etwa fünfzehn Meter entfernt, in Richtung Bug, entdeckte sie Alex, der reglos dastand und sich den Wind um die Nase wehen ließ.

Erfreut marschierte sie zu ihm.

»Hey!« Er lächelte sie erleichtert an.

»Hey!« Auch sie lächelte.

Sie stellte sich neben ihn, und eine Weile sprach keiner von ihnen.

Stattdessen folgte sie seinem Blick, und auch sie sah nun, dass das Schiff auf eine lang gezogene Küstenlinie zulief.

Am Himmel konnte sie die Kondensstreifen von Flugzeugen ausmachen. Und in nur drei oder vier Kilometern Entfernung war ein weiteres Schiff zu sehen.

Die Zivilisation hatte sie wieder.

»Was hast du ihnen erzählt?«, wollte sie irgendwann wissen.

Alex atmete tief ein. »Na ja, natürlich etwas, das erklärt, wie wir über einen Monat lang auf See überleben konnten. Dir ist klar, dass der vermeintliche Untergang der *Sea Quest* in Wahrheit schon so weit zurückliegt? Auf der Insel ist die Zeit offenbar gänzlich anders verstrichen.«

»Ja, der Schiffsarzt hat es erwähnt. Allerdings konfrontierte er mich auch mit irgendwelchen Verteilungskämpfen, in die wir hineingeraten wären.«

»Sorry.« Alex seufzte. »Ich wollte eigentlich bei deinem Erwachen dabei sein, damit wir uns nicht widersprechen. Ich musste ja irgendetwas erfinden, um deine Schusswunde zu erklären. Also habe ich ihnen erzählt, dass wir drei nach dem Untergang zunächst einige Tage in einer Rettungsinsel auf dem Meer getrieben wären, bis wir schließlich auf die *Partida* stießen, die ebenfalls steuerlos auf den Fluten trieb.«

»Batistas Jacht?«

»Genau. Ich habe ihnen erzählt, dass sie schwer vom Sturm beschädigt war und ein Leck besaß, gegen das es ständig anzukämpfen galt. Und dass es dort außer Sophia, dir und mir nur noch einen weiteren Überlebenden gab. Diesen Skipper, den Batista erwähnte. Diesen Jamiro. Das sollte es möglichst glaubwürdig machen.«

»Und dann?«

»Dann haben wir dort angeblich so lange zugebracht, bis die Nahrungsmittel ausgingen. Und dass uns dieser Jamiro am Ende mit Waffengewalt vom Schiff entfernen wollte. Wir haben ihn heldenhaft bezwungen, du wurdest dabei leider verletzt, die Jacht ging unter, und wir konnten uns mit Mühe auf das Speedboot retten, wo wir fast verreckt sind.«

»Und das haben sie dir abgekauft?« Erstaunt sah sie Alex an.

»Na klar haben sie das. Ich habe ja zum Glück darauf verzichtet, auch von den Haien zu erzählen, die uns ständig umkreisten.« Alex grinste, wurde aber rasch wieder ernst. »Nein, ehrlich: Hätte ich die Wahrheit erzählen sollen? Wir drei sind offenbar die einzigen Überlebenden der *Sea Quest*. Und mit Batista ist da draußen nebenbei einer der berühmtesten Unternehmer Südamerikas umgekommen. Zwei Fliegen mit einer Klappe, sozusagen. Wir müssen bloß noch die Details abstimmen.«

»Dann vergiss Sophia bei alledem nicht. Denn die ist angeblich gerade in Plauderlaune. Und so wie es aussieht, meldet sich auch ihre Demenz wieder zurück.« Sie berichtete in knappen Worten, was sie eben mitangehört hatte.

»Mit ihr hatte ich eigentlich schon gesprochen.« Besorgt blickte Alex sie an. »Die meiste Zeit über auf dem Meer hat sie ja verschlafen, aber wenn sie wach war, wirkte sie auf mich erstaunlich agil. Aber gut, ich werde noch einmal mit ihr reden. Andererseits … wer würde schon einer Demenzkranken glauben?«

»Dann hast du also nicht vor, jemandem von der Insel zu erzählen?«, hakte Itzil nach.

»Nein. Du etwa?«

Itzil ging in sich. »Auch uns würde vermutlich niemand

glauben. Oder man würde uns kurzerhand für verrückt erklären.«

»Oder wir bekämen irgendwann Besuch von Männern mit Sonnenbrillen«, ergänzte Alex düster. »Denn irgendjemand in den USA weiß garantiert von dem Mysterium hier draußen im Ozean. Es kann eigentlich gar nicht anders sein, da es dem US-Militär ja schon einmal gelungen ist, die Insel aufzuspüren.«

Itzil starrte ihn aufgewühlt an, denn daran hatte sie noch gar nicht gedacht.

»Haben wir es geschafft, dieses Wesen umzubringen?«, fragte sie leise.

Alex seufzte vernehmlich. »Ich weiß es nicht. Zumindest dürfte Oliver es schwer erwischt haben. So schwer, dass es sich um uns offenbar nicht mehr kümmern konnte. Sonst wären wir jetzt wohl nicht hier.«

Gleichermaßen besorgt wie niedergeschlagen berührte Itzil Courtneys Kette um ihren Hals, an dem noch immer der Ring von Jordan hing.

»Ich finde, zumindest die Familie von Dodong hätte es verdient, die Wahrheit zu erfahren. Jordan und Courtney haben ja vermutlich keine nennenswerten Verwandten.«

Alex überlegte. Schließlich nickte er. »Okay. Nur hoffe ich, dass sie uns überhaupt glauben werden.«

Sie blickte zur Küste, dann wieder zu Alex. »Und wie wird es bei dir weitergehen?«

Alex fuhr sich aufgewühlt durch sein Haar. »Na ja. Ich hatte gestern ein Telefonat mit meiner Familie. Wir wurden zwischenzeitlich allesamt für tot erklärt. Diese Woche sollte eigentlich meine Beerdigung stattfinden. Stattdessen ist jetzt eine riesengroße Willkommensparty für mich geplant. Außerdem wollen mich Jochens Eltern sprechen. Das wird dann deutlich härter.«

»Ich freue mich für dich.« Itzil lächelte. »Ich schätze, bei mir wird es ähnlich laufen.«

»Davon gehe ich aus.« Alex lachte und wurde plötzlich sehr verlegen. »Und dann würde ich gern den Rat eines alten Freundes befolgen …«

»Was für einen Rat?«

Alex legte sanft die Hand auf die ihre und räusperte sich. »Ich würde … ich könnte mir noch einmal eine längere Reise vorstellen. Nach Mexiko, wenn es dir recht ist. Oder wo es dich sonst hinverschlägt. Mir wäre das ehrlich gesagt ziemlich egal – wenn es sich dabei nur um keine einsame Insel handelt.«

Itzil nahm seine Hand ganz in die ihre. »Ja, das wäre mir recht. Sehr recht sog …«

Sie kam nicht dazu, ihren Satz zu beenden, denn hinter den Containern tauchte überraschend Sophia Scott auf. »Ah, hier seid ihr. Wie ich sehe, genießt ihr eure wiedererlangte Freiheit. Das habt ihr beiden euch auch absolut verdient.«

Die alte Dame trug jetzt eine graue Windjacke, kam mit kraftvollen Schritten zu ihnen, lächelte bei ihrem Anblick und ließ sich nun ebenfalls den Wind um die Nase wehen.

Itzil wandte sich ihr traurig zu. »Es tut mir sehr leid, dass es Oliver nicht geschafft hat. Er hat dich sehr geliebt.«

»Ich weiß.«

»Und dir geht es gut?«

»Besser als je zuvor.« Sophia lächelte versonnen, während sie mit geschlossenen Augen dem Wind auf ihrem Gesicht nachspürte.

»Was wirst du jetzt machen, so ganz allein?«, wollte Alex wissen. »Du weißt, dass wir dir helfen werden, wenn du uns brauchst?«

»Das ist wirklich nicht nötig.« Ohne ihre Lider zu öffnen, tippte sich Sophia an die Stirn. »Im Übrigen bin ich nicht allein. Oliver und Jessica sind für immer bei mir. Und für Langeweile gibt es auch keinen Anlass.« Die alte Dame öffnete nun doch die Augen und blickte erwartungsvoll hinüber zur Küstenlinie. »Hier draußen gibt es schließlich noch so viel zu tun …«

Itzils Finger krampften sich erschrocken um die von Alex, denn für einen winzigen Augenblick schien es ihr, als würden Sophias Augen einen befremdlichen Schimmer annehmen.

Nein, keinen Schimmer.

Sie färbten sich tiefschwarz.

Ende

Ein neuer Schrecken erwächst aus einer alten Legende

THOMAS FINN

LOST SOULS

HORRORTHRILLER

Die Archäologin Jessika Raapke ist eben erst mit ihrer Adoptivtochter Leonie nach Hameln gezogen, als man sie bittet, einen unheimlichen Vorfall in der alten Kirche zu untersuchen: Bei Bauarbeiten wurde ein verborgener Sarkophag beschädigt, kurz darauf tötet ein riesiger Rattenschwarm einen der Arbeiter. Jessika findet an dem Sarkophag, der vollkommen leer ist, eine halb zerstörte lateinische Bannschrift mit einem Hinweis auf den sagenumwobenen Rattenfänger. Während Jessika den historischen Hintergründen der Sage nachgeht, ereignen sich überall in Hameln unheimliche Rattenübergriffe. Dann ist Leonie plötzlich verschwunden …

KNAUR

Norwegens undurchdringliche Wälder – ein tiefes Höhlensystem – und etwas, das dort lauert, uralt und grausam …

THOMAS FINN

DARK WOOD

HORRORTHRILLER

Auf sich gestellt und rund um die Uhr von Kameras überwacht, sollen sechs Angestellte einer Hamburger Werbeagentur ihre Teamfähigkeit unter Beweis stellen. Für eine neue TV-Reality-Show müssen sie drei Tage und Nächte in einem abgelegenen Camp im Norden Norwegens einen hinterhältigen und zum Teil lebensgefährlichen Parcours bewältigen. Aber die schikanösen Aufgaben sind das kleinste Problem der Gruppe. Denn in den Wäldern lauert ein uraltes Grauen, eine tödliche Bedrohung, die die sechs vernichten will …

KNAUR